彩色二版

英文文法全書
活用練習

Comprehensive Grammar and
Practice Book

Dennis Le Boeuf & 景黎明 _ 著

CONTENTS

UNIT 3

代名詞

Pronouns

UNIT 4

冠詞

Articles

UNIT 5

形容詞

Adjectives

UNIT 6

副詞

Adverbs

UNIT 7

關係詞與形容詞子句和名詞子句

Relatives in Adjective Clauses and Noun Clauses

UNIT 8

連接詞與複合句和從屬子句（副詞子句和名詞子句）

Conjunctions, Compound Sentences, and Dependent Clauses (Adverbial Clauses and Noun Clauses)

UNIT 9

介系詞

Prepositions

UNIT 11

時態

Tenses

UNIT 15

分詞、不定詞和動名詞

Participles, Infinitives, and Gerunds

UNIT 16

句子結構

Sentence Structure

本書簡介

本書特色

誰敢說文法不重要？文法是語言的解讀器，缺少文法，在英語的世界裡寸步難行。本書的專業美籍作者，在美國、中國、臺灣有多年豐富的教學經驗，對英語文法有深入的研究，嘔心瀝血地編寫了這本豐富完備的綜合性文法書，內容涵蓋所需要的文法項目。本書具有下列特色：

完整詳盡的文法知識：本書從基礎的文法到進階的文法要項說明、比較，地毯式地蒐羅所有英文文法，不管是中學生、大學生、社會人士或是老師，不論是自修、教學，或是要準備全民英檢、學測、高普考，還是托福、多益等留學考試，本書都是絕對必備的英文文法工具書！

文字圖解分析：本書利用格線、箭頭指引等圖解方式，解說一目了然！

> 副詞 very 修飾另一個副詞 loudly。
>
> · snore very loudly　大聲打呼
>
> 副詞 loudly 修飾動詞 snore，描述某人如何打呼。

豐富的表格整理與對照：將文法項目以表格方式呈現，強化條目之間的比較效果。

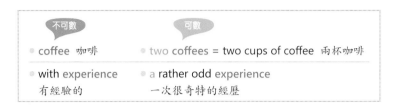

正誤用法比較：以正誤用法來分析文法用法，點出學生常犯的文法錯誤。

> ✗ Doctor Jenny Bush strongly suggested that my husband do not smoke near our baby.
> ✔ Doctor Jenny Bush strongly suggested that my husband not smoke near our baby.
> 珍妮‧布希醫生強烈建議我的先生不要在我們的小寶寶身旁抽菸。

豐富趣味的例句：例句類型包羅萬象，充滿想像力，有玩笑話、日常對話、童話等，內容涵蓋天文、經濟、歷史等範疇，提升學習效果。例句中常採用押韻的字彙與人名，朗讀起來韻味十足，饒富樂趣。

補充說明與延伸學習：書中不時穿插「Note」和「Diving Deep Into English」，前者是補充說明，後者是延伸學習，可參照內容學習，亦可單獨查閱！

文法、字彙一網打盡：除了羅列完備的文法，本書大量的字彙舉例、用字遣詞多變化的例句，可以幫助你吸收英文單字。

英美用法比較：本書以美式英語文法為主，引導讀者學習最標準的美式英語，輔以相關英式英語的用法比較，讓讀者得以了解差異。

> | 🇺🇸 美式 | She used an herb to make the tea.
> | 🇬🇧 英式 | She used a herb to make the tea.
> 她用一個藥草泡茶。

運用大量的英語姓名：市面上一般的書籍，往往以 he/she/it 等作為例句的主角，不然就是全書都採用 John、Mary 這些簡易常用的人名，使得學生對於實際生活中接觸到的外籍人士姓名，覺得陌生拗口，唸不出來。本書例句大量使用不同的英文人名，句子多變化，更能強化讀者對英文姓名的認識。

忠於發音之人名翻譯：您是否曾經依據中文翻譯，猜測某個人名的英文發音，卻發現兩者相差甚遠呢？本書採取與發音相近的翻譯，減少讀者被翻譯誤導，而唸錯姓名的機會。況且，許多人名與句中的某個字是押韻的，可以幫助練習語感。

實用的附錄：本書附錄提供不規則動詞表，為英語學習之重要資訊，方便讀者查詢與背誦。

豐富的文法練習：本書於一個至數個 Part 之後編排適量習題，幫助讀者學完文法要點立刻演練，加深印象，確保文法理解紮實，學以致用。

2

選出正確答案。

_____ **1** She needs to have _____ in herself.
 Ⓐ faith Ⓑ a faith Ⓒ the faith Ⓓ faiths

_____ **2** Wanda Wright fell in _____ with the moonlight.
 Ⓐ love Ⓑ the love Ⓒ a love Ⓓ loves

穿插彩色插圖：幫助理解、記憶，學習兼具效率與趣味。

規則一 大部分單數名詞 → 字尾 + -s
- book → books 書
- worm → worms 蟲

worms

books

學習方式

從頭開始讀起：本書依照國外學童學習文法的最佳學習步驟編排，入門讀者可從頭依序學習，由簡而深，學習完整的文法知識。

隨時查詢文法：本書編排詳盡的目錄，設計清楚易見的書眉，因此除了逐條閱讀，本書亦是隨時查詢文法要項的工具書。即使已經學過文法，你還是需要一本這樣完善的參考書，隨時查閱。

獨立內容學習：清楚明顯的「Note」與「Diving Deep Into English」的補充說明格式，除了搭配上下文閱讀，亦適合單獨翻閱學習。

檢索方式

由目錄檢索：層次分明、詳盡的目錄，是查詢各大文法要點的第一道入口！

詳盡交叉參照：文中依照內容需要，補充可參照的相關條目與頁碼，例如「參見 p. 1〈Unit 1 句子〉」，參照最便利！

本書結構與使用圖解

單元：依文法主題分為 16 個 Unit，Unit 下再細分為 82 個 Part。

　Note：補充說明，配合上下文參照閱讀。

> **NOTE**
>
> **stomach** 和 **monarch** 雖以 **-ch** 結尾，卻只加 **-s** 構成複數，因為這兩個名詞的 **-ch** 發音是 [**k**]，所以複數形的變化方式和以 **-k** 結尾的名詞相同。
>
> - stomach　→　stomachs　胃
> - monarch　→　monarchs　君主

Diving Deep Into English：延伸學習，補充說明與前述主題相關的重要文法常識，主題明確，亦適合單獨學習及查閱。

> **Diving Deep Into English / 1 / 複合名詞與所有格（s' 或 's）的比較**
>
> 如果第一個名詞擁有第二個名詞，或經歷了第二個名詞所描述的事件，或與第二個名詞有關聯，就用**所有格形式**（s' 或 's），否則就要用**複合名詞**（名詞 + 名詞）的結構。
>
> - **My** dog's name **is Fame.** 我的狗名叫費姆。
>   - ↳ 擁有：狗擁有一個名字。
> - **Will Sue rush to buy a new** shoe brush**?**
>   蘇要趕快去買一把新的鞋刷嗎？
>   - ↳ 鞋不可能擁有刷子，也不可能經歷刷子，鞋與刷子之間也沒有人際關係。因此，這句應該用複合名詞的「名詞 + 名詞」結構。
>
> » 名詞的所有格形式，參見 p. 38〈Part 6 名詞的所有格〉
>
> » 複合名詞，參見 p. 145〈5 作形容詞的名詞（構成複合名詞）〉

文字圖解說明：使用文字框、色彩、底線、箭頭等圖解方式，幫助理解文法。

- NASA hired Sandra Shaw. 美國太空總署雇用了珊卓拉・蕭。
  - ↳ 名詞 Sandra Shaw 作受詞。

┌ 與**過去**事實相反　　　　　　　┌ 與**現在**事實相反
（I **didn't** stay late.）　　　　　（I **don't** feel tired.）
- **If** I had stayed **late at the office last night,** I would feel **tired now.**
  假如我昨晚在辦公室工作到很晚，我現在就會感到很疲倦。

插畫圖解說明：以輕鬆可愛的插圖方式呈現，幫助理解文法，提高學習效率。

a mouse

two mice

詳盡的交叉參照：提供相關文法的參照頁碼及標題，有助一次釐清文法觀念。

2　專有名詞通常**不加 the**。
　　（有些專有名詞要與 the 連用。» 參見 p. 124〈12 要加 the 的專有名詞〉）

句子的定義與成分
The Sentence Defined

1 主詞與述詞 Subjects and Predicates

句子由一組字所構成，表達一個完整的概念。一個句子包括兩個重要的成分：**主詞**（subject）和**述語**（predicate）。

$$句子 = 主詞 + 述語$$

句子還可包括**補語**（主詞補語、受詞補語）、**受詞**、**狀語**（用來修飾動詞、形容詞、另一個副詞或整個句子）、**定語**（用來修飾名詞或代名詞）等句子成分。

1 **主詞**是動詞所描述的人、動物、地點或事物。

1 簡單主詞　**woman** 女人　　**they** 他們　→ 一個名詞或代名詞

2 完全主詞　**the angry old woman** 憤怒的老太婆
those who read a lot 那些飽覽群書的人
↳ 一個名詞（或代名詞）及其修飾語

3 主詞可以是**單一主詞**（如：Wendy 溫蒂）或**複合主詞**（如：Wendy and Lily 溫蒂和莉莉）。

2 **述語**是句子的一個重要部分，描述主詞的**行為**或**狀態**，通常含有述語動詞以及其他成分（如：受詞、補語、修飾語）。**述語動詞**（predicate verb）又稱為**主要動詞**（main verb）或**一般動詞**（ordinary verb）。

1 簡單述語　**walk** 散步　→ 只含一個述語動詞（= 主要動詞）
are walking, have walked, will have walked
↳ 助動詞 + 述語動詞（= 助動詞 + 主要動詞）

2　完全述語　walked quickly to the beach　快速地走向海灘

　　　　　　　　　↳ 包括述語動詞及修飾這個動詞的一切詞彙，如副詞、
　　　　　　　　　　副詞片語等。

3　述語可以是**單一動詞**（如：walked、is walking）或**複合動詞**（如：
walked and talked）。

　複合主詞　簡單述語／單一動詞

・ **Tim and Kim** swim.　提姆和金姆游泳。

　簡單主詞　簡單述語／單一動詞

・ **Bing** is hunting.　賓在打獵。

　　↳ Bing 是簡單主詞；動詞 is hunting 是
　　　簡單述語（助動詞 + 述語動詞）。

The boy jumped
over the fence.

　簡單主詞　　　完全述語

・ **The boy** jumped over the fence.　那男孩跳過柵欄。

PART

1

句子的定義與成分

2　主詞補語　Subject Complements

主詞補語是出現在**連綴動詞**（連綴動詞用來描述狀態，如：be、seem、
appear、look、become 等）後面的名詞、形容詞、片語（介系詞片語、不
定詞片語、動名詞片語）或子句，用來描述主詞的狀態或特質。

» 關於主詞補語，請參見 p. 609〈3 句型三：主詞 + 連綴動詞 + 主詞補語〉

　主詞　　　主詞補語

・ **Liz Needy** is greedy.　莉茲・尼迪很貪婪。　　→ 形容詞 greedy 作補語。

　　連綴動詞

3　受詞　Objects

受詞是直接或間接**接受動詞動作**的名詞、代名詞、片語或子句；跟在**介系
詞**後面的名詞、代名詞、片語或子句也是受詞。

- NASA hired Sandra Shaw. 美國太空總署雇用了珊卓拉・蕭。

  ↳ 名詞 Sandra Shaw 作受詞。

 4 狀語 Adverbials

狀語用來區別或限制事物的動作、形態、性質，由**副詞**、**片語**（介系詞片語、分詞片語、不定詞片語）或**子句**擔任。

1 **副詞**（adverb）：副詞是修飾**動詞**、**形容詞**、**另一個副詞**或**整個句子**的字；副詞告訴我們事件發生的**時間**、**地點**、**方式**等，在句中作**狀語**用。（凡是具有副詞作用的字、片語或子句，在句中就作狀語用。）

- very naughty 很淘氣

  副詞 very 修飾形容詞 naughty。

  副詞 very 修飾另一個副詞 loudly。

snore very loudly

- snore very loudly 大聲打呼

  副詞 loudly 修飾動詞 snore，描述某人如何打呼。

  副詞 quietly 修飾動詞 is reading。

- **Lynn** is reading quietly **in her cabin.**
  琳恩正在她的小屋裡安靜地閱讀。

Lynn is reading quietly.

2 **副詞片語**（adverbial phrase）：副詞片語是具有和副詞相同功能的片語，在句中作**狀語**，表示**條件**、**原因**、**目的**、**程度**或**方式**等。副詞片語可以放在句首、句尾、句中，或其修飾的成分前面。

  » 參見 p. 177〈Unit 6 副詞〉

- **Kent is snoring** in a tent. 肯特在帳篷裡打呼。

  ↳ 介系詞片語 in a tent 是句中的地方副詞片語（又稱地點狀語）。

5 定語 **Attributives**

定語用來修飾**名詞**或**代名詞**，可由形容詞、代名詞、名詞、數詞（如：three、the third）、分詞、介系詞片語、不定詞片語或子句來擔任。片語或子句作定語時，要置於所修飾的字後面。

- a pretty and witty girl 一個美麗又機智的女子 → 形容詞作定語。
- your name 你的名字 → 代名詞作定語。
- bus driver 公車司機 → 名詞作定語。
- three mice 三隻老鼠 → 數詞作定語。
- crying boy 正在大哭的男孩 → 現在分詞作定語。
- no wish to move back to the U.S. 不想搬回美國
  ↳ 不定詞片語作定語。
- a book that is easy and fun to read 一本讀起來輕鬆又有趣的書
  ↳ 子句作定語。
- the basketball players over there 在那邊的籃球員
  ↳ 副詞 here、there 也可以作定語，置於所修飾的名詞後面。

6 受詞補語 **Object Complements**

受詞補語通常由名詞、代名詞、形容詞或片語擔任，位於**受詞**後，對受詞進行補充說明。

» 關於受詞補語，請參見 Unit 16，p. 611〈5 句型五：主詞 + 及物動詞 + 受詞 + 受詞補語〉

- appointed her treasurer
  任命她為出納
  ↳ 名詞作受詞補語。
- paint my bedroom door red
  把我臥室的門漆成紅色
  ↳ 形容詞作受詞補語。

paint my bedroom door red

句子的種類
Types of Sentences

1 肯定句（affirmative）：用來陳述一個肯定的事實，以**句號**結尾。

- I'm glad that King Chad quit smoking and drinking.
  我很高興金‧查德戒了菸酒。

2 否定句（negative）：如果在動詞前面加上**否定詞**，如 not、never、rarely、hardly，那麼這個動詞或句子就帶有否定意味，構成否定句。否定句以**句號**結尾。

- I do not want to kiss Scot, because he smokes a lot.
  我才不想親史考特，因為他是個老菸槍。

3 疑問句（interrogative/question）：用來提問，以**問號**結尾。

- Did the three blind mice run away when the farmer's wife waved her big knife? 當農夫的妻子揮起她的大刀時，那三隻瞎眼老鼠有跑走嗎？

  » 參見 p. 518〈3 疑問句〉

4 感嘆句（exclamatory）：用來表達驚奇、懷疑、生氣、煩惱、歡樂等感情，以**驚嘆號**結尾。

- What a beautiful day to play! 真是一個適合玩樂的好天氣啊！

  » 參見 p. 525〈4 感嘆句〉

5 祈使句（imperative）：用來表達命令、強烈的要求或告誡，通常以**句號**結尾，但如果是強烈的命令，也可以用**驚嘆號**結尾。

- Dee, don't mess with me! 蒂，別惹我！

  » 參見 p. 531〈Part 74 祈使語氣〉

Parts 1–2
Exercise

將下列句子中的**主詞**畫上底線，**動詞**畫上雙底線。

----

1   <u>Eve Wang</u> <u>is</u> from Malaysia.

2   She has kept her maiden name "Wang."

3   Eve is a NASA astronaut.

4   Eve's husband, Steve West, is an engineer.

5   Eve and Steve spend two hours a day driving to and from work.

6   That is a lot of commuting time.

7   Eve and Steve live in a house near a beautiful lake.

8   They both love to ride horses.

9   Eve enjoys reading about space elevators.

10 Space elevators are safer than rockets.

2

下列句子為肯定句、否定句、疑問句、感嘆句或祈使句？請填入代號。

| A | 肯定句（affirmative） | Excl. | 感嘆句（exclamatory） |

| Neg. | 否定句（negative） | Imp. | 祈使句（imperative） |

| Int. | 疑問句（interrogative） |

_____ ① The Kennedy Space Center in Florida has a big model of a space elevator.

_____ ② What year did humans first walk on the moon?

_____ ③ Isn't walking on the moon fantastic!

_____ ④ Listen to the astronaut.

_____ ⑤ Are you going to visit the Kennedy Space Center?

_____ ⑥ I am not sure if I am going to visit the Kennedy Space Center.

_____ ⑦ How I love the NASA flight simulators!

_____ ⑧ Did you see the NASA movie about the first lunar landing?

_____ ⑨ Space elevators can go halfway to the moon.

_____ ⑩ Riding a space elevator sounds like fun.

Part 3 名詞的種類
Major Classes of Nouns

名詞可以是一個單字、一個片語或一個子句，用來表示人、動物、事物、地點、行為、感情等。

- Mark **jogs along a** path **in** Central Park. 馬克在中央公園的小路上慢跑。
  - ↳ Mark 是「人」的名字，path 是「事物」的名稱，Central Park 是「地點」的名稱，三者都是名詞。

1 普通名詞 Common Nouns

普通名詞是一個**泛指的普通名稱**，不是特定的人、事物或地點的名字。

- **Pearl says** her **newborn** baby **is** a girl.
  佩兒說，她剛出生的寶寶是個女孩。
  - ↳ baby、girl 不特指任何人，所以是普通名詞。單數可數的普通名詞前面要有限定詞（冠詞 a/an/the 或所有格 her、Mary's 等）。

2 專有名詞 Proper Nouns

1 專有名詞是一個**特定的人、事物或地點**的名稱，其首字母須**大寫**。

2 專有名詞通常**不加 the**。
（有些專有名詞要與 the 連用。» 參見 p. 124〈12 要加 the 的專有名詞〉）

- Buckingham Palace **in** London **was where** Danny **met** Annie.
  丹尼是在倫敦的白金漢宮認識安妮的。
  - ↳ Buckingham Palace 和 London 為特定地點的名稱；Danny 和 Annie 為特定人物的名稱，這些都是專有名詞。

> **NOTE**
> 專有名詞中的**冠詞**和部分**較短的介系詞**（三個字以下），不需要大寫。
>
> 冠詞 the 和介系詞 of 不大寫
>
> · The states and territories of (the) United States (of) America appear below in alphabetical order.
> 美國的州和領地依字母順序排列如下。

3 抽象名詞 Abstract Nouns

1 代表**品質**、**觀念**、**感情**或**無法觸摸的東西**的字，都是**抽象名詞**。（代表能觸摸的東西的字，如：desk、dog、fish 等，則是**具體名詞**〔concrete noun〕。）

感情 Feelings	anger 生氣	delight 欣喜	fear 恐懼	grief 悲痛
觀念 Ideas	equality 平等	faith 信念	freedom 自由	liberty 自由
行為 Behavior	chastity 貞潔	cruelty 殘酷	honesty 誠實	hostility 敵意
其他 Others	attention 注意力	beauty 美麗	literacy 識字	wealth 財富

· **When will Jill lose her temper again with Ben?**
什麼時候潔兒會再次對班發脾氣？

2 大部分的抽象名詞為**不可數名詞**（如：beauty、danger、hatred、love、truth），**不與冠詞**（the/a/an）**連用**，也**沒有複數形**。

lose her temper

- in love 戀愛中
  ↳ 不說 in a love 或 in the love。

3 抽象名詞後面如果有**修飾語**，前面就**要加 the**。

» 參見 p. 130 零冠詞之〈6 不可數名詞、抽象名詞和複數名詞不加冠詞〉和〈Diving Deep Into English 15：不可數名詞和複數名詞如果是特指的用法，要用 the〉

- the boiling anger between Mary and Larry
  瑪麗和賴瑞之間的盛怒
  ↳ 抽象名詞 anger 後面有介系詞片語 between Mary and Larry 修飾，因此 anger 前面要加定冠詞 the。

4 如果抽象名詞前面有**形容詞**，就可以加不定冠詞 **a/an**。

- Jim has a passionate love for Kim. 吉姆熱戀著金姆。

5 有一些抽象名詞則是**可數名詞**，有複數形式。用作**單數**時，可以和不定冠詞 **a/an** 連用。

單數	複數	
a feeling	feelings	感覺
a lie	lies	謊言
an idea	ideas	主意
a thought	thoughts	想法

an idea

---

4 集合名詞 Collective Nouns

1 集合名詞是表示**團體**或**集體名稱**的名詞。

- army 軍隊
- class 班級
- crowd 人群
- audience 觀眾
- committee 委員會
- team 隊；組

2 **數目的一部分**和**錢的總和**也被視為集合名詞。

- one-third 三分之一
- five thousand dollars 五千美金

3 有些**形容詞**與定冠詞 **the** 連用,被視為集合名詞。

the old

- the poor 窮人
- the rich 富人
- the old 老人

4 集合名詞是**可數名詞**,可以有**複數形式**。

單數	複數	
team	teams	團隊
class	classes	班級
family	families	家庭
government	governments	政府

5 集合名詞作主詞時,可接**單數動詞**,亦可接**複數動詞**。

1 指一個**整體**時,接**單數**動詞。

- The Beatles was **my favorite music group.**
  披頭四是我最喜歡的樂團。　　→ 指整體。

2 指團體裡的**成員**時,接**複數**動詞(尤其是英式英語)。

- The Beatles were **some of the most famous singers in history.**
  披頭四的成員是史上最著名的一些歌手。
  ↳ 指團隊裡的個體。

the Beatles

 NOTE

不過,集合名詞通常接**單數動詞**較多。

- Hugh thinks his family is going to move to Honolulu.
  修認為他家要搬到檀香山了。

③ 集合名詞 police（員警）、people（人們）、cattle（牛）一律接**複數動詞**。

· **In Greece, the** police are **looking for a car thief called Maurice.**
希臘警方在尋找一個名叫莫利斯的偷車賊。

④ **表達數字的片語**是集合名詞，通常被看成一個**整體**，要用**單數動詞**；但如果被當成是一組**個體單位**，就要用**複數動詞**。

· Is a hundred dollars **a lot of money to buy honey?** → 指一個總數。
花一百美元買蜂蜜算很多嗎？

· About forty thousand dollars have **been spent tutoring Kent.**
已經花了約四萬美金在輔導肯特身上了。 → 指一些個體單位。

⑤ 「**the + 形容詞**」所構成的集合名詞，指某一大類的人，如 the poor（窮人）、the old（老人），一律接**複數動詞**。

· The rich are **getting much richer,** the poor are **still poor, and** the middle class is **going nowhere.**
富人變得更加富有，窮人依然貧窮，而中產階級卻沒有任何進展。
↳ 集合名詞 the rich（= rich people）、the poor（= poor people）作主詞，動詞用複數形式；集合名詞 the middle class 是指一個整體，故要與單數動詞搭配。

---

5 複合名詞 Compound Nouns（Noun + Noun）

① **複合名詞**的三種形式

① 由兩個以上的名詞組成，形式上為分開的兩個或三個字，意義上為一個字。

- apple juice 蘋果汁
- World Chess Championship
世界西洋棋錦標賽

apple juice

2 由兩個以上的名詞組成一個字，沒有連字號。

- boyfriend 男朋友
- earthquake 地震

3 由兩個以上的名詞用連字號組成一個字。

- daughter-in-law 媳婦
- life-style 生活方式

- **Mary made a** blueberry pie **in January.** 瑪麗一月時做過一個藍莓餡餅。

- **My** mother-in-law, **Lenore, owns a** bookstore.
  我的岳母蕾諾兒擁有一間書店。

2 **複合名詞**（名詞 + 名詞）的複數形：**第一個名詞通常要用單數**，只需把第二個名詞變成複數形。

- two taxi drivers 兩名計程車司機
  ↳ 第一個名詞作形容詞用，通常是單數。
- five hotel receptionists 五名飯店接待員

> **NOTE**
>
> 不過，有些複合名詞的第一個名詞要用**複數形式**。
>
> 1 以**複數形式**出現的名詞（如：customs 海關、savings 儲蓄）：
>   - a savings account 一個儲蓄存款戶頭
>   - two savings accounts 兩個儲蓄存款戶頭
>
> 2 涉及**一種以上**的項目或行為：
>   - the building materials industry 建築材料業
>   - the foreign languages department 外語系
>   ↳ 「一所外語學校」要說 a foreign languages school，因為外語學校涉及多門語言（不過英式也有用單數 a foreign language school）。
>
> 3 如果 woman 或 man 是複合名詞的一部分，而修飾的另一個名詞是**複數**，則可用複數 women 或 men，例如：
>   - women doctors 女醫師
>   - women teachers 女教師

15

3 複合名詞（名詞 + 名詞）常用以表達某物的**材料**。

- Cotton shirts **are shirts made of cotton.**
  棉襯衫是棉製的襯衫。

4 「**動詞 + -er**」所構成的名詞，常與另外一個名詞組成**複合名詞**。

- taxi driver 計程車司機
- hair dryer 吹風機

Diving Deep Into English / **1** / 複合名詞與所有格（s' 或 's）的比較

如果第一個名詞擁有第二個名詞，或經歷了第二個名詞所描述的事件，或與第二個名詞有關聯，就用**所有格形式**（s' 或 's），否則就要用**複合名詞**（名詞 + 名詞）的結構。

- **My** dog's name **is Fame.**
  我的狗名叫費姆。
  ↳ 擁有：狗擁有一個名字。
- **Will Sue rush to buy a new** shoe brush**?**
  蘇要趕快去買一把新的鞋刷嗎？
  ↳ 鞋不可能擁有刷子，也不可能經歷刷子，鞋與刷子之間也沒有人際關係。因此，這句應該用複合名詞的「名詞 + 名詞」結構。

» 名詞的所有格形式，參見 p. 38〈Part 6 名詞的所有格〉

» 複合名詞，參見 p. 145〈5 作形容詞的名詞（構成複合名詞）〉

Part 3
Exercise

1

選出同類的名詞。

_____ **1** doctor, teacher   (A) girlfriend, grandfather

_____ **2** cow, dog, frog   (B) computer, clock

_____ **3** stepsister, mother-in-law   (C) tiger, deer, rabbit

_____ **4** oven, radio, TV   (D) Berlin, Germany

_____ **5** Nairobi, Kenya   (E) pilot, police officer

2

選出正確答案。

_____ **1** She needs to have _____ in herself.
   (A) faith   (B) a faith   (C) the faith   (D) faiths

_____ **2** Wanda Wright fell in _____ with the moonlight.
   (A) love   (B) the love   (C) a love   (D) loves

_____ 3 _____ is money, and money buys honey.

    Ⓐ The time   Ⓑ Times   Ⓒ Time   Ⓓ A time

_____ 4 I'm not going to forget _____ I ate a lime.

    Ⓐ time   Ⓑ times   Ⓒ the time   Ⓓ a time

_____ 5 Give me _____, or give me _____.

    Ⓐ the liberty; the death   Ⓑ a liberty; a death

    Ⓒ liberties; deathes   Ⓓ liberty; death

③

將下列兩欄詞彙互相搭配，構成複合名詞。

- -

1	bath _____		Ⓐ suit
2	tooth _____		Ⓑ work
3	down _____		Ⓒ brush
4	basket _____		Ⓓ cake
5	home _____		Ⓔ tub
6	pan _____		Ⓕ corn
7	sail _____		Ⓖ boat
8	pop _____		Ⓗ ball
9	back _____		Ⓘ stairs
10	swim _____		Ⓙ pack

將括弧中的正確答案畫上底線。

- -

1 Yesterday Sue vomited during her (job interview/ job's interview).

2 My (wife's interview/wife interview) with the reporter Nell Drew went very well.

3 Is that (Jane's/Jane) book, or is it Wayne's?

4 Did Brooke look for a cook in the (telephone/telephone's) book?

5 Did you go to an American (summer/summer's) camp with Matthew?

6 The (moonlight/moon's light) will be bright tonight.

7 (Is/Are) the police looking for a tall purple alien from a distant star?

8 The jury (is/are) reaching its decision about Marvin Missouri.

9 The cattle (are/is) grazing happily in the fields.

10 Fifteen dollars (are/is) not enough to buy two tickets for the play *Gwen Practices Zen*.

4 可數與不可數名詞

Countable Nouns and Uncountable Nouns

1 **可數名詞**和**不可數名詞**的基本區別

可數名詞 （可以計數）	具有**複數形式**（字尾加 -s 或 -es）；作單數時，可與不定冠詞 **a/an** 連用；也可與**數詞**（one、two、three 等）連用。
	• an apple 一顆蘋果 → two apples 兩顆蘋果 • a tiger 一頭老虎 → three tigers 三頭老虎 • one pilot 一名飛行員 → four pilots 四名飛行員 • **She likes peaches.** 她喜歡吃桃子。
不可數名詞 （無法計數）	沒有複數形式（字尾不加 -s 或 -es），不與 a/an 或數詞連用，在句中作主詞時，要用**單數動詞**。此類名詞包括**物質名詞**（mass noun）和**抽象名詞**（abstract noun）。
	• air 空氣 • clothing 衣服 • mail 信件 • blood 血液 • honesty 誠實 • rice 米 • **Kay eats bread every day.** 凱每天都要吃麵包。

2 有些名詞在其他語言中是可數的，在英語中卻是**不可數名詞**，不與 a/an 連用，作主詞時，動詞要用**單數**。如以下名詞：

- advice 忠告
- bread 麵包
- information 資訊
- baggage 行李
- furniture 家具
- news 新聞

・ Information **about how to stop an itch** is **very important to Mitch.**
對米契來說，如何止癢的資訊是很重要的。
↳ information 是不可數名詞，要用單數動詞 is。

3 如果要表示不可數名詞的數量，可在名詞前加上 **a piece of** 這類片語。
» 參見 p. 112〈Diving Deep Into English 13：不可數名詞不與 a/an 連用〉

- a piece of **cheese**
  一片乳酪
- a jar of **honey**
  一罐蜂蜜

*a piece of
cheese*

・ **Can you give me** a piece of advice **about how to cook rice?**
你可以給我一個建議該如何煮米飯嗎？
↳ advice 是不可數名詞，不與冠詞 a/an 連用，但可以用 a piece of、two
  pieces of 來表示數量。也可以與 some 連用（some advice 一些建議）。

4 有些名詞，可作**可數名詞**，也可作**不可數名詞**，但**意義不同**。

不可數	可數
coffee 咖啡	two coffees = two cups of coffee 兩杯咖啡
with experience 有經驗的	a rather odd experience 一次很奇特的經歷
time 時間	ten times 十遍
glass 玻璃	a glass of orange juice 一杯柳橙汁

coffee

two coffees

還有些名詞表示**整體物質**時，是**不可數名詞**；
表示**某物質的一例**時，是**可數名詞**。

不可數	可數
● made of stone 由石頭做成的	● a small stone in her shoe 她鞋裡的一塊小石頭
● with long black hair 有著長長的黑髮	● a gray hair in my soup 我湯裡的一根白頭髮

made of stone

Diving Deep Into English / 2 可數與不可數名詞常用的限定詞：
some 和 any

some 和 any 既可用來修飾**複數名詞**（some/any flowers），也可以
修飾**不可數名詞**（some/any money）。

❶ **some** 通常用於**肯定句**，但在期待答案是「yes」的**疑問句**中，
也可以用 **some**。

肯定句 **Nancy would like** some green tea.
南西想喝點綠茶。

疑問句 **Would you like** some green tea, **Sue?**
蘇，你想不想喝點綠茶？

❷ **any** 通常用於**疑問句和否定句**。

否定句 **"There isn't** any apple juice," **replied Claire.**
「沒有蘋果汁了。」克萊兒回答。

疑問句 **Are there** any tickets **on the chair?**
椅子上有票嗎？
↳ 疑問句：any + 複數可數名詞

» 參見 p. 94〈6 any 和 some：任何；一些（代名詞或限定詞）〉

22

Part 4
Exercise

1

在空格內填上 a、an、some 或 any。

----

1. Lee put _____ sugar in his coffee.

2. There isn't _____ bread on my bed.

3. In the refrigerator, there are still _____ eggs and chicken legs.

4. Did Helen buy _____ watermelon?

5. Is there _____ hot tea in the teapot?

6. Anna sold _____ gold.

7. _____ apple a day keeps the doctor away.

8. Do you see _____ lemons on the tree?

9. My pup ate _____ French fries but didn't want _____ ketchup.

10. I don't want _____ milk and honey in my tea.

2

將正確的句子標示 R，錯誤的句子標示 W，並改寫為正確的句子。

1 Midge asked, "What's in the fridge?"

   [R] _____

2 "There are any tomatoes, but there aren't any carrots," replied
   Jenny.

   [   ] _____

   _____

3 "There are some strawberries, but there aren't any blueberries,"
   complained Penny.

   [   ] _____

   _____

4 "There isn't a bread, but there are some bananas,"
   added Ed.

   [   ] _____

   _____

5 Dan told me a good news about Stan.

   [   ] _____

   _____

3

選出正確的答案。

_____ **1** Scot is going to be _____.

(A) astronaut   (B) the astronaut

(C) astronauts   (D) an astronaut

_____ **2** To _____, Leroy is a lazy playboy.

(A) my knowledges   (B) a knowledge

(C) my knowledge   (D) knowledges

_____ **3** Accepting the truth will take _____.

(A) a lot of courages   (B) a lot of courage

(C) many courage   (D) a courage

_____ **4** There are _____ apples, but there isn't _____ apple juice.

(A) some; any   (B) some; some

(C) any; any   (D) any; some

_____ **5** Chad bought _____ for his dad.

(A) three new pants

(B) a new pants

(C) three pair of new pants

(D) three pairs of new pants

Part 5

名詞的單複數形式
Plural Nouns and Singular Nouns

1 單複數名詞的定義

1 **可數名詞**有單、複數形式之分。

2 **單數名詞**指一個人、一隻動物、一樣東西、一件事情或一個地方。

3 **複數名詞**則表示兩個以上的人、動物、事物、地方。複數名詞的字尾通常有別於單數名詞，例如：

- cherry → cherries 櫻桃
- kiss → kisses 親吻
- student → students 學生
- woman → women 婦女

2 規則名詞的複數形式 Regular Nouns

規則一 大部分單數名詞 → 字尾 + -s

- book → books 書
- worm → worms 蟲

規則二 名詞字尾為 -s、-sh、-ch、-x、-z → 字尾 + -es

- address → addresses 地址
- arch → arches 拱門
- box → boxes 盒子
- bush → bushes 灌木
- quiz → quizzes 測驗
  ↳ quiz 變複數時要先重複字尾 z，再加 -es。
- waltz → waltzes 華爾滋

NOTE

stomach 和 monarch 雖以 -ch 結尾，卻只加 -s 構成複數，因為這兩個名詞的 -ch 發音是 [k]，所以複數形的變化方式和以 -k 結尾的名詞相同。

- stomach   →   stomachs 胃
- monarch   →   monarchs 君主

規則三 名詞字尾為子音字母 + -y → 去 y 加 -ies

- baby   →   babies 嬰兒
- copy   →   copies 複製品
- family   →   families 家庭
- story   →   stories 故事

NOTE

規則三不適用於**專有名詞**，如：不只一個 Mary 時，要用 **Marys**，不能用 Maries。

規則四 名詞字尾為母音字母 + -y (-ay, -ey, -oy, -uy) → 字尾 + -s

- birthday   →   birthdays 生日
- boy   →   boys   男孩
- guy   →   guys   傢伙
- monkey   →   monkeys 猴子

規則五 名詞字尾為 -f/-fe → 去 -f/-fe，加 -ves

- half   →   halves 一半
- knife   →   knives 刀子
- leaf   →   leaves 樹葉
- life   →   lives 性命

leaf

leaves

NOTE

名詞字尾為 **-f/-fe** 的複數變化有以下例外：

1 有些以 **-f** 或者 **-fe** 結尾的名詞，只加 **-s** 就可以構成複數。

- belief → beliefs 信仰
- giraffe → giraffes 長頸鹿
  ↳ giraffe 有兩種複數形式：
    giraffe**s**（加 -s）
    giraffe（單複數同形）
- proof → proofs 證據
- roof → roofs 屋頂
- safe → safes 保險箱

two giraffes/giraffe

2 有些以 **-f** 結尾的名詞，可以只加 **-s** 構成複數，也可以去 f，再加 **-ves**。

- dwarf 矮人 → dwarfs
  → dwarves
- scarf 圍巾 → scarfs
  → scarves

three dwarfs/dwarves

3 以 **-ff** 結尾的名詞，通常加 **-s** 構成複數。

- cliff → cliffs 懸崖
- sheriff → sheriffs 警長

規則六 名詞字尾為 子音字母 + -o → **字尾 + -es**

- echo → echoes 回音
- hero → heroes 英雄
- potato → potatoes 馬鈴薯
- tomato → tomatoes 番茄

a tomato

three tomatoes

NOTE 名詞字尾為 **-o** 的複數變化有以下一些例外：

1 有些字尾為「**子音字母 + -o**」的名詞，只要加 **-s** 即構成複數形。

- kil**o** → kilo**s** 公斤
- memo → memo**s** 備忘錄
- hipp**o** → hippo**s** 河馬
- pian**o** → piano**s** 鋼琴

2 有些字尾為「**子音字母 + -o**」的名詞，可以加 **-s** 或 **-es** 構成複數。

- buffal**o** 水牛 → buffalo 有三個複數形式：buffalo**s**（加 -s）
    buffalo**es**（加 -es）
    buffalo（單複數同形）
    → buffalo**s**
    → buffalo**es**

- mang**o** 芒果
    → mango**s**
    → mango**es**
- tornad**o** 龍捲風
    → tornado**s**
    → tornado**es**
- zer**o** 零
    → zero**s**
    → zero**es**

規則七 名詞字尾為母音字母 + -o → 字尾 + -s

- kangar**oo** → kangaroo**s** 袋鼠
    ↳ kangaroo 有兩個複數形式：
    kangaroo**s**（加 -s）
    kangaroo（單複數同形）
- vide**o** → video**s** 錄影
- radi**o** → radio**s** 收音機
- z**oo** → zoo**s** 動物園

3 不規則名詞的複數形式 Irregular Nouns

1 單複數**不同形**

- child → child**ren** 小孩
- foot → f**ee**t 腳
- man → m**e**n 男人
- mouse → m**i**ce 老鼠

a mouse

two mice

2 單複數同形

- one deer → two deer 鹿
- one fish → two fish 魚（參見下面 Note 說明）
- one sheep → two sheep 綿羊
- one species → two species 物種

one species

two species

> **NOTE**
>
> **1** fish 的複數形式有兩種：fish 和 fishes。
>
> ① 指同種類的魚，或泛指的魚，無論單複數都用 fish。
> ② 指多種不同種類的魚時，可以用 fish 或 fishes 兩種複數形式，但仍較常用 fish。
>
> **2** 有些表示民族的名詞也是單複數同形，如：
>
> - a Chinese → two Chinese 中國人
> - a Vietnamese → two Vietnamese 越南人

4 單位數量詞的複數形式

1 dozen（一打）、hundred（一百）、thousand（ 一千）這類名詞，若用以指明數量，則其複數不加 -s，意即單複數同形。

- a dozen roses 12 朵玫瑰花 → two dozen roses 24 朵玫瑰花
- a hundred balloons 一百個氣球 → two hundred balloons 兩百個氣球
- a thousand dollars 一千美元 → two thousand dollars 兩千美元

2 用以形容**大量的**，而非指「數量」時，**要加 -s**，並接 **of** 片語。

- dozens of roses　　　幾十朵玫瑰花
- hundreds of balloons　數以百計的氣球
- thousands of dollars　數千美元

---

5 複合名詞的複數形式　Compound Nouns

1 複合名詞的複數形式，通常是把其中的**基本名詞**（指此名詞中的主要成分）變成複數。

attorney general	→ attorneys general	首席檢察官
brigadier general	→ brigadier generals	准將（美國空軍、陸軍或海軍陸戰隊）
bookstore	→ bookstores	書店
daughter-in-law	→ daughters-in-law	媳婦
housewife	→ housewives	家庭主婦
man-of-war	→ men-of-war	軍艦
passerby	→ passersby	路人
policeman	→ policemen	男員警

a housewife

two housewives

2 一些不是「名詞 + 名詞」形式的複合名詞沒有明顯的基本字，通常在**最後一個字**加上複數字尾。

go-between	→ go-betweens	中間人；媒人
good-for-nothing	→ good-for-nothings	無用之人
grown-up	→ grown-ups	成年人

6 外來名詞的複數形式

1 -is → -es

- analysis → analyses 分析
- basis → bases 基礎

2 -on → -a

- criterion → criteria 標準（複數形亦可作 criterions）
- phenomenon → phenomena 現象

3 -x → -ces

- index → indices 索引（複數形亦可作 indexes）
- appendix → appendices 附錄（複數形亦可作 appendixes）

4 -um → -a

- memorandum → memoranda 備忘錄
  （複數形亦可作 memorandums）
- referendum → referenda 公民投票
  （複數形亦可作 referendums）

5 -us → -i

- stimulus → stimuli 刺激物
- syllabus → syllabi 教學大綱（複數形亦可作 syllabuses）

7 人名的複數形式

1 無論是名字還是姓氏，人名的複數形都是**直接加 -s**；
如果人名以 -s、-sh、-ch、-x 或 -z 結尾，就加 -es 構成複數。

2 即使人名以 -y 結尾，也只加 -s 構成複數，字尾 -y 不能改為 -ies，
即**不能改變人名的原來拼寫**。

單數		複數
● Ann	→	three Anns 安　→ 名字
● James	→	two Jameses 詹姆斯　→ 名字
● Cory	→	the Corys 柯瑞家
		↳ 姓氏，表示 the Cory family。
● Mr. and Mrs. Goodman	→	the Goodmans 古德曼伉儷
		↳ 已婚夫婦，不能用 the Goodmen。
● Mr. and Mrs. Wolf	→	the Wolfs 沃爾夫伉儷
		↳ 已婚夫婦，不能用 the Wolves。

8　永遠以複數形出現的名詞

1 形式是複數、意義是單數的不可數名詞（與單數動詞連用）

- ethics 倫理學
- gymnastics 體操
- mathematics 數學
- measles 麻疹
- news 新聞
- politics 政治學

・ **Mathematics/Statistics/Physics isn't a difficult subject for Amy or me.**
對艾咪或我來說，數學／統計學／物理學並不是一門艱難的學科。

Diving Deep Into English	3	economics、ethics、statistics 和 politics 可作單數，也可作複數

❶ **economics**、**ethics**、**statistics** 和 **politics** 有時具有**複數**意義。

- ・ **That leading company's statistics are often misleading.**
那家龍頭企業的統計資料經常誤導人。
↳ 指一組數據。

2 判斷這類名詞為單複數的祕訣：

① 如果把這些以 -ics 結尾的名詞看成是**一般的、泛指的字**（如：一門學科），那麼就是**單數**，須搭配**單數動詞**。

- economics 經濟學
- politics 政治；政治學
- ethics 倫理學
- statistics 統計學

② 如果把這些以 -ics 結尾的名詞看成是**特定的、限定的字**（如：某人的信仰），那麼就是**複數**，須搭配**複數動詞**。

- economics 國家的經濟狀況
- ethics（個人信奉的）道德原則
- politics 政治理念；政治信仰
- statistics 統計資料

---

2 形式為複數、意義為單數的複數名詞（與**複數動詞**連用）

1 一些名詞在**意義上是單數**，卻具有**複數形式**，而且總是與**複數動詞**連用。仔細看看這些名詞所代表的物件，在組成上多半具有**一雙、一對**的意味，像褲子一定是兩個褲管，剪刀由兩個刀片組成，很好辨認。

- glasses 眼鏡
- pants 長褲
- scissors 剪刀
- gloves 手套
- pajamas 睡衣褲
- trousers 褲子

- Rose's big scissors are sharp and tough enough to cut almost any metal.
  蘿絲的大剪刀既尖銳又堅硬，幾乎所有的金屬材料都可以剪。

2 若要表達這類名詞的數量，可用 **a pair of** 或 **two pairs of** 等片語修飾。

- Rose has two pairs of pajamas in her bedroom upstairs.
  蘿絲在她樓上的臥室裡有兩套睡衣褲。
  ↳ 不能說 two pajamas。

a pair of pajamas

· **There** is **a pair of** scissors **somewhere near that pear.**
那顆梨子附近有一把剪刀。
↳ 不能說 a scissors。
↳ 主詞是 a pair of 或 this pair of，要用單數動詞。

a pair of scissors

3 形式為複數、表示單一物品的複數名詞（與複數動詞連用）

有些名詞表示**單一物品**（亦即意義為單數），卻永遠用**複數形式**，且一律與**複數動詞**連用。

- arms 武器
- belongings 財物
- customs (= tariffs) 關稅
- earnings 收益；薪水

- fireworks 煙火
- goods 商品；貨物
- looks 相貌
- riches 財富

· **I understood that my company's** earnings were **pretty good.**
我明白我公司的收益很不錯。

· **Ann said all her worldly** goods were **in her van.**
安說她全部的家當都在她的廂型車裡。

> **NOTE**
>
> **1** **customs** 也可以指「海關（部門）」，作**集合名詞**，美式英語通常與**單數動詞**搭配。
>
> **2** **custom** 指「風俗；習慣」，複數名詞是 customs。

4 形式為複數、單複數同形的名詞

	單數	複數
crossroads 十字路口	a crossroads	two crossroads
means 手段；方法	every possible means	all possible means
species 物種	a species	many species
series 系列	a series	three series

將下列文字組成完整的句子。

1 Red and blue are _____

2 Are Ann and Nan _____

3 Are these bushes or _____

4 The farmer's nice wife _____

5 Is that a _____

Ⓐ chases mice with a knife.

Ⓑ fox stealing my socks?

Ⓒ nice colors for Ted.

Ⓓ in the car with Dan?

Ⓔ dwarf trees?

將括弧中的正確答案畫上底線。

- -

1　Ann's politics (is/are) wild because she's still a child.

2　Dan's aunt's pants (was/were) full of ants when she was in France.

3　(Is/Are) politics very complicated and often hated?

4　Maryjo's glasses (have/has) fallen on her toes.

5　I can hear two (deer/deers) in the woods.

6　Please give both (Maries/Marys) some blueberries.

7　Those two (policewomans/policewomen) are both called Marylou.

8　Three (mice/mouses) are hiding behind a piece of ice.

9　The three (pianoes/pianos) were all made from the same tree.

10　Those (foxes/foxs) love to play with boxes.

名詞的所有格
Nouns Used in the Possessive Form

 1 所有格的定義

所有格是一個字,或看作是字的形式,用以表示某人或某物的**附屬關係**。名詞的所有格代表**物主的身分**或**所有權**,以所有格符號「**'**」來表示,或用 **of** 結構(如:the top of the mountain 山頂)來表示。

在這個單元裡,我們會討論名詞的所有格(在 Unit 3 會討論代名詞的所有格,例如 his、my、their、whose 等)。

- John's book 約翰的書
- the deaths of more than 80,000 people 八萬多人罹難

2 名詞所有格的構成

1 單一名詞的所有格

單數名詞	**1** 不以 -s 結尾的單數名詞(包括人名)→ 字尾加「's」	John's plane 約翰的飛機 my aunt's cottage 我阿姨的農舍 Dawn Knox's foxes 朵安・諾克斯的狐狸
	2 以 -s 結尾的單數名詞(包括人名)→ 字尾加「's」	Dickens's novels 狄更斯的小說 the witness's reply 證人的回答
	3 以 -s 結尾的古人名、外來人名 → 字尾加「'」	Jesus' life 耶穌的一生 Socrates' philosophy 蘇格拉底的哲學

複數名詞	**1** **規則**的複數名詞 （以 -s 或 -es 結尾） → 字尾加「**'**」	● my parents' donkey 我父母的驢子 ● the Foxes' cottage 福克斯家的農舍 ● the witches' brooms 女巫的掃帚
	2 **不規則**的複數名詞 （字尾非 -s 或 -es） → 字尾加「**'s**」	● a children's book 童書 ● a men's changing room 男更衣室 ● women's magazines 女性雜誌
無生命的事物	**1** 多用「**of + 名詞**」的結構。	● the top of the page 這一頁的上方 ● the bottom of the mountain 山腳
	2 有些可以用**複合名詞**的方式表達所屬關係。	● the door of the city library = the city library door 市立圖書館的門

NOTE

1 以 -s 結尾的專有名詞或單數名詞，加了「**'s**」後，會增加一個音節；如果增加的這個音節會造成發音困難，可以只加「**'**」。

● for goodness' sake 看在老天爺的分上
● Los Angeles' freeways 洛杉磯的高速公路
● Mr. Jones' car (= Mr. Jones's car) 瓊斯先生的汽車

2 不要混淆**複合名詞**與**所有格**的區別。比如：kitchen table，而不是 kitchen's table。

» 參見 p. 16〈Diving Deep Into English 1：複合名詞與所有格（s' 或 's）的比較〉

2 成對名詞的所有格

1 聯合物主 → 最後一個物主 + 's 或 '

● Del and Molly's date 戴爾和茉莉的約會
↳ 兩個人（Del and Molly）共同擁有的事件（date）。

2 獨立物主 → 每一個物主 + 's 或 '

- the Lakes' and the Drakes' houses 雷克家的房子和德瑞克家的房子
  ↳ 每家獨自擁有一棟房子,表示獨立所有權,每個家庭後面都要加所有格
    符號「'」。

3 名詞所有格的獨立應用

1 當上下文的文意很清楚時,名詞所有格(即「名詞 + 's」或「名詞 + '」
形式)後面的名詞可以省略。

- Claire's hair is dark, but her daughter's is fair.
  克萊兒的頭髮是黑色的,但她女兒的頭髮卻是金色的。
  ↳ daughter's = daughter's hair

2 這種獨立名詞所有格形式還可指某人的**辦公室**、**工作室**、**商店**、**家**。

- from the baker's 來自麵包店　　　● at Mona's 在夢娜家
- at the doctor's 在醫生的診所

4 節慶名稱的所有格用法

1 以**單數名詞所有格**表現的節慶

- New Year's Day 新年　　▷ 1/1
- Father's Day 父親節　　▷〔美〕6 月的第三個星期日
- Valentine's Day 情人節　▷ 2/14
- Mother's Day 母親節　　▷〔美〕5 月的第二個星期日

2 以**複數名詞所有格**表現的節慶

- April Fools' Day 愚人節　▷ 4/1
- Presidents' Day 總統日　▷ 2 月第三個星期一
- All Saints' Day 萬聖節　▷ 11 月 1 日

3 **不用所有格形式**表現的節慶

- Christmas Day 聖誕節　　▶ 12/25
- Columbus Day 哥倫布日　▶ 10 月 12 日或 10 月的第二個星期一
- Independence Day （美國）獨立紀念日　▶ 7/4
- Labor Day 勞動節　　　　▶〔美〕9 月的第一個星期一
- Martin Luther King Jr. Day 馬丁・路德・金紀念日
  　　　　　　　　　　　　▶ 1 月的第三個星期一
- Memorial Day 陣亡將士紀念日　▶ 5 月的最後一個星期一
- Thanksgiving Day 感恩節　▶ 11 月的第四個星期四

> **NOTE**
>
> 有些節日名稱只用**名詞複數形式**，而不用複數所有格形式。
>
> - Veterans Day 美國退伍軍人節　▶ 11/11
> - United Nations Day 聯合國日　▶ 10/24

5　名詞所有格與定冠詞 the

1 **專有名詞**的所有格（帶有「's」或「'」形式）已經具有定冠詞 **the** 的作用，因此**專有名詞所有格不能與 the 連用**，但普通名詞的所有格則不在此限。

- Leroy's toys 勒洛伊的玩具
  ↳ Leroy 為專有名詞，其所有格不可與 the 連用。
- the boss's toys 老闆的玩具
  ↳ boss 為普通名詞，其所有格要與 the 連用。

2 **複數姓氏**的所有格前面**要加 the**。

Leroy's toys

- the Blooms' travel trailer 布盧姆家的旅行掛車
- the Flowers' poodle 弗勞爾家的貴賓狗

41

- The Browns' **house is at the end of this street.**
布朗家的房子在這條街的街尾。
  ↳ the Browns（the + 複數姓氏）= the Brown family

6 所有格「's」和「of + 名詞」結構的不同用法

1 **人名**和**動物名**通常在後面加上「**'s**」或「**'**」構成所有格，表示所屬關係、人與人之間的關係、人的特質。

- Susan's new electric car 蘇珊的新電動汽車 → 所屬關係
- my mother's friends 我媽媽的朋友們 → 人與人之間的關係
- Tom's stupidity 湯姆的愚蠢 → 人的特質

2 **無生命的東西**通常用「**of + 名詞**」片語來表示所屬關係。

- the bottom of the mountain 山腳
- the top level of the terminal 航空站的頂樓

> **NOTE**
>
> 有些無生命的事物，也可以用**複合名詞**的方式表達所屬關係。
>
> - the **book** cover
>   = the cover of the book 書的封面
> - the **bathroom** door
>   = the door of the bathroom 浴室的門

3 談論**某個過程**或**某些固定的稱號**時，也用「**of + 名詞**」。

- the destruction of the forest
  森林的破壞
- the Princess of Wales
  威爾斯王妃

the destruction of the forest

4 「**of + 名詞**」用於**較長或複雜的片語**，該名詞可以是物，也可以是人。

- the cheers of the students <u>sitting in the last row</u>
  坐在最後排學生的歡呼聲
  ↳ 名詞 students 後面由現在分詞片語 sitting in the last row 限定。

5 不過，許多涉及**時間、測量、國家、政府**的片語及**擬人化**的片語，卻習慣用「**'s**」或「**'**」構成所有格形式。

1 時間

- an hour's work 一小時的工作 • today's newspaper 今天的報紙
- New Year's resolutions 新年的決心

2 擬人法

- for heaven's sake 天啊 • the company's future 公司的未來
- for goodness' sake 看在老天爺的分上

3 測量、國家、政府

a stone's throw

- a thousand dollars' worth 一千元的價值
- a stone's throw 一石之遙；很短的距離
- Canada's main export 加拿大的主要出口品

6 有些名詞使用所有格「**'s**」或「**of + 名詞**」結構，在意義上沒有什麼不同，可以互換。

- the witches' brooms
  = the brooms of the witches 女巫的掃帚
- Socrates' philosophy
  = the philosophy of Socrates 蘇格拉底的哲學
- the President's speech
  = the speech of the President 總統的演說
  ↳ 表示主題或話題時，「人」也可以用
  「of + 名詞」結構表達所屬關係。

the witches' brooms

1 「**of 所有格 + 's 所有格**」這種結構叫**雙重所有格**。

· **Look at that cute puppy** of **Sue's.** → 此句的雙重所有格用來強調。
= **Look at Sue's cute puppy.** 瞧瞧蘇那隻可愛的小狗。

2 當 any、some、all、this、that、these、those 等字，與名詞所有格同時修飾一個名詞時，要用上述的**雙重所有格**。

· All of **Dr. Seuss's books are interesting and funny.**
= All of **the books by Dr. Seuss are interesting and funny.**
休斯博士寫的書都非常有趣。

3 **of 所有格**與**雙重所有格**的區別

當所修飾的名詞是 picture、painting、photograph、statue 等時：

Ⓐ 使用**雙重所有格**：指創作者或某人的收藏物。

Ⓑ 使用 **of 所有格**：指某人的肖像畫、玉照或雕像等。

· **This is a picture** of **Jane's.** → 雙重所有格
這是珍畫（或收藏）的一幅畫。

· **This is a picture** of **Jane.** → of 所有格
這是一幅珍的肖像畫。

a picture of Jane's   *a picture of Jane*

Exercise

選出正確的答案。

_____ **1** Are those flies on _____ pies?

Ⓐ boss's   Ⓑ the boss's

Ⓒ bosses   Ⓓ the bosses

_____ **2** _____ robotic rainbow rabbits have silly habits.

Ⓐ Brigitte   Ⓑ The Brigittes

Ⓒ Brigitte's   Ⓓ Brigittes

_____ **3** Did Pat see the _____ robotic cat?

Ⓐ children's   Ⓑ children

Ⓒ children'   Ⓓ the childrens'

_____ **4** "Where is _____ room?" asked Blaire Bloom.

Ⓐ women   Ⓑ the woman's

Ⓒ woman's   Ⓓ the women's

_____ **5** Did Lenore or Sid open _____ where Thor hid?

Ⓐ the door of the room   Ⓑ the room's door

Ⓒ the door room   Ⓓ the room of the door

6 Nancy looked through _____ and saw the blue sea.

Ⓐ the window of Amy
Ⓑ Amy's window
Ⓒ Amy window
Ⓓ window of Amy's

7 Did Rae get a divorce _____?

Ⓐ at the play's end
Ⓑ at the end play
Ⓒ at the end of the play
Ⓓ at the play end

8 Is that _____ motorcycle parked next to _____?

Ⓐ Perry's; Gary's
Ⓑ a Perry's; a Perry's
Ⓒ the Perry's; the Gary's
Ⓓ the Perry; the Gary

9 The _____ are red because of his curses.

Ⓐ nurses faces
Ⓑ nurses' faces
Ⓒ nurse faces
Ⓓ nurses' face

10 _____ clothes always clash, because hers are sleek and sexy and his have a lot of pockets and are great for spending time outdoors.

Ⓐ Claire and Adam's
Ⓑ Claire's and Adam
Ⓒ Claire and Adam
Ⓓ Claire's and Adam's

UNIT

3 代名詞

Pronouns

Part 7

指示代名詞
Demonstrative Pronouns

指示代名詞 this、that、these、those

1 指示代名詞用以**確認**或**指定**名詞。其中 **this** 和 **that** 是**單數**指示代名詞，**these** 和 **those** 是**複數**指示代名詞。

* That/This is my friend Art, and he is very smart.
那／這是我的朋友亞特，他非常聰明。
↳ that/this 是指示代名詞，用來指單數名詞（Art）。

* Those are my shoes. 那些是我的鞋。
↳ those 是指示代名詞，用來指複數名詞（shoes）。

2 指示代名詞作**主詞**時，可指**事物**也可指**人**；作**受詞**時不用以指人。

* This is my sister Kris. → 主詞 this 指人（Kris）。
這是我姐姐克莉絲。

* Is that her fur hat? → 主詞 that 指物（fur hat）。
那是她的毛帽嗎？

* These/Those are Mat's cats. → 主詞 these/those 指動物（cats）。
這些／那些是麥特的貓。

* Andrew is going to quit school and get
married to Sue. I think that's not wise. → 主詞 that 在這裡指「以上
安德魯打算輟學和蘇結婚，　　　　　　　　　所述」，指前句剛提及的
我覺得那樣不太明智。　　　　　　　　　　　事情。

* Miss Jill Bliss will never forget this. → 受詞 this 指一次最近的經歷。
潔兒‧布利斯小姐將永遠不會忘記這件事。

2 **作指示形容詞用的 this、that、these、those**

this、that、these、those 也可作**限定詞**（即**指示形容詞**），修飾其後的名詞。

單數	複數	描述位置	描述時間
this 這個	these 這些	靠近說話者的位置，表示「**這裡**」	剛發生、正在發生或即將發生的事
that 那個	those 那些	遠離說話者的位置，表示「**那裡**」	過去發生的事或已經完成的事

» 參見 p. 145〈4 指示形容詞／指示限定詞〉

- this/that piece of green cheese　→ this/that + 單數名詞
  這／那片綠色乳酪
- these/those pieces of green cheese　→ these/those + 複數名詞
  這些／那些綠色乳酪
- This vacation **with Nate is great!**　→ 表示假期正在進行，動詞要
  與內特一起過這個假期真是太棒了！　　用現在式 is。
- That vacation **with Kate was great!**　→ 表示假期已經結束，動詞
  與凱特一起度過的那個假期真是太快樂了！　要用過去式 was。

that mouse
那隻老鼠
└ 在那裡
（不在附近）

this mouse
這隻老鼠
└ 在這裡（在附近）

these mice
這些老鼠
└ 在這裡（在附近）

those mice
那些老鼠
└ 在那裡
（不在附近）

Part 7

Exercise

選出正確的答案。

_____ **1** Could you pass me _____ clothes?

　Ⓐ this　　Ⓑ that　　Ⓒ these　　Ⓓ those

_____ **2** Why did Matt say _____?

　Ⓐ this　　Ⓑ that　　Ⓒ these　　Ⓓ those

_____ **3** _____ is Dan, and he needs to see Ann and Kris.

　Ⓐ This　　Ⓑ That's　　Ⓒ These　　Ⓓ Those

_____ **4** Who is _____ man over there with Nat?

　Ⓐ this　　Ⓑ that　　Ⓒ these　　Ⓓ those

_____ **5** I can't run fast with _____ old knees.

　Ⓐ this　　Ⓑ that　　Ⓒ these　　Ⓓ those

_____ **6** _____ was a wonderful dinner under the moonlight with Matt.

　Ⓐ This　　Ⓑ That　　Ⓒ These　　Ⓓ Those

_____ **7** I hope Chris and Dwight are enjoying _____ party here tonight.

Ⓐ this   Ⓑ that   Ⓒ these   Ⓓ those

_____ **8** _____ cats in my arms are called Louise and Eloise.

Ⓐ This   Ⓑ That   Ⓒ These   Ⓓ Those

_____ **9** _____ rats over there will someday meet these cats.

Ⓐ This   Ⓑ That   Ⓒ These   Ⓓ Those

_____ **10** Look, _____ cat is chewing on my hat.

Ⓐ that   Ⓑ these   Ⓒ those   Ⓓ that's

Part 8 人稱代名詞
Personal Pronouns

1 人稱代名詞的意義與形式

1 **人稱代名詞**是用來代替名詞、有人稱區別的代名詞，可以指**人**、**動物**或**事物**。當沒有必要使用或重複名詞時，就用**人稱代名詞**代替。

- I 我
- me 我
- you 你；你們

- he 他
- him 他
- she 她

- her 她
- it 它
- we 我們

- us 我們
- they 他們
- them 他們

✗ Mom **said** Mom **did not know Tom.**

✔ Mom **said** she **did not know Tom.** 媽媽說她不認識湯姆。

  ↳ 用人稱代名詞 she（指人）來避免重複 Mom。

- She **is a very fast car.** 那輛車跑得很快。

  ↳ she 在這裡指物（car）。

- They **are cute** puppies, aren't they?

  牠們是很可愛的小狗狗，不是嗎？

  ↳ they 在這裡指動物（puppies）。

They are cute puppies.

> **NOTE**
>
> **1** 此外，**one** 也可以作**代名詞**，代替上下文中的名詞。
>
>   » 參見 p. 55〈3 代名詞 one 和 ones〉
>
>   **one** 還可以作**不定代名詞**，表示「一個、任何人」。
>
>   » 參見 p. 84〈1 不定代名詞的定義與用法（兼談不定限定詞）〉
>
>   和 p. 85〈2 與不定代名詞搭配的人稱代名詞及動詞的單複數〉
>
> **2** who、whom 和 whose 是**疑問人稱代名詞**。
>
>   » 參見 p. 65〈Part 9 疑問代名詞〉

2 人稱代名詞的三種形式：**主格**、**受格**、**所有格**

1 **主格代名詞**（subject/subjective pronoun）在句中作主詞或主詞補語。

2 **受格代名詞**（object/objective pronoun）在句中作受詞或受詞補語，也可作介系詞的受詞。

3 **所有格限定詞**和**獨立所有格代名詞**（possessive/ownership pronoun）用來表示人或物是「誰的」，即所有權。

	主格	受格	所有格	
			所有格限定詞（人稱代名詞的所有格）	獨立所有格代名詞
第一人稱	I	me	my	mine
	we	us	our	ours
第二人稱	you	you	your	yours
第三人稱	he	him	his	his
	she	her	her	hers
	it	it	its	–
	they	them	their	theirs
疑問人稱代名詞	who	whom	whose	–

↳ 從上表可以看出，人稱代名詞有三個人稱，每個人稱又分為單數和複數（其中第二人稱單複數同形），第三人稱單數還有陽性、陰性和中性之分。

· **I** like cats that eat rats. 我喜歡會吃老鼠的貓。

 ↳ 動詞 like 的主詞要用主格代名詞 I。

· **That bee dislikes** me. 那隻蜜蜂不喜歡我。

 ↳ 動詞 dislike 的受詞要用受格代名詞 me。

· **Why is Kim** with him?

 為什麼金姆會和他在一起？

 ↳ 介系詞 with 後面要用受格代名詞 him。

That bee dislikes me.

· Among us **guys, it was Gus who knew how to drive the bus.**

 在我們這些人裡面，只有加斯知道如何駕駛公車。

 ↳ 介系詞 among 後面要用受格代名詞 us。

· **That is Mat,** my **cat.** 那是麥特，我的貓。

 ↳ my 是所有格限定詞（也稱為人稱代名詞的所有格），修飾名詞 cat。

2 代名詞 it 的用法

1 it 可指**人**，確認一個人的身分。

Ann Who's that swimming in the pond? 在池塘裡游泳的那個人是誰？

Dan It's Louise Bond. (= That's Louise Bond.) 是露易絲·龐德。

　　↳ It's = It is

2 如果一件物品、一個地方、一隻動物、一個嬰兒等已經**在上文中被提及**，或者**所談論的東西很明確**，就可用 it 來代替。

- I love Chicago, and it is not far from here.

　我喜歡芝加哥，而且它離這裡不遠。

　↳ it 指前面提及的地方（Chicago）。

- "Is it a boy or girl?" asked Merle. 「是男孩還是女孩？」梅兒問。

　↳ 用 it，表示不知其性別。

3 it 可以指代 **nothing**、**everything** 和 **all**。

- Everything is all right with Kit, isn't it? 綺特一切都好嗎？

4 it 常用在關於**時間**、**天氣**、**氣溫**、**距離**、**目前形勢**的片語中。

Brigitte What time is it? 現在幾點？

Clem It's 9 p.m. 晚上 9 點。 → 指時間。

- It has snowed for two days. 已經下了兩天的雪了。 → 指天氣。

- It's terrible—ten people died in car accidents in two days in our small town! 太可怕了！兩天內在我們的小鎮就有十個人死於車禍！

　↳ 指目前形勢。

5 it 可作**虛主詞**（**形式主詞**），實際主詞是句尾的不定詞、名詞子句或動名詞片語。

- It was nice talking to you. 跟你聊天很愉快。

　↳ it 是虛主詞，實際主詞是動名詞片語。

6 it 作**虛主詞**，用於**強調**句型：「it is/was + 被強調的部分 + who/that 子句」。被強調的部分可以是主詞、副詞或受詞等，但不能用來強調動詞。

· It's your mom **that wants to speak to you.** 是你媽媽想跟你講話。
   ↳ 強調主詞 your mom。

3 代名詞 one 和 ones

one 用來代替上文已經提及的某個**可數名詞**，以避免重複該名詞。
one 的複數形式是 **ones**。

Mary **Is this your** car? 這是你的車子嗎？

Larry **No, mine is the red** one **by the tree.** → one = car
   那不是我的車，我的車是那棵樹旁邊紅色的那一輛。

· **She often turns small** problems **into big** ones. → ones = problems
   她常把小問題變成大問題。

4 人稱代名詞構成複合主詞或複合受詞的用法

1 人稱代名詞與其他詞彙（名詞或人稱代名詞）構成**複合主詞**時，必須用**主格**形式，如：「You and he」和「Jill and I」，而後面的動詞要用**複數動詞**。

· **Both** he and I are **interested in buying the same antique car.**
   他和我都想買同一輛古董車。
   ↳ he and I 是複合主詞，用主格代名詞 he 和 I，用複數動詞 are。

· My wife and I **would prefer an apple pie.** 我太太和我都比較想吃蘋果派。
   ↳ my wife and I 是複合主詞，用主格代名詞 I。

NOTE 出於禮貌，人們通常最後提及**自己**（I、me），比如：
● he and I 他和我
● my wife and I 我太太和我
● you and me 你我

55

2 人稱代名詞與其他詞彙構成**複合受詞**時，必須用**受格**形式，如「you and me」和「her and Mike」。

- She showed Mike and me a black cat and asked us if we wanted to adopt it. 她給邁克和我看了一隻黑貓，問我們是否願意領養。
  ↳ Mike and me 是動詞 showed 的複合受詞，複合受詞要用受格代名詞 me。

- Between you and me, Mary is going to break up with her boyfriend Jerry. 不要告訴別人喔，瑪麗準備和她男友傑瑞分手了。
  ↳ between 是介系詞，後面接受格代名詞（me），不接主格代名詞（I）。
  ↳ between you and me 是慣用語，意指「你我私下說說就好，不要告訴別人」。

- Let him and his wife work out their problems.
  讓他和他太太去解決他們的問題吧。
  ↳ 複合受詞要用受格代名詞 him。
  ↳ 如果名詞和非第一人稱的代名詞連用，則代名詞通常放在前面（例如：him and his wife、she and Larry）。

5 be 動詞後面的主格與受格用法

1 口語中，be 動詞後面常接**受格代名詞**，或僅用受格代名詞來簡答。

Dan	Who's there?	誰在那裡？
Ann	Me. (= It's me.)	我啦。

2 電話裡回答「我就是」時，有兩種說法。如果用的是**第一人稱代名詞**，習慣上用**受格代名詞**「It's me.」；若用**第三人稱代名詞**來回答，則要用**主格代名詞**「It's he speaking.」。

電話上 On the phone

Diane	Hello! Is this Stan?	喂！是史丹嗎？
Stan	Yes, this is he speaking.	是，我就是。
	(= Yes, this is Stan speaking.)	
Diane	Hi! It's me, Diane.	你好！是我，黛安。
Stan	Hi, Diane! How are you?	嗨，黛安！你好嗎？

3 在強調句型「**it is/was ＋ 被強調的成分 ＋ that/who**」中，被強調的部分放在 be 動詞後面。如果被強調的部分是**主詞**，人稱代名詞要用**主格**；如果被強調的部分是**受詞**，人稱代名詞就要用**受格**。

- <u>It wasn't I who</u> told this lie. 這個謊言不是我說的。
  ↳ I 是動詞 told 的主詞。

- <u>It is him that</u> Louise wants to please. 露易絲想討好的人是他。
  ↳ him 是動詞 please 的受詞。

6 **as、than、except、but 後面要用主格還是受格代名詞？**

1 **as/than**（表示比較）：

口語中，as 和 than 後面接**受格代名詞**。**正式語**中，as 和 than 後面接**主格代名詞**，但需要加上動詞（**主格代名詞 ＋ 動詞**）。

正式 as/than ＋ 主格代名詞 ＋ 動詞

口語 as/than ＋ 受格代名詞

- **Stan can run faster** than I can/than me. 史丹跑得比我快。

- **My sister Pam is almost as tall** as I am/as me.
  我妹妹潘姆和我差不多高。

2 **except**（除……之外）：後面要用**受格代名詞**。

- **No one in our class knows how to ski** except you and me.
  我們班上除了你和我以外，沒有人會滑雪。
  ↳ except 在這裡是介系詞，後面要接受格代名詞 me。

3 **but**（除……之外）：後面要用**受格代名詞**。

but 表示「除了……之外」時，是介系詞，意義等同於 **except**，常用於 nothing、everybody、nobody、all 等字的後面。

句型 nothing/everybody/nobody/all ＋ but ＋ 受格代名詞

- No one **but me** wants **to visit Lily.**

  = No one wants **to visit Lily** but me. 除了我，沒人想去拜訪莉莉。

  ↳ but 在這裡是介系詞（= except），but 片語無論出現在句中還是句尾，都要接受格代名詞 me。

  ↳ 這句的主詞是 no one，不是 but 後面的 me，因此動詞要用單數形。

7 所有格形容詞／所有格限定詞
Possessive Adjectives/Possessive Determiners

	單數	複數
第一人稱	my	our
第二人稱	your	your
第三人稱	his/her/its	their

所有格形容詞也稱為**所有格限定詞**或**人稱代名詞的所有格**，用來表示所屬關係，後面要接**名詞**或**名詞片語**。

- **Ted is my brother, and** his hair **is also red.**

  泰德是我的兄弟，他的頭髮也是紅色的。

  ↳ his 是所有格形容詞，後面接名詞（hair）。

- **How did a bunny steal** your money**?**

  一隻小兔子是如何偷走了你的錢？

  ↳ your 是所有格形容詞，後面接名詞（money）。

- **Can we count on** their help **in catching that crazy bear?**

  我們可以指望他們幫助抓住那頭瘋狂的熊嗎？

  ↳ their 是所有格形容詞，後面接名詞（help）。

- His receiving an award **did not surprise Russ or us.**

  他的得獎，無論是拉斯還是我們都不感到吃驚。

  ↳ 所有格形容詞後面可以接動名詞片語，his receiving an award 作句子的主詞。這句不能用 He receiving . . .。

比較

- **I can't believe that Gus** saw us hiding **under the bus.**

  我不相信加斯看見了我們躲在公車下面。

  ↳ 動詞 see、hear 後面要接受格代名詞，再接動詞 -ing 形式。

8 獨立所有格代名詞 Independent Possessive Pronouns

	單數	複數
第一人稱	mine	ours
第二人稱	yours	yours
第三人稱	his/hers	theirs

1. 獨立所有格代名詞（簡稱為**所有格代名詞**）等於「所有格形容詞 + 名詞」，因此後面**不需要再接名詞**。

2. 獨立所有格代名詞可以指代**單數名詞**和**複數名詞**，可以作動詞的**主詞**、**受詞**或**補語**，也可以做**介系詞的受詞**。

3. 獨立所有格代名詞的**主格和受格同形**。

4. **its** 通常只用作**限定詞**，後面接名詞，不作獨立所有格代名詞。

5. **his** 既是 he 的獨立所有格代名詞，也是 he 的所有格限定詞。

- **My pet skunk is outside, and** hers is **inside.**

  我的寵物臭鼬在戶外，而她的（寵物臭鼬）卻在室內。

  ↳ hers（= her skunk）作主詞。

- **Paul Purrs stretched out his hands to** grab hers.

  保羅‧裴爾斯伸出手去抓住她的手。

  ↳ hers（= her hands）作動詞 grab 的受詞。

- **Ann often phones a friend** of hers **in Iran.**

  安常打電話給她在伊朗的一個朋友。

  ↳ hers（= her friends）作介系詞 of 的受詞。

skunk

- **That diamond ring found by my chauffeur's son** must be hers.

  我司機的兒子找到的那個鑽石戒指肯定是她的。

  ↳ hers（= her ring）用在連綴動詞後，作主詞補語。

6 所有格限定詞（即所有格形容詞／人稱代名詞的所有格）和獨立所有格代名詞的區別

所有格限定詞 用在名詞前面		獨立所有格代名詞 單獨使用	
my 我的	· my pine tree(s) 　我的松樹	**mine** 我的	· This pine tree is mine. 　這棵松樹是我的。 · These pine trees are mine. 　這些松樹是我的。 　↳ 獨立所有格代名詞可以指代單數 　　名詞和複數名詞。
our 我們的	· our hour(s) 　我們的小時	**ours** 我們的	· How many hours are ours? 　有多少小時是屬於我們的？
his 他的	· his sports car(s) 　他的跑車	**his** 他的	· Is that sports car his? 　那輛跑車是他的嗎？ · Are those sports cars his? 　那些跑車是他的嗎？

- **Did you see Dee and Del in** their nice new RV? Theirs **is really reliable, but** ours **is so old that it runs mostly on our prayers.**

  你見過蒂和戴爾坐他們漂亮的新露營車嗎？他們
  的露營車性能很穩定，而我們的已經破舊不堪
  了，大多數的時候得靠我們的禱告來運轉。

RV
(recreational vehicle)

Part 8

Exercise

將正確的答案填入空格中。

- -

1 Sue is tall, ＿＿＿＿＿＿

2 Ms. Flower made lemonade, ＿＿＿＿＿＿

3 Eve is a painter, ＿＿＿＿＿＿

4 Stew is a police officer, ＿＿＿＿＿＿

5 My parrot Bing likes to sing, ＿＿＿＿＿＿

Ⓐ and its voice often amuses my daughter Joyce.

Ⓑ and her model's name is Steve.

Ⓒ and her hair is blue.

Ⓓ and its taste was sour.

Ⓔ and his uniform is blue.

將括弧中的正確答案畫上底線。

----

1 (Jerry and I/Jerry and me) will eat a cherry pie.

2 Was (my/me) calling Jerry necessary?

3 Stew writes much better than (me do/I do).

4 Did Debbie know that it was (us/we) who ate all the plums on her tree?

5 I told Bob that salary was not the most important factor in (mine/my) choosing a job.

6 Everybody except (she/her) was afraid to touch the dead rat's fur.

7 On the cellphone, Benny Tweaking always says, "This is (he/his) speaking."

8 Sally borrowed Del Burr's motor scooter because (hers/its) isn't running very well.

9 (Lynn and we/We and Lynn) take our vacations at the same health spa in Hawaii.

10 How did you lose your mother's diamond ring and (their/her) dress made out of artificial fur?

3

選出正確答案。

_____ **1** Debbie and Marie love _____ children, especially you and _____.

Ⓐ us; me　　Ⓑ we; I　　Ⓒ ours; us　　Ⓓ us; we

_____ **2** Jerry and _____ _____ going to perform in the play called *Why?*

Ⓐ me; am　　Ⓑ I; are　　Ⓒ I; am　　Ⓓ me; are

_____ **3** _____ invited _____ to their party.

Ⓐ Marti and she; I and my husband

Ⓑ Marti and her; my husband and me

Ⓒ She and Marti; my husband and I

Ⓓ She and Marti; my husband and me

_____ **4** "Who is _____ at the door?" asked Kit.

"_____ me carrying a tiny tree," replied Fritz.

Ⓐ he; He's　　Ⓑ her; She's　　Ⓒ she; It's　　Ⓓ it; It's

_____ **5** Pea soup, coffee, and tea all appeal to _____.

Ⓐ Jenny, Penny, and I

Ⓑ I, Jenny, and Penny

Ⓒ Jenny, Penny, and me

Ⓓ me, Jenny, and Penny

6 This is _____ sports bra, and _____ wear it when I go to the gym or the spa.

Ⓐ mine; mine   Ⓑ I; I   Ⓒ my; mine   Ⓓ my; I

7 Liz Burr is studying fashion, especially clothes designed with artificial fur. After _____ graduation, _____ and Louie Utah want to start a fur business in Ottawa.

Ⓐ her; her   Ⓑ she; she   Ⓒ she; her   Ⓓ her; she

8 Was it Wayne or his brother Rip that helped plan _____ trip?

Ⓐ you   Ⓑ your   Ⓒ yours   Ⓓ you're

9 Why does Claire object to _____ green hair?

Ⓐ them   Ⓑ they   Ⓒ theirs   Ⓓ their

10 **Chuck:** Is that _____ red truck?

Renee: I think _____ is a Chevrolet. The red 1938 Ford truck in Parking Spot Nine is _____.

Ⓐ hers; hers; mine

Ⓑ hers; her; me

Ⓒ her; her; mine

Ⓓ her; hers; mine

Part 9 疑問代名詞
Interrogative Pronouns

1 | 疑問代名詞的定義及在句中的位置

▌ 疑問代名詞是用以**提問**的代名詞，可分為指**人**和指**物**（動物和無生物）
兩種。

人

物

- who
- whomever
- whom
- whose
- whoever

- which
- whichever

- what
- whatever

疑問代名詞 which 後面如果接有 **of 片語**，那麼 which 可以指人，
如：which of you。

- Who asked the question: "Which of you has a house in
Honolulu?"
是誰問這個問題的：「你們哪一個在檀香山有房子？」
↳ who 指人；which（後面有 of you）指人。

- What did you say? 你說什麼？　→ what 指事物。

▌ 疑問代名詞一般放在**句首**，置於**動詞前面**。有些疑問代名詞也可以放
在**介系詞後面**。

- Who said **that?** 誰說的？
↳ who 作主詞時，放在動詞前，不加助動詞 do/does/did。

- What did **you** do **yesterday?** 你昨天做了什麼？
↳ 這句的 what 是動詞 do 的受詞，但依然要放在句首，位於助動詞 did 的
前面。
↳ 疑問代名詞作受詞時，要與助動詞 do/does/did 連用，句型為：
疑問詞（受詞）+ 助動詞 + 主詞 + 主要動詞。

- To whom **did Lulu give the dictionary?**

  = Whom **did Lulu give the dictionary** to? 露露把字典給了誰？

  ↳ 介系詞 to 可以放在句首（非常正式），也可以放在句尾。介系詞置於句首時，後面必須用 whom，不用 who。

2 疑問代名詞的用法

who	只作**代名詞**，在句中作**主詞**，指人。

- Who **is marrying Sue?** 誰要娶蘇？

what	① 作**代名詞**或**限定詞**，指**物**（動物或事物）。 ② 供選擇的事物**數量不確定**（不具體的多種選擇）時，要用 **what**。

- What **did he say?** 他說了什麼？

  ↳ 疑問代名詞 what 用來指事物，意思是「什麼」。

- What subject **is she studying at the University of Michigan?** 她在密西根大學裡修哪門學科？

  ↳ 疑問限定詞 what 修飾事物，所指稱的學科數目未知。

whom	① 只作**代名詞**，在句中作**受詞**，指人。 ② 口語中，**who** 也可以作**受詞**。若直接位於**介系詞**後面，則只能用 **whom**。

正 式	Whom **did the police arrest?**
口 語	Who **did the police arrest?** 警方逮捕了誰？

非常正式	About whom **is Sid Bloom talking?**
正 式	Whom **is Sid Bloom talking** about?
口 語	Who **is Sid Bloom talking** about? 席德‧布魯姆在談論誰？

which

① 作**代名詞**，指**物**；與 **of** 連用時也可指人。

② 用來表示**在具體的兩者或三者之間**選擇，或供選擇的人或物比較具體且數量較少，意思是「哪一個／哪一些」。

③ 作**限定詞**，可修飾**物**或人。

- **Which is prettier—Rick's guitar or the one I bought for Rich?** 哪一個比較漂亮──瑞克的吉他還是我買給瑞奇的那把？
  ↳ 疑問代名詞 which 指物，意思是「哪一個」，在具體的兩者之間選擇。

- **Which of you lied to me?** 你們之中哪一個對我撒了謊？
  ↳ 疑問代名詞 which 後面接介系詞 of 時，可以指人。

- **Which girl—Lulu or Sue—does Mike like?**
  邁克喜歡哪一個女孩──露露還是蘇？
  ↳ 疑問限定詞 which 修飾人，供選擇的範圍是一小群特定的人（兩個女孩）。

[比較]

- **Whom/Who does Mike like—Lulu or Sue?**
  邁克喜歡誰──露露還是蘇？
  ↳ 這句只能用 whom 或 who，不能用代名詞 which 指人。

whose

① 是 who 的**所有格**，因此指**人**，意思是「誰的」；可以作**代名詞**或**限定詞**。

② 注意區分 **whose** 和 **who's**（= who is）。

- **That cute bamboo shoe doesn't fit Lulu's foot, so whose is it?**
  那一隻漂亮的竹鞋不合露露的腳，那會是誰的呢？
  ↳ whose 在這裡作代名詞。

  Lee　**Whose purse is next to the phone?**
  　　　電話旁的錢包是誰的？
  　　　↳ whose 在這裡作限定詞，修飾名詞 purse。

  Dee　**It's mine.** 是我的。

1

下列對話中的問句正確嗎？請將正確的寫 R，錯誤的寫 W，並寫出正確的問句。

----

1 Ann What's this?

☐W☐ Who's this?

Dan Kris.

---

2 Ann Who's this?

☐ ☐ _____

Dan A snail in a pail.

---

3 Ann Who's that fine little car?

☐ ☐ _____

Dan That's mine.

---

4 Ann What is bigger, your house or Jane's house?

☐ ☐ _____

_____

Dan Her house.

5   Ann   With who should Clem discuss his marriage problem?

       [   ] _____

       _____

       Dan   He should talk to me.

6   Ann   Who told you that?

       [   ] _____

       Dan   Matt.

7   Ann   Whose is that beautiful cottage on Hat Lake?

       [   ] _____

       _____

       Dan   That's Pat's.

8   Ann   Did who say those good words about Stew?

       [   ] _____

       _____

       Dan   Sid did.

9   Ann   Which of you lied to Rich?

       [   ] _____

       Dan   Not me.

10   Ann   Which is the matter with you?

[ ]   _____

Dan   I have the flu.

2

選出正確答案。

_____ 1   _____ did Sue say to you?

Ⓐ What   Ⓑ Which   Ⓒ Who   Ⓓ Whose

_____ 2   _____ is wealth without health?

Ⓐ Whose   Ⓑ Which   Ⓒ Who   Ⓓ What

_____ 3   In reality, _____ is more important—good looks or a
good personality?

Ⓐ who   Ⓑ what   Ⓒ which   Ⓓ whose

_____ 4   _____ has Elaine talked to in this room?

Ⓐ Which   Ⓑ Whom   Ⓒ What   Ⓓ Whose

_____ 5   Among the ten applicants tested by Bob and Lou,
_____ has the best chance to get the job?

Ⓐ who   Ⓑ what   Ⓒ which   Ⓓ whom

_____ **6** _____ idea was it to get in the mood for the trip by eating Spanish food?

Ⓐ Which   Ⓑ Whom   Ⓒ Who   Ⓓ Whose

_____ **7** With _____ did Jayne share her umbrella in the rain?

Ⓐ who   Ⓑ what   Ⓒ which   Ⓓ whom

_____ **8** _____ of you decided to start most of your days with an egg, jam, and toast?

Ⓐ Which   Ⓑ Whom   Ⓒ Who   Ⓓ What

_____ **9** It wasn't easy, because every day we had to decide _____ to see.

Ⓐ who's   Ⓑ what   Ⓒ which   Ⓓ whose

_____ **10** _____ asked that difficult question about why the sky is usually blue?

Ⓐ Which   Ⓑ Whom   Ⓒ Who   Ⓓ What

Part 10

容易誤用的所有格及相關縮略形式

Troublesome Possessives and Contractions

---

1 所有格 its：區別於 it's

 所有格
its 它的

its (= of it) 是**所有格**形式（類似 my、his 等），表示物主身分或所有權，屬於**所有格限定詞**，後面接名詞。

縮寫
it's

it is 或 **it has** 的縮寫，能用 it is 或 it has 代替的，就一定是 **it's**。同樣道理，如果不能用 it is 或 it has 來替代，那麼就應該用 its。

- **It's** my duty and pleasure to promote Malaysia for **its** exotic beauty.

  宣傳馬來西亞奇特的美，既是我的職責，也是我的榮幸。

  ↳ it's 是 it is 的縮寫形式（It is my duty . . . ）；
    its 是所有格限定詞，修飾名詞 beauty。

2 所有格 their：區別於 they're 和 there

 所有格　　their　**they** 的所有格，表示物主身分或所有權，屬於**所有格限定詞**，用來修飾名詞。

 縮寫　　they're　**they are** 的縮寫，有縮寫符號「'」代替被省略的字母。

 副詞　　there　**there** 是副詞，不用來表示所有權，也不用來修飾名詞。

- Did Tyrone and Mark go with their friends Joan and Clark to Yellowstone National Park?

  泰倫和馬克跟他們的朋友裘恩和克拉克一起去過黃石國家公園嗎？

  ↳ their 是所有格限定詞，修飾名詞 friends。

Yellowstone National Park

- They're the best soccer players in Budapest.

  他們是布達佩斯最優秀的足球員。

  ↳ they're 是 they are 的縮寫。

- Hannah Hair wants to visit Bali and have a relaxing vacation there.

  漢娜‧黑爾想去峇里島玩，在那裡度一個輕鬆愉快的假期。

  ↳ there 是地方副詞，表示 in Bali，說明漢娜‧黑爾要在哪兒度假。

Bali

- There is a snowstorm tonight.

  今晚有暴風雪。

  ↳ there 也用在 there be 的句型中，表示「某處有某物」。

3 所有格 your：區別於 you're

所有格	**your**	**you** 的所有格，表示物主身分或所有權，屬於**所有格限定詞**，用來修飾名詞。
縮寫	**you're**	**you are** 的縮寫，有縮寫符號「'」代替被省略的字母。

- **You said that you couldn't believe** your **ears.**
  你說你不能相信自己的耳朵。
  ↳ your 是所有格限定詞，修飾名詞 ears。

- **I don't understand what** you're **talking about.** 我不懂你在說什麼。
  ↳ you're 是 you are 的縮寫。

 4 所有格 whose：區別於 who's

所有格	**whose**	**who** 的所有格，表示物主身分或所有權，是修飾名詞的**所有格限定詞**，用在疑問句中。 注 whose 作**關係代名詞**時，意思是 of whom（某人的）或 of which（某物的），用來引導形容詞子句。 » 參見 p. 221〈1 whose（指「人、物、動物、地點」，引導形容詞子句）〉
縮寫	**who's**	**who is** 或 **who has** 的縮寫，含有縮寫符號「'」代替省略的字母。

- **Whose toy UFO was flying around Joe?**
  圍著喬飛的玩具飛碟是誰的？
  ↳ 所有格限定詞 whose 修飾名詞 toy UFO。

- **Who's going to feed Lou's parrot a sweet carrot?**
  誰要餵陸的鸚鵡吃一根甜胡蘿蔔？
  ↳ who's 是 who is 的縮寫。

Part 10
Exercise

1

選擇正確答案。

- -

_____ **1** This is _____ big pig, and she's called Wig.

       Ⓐ he's   Ⓑ his   Ⓒ him   Ⓓ he

_____ **2** Patricia Court is wearing a pink miniskirt, and yes, _____ a bit too short.

       Ⓐ its   Ⓑ it's   Ⓒ it   Ⓓ it has

_____ **3** The cat Gail hurt _____ tail.

       Ⓐ it   Ⓑ it's   Ⓒ their   Ⓓ its

_____ **4** Del says, "_____ a wise manager who listens well."

       Ⓐ Its   Ⓑ It   Ⓒ It's   Ⓓ Its has

_____ **5** _____ 4 a.m., and everyone is sound asleep at the Ritz Campground.

       Ⓐ Its   Ⓑ It   Ⓒ It's   Ⓓ It has

2

在空格內填入 whose 或 who's。如果在句首，請注意第一個字母要大寫。

----

1. _____ in the news?

2. _____ song tells about the blues?

3. _____ that girl hanging upside down with Brenda
Brown?

4. _____ pet snake has a bit of a bulge, and _____
going to buy me another rabbit?

5. _____ little dog is snoring between Blake and Jake?

3

將括弧中的正確答案畫上底線。

----

1. After the twins Ann and Jan Wright graduated from high
school, (there/their/they're) parents took them on a trip to
China and Japan.

2. The Wrights hoped (there/their/they're) trip would include
many interesting historical sites.

3. In China (there/their/they're) are museums and temples
everywhere.

4 What gave the twins (there/their/they're) biggest excitement was meeting the German twins Paul and Saul near the Great Wall.

5 Saul asked, "Is (there/their/they're) a fee for climbing the Great Wall?"

6 After they all got food poisoning from the Zappy burgers, were (there/their/they're) parents angry with the Zappy restaurant's manager?

7 Ann, Jan, and (there/their/they're) mother Claire enjoyed visiting rural Japan.

8 Claire and her husband, Pierre, loved all the mountains and villages they visited (there/their/they're).

9 The mountain villages were beautiful, and the people (there/their/they're) were quite friendly.

10 Now that (there/their/they're) back home, they can show (there/their/they're) friends and Uncle Dan (there/their/they're) videos of China and Japan.

77

Part 11 反身代名詞和相互代名詞
Reflexive Pronouns and Reciprocal Pronouns

 反身代名詞 Reflexive Pronouns

反身代名詞的形式和作用

1. 反身代名詞以 **-self**（單數）或 **-selves**（複數）結尾，用以引起注意，也叫做**反射代名詞**（mirror pronoun）。

2. 當主詞和受詞指相同的人或物時，就用反身代名詞來避免重複主詞；反身代名詞也可用於**強調**，因此也稱為**增強語氣的代名詞**（intensive pronoun）。

	單數	複數
第一人稱	myself	ourselves
第二人稱	yourself	yourselves
第三人稱	himself/herself/itself	themselves

2 反身代名詞的用法

1. **用來指代主詞**：主詞和受詞指**同一個人或物**時，就要用反身代名詞來避免重複主詞。

- **Why do you call yourself a robotic elf?** 為什麼你稱自己為機器小精靈？
  ↳ 受詞 yourself 與主詞 you 是同一個人。

- Sam **always talks** about himself. 山姆總是在談論自己。
  ↳ 句子的主詞和受詞指的是同一個人或事物時，在緊跟動詞的介系詞後面用反身代名詞；himself 和主詞 Sam 是同一個人。

NOTE

1 在表示**地點**或**位置**的介系詞後面用**人稱代名詞**，不用反身代名詞。

- Jim came out of the train station and saw garbage all around him. 吉姆走出火車站，看到身旁滿是垃圾。
  ↳ him 用來指代 Jim。

- Jim sat on the bench and put his backpack next to him.
  吉姆在長椅上坐下來，然後把背包放在身邊。

2 在 bring/take something with . . . 後面不用反身代名詞。

- Take an umbrella with you. It might rain.
  帶著雨傘，可能會下雨。

2 **反身代名詞不能取代人稱代名詞**：反身代名詞（myself、yourself、himself 等）不能作主詞或受詞，句子的主詞要用**主格**代名詞（I、you、he 等），受詞要用**受格**代名詞（me、you、him 等），除非受詞和主詞是指同一個人時，受詞才用反身代名詞。

✘ Malachi and myself are learning to fly.   → myself 不能作主詞。

✔ Malachi and I are learning to fly. 馬拉基和我在學開飛機。

- Is this ice cream for Lee and me? 這冰淇淋是給李和我的嗎？
  ↳ 介系詞 for 後面要用受格 me 作受詞，這裡不能用 myself 或 I。

3 **用來加強語氣**：反身代名詞可作**同位語**，表示**強調**，意思是「親自；本人；本身」。

- Nancy built this cottage herself.
  = Nancy herself built this cottage. 南西親自蓋了這間小屋。

4 反身代名詞的**慣用語**

- be oneself 正常的健康狀況；正常的情緒
- behave yourself 規矩點

- enjoy oneself 好好地玩
- keep it to yourself 保守祕密；不讓別人知道
- take care of oneself 好好保重
- talk to oneself 自言自語
- help yourself 自行取用；請自便
- make oneself at home 把這裡當自己家；別拘束
- by oneself 靠自己；獨自；沒有伴

- **I can't carry this big monkey** by myself. → without help
  我不能獨自扛起這隻大猴子。   獨自；沒有幫助

- **Lily likes to spend time** by herself. → without company; alone
  莉莉喜歡獨自一人消磨時光。   獨自；沒有伴

2 相互代名詞 each other 和 one another

1 **each other** 和 **one another** 是相互代名詞，是「彼此」、「互相」的意思。

- 用來指兩個人或物時   →   用 **each other**
- 用來指三個以上的人或物時 →   用 **one another**
                            （口語中也可以用 each other）

- **Sue and my brother love** each other. 蘇和我哥哥互相愛慕。
  ↳ 指兩個人，不能用 one another。

- **My Grandmother Bloom and her friends, Lily, Amy, and Ann, all help one another/each other.**
  我的布盧姆奶奶和她的朋友們莉莉、艾咪和安，大家都彼此互相幫助。
  ↳ 三個人以上用 one another，在口語中也可以用 each other。

2 相互代名詞有**所有格**形式：each other's、one another's。

- **The twins often borrowed** each other's **swimming fins.**
  這對雙胞胎常常互借對方的蛙鞋。

Part 11
Exercise

選出正確答案。

_____ **1** He taught _____ how to fly like an elf.

Ⓐ himself   Ⓑ him

Ⓒ he   Ⓓ themselves

_____ **2** Stew is happy to help people like _____.

Ⓐ yourself   Ⓑ myself

Ⓒ yourselves   Ⓓ you

_____ **3** I _____ am very fond of that little elf.

Ⓐ me   Ⓑ himself

Ⓒ myself   Ⓓ mine

_____ **4** Scot Door and Penny Peach are not dating _____ any more.

Ⓐ one another   Ⓑ themselves

Ⓒ yourselves   Ⓓ each other

_____ **5** My cats are cleaning _____ on the mats.

Ⓐ ourselves   Ⓑ themselves

Ⓒ yourselves   Ⓓ itself

_____ 6　At the Christmas party, Gertrude said to us,
"Help _____ to the food."

Ⓐ ourselves　　　Ⓑ themselves

Ⓒ itself　　　　Ⓓ yourselves

_____ 7　My sister's friends often talked to _____ mothers.

Ⓐ one another's　　Ⓑ one another

Ⓒ each other　　　Ⓓ themselves

_____ 8　_____ tour of beaches on the Mediterranean Sea
seemed like seeing Paradise to _____.

Ⓐ Ours; I　　　Ⓑ I; me

Ⓒ Our; myself　　Ⓓ Our; me

_____ 9　Doctor Bay _____ looked at my X-ray today.

Ⓐ she　　　　　Ⓑ herself

Ⓒ her　　　　　Ⓓ myself

_____ 10　Tom and _____ are getting married on the Fourth
of July.

Ⓐ me　　　　　Ⓑ myself

Ⓒ I　　　　　　Ⓓ her

_____ 11　My mother told my twin sisters to help _____ build
a sand castle on the beach.

Ⓐ each other　　Ⓑ one another

Ⓒ yourselves　　Ⓓ herself

_____ 12 After Elaine got the job, I felt sorry for _____, but I was happy for _____ and hoped _____ would enjoy working with Lou Cherokee.

Ⓐ I; she; she   Ⓑ me; her; her

Ⓒ myself; her; she   Ⓓ myself; her; herself

_____ 13 Just between you and _____, I have adored Elaine Blade since _____ was in second grade.

Ⓐ I; I   Ⓑ myself; I

Ⓒ me; myself   Ⓓ me; I

_____ 14 He showed his pictures of many beautiful places in Spain to Jayne and _____.

Ⓐ I   Ⓑ me

Ⓒ myself   Ⓓ we

_____ 15 Clare Tree said there was healthy competition between Elaine and _____.

Ⓐ me   Ⓑ myself

Ⓒ I   Ⓓ each other

Part 12 不定代名詞
Indefinite Pronouns

---

1 不定代名詞的定義與用法（兼談不定限定詞）

1 **不定代名詞**或**不定限定詞**泛指（不具體的）人、地點、事物，即指某個含糊的或未知的人或物。

- all 全部
- either 兩者之一
- neither 兩者皆非
- some 某些
- another 另一個
- every 每一個
- no one 沒有一個
- somebody 某人
- any 任何

- everybody 每個人
- nobody 沒有人
- someone 某人
- anybody 任何人
- everything 每件事
- none 無一人；無一個
- something 某件事
- anything 任何事
- few 一些；很少

- one 一個；任何人
- little 一點；很少
- such 這樣的人／物
- both 兩者都
- many 很多
- other 另一個；其他
- each 每個
- much 很多
- several 幾個

2 上面這些字，有些既可以用作**不定代名詞**，也可以用作**不定限定詞／不定形容詞**。這些字後面如果沒有接**名詞**，就是**代名詞**，否則就是具有形容詞作用的**限定詞**。

- One **of our teachers is from Japan.**
  我們有一個老師是日本人。
  ↳ one 是不定代名詞，作句子的主詞。

- One student **was sick today and missed the English exam.**
  一個學生今天生病了，錯過了英語考試。
  ↳ one 是不定形容詞／限定詞，修飾名詞 student。

2 **與不定代名詞搭配的人稱代名詞及動詞的單複數**

1 **單數不定代名詞**（與**單數人稱代名詞**及**單數動詞**連用）

人稱代名詞所代表的詞稱為**先行詞**，先行詞若為一個不定代名詞，則其後的人稱代名詞的**數**必須與不定代名詞一致。不定代名詞為**單數**時，要搭配**單數動詞**、**單數人稱代名詞**（he, she, it）或**單數人稱代名詞的所有格**（his, her, its）。

- another 另一個
- each 每個
- either 兩者中之任一個
- everybody/everyone 每一個人
- nothing 無事
- one 一個；任何人
- anything 任何事

- something 某事
- anybody/anyone 任何人
- somebody/someone 某人
- everything 每件事
- every 每個（只作限定詞）
- nobody/no one 無人
- neither 兩者中無一個

- One may not become an expert in English unless <u>he or she</u> reads over 25,000 English words every day.
  = One may not become an expert in English unless one reads over 25,000 English words every day.
  要想練就流利的英語，就得每天閱讀 25,000 個以上的單字。
  ↳ 這裡的不定代名詞 one 泛指「任何人」。
  ↳ 先行詞為單數不定代名詞 one，後面再次提及時，應該用單數人稱代名詞 he or she 來代替，或重複用 one，不能用複數的 they。雖然在口語中有人用複數 they 來代替 one、everyone、each，但這種用法不是標準英語。在考試中一定要遵守文法規則。

2 **複數不定代名詞**（與**複數人稱代名詞**及**複數動詞**連用）

不定代名詞為**複數**時，要搭配**複數人稱代名詞**（they, them）和**複數人稱代名詞的所有格**（their）及**複數動詞**。

- both 兩者
- other 其他
- few 一些；很少
- several 幾個
- many 許多

- Many **of the reporters** have **done** their **best to report on Jenny.**
  許多記者盡了他們最大的努力來報導珍妮的事。

3　可以是單數也可以是複數的 all、most、some

all、most 和 some 可作單數也可作複數，視其搭配的名詞而定。當它們與**複數名詞**（cats、dogs 等）連用，就是**複數**；與**不可數名詞**（water、sand 等）連用，就是**單數**。

- All/Most **of her** art is **about Bart.**
  她所有的／多數的藝術收藏品都是關於巴特的。
  ↳ all/most + of + 不可數名詞（art）+ 單數動詞（is）

- All/Most **of those nice** cats have caught **mice.**
  那些可愛的貓全都／大都抓到了老鼠。
  ↳ all/most + of + 複數名詞（cats）+ 複數動詞（have caught）

> **3**　all：全部；所有的（代名詞或限定詞）

1　all 可作**代名詞**。

1　all 可單獨作**主詞**。

- All she needs is **a little honey in her tea.**
  她所需要的只不過是在茶裡加一點蜂蜜而已。
  ↳ all 是代名詞，作句子的主詞，接單數動詞 is；
  　she needs 是省略了 that 的形容詞子句，修飾 all。

2　all of 的用法：

- All of you are **invited to my birthday party this Saturday night.**
  你們全都受邀參加我這週六晚上的慶生會。
  ↳ all 是代名詞，後面接 of。
  　句型為：all of + 複數代名詞（you）+ 複數動詞（are）。

3　all 放在**主詞**或**受詞**的後面。

- We all **love you and Sue.**　我們都愛你和蘇。
  ↳ all 接在句子的主詞 we（人稱代名詞）後面。（We all = All of us）

- **Paul has said farewell to** us all.

  保羅已經跟我們大家告別了。

  ↳ all 接在句子的受詞 us（人稱代名詞）後面。（us all = all of us）

4 **all** 放在**助動詞**、**情態助動詞**、**連綴動詞 be** 的後面。

- **The small statues made out of gold** had all **been sold.**

  那些黃金打造的小雕像已銷售一空。

  ↳ all 放在助動詞 had 後面。
  （. . . had all been sold. = All of the small statues . . . had been sold.）

- **You** can all **go to play baseball.**

  你們都可以去打棒球。

  ↳ all 放在情態助動詞 can 後面。
  （You can all go . . .
  = All of you can go . . .）

- **The three girls** are all **great athletes.**

  那三個女孩都是優秀運動員。

  ↳ all 可以置於 be 動詞後面。
  （The three girls are all . . . = All of the three girls are . . .）

5 部分否定時，主詞要用 **not all**（不是所有的）。

- **Not all of the departments** filed **a report.**

  不是所有的部門都提交了報告。

  ↳ 如果意思是部分否定，不用 all 作主詞，要用 not all 作主詞（即用 not all 來表示否定，而不用 all . . . not），意思是「並非所有」。

比較 要表示「沒有一個」（全部否定），可用下面兩句：

- **All of the departments** failed to file **a report.**

  所有的部門都沒有提交報告。

  ↳ 不用「all . . . not」，而用「all . . . failed」。

- **None of the departments** filed **a report.**

  沒有一個部門提交了報告。

  ↳ 可以用 none 作主詞，表示「沒有一個」（全部否定）。

2 all 也可作**限定詞**（形容詞），動詞的單複數視其修飾的主詞而定。

- **All the children** love **the brilliant colors of leaves in the fall.**
  這些孩子們全都喜歡秋天五顏六色的樹葉。
  ↳ all 是限定詞，修飾名詞 children；句子的主詞是 children，因此用複數
  動詞 love。

Diving Deep Into English	**4**	**all 與 all of 的比較**

❶ **all（不加 of）**：用於「**名詞**」或「**形容詞 + 名詞**」前時，all 後面
不接 of。

- **All flowers are beautiful.**
  所有的花兒都美麗。
  ↳ all + 名詞（flowers）
- **All little girls are as pretty as pearls.**
  所有的小女孩都像珍珠一樣漂亮。
  ↳ all + 形容詞（little）+ 名詞（girls）

❷ **all (of)**（加不加 of 都可以）：當 all 用在 **the**、**my/your**、**this/**
that、**these/those** 等字的前面時，可以加 of，也可以不加。

- **Did you eat all the chicken?**
  = **Did you eat all of the chicken?**
  你把所有的雞肉都吃光了嗎？
  ↳ 「all + of」句型後面一定要加 the/these/those/my/your/
  Mary's，比如，不能說 all of chicken、all of students，必
  須說 all of the chicken、all of those students、all of your
  students 等。

❸ **all of**（一定要加 of）：all 在 **it**、**us**、**you**、**them** 前面時，須用 of。

- **Dee has invited all of us to her beach party.**
  蒂邀請我們所有人參加她的海灘聚會。

4 both：兩者都（代名詞或限定詞）

1 both 可作**代名詞**，指**兩個**人或東西，是**複數**，作主詞時要用**複數動詞**。

1 both 可作**主詞**。

· **Ann is an American, and Dan is a Canadian. Both are my good friends.** 安是美國人，丹是加拿大人。他們兩個都是我的好朋友。
  ↳ both 是代名詞，作句子的主詞，接複數動詞 are。

2 both of 的用法：

· **Both of them are trying to catch the thief who stole the gem.**
  他們兩個都試圖想抓住偷寶石的賊。
  ↳ both 是代名詞，後面接 of，句型為：
    both of + 複數代名詞（them）+ 複數動詞（are）

3 both 放在**主詞**或**受詞**的後面。

· **Those two agents both have multiple talents.**
  那兩個代理人都多才多藝。
  ↳ both 放在句子主詞 those two agents 後面。
    （Those two agents both . . . = Both of those two agents . . .）

· **I like them both.** 他們兩個我都喜歡。
  ↳ both 放在句子的受詞 them（人稱代名詞）的後面。
    （them both = both of them）

4 both 放在**助動詞**、**情態助動詞**、**連綴動詞** be 的後面。

· **They will both be happy if you give them some chocolate.**
  如果你給他們一些巧克力，他們兩個都會很高興。
  ↳ both 放在助動詞（will）後面。

· **Our twin daughters are both great athletes.**
  我們的兩個雙胞胎女兒都是優秀的運動員。
  ↳ both 放在 be 動詞（are）後面。

NOTE

> both 的意思是「兩者都」，只用於**肯定句**。要表示「兩者都不」要用 **neither**，而不用 both。 » 請參見 p. 99 〈9 neither 和 neither of：兩者都不（代名詞或限定詞）〉

2 both 也可作**限定詞**（形容詞），修飾**複數名詞**。

- Both women **have decided to make Rome their home.**
  兩位女士都決定要在羅馬定居了。
  ↳ both 是限定詞，修飾名詞 women。

Diving Deep Into English / 5 / both 與 both of 的比較

❶ **both**（不加 of）：用於「**名詞**」或「**形容詞 + 名詞**」前時，both 後面不接 of。

- Both birds **sang loudly.** 兩隻小鳥高聲歌唱。
  ↳ both + 名詞（birds）

❷ **both (of)**（加不加 of 都可以）：當 both 用在 **the**、**my/your**、**these/those** 等字的前面時，可以加 of，也可以不加 of。

- Both her **parents are dentists.**
  = Both of her **parents are dentists.**
  她的父母都是牙醫。
  ↳「both + of」句型後面一定要加「the/these/those/my/your/ Mary's + 複數名詞」，比如，不能說 both of students，必須說 both of the students、both of these students、both of my students 等。

比較 由 and 連接的**複合名詞**前只能用 **both**，不用 both of。

　✗ both of **your aunt** and **uncle**
　✓ both **your aunt** and **uncle** 你的阿姨和叔叔

NOTE **both of the** 的句型中，of 和 the 都可以省略，只用 **both the** 或 **both**。

- Both of the cats fell into the arms of Del.
  = Both the cats fell into the arms of Del.
  = Both cats fell into the arms of Del.
  兩隻小貓都掉進戴爾的懷裡。
  ↳ 第一句的 both 是代名詞，後兩句的 both 是限定詞。

❸ **both of**（一定要加 of）：both 在 **us**、**you**、**them** 前面時，後面要接 of。

- Both of us ride the yellow school bus.
  我們兩個都搭乘黃色的校車。

| Diving Deep Into English / 6 / both 與 all 的不同之處 |

❶ **both** 指**兩個人**或物，**all** 指**三個以上**的人或物。

❷ **both** 作句子的主詞時，用**複數動詞**；**all** 作句子的主詞時，如果意思是 everything、the whole thing、the only thing，用**單數動詞**；如果意思是 everyone、every one，就要用**複數動詞**。

- Both of the identical twins were quiet in the hall.
  那對同卵雙胞胎在大廳裡都很安靜。
  ↳ both 作句子的主詞，動詞用複數 were。
- All was quiet in the hall. 大廳裡一片寂靜。
  ↳ all 作句子的主詞，在這裡指 everything，動詞用單數 was。
- All of the cheerleaders were quiet in the hall.
  在大廳裡，所有的啦啦隊隊員都很安靜。
  ↳ all 是句子的主詞，在這裡指 every one of the cheerleaders，與複數動詞 were 連用。

5 each：每個；各自的（代名詞或限定詞）

each 用來指一個團體（兩個以上的人或物）裡面所有的人或物，**強調分別
看待每個個體**。用法有四種：

1 each（作代名詞）+ 單數動詞（ + 單數人稱代名詞所有格）

- Each <u>has</u> his or her own cellphone. 每個人都有自己的手機。

2 each（作限定詞）+ 單數名詞 + 單數動詞

- Each new day <u>is</u> a new chance to learn and play.
  新的每一天，都是學習和玩耍的一個新機會。

3 each of + 複數名詞／複數代名詞 + 單數動詞（ + 單數人稱代名詞所有格）

- Each of <u>the girls</u> <u>has</u> her own set of pearls.
  這群女孩中，每一個人都有自己的一套珍珠。
  ↳ 與 all of 的用法相同，each of 後面一定要用「the/these/my 等 + 名詞」
  （如：each of the girls）。

4 複數主詞 + each + 複數動詞（ + 複數人稱代名詞所有格）

- <u>Mary and Joe</u> each <u>have</u> their own thoughts about being friends
  with Larry.
  關於與賴瑞交朋友一事，瑪麗和喬各有主張。

Diving Deep Into English / **7** / each 與 every 的比較

❶ each 和 every 作限定詞時，都與**單數名詞**及**單數動詞**連用。意義
上沒有多大的區別，經常可以互換。
注意 every 只作限定詞；each 可作限定詞或代名詞。

- Jim looks older every time/each time I see him.
  我每次看見吉姆，他都顯得老了一點兒。

❷ 如果要把一些人或物視為**個體**（一次一個），最好用 **each**（特指：指特定團體中的每一個人或物）；反之，如果視為**整體**（一個團體），最好用 **every**（泛指：指大家），every 在意義上比 each 更接近 all。

- Each child **received a copy of** *Green Eggs and Ham*.
  每一個孩子都收到了一本《綠雞蛋和火腿》。
  ↳ 特指（指特定團體內的每一個孩子），強調個體性。
- Every child **should read** *Green Eggs and Ham*.
  = All children **should read** *Green Eggs and Ham*.
  每個孩子都應該閱讀《綠雞蛋和火腿》。
  ↳ 泛指（指所有的孩子），強調總體概念或普遍性。

❸ each 可以指**兩個以上**的人或物；every 指**三個以上**的人或物。亦即，指兩個人或物時，不用 every。

- each ankle *每個腳踝* → 一定是兩個腳踝；不能用 every。
- each side of the avenue
  = both sides of the avenue *在大道的兩旁*
  ↳ 指兩旁，不能用 every，要用 each。both 雖指兩個，但後面要接複數名詞（both sides of the avenue）。
- every/each side of the town square *在市鎮廣場的每一邊*
  ↳ 指兩邊以上（廣場的四邊）。

❹ 表示某事發生的**頻率**，要用 **every**，不能用 each。

May **How often do you surf the Internet?**
你多久上網一次？

Ray **Almost** every day.
幾乎每天都上網。
↳ almost every day 表示頻率，又如：every other day 每隔一天。

6　any 和 some：任何；一些（代名詞或限定詞）

1　some 和 any 可以修飾**不可數名詞**和**複數名詞**。

- any/some help　任何／一些幫助　→ any/some 修飾不可數名詞 help。
- any/some women　任何／一些女人　→ any/some 修飾複數名詞 women。

2　some 和 any 可以作**限定詞**，也可以作**代名詞**。

 代名詞　　　　　　 限定詞

- some of the students 一些學生 • some students 一些學生 → 複數名詞
- some of the milk 一些牛奶 • some milk 一些牛奶 → 不可數名詞
- any of my books 我的任何書 • any books 任何書 → 複數名詞
- any of his help 他的任何幫助 • any help 任何幫助 → 不可數名詞

3　any（一點；一些；絲毫）用於**疑問句**和**否定句**。some（一些）常用於**肯定句**。

Jenny　I need some razor blades for tomorrow. 我明天需要一些剃刀片。
　　　 Do you have any I could borrow?　　　你有沒有可以借給我的？

Kenny　Sorry, I don't have any.　　　　　　　對不起，我沒有。

　↳ any 後面省略了複數名詞 blades。
　↳ 在否定句和疑問句中，如果 any 修飾的是可數名詞，要用複數名詞（如：any blades、any questions、any tickets）。

4　**提供物品**或**表達請求**時，若期待對方回答「yes」，則**疑問句**也可用 some。

- Would you like some bubble gum?
  你想不想吃泡泡糖？　→ 提供物品。

5 any 可表 no matter which or what（任何一個，究竟哪一個不重要）。表此義時，**any** 可用於**肯定句**，後面接**單數可數名詞**或**不可數名詞**。

· Any doctor **will tell you that smoking leaves a brain unfit for** **healthy thinking.**
任何一個醫生都會告訴你，抽菸會使得頭腦不能健全地思考。
↳ any 接單數可數名詞 doctor。

Sue　**When is the best time to visit you?**　什麼時候來看你最好？

Mike　**It doesn't matter**—any time **you like.** 都可以——你想來的時候
　　　↳ any 接不可數名詞 time。　　　就來。

» 參見 p. 22〈Diving Deep Into English 2 可數與不可數名詞常用的限定詞：some 和 any〉

7 以 -body、-one 或 -thing 結尾的複合不定代名詞

1 somebody、someone、something、somewhere 與 anybody、anyone、anything、anywhere 之間的區別，和 **some** 與 **any** 之間的區別是一樣的。
» 參見 p. 94〈6 any 和 some：任何；一些（代名詞或限定詞）〉

1 somebody 和 someone 的意思是相同的，anybody 和 anyone 的意思也是相同的。

2 somewhere 和 anywhere 是**副詞**，其餘的字是**不定代名詞**。

· Somebody **called while you were out.**
你不在時，有人打電話來。
↳ someone/somebody、something、somewhere 用於肯定句。

· **Is there** anyone **at home?** 有人在家嗎？
↳ anyone/anybody、anything、anywhere 用於疑問句和否定句。

· **May I have** something **to eat?**
我可以吃點什麼嗎？
↳ 表示請求、提供物品時，something 可以用於疑問句。

Mr. Edward	Where would you like to live, Ms. Wood?
	伍德女士，你想住在哪裡？
Ms. Wood	**Anywhere** there is mirth on the planet Earth.
	地球上任何有歡笑的地方。

↳ anyone/anybody、anything、anywhere 表示「無論任何人、事物、地點都無所謂」時，可以用於肯定句。

· Please let me know **if** you need anything.

如果你需要什麼，請讓我知道。

↳ 在 if 引導的子句裡，要用 any、anyone/anybody、anything、anywhere。

2 nobody（= no one）、nothing、nowhere、none 這些**否定**意義的字既可置於**句首**，又可**單獨使用**，還可以置於**動詞之後**。（nowhere 是**副詞**，其餘的是**不定代名詞**。）

· Nobody (= No one) seemed to understand me.

似乎沒有人理解我。

May	What did you say?	你說什麼？
Ray	Nothing.	什麼也沒有說。

· He had nothing important to say. 他沒有什麼重要的事要說。

3 anyone、anybody、anything 常與否定詞 **never**、**not** 連用，而 nobody、never、nowhere、no 等字本身就具有否定意味，句中只能有一個否定詞，要**避免雙重否定**。

✗ Eileen Fair is not nowhere to be seen.

✔ Eileen Fair is nowhere to be seen. 到處都看不見愛琳·費爾。

✗ I don't want to sing for nobody right now.

✔ I don't want to sing for anybody right now.

我現在不想為任何人唱歌。

↳ 否定意義的動詞（isn't、don't、can't）不與 no、nothing、nobody 等否定詞連用。

4 everybody/everyone、everything、nothing、nobody/no one 等
作主詞時，要用**單數動詞**。

- Is anybody **hurt?** 有沒有人受傷？
- **There** is nobody **at home.** 家裡一個人也沒有。

5 修飾這些不定代名詞的**形容詞**，要放在其**後面**。

- **There is** something wrong **with Kay today.** 凱今天不對勁。
  ↳ 肯定句用 something。
- **There is** nothing wrong **with Kay today.** 凱今天沒有不對勁。
  = **There** isn't anything wrong **with Kay today.**
  凱今天沒有任何的不對勁。
  ↳ 否定句用 nothing 或「否定詞 not + anything」。

Diving Deep Into English / 8 / everyone 與 every one、
anyone 與 any one 的比較

❶ **everyone** 等於 everybody，後面**不能接 of**。**every one** 等於
each one 或 each single one，後面**常接 of**（every one of）。

- **Everyone** (= Everybody) wants to have fun in the sun.
  大家都想在陽光下盡情地玩一玩。
- **Every one of us** wants to have fun in the sun.
  我們每一個人都想在陽光下盡情地玩一玩。
  ↳ every one of us 表示團體裡的每一個人。

❷ **anyone** (= anybody) 和 **any one of** 的用法與 everyone 和 every
one of 一樣。

- **There wasn't** anyone (= anybody) in my class that wanted
  to swim or run. 我班上沒有人想游泳或跑步。
- **If** any one of them **hits our gong, he or she will have to
  sing a folk song.**
  他們當中誰敲了我們的銅鑼，就得唱一首民謠。

8 none of：（三個以上）都不（代名詞）

1 none of + 複數名詞／複數代名詞 + 複數動詞 ▐🟦 美　式▐
none of + 複數名詞／複數代名詞 + 單數動詞 ▐🇬🇧 英式正式▐
none of + 複數名詞／複數代名詞 + 複數動詞 ▐🇬🇧 英式口語▐

▐🟦 美　式▐ None of **them** were **called Clem.**

▐🇬🇧 英式正式▐ None of **them** was **called Clem.**

▐🇬🇧 英式口語▐ None of **them** were **called Clem.**
他們裡面沒有人叫做克勒姆。

↳ 當「none of + 複數詞」的含義是指「not any persons or things」，更常用複數動詞。

- Almost none of **the workers** are **shirkers.**
這些工人之中幾乎沒有人偷懶。

↳ 當「none of + 複數名詞」被 almost 修飾時，動詞要用複數。

> **NOTE**
>
> **none but + 複數名詞 + 複數動詞**
>
> - None but his most loyal **friends** believe his story about Mary.
> 除了他最忠誠的朋友，沒有人相信他所說的關於瑪麗的故事。
>
> ↳ none 後面接「but + 複數名詞」時，動詞要用複數。

2 none of + 不可數名詞／單數代名詞（it）+ 單數動詞

- None of **the political news** is **of any interest to Liz.**
沒有一條政治新聞使莉茲感興趣。

↳ 不能用 are。

Diving Deep Into English / 9 / none 與 no one 的比較

❶ **none** 的意思是 not any，指**人**或**物**，後面**可以接 of**。

❷ **no one** 就等於 nobody，指**人**，後面**不能接 of**。

✗ No one of Kent's friends went to see if he had won.

✓ None of Kent's friends went to see if he had won.
肯特的朋友沒有一個去看他贏了沒有。
↳none 後面可以接 of。

✓ No one (= Nobody) went to see if Kent had won.
沒有人去看肯特贏了沒。
↳no one 後面不能接 of。

---

9 neither 和 neither of：兩者都不（代名詞或限定詞）

1 **neither（＋ 單數名詞）＋ 單數動詞**

· Mitch and Sue are quite happy, but neither is rich.
米奇和蘇都很幸福，雖然他們都不富有。　→ 這句的 neither 是代名詞。

· Neither **student** is prudent. 這兩個學生做事都不謹慎。
↳ 這句的 neither 是限定詞，修飾名詞 student。

2 **neither of ＋ 複數名詞 ＋ 單數動詞**

· Neither of **her cats** was willing to purr.
她那兩隻貓都不願發出滿足的嗚嗚聲。
↳ 在非正式用語中，也可以用：neither of ＋ 複數名詞 ＋ 複數動詞。但在
商務英文或考試中，要用正式用語。

3 在**否定句**中，要用 **neither**，而不用 both。

✗ Both **swimsuits** do not fit her.

✓ Neither **swimsuit** fits her. 兩件泳衣都不適合她。

neither 用以指**兩個**人或物，表示「兩者都不」；none 用以表示**三個以上**的人或物，表示「全部皆非」。

- **Neither of** the twin sisters **would listen to either** → 兩個
  their mother or their brother.
  這對雙胞胎姐妹既不聽她們母親的話，也不聽她們哥哥的話。
- **None of** her three brothers **trust/trusts the others.**   → 三個
  她的三個兄弟都不信任別人。

❶ both + 複數名詞 + 複數動詞   → 兩者都（both = one
  both of + 複數名詞 + 複數動詞   **and** the other）

❷ either + 單數名詞 + 單數動詞   → 兩者之一（either = one
  either of + 複數名詞 + 單數動詞   **or** the other）

❸ neither + 單數名詞 + 單數動詞   → 兩者皆非（neither =
  neither of + 複數名詞 + 單數動詞   **not** either, **not** one or
                                        the other）

May	Which day is better for Faye, Monday or Tuesday?	哪一天費伊比較方便，星期一還是星期二？
Ray	Both <u>days</u> are OK for Faye.	費伊這兩天都可以。
	Either <u>day</u> is OK for Faye.	費伊哪一天都可以。
	Neither <u>day</u> is OK for Faye.	費伊這兩天都不行。

↳ both、either、neither 為限定詞。

100

- Do both of <u>the Bench twins</u> speak French?
  班奇家的雙胞胎都會講法語嗎？
- Does either of <u>the Bench twins</u> speak French?
  班奇家的雙胞胎中有沒有一個會講法語？
- Neither of <u>the Bench twins</u> speaks French.
  班奇家的雙胞胎都不會講法語。
  ↳ both、either、neither 為代名詞。

10　another：另一個；另外的（代名詞或限定詞）

1　**another** 可作**限定詞**，也可作**代名詞**。當 another 後面接有名詞，它就是限定詞，否則就是代名詞。

2　**another** 是一個字，不能寫成 an other。another 指前面提過的人或物之中的**又一個**，通常接**單數可數名詞**，不接複數名詞，也不接不可數名詞。

　● another cup of tea　再來一杯茶　　● another tea

　● another witch　另一位女巫　　　　　● another witches

3　**another** 指人或物的具體數量時，就可以與**數字**（2、5、10、100、幾個等）及**複數名詞**連用。句型為：「**another + two/five/hundred/few 等 + 複數名詞**」。

- I hope Ken stays here for another ten days.
  我希望肯在這裡多待十天。

other 和 any other：
別人；其他的、另外的（代名詞或限定詞）

1 other 可以用作**限定詞**或**代名詞**。與名詞連用時，other 是限定詞；其他情況下是代名詞。

2 other 可以**泛指**，也可以**特指**。

代名詞	● others　別人	→ 泛指別人。
	● the others　其餘的人	→ 特指（一組中）其餘的人。
限定詞	● other kids　其他孩子	→ 泛指「任何別的孩子」。
	● the other kids　其他孩子	→ 特指某一群小孩中的「其餘的孩子」。
	● the other shoe　另一隻鞋	→ 特指兩者中的另一個。

- **Jim and his two brothers never think of** others.

  吉姆和他的兩個兄弟從不為他人著想。

  ↳ others 是代名詞，泛指「別人」，作 think of 的受詞。

- **He swam from** one side **of the wide river to** the other side.

  他從寬廣大河的一邊游到另一邊。

  ↳ one 可以與 the other 連用，表示「兩者中的一個和另一個」。這句的 one 和 other 是限定詞。

3 other 可以表示「另外的；外加的」，指已提到或已知的人或物中額外的部分，與**數字**連用，句型為「**two/five/ten/hundred 等 + other + 複數名詞**」。

↳ 另外的

- **In addition to Lulu,** three other girls **have asked to play the computer game called "Pearls."**

  除了露露之外，還有三個女孩也要求玩一款名叫《珍珠》的電腦遊戲。

4 any other（限定詞）的用法

1 any other + 複數名詞（用於**疑問句**）

- Are there any other questions? 有其他問題嗎？ → 疑問句

2 any other + 單數可數名詞（用於**陳述句**和**比較級**）

- Neither believe nor reject anything, because any other person has rejected or believed it. (President Thomas Jefferson)
  不要因為別人相信或否定了什麼，你也就跟著去相信或否定。 → 陳述句

- Can Penny Bridge swim faster than any other female student at her college?
  潘妮‧布里奇能游得比她大學裡其他的女生都快嗎？ → 比較級

12 many、much、a lot of (= lots of)、plenty of：許多（代名詞或限定詞）

1 many 和 much 可作**限定詞**（形容詞），也可作**代名詞**，如果後面接有名詞，就是限定詞，否則就是代名詞。

2 much 修飾**不可數名詞**；many 修飾**複數名詞**和**複數代名詞**。

3 a lot of 和 plenty of 與**不可數名詞**和**複數名詞**連用。

不可數名詞	複數名詞
much time 許多時間	many hours 許多小時
much of the milk 許多牛奶	many of the cows 許多頭乳牛
a lot of/lots of honey 許多蜂蜜	a lot of/lots of bees 許多蜜蜂
plenty of money 許多錢	plenty of eggs 許多蛋

many of the cows

4 修飾**名詞**可用 **too much** 和 **too many**，修飾**形容詞**或**副詞**則用 **too**。

- too much trouble　　麻煩太多　→ too much + 不可數名詞
- too many questions　問題太多　→ too many + 複數名詞
- too old　　　　　　太舊了　　→ too + 形容詞
- drive too slow　　　開車太慢　→ too + 副詞

13　few、a few、little、a little：代名詞或限定詞

1 a few、few、a little、little 可以作**代名詞**，後面接 of 片語，也可以作**限定詞**，修飾名詞。

2 a little、little 修飾**不可數名詞**；a few、few 修飾**複數名詞**（或**複數代名詞**）。

　不可數名詞　　　　　　　　複數名詞

限定詞	• a little tea　一點茶	• a few tomatoes　幾個番茄
代名詞	• a little of your apple juice 你的一點蘋果汁	• a few of your apples 你的幾個蘋果

3 little 和 few 具有**否定**含意，表示「幾乎不，幾乎沒有」；a few 和 a little 具有**肯定**含意，表示「有一些，有一點」，意思接近 some。

否定	肯定
• little power　幾乎沒有權力	• a little power (= some power) 有一些權力
• few people　幾乎沒有人	• a few people (= some people) 有幾個人
• very few cars　非常少的車輛	• quite a few friends　許多朋友 ↳ quite a few 是一個習慣用語，意思是「相當多」，等於 a lot of。

Part 12

Exercise

1

選出正確答案。

_____ **1** Jerry Blue has very _____ friends kinder than Terry.

(A) a little   (B) few   (C) little   (D) a few

_____ **2** Only _____ the joggers know that Jerry Blue used to run in Hawaiian marathons.

(A) a little of   (B) a few   (C) little of   (D) a few of

_____ **3** Megan has five children. One _____ in elementary school, another _____ in high school, and _____ still in diapers and having fun.

(A) is; is; the others are   (B) is; are; others are

(C) are; is; others are   (D) is; is; the others is

_____ **4** _____ are scuba diving in the deep water to find Sue's gem.

(A) Both of they   (B) Both them

(C) Both of them   (D) Both they

_____ **5** _____ wanted to meet that pretty nun.

(A) Every of one   (B) Every one

(C) Everyone   (D) Everyone of us

_____ **6** Why did Eli buy _____ cherry pie?

Ⓐ an other Ⓑ another Ⓒ other Ⓓ another of

_____ **7** Trish Sun has a thousand storybooks in English, and I've read _____.

Ⓐ every Ⓑ everyone Ⓒ every one Ⓓ everybody

_____ **8** Ask Gem to come to see me at 10 a.m. I'll have _____ time then to inspect her new electric motor scooter.

Ⓐ little Ⓑ a little Ⓒ a few Ⓓ few

_____ **9** Joe didn't know how to sail the boat until _____ of my crew showed him how to do so.

Ⓐ a few member Ⓑ few members

Ⓒ a little members Ⓓ a few members

_____ **10** One of the mothers wiggled and giggled, and then so did _____.

Ⓐ others Ⓑ the others Ⓒ the few Ⓓ a few

2

將括弧中的正確答案畫上底線。

----

1 Jenny's (many/much) smiles earned her flowers from Benny.

2 Donna Reed doesn't watch TV, because she has too (much/many) to read.

3 Joan did not want to read (any/some) messages on her cellphone.

4 Does Sarah Flower really take a shower (each/every) other hour?

5 Claire wishes she could eat (every/each) pear on the tree.

6 All (was/were) quiet, thought Saul, except for the mosquito's buzz.

7 The two athletes smiled, but neither (was/were) willing to run a race under the hot sun.

8 (All of us/All us) will sing with glee under the plum tree.

9 Each of us (have/has) seen Russ eating our peas and cheese.

10 (All human beings/All of human beings) are born equal and need to learn how to crawl.

11 (All your friends/All friends) read the book *Vincent de Paul.*

12 Bruce Thumb can produce (any/some) great apple juice.

13 Dan   Where do you want to pet sheep and fall peacefully asleep?

   Ann   (Nowhere/Anywhere) on Mars where a prayer can reach the stars.

14 Each of the girls put on (her/their/his) pearls.

15 Several of the band members sang (his or her/their) songs at the county fair.

3

將括弧中的正確答案畫上底線。

---

1 Neither of the two girls had entered (her/their) cat in the previous year's Best Purr and Fur Contest, because one cat was too fat and (other/the other) was too thin.

2 During the past year, one of them had done a great job in training (her/their) cat and brushing (it's/their/its) fur.

3 Both of the girls did (her/their) best to dress fashionably and comb (her/their) hair.

4 Everyone had to take (his or her/their) cat out of a cage and carry it onto the stage.

5 Few of the thin cats looked (her/their) best or enjoyed being there.

6 Some of the fat cats didn't want to wear (its/their) collars or be on display at the fair.

7 Bob said, "If someone knows how to train cats, (he or she/they) could get a good job."

8 Many complained that (she/he/they) didn't hear about the contest until today.

9 Lynne asked several of the cat owners if (its/their) cats ever shed hair.

10 All of the cats had claws on (its/their) paws and needed to be handled with care.

UNIT

4 冠詞

Articles

Part **13** 冠詞和限定詞
Articles and Determiners

 1 冠詞 Articles

冠詞可分為兩種：**不定冠詞**（a/an）與**定冠詞**（the），作用類似於形容詞，用來修飾名詞，因此一些文法學家也把這三個字歸為**限定詞**。

冠詞	不定冠詞 a/an	修飾**非特指**的單數可數名詞，表示「一個」。
	定冠詞 the	修飾**特指**的或**前面提及過**的名詞，明確表示「這個、那個；這些、那些」。

- Eli has got a big mouth and an evil eye. 伊萊多嘴多舌，眼神惡毒。
  ↳ 不定冠詞 a 修飾名詞 mouth，an 修飾名詞 eye，a 和 an 都有限定的作用。
  ↳ a big mouth 在這裡的含意是「太多嘴了」、是個「大嘴巴」。
- May I use the phone? 我可以借個電話嗎？
  ↳ 定冠詞 the 修飾名詞 phone，具有限定的作用。

2 限定詞 Determiners

限定詞用以修飾名詞，可說是一種**特殊的形容詞**，放在名詞前面產生修飾作用。下列都屬於限定詞：

指示形容詞	所有格形容詞	不定代名詞	冠詞	疑問詞
this	my	a few	a	what
that	your	a little	an	whatever
these	his	many	the	which
those	our	some		whichever

Part 14 不定冠詞 a 和 an
Indefinite Articles *A/An*

1 a 和 an 修飾單數可數名詞

1 不定冠詞 a/an 用於**非特指的單數可數名詞**前面，表示談論的是
一個人或物。

· **Ann told us** a **story about** a **tall lady married to** a **short man.**
安講了一個高大女子嫁給一個矮個子男人的故事給我們聽。
↳ 表示 one story、one tall lady、one short man。

2 **單數**可數名詞不能單獨使用，應有 **a/an** 來修飾，或由其他限定詞
（the、my、his、that 等）來修飾。

✗ Dentist **is one who has studied dental science and practices**
dentistry.

✓ A dentist **is one who has studied dental science and practices**
dentistry.
學過牙科並從事牙醫業的人就是牙醫。

┌───┐
│ Diving Deep Into English / 12 │ 是 a truck, a jeep, and a car
│ 還是 a truck, jeep, and car？
└───┘

❶ 一系列單數可數名詞構成平行結構時，可以只在第一個項目前加
冠詞，也可以每個項目都加冠詞。

· **I saw** a **truck, (a) jeep, and (a) car stuck in the deep mud.**
我看到一輛卡車、（一輛）吉普車和（一輛）汽車，陷進深泥坑裡。

2 但如果有的項目要用 a，而有的要用 an，就得**重複不定冠詞**。

- **She saw an enormous toad and a huge snake on the road.**
  她看見路上有一隻巨大的蟾蜍和一條巨大的蛇。

3 如果指**同一個人**的不同職位，**不能**重複不定冠詞。

- **Tom is an American writer and artist.**
  湯姆是一個美國作家及藝術家。

Diving Deep Into English	13	不可數名詞不與 a/an 連用

1 不可數名詞的形式雖然是單數，但**不能和 a/an 連用**，也不能和基數詞（one、two 等）連用；不可數名詞**沒有複數形式**。

✗ a bread	✗ two breads	✔ bread 麵包
✗ a fresh air	✗ two fresh airs	✔ fresh air 新鮮空氣

2 若要表達不可數名詞的數量，可用 **a piece of**、**a bit of**、**an item of**、**a drop of** 等片語。

✗ a cranberry juice
✔ a drop of **cranberry juice** 一滴小紅莓汁

✗ two soaps
✔ two bars of **soap** 兩塊肥皂

2 a 和 an 的基本使用原則

■ **a + 發音為子音開頭的字（單字、縮寫詞、數字）**

1 以子音開頭的單字

- a boy 一個男孩
- a monkey 一隻猴子

2 **以子音開頭的縮寫詞**：字母 b, c, d, g, j, k, p, q, t, u, v, w, y, z 的發音 都是子音開始，以這些字母開頭的**縮寫詞**，要用 **a** 修飾。

- a BS degree 一個理學士學位
- a GM car 一輛通用汽車公司的車

3 **以子音發音開頭的數字**：數字 **1–12** 中，除了 8 和 11 的發音為母音開 始，其他的都是子音開始，要用 **a** 修飾。

- a "6" 一個 6
- a "13" 一個 13

■ **an + 發音為母音開頭的字（單字、縮寫詞、數字）**

1 以母音 a, e, i, o, u 開頭的單字

- an accident 一場意外
- an elephant 一頭大象
- an ice-cream cone 一個冰淇淋甜筒
- an orange 一顆柳丁
- an umbrella 一把雨傘

2 **以母音發音開頭的縮寫詞**：字母 f, h, l, m, n, r, s, x 雖然是子音字母， 但實際上是以母音發音開始，因此以這八個字母開頭的**縮寫詞**，要 用 **an**。

- an FBI agent 一位聯邦調查局幹員
- an MBA degree 一個企管碩士學位
- an X-ray machine 一臺 X 光機

3 以母音發音開頭的數字：數字 **8**（以及與 8 相關的數字）和 **11** 的發音以母音開始，要用母音 **an** 修飾。

- an 8-hour day 八小時的一天
- an 18-year-old basketball player 一位 18 歲的籃球員
- an 85 mph wind 一陣時速 85 英里的風
- an 11 a.m. meeting 一場早上 11 點的會議

Diving Deep Into English / **14** / 不定冠詞與字母 u、o 和 h

1 字母 **u** 開頭的單字

① **a + 發子音的 u 開頭的字**：如果一個字的首字母 u（或 eu）是發子音 [ju]，不定冠詞要用 a。

- a U-boat 一艘 U 型潛艇
- a Ukrainian 一位烏克蘭人
- a unicorn 一隻獨角獸   *a unicorn*
- a unit 一個單元

② **an + 發母音的 u 開頭的字**：許多字的首字母 u 是發母音，不定冠詞要用 an。

- an ugly mood 一個壞心情
  [ˋʌglɪ]
- an uncertain future 一個不確定的未來
  [ʌnˋsɝtṇ]

2 字母 **o** 開頭的單字

① **a + 發子音的 o 開頭的字**：字母 o 有時是發子音 [w]，則前面要用冠詞 a。

- a one-day trip 一個一天的行程；一日遊
  [wʌn]
- a once-in-a-lifetime event 一個千載難逢的事件
  [wʌns]

② **an + 發母音的 o 開頭的字**：許多字的首字母 o 是發母音，則前面要用冠詞 an。

● an oak 一棵橡樹　　● an oath 一個誓言

❸ **字母 h 開頭的單字**

① **an + 不發音的 h 開頭的字（字首發母音）**：少數字是以不發音的 h 開始，因此第一個音節是發母音，要用 an 修飾。

● an honest effort 一份真誠的努力
　　['ɑnɪst]
● an hour 一小時
　　[aʊr]

② **a + 發音的 h 開頭的字（字首發子音）**：許多字的首字母 h 要發音，因此第一個音節是發子音，則前面要用冠詞 a。

● a historic event 一個歷史事件
　　[hɪs`tɔrɪk]
● a hot sun 一顆炙熱的太陽
　　[hɑt]

> **NOTE**
>
> **是 an herb，還是 a herb ？**
>
> **1** 單字 herb（藥草）在**美式英語**裡，h 不發音 [ɝb]，以不發音 h 開始的字，前面要用 **an**。
>
> **2** 而在**英式英語**裡，herb 的 **h 要發音** [hɝb]，以發音 h 開始的字，前面要用 **a**。
>
> | 美式 | She used an herb to make the tea.
> | 英式 | She used a herb to make the tea.
> 　　　　她用一個藥草泡茶。

將括弧內的形容詞插入片語中，並視需要更改冠詞。

----

1 a friend (old)   → *an old friend*

2 an orange (big)   → _____

3 an aunt (rich)   → _____

4 a language (Asian)   → _____

5 a job (easy)   → _____

6 a bird (early)   → _____

7 a baby (unsatisfied)   → _____

8 a unicorn (unhappy)   → _____

9 an email address (new)   → _____

10 a site (historic)   → _____

2

在空格內填上 a、an 或 /（不需要冠詞）。

----

1. No news is _____ good news.

2. Tabby is _____ lion cub.

3. "_____ bolt of lightning could kill you," Jill warned Sue.

4. Use _____ soap to wash your hands before you eat.

5. That is _____ oxygen mask.

6. "Drink _____ nonfat milk every day, and you will grow faster," Ray said to Sue.

7. _____ pilot is a person who flies _____ airplane.

8. _____ ladybug is a small beetle with a colorful spotted back.

9. _____ EFL teacher means _____ teacher of English as _____ foreign language.

10. Mack usually has some orange juice, _____ nonfat milk, and _____ toast for a snack.

Part 15

定冠詞 the

Definite Article *The*

定冠詞 the（這個／那個；這些／那些）用於特指（specific reference）的、已提及過的名詞前面，可修飾**單數**或**複數**可數名詞，也可修飾**不可數**名詞。

 要加定冠詞 the 的情況

☐ 首次提及之後**再次提及**的人或物，要用 **the** 修飾。

• Jerry used to have a dog and a hog. However, after he had received complaints from his neighbors about the noise and smell, he gave away both the dog and the hog.
傑瑞曾經養了一條狗和一頭豬。不過，他聽到鄰居抱怨吵鬧聲和臭味後，就把那條狗和那頭豬送人了。
↳ 初次提及一個 dog 和一個 hog，要用不定冠詞 a，再次提及時就要用 the。

Scot　Steve's tree **has a lot of** red leaves!
史蒂夫的樹有好多紅葉子呀！

Ted　But the red leaves **are falling off** the tree.
可是那些紅葉子都從樹上掉落了。
↳ 初次提及紅葉，用 a lot of 修飾複數名詞 red leaves，再次提及就需要在前面加 the，指前面提及過的紅葉。初次提及 tree 時，用了名詞所有格 Steve's 來限定 tree，再次提及時就用 the 取代 Steve's，以避免重複。

• Mrs. Power brought me some bread and milk, but the bread was stale and the milk tasted sour.
鮑爾太太帶了一些麵包和牛奶給我，可是那些麵包壞了，牛奶也酸掉了。
↳ 麵包和牛奶是不可數名詞，初次提及時，可以用 some 來修飾，隨後再次提及時，就用 the 來修飾。

2 **已知的、可由周圍環境判斷的**特定人或物，要加 **the**。

- **Remember to lock** the door. 記得要鎖門。
  ↳ 聽者知道說的是哪一道門（指所在房間的門）。

- **Mom made** the beds. 媽媽把床鋪好了。
  ↳ 複數名詞前通常不用冠詞，如果指的是明確的人或物，或聽者知道我們談
    及的是什麼，複數名詞前就可用定冠詞，如上面的 the beds。

3 **獨一無二**的東西，要加 **the**。

- the earth/the Earth　地球
- the king　國王
- the moon　月亮
- the planets　行星
- the president　總統；董事長
- the sky　天空
- the stars　星星
- the sun　太陽
- the United Nations　聯合國
- the world　世界

- **Is** the moon **bright tonight?**
  今晚的月兒亮不亮？

NOTE

1 Earth（地球）也有**不加冠詞**的用法，特別是片語 **on earth/ Earth**。另外，earth 指「泥土」、「陸地」、「人間」時，**不要冠詞**。

- Who is the tallest woman on earth?
  誰是地球上／世界上最高的女子？

- There is a big pile of earth in the middle of the field.
  田地的中間有一大堆泥土。

2 上面提及的一些獨一無二的事物，有時可以用 a/an，比較下面例句：

- The sun is hidden behind a cloud.
  太陽被一朵雲遮住了。

- Is it hard to have fun under a hot sun?
  在火辣辣的太陽下要玩得開心很難嗎？
  ↳ 如果 sun 的前面有形容詞，就可以加 a/an。

4 泛指（general reference）下列事物，要加 **the**。

- the atmosphere 大氣
- the sky 天空
- the future 未來
- the environment 環境
- the ground 地面
- the past 過去
- the climate 氣候
- the human race 人類
- the wind 風
- the weather 天氣
- the sea 大海
- the public 公眾

- **She loves swimming in** the sea.
  她喜歡在海裡游泳。

> **NOTE**
>
> 表示這些事物的**某個實例**時，用 a/an。比較下面例句：
>
> | 泛指 | 實例（有形容詞修飾） |
> |---|---|
> | • the wind howling outside
外面咆哮的風 | • a <u>cold</u> wind blowing from the north
北方吹來的一股冷風 |
> | • in the future
在未來 | • a <u>great</u> future
一片錦繡前程 |

5 形容詞的最高級（oldest、most、best 等）、**序數詞**（first、second 等）及 **only**、**sole**、**same**、**last**、**next** 和 **following** 等字前面，要加 **the**。

- the first alien 第一個外星人
- the only person 唯一的人
- the next message 下一個留言
- the same name 同一個名字

- **Are you** the fastest **100-meter sprinter in your school?**
  你是學校裡最快的一百公尺短跑選手嗎？

- **Mary lives on** the second **floor.**
  瑪麗住在二樓。

> **NOTE**
>
> **1** second 前面也可以用不定冠詞 **a**，表示「又一」。
>
> - OK, I'll give you a second chance.
>   好吧，我再給你一次機會。
>
> **2** 表示未來式的時間片語「**next** Friday/week/month/year」
>   等，next 前不加定冠詞，意思是「下星期五／下週／下個
>   月／明年」，與 **last** Friday/week/month/year（上星期
>   五／上週／上個月／去年）意思相反。例如：
>
> - Next month I am going on a business trip to Bali.
>   我下個月要去峇里島出差。

6 類指（generic reference）的用法，要加 **the**。

1 the + 形容詞（**= 複數名詞，表全體**）：在某些形容詞前面加 the 構
成複數名詞，指**某一大類的人**或**某一民族**。這類形容詞與 the 結合時，
具有**複數名詞**的意義，在句中作主詞時，動詞要用**複數形式**。

- the French = the French people　法國人
- the Spanish = the Spanish people　西班牙人
- the rich = the rich people　富人
- the wounded = the wounded people　傷患

- **Art has found out that** the young **at heart** are **always fun to be
  around.** 亞特發現，跟內心充滿朝氣的人在一起總是很愉快。
  ↳ 「the + 形容詞」（the young = the young people）+ 複數動詞（are）

2 the + 單數可數名詞（**類指**）：定冠詞 the 常與一些**單數可數名詞**連用，
表示**類指**。這種情況在討論科技問題、發明創造時很常見。也可以用
完全不加冠詞的**複數形式**，意思上沒有不同。與**連綴動詞 be** 連用時，
也可以用「**a/an + 單數可數名詞**」表示某一類的其中一個。

① **the + 單數可數名詞**（類指）

② 完全不加冠詞，而用**複數形**（泛指）

③ **a/an + 單數可數名詞**（與連綴動詞 be 連用）

121

- The cellphone has **changed our lives.** → 類指（generic reference）
  = Cellphones have **changed our lives.** → 泛指（cellphones in general）
  手機改變了我們的生活。
  ↳ 這句不能用 a cellphone。

- Are space elevators **the cheapest means of transportation into space?**
  = Is a space elevator **the cheapest means of transportation into space?**
  = Is the space elevator **the cheapest means of transportation into space?** 太空電梯是進入太空最便宜的交通方式嗎？
  ↳ means 意思是「手段」、「方法」，單複數同形。
  ↳ 有連綴動詞 is，就可以用「a + 單數可數名詞」（a space elevator）。

7 名詞由**介系詞片語**、**分詞片語**、**子句**修飾時，要加 the。這類片語或子句要置於所修飾的名詞**之後**。

- the leader of the gang　幫派老大　→ 名詞 + of 介系詞片語

- **Do you know** the young man **sitting next to Sue?**
  你認識坐在蘇旁邊的那個年輕男子嗎？
  ↳ 現在分詞片語 sitting next to Sue 修飾名詞 young man。

- **Why don't you tell Dwight** the story **that you told me last night?**
  你怎麼不跟杜威特講你昨天晚上跟我說的那個故事？
  ↳ that 引導一個限定性形容詞子句，修飾名詞 story。

8 **樂器名稱**要加 the。

- play the piano　彈鋼琴
- play the drum　打鼓
- play the guitar　彈吉他
- play the violin　拉小提琴

9 **特定的時期**或**特定的歷史事件**，要加 the。

- the 1990s　九〇年代
- the twenty-third century　二十三世紀
- the Iron Age　鐵器時代
- the Treaty of Versailles　凡爾賽條約

10 **介系詞 + the + 人體部位名詞**：表示人體部位的名詞出現在表示「**接觸、打擊、疼痛或傷口**」（beat, take, bite, pat, pain, wound）等字的後面時，常加 the，而且這類人體部位的名詞要用**單數**。「the + 人體部位名詞」置於介系詞後面，作**介系詞的受詞**。

- pat him on the shoulder 拍他的肩
- bite her on the leg 咬她的腿
- a sharp pain in the chest 胸部劇痛
- take me by the arm 挽著我的手臂

a sharp pain in the chest

NOTE

談及**某人**的身體部位時，通常用**所有格形容詞**（即所有格限定詞或人稱代名詞的所有格），而不用 the。「**所有格形容詞 + 人體部位名詞**」在句中作**動詞的受詞**。

- turn her head 她轉過頭去 → 不說 turn the head。
- twist my ankle 我扭傷了腳踝 → 不說 twist the ankle。

11 與 the 連用的慣用語

- at the sight of 一看見……
- at/in the beginning 一開始
- at/in the end 最後
- by the month 按月計算
- by the pound 按磅計算
  ↳ by + the + 計量單位名詞
  （按……計算）
- by the way 順便說說
- go to the ballet 看芭蕾舞
- go to the movies 看電影
- go to the opera 看歌劇
- go to the theater 看戲；看電影
- in the afternoon 下午
- in the country/countryside 在鄉間

- in the evening 晚上
- in the middle of 在……當中
- in the morning 早上
- in the north 在北邊
- in the way 妨礙地
- news on the Internet 網路新聞
- news on the radio 廣播新聞
- on the air 在播送中
- on the contrary 正相反
- on the left 在左邊
- on the one hand 一方面
  ↳口語中可省略 the，說成
  on one hand。
- on the right 在右邊

123

- in the day/daytime 白天
- in the distance 在遠處
- in the east 在東邊
- on the way 在路上
- the other day 前幾天
- tell the truth 說實話

· **Kay bought** a **new** radio **yesterday.**
昨天凱買了一臺新收音機。

· **Bing went for a long walk** in the countryside **this morning.**
今天上午賓去鄉間散步了很久。

12 **要加 the 的專有名詞**

① 地理名稱	流域／盆地、河川、運河、海峽、海灣、群島、丘陵、山脈、沙漠、大洋、大海

- the Amazon Basin 亞馬遜河流域
- the Nile 尼羅河
- the Suez Canal 蘇伊士運河
- the English Channel 英吉利海峽
- the Persian Gulf 波斯灣
- the Philippine Islands （複數形式）菲律賓群島
- the Black Hills 黑崗；布拉克山
- the Rocky Mountains（複數形式）落磯山脈

the Rocky Mountains

- the Sahara (Desert) 撒哈拉沙漠
- the Pacific Ocean 太平洋
- the Baltic Sea 波羅地海

② 複數形的國名、姓氏、隊名	

- the United States (of America) 美國
- the Browns 布朗家
- the New England Patriots
  新英格蘭愛國者足球隊

| 3 | 大型建築物 | 飯店、博物館、紀念館（碑）、劇院、畫廊、橋樑、塔樓、金字塔 |

- the Palestine Hotel 巴勒斯坦飯店
- the Science Museum 自然科學博物館
- the Statue of Liberty 自由女神像
- the Globe Theater 環球劇院
- the Golden Gate Bridge 金門大橋
- the Eiffel Tower 艾菲爾鐵塔
- the Great Pyramid 大金字塔
- the Great Wall 萬里長城
- the Empire State Building 帝國大廈

the Statue of Liberty

NOTE 以**人名所有格**形式命名的建築物名稱，不加 the。
- Dennis's Hotel 丹尼斯飯店

| 4 | 報刊名稱 |

- the Financial Times 金融時報
- The Times 泰晤士報
  ↳ 如果報刊名稱本身就含定冠詞 the，要用大寫 The。

| 5 | 世界上的大區 |

- the East 東方   - the Middle East 中東

| 6 | 船名和火車名 |

- the Titanic 鐵達尼號
- the Orient Express 東方特快車

| 7 | 政府部門、政治機構、著名的組織、銀行等名稱 |

- the CIA （美國）中央情報局
- the White House 白宮
- the Red Cross 紅十字會
- the United Nations (the UN) 聯合國
- the Development Bank of Singapore 星展銀行
- the Toronto-Dominion Bank 多倫多道明銀行

比較 銀行如果是以**創辦人的名字**而命名，則不加 the，而在名字後面加 's 或 s。
- Lloyds Bank 駿懋銀行
- Barclays Bank 巴克萊銀行

NOTE

1 任何以 **of 片語**構成的地名、建築名等，都**要加 the**。例如：

- **the** Houses of Parliament　國會大廈
- **the** Tower of London　倫敦塔
- **the** University of London　倫敦大學
- **the** Rock of Gibraltar　直布羅陀巨巖

2 例外：
- Bank of America　美國銀行
- Bank of China　中國銀行

2　零冠詞　Zero Articles

1　一些**地點名稱**不加冠詞。

1	機場	**地名／人名 + Airport**

- John F. Kennedy International Airport
  約翰 · 甘迺迪國際機場

2	教堂	**地名 + Cathedral/Abbey**

- Salisbury Cathedral　索爾茲伯里大教堂
- Westminster Abbey　西敏寺

3	湖泊	**Lake + 地名；地名（或其他字）+ Lake**

- Lake Michigan　密西根湖
- Lake Victoria　維多利亞湖
- Engman Lake　英門湖
- Bear Lake　熊湖

例外 如果是**複數 Lakes**，或「**兩個以上的字 + Lake**」，就需要 the，例如：
- **the** Great Lakes　北美五大湖
- **the** Great Salt Lake　大鹽湖

4	山峰	**Mount + 地名**

- Mount Everest 聖母峰
- Mount Kenya 肯亞山

5	公園	**地名／人名 + Park**

- Yellowstone National Park 黃石國家公園
- Disney World 迪士尼世界

6	大學院校	**地名 + University/College/Institute**

- New York University 紐約大學
- Louisiana College 路易斯安那學院

7	廣場、 街道、路	**地名／序數詞／人名 + Square/Street/Road/Avenue**

- Times Square 時代廣場
- Washington Street 華盛頓街
- County Road 510 第 510 郡道
- Fifth Avenue 第五大街

例外 ● **the** High Street 高街

Times Square

8	海灣、港口	**地名 + Bay/Harbor**

- San Francisco Bay 舊金山灣
- Pearl Harbor 珍珠港

9	洲	

- Africa 非洲
- Asia 亞洲

例外 如果洲名包含 **continent** 這個字，就需要 the，如：

● **the** African Continent 非洲大陸

10	國家	

- America 美國
- Japan 日本

例外 帶有 **Republic**、**Kingdom** 等字的國家名之前，以及**複數形式**的國家名之前，要加 the，例如：

● **the** United Kingdom (= the UK) 英國；聯合王國
● **the** Netherlands 荷蘭

11	州、省、 城市	

- Florida 佛羅里達
- Bangkok 曼谷

> **NOTE**
>
> 如果用 **of** 連接的地點名稱，要加 the。
>
> - **the** Abbey of Cluny　克呂尼修道院
> - **the** University of Hawaii　夏威夷大學
> - **the** Bay of Bengal　孟加拉灣

2　**人名、語言、節日名稱**不加冠詞。

人名	● Dennis　丹尼斯　　　● Mary　瑪麗
	NOTE 與**形容詞**連用，描述**某個人**或**某人的工作**時，人名前可以加 the。 　　**the late** Jerry Bloom　已故的傑瑞‧布盧姆 　　**the American** writer Ernest Miller Hemingway 　　美國作家歐尼斯特‧米勒‧海明威

語言	● English　英文　　　● Italian　義大利文

節日	● New Year's Day　元旦　　　● Christmas Day　耶誕節
	例外　　**the** Fourth of July　美國獨立紀念日　→ 要用 the。 　　　　　**the** New Year　新年　→ 要用 the。
	例外　**中國傳統節日**通常要加定冠詞 the。 　　　　**the** Spring Festival　春節 　　　　**the** Dragon Boat Festival　端午節

3　**月分**和**星期**不加冠詞。

月分	● July　七月　　　December　十二月
星期	● Sunday　星期天　　　● Friday　星期五

128

NOTE 若月分和星期的前面有**形容詞**修飾，可以用 a/an。

- a very hot June　一個炎熱六月
- on a wet Friday in May　在五月一個下雨的星期五

4　**三餐**、**體育**及**學科名稱**不加冠詞。

三餐　● have lunch　吃午餐

NOTE 三餐前面若有**形容詞**修飾，則可加不定冠詞 a/an。
- a relaxed lunch　一頓輕鬆的午餐
- a French breakfast　一份法式的早餐

體育　● play soccer　踢足球

學科　● like physics and math　喜歡物理和數學

NOTE 這類名詞後面若有 **of** 或 **from** 引導的**介系詞片語**，或有**形容詞子句**修飾時，屬於**特指用法**，**要加定冠詞 the**。

- the philosophy of science　科學原理
- I really enjoyed the lunch Dee made for me.
  我真的很喜歡蒂為我做的這頓午餐。
  ↳ 有形容詞子句修飾的特指用法。

5　在「**名詞 + 基數詞**」結構前面，不加冠詞。基數詞前的名詞通常要**大寫**。

- Platform 4　第四月臺
- Room 258　第 258 號房
- Gate 70　七十號登機口
- Section 2　二段；二節；二條
- page 50　第 50 頁
- size 44　尺寸 44 號
  ↳ size 和 page 要小寫。

129

6 **不可數名詞**、**抽象名詞**和**複數名詞**不加冠詞。

- Mom loves coffee, and Dad loves tea.　→ 不可數名詞
  媽媽喜歡喝咖啡，爸爸喜歡喝茶。

- I'll mention a simple fact: Children need love and attention.
  我要提一個簡單的事實：孩子需要愛和照顧。　↳ 抽象名詞

- She's afraid of dogs. 她怕狗。　→ 複數名詞

| Diving Deep Into English / 15 | 不可數名詞和複數名詞如果是特指的用法，要用 the |

❶ 抽象名詞、不可數名詞和複數名詞後面若有 **of 介系詞片語**或**形容詞子句**作修飾語，就要加 the 使其具有**特定**意義。

  - the anger of the mob　→（抽象名詞）特定人物的憤怒
    那群暴民的憤怒
  - the orange juice Rae made yesterday　→（不可數名詞）
    芮昨天做的柳橙汁　　　　　　　　　　　　特定的柳橙汁
  - the flowers you sent me　→（複數名詞）特定的花朵
    你寄給我的花

❷ 聽者明確知道你所提及的**特定**不可數名詞時，要加 the。

- "Where's the sugar and where's the ham?" asked Uncle Sam.
  「糖和火腿在哪裡？」山姆大叔問。

❸ **比較**：作**泛指**而非特指用的抽象名詞、不可數名詞或複數名詞，不要加 the。指**特定**的人或物時就要用 the。

泛指	特指
· Industry 工業	· the entertainment industry 娛樂業；演藝圈
· polite society 上流社會	· the film society 電影協會

· space 太空；空間	· the confined space 這個狹窄的空間
· nature 大自然	· the violent nature of a tornado 龍捲風的狂暴特性
· She likes strong black coffee. 她喜歡濃烈的黑咖啡。	· She liked the coffee you made yesterday. 她喜歡你昨天煮的咖啡。
· People love money and honey. 人都愛錢和蜂蜜。	· The people at the Bunny Inn love money and honey. 兔子酒店的人喜歡錢和蜂蜜。

7 有**所有格**或其他**限定詞**修飾的名詞，不加冠詞。

✘ the/a Jim's car	✘ the Russia's factories	✘ the any melons
✔ Jim's car 吉姆的車	✔ Russia's factories 俄羅斯的工廠	✔ any melons 任何香瓜
↳ car 前已有人名的 所有格（Jim's） 修飾，不能再加 a 或 the。	↳ factories 前面已有 專有名詞的所有格 （Russia's）修飾， 不能再加 the。	↳ melons 前面有限 定詞 any，不能再 加 the。

> **NOTE**
>
> **姓氏**的**複數**前需要用 the，無論是所有格形式還是一般形式。
>
> ● the Browns = the Brown family
>   布朗家
> ● the Browns' friends = the Brown family's friends
>   布朗家的朋友

零冠詞的**慣用語**

1 普通可數名詞在一些慣用語中不用冠詞；可數名詞用**單數**形式。

- go by bus/airplane/car　搭公車／飛機／汽車
- go to church/school/jail　上教堂／上學／坐牢
- be in bed/class/school　在睡覺／在上課／在學校
- at home/work/jail　　　在家／在工作／在牢房 → work 是不可數名詞
- at night/noon/midnight　晚上／正午／半夜
- by accident/mistake　　碰巧／錯誤地

2 一些固定的**成雙片語**，省略冠詞；可數名詞用**單數**形式。

- arm in arm　手挽著手
- day after day　日復一日
- face to face　面對面
- from head to toe　從頭到腳
- hand in hand　手牽手
- side by side　肩並肩

- **Jill and Russ will go** by bus.
  = **Jill and Russ will** take the bus.
  潔兒和拉斯會搭公車去。

- **Does Gus go to work** on foot **or** by bus?
  加斯走路還是搭公車去上班？
  ↳ 注意 走路是 on foot，不能用 by foot。

- **Is Kirk** at home **or is he** at work?
  柯克在家還是在上班？

- **We were walking** arm in arm **around the farm.**
  我們手挽著手繞著農場散步。

比較

- **Ms. Bend plans to** stay in bed **late on the weekend.** →具有抽象意義，
  本德小姐計畫這個週末要睡懶覺。　　　　　　　　　　　　表睡覺。

- **Kay sat down** on the bed **and began to pray.** → 指具體的家具
  凱在床上坐下來，開始祈禱。　　　　　　　　　　　（a particular piece
  　　　　　　　　　　　　　　　　　　　　　　　　of furniture），
  　　　　　　　　　　　　　　　　　　　　　　　　表坐在床上。

選出正確答案。

_____ **1** _____ we had this morning was both nutritious and delicious.

Ⓐ Food   Ⓑ The food   Ⓒ Foods   Ⓓ The foods

_____ **2** _____ is beautiful with a nice wife.

Ⓐ Life   Ⓑ The life   Ⓒ Lives   Ⓓ The lives

_____ **3** _____ are often loved by noses.

Ⓐ The roses   Ⓑ A rose   Ⓒ The rose   Ⓓ Roses

_____ **4** _____ is a difficult language for Trish.

Ⓐ The Polish   Ⓑ A Polish   Ⓒ Polish   Ⓓ Polishes

_____ **5** _____ are expensive in _____.

Ⓐ The book; Iceland and Finland

Ⓑ Books; the Iceland and the Finland

Ⓒ The books; the Iceland and the Finland

Ⓓ Books; Iceland and Finland

_____ **6** My boyfriend and I are going to leave Malaysia and drive right across _____.

Ⓐ Sahara Desert   Ⓑ Asia   Ⓒ the Asia   Ⓓ Sahara

_____ 7 Erica and Ron are going on a vacation to _____.

Ⓐ South America Ⓑ the South America

Ⓒ People's Republic of China Ⓓ United States

_____ 8 Joe is going to _____ tomorrow.

Ⓐ Netherlands Ⓑ Ireland

Ⓒ the Ireland Ⓓ those Netherlands

_____ 9 Is Cherry at _____?

Ⓐ library Ⓑ libraries Ⓒ the library Ⓓ the libraries

_____ 10 Every day Sue drinks _____.

Ⓐ the three chocolate shakes

Ⓑ the three chocolate shake

Ⓒ three chocolate shake

Ⓓ three chocolate shakes

_____ 11 Faye Punch often takes me out for _____.

Ⓐ the lunch Ⓑ a lunch Ⓒ lunches Ⓓ lunch

_____ 12 Bart and I both love _____.

Ⓐ the art Ⓑ arts Ⓒ art Ⓓ an art

_____ 13 _____ played by Rick today made Dick sick.

Ⓐ The music Ⓑ Music Ⓒ A music Ⓓ Musics

_____ 14 Bruce won't want to hear _____ from Penny.

Ⓐ the any excuses Ⓑ any excuses

Ⓒ an any excuse Ⓓ some excuses

_____ 15 Rick cried as the wounded _____ being carried into our clinic.

Ⓐ were　　Ⓑ was　　Ⓒ are　　Ⓓ is

將括弧中的正確答案畫上底線。

----

1 Tina Tide loves hiking in (countryside/the countryside).

2 Jean's mom lives in (Republic/the Republic) of the Philippines.

3 Nancy loves to swim in (Mediterranean Sea/the Mediterranean Sea).

4 Rick's book is about (politics/the politics).

5 Patty is filled with anxiety about fitting in with (society/the society).

6 Did you attend the World War II colloquium at (British Museum/the British Museum)?

7 Get rid of your worries and fears, and start fresh in (New Year/the New Year)!

8 I took (children/the children) to the science museum today.

9 Our train leaves from (Platform 4/the Platform 4).

10 She arrived early in the morning on (Saturday/the Saturday) of my high school graduation.

3

在空格內填入 a、an、the 或 / (不需要冠詞)。

----

1. My brother Peter is _____ preacher, and my sister Patty is _____ ESL teacher.

2. Patty lives in _____ house trailer in Cincinnati.

3. Peter and Patty both work at _____ Chatty Theater.

4. Has Paul ever visited _____ Great Wall?

5. Does that tall young woman play _____ basketball?

6. Is _____ cellphone in _____ living room next to Joan?

7. Most vets like _____ pets.

8. Thor asked, "Could you show me _____ king's secret door?"

9. Do you like _____ blouses that were made by Mike?

10. Ray was _____ only kung fu master from Taipei.

11. Viola Wu pilots _____ oldest spaceship from the planet Zip.

12. _____ Spanish is a beautiful language.

13. Yesterday Wanda White went to bed at _____ midnight.

14. Patty loves the variety found in _____ local history society.

15. Steve is looking forward to _____ New Year's Eve.

UNIT

5 形容詞

Adjectives

Part 16

形容詞的定義與位置
Definition and Position of Adjectives

 形容詞的定義

形容詞是用來描述人或物（名詞或代名詞）的詞彙，對名詞或代名詞進行補充說明，具有描繪、修飾、限定的作用。

- a solid commitment　一個堅定的承諾
- a month's vacation　一個月的假期
- a two-month-old baby　一個兩個月大的嬰兒

2 形容詞的位置

① 大部分形容詞可用於其修飾的**名詞前面**作定語，也可以用於**連綴動詞後面**作主詞補語。

- **He is a** sly guy. 他是個狡猾的傢伙。
  ↳ 形容詞在名詞前面作定語。
- **That guy is** sly. 那傢伙很狡猾。
  ↳ 形容詞在連綴動詞後面作主詞補語。

② 一些形容詞**只能用於名詞前面**作定語，不能放在連綴動詞後面作補語。

強調用的形容詞	類別形容詞 描述事物類別
● an absolute lie　十足的謊言	● a nuclear power plant　核電廠
● the mere thought of　一想到……	● an entire week　整整一星期
● sheer nonsense　純粹胡說八道	● social problems　社會問題
● an utter refusal　斷然拒絕	● a lone star　一顆孤星

- **Trish has some** live fish. 翠西有些活魚。

  ↳ live 是類別形容詞，用在所描述的名詞前，不用在連綴動詞 be 後。

- **My** elder/older brother **Scot owns a yacht.**

  我哥哥史考特擁有一艘遊艇。

  ↳ 英式英語用 elder brother，美式英語用 older brother。

  ↳ elder 是類別形容詞，只能置於名詞前，不能用在連綴動詞後面作補語。

3 一些形容詞**只用於連綴動詞之後**。

1 有些以 a- 開頭的形容詞只用於**連綴動詞後面**（不用在名詞前），
作主詞補語。

- afraid 害怕的
- alert 警覺的
- alike 相像的
- alive 活著的
- alone 單獨的
- ashamed 羞愧的
- asleep 睡著的
- awake 醒著的
- aware 察覺的

- **The baby gorilla called Beep** is asleep.

  那隻名叫彼普的大猩猩寶寶睡著了。

  比較 · a sleeping baby gorilla 一隻睡著的大猩猩寶寶

  ↳ 名詞前不能用 asleep，要用 sleeping。

2 一些描述**健康**和**情緒**的形容詞只用在**連綴動詞後面**，不用在名詞前。

- content 滿足的
- fine 健康的
- glad 高興的
- ill 生病的
- pleased 滿意的
- ready 樂意的；準備好的
- sorry 感到難過（抱歉）的
- sure 確定的
- upset 苦惱的
- unsure 不確定的
- unwell 不舒服的
- well 健康的

- I am glad **Bob found a good job.** 我很高興鮑勃找到了一個好工作。

> **NOTE** 上表中的一些表示「健康；情緒」的形容詞，如果置於**名詞之前**，
> 具有不同的含意。比較下面例子：
>
> - glad tidings 好消息
> - an ill wind 倒楣；失此得彼
> - a ready tongue 口齒伶俐
> - a sorry state 可悲的處境
> - a sure way 可靠的方法
> - an upset stomach 胃不舒服

4 形容詞置於 **something**、**somebody**、**anywhere** 等字的**後面**。

形容詞置於不定代名詞後面	形容詞置於名詞前面
● anything interesting 任何有趣的事	● interesting news 有趣的新聞
● somewhere quiet 某個安靜的地方	● a quiet place 一個安靜的地方
● nothing frightening 沒什麼好怕的	● a frightening sight 一個可怕的景象

· **Is there** anyone capable **of leading our company?**
有沒有人有能力領導我們公司？

· **Is she a** capable manager**?** 她是一個能幹的經理嗎？

5 形容詞通常用於**測量名詞後面**。

> **句型** 基數詞 + 複數名詞（測量名詞）+ 形容詞
> （如：long、short、old 等）

● twenty-three meters high　二十三公尺高
● eight years old　八歲
● two kilometers long　兩公里長
● two feet deep　兩英尺深

· **That pine tree is** six feet tall. 那棵松樹有六英尺高。

比較 · **There is a** six-foot-tall pine tree **over there.**
那邊有一棵六英尺高的松樹。

→ six-foot-tall 是複合形容詞，修飾名詞 pine tree。
» 參見 p. 147〈6 複合形容詞／片語形容詞〉

6 形容詞用於**受詞後面**作受詞補語。

> **句型** 動詞 + 受詞 + 形容詞

- make me upset 讓我苦惱
- keep the door open 讓門開著
- leave me alone 不要打擾我

- **Coco** painted **her house** yellow. 可可把她的房子漆成黃色。
  ↳ 動詞（painted）+ 受詞（her house）+ 形容詞（yellow）

7 形容詞可用於**名詞後面**作定語。

1 **慣用語**（這些慣用語也可看作是**複合名詞**）

- Attorney General 檢察總長；首席檢察官
- court martial 軍事法庭
- Secretary General 祕書長
- Poet Laureate 桂冠詩人

2 形容詞最高級或 the first/last/next/only + 名詞 + 形容詞

- **Does the oldest** man alive **live in Nagasaki?**
  世界上最老的男子住在長崎嗎？
  ↳ the oldest man alive = the oldest man who is alive（相當於形容詞子句）
- **Del knows the only** way possible **up Mount Bell.**
  = **Del knows the only** possible way **up Mount Bell.**
  戴爾知道唯一一條可以上貝爾山的路。
  ↳ the only way possible = the only way which is possible
  ↳ 以 -able、-ible 結尾的形容詞，被另一個最高級形容詞或 only 等字修飾時，該形容詞可前置，也可後置，意義不變。

8 **形容詞片語**一般需要**後置**，相當於形容詞子句。

- a house twice as big as mine
  = a house that is twice as big as mine
  一棟是我的房子兩倍大的房子
- people interested in space exploration
  = people who are interested in space exploration
  對太空探索感興趣的人

Part 17 形容詞的構成
Formation of Adjectives

形容詞常見字尾：

1. **-able** ● a fashionable bikini 時髦的比基尼
2. **-al** ● a global village 地球村
3. **-ary** ● a military truck 軍用卡車
4. **-en** ● a drunken driver 酒醉的駕駛員
5. **-ful** ● a colorful dress 鮮豔的洋裝
6. **-ible** ● an impossible mission 不可能的任務
7. **-ic** ● a magic carpet 魔毯
8. **-ish** ● a stylish hat 時髦的帽子
9. **-ive** ● a talkative man 愛說話的男人
10. **-less** ● a clueless detective 毫無頭緒的偵探
11. **-ly** ● a cowardly act 懦弱的行為
    ↳ 許多副詞也以 -ly 結尾，參看 p. 177〈Unit 6 副詞〉。
12. **-ous** ● a furious boss 暴跳如雷的老闆
13. **-some** ● a handsome man 英俊男子
14. **-y** ● a gloomy face 憂鬱的面孔
15. **-ed** ● an aged airplane 老舊的飛機
    ● a frightened child 受驚的孩子
    ● an interested party 當事人
16. **-ing** ● an aging grandmother 逐漸蒼老的奶奶
    ● a frightening sight 令人驚恐的景象
    ● an interesting woman 有趣的婦人

Diving Deep Into English / 16 / 「the + 形容詞」的用法

① **指某一類人的複數用法**：某些形容詞可以與定冠詞 the 連用，構成「**the + 形容詞**」的結構，當**複數名詞**使用，指某一類人，後面不需要再接名詞。例如，「the rich」指所有的富人，相當於 all rich people 或 the rich people，而不是指 the rich person。

» 參見 p. 121〈6 類指的用法，要加 the〉

----
the + 形容詞 = 複數名詞

- the blind 視障人士　　　　- the old 老人
- the deaf 聽障人士　　　　- the sick 病人
- the elderly 長者　　　　　- the unemployed 失業者

- **After the train accident,** the injured were **carried on stretchers to a safe place.**

  火車事故發生後，傷患被放在擔架上，抬到了安全的地方。

  ↳ 這類「the + 形容詞」結構用作主詞時，動詞要用複數形。

② **作單數的固定用法**：在某些固定片語中，「**the + 形容詞**」代表**單數**意義。

- the accused 被告　　- the former 前者　　- the latter 後者

- The accused was **released on bail yesterday.**

  被告昨天被保釋了。

  ↳ 這類「the + 形容詞」的固定片語用作主詞時，動詞要使用單數形。

③ **代表抽象觀念的用法**：「**the + 形容詞**」有時可指籠統的**抽象觀念**，如：

- the beautiful 美人　　　　- the unreal 非真實的事
- the impossible 不可能的事　- the unthinkable
- the supernatural　　　　　　難以想像的事
  超自然現象；鬼神

形容詞的種類
Types of Adjectives

 1 描述性形容詞 Descriptive Adjectives

描述性形容詞用以描述其修飾的名詞或代名詞的**性質**或**狀態**。

- **That** handsome man **with the** blue hat **is my brother Mat.**
  那位戴著藍帽子、相貌英俊的男子是我的弟弟麥特。
  ↳ handsome 和 blue 都是描述性形容詞，分別描繪名詞 man 和 hat。

2 專有形容詞 Proper Adjectives

由專有名詞衍生出來的形容詞，稱為**專有形容詞**，首字母必須**大寫**。

- those Singaporean tourists
  那些新加坡觀光客
  ↳ Singaporean 是從 Singapore 衍生出來的專有形容詞，說明是哪一類的觀光客。

3 所有格形容詞／所有格限定詞
Possessive Adjectives/Possessive Determiners

1 **所有格形容詞**具有形容詞的作用，放在名詞前面修飾名詞，包括 my、his、her、its、our、their、your、whose。這些所有格形容詞屬於限定詞，亦稱為**所有格限定詞**，因與人稱代名詞有關，因此也稱為**人稱代名詞的所有格**。

» 參見 p. 58〈7 所有格形容詞／所有格限定詞〉

- **My** Aunt Kay **visited** her cousin **in London in May.**
  我姑姑凱五月去倫敦探望了她的堂妹。
  ↳ my 和 her 都是所有格形容詞，分別修飾專有名詞 Aunt Kay 和一般名詞
  cousin。

2　「**名詞 + 's**」：還有一種表示「所有」或「擁有」的方法，是在名字
　或名詞後面加上所有格符號（'）和字母 s，即「**'s**」。
　» 參見 p. 38〈Part 6 名詞的所有格〉

- **Our** dog's **new** collar **is blue.**　我們狗狗的新項圈是藍色的。
  ↳ dog's 是名詞的所有格，修飾名詞 collar。

4　**指示形容詞／指示限定詞**
Demonstrative Adjectives/Demonstrative Determiners

指示形容詞包括 **this**、**that**、**these**、**those**，這些字用在名詞前，有形容詞
的作用，因此被稱作指示形容詞。指示形容詞用來表示所指的是哪一個（哪
一些）東西或人，因而也被稱為**指示限定詞**。
» 參見 p. 49〈2 作指示形容詞用的 this、that、these、those〉

單數	複數
描述近物	

	單數	複數
描述近物	**this**	**these**
	● this robot　這個機器人	● these ballet dancers　這些芭蕾舞者
描述遠物	**that**	**those**
	● that opening　那個開口	● those antique guns　那些古董槍

5　**作形容詞的名詞（構成複合名詞）**

1　有時候**名詞**也可以用來修飾其他名詞，當作形容詞用，與其所修飾的
　名詞構成**複合名詞**（**名詞 + 名詞**），如下列的套色字：

- a computer salesperson 電腦售貨員
- a gold ring 金戒指
- a horse race 賽馬
- a log cabin 木屋
- a silk dress 絲質洋裝
- a war movie 戰爭片

» 參見 p. 14〈5 複合名詞〉

2 雖然有些名詞原本就另有形容詞的形式,但用其形容詞來修飾其他名詞,和直接用這個名詞來修飾其他名詞,意義卻不一樣。

- a beautiful shop 漂亮的商店 → = a very nice-looking shop
- a beauty shop 美容院 → = a shop for women to beautify themselves

3 作形容詞用的名詞一律用**單數**,同時不能用所有格形式。

• two foreign languages teachers

• two foreign language teachers 兩名外語教師

- a telephone's number
- two telephones numbers

- a telephone number 電話號碼
- two telephone numbers 兩個電話號碼

- the shoes store/the shoe's store/ the shoes' store

- the shoe store 鞋店

> **NOTE**
>
> 然而,有些複合名詞中的第一個名詞要用**複數**,如:
>
> - a woman doctor (單數)一個女醫師
> - two women doctors (複數)兩個女醫師
>   ↳ 如果 woman 或 man 是複合名詞的一部分,而修飾的另一個名詞是複數,則可用複數 women 或 men。
>
> - a savings account (單數)一個儲蓄存款戶頭
> - two savings account (複數)兩個儲蓄存款戶頭
>   ↳ 以複數形式出現的名詞(如 savings),單數和複數同形。
>
> » 參見 p. 15 之 Note 說明

6 複合形容詞／片語形容詞
Compound Adjectives/Phrasal Adjectives

1 由一個以上的字所構成的形容詞，稱作**複合形容詞**或**片語形容詞**，用在名詞前時，複合形容詞的字與字之間有**連字號**（ - ）。

- a long-distance call 長途電話
- a well-dressed teacher 穿著體面的老師
- a well-known writer 著名作家
- an old-fashioned dress 舊式洋裝
- a three-year-old boy 三歲男孩
- user-friendly software 易使用的軟體

2 複合形容詞中的**名詞**，無論是修飾單數名詞還是複數名詞，都**不可以用複數形式**。

- a two-door car 一輛雙門汽車
- three two-door cars 三輛雙門汽車

- an ten-dollar bill 一張十美元的鈔票
- two ten-dollar bills 兩張十美元的鈔票

7 疑問形容詞／疑問限定詞
Interrogative Adjectives/Interrogative Determiners

疑問形容詞包含 whose、what、which 三個字，這些字用在名詞前修飾名詞時，就是疑問形容詞，也是限定詞的一種，因此亦稱為**疑問限定詞**。

- Whose big dog **gave me a fright in the middle of the night?**
  半夜嚇到我的那條大狗是誰的？

- Which size **do you want—small, medium, or large?**
  你想要哪個尺寸的——小的、中的，還是大的？
  ↳ 可以選擇的尺寸是已知的，因此這裡用 which 不用 what。

- **What language do I need to know if I go to Togo?**
  如果我要去多哥，我需要懂哪一種語言？
  ↳ 這是泛指用法，可供選擇的語言數量未知，因為世界上有很多種語言；
    因此這裡用 what language 比 which language 更自然。

» 參見 p. 66〈2 疑問代名詞的用法〉

8 數量形容詞（基數詞與序數詞）

數量詞常被視為形容詞的一種，稱為**數量形容詞**，數量形容詞包括**基數詞**和**序數詞**兩類。

- five ugly ducklings 五隻醜小鴨
- seven witches 七個女巫
- the first week in January 一月的第一週

five ugly ducklings

9 分詞形容詞 Adjectives That Are Participles

字尾 **-ed** 和 **-ing** 的形容詞，其實是**分詞形容詞**（動詞 -ing 形式和動詞 -ed 形式），用法為：

-ed 描述人的感覺	**-ing** 描述引起某種感覺的物或人
excited 感到興奮的	exciting 令人興奮的
pleased 感到滿意的	pleasing 令人滿意的
surprised 感到驚訝的	surprising 令人驚訝的

- **Rob is often bored at work, because he's got a boring job.**
  羅伯工作時常感到厭倦，因為他的工作很無聊。

- **Listen carefully to every complaint from disappointed customers.**
  細心聆聽失望的消費者的每一個投訴。　→ 名詞前作定語。

- **Sam was disappointed at his final exam results.**
  山姆對自己的期末考成績感到很失望。　→ 連綴動詞後作主詞補語。

» 參見 p.558〈Diving Deep Into English 46：比較：-ed 形式與 -ing 形式的形容詞〉

Part

19

形容詞的排列順序
Order of Adjectives in a Series

1 形容詞 + 作形容詞用的名詞 + 名詞

- a busy coffee shop 一家熱鬧的咖啡店
- an old stone wall 一堵古老的石牆
- an objective crime detective 一個公正無私的犯罪調查偵探
- an excellent Spanish translator 一位傑出的西班牙文翻譯員

2 序數（ + 基數） + 形容詞 + 名詞

數量詞包含**序數詞**和**基數詞**，是限定詞，通常放在**形容詞前面**。序數詞和基數詞連用時，**序數詞** first、next、last 等常放在**基數詞** one、two、three 等**前面**。

- five fat hippos 五隻肥胖的河馬
- the first two applicants 頭兩個申請人

Diving Deep Into English / 17 / 數量詞修飾單數可數名詞的用法

❶ **序數詞**（first、second、third）用於單數可數名詞**前**，並且**要加the**（the + 序數詞 + 單數可數名詞）。

❷ **基數詞**（one、two、three、four）用於單數可數名詞**後**，名詞和基數詞的首字母都要**大寫**，並且**不加 the**（單數可數名詞 + 基數詞）。

- the sixth unit = Unit Six 第六單元
- the second volume = Volume Two 第二冊

149

外型描述：大小、長/高度、形狀、年齡、顏色

限定詞	品質/評價	大小	長/高度	形狀	年齡	顏色	分詞	來源	材質	類型	用途/名詞作形容詞	名詞
an	exciting										bus	tour
an	expensive								diamond			ring
some	delicious							Italian				food
eight	beautiful					red						roses
those		huge			young			Chinese			basketball	players
her	attractive		long			black						hair
that	lovely	little				brown					hunting	cabin
our	beautiful		tall		young			Japanese				teacher
a	beautiful	large							wooden			table
a		big		round			broken					plate
an								international		financial		center

1. 一趟刺激的巴士之旅
2. 一枚昂貴的鑽戒
3. 一些美味的義大利食品
4. 八朵美麗的紅玫瑰
5. 那些高大年輕的中國籃球選手
6. 她那動人的黑色長髮
7. 那間可愛的棕色狩獵小屋
8. 我們又高又年輕的日本老師
9. 一張漂亮的大木桌
10. 一個破碎的大圓盤
11. 一個國際金融中心

4　一系列形容詞與連接詞 and 或 but

1 連綴動詞後的一系列形容詞（用 and）

若兩個以上的形容詞位於**連綴動詞後面**，則最後一個形容詞前面通常**要加 and 或 but**。連綴動詞後面的一系列的形容詞的順序，常把**長的形容詞**（音節多的形容詞）**放在後面**。

- Ms. Annie Olive is <u>short</u>, <u>dark</u>, and <u>attractive</u>.
  安妮・奧利夫女士個子小、皮膚黑，又嫵媚動人。

2 名詞前的一系列同類形容詞（常省略 and）

若兩個以上的同類形容詞位於**名詞前面**，則常**省略 and 或 but**，用**逗號**分開即可。也可以**省略逗號**，直接列出所有形容詞。

- a colorful stylish cotton shirt
  = a colorful, stylish cotton shirt
  = a colorful and stylish cotton shirt
  一件色彩鮮豔、時髦的棉質襯衫
  ↪ colorful 和 stylish 都是表示評價的形容詞
    （同類形容詞），兩者之間可用也可不用逗號或 and 連接，
    共同修飾複合名詞 cotton shirt。
  ↪ 同類形容詞如果**都是多音節詞或都是單音節詞**，沒有特定的順序，可以
    把 colorful 置於 stylish 前面，也可以把 stylish 置於 colorful 前面（如：
    a stylish and colorful cotton shirt）。

> **NOTE**
>
> 兩個表示**顏色**的形容詞之間，**要加 and**（不能省略 and）。
>
> - a <u>yellow</u> and <u>blue</u> flag　黃藍旗幟
> - a <u>red</u> and <u>white</u> shirt　紅白襯衫
>   ↪ 都是表示顏色的形容詞，無論哪一個放在前面都無所謂
>   （如：a white and red shirt）。

3 名詞前的一系列不同類形容詞

不同類的形容詞之間是否要用逗號分開，取決於這些字之間**是否可以用 and**。

- the established British political system

  現有的英國政治體系

  ↳ established 修飾整個片語 British political system。在 established 和 British 之間不能加逗號或 and。

- a tough old woman 一個堅韌不拔的老婦人

  ↳ 形容詞 tough 修飾整個片語 old woman，在 tough 和 old 之間不用逗號分開。

- that polite, tall Russian man

  = that polite and tall Russian man

  = that polite tall Russian man

  那個彬彬有禮的高大俄羅斯男子

  ↳ polite 和 tall 之間可以用 and 連接，也可以用逗號來替代 and。

  ↳ Russian man 視為一個整體，tall 和 Russian 之間就不能用 and，也不能插入逗號。polite 和 tall 都修飾 Russian man。

4 **複合名詞**與修飾複合名詞的形容詞之間**不用 and 或逗號連接**。

- a lovely white hunting cabin

  可愛的白色獵屋

  ↳ 第一個形容詞 lovely 修飾「第二個形容詞 white + 複合名詞 hunting cabin」（white hunting cabin 被看成是一個整體）。

- a Chinese glass flower vase

  中國的玻璃花瓶

  ↳ 第一個形容詞 Chinese 修飾「作形容詞的名詞 glass + 複合名詞 flower vase」（glass flower vase 被看成是一個整體）。

寫出與下列詞彙有關聯的形容詞。

1	art	_____
2	excite	_____
3	care	_____
4	danger	_____
5	energy	_____
6	friend	_____
7	gold	_____
8	grace	_____
9	health	_____
10	home	_____

11	impression	_____
12	life	_____
13	mud	_____
14	possibility	_____
15	power	_____
16	self	_____
17	sleep	_____
18	taste	_____
19	wood	_____
20	trouble	_____

2

選出正確答案。

_____ **1** Flight 88 for _____ is now ready for boarding at _____.
Ⓐ the eleven space station; Gate Seven
Ⓑ Space Station Eleven; Gate Seven
Ⓒ the eleven space station; the gate seven
Ⓓ Space Station Eleven; the gate seven

_____ **2** _____ planet from the Sun is Mars, and it is often visited by movie stars.
Ⓐ The four Ⓑ Four Ⓒ Fourth Ⓓ The fourth

_____ **3** _____ students at Bear College must take a class about health care.
Ⓐ Business   Ⓑ Businesses
Ⓒ Business's   Ⓓ Businesses'

_____ **4** Is Sue Plumber enjoying the _____ beaches this summer?
Ⓐ Hawaii Ⓑ Hawaiis Ⓒ Hawaiian Ⓓ Hawaiian's

_____ **5** Is Fred Fry also _____ guy?
Ⓐ an interested   Ⓑ a interest
Ⓒ a interesting   Ⓓ an interesting

_____ **6** Is Susan Pie _____ in joining the FBI?
Ⓐ interested   Ⓑ interest
Ⓒ an interesting   Ⓓ interesting

_____ **7** You, Gem, and Sue didn't understand Professor Glass in English class. You and Gem were _____, and so was Sue.

Ⓐ confused   Ⓑ confusing   Ⓒ confuse   Ⓓ confuse's

_____ **8** After Gem and Sue cried big tears, Professor Glass realized English was _____ for them.

Ⓐ confused   Ⓑ confusing   Ⓒ confuse   Ⓓ confuse's

_____ **9** Ken thinks _____ _____ been ignored by the U.N.

Ⓐ the rural poor; has   Ⓑ rural poor; has

Ⓒ rural poor; have   Ⓓ the rural poor; have

_____ **10** Lee is three years _____ me.

Ⓐ old to   Ⓑ elder than   Ⓒ older than   Ⓓ elder to

_____ **11** _____ boxes of cheese are these?

Ⓐ Which   Ⓑ That   Ⓒ What   Ⓓ Whose

_____ **12** Her brother Nate is _____ translator.

Ⓐ an excellent Russian   Ⓑ a Russian excellent

Ⓒ a excellent Russian   Ⓓ an Russian excellent

_____ **13** Her niece has to write a _____ paper about Greece.

Ⓐ three-thousand-words   Ⓑ three thousand words

Ⓒ three thousand word   Ⓓ three-thousand-word

_____ **14** Floyd has joined _____.

Ⓐ an unemployed   Ⓑ unemployed

Ⓒ the unemployed   Ⓓ the unemployment

15 There is _____ about lightning.
Ⓐ frightening something　Ⓑ frightened something
Ⓒ something frightened　Ⓓ something frightening

16 Holly Wong built a road that was_____.
Ⓐ three long kilometers　Ⓑ three kilometers long
Ⓒ three kilometer long　Ⓓ three-kilometer long

17 Uncle Stan is really _____ man.
Ⓐ an old sweet　Ⓑ a sweet, old
Ⓒ a sweet old　Ⓓ a old sweet

18 I grew up in _____ cottage with my brother Stew.
Ⓐ a comfortable, stone　Ⓑ a stone, comfortable
Ⓒ a comfortable stone　Ⓓ a stone comfortable

19 That huge creature from Mars wants to take a class taught by _____ teacher.
Ⓐ that interesting new Japanese literature
Ⓑ that Japanese interesting, new literature
Ⓒ that interesting, new, Japanese, literature
Ⓓ that interesting new Japanese, literature

20 Mark King is _____.
Ⓐ short, dark, good-looking
Ⓑ good-looking, short, dark
Ⓒ good-looking, short, and dark
Ⓓ short, dark, and good-looking

Part 20

形容詞的比較級和最高級

Comparative Degree and Superlative Degree

1 形容詞「級」的作用與類別

原級 **positive degree**	被修飾的人或物不與其他人或物比較，用形容詞的原級。原級的形容詞沒有形的變化。	● a rich woman 一個富有的女子
比較級 **comparative degree**	比較「兩個」人或物，表示其中一個「更……」。	● a richer woman 一位更富有的女子
最高級 **superlative degree**	比較「三個以上」的人或物，表示哪一個「最……」。	● the richest woman in town 城裡最富有的女子

NOTE

三個以上的人或物若分為兩組比較，要視為兩個項目做比較，用比較級，不用最高級。

・ <u>Mary</u> is happier than <u>Gary, Jerry, and Berry.</u>
瑪麗比蓋瑞、傑瑞、貝瑞都幸福。

Mary

Gary, Jerry, and Berry

UNIT 5 形容詞

PART 20 形容詞的比較級和最高級

157

2 形容詞「級」的規則變化

1 單音節形容詞

原級	比較級	最高級
1 大部分**單音節**形容詞	**+ -er**	**+ -est**
● bright 明亮的	brighter	brightest
● cold 寒冷的	colder	coldest
2 字尾**單母音＋單子音**的形容詞	**重複字尾子音＋-er**	**重複字尾子音＋-est**
● big 大的	bigger	biggest
● fat 胖的	fatter	fattest
3 字尾 **-e** 的形容詞	**+ -r**	**+ -st**
● close 近的	closer	closest
● large 大的	larger	largest

NOTE

1 子音字母 **w** 不適用上面規則 **2**，不可重複字尾：

● low 低的 → lower 較低的 → lowest 最低的

2 形容詞 **like**（相似的）的比較級，一定要用 **more**。

· Tom is more like his dad than his mom.
湯姆長得比較像他父親，不像母親。

3 **-ed** 結尾的單音節形容詞，比較級和最高級要用 more/less、most/least。

● tired 疲倦的 → more/less tired 較疲倦的／較不疲倦的
→ most/least tired 最疲倦的／最不疲倦的

2 雙音節和多音節形容詞

原級	比較級	最高級
1 字尾 -y	**去 y + -ier**	**去 y + -iest**
● busy　　忙碌的	busier	busiest
● untidy　　凌亂的	untidier	untidiest
2 字尾非 -y	**more/less + 形容詞**	**most/least + 形容詞**
● careless　粗心的	more/less careless	most/least careless
● beautiful　美麗的	more/less beautiful	most/least beautiful
● competent 能幹的	more/less competent	most/least competent

NOTE

以「**子音 + -y**」結尾的形容詞，一律**去字尾 y**，加 **-ier/-iest** 構成比較級或最高級。

1 以「子音 + -y」結尾的**單音節**形容詞：

● dry　　→　drier　　→　driest
　乾的　　　比較乾的　　最乾的

2 以「子音 + -y」結尾的**雙音節**形容詞：

● happy　→　happier　→　happiest
　快樂的　　　較快樂的　　最快樂的

3 以「子音 + -y」結尾的**多音節**形容詞：

● unhappy　→　unhappier　→　unhappiest
　不快樂的　　　較不快樂的　　最不快樂的

3 形容詞（與副詞）「級」的不規則變化

1 不規則變化的形容詞

原級		比較級	最高級
bad	壞的	worse	worst
good	好的	better	best
well	好的；健康的	better	best
ill	生病的	worse	worst
far（指距離）	遠的	farther	farthest
far（指程度、距離）	更多的；遠的	further	furthest

↳ 指「進一步的；更多的；另外的」時，further 沒有原級 far。

few（修飾可數名詞）	少數的	fewer	fewest
little（修飾不可數名詞）	少量的	less	least
many（修飾可數名詞）	許多的	more	most
much（修飾不可數名詞）	許多的	more	most
old	古老的；舊的	older	oldest
old（指年齡）	年長的	older, elder	oldest, eldest

↳ 上表中的一些字也可以作副詞（如：far 遙遠地、well 很好地）。

↳ 上表中的 fewer/fewest、older/oldest 屬於規則形容詞的變化，放在上表中與 less/least、elder/eldest 比較。

↳ 表示「年長的、年紀較大的」，在名詞前英式用 elder，美式用 older。但表示「更舊、更古老」，英美都只用 older。

· **Kay, please put in** more sugar **than you did yesterday.**
  凱，請多放一點糖，比你昨天放的還要多。
  ↳ much（許多的）的比較級形式是 more（更多的）。

2 far 的兩種比較級和最高級

far ↓ farther, farthest	指**距離**「遠的」（英式英語也常用 further 和 furthest 來指距離）	· It's a long way from here to the airport—farther than I thought. 從這裡去機場好遠啊，比我想像的還遠。
far ↓ further, furthest	指**程度**「進一步的；更多的；另外的；（空間或時間）遙遠的」	· Sam will give you further instructions later. 之後山姆會給你進一步的指示。

↳ 英式英文可以用 farther, farthest 和 further, furthest 兩種比較形式描述距離，但是描述程度和範圍時，只能用 further 和 furthest 形式。

↳ 美式英語不會用 further, furthest 表示距離。

3 old（指年齡）的兩種比較級和最高級

old ↓ older, oldest	**美式英語**，用來比較人的年齡時，可以用在名詞前，也可以用在連綴動詞後，older 可以和 than 連用。。	· his older sister 他的姐姐 · my oldest son 我的長子 · Ann is six years older than her husband Dan. 安比她的先生丹大六歲。
old ↓ elder, eldest	**英式英語**，用來比較人的年齡（尤指同一家人）時，只能放在名詞前面，不能置於連綴動詞後，elder 不能和 than 連用。	· his elder sister 他的姐姐 · my eldest son 我的長子

↳ 連綴動詞後，英美都用 older、oldest。比較級用 than 時，英美都用 older。

4 less 與 fewer 的差異

little/less/least + 不可數名詞	few/fewer/fewest + 複數名詞
● less bad weather 較少壞天氣	● fewer snowstorms 較少暴風雪
● less energy 較少精力	● fewer chores 較少家事
● less knowledge 較少知識	● fewer facts 較少事實

- less air traffic
  較少航空交通量
- less interest
  較不感興趣

- fewer airplanes and helicopters
  較少飛機和直升機
- fewer interested participants
  較少感興趣的參與者

» 參見 p. 104〈13 few、a few、little、a little：代名詞或限定詞〉

> **NOTE**
>
> **1** 在一些與**統計**和**數字**相關的片語中，要用「**less than + 數量詞 + 複數可數名詞**」。
>
> - less than twenty miles to Chicago
>   去芝加哥的路程不到二十英里
> - less than five feet tall　高度不到五英尺
>
> **2** 如果能一個個數的東西，就要用 fewer。如果談論的是「量」（quantity），不能一個個數的東西，就要用 less。
>
> - Sue eats less mashed potatoes than you do.
>   蘇吃的馬鈴薯泥比你少。
>   ↳ mashed potatoes = a smaller quantity of mashed potatoes

4　錯誤的比較級和最高級形式

1 含「絕對」意義的形容詞，無比較級和最高級

有些形容詞沒有比較級或最高級，以 correct 這個字來說，某事不是正確就是不正確，沒有「更正確的」（more correct）或「最正確的」（most correct），因此 correct 的比較級就無意義。下列形容詞都屬於此類：

- absolute　絕對的
- complete　完整的
- entire　全部的
- excellent　優秀的
- ideal　理想的
- perfect　完美的
- round　圓的
- unique　獨特的

2 避免雙重比較

不能在字尾 -er 的比較級形容詞前面又加上 more，或是在字尾 -est 的最高級形容詞前面又加上 most，造成雙重比較。

- ~~more~~ cheaper　較便宜的
- ~~most~~ cheapest　最便宜的

- ~~more~~ higher　較高的
- ~~most~~ highest　最高的

Part 21 形容詞比較級的用法

Use of Comparative Adjectives

 1 表示「相等與否」（equality）的句型

1 as + 形容詞原級 + as（達到與……相同的程度）

- **Weep Lake is** as deep as **Leap Lake.**
  威浦湖跟利浦湖一樣深。

2 表示倍數的數詞（twice 或「數字 + times」）+ as + 形容詞原級 + as
（是……的幾倍）

- **Dawn's dog is** twice as big as **John's.** 朵安的狗是約翰的狗的兩倍大。

- **This Fun in the Sun swimsuit is prettier, but it costs** three times as
  much as **the other one.**
  這件名叫「陽光下的歡樂」的泳衣更漂亮，不過價錢是另外一件的三倍。
  ↳ 表示倍數的數詞 + as + much/many（原級）+ as

3 not so/as + 形容詞原級 + as（沒有達到與……相同的程度）

- **May is** not so slim as **Faye.**
  = **May is** not as slim as **Faye.** 梅不像費伊那樣苗條。

4 as . . . as possible（盡可能……）
as . . . as + I/he/she + can/could（盡可能……）

- **Mabel should run away from that horrible monster** as fast as
  possible. 梅博應該盡快逃離那個可怕的妖怪。

- **I'm walking** as fast as I can. 我正在盡快地走。
  ↳ 上面兩個例句的 as . . . as 片語都是作副詞，修飾句中的動詞。

5 the same as（和……相同）

the same + 名詞 + as

· Your salary is the same as mine.
  = You get the same salary as me. 你的薪水和我的薪水是一樣的。

2 表示「不相等」的句型

1 比較級 + than（比較……）

表達兩個人、物、地方等在某方面不均等，用「**形容詞比較級 + than**」。

· Dianne is older than Dan. 黛安的年紀比丹大。
· My English is better than my Polish. 我的英語比我的波蘭語好。

2 倍數詞（數字 + times）+ 比較級 + than

可以用「數字 + times + 比較級 + than」來代替「數字 + times + as + 原級 + as」的結構。

· Dawn's house is three times bigger than Ron's.
  = Dawn's house is three times as big as Ron's.
  朵安的房子是榮恩的房子的三倍大。

> **NOTE**
>
> 但 twice 和 half 只能用「**twice/half + as + 形容詞原級 + as**」的結構。
>
> · Ramon is half as tall as his sister Joan.
>   雷蒙只有他姐姐裘恩一半高。
> · Nan is twice as lively as her older sister Ann.
>   南比她姐姐安活潑一倍。

3 much 和 far 等修飾比較級

比較級不能用 very 修飾，要用以下的詞語來修飾：

164

- a bit 有點〔口語〕
- a little 稍微；少許
- a lot ……得多〔口語〕
- any 絲毫；略微
- even 甚至
- far ……得多
- no 一點也不
- rather 相當
- much ……得多
- very much 非常

· **I'm** much/far **older than Pam.** 我的年齡比潘姆大得多。

· **Jerry is** a head **taller than Larry.** 傑瑞比賴瑞高一個頭。

↳ 也可用 a head、two years 等來修飾比較級，如：a head taller（高一個頭）、two years older（大兩歲）。

4 成雙的比較級表達「愈來愈……」

Jerry is a head taller than Larry.

句型 1　① more and more + 原級
　　　　　② -er and -er

這種成雙的比較級可用來表達某事正在發生變化。

· **It's getting** harder and harder **to find a job.**
　= **It's getting** more and more difficult **to find a job.**
　工作愈來愈難找了。

句型 2　the . . ., the . . .
　↳ the +（形容詞或副詞）比較級 + 主詞 + 動詞
　　↳ 前後兩個子句都用同樣的句型。

此結構表示兩個事物同時發生變化，或將兩個變量依因果關係互相連結。在這種句型中，第一個比較級表「原因」，第二個表「結果」。

· The older **Liz gets,** the more hardworking **she is.**
　隨著年紀增長，莉茲愈加勤奮努力。

· The louder **Grace shouted with fun,** the less **she impressed anyone.**
　葛蕾絲愈是快樂地高聲喊叫，就愈無法讓人留下好印象。

· The faster **Dawn runs,** the sooner **she will see John.**
　朵安跑得愈快，就愈能早點見到約翰。

↳ 後面兩句都是副詞「the . . ., the . . .」的用法。

句型 3 the + 比較級 + the better

這是比較級「the ... the ...」結構的簡短句型，通常以 the better 結尾。

Sue How do you like your coffee?
你的咖啡要濃一點還是淡一點？

Tom The stronger the better.
愈濃愈好。

5 比較級 + than any other + 單數名詞

- Lou Wu is more stubborn than any other person in this small town.
  吳陸比這個小鎮上的任何人都固執。
  ↳ 「比較級 + than any other」後面不能用複數名詞。

3 合理的比較

1 類似的事物才能比較

- John's English and Jane
  約翰的英文和珍
  ↳ 一個是語言，一個是人名。

- John's English and Jane's English
  約翰的英文和珍的英文
  ↳ 比較的兩者都是語言。

✗ The prices in this store are higher than in that store called Rice's Devices.
  ↳ prices（名詞）和 in that store（介系詞片語）不能進行比較。

✔ The prices in this store are higher than those in that store called Rice's Devices. 這家店的價格比那家名叫「萊斯裝置」商店的價格高。
  ↳ 不要漏掉 those。
  ↳ 為了符合邏輯比較，常用 that/those 來取代重複的名詞，這裡的 those 代替 the prices。

2 兩個相關屬性的比較

對比兩個相關的屬性時，要用 more，不用 -er。這裡的 more . . . than 意思不是「比……更」，而是「與其説是……，倒不如説……」。這種意涵也可以用 not so/as much . . . as 或 rather than 來表達。

句型
1 more . . . than . . .（與其説是……，倒不如説……）
2 . . . rather than . . .
3 not so/as much . . . as . . .

- Mary is more sad than angry.
  = Mary is sad rather than angry.
  = Mary is not so much angry as (she is) sad.
  與其說瑪麗生氣，倒不如說她是傷心。

3 than 和 as 後面省略的詞彙

在比較級的子句中，有時 than 和 as 就如同**關係代名詞**，常代替主格代名詞或受格代名詞，這些被替代的字在 than 或 as 之後必須省略。這種用法主要用於**正式文體**。

句型
1 形容詞比較級 + 名詞 + than + 動詞
2 as + 形容詞原級 + as + 動詞

✗ Rosemary spent more money than it was necessary.

✔ Rosemary spent more money than was necessary.
  蘿絲瑪麗多花了一些不該花的錢。
  ↳ than 代替主格代名詞 it。

» 參見 p. 218〈8 than 作關係代名詞的用法〉

✗ Mary and Jerry's marriage isn't as happy as it was expected.

✔ Mary and Jerry's marriage isn't as happy as was expected.
  瑪麗和傑瑞的婚姻不如預料中的幸福。
  ↳ as 代替主格代名詞 it。

» 參見 p. 217〈7 as 作關係代名詞的用法〉

Part

22

形容詞最高級的用法
Use of Superlative Adjectives

 使用最高級的原則

① 三個以上的人或物進行比較，要用**最高級**。

- **Whose karate kicks are** the best, Cindy's or Sue's or Rick's?
  誰的空手道踢腿踢得最好，辛蒂、蘇還是瑞克的？

② 如果是某人、某地、某物與其**所屬的整個團體**（三個以上的人、東西、地方等）進行比較，就要用**最高級**。（最高級的拼寫規則，參見 p. 158〈2 形容詞「級」的規則變化〉。）

- **Ray Mayors is** the tallest of **the NBA** basketball players.
  = **Ray Mayors is** the tallest basketball player **in the NBA**.
  雷‧梅爾斯是全 NBA 最高的籃球員。
  ↳ Ray 是 NBA 球隊隊員之一，要用最高級。
  ↳ 注意上面兩種句型：「the + 最高級 + of + 複數名詞」及「the + 最高級 + 單數可數名詞」。

③ 當一個團隊中**只有兩個成員**，即使要表達「其中之一最……」，還是要用**比較級**，不用最高級。

- **I like both Lou and Stew, but I think Lou is** the nicer of the two.
  陸和史都我都喜歡，但我認為陸是兩個人裡面最友善的。
  ↳ 團隊只有兩個人（Lou 和 Stew），要用比較級。注意這種比較級句型需要定冠詞 the。
  ↳ 比較級用 the，是因為 nicer 後面有介系詞片語（of the two）限定。

4　**兩組人或物進行比較時，仍用比較級**：如果被比較的人或物是當作兩組人或物進行比較時（一組是單一的項目，另一組是一系列的項目），就要用比較級而不是最高級。

・ **Mary is** shorter than **her three sisters**, Sue, Claire, and Lulu.
　瑪麗比她的三個姐妹蘇、克萊兒、露露都矮。
　↳ Mary 與其他三個姐妹比較，分成兩組進行比較，所以要用比較級。

比較　・ **Of the four girls, Mary is** the shortest.
　　　　在四個女孩中，瑪麗的個子最矮。
　　　　↳ Mary 是四個女孩之一，用最高級。

2　**最高級常與 the 連用**

1　**the + 形容詞最高級 + 名詞**

名詞被形容詞最高級修飾時，要加定冠詞 the。

・ **Ted said it was** the best book **he had ever read.**
　泰德說那是他至今讀過最好的一本書。

2　**be（+ the）+ 形容詞最高級（沒有名詞）**

接在 be 動詞後面的最高級形容詞，口語中有時會省略 the。

・ **Which of the men** is (the) strongest? 這些男人之中哪一個最強壯？

3　**be + the + 形容詞最高級 + 介系詞片語／形容詞子句**

但如果 be 動詞後的最高級與限定性片語（形容詞子句或介系詞片語）連用時，就不能省略定冠詞 the。

・ **Mary thinks she** is the smartest of all the staff.
　瑪麗認為自己是所有員工中最聰明的。
　↳ 最高級（smartest）後面有介系詞片語（of all the staff），不能省略 the。

・ **This dictionary for the blind** is the best (that) I could find.
　這本盲人專用詞典是我能找到的最好的一本。
　↳ 最高級（best）後面有形容詞子句，不能省略 the。

4 one of + the + 形容詞最高級 + 複數名詞

- **Seattle is** one of the safest cities **I've ever visited.**
  西雅圖是我去過的最安全的城市之一。

- **This movie called** *Fears* **is** one of the best movies **I've seen.**
  《恐懼》這部電影是我看過最好的電影之一。

3 最高級後面的介系詞

1 最高級後面接**地方或團體的單數名詞**時，介系詞要用 **in**；後面接 team、farm、island 等字則用 **on**。

> 句型　the ＋ 形容詞最高級 ＋ ⎡ in + 地方或團體的單數名詞
> 　　　　　　　　　　　　　　⎣ on + team/farm/island

- the longest river in the world　世界上最長的河流
  ↳ in + 地點名詞（world）
- the best student in the class　班上最好的學生
  ↳ in + 團體名稱（class）
- the oldest person on the island　島上最老的人
  ↳ 要用 on 和 island 搭配。

the oldest person on the island

- **Do you know why Sirius is the brightest star** in the sky?
  你知道為什麼天狼星是天上最明亮的星星？

- **Meg Crown is the most beautiful woman** in our town.
  梅格‧克勞恩是我們鎮上最美麗的女人。

2 最高級後面若接**複數名詞**或**複數代名詞**，以及 year（年）、life（一生）等表示**一段時間**的字，或 lot（一批人）、bunch（一幫人）等**單數量詞**，介系詞要用 **of**，不用 in。

> 句型　the ＋ 形容詞最高級 ＋ of ＋ ⎡ 複數名詞／複數代名詞
> 　　　　　　　　　　　　　　　　　 ｜ 表示一段時間的字（year/life）
> 　　　　　　　　　　　　　　　　　 ⎣ 單數量詞（lot/bunch）

- the best of the four mothers　四個母親中最好的一個
  ↳ of + 複數名詞（mothers）
- the fastest runner of them all　他們所有人中跑得最快的
  ↳ of + 複數代名詞（them）
- the shortest day of the year　一年中最短的一天
- the saddest day of your life　你人生中最悲傷的一天
  ↳ of 用於表示一段時間的字，如：year、life。
- the worst of the bunch　那幫人中最壞的一個
- the best of the lot　那些人中最好的一個
  ↳ of 用於 bunch、lot 等單數量詞。

4　much 等程度副詞修飾最高級／比較級

最高級或比較級可以由**程度副詞**修飾，例如：

- almost　幾乎
- by far　……得多；顯然
- easily　無疑；確實
- a little　一點點
- a lot　……得多
- nearly　幾乎
- much　非常；很
- so much　非常；很
- practically
  　差不多；幾乎
- quite　相當；很

- **Ms. Jean Pool is** nearly/almost **the tallest student in our school.**
  琴‧普爾小姐差不多是我們學校裡個子最高的學生。

> NOTE
>
> **very** 前面要有一個**限定詞**（如：the、my、her 等），
> 才能修飾最高級。
>
> - Tess put on her very best dress.
>   黛絲穿上了她最好的洋裝。

1

選出正確答案。

_____ **1** On the sixth floor, you'll find the _____ dresses in our store.

Ⓐ prettier   Ⓑ prettiest

Ⓒ most prettiest   Ⓓ most pretty

_____ **2** Bonnie Brown is the _____ woman _____ our small town.

Ⓐ most pretty; in   Ⓑ prettiest; of

Ⓒ most pretty; of   Ⓓ prettiest; in

_____ **3** Pete is the _____ athlete _____ the two runners.

Ⓐ best; in   Ⓑ best; of

Ⓒ better; in   Ⓓ better; of

_____ **4** Dawn is even _____ _____ her brother Big Jon.

Ⓐ more strong; than   Ⓑ stronger; than

Ⓒ more stronger; than   Ⓓ stronger; as

5 Tom is the _____ tennis player _____ the island of Guam.

Ⓐ worst; on   Ⓑ worse; on

Ⓒ worst; in   Ⓓ worse; in

6 Pat is here, and what could make for _____ Christmas than that?

Ⓐ a merry   Ⓑ the merriest

Ⓒ a merrier   Ⓓ a merriest

7 *Raiders of the Lost Ark* is the _____ old movie Jean has ever seen.

Ⓐ most excited   Ⓑ most exciting

Ⓒ more excitable   Ⓓ more exciting

8 Of all the campers I've met, Kent is surely _____ at properly setting up a tent.

Ⓐ the more competent   Ⓑ the most competent

Ⓒ the competentest   Ⓓ the competent

9 Ann's screams are _____ all the other cheerleaders on the two teams.

Ⓐ louder than those of   Ⓑ louder than

Ⓒ more loud than those of   Ⓓ loudest than

_____ 10 "The weather this week has been _____," said Heather.

Ⓐ more better   Ⓑ more good

Ⓒ a little better   Ⓓ a lot best

_____ 11 This computer for the blind is _____ (that) I could find.

Ⓐ best   Ⓑ the better

Ⓒ the good   Ⓓ the best

_____ 12 Monica Munch thinks that Connie Crunch is the worst _____ the bunch.

Ⓐ in   Ⓑ of   Ⓒ into   Ⓓ on

_____ 13 Jim eats _____ good for him.

Ⓐ more than it is   Ⓑ more than is

Ⓒ good than is   Ⓓ less than it is

_____ 14 This necklace King Thor is going to buy is _____ in this store.

Ⓐ more expensive than any other necklace

Ⓑ more expensive than any other necklaces

Ⓒ most expensive than any other necklaces

Ⓓ most expensive than any other necklace

_____ 15 Sam Slater will give you _____ instructions later.

Ⓐ farther   Ⓑ further   Ⓒ farer   Ⓓ far

16 Joyce and I made the _____ choice.

    Ⓐ more correct   Ⓑ correct

    Ⓒ correcter   Ⓓ most correct

17 There's _____ air traffic near Tampa International Airport tonight than last night.

    Ⓐ fewer   Ⓑ few   Ⓒ less   Ⓓ little

18 The older Liz gets, _____.

    Ⓐ she is the happier   Ⓑ she is the happiest

    Ⓒ the happiest she is   Ⓓ the happier she is

19 Ann is six years _____ than her brother Dan.

    Ⓐ elder   Ⓑ eldest   Ⓒ older   Ⓓ oldest

20 Reading in Chinese is _____ Stew Leggings likes to do.

    Ⓐ one of the most important thing

    Ⓑ one of the more important thing

    Ⓒ one of the most important things

    Ⓓ one of the more important things

2

訂正下列錯句，寫出正確的句子。

----

1   In this group of competent students, Vera is the more
    intelligent.

    → _____

    _____

2   My brother Sam is more taller that I am.

    → _____

    _____

3   Juliet Lafayette's Russian is half better than Bernadette's.

    → _____

    _____

4   Joe is very happier today than five years ago.

    → _____

    _____

5   Lorraine was the earliest than Elaine, Jane, and Wayne.

    → _____

    _____

UNIT

6 副詞

Adverbs

Part 23 副詞的定義與用法
Definition and Use of Adverbs

 副詞的定義

副詞是用來修飾**動詞**、**形容詞**、**另一個副詞**或**整個句子**的字詞，表示事件發生的時間、地點、方式、結果、程度等。

時間 Time	頻率 Frequency	地點 Place	方式 Manner	程度 Degree
now 現在	always 總是	here 這裡	brightly 明亮地	too 太
last night 昨晚	frequently 頻繁地	there 那裡	quietly 安靜地	quite 很
today 今天	often 常常	everywhere 到處	loudly 吵鬧地	very 非常
this year 今年	seldom 很少	nowhere 任何地方都不	madly 瘋狂地	really 確實；十分
last year 去年	sometimes 有時	abroad 去／在國外	quickly 迅速地	completely 完全地
soon 很快	usually 通常	home 回家／在家	slowly 緩慢地	rather 相當

2 **副詞的用法**

1 **動詞 + 副詞（副詞修飾動詞）**

- **She** is leaving soon. 她就快要離開了。
  ↳ soon 是時間副詞，修飾動詞 is leaving，說明何時離開。

- **After school, he** went home.

放學後，他就回家去了。

↳ home 是地方副詞，修飾動詞 went，說明去了哪裡。

↳ 在 go home、get home、be home 這些片語中，home 是副詞，因此不要說成 went to home。

2 副詞 + 形容詞（副詞修飾形容詞）

- **Margo is** often tired **when she flies to Chicago.**

瑪歌飛往芝加哥時，常常感到疲倦。

↳ often 是頻率副詞，修飾形容詞 tired，說明疲倦的頻率。

- **Billy is** very naughty.

比利很頑皮。

↳ very 是程度副詞，修飾形容詞 naughty，說明比利有多頑皮。

3 副詞 + 副詞（副詞修飾副詞）

- **Mr. Wright snored** very loudly **last night.**

萊特先生昨晚鼾聲如雷。

↳ very 是程度副詞，修飾另一個副詞 loudly，說明萊特先生的鼾聲有多大。

snore very loudly

4 副詞 + 名詞片語／介系詞片語／數詞（副詞修飾片語或數詞）

有些副詞，如 quite、roughly、about、approximately 等，也可修飾其後面的名詞片語、介系詞片語和數詞。

- rather/quite a mess　真是一團糟

  ↳ 程度副詞 rather 或 quite 修飾名詞片語 a mess（不定冠詞 + 名詞）。

- usually at home　通常在家

  ↳ 頻率副詞 usually 修飾介系詞片語 at home。

- **At Ocean View College,** roughly 98 **percent of the students have cellphones with an Internet connection.**

在海觀學院，大概有 98% 的學生擁有上網手機。

↳ 副詞 roughly 修飾數詞 98。

1 副詞主要的功能是作**狀語**，只有少數的副詞（如：on、off、here、there 等）置於連綴動詞後，作**主詞補語**，表示主詞的方位、方向或狀態。

> **Dan** Where is my wallet?
> 我的皮夾在哪裡？
> **Ann** It's there, right in front of you.
> 在那裡，就在你前面。

- The lights in the gym are all on. 體育館的燈都打開了。

2 少數副詞（比如：off、on）也可以置於受詞後面作**受詞補語**。

- I've got a whole month off.
  我有一整個月的假。
- Don't keep the TV on all night.
  不要整晚都開著電視。

keep the TV on

---

3 勿混淆形容詞與副詞

副詞用來修飾**動詞**、**形容詞**或**其他副詞**，而形容詞用來修飾**名詞**。

- **She always** drives carefully.　→ 動詞（drives）+ 副詞（carefully）
  她開車總是小心翼翼。

- **She is a** careful driver.　→ 形容詞（careful）+ 名詞（driver）
  她是一個非常小心的駕駛。

- **She** sang beautifully **last night at the party.**
  她在昨晚的晚會上唱歌唱得很優美。
  ↳ 動詞（sang）+ 副詞（beautifully）

- **She** looked beautiful **last night at the party.**
  她在昨晚的晚會上看起來很美。
  ↳ 連綴動詞（looked）+ 形容詞（beautiful）

sing beautifully

Part 24 副詞和形容詞
Adverbs and Adjectives

 1 同形的副詞和形容詞

有些副詞也可作形容詞,當這些字修飾**名詞**時,就是**形容詞**;修飾**動詞**、**形容詞**或**其他副詞**時,就是**副詞**。

	形容詞	副詞		形容詞	副詞
bright	明亮的	明亮地	less	較少的	較少地
cowardly	膽小的	膽小地	little	少的	少地
daily	每天的	每天	lively	活潑的	活潑地
dear	親愛的	疼愛地	long	長的	長久地
deep	深的	深深地	loud	大聲的	大聲地
easy	容易的	輕鬆地	low	低的	低地
early	早的	早地	monthly	每月的	每月
fast	快的	快地	near	近的	近地;接近
fresh	新鮮的	剛剛	only	唯一的	只;僅僅
hard	困難的	努力地	straight	直的	直地
hourly	每小時的	每小時地	timely	及時的	及時地
kindly	親切的	親切地	true	真實的	真實地
late	遲的	遲地	weekly	每週的	每週

形容詞	副詞
● a daily <u>newspaper</u> 一份日報	● <u>clean</u> the room daily 每天打掃房間
● an early <u>bird</u> 一隻早起的鳥兒	● <u>get up</u> early 早起
● a free <u>hot dog</u> 一個免費熱狗	● <u>travel</u> free 免費旅遊
● a fast <u>car</u> 一輛快車	● <u>drive</u> fast 開快車
● a hard <u>life</u> 艱難的生活	● <u>work</u> hard 努力工作

2 以 -ly 結尾的副詞

1 **形容詞 + -ly → 副詞**：大多數副詞都以 -ly 結尾，在形容詞字尾加上 -ly 構成副詞，例如把形容詞 quiet 加上 -ly，就變成副詞 quietly。

- absent　缺席的　→　absent**ly**　心不在焉地
- clever　聰明的　→　clever**ly**　聰明地
- mad　瘋狂的　→　mad**ly**　瘋狂地
- wonderful　精彩的　→　wonderful**ly**　精彩地

- **That is a** beautiful <u>song</u>.
  那是一首動人的歌。　→ 形容詞

- **Lily** <u>sang</u> **that song** beautifully.
  莉莉將那首歌唱得很動人。　→ 副詞

2 **字尾是 -y 的形容詞，去 y + -ily → 副詞**：如果形容詞以 -y 結尾，把字母 y 變成 i，再加 -ly 構成副詞，例如形容詞 angry 的副詞為 angrily。

- easy　容易的　→　eas**ily**　容易地
- heavy　沉重的；大量的　→　heav**ily**　沉重地；大量地
- noisy　嘈雜的　→　nois**ily**　嘈雜地
- sleepy　想睡的　→　sleep**ily**　想睡地

- · I didn't go climbing yesterday because of the heavy **rain**. → 形容詞
  昨天下大雨，所以我沒有去爬山。

- · I didn't go climbing yesterday because it <u>rained</u> heavily. → 副詞
  昨天雨下得很大，所以我沒有去爬山。

3   以 -ly 結尾的形容詞

並非以 -ly 結尾的字都是副詞，有些以 -ly 結尾的字是**形容詞**，例如：

- ● a costly diamond 昂貴的鑽石
- ● a cowardly act 懦弱的行為
- ● a deadly poison 致命的毒藥
- ● elderly parents 年邁的父母
- ● a friendly gesture 友好的姿態
- ● homely furniture 樸實無華的家具
- ● a lively performance 生動的表演

- ● a lonely widow 孤獨的寡婦
- ● a lovely dress 漂亮的洋裝
- ● be manly 有男子氣概
- ● be womanly 有女性特質
- ● a silly story 無聊的故事
- ● an ugly duckling 醜小鴨
- ● seem unlikely 看起來不太可能

4   以 -ly 結尾的副詞兼形容詞

有一些以 -ly 結尾的字既可以當形容詞，也可以當副詞，意義相同。

- ● early 早（的）
- ● daily 每天（的）
- ● likely 可能（的）
- ● monthly 每月（的）
- ● weekly 每週（的）
- ● yearly 每年（的）

- · **Kay had an** early **lunch today.**   → 形容詞
  凱今天午餐吃得很早。

- · **Sue** <u>got up</u> early **to go sailing.**   → 副詞
  蘇起了個大早，駕船出海去了。

5 字尾 -ly 和非 -ly 兩種形式的副詞

1 **-ly 與非 -ly 結尾意義相同的副詞**

1 **正式／非正式用法**：有些副詞有兩種形式，字尾可以加 -ly，也可以不加 -ly，**意思相同**，應根據正式用語和口語不同的情境，決定選用哪一種形式。以 **-ly** 結尾的副詞**較正式**，非 **-ly** 結尾的副詞通常用在**非正式**的情境中。

正式	非正式	
cheaply	cheap	便宜地
loudly	loud	大聲地
quickly	quick	快速地
really	real（美式）	很；真地
surely	sure（美式）	肯定地
tightly	tight	緊緊地
wrongly	wrong	錯誤地
clearly	clear	清楚地

loud/loudly

正式語用 -ly 字尾	口語用非 -ly 字尾	
speak loudly	speak loud	大聲說話
think quickly	think quick	快想辦法
sell his jeep cheaply	sell his jeep cheap	便宜賣掉他的吉普車

184

2 **習慣用法**：在一些情境裡，一些動詞習慣與字尾 -ly 的副詞連用，
一些動詞則習慣與字尾非 -ly 的副詞連用。

| 慣用 -ly 字尾副詞 | 慣用非 -ly 字尾副詞 |

● proceed **slowly**
　緩慢地繼續行進

● go/drive/run **slow**
　慢慢走／開車／跑
　↳ slow 作副詞時，經常搭配表示運
　　動的短動詞。

● watch **somebody closely**
　嚴密地監視某人
　↳ 一些動詞（如：watch）習慣
　　和副詞 closely 連用。又如：
　　closely related（密切相關）、
　　be closely guarded（受到嚴
　　密看守）。

● come **close**　走近一點

watch closely

● travel **widely**
　周遊四方
　↳ 指「廣泛地」時，通常用
　　widely，不過副詞 wide 也可指
　　「廣泛地」，但只用於片語 far
　　and wide（到處）。

● open **your mouth wide**
　張大你的嘴
　↳ wide 可以作副詞，常和動詞
　　open 連用，指「（張得）很大
　　地」（如：open the door wide
　　把門敞開）。

open your mouth wide

open the door wide

● treated **somebody fairly**
　平等對待某人

● play **fair**
　公平行事；公平競賽
　↳ fair 和 fairly 都可作副詞。
　　但動詞 play 常和 fair 連用。

2 -ly 與非 -ly 結尾意義不同的副詞

字尾非 -ly	字尾 -ly
● dead 確實地；完全地；非常； 正好地 = exactly; completely; very; directly	● deadly 死了一般地；極度 = in a way suggestive of death; extremely
● deep 深入地；深遠地 = in a deep way; to a deep extent	● deeply 強烈地；深刻地 = strongly; profoundly
● fine 很好地 = well	● finely 優雅地；漂亮地；精巧地 = nicely; delicately
● free 免費地 ↳ 常與 for 連用：for free。	● freely 自由地；無拘束地 = in whatever way you like; without controls or limits
● hard 努力地 = with a lot of effort	● hardly 幾乎不；很少 = almost not
● high 表示高度很高 = in, at, to, or toward a high degree, level, place, position, etc.	● highly 表示程度或評價很高 = greatly; with high approval or esteem
● late 遲到 = after the usual, proper, or expected time	● lately 最近；不久前 = recently; a short while ago
● pretty 很；非常；相當 = rather	● prettily 漂亮地；優美地；可愛地 = in a pretty way; beautifully
● right 向右方 = opposite to left	● rightly 理所當然地 = with reason; justifiably
● short 突然地；簡短地 = suddenly; briefly	● shortly 不久；馬上 = in a short time; soon

- Let's dig deep into the research about lunar resources. → 深入地
  讓我們深入鑽研關於月球資源的研究吧。

- She's deeply in love with the idea of working and living
  on the Moon. 她非常喜歡在月球上工作和居住的構想。 → 強烈地

- I love to fly my rocket plane high in the sky. → 指高度
  我喜歡把我的火箭飛機高高地飛在天空中。

- Brooke is highly critical of Coco's gobbledygook. → 指程度
  布露可對可可的官樣文章表示極端不滿。

- Mary speaks highly of her brother Jerry. → 指評價高
  瑪麗對她的哥哥傑瑞讚許有加。

6 連綴動詞 + 形容詞；行為動詞 + 副詞

1 連綴動詞、感官動詞以及一些行為動詞（用作連綴動詞時），後面必須接形容詞，而不用副詞修飾。一些行為動詞可以表示狀態變化，這時它們就成了狀態動詞，作連綴動詞用。

感官動詞 （作連綴動詞）	連綴動詞	行為動詞 表狀態（作連綴動詞）
feel 覺得	appear 似乎	get 變得；成為
look 看起來	be 是	go 變得；成為
smell 聞起來	become 變成	grow 成長；變得
sound 聽起來	seem 似乎	keep 保持
taste 嘗起來	remain 保持	prove 證明是
		turn 變得；成為

- Dee seemed pretty happy to see me. 蒂似乎很高興見到我。
- She became famous. 她出名了。
- Saul has grown big and tall. 索爾長得又高又大。
- Rhonda Rosewood always smells good.
  蘿恩妲·羅斯伍德身上總是有一股香味。

2 上表中提及的感官動詞和連綴動詞作**行為動詞**時，就必須用**副詞**修飾。

- feel sad 感到傷心
  ↳ 連綴動詞（feel）+ 形容詞（sad）
- feel carefully for the trigger 小心謹慎地摸索著手槍的扳機
  ↳ 行為動詞（feel）+ 副詞（carefully）

- look mean and sly 看起來卑鄙又狡猾
  ↳ 連綴動詞（look）+ 形容詞（mean, sly）
- look suspiciously at me 疑心地看著我
  ↳ 行為動詞（look）+ 副詞（suspiciously）

» 行為動詞與連綴動詞的定義，參見 p. 306〈Part 42 動詞的定義與類型〉

7 易誤用的形容詞和副詞

1 **good 與 well**：good（形容詞）修飾**名詞**；well（副詞）修飾**動詞**。

- a good boy 一個好男孩
  ↳ good 修飾名詞（boy）。
- look good = look attractive/well-dressed/fine
  看起來不錯（看起來很有魅力／穿著體面／健康）
  ↳ 作連綴動詞用的感官動詞（look）後面，要用形容詞（good）。
- play the piano well 鋼琴彈得好
  ↳ well 修飾動詞（play）。

> well 表示**健康狀況**時，是**形容詞**，這時可以用於感官動詞 look
> 或 feel 後面，但不能放在名詞前（✘ a well man）。
>
> - feel good = feel contented/happy/satisfied
>   感覺很滿足／高興／滿意
> - feel well = feel healthy 感覺很健康
> - Mel Sudan looks well. = Mel Sudan looks healthy.
>   = Mel Sudan is a healthy man. 梅爾．蘇丹看起來很健康。

2 bad 與 badly：bad（形容詞）修飾**名詞**；badly（副詞）修飾**動詞**、**形容詞**或**其他副詞**。

- ● bad news 壞消息
  ↳ bad 是形容詞，修飾名詞 news。
- ● feel bad 覺得不舒服；感到愧疚
  ↳ bad 是形容詞，用在作連綴動詞用的感官動詞 feel 後面。
- ● was badly injured in the accident 在事故中受重傷
  ↳ badly 是副詞，修飾動詞 was injured。

- ● go bad 腐壞；變質
  ↳ go 是狀態動詞作連綴動詞，意指「變得」，與形容詞 bad 連用。
- ● go badly 進展不順利
  ↳ go 是行為動詞，指「進行」，與副詞 badly 連用。

» 狀態動詞與行為動詞的定義，參見 p. 306〈Part 42 動詞的定義與類型〉

3 everyday 與 every day：everyday（形容詞）修飾**名詞**，意思是「每天的、日常的、常有的、平常的」。every day（副詞）修飾**動詞**，意思是「每天」。

● everyday food 日常飲食	● jog every day 每天慢跑
● everyday story 司空見慣的事	● laugh every day 每天笑
● everyday English 日常英語	● study English every day 每天學英語

4 such 與 so：such（形容詞）修飾**名詞**；
so（副詞）修飾**形容詞**或**其他副詞**。

● such a long way 這麼遠的路程	● so far 這麼遠
● such a silly story 多麼無聊的故事	● so silly 多麼無聊；多麼傻
● such nice people 多麼友好的人	● so nice 多麼友好
● such lovely weather 多麼好的天氣	● so lovely 多麼美好；多麼可愛

下列句子正確或錯誤？正確的句子請在框內標示 R，錯誤的句子標示 W，
並改寫為正確句子。

----

1 Rex Reed tried hardly but could never succeed.

☐ _____

_____

2 That gymnast normal likes to twirl fast.

☐ _____

_____

3 Lily can rebuild a jet engine rather efficient.

☐ _____

_____

4 Because of her accent, we could hard understand her lecture
about living under the sea.

☐ _____

_____

_____

5 Kate came home late last night from Boise and was quite noisily.

⬜ _____

_____

6 Is Eloise fluently in Japanese?

⬜ _____

_____

7 Slow, Theodore opened the door for Lily.

⬜ _____

_____

8 After dark, we can get into the new park for freely.

⬜ _____

_____

9 His voice often seems hoarsely.

⬜ _____

_____

10 Four of the cats sat quietly as if to ask their owners to take them elsewhere.

⬜ _____

_____

2

將括弧中的正確答案畫上底線。

----

1. My brother seemed pretty (happily/happy) to see Kitty.

2. Lorelei loves to fly her plane (high/highly) in the sky.

3. Kate read a book of proverbs, came to school (late/lately), and missed the grammar lesson about the use of adverbs.

4. Wasn't Snow White dressed (prettily/pretty) last night!

5. Please keep (calm/calmly) while I defuse this A-bomb.

6. His voice sounded (strange/strangely) to Joyce.

7. Without the android Dawn, building a catapult on the asteroid proved (difficult/difficultly).

8. Fortunately, Vincent wasn't (badly/bad) injured in the accident.

9. The tiny turtle Myrtle died this morning, and Chad felt (bad/badly).

10. To learn English (good/well), Scot needs to read a lot.

Part 25

副詞的種類
Types of Adverbs

 1 時間副詞或時間副詞片語
Adverbs/Adverbial Phrases of Time

時間副詞或**時間副詞片語**用來表示事件發生的**時間**（when）。

- already 已經
- early 早
- finally 最後；終於
- first 最初；第一個
- immediately 立刻
- last night 昨晚
- last week 上星期
- long ago 很久以前
- next year 明年
- now 現在
- recently 最近
- second 居第二位；其次
- soon 很快地
- still 還；依舊
- then 那時；然後
- this morning 今天早上
- this year 今年
- today 今天
- tomorrow 明天
- yesterday 昨天

- **Faye** left early today. 費伊今天早早就離開了。
  ↳ early、today 是時間副詞，回答「when」的問題，修飾動詞 left。

> **NOTE**
>
> **子句**也可以擔任副詞的角色，叫做**副詞子句**（或稱狀語子句），
> 修飾主要子句裡的**主要動詞**。
>
> - **As soon as Steve gets to Honolulu**, he will marry Sue.
>   史蒂夫一到達檀香山就會娶蘇。
>   ↳ 「as soon as . . .」引導一個副詞子句，指出主要子句的動
>   詞「will marry」的時間。

2　頻率副詞或頻率副詞片語
Adverbs/Adverbial Phrases of Frequency

頻率副詞或**頻率副詞片語**又稱**次數副詞**，用來表示某件事或某動作發生的
頻率或**次數**（how often）。

- always　總是
- annually/yearly/once a year　一年一次
- daily/every day　每天
- ever　從來
- frequently　頻繁地
- hourly/every hour　每小時
- monthly/every month　每月
- never　從不
- often　常常

- once　一次
- seldom　很少
- sometimes　有時
- three times　三次
- twice　兩次
- usually　通常
- every week　每星期
- weekly/once a week
  一星期一次

- **May** takes the subway **to work** every workday.
  梅每個工作日都搭地鐵去工作。
  ↳ every workday 是頻率副詞片語，
  修飾動詞片語 takes the subway，
  回答「how often」的問題。

3　持續時間副詞或持續時間副詞片語
Adverbs/Adverbial Phrases of Duration

持續時間副詞或**持續時間副詞片語**表示某事**持續多長時間**（how long）。

- a long time　很長一段時間
- all day　整天
- all night　整晚
- briefly　短暫地

- for a while　一會兒
- for ages　很久
- forever　永遠
- long　長時間

- Sue Tower talked on the phone for an hour.

  蘇·陶爾講了一個小時的電話。

  ↳ for an hour 是持續時間副詞片語，修飾動詞 talked，回答「how long」
    的問題。

  > **NOTE**
  >
  > 以介系詞開頭的副詞片語，如 for ages、
  > for a while，也稱作**介系詞片語**。

4 地方副詞或地方副詞片語
Adverbs/Adverbial Phrases of Place

地方副詞或**地方副詞片語**説明事情發生的**地點**，或某人某物要去**哪裡**
（where）。

down 在下面；向下	up 在上面；向上
near 附近；接近	far 很遠
in 在裡面；在家	out 在外面；不在家
inside 在／往裡面	outside 在／往外面
downstairs 在／往樓下	upstairs 在／往樓上
indoors 在／往室內	outdoors 在／往戶外
everywhere 到處	nowhere 任何地方都不
somewhere 在／到某處	anywhere 在／往任何地方
here 在這裡	there 在那裡
abroad 在／往國外	at home 在家
away 離開；外出	at hand 在手邊

- **After Vivian sipped her cup of coffee, she** looked up.

  薇薇安抿了一口杯中的咖啡，然後抬起頭來。

  ↳ up 是地方副詞，修飾動詞 looked，回答「where」的問題（朝何處看）。

- **Mom** was looking for **Claire's purse** upstairs **and** downstairs.

  媽媽樓上樓下地幫克萊兒找手提包。

  ↳ upstairs、downstairs 是地方副詞，修飾動詞 was looking for，回答
    「where」的問題（在哪裡找）。

NOTE

1 介系詞片語也可作**副詞**來修飾動詞。

- Is Dwight going **to the movies** tonight?
  今晚杜威特要去看電影嗎？
  ↳ to the movies 是介系詞片語，修飾動詞 is going，
  作地方副詞，回答「where」的問題。

2 當 up、down、upstairs、downstairs、inside、outside、
far 和 near 等**後面沒有接名詞**時，就是**副詞**。

- an **upstairs** room 一個樓上的房間 →形容詞修飾名詞。
- live **upstairs** 住在樓上 → 副詞修飾動詞。

- an **outside** toilet 戶外的廁所 →形容詞修飾名詞。
- wait **outside** 在外面等 → 副詞修飾動詞。

5 情狀副詞／方式副詞 Adverbs of Manner

情狀副詞又稱**方式副詞**，說明某事的**進行方式**（how），這類副詞通常以 -ly
結尾。

- carefully 仔細地
- correctly 正確地
- slowly 緩慢地
- closely 緊密地
- safely 安全地
- well 很好地

- When the witch began to zoom around on her broom, we moved
  slowly out of the huge classroom.
  當女巫開始騎著掃帚飛來飛去時，
  我們緩緩地走出大教室。
  ↳ slowly 是情狀副詞，回答「how」
  的問題，修飾動詞 moved。

6 程度副詞／強調性副詞
Adverbs of Degree/Emphasizing Adverbs

程度副詞又稱**強調性副詞**，表示**到什麼程度**（to what extent），
常用在形容詞或其他副詞前。

- absolutely 絕對地
- almost 幾乎
- completely 完全地
- entirely 澈底地
- exceedingly 極度地
- extremely 極端地；非常
- fairly 簡直；完全地
- just 實在；非常
- pretty 相當

- quite 完全；相當；很
- rather 有點；相當
- really 實在；其實；的確
- simply 純粹地；完全地
- too 非常；太
- truly 非常；真正地
- utterly 十足地
- very 很

- **Del and Mel did** quite well.
  戴爾和梅爾做得非常好。
  ↳ 程度副詞 quite 修飾另一個副詞 well，回答「to what extent」的問題。

- **She is** quite a **good dancer.**
  = **She is** a very **good dancer.** 她是位相當優秀的舞蹈家。
  ↳ quite 必須放在 a/an 的前面（修飾名詞片語 a good dancer），而其他
  程度副詞都是放在 a/an 後面（如：a very good dancer）。

 7 目的副詞或目的副詞片語
Adverbs/Adverbial Phrases of Purpose

目的副詞或**目的副詞片語**用來回答**為什麼**（why），常常是**不定詞片語**。

- **Gus** ran **as fast as he could** to catch the school bus.
  加斯為了趕上校車拼命地跑。
  ↳ 不定詞片語 to catch the school bus 是目的副詞片語，回答「why」的
  問題，修飾動詞 ran。

197

8 疑問副詞 Interrogative Adverbs

疑問副詞引導疑問句，是用來發問、提出問題的副詞，常見的疑問副詞有：

- when 何時
- where 哪裡
- why 為何
- how 怎麼

↳ when、where、why 也可作關係副詞，引導形容詞子句。
  » 參見 p. 223〈Part 31 關係副詞引導形容詞子句〉

↳ 這四個字還可以作疑問連接詞，引導名詞子句。
  » 參見 p. 256〈Part 37 從屬連接詞或關係代名詞引導名詞子句〉

- When did **Trish** **start** to learn Spanish and English?
  翠西是何時開始學習西班牙語和英語的？
  ↳ when 是疑問副詞，用來引出疑問句，指時間，修飾動詞 (did) start。
  ↳ 疑問句的語序：疑問副詞 + 助動詞（do/does/did）+ 主詞 + 原形動詞

- Why is **the door to your dollhouse** lying on the floor?
  你的玩具屋的門為什麼躺在地板上？
  ↳ why 是疑問副詞，用來引出疑問句。
  ↳ 疑問句的語序：疑問副詞 + 連綴動詞（be）+ 主詞

- How deep can Jake scuba dive in that lake?
  傑克能在那座湖裡水肺潛水多深？
  ↳ how 是疑問副詞，用來引出疑問句，指程度，修飾形容詞（deep）。
  ↳ 疑問句的語序請參見 p. 518〈3 疑問句〉。

9 句子副詞／分離副詞 Sentence Adverbs/Disjunct Adverbs

一些副詞或副詞片語用來表示說話者對某種行為的**態度**。這類副詞被視為是**句子副詞**或**分離副詞**，常置於**句首**，用來修飾後面的整個句子，並用**逗號**與句子的其他部分分開。比如：

- astonishingly 令人驚訝地
- clearly 顯然地
- frankly/to be frank 坦白說
- generally 大體而言
- honestly/to be honest 老實說
- hopefully 但願

- interestingly (enough)
  （非常）有趣的是
- luckily 幸運地
- naturally 自然地；當然
- obviously 顯然地
- oddly enough 說也奇怪
- personally 就本人而言

- surprisingly 出人意外地
- to my disappointment
  令我失望的是
- unbelievably 難以置信地
- understandably 可理解地
- unfortunately 可惜；遺憾地

· **To be honest,** I don't care whether or not he comes to my party.

= I don't care whether or not he comes to my party, **to be honest.**

老實說，我不在乎他是否來參加我的聚會。

↳ 不定詞片語 to be honest 是句子副詞，通常置於句首，用逗號分開，修飾後面整個句子。

↳ to be honest 也可以置於句尾，用逗號與前面句子分開。

· **Frankly,** I don't care about what she thinks of me.

= I don't care about what she thinks of me, **frankly.**

坦白說，我才不管她怎麼看我呢。

↳ frankly 是句子副詞，通常置於句首，用逗號分開，意思是「坦白說」，修飾後面整個句子。

↳ 句子副詞也可以放在句尾，也要用逗號分開。

比較

· **Clearly,** the desert is growing and our land is becoming covered by sand.

顯然沙漠區正逐漸擴大，我們的陸地開始被沙子所覆蓋。

↳ 分離副詞 clearly = obviously, decidedly（顯然地）

· It is difficult for me to explain this **clearly.**

我很難把這一點解釋清楚。

↳ 情狀副詞 clearly = in a clear manner（清楚地）

Clearly, the desert is growing and our land is becoming covered by sand.

Part 26 副詞的位置和語序
Position and Order of Adverbs

 1 副詞在句中的位置

1 副詞置於所修飾的形容詞、其他副詞和名詞片語之前

- pretty good 非常好 → 副詞 pretty + 形容詞 good
- very well 很好 → 副詞 very + 副詞 well
- quite a shock 很震驚 → 副詞 quite + 名詞片語 a shock
  （不定冠詞 + 名詞）

2 情狀副詞可置於句中不同位置

1 情狀副詞的位置較靈活，可置於**句首**、**動詞前**，或「**動詞 + 受詞**」後。

- Slowly, he opened the car door. → 句首（主詞前面）
  = He slowly opened the car door. → 句中（主詞和主要動詞之間）
  = He opened the car door slowly. → 句尾（主要動詞和受詞之後）
  他慢慢地開了車門。

2 情狀副詞 well、badly、hard 等只能置於**動詞後**，或「**動詞 + 受詞**」後。

- work very hard
  工作很勤奮
  ↳ 動詞 + 情狀副詞 hard

- play the piano well
  鋼琴彈得很好
  ↳ 動詞 + 受詞 + 情狀副詞 well

3 「不確定頻率副詞」以及一些時間副詞和程度副詞在句中的位置
（常置於**句中**）

- almost 差不多
- already 已經
- always 總是
- certainly 無疑地
- completely 完全地
- definitely 明確地
- even 甚至

- finally 終於；最後
- hardly 幾乎不
- just 正好；僅僅
- nearly 幾乎
- never 從未
- now 現在
- only 只有

- probably 大概
- quite 頗
- rarely 很少
- really 真地；實在
- still 仍然
- suddenly 突然地

1 頻率副詞如果表示「確定」的次數，則稱為**確定頻率副詞**（adverb of definite frequency），如：daily、monthly、once a week 等。

2 頻率副詞如果表示「不確定」的次數，則稱為**不確定頻率副詞**（adverb of indefinite frequency），如：always、often、rarely、seldom、sometimes、never 等。

1 副詞 + 主要動詞（即述語動詞／一般動詞）

- never get up **before seven** 從不在七點之前起床
- really hate **traveling** 真不喜歡旅行

2 連綴動詞 + 副詞

- She is often **late for a date.** 她約會常遲到。
  ↳ 頻率副詞 always、often 等置於連綴動詞之後（is often）。

3 助動詞 + 副詞 + 主要動詞

- Sue has never been **to Honolulu.** 蘇沒有去過檀香山。

4 still/sometimes/certainly/definitely/probably + 否定助動詞
（這類副詞也可置於句首，表示強調）

- Bob probably won't **accept your offer of a carpentry job.**
  ↳ 否定助動詞之前
  = Probably Bob won't **accept your offer of a carpentry job.**
  ↳ 句首（強調）
  鮑勃大概不會接受你提供的木工工作。

201

4 置於句尾的副詞

置於句尾的副詞有**確定頻率副詞**（daily、weekly、monthly、annually 等）、**確定頻率副詞片語**（every day、every year 等）以及副詞 yet、a lot、any more、any longer、too、as well。

- **The astronomy club's meeting is held** monthly.
  天文俱樂部的會議每個月舉辦一次。

- **Kay jogs home** every day.

  = Every day **Kay jogs home.**

  凱每天都慢跑回家。

  ↳ 頻率副詞片語（every day、every month 等）可以置於句首或句尾。

- **I can't trust Lenore** any more.
  我再也不相信蕾諾兒了。

  ↳ any more、any longer、as well 等置於句末（受詞之後）。

2 各種副詞的排列順序

當句中有多個副詞時，這些副詞須依照基本的順序規則排列：

主詞	動詞	情狀／方式	地方	頻率	時間	目的
She	swims	enthusiastically	in the pool	every morning	before dawn	to keep fit.

- Every morning before dawn, **she swims enthusiastically in the pool to keep fit.**
  她每天早上天亮之前都要在游泳池裡
  興致勃勃地游泳，以保持健康。

  ↳ 由於副詞的位置非常靈活，上表例句中的部分副詞（頻率和時間副詞），也可以移動到句子的最前面。

3 副詞排列的一般原則

■ **（不同類副詞）較短的副詞片語放在較長的副詞片語之前**：無論是哪一種副詞片語，較短的應該位於較長的副詞片語之前。

· **His wife swam in a pool** before dawn **almost** every day of her life.
他的妻子一輩子幾乎每天天亮之前都在游泳池裡游泳。

  ↳ 頻率副詞片語 every day of her life 位於時間副詞片語 before dawn 之後，因為 every day of her life 比 before dawn 長。

② **（同類副詞）較具體的副詞片語在前**：在同類的副詞片語中，語意較為具體、細微的副詞片語放在前面。

  ● in a tiny hut in a Tibetan valley
在西藏山谷的一個小屋裡

    ↳ in a tiny hut 和 in a Tibetan valley 都是地方副詞片語，in a tiny hut 比 in a Tibetan valley 更具體，因此放在前面。

  ● before nine on Saturdays
星期六的九點以前

    ↳ 時間副詞片語 before nine 比時間副詞片語 on Saturdays 更為具體、細微，應該放在前面。

③ **有些副詞放在句首，具有強調作用**：有時為了強調某個副詞，可將之置於句首，尤其是情狀副詞。

· Slowly and carefully, **Theodore opened the door.**
塞奧多小心謹慎、慢慢地開了門。

  ↳ slowly、carefully 是情狀副詞。
    （= Theodore opened the door slowly and carefully.）

· Sometimes **Grace stays up late at night, reading articles on the Internet about space.**
葛蕾絲有時會熬夜上網看有關太空的文章。

  ↳ sometimes 是頻率副詞。
    （= Grace sometimes stays up late at night ...）

Part 27 副詞的比較級和最高級
Comparative and Superlative Adverbs

副詞和形容詞一樣，也有**原級**、**比較級**（兩者之間比較）和**最高級**（三者以上的比較）。

 1 副詞比較級與最高級的形式

等級	變化形式	範例
比較級	單音節副詞 + -er + than	● faster than 比……快
	more/less + 雙音節／多音節副詞原形 + than	● more/less rapidly than 比……快／沒有……快
最高級	the + 單音節副詞 + -est	● the fastest of all 全部裡面最快
	the + most/least + 雙音節／多音節副詞原形	● the most/the least rapidly of all 全部裡面最快／全部裡面最慢

- **She always arrives at work** later than me. 她總是比我晚到辦公室。
  ↳ late 是單音節單字，比較級要用字尾 -er，不能用原級。
- **Dee wants to see you** more frequently. 蒂希望更常見到你。
  ↳ frequently 是多音節字，比較級要加 more。

2 副詞的比較句型

1 原級：主詞 A + 動詞 + as + 副詞原級 + as + 主詞 B

- **Ann plays jazz** as lively as Nan. 安的爵士樂演奏得跟南一樣輕快活潑。

- **Did little Sid run** as fast as **his big sister Liz?**

  小席德跑得跟他姐姐莉茲一樣快嗎？

2　比較級：主詞 A + 動詞 + 副詞比較級 + than + 主詞 B

- **Ann gets up** later than **her sister Nan.**　安比她姐姐南晚起床。
- **Larry drives** more carefully than **Mary.**　賴瑞開車比瑪麗謹慎。

3　比較級：主詞 + 動詞 + 副詞比較級

- **Can you please walk a little bit** faster, **Louise?**

  露易絲，你可以走快一點嗎？

4　最高級：主詞 + 動詞 +（the）副詞最高級 + of/in/on

- **Claire Readers screams** the loudest of **all the cheerleaders.**

  在所有的啦啦隊員中，克萊兒·瑞德斯的尖叫聲最大。

  ↳ of + 複數名詞（cheerleaders）

- **Who runs** the fastest in **your class?**　你們班上誰跑得最快呢？

  ↳ in + 指團體的單數名詞（class）

3　不能比較的副詞

含有「**絕對**」意義的副詞不能拿來比較，這類副詞有：

- almost　幾乎
- again　再次
- back　向後
- before　以前；較早
- exactly　確切地

- ever　從來
- never　從未
- now　現在
- perfectly　完美地
- then　那時

- there　那裡
- thus　如此
- too　太
- very　非常

✗　**Lily Lee dives** most perfectly.

✔　**Lily Lee dives** perfectly.

　　莉莉·李跳水跳得很完美。

1

選出正確答案。

_____ **1** Bill sings _____ out of tune, but Jill sings _____ and sounds like a dog howling at the moon.

Ⓐ bad; worse   Ⓑ badly; bad

Ⓒ badly; worst   Ⓓ badly; worse

_____ **2** Seeing the accident, Mort hit his brakes _____, and his car stopped _____.

Ⓐ hardly; shortly   Ⓑ hard; short

Ⓒ hard; shortly   Ⓓ hardly; short

_____ **3** Yesterday Kay greeted me _____.

Ⓐ friendly   Ⓑ friend

Ⓒ in a friend way   Ⓓ in a friendly way

_____ **4** Midge Monroe _____ left her parents a year ago to go to college. At first she visited them _____ every week, but later on she visited them less _____.

Ⓐ nervously; regularly; frequent

Ⓑ nervous; regularly; frequently

Ⓒ nervously; regularly; frequently

Ⓓ nervous; regular; frequent

_____ **5** Glen gave me a _____ glance and then _____ walked over to Karen.

ⓐ quick; quickly   ⓑ quickly; quick

ⓒ quick; quick   ⓓ quickly; quickly

請依照題目說明，勾選正確的副詞位置或語序。

_____ **1** 哪一句的 quickly 位置正確？

ⓐ Quickly, the fox opened the box and found the socks.

ⓑ The fox quickly opened the box and found the socks.

ⓒ The fox opened the box quickly and found the socks.

ⓓ A, B, and C are all fine.

_____ **2** 哪一句的各項副詞片語順序正確？

ⓐ Carrie and Ron leave home for work during December and January before dawn.

ⓑ During December and January, Carrie and Ron leave home for work before dawn.

ⓒ Carrie and Ron leave home for work before dawn during December and January.

ⓓ Either B or C is fine.

_____ **3** 哪一句的副詞和副詞片語順序正確？

Ⓐ Every evening Linda Lancer prays sincerely at home for her mom's recovery from cancer.

Ⓑ Every evening Linda Lancer prays at home sincerely for her mom's recovery from cancer.

Ⓒ Every evening sincerely Linda Lancer prays at home for her mom's recovery from cancer.

Ⓓ A, B, and C are all fine.

_____ **4** 哪一句的副詞片語排列正確？

Ⓐ Joe was born in Idaho in a little cabin.

Ⓑ Joe was born in a little cabin in Idaho.

Ⓒ In Idaho in a little cabin Joe was born.

Ⓓ Either A or B is fine.

_____ **5** 哪一句的副詞和副詞片語排列正確？

Ⓐ Hannah Howell dried the owl gently with a soft towel.

Ⓑ Hannah Howell dried the owl with a soft towel gently.

Ⓒ Hannah Howell gently dried the owl with a soft towel.

Ⓓ Either A or C is fine.

UNIT

7

關係詞與形容詞子句
和名詞子句

Relatives in Adjective Clauses
and Noun Clauses

Part
28

關係代名詞引導形容詞子句
Relative Pronouns in Adjective Clauses

 關係詞的定義

關係詞分為**關係代名詞**、**關係形容詞**和**關係副詞**。主要的關係詞有：

- who
- whomever
- which
- whatever
- where
- whoever
- whose
- whichever
- as
- when
- whom
- that
- what
- than
- why

2 關係代名詞引導形容詞子句

① **形容詞子句**像一個由許多詞彙組成的形容詞，用來修飾主要子句（簡稱「主句」）裡的名詞或代名詞。形容詞子句是**從屬子句**，藉由關係代名詞與主要子句連接，因此又稱為**關係子句**。

② 引導一個**形容詞子句**，並與主要子句裡的一個名詞或代名詞有關聯的代名詞，稱作**關係代名詞**。

③ 關係代名詞指代的名詞或代名詞，稱作**先行詞**（antecedent）。
關係代名詞一般包括：

- who
- whom
- that
- which
- as
- than

- **The** woman **is an American.** She **won the prize.**
那個女子是美國人，她贏得了獎品。　　→ 由兩個簡單句組成。

- **The** woman who **won the prize is an American.**
贏得獎品的那個女子是美國人。
↳ woman 為先行詞，who 為關係代名詞，用來引導形容詞子句 who won the prize，在子句中作動詞 won 的主詞，並與先行詞 woman 有關聯。

210

3　關係代名詞的用法

1　常用關係代名詞的使用規則

who	
	① 只能指**人**（偶爾也可指寵物），不能指物。
	② 可以作**主詞**，在口語中也可以作**受詞**。

whom	
	① 只能指**人**（偶爾也可指寵物），不能指物。
	② 只能作動詞或介系詞的**受詞**。
	↳ 介系詞後面只能用 whom 和 which，不能用 who 和 that。

which	
	作關係代名詞用時，只能指**動物**或**東西**，不能指人。
	比較：作疑問代名詞用時，which 可以指**人**，這時後面要接 **of 片語**（比如：which of us、which of the ladies）。

that	
	① 可以指**人**、**動物**、**東西**。
	② 不能用在非限定性形容詞子句中。
	» 關於非限定性形容詞子句，參見下頁〈Diving Deep Into English 18 限定性子句與非限定性子句〉

as	
	① 與 such、the same、as 等連用。
	② 在形容詞子句中作**主詞**或**受詞**。

than	
	① 與「形容詞比較級 + 名詞」結構連用。
	② 在形容詞子句中作**主詞**或**受詞**。

形容詞子句可分為**限定性子句**（不可缺的）或**非限定性子句**（可有可無）。

❶ 限定性子句（restrictive clause/essential clause）

是句子意義上不可缺少的成分，被刪除後句意就會不完整；限定性子句與主要子句**不能用逗號分開**。

· **Nicole Kohl is the hardworking lady <u>who</u> stole my heart and soul.**

偷走我的心和靈魂的勤勞女子就是妮可·寇爾。

↳ 限定性形容詞子句「who stole my heart and soul」是句意不可缺少的成分，若被刪除，主要子句「Nicole Kohl is the hardworking lady」（妮可·寇爾是那位勤勞的女子）的語意便不完整。

❷ 非限定性子句（nonrestrictive clause/nonessential clause）

① 不是句子意義上不可缺少的成分，只是用來**提供額外的補充訊息**，即使被刪除，主要子句還是一個完整的句子；在這種情況下，關係代名詞要用 **which**（事物）或者 **who**（人物），而不能用 that。

② 非限定性子句常以一個或一對**逗號**與主要子句分開。

· **My friend Trish Pool<u>,</u> <u>who</u> now teaches English at the National University of Singapore<u>,</u> never liked English in high school.**

我的朋友翠西·普爾高中時根本不喜歡英語，現在卻在新加坡國立大學教英文。

↳ 非限定性形容詞子句「who now teaches English . . .」並非句中的重要成分，即使被刪除，主要子句「My friend Trish Pool never liked English in high school.」的意義還是完整的。這裡的形容詞子句由於插在主要子句中間，故用一對逗號與主要子句分開。

③ 一些非限定性形容詞子句不是修飾主要子句裡的名詞或代名詞，而是**修飾整個主要子句**，表示「這個事實」（the thing or fact that），與其他非限定性子句一樣，關係代名詞要用 **which**，而不能用 that。

- **Alice got a job as a well-paid model in Paris, <u>which</u> really surprised her friends.**

  愛麗絲在巴黎獲得了一個待遇優渥的模特兒工作，這的確使她的朋友們大吃一驚。

2 who（作主詞）和 whom（作受詞）指「人」（偶爾可指「寵物」）。

- **Is that the waitress <u>who</u> served us yesterday?**

  那位就是昨天為我們服務的服務生嗎？

  ↳ 關係代名詞 who 是形容詞子句動詞 served 的主詞，與前面主要子句裡的名詞 waitress（人）有關聯。

  注意 不能省略作主詞的關係代名詞。

- **That's the monkey <u>who</u> doesn't like me.**

  就是那隻猴子不喜歡我。

  ↳ 關係代名詞 who 也可以指寵物（monkey），who 是形容詞子句動詞 doesn't like 的主詞。

- **I feel sorry for the man <u>(whom)</u> Mary is going to marry.**

  我對要娶瑪麗的那個男人深表同情。

  ↳ 這是限定性形容詞子句，受格關係代名詞 whom 是形容詞子句動詞 marry 的受詞，可省略。

- **Roy Smith, <u>whom I hope you hire,</u> can drive large trucks.**

  羅伊·史密斯會開大卡車，我希望你雇用他。

  ↳ 這是非限定性子句，關係代名詞 whom 指 Roy Smith（人），whom 作子句裡動詞 hire 的受詞。

  注意 非限定性子句中的關係代名詞（無論是主詞還是受詞）不能省略。

213

3 that/who（作主詞）指「人」。

1 在**限定性形容詞子句**中，如果先行詞**不是具體人名**（如：couple、doctors），美式英語常用 **that** 指人，也可以用 **who**。
who/that 作子句的主詞。

- **Have you ever spoken to the** couple that/who **lives next door?**
你跟住在隔壁的那對夫妻說過話嗎？
↳ that/who 指先行詞 couple（人），作形容詞子句動詞 lives 的主詞。

2 如果先行詞是**具體人名**（如：Mr. Brown、Mike），要用**非限定性形容詞子句**，只能用 **who** 指人。**that** 不能用於非限定性形容詞子句。

- **Have you ever spoken to** Sue Bore, who **lives next door?**
你跟住在隔壁的蘇·波爾說過話嗎？
↳ 先行詞是具體的人名（Sue Bore），要用非限定性形容詞子句。

3 先行詞為 one、ones、the only one、anyone 或 those 時，只用 **who**。

- Those who **have not yet registered should do so as soon as possible.** 還未登記的人，請盡速辦理登記。

4 who/that **也可作受詞，指「人」。**

1 **who** 主要作從屬子句的主詞，**口語**中也可以作受詞。

- **Mike is married to someone** who I really like.
= **Mike is married to someone** whom I really like.
= **Mike is married to someone** I really like.
邁克娶了一個我很喜歡的人。
↳ whom 只能作受詞，比 who 作受詞更正式。
↳ 在限定性形容詞子句裡，常省略受格關係代名詞，尤其在口語中（如上面第三句省略了 who/whom）。

2 **that** 指「人」，可作受詞，只用於**限定性子句**中。

- **Chet is the most hardworking guy** (that/whom/who) **I have ever met.** 切特是我所見過最勤奮的人。
↳ that 在限定性形容詞子句中作動詞 have met 的受詞，可省略。

5 that/which 用於限定性形容詞子句，可作主詞或受詞，指「物、動物、地點」。

that 常用來引導**限定性子句**，該子句通常與主要子句不可分離，如果刪除了 that 子句，句子的意思就不完整，因此，that 引導的子句不要用逗號分開。現在很多人也用 **which** 來引導限定性子句。

- The ballet shoes <u>that</u> I just bought last week were stolen today.
  = The ballet shoes <u>which</u> I just bought last week were stolen today.
  = The ballet shoes I just bought last week were stolen today.
  我上星期剛買的那雙芭蕾舞鞋今天被偷了。
  ↳ 這是限定性子句，如果刪除了 that/which 子句，句子的意思就不清楚。
  ↳ 關係代名詞 that 或 which 在這裡指物（shoes），是形容詞子句動詞 bought 的受詞。
  ↳ 受格關係代名詞可以省略，如上面第三句省略了 that/which。

- **This is the hospital** <u>in which</u> I was born.
  ↳ 介系詞後面只能用 which，不用 that。

  = **This is the hospital** (<u>which</u>/<u>that</u>) I was born <u>in</u>.
  我就是在這家醫院出生的。
  ↳ 介系詞 in 置於動詞後面時，則可以用 that 也可以用 which 來連接子句，作介系詞受詞的 that/which 可以省略。that/which 在這裡指地點（hospital）。

Diving Deep Into English / 19 / 限定性子句用 which 與 that 的比較

❶ 必須用 that 的限定性形容詞子句：在下列情況中，要用 that，不用 which。

  ① 在 something、anything、few、all 等**不定代名詞**以及在**最高級形容詞**之後，要用 **that** 作主詞或受詞（作受詞時可省略），不用 which。

  句型
  ● something/anything/few/all + **that**
  ● the + 最高級形容詞 + **that**

- Is this all that is left?
  就剩這些嗎？
- This is one of the most interesting books (that) I have ever read.
  這本書是我讀過最有趣的書之一。

② 先行詞前面若有 the only、the last、the very、the first（序數詞）等詞修飾，要用 that。

句型　the only/last/very/first . . . that

- The only thing that matters is to stay healthy.
  唯一要緊的事，就是保持健康。
- Paris is the very place that I would like to visit next summer.
  巴黎正是我明年夏天想去的地方。

❷ **必須用 which 的限定性形容詞子句**：但在下列情況中更常用 which，而非 that。

① 當先行詞前面有 this/that/these/those 修飾時，關係代名詞要用 which，比如：

句型　this/that/these/those . . . which

- I was explaining to Sam those words (which) I had already taught Pam.
  我當時正在對山姆解釋我已經教過潘姆的那些字。

② 如果句中已經使用過 that，關係代名詞要用 which。

- That is a movie (which) you should not miss.
  那是一部你不應該錯過的電影。

③ 句子裡有**兩個以上平行的限定性子句**時，關係代名詞要用 **which**。

· I am taking acting classes <u>which</u> will improve my stage performances and <u>which</u> may also lead to some work as a TV actress.

我在上表演課，這些課有助於我改進舞臺表演，也許還能使我獲得做電視演員的工作。

6 **which** 用於非限定性形容詞子句，指「物、動物、地點」。

which 可以引導**附加說明的子句**（這種子句從整個句子中刪除後，不會改變句子的基本意思），構成**非限定性子句**，通常會用一個或兩個逗號與主要子句分開。 注意 非限定詞形容詞子句不能用 that。

· The cat, <u>which is a popular pet</u>, is one of the smartest domestic animals. 貓這種受大眾喜愛的寵物，是最聰明的家畜之一。

 ↳ which 指 cat（動物），作形容詞子句（底線部分）的主詞，這裡的子句是一個非限定性形容詞子句，僅提供補充說明，如果把這個子句刪除，句子的基本意思不變。

7 **as** 作關係代名詞的用法

1 引導**限定性形容詞子句**：要與 such、the same、as 等連用，表示「與……相同的事物或人」。

· The world sometimes witnesses extreme nationalism such <u>as occurred just before World War Two</u>.

世上時而發生極端的民族主義，例如二次世界大戰爆發前夕的情況。

 ↳ as 引導限定性形容詞子句，修飾先行詞 nationalism；as 在子句中作動詞 occurred 的主詞。

· I have the same health problem <u>as my mom does</u>.

我的健康問題和我媽一樣。

 ↳ as 引導限定性形容詞子句，修飾先行詞 problem；as 在子句中作動詞 does 的受詞。與 that、which 等不同，as 作子句受詞時不能省略。

2 引導**非限定性形容詞子句**：意味「正如；像」，as 引導的子句在句中的位置很靈活，可置於句首、句中或句尾。

- **As is reported on the Internet, talks between those two countries have ended in failure.**
  ↳ as 引導非限定性形容詞子句，修飾後面的整個主要子句；as 在子句中作主詞。

  = Talks between those two countries have ended in failure, as is reported on the Interne.
  根據網路報導，那兩個國家的談判最終破局。
  ↳ as 引導非限定性形容詞子句也可以置於主要子句後面。

8 than **作關係代名詞的用法**

than 作關係代名詞必須具備以下條件：❶ than 前面必須是「**形容詞比較級 + 名詞**」結構；❷ 比較級所修飾的名詞即為 than 的先行詞。

- **I don't want to borrow** more money **than is needed.**
  我需要多少錢就借多少，不想多借。
  ↳ than 前面是「比較級 more + money」。
  ↳ than 引導一個形容詞子句（than is needed），修飾先行詞 money。than 在子句中是主詞。

4　人稱代名詞和關係代名詞不能並用

不要用人稱代名詞重複表達關係代名詞的意思。在形容詞子句中，用 who、which 等來代替 he、him、she、it 等就好，不要兩者同時使用。

✗　**Here's the haunted house (which/that) Mat wanted it.**
  ↳ which/that 是關係代名詞，作子句動詞 wanted 的受詞；it 是人稱代名詞，不要用人稱代名詞重複關係代名詞的意思。

✔　**Here's the haunted house (which/that) Mat wanted.**
  麥特想要的鬼屋就在這裡。

Part

29

不定關係代名詞
引導名詞子句

Indefinite Relative Pronouns in Noun Clauses

UNIT

7

關係詞與形容詞子句和名詞子句

PART

29

不定關係代名詞引導名詞子句

 不定關係代名詞 what 的用法

1 **what** 也稱為**疑問關係代名詞**，可以代替 the thing(s) which/that 或 anything that。what 引導的是**名詞子句**，整個子句作名詞用，在句中可以作**主詞**、**受詞**或**主詞補語**。

» 參見 p. 256〈Part 37 從屬連接詞或關係代名詞引導名詞子句〉

· I'm sorry about <u>what</u> happened to you yesterday.
= I'm sorry about the thing that/which happened to you yesterday.
我對你昨天的遭遇深表同情。

↳ what 引導的名詞子句在句中作介系詞 about 的受詞；
what 在子句中作主詞。

2 在 anything、something、nothing、everything、all 和 the only thing 等字後面，關係代名詞要用 **that**，不能用 what，即 what 不引導形容詞子句。

· Mat can take anything (that) he wants from the hut. → 形容詞子句
= Mat can take <u>what</u>/<u>whatever</u> he wants from the hut. → 名詞子句
麥特可以從小屋裡拿走任何他想要的東西。

 不定關係代名詞 whoever/whomever/whichever/whatever 的用法

1 與不定關係代名詞 what 一樣，這些不定關係代名詞（或「疑問關係代名詞」）也引導**名詞子句**，整個子句作名詞用，在句中可以作**主詞**、**受詞**或**主詞補語**。

- Give a map of our city to <u>whoever asks for one</u>. → 名詞子句
= Give a map of our city to <u>anyone who asks for one</u>. → 形容詞子句
無論誰要我們城市的地圖，就給他一張。
↳ whoever 引導的整個名詞子句，作主要子句介系詞 to 的受詞。
↳ whoever 在名詞子句中當主詞。

- You should not give Lulu <u>whatever she wants</u>. → 名詞子句
= You should not give Lulu <u>everything (that) she wants</u>. → 形容詞子句
不能露露想要什麼，你就給她什麼。
↳ whatever 引導的整個名詞子句，作主要子句動詞 give 的直接受詞。
↳ whatever 在名詞子句中是動詞 wants 的受詞。

- <u>Whichever</u> you like will be yours.
↳ 這句的 whichever 引導的整個名詞子句作句子的主詞。
↳ whichever 在名詞子句中是動詞 like 的受詞。
= <u>Whichever one</u> you like will be yours. 你喜歡哪一個就拿去。
↳ 這句的 whichever 是關係形容詞，修飾代名詞 one，引導一個名詞子句。

» 參見 p. 221〈Part 30 關係形容詞引導形容詞子句／名詞子句〉

» 參見 p. 221〈Part 30 關係形容詞引導形容詞子句／名詞子句〉

2 who、whoever、whom、whomever 用主格還是受格？
當整個名詞子句作動詞或介系詞的受詞時，究竟要用主格（who/ whoever）還是受格（whom/whomever），應該取決於這個關係代名詞在**名詞子句**中是**主詞**還是**受詞**。

- A free trip to Honolulu will be given to <u>whoever wins</u> "The Best-Dressed" in the Chicago Fashion Contest.
無論誰贏得芝加哥時裝比賽的「最佳穿著獎」，都能免費去檀香山旅行。
↳ 整個名詞子句（whoever wins . . .）作介系詞 to 的受詞。
↳ 但 whoever 在名詞子句中作動詞 wins 的主詞，因此應該用主格 whoever。

- The Prom King will be selected by <u>whomever you have elected</u> as Queen. 班級舞會的國王將由你們選出的皇后來挑選。
↳ 整個名詞子句（whomever you have elected . . .）是介系詞 by 的受詞。
↳ whomever 在名詞子句中作動詞 have elected 的受詞，因此要用受格 whomever。

Part 30 關係形容詞引導
形容詞子句／名詞子句

Relative Adjectives in Adjective Clauses or Noun Clauses

關係形容詞包括 whose、what、whatever、which、whichever，這些字後面
要接名詞，如 whose mother、whatever books，故稱為關係形容詞。whose
引導**形容詞子句**，而 what、whatever、which、whichever 引導**名詞子句**。

1 whose（指「人、物、動物、地點」，引導形容詞子句）

1. whose 表示所屬關係，須用在**名詞前面**，不能單獨使用。

2. whose 可以指**人、動物、東西**或**地點**（表示 of whom、of which）。

3. 「whose + 名詞」結構在**形容詞子句**中作**主詞**或**受詞**。

4. 不要把作**關係形容詞**和**疑問代名詞**的 whose 混淆。疑問代名詞 whose
   只用來指**人**，意思是 belong to whom。

» 疑問代名詞 whose 的用法，參見 p. 67 之 whose 條目

- **My friend Lily lives in a** house whose roof **is covered with a lovely
  garden.** 我朋友莉莉的房子屋頂上覆蓋了一片美麗的花園。
  - ↳ whose roof = the roof of the house，whose 表所屬關係，指 house
    （地點）。
  - ↳ 「whose + roof」在形容詞子句中作主詞。這是限定性形容詞子句。

- The new teacher **from Australia,** whose name **is Earl Harrison,
  thinks Merle is quite a bright girl.**
  來自澳洲的那位新老師名叫厄爾‧哈里遜，他認為梅兒非常聰明。
  - ↳ whose name = the name of the new teacher，whose 表所屬關係，
    指 the new teacher（人）。
  - ↳ 「whose + name」在形容詞子句中作主詞。這是非限定性形容詞子句。

2 what/whatever（指「物」，引導名詞子句）

1️⃣ what/whatever 可作**關係形容詞**，意思為「任何的；無論怎樣的」。

2️⃣ 「what/whatever + 可數／不可數名詞」引導**名詞子句**。

3️⃣ 「what/whatever + 可數／不可數名詞」結構在子句中作**主詞**或**受詞**。

4️⃣ whatever 比 what 語氣更強。

- **I will share with you** what/whatever information **I learn about that new rocket engine.**
  ↳ what/whatever 引導名詞子句，整個子句作主句動詞 share 的受詞。而在這個子句中，「what/whatever + 名詞（information）」是動詞 learn 的受詞。

  = **I will share with you** all the information (that) **I learn about that new rocket engine.**
  只要我有那個新火箭發動機的資訊，我都會分享給你。
  ↳ that 引導形容詞子句。

> **NOTE** 關係詞 what/whatever 也可引導**讓步副詞子句**。
> » 參見 p. 253 之 Note 說明

3 which/whichever（指「物、地點」，引導名詞子句）

1️⃣ which/whichever 可作**關係形容詞**，意思為「無論哪個／哪些」。

2️⃣ 「which/whichever + 可數名詞」引導**名詞子句**。

3️⃣ 「which/whichever + 可數名詞」結構在子句中作**主詞**或**受詞**。

4️⃣ whichever 比 which 語氣更強。

- **You may choose** which/whichever books **on this shelf you are interested in.** 你可以選擇書架上任何一本你感興趣的書。
  ↳ which/whichever 引導名詞子句，整個子句作主句動詞 choose 的受詞。
  ↳ 「which/whichever + 名詞（books）」是子句動詞片語 are interested in 的受詞。
  注意 whichever 只修飾可數名詞，不可數名詞要用 whatever 修飾。

222

Part 31 關係副詞引導形容詞子句
Relative Adverbs in Adjective Clauses

1 where（指「地點」，引導形容詞子句）

1 關係副詞 where 在形容詞子句中作**地方副詞**（表示 at that place），修飾動詞，其先行詞通常是**表示地點的名詞**（如：house、place、town 等）或**含有地點意義的名詞**（如：case、point、situation 等）。

- **This is the** church where **my grandpa used to be the minister.**
  我爺爺以前就是在這座教堂裡當牧師。
  ↳ where 引導的形容詞子句修飾先行詞 church，where 在形容詞子句中作副詞。

2 並非所有表示地點的先行詞都用 where 來引導形容詞子句，判斷的關鍵端視關係詞在子句裡所擔任的角色。指「地點」的關係代名詞 **which** 或 **that** 在形容詞子句裡作**主詞**或**受詞**。指「地點」的關係副詞 **where** 則在形容詞子句中作**狀語**，不能作主詞或受詞。

- **Nancy has never been to Paris, but it is the** city (that/which) **she most wants to see.** 南西沒去過巴黎，不過那是她最想去看一看的城市。
  ↳ 此句關係代名詞 that 或 which 作形容詞子句動詞 see 的受詞，不能用關係副詞 where。

2 when（指「時間」，引導形容詞子句）

關係副詞 when 在子句中作**時間副詞**（表示 at that time），修飾動詞，其先行詞必須是**表示時間的名詞**（如：day、time、year、occasion 等）。在**限定性子句**中可以用 **that** 來代替 when，也可以省略 when/that。

- I will never forget the day when I first met you in Honolulu.
  = I will never forget the day that I first met you in Honolulu.
  = I will never forget the day I first met you in Honolulu.
  我永遠也不會忘記我在檀香山初次見到你的那一天。
  ↳ when 引導限定性形容詞子句，修飾先行詞 day。
  ↳ 這裡是限定性子句，可以用 that 代替 when，that 和 when 都可以省略。

- We are living in a fantastic age, when the whole world has become a small village.
  我們生活在一個驚奇的時代，在這個時代裡，整個世界成了一個小村莊。
  ↳ when 引導非限定性形容詞子句，修飾先行詞 age。
  ↳ 在形容詞子句中，when 作時間副詞，修飾動詞 has become。
  ↳ 非限定性形容詞子句中的 when 不能省略，也不能用 that 代替。

3 why（指「原因」，引導形容詞子句）

關係副詞 why 在形容詞子句中作**原因副詞**，其先行詞是名詞 reason（the reason why = the reason for which）。也可以用 **that** 代替 why，還可以省略 why 或 that。

- Did Sam understand the reason why/that he failed yesterday's English exam?
  ↳ 這句的 why 是**關係副詞**，可用 that 取代 why，引導**形容詞子句**，修飾先行詞 reason。

  = Did Sam understand the reason he failed yesterday's English exam?
  ↳ why/that 可以省略。

  = Did Sam understand why he failed yesterday's English exam?
  山姆知道他昨天英文考試不及格的原因嗎？
  ↳ 這句刪除了先行詞 reason，由**疑問連接詞** why 引導一個**名詞子句**，整個子句作動詞 understand 的受詞。why 指 the reason for which。
  ↳ why 不可省略，也不可用 that 取代。

» 參見 p. 256〈Part 37 從屬連接詞或關係代名詞引導名詞子句〉

Parts 28–31

Exercise

選出正確答案。

---

1 That's the guy _____ built the android spy.

Ⓐ who he   Ⓑ he who   Ⓒ whom   Ⓓ who

2 Some writers insist that the word "that" cannot be used to refer to people, but in situations _____ the people are not specifically named, it is acceptable.

Ⓐ when   Ⓑ why   Ⓒ where   Ⓓ whose

3 This is Sue Pool, _____ is the new pilot instructor at our school.

Ⓐ that   Ⓑ which   Ⓒ who   Ⓓ whom

4 There is disagreement as to _____ is the best pilot.

Ⓐ that   Ⓑ which   Ⓒ who   Ⓓ whom

5 The young woman at _____ I was looking handed me the broom used for cleaning our classroom.

Ⓐ who   Ⓑ that   Ⓒ which   Ⓓ whom

6 A free trip to Grace Lake will be given to _____ wins the race.

Ⓐ whomever   Ⓑ whoever

Ⓒ whatever   Ⓓ whichever

7 That's the monkey _____ stole my wedding ring.

(A) who he   (B) who   (C) whom he   (D) whom

8 This is Vance, _____ you saw at the YMCA Christmas dance.

(A) that   (B) which   (C) whom   (D) where

9 I lent Lou Reed a book called *Standard American English*, _____ is easy and fun to read.

(A) that   (B) why   (C) who   (D) which

10 Steve gave me a talking doll, and that's just _____ I wanted on Christmas Eve.

(A) which   (B) anything what

(C) what   (D) everything what

11 I can't give Thor _____ he asks for.

(A) everything what   (B) everything which

(C) everything that   (D) everything whatever

12 Wayne was the one _____ told us all about Spain.

(A) that   (B) which   (C) whom   (D) whose

13 Does Amy still remember the occasion _____ she fell in love with Del?

(A) why   (B) where   (C) whose   (D) when

14 Wayne, _____ was born in Chicago, often visits Spain.

(A) whom   (B) that   (C) whose   (D) who

_____ 15 Wayne's Cousin Gus was the person _____ camera was used by all of us.

Ⓐ that   Ⓑ whose   Ⓒ who   Ⓓ whom

_____ 16 Wayne and Gus are nice guys, with _____ Jayne and I toured Spain.

Ⓐ that   Ⓑ which   Ⓒ whom   Ⓓ who

_____ 17 _____ is noted above, HPV is a sexually transmitted virus that can cause many kinds of cancer.

Ⓐ What   Ⓑ That   Ⓒ Who   Ⓓ As

_____ 18 Bob told both Elaine and _____ that good references were essential for _____ was hunting for a job.

Ⓐ I; whoever   Ⓑ I; whomever

Ⓒ me; whomever   Ⓓ me; whoever

_____ 19 Look, _____ is Spain, _____ looks beautiful even on days filled with rain.

Ⓐ this; that   Ⓑ that; that

Ⓒ this; which   Ⓓ these; which

_____ 20 Collecting more taxes _____ is absolutely necessary is legalized robbery. (President John Calvin Coolidge)

Ⓐ that   Ⓑ than it   Ⓒ what   Ⓓ than

將括弧中的正確答案畫上底線。

----

1 Can Bob find out (who/whom) will do my interview?

2 (Who/Whom) do you think was hired by Lou?

3 Lou told us that his girlfriend Amy Bear was the person (who/whom) was in charge of writing software.

4 Last year at a conference in New York, Pearl Reed met my brother Daniel, (she/whom she) later married.

5 Have you been to Greta Green's new shop (who/that) sells great Mexican blue jeans?

6 Andrew rarely said anything (what/that) was true.

7 Power and money are the only things (what/that) matter to Pat.

8 I did not understand (what/that) Mary was saying to Jerry.

9 Ann's lazy boyfriend foolishly spends (whichever/whatever) money she earns.

10 Last month our small town was struck by a flood, from (which/whose) effects we are still suffering.

連接詞與複合句
和從屬子句
（副詞子句和名詞子句）

連接詞的定義和類型
Definition and Types of Conjunctions

連接詞是用來連接單字、片語、簡單句，以及連接從屬子句與主要子句的詞彙。最常見的連接詞有下列三種：

對等連接詞	相關連接詞／成對連接詞	從屬連接詞
● and 和	● both . . . and 既……又	● as 如同；因為
● but 但是	● as well as 除……之外還	● because 因為
● or 或	● either . . . or 不是……就是	● if 如果
● nor 也不	● neither . . . nor 既不……也不	● when 當……時
● so 因此	● not . . . but 不是……而是	● though/although 雖然
● for 由於	● not only . . . but also	● so that/in order that 以便
● yet 可是	不僅……而且	● unless 除非
	● whether . . . or 是……抑或	● that 引導名詞子句

↳ 上表中的 as、that 也可作關係代名詞，引導形容詞子句。
　》參見 p. 214〈3 that/who（作主詞）指「人」〉、p. 215〈5 that/which……
　指「物、動物、地點」〉、p. 217〈7 as 作關係代名詞的用法〉

↳ when 也可作關係副詞，引導形容詞子句。
　》參見 p. 223〈2 when（指「時間」，引導形容詞子句）〉

- **Mom** and **Dad** are mad at my brother Tom.
  媽媽和爸爸對我的弟弟湯姆大發脾氣。
  ↳ 對等連接詞 and 連接兩個對等的名詞 Mom 和 Dad。

- Joe is making great progress, but he still has a long way to go.
  喬進步很多，不過仍然有很大的進步空間。
  ↳ 對等連接詞 but 連接兩個獨立子句，即兩個簡單句，構成一個複合句。

- Daisy Heart is neither a writer nor a fighter.
  黛絲‧哈特既不是作家，也不是戰士。
  ↳ 相關連接詞（成對連接詞）neither . . . nor：neither + 名詞；nor + 名詞

- Sam was depressed because he did not know how to solve the problem. 山姆很沮喪，因為他不知道如何解決這個問題。
  ↳ 從屬連接詞 because 引導一個表示原因的從屬子句。

230

UNIT

8

連接詞與複合句和從屬子句

PART

32

連接詞的定義和類型

PART

33

對等連接詞（兼論複合句）

對等連接詞
（兼論複合句）

Coordinating Conjunctions

1 對等連接詞的作用

1 **對等連接詞**又稱**並列連接詞**，用來連接文法上各自獨立的兩個或多個單字、片語和獨立子句。用對等連接詞連接**獨立子句**（又稱簡單句），就構成**複合句**（» 參見 p. 612〈Part 81 複合句和複雜句〉）。對等連接詞包括：

- and 和
- or 或
- for 由於
- yet 可是
- but 但是
- nor 也不
- so 因此

2 對等連接詞連接的單字或片語必須**具有相同的文法作用**，即連接**並列詞類**，例如：「名詞 + 名詞（或代名詞）」、「動詞 + 動詞」、「片語 + 片語」、「獨立子句 + 獨立子句」。
被連接的句子（簡單句或獨立子句）在**文法形式和結構上也要一致**，具相同的重要性，**沒有主次之分**。

2 對等連接詞的用法

1 **and**（和；又；並且）

1 and 表示**附加**和**補充**，用 and 連接的成分須對等。

- **Sighting the whale was interesting and exciting.**
  看見鯨魚是一件既有趣又令人興奮的事。
  ↳ and 連接兩個對等的形容詞 interesting 和 exciting。所謂對等成分，在文法形式和結構上須相同。

2 當列舉三個以上的單字或片語時，要用**逗號**分開被連接的成分，並在最後一項前面加 **and**。

- **Mandy, Andy, and Randy** all love chocolate candy.
  曼蒂、安迪和藍迪都喜歡吃巧克力糖。
  ↳ 連接三個對等的名詞 Mandy、Andy 和 Randy，作複合主詞，動詞用複數形（love），三個成分用逗號分開，並在最後一項（Randy）前面加 and。

3 對等連接詞連接兩個**獨立子句**時（構成**複合句**），兩個子句之間通常要用**逗號**分開。

- **Alvin is playing his violin. His wife Margo is playing her piano.**
  ↳ 兩個獨立子句／兩個簡單句

- **Alvin is playing his violin, and his wife Margo is playing her piano.**
  艾爾文在拉小提琴，他的妻子瑪歌在彈鋼琴。
  ↳ and 連接兩個獨立子句，成為一個句子（複合句），在 and 前面要加逗號。

> **NOTE**
> 用 and 時，通常不再重複多餘的字。
>
> | 累贅 | Coco can sing **and Coco can** play the piano. |
> | 較佳 | Coco can sing **and** play the piano. |
> 可可會唱歌和彈鋼琴。

4 and 也用來構成下面的**複合結構**，這些結構要當作一個整體，在句中作主詞時，動詞須用**單數**形式。

- horse and carriage 馬車
- curry and rice 咖哩飯
- law and order 法律與秩序
- time and tide 歲月
- bread and butter 奶油麵包（抹了奶油的麵包）；生計；謀生之道
- strawberries and cream 奶油草莓（抹了奶油的草莓）

bread and butter

- Curry and rice always tastes good to Sue.
  蘇一向喜歡咖哩飯的味道。

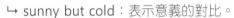

curry and rice

2 but（但是）

1 and 表示**補充**和**附加**；but 則表示**轉折**，引入一個不同的概念，強調句子的兩個成分之間的**對立**。和 and 一樣，用 but 連接的句子成分必須對等。

- Today the weather is sunny and warm.
  今天的天氣晴朗，溫暖宜人。
  ↳ sunny and warm：表示意義的疊加。

- Today the weather is sunny but cold.
  今天出太陽了，但很冷。
  ↳ sunny but cold：表示意義的對比。
  ↳ but 連接對等的句子成分：形容詞（sunny）與形容詞（cold）。

sunny but cold

2 用 but 連接兩個**獨立子句**時，but 前面通常要加**逗號**。

- Grandma Corning is 84 years old. She still goes swimming every morning.
  ↳ 兩個獨立子句／兩個簡單句

- Grandma Corning is 84 years old, but she still goes swimming every morning.
  科寧奶奶已經 84 歲了，但每天早晨還是會去游泳。
  ↳ but 連接兩個獨立子句，成為一個句子（複合句），在 but 前面要加逗號。

> and、but 連接兩個很短的獨立子句時，可以省略逗號。
> - It never rains but it pours. 不雨則已，雨則傾盆。

3 or（否則；或者）

❶ or 用來連接可供選擇的人或物，表示**選擇**（alternative）。

❷ 在句子裡，or 通常只放在最後一個選項前面，其餘選項之間用**逗號**分開；如果列舉的項目不多，也可以用 or 連接所有的選項。

❸ 用 or 連接的句子成分須對等。

- Is Gus going to school <u>on foot</u>, <u>by car</u>, or <u>by bus</u>?
  = Is Gus going to school <u>on foot</u> or <u>by car</u> or <u>by bus</u>?
  加斯打算走路、開車，還是坐公車去學校？
  ↳ or 連接三個介系詞片語 on foot、by car 和 by bus。

❹ or 連接兩個字，構成複合主詞時，要用**單數**動詞。**and** 連接兩個字，構成複合主詞時，要用**複數**動詞。

- <u>Ann or Dan</u> is coming to pick you up at 10 a.m.
  安或丹上午十點會來接你。
  ↳ Ann or Dan 是複合主詞，要用單數動詞（is coming）。

- <u>Ann and Dan</u> are coming to pick you up at 10 a.m.
  安和丹上午十點會來接你。
  ↳ Ann and Dan 是複合主詞，要用複數動詞（are coming）。

❺ or 用於**否定句**時（not . . . or），表示「也不……」（and not）。

- After the skunk's stink reached Grace, she didn't <u>cry</u> or <u>blink</u>.
  葛蕾絲聞到臭鼬的臭味後，沒有哭也沒有眨眼。

❻ or 也可表示如果某人不去做某事，將產生什麼樣的後果。表達警告、威脅、建議的語氣，譯為「否則、要不然」，連接一個**祈使句**和一個**獨立子句**，要用**逗號**分開。

- Hurry up, Jane. You'll miss today's last train to Maine.
  ↳ 兩個簡單句

- **Hurry up, Jane**, or **you'll miss today's last train to Maine.**
  快一點，珍，否則你會錯過今天開往緬因州的末班火車。
  ↳ or 連接兩個簡單句（一個祈使句和一個獨立子句），需要用逗號分開。
  ↳ 意即：If you don't hurry up, you'll miss today's last train to Maine.

» 參見 p. 533〈3 祈使句常用 and 或 or 構成複合句〉

4 **nor（也不）**

1 在否定陳述的後面，如果要加另一個否定陳述，可以用 **nor**（也可以用 or）連接。nor 的意思是 and not、or not 或 not either，不過 nor 不常用在 not . . . nor 句型中。
» 參見 p. 237〈Part 34 相關連接詞（兼論複合句）〉

不常用　Reed Wright could not read nor write.

常　用　Reed Wright could not read or write.
　　　　↳ or 常用在 not . . . or 句型中。

常　用　Reed Wright could neither read nor write.
　　　　黎德・萊特不識字，也不會寫字。
　　　　↳ nor 常用於相關連接詞 neither . . . nor 中。

2 nor 如果放在獨立子句的句首，需要**倒裝**，將獨立子句中的助動詞 does、could 等放在主詞前面。

- **Claire doesn't brag**, nor does she **swear.**
  克萊兒不會吹牛，也不會罵髒話。

- **Ted could not speak English**, nor could he **understand anything we said.** 泰德不會講英文，也聽不懂我們說的話。
  ↳ 與其他對等連接詞一樣，如果 nor 連接兩個獨立子句，前面要加逗號。

5 **for（因為；既然；由於）**

1 for 作對等連接詞時，只能用來連接兩個**獨立子句**，並且需用**逗號**把兩個子句分開。for 引導的獨立子句是對前面子句的內容加以解釋，說明**原因**，故不放句首。

2 for 和 because 都可表示「原因」，但 for 較為正式，用來為前面的陳述提供證據或解釋。

235

- Mack began to grow nervous, for his wife had not come back.

  麥克開始緊張起來，因為他妻子還沒有回來。

  ↳ for 連接兩個獨立子句，構成一個複合句。

6　so（因此；於是）

對等連接詞 so 和 for 一樣，只用於連接兩個**獨立子句**，構成**複合句**，需要**逗號**把兩個子句分開。so 引導的獨立子句表示**結果**，因此不放在句首。　» 參見 p. 254〈Diving Deep Into English 23〉

- Ann's mom has always been nervous in large gatherings, so she tries to avoid crowds.　→ 表結果

  人一多，安的媽媽總是很緊張，所以她都盡量避開人群。

  = Ann's mom tries to avoid crowds, for she has always been nervous in large gatherings.　→ 表原因

  安的媽媽盡量避開人群，因為人一多，她總是會很緊張。

> **NOTE**
>
> 比較：**副詞 so** 的用法
>
> - I like singing, and so does my girlfriend.
>   ↳ and 連接兩個並列的子句，so 是副詞，表示「也一樣」，後面用倒裝結構（助動詞 + 主詞）。
>
>   = I like singing; so does my girlfriend.
>   我喜歡唱歌，我女友也喜歡唱歌。
>   ↳ 也可以不用連接詞 and，用分號分開兩個並列的子句，這裡的 so 也是副詞。
>
>

7　yet（可是；然而）

1　連接詞 yet 的意思相當於 but，但比 but 更為正式。

2　yet 常連接兩個**獨立子句**，構成**複合句**，需要**逗號**把兩個子句分開。

- Kate had promised me that she would be on time for our date at the ballet, yet/but she arrived an hour late.

  凱特答應我會準時赴約會去看芭蕾舞，但她卻晚到了一個小時。

Part 34 相關連接詞（兼論複合句）
Correlative Conjunctions

 1 相關連接詞的定義

相關連接詞又稱為**成對連接詞**（double conjunction），因為它必須成對使用，當作一個整體。這類成對連接詞連接兩個在文法上**平行的結構**（如：兩個名詞、兩個形容詞、兩個獨立子句、兩個動詞、兩個副詞）。

- as well as 不但……而且
- both . . . and 既……又
- not . . . but 不是……而是
- either . . . or 不是……就是
- not only . . . but also 不僅……而且
- neither . . . nor 既不……也不
- whether . . . or 是……抑或

- **She is not only a writer but also a fighter.**
  她不僅是一個作家而且也是一個戰士。
  ↳ not only . . . but also 連接兩個名詞（a writer、a fighter），是平行結構。

2 相關連接詞的用法

1 both . . . and（既……也）
　　as well as（既……也；除……之外還）

1 both 必須與 and 搭配，不能與 as well as 搭配。both . . . and 只用來連接**兩個**平行結構。

2 as well as 必須按先後次序，連接**兩個**或**三個**平行結構。

右側邊欄：

UNIT 8 連接詞與複合句和從屬子句

PART 34 相關連接詞（兼論複合句）

- Vincent is both **intelligent** and **diligent**.

  ↳ 平行結構：both + 形容詞（intelligent）+ and + 形容詞（diligent）

  = Vincent is **intelligent** as well as **diligent**.

  文森既聰明又勤奮。

  ↳ 平行結構：形容詞（intelligent）+ as well as + 形容詞（diligent）

3 「(both) A and B」只能連接兩個平行結構；如果是**三個**平行結構，就要用「A and B as well as C」或「both A and B as well as C」。

- She is **attractive** and **intelligent** as well as **considerate**.

  = She is both **attractive** and **intelligent** as well as **considerate**.

  她迷人、聰明又體貼。

  ↳ （both +）形容詞（attractive）+ and + 形容詞（intelligent）+ as well as + 形容詞（considerate）

2 not . . . but（不是……而是）

- Ruth did not **tell a fairy tale** but **spoke the bitter truth**.

  露絲講的不是童話故事，而是殘酷的現實。

  ↳ not . . . but 是相關連接詞（須成對使用），連接兩個動詞片語 tell a fairy tale 和 spoke the bitter truth。

- It was not **the money** but **the job** itself that attracted Bob.

  吸引鮑勃的不是錢，而是工作本身。

  ↳ 平行結構：not + 名詞（money）；but + 名詞（job）

3 either . . . or（不是……就是；或者）

- Perry can take the oath either **at the county courtroom** or **at the city library**.

  派瑞可以在郡法庭上宣誓，也可以在市立圖書館宣誓。

  ↳ either . . . or 是相關連接詞，連接兩個介系詞片語 at the county courtroom 和 at the city library。

- Either **Ted is telling the truth** or **he has already dropped out of high school**.

泰德要麼說了實話，要麼已經從高中輟學了。

↳ either + 獨立子句；or + 獨立子句。不用逗號分開兩個獨立子句。

↳ 兩個獨立子句由相關連接詞連接起來，就構成一個複合句。

下面這四組相關連接詞連接兩個獨立子句時，**不要用逗號把子句分開**。

- not only . . . but also
- either . . . or
- neither . . . nor
- whether . . . or

4 **not only . . . but also**（不僅……而且）

- **My wife is** not only **beautiful** but also **wise**.

我妻子不僅美麗而且聰明。

↳ not only . . . but also 是相關連接詞，連接兩個形容詞 beautiful 和 wise。

5 **neither . . . nor**（既不……也不）

- **Theodore Bench speaks** neither **English** nor **French**.

塞奧多‧班奇既不會講英文也不會講法文。

↳ neither . . . nor 是相關連接詞，連接兩個專有名詞 English 和 French。

6 **whether . . . or**（是……或是）

- **Jenny has a lovely handwriting,** whether **she writes with a colored pencil** or **with a pen**.

珍妮不論是用色鉛筆還是原子筆，字都寫得很漂亮。

↳ 相關連接詞 whether 和 or 連接兩個獨立子句：
she writes with a colored pencil 和 (she writes) with a pen。

↳ 為避免重複，可以將第二個子句中的主詞（she）和動詞（writes）省略。
注意 必須在兩個獨立子句的主詞和動詞都相同的情況下才可省略。

239

3 由 or、nor 以及成對連接詞連接的複合主詞

1 如果主詞是由連接詞 either . . . or、neither . . . nor、or 或 nor 連接的兩個或兩個以上的**單數詞**（名詞或代名詞），則主詞仍為單數，要用**單數動詞**。

· Is <u>Tom</u> or <u>Kay</u> going to do shopping today?
  今天是湯姆還是凱要去購物？
  ↳ 由 or 連接的兩個單數名詞作主詞，動詞用單數。

2 如果這些連接詞連接兩個或多個**複數詞**，主詞就是複數，動詞也要用**複數**。

· Neither **her** <u>dogs</u> nor **her** <u>hogs</u> are able to help Mabel set the table.
  無論是她的狗還是她的豬，都無法幫助美博擺好餐飯桌上的碗筷。
  ↳ 由 neither . . . nor 連接的複合主詞包含兩個複數名詞，因此動詞用複數。

3 如果這些連接詞連接的是一個**單數詞**和一個**複數詞**，動詞的單複數則**與靠近動詞的主詞一致**，即「就近原則」，動詞的單複數要與第二個連接詞（but also、or、nor）後面的主詞一致。最好的用法是**把複數詞靠近動詞，用複數動詞**，這樣聽起來也比較自然。

可接受　Neither the other family <u>members</u> nor <u>Mom</u> is able to help Mabel clean the stable.
> ↳ 主詞的第一部分是複數詞（members），第二部分是單數詞（Mom），既然單數名詞靠近動詞，動詞就應該用單數。

較 佳　Neither <u>Mom</u> nor the other family <u>members</u> are able to help Mabel clean the stable.
無論是媽媽還是其他家庭成員，都無法幫助美博清洗馬廄。
> ↳ 主詞的第一部分是單數詞（Mom），第二部分是複數詞（members），既然複數名詞靠近動詞，動詞就應該用複數。這一句比上一句更自然。

Parts 32–34
Exercise

在空格內填入適當的對等連接詞。

1. We need a qualified preacher _____ an experienced teacher.

2. I like classical music, _____ my boyfriend Vern only listens to country and western.

3. Rae usually does her shopping on Saturday _____ Sunday.

4. Sue is poor and blind, _____ she is honest and kind.

5. Bob wanted to join the American Navy, _____ he quit his job.

下面的成對連接詞不完整，請在空格內填入適當連接詞，使其完整。

----

1. _____ Ivy and I enjoyed the movie.

2. _____ Claire nor I want to go there.

3. To be successful, our team must both plan _____ work _____ dream.

4. Jill passed the test, whether by skill _____ (by) luck.

5. Neither Mom _____ Dad is at home.

6. He is _____ a great runner but also an excellent rugby kicker.

7. _____ Annie or Jenny will get the programming job at my company.

8. Kate's not only talented _____ very popular with her classmates.

9. You either starve _____ ask your neighbor to lend you some money.

10. We must always remember that America is a great nation today not because of what government did for people _____ because of what people did for themselves and for one another. (President Richard M. Nixon)

將括弧中的正確答案畫上底線。

----

1 (Is/Are) bread and butter good for Ted?

2 In the advancing crowd, everyone was singing and (dance/ dancing).

3 Jayne and Tom (loves/love) to go to the museums and see portraits which were painted long ago.

4 Rae was (tired and irritable/tired, irritable), and she had lost her way.

5 Liz Long is both wealthy and healthy (and/as well as) strong.

6 Lynne wants either to go scuba diving in Cuba (or/and) to play her tuba in Aruba.

7 Lorelei's daughter (not only is beautiful but also wise/is not only beautiful but also wise).

8 You should not listen to what Buzz Young says (but/but only) observe what he does.

9 Susan neither smokes (nor/or) drinks, and she will soon have her Ph.D. in history from Yale.

10 Did Sid mention whether Sue (or/nor) Andrew had a new invention?

從屬連接詞 與從屬子句
Subordinating Conjunctions and Subordinate Clauses

Part 35

1 從屬連接詞的定義與作用

1 從屬連接詞用來引導**從屬子句**，包括副詞子句和名詞子句，並**連接從屬子句**和**主要子句**，構成**複雜句**。

- after 在……之後
- although 雖然
- as if 好像
- as long as 只要
- as though 好像
- as 依照；隨著；因為；雖然
- because 因為
- before 在……以前
- even if 即使
- even though 即使；雖然
- ever since 自從
- except 要不是；除了
- how 如何（用於間接疑問句）
- if only 只要；但願
- if 假如
- in order that 為了
- now that 既然
- once 一旦
- provided (that) 假如
- rather than 而不是

- since 自從
- so that 以便；為了
- so/such . . . that 如此……以至於
- than 比
- that 引導名詞子句
- though 雖然
- till 直到
- unless 除非
- until 直到
- whenever 每當；無論何時
- when 當……的時候
- where 在……處
- whereas 反之；然而；卻
- wherever 無論何地
- whether 是否（引導名詞子句，用於間接疑問句）
- while 當……的時候；但是；儘管
- why 為何（用於間接疑問句）

2 上表的連接詞,除了引導名詞子句的 that 和 whether,其他都**屬於從屬子句的一部分**,在子句中當副詞。

1 that、whether 單純引導**名詞子句**,不在子句裡當作任何成分。

2 why、how、whether 引導**名詞子句**,用於間接疑問句中。

3 when、where 可引導**副詞子句**,也可在間接疑問句中引導**名詞子句**。

4 that、than 和 as 也可作關係代名詞,引導**形容詞子句**。

» 參見 p. 211〈3 關係代名詞的用法〉

3 上表的從屬連接詞中,有的也可以作**介系詞**,如:as、after、before、except、since、unless、until 等。如果後面接**名詞**或**代名詞**便是**介系詞**,如果接**從屬子句**就是**連接詞**。如:

介系詞 after dinner
飯後
↳ after + 名詞

連接詞 after he got married to Jan
他跟簡結婚後
↳ after + 從屬子句

2 從屬子句的定義

1 有一些子句雖然包含一個主詞和一個動詞,但子句本身無法提供完整的意義,這類子句就叫做**從屬子句**或**附屬子句**(subordinate clause/ dependent clause)。

2 從屬子句在句子裡可以擔任副詞、形容詞、名詞等各種成分,為主要子句提供更多的資訊。**從屬子句不能獨立存在**,必須依賴獨立子句/主要子句才能表達完整的概念或意義。請記住,從屬子句含有主詞和動詞,但不能單獨存在。

✗ **Amy will be a teaching assistant. When she goes to Michigan State University.**

✔ **Amy will be a teaching assistant** <u>when</u> **she goes to Michigan State University.**
艾咪去密西根州立大學讀書時會兼任助教。

↳ 第一句是不完整句（或稱句子片段），結構不完整，從屬子句不能獨立成一個句子，必須依賴主要子句（Amy will be a teaching assistant）意義才完整。從屬連接詞 when 引導的從屬子句扮演副詞的角色，指出時間，是時間副詞子句。

③ 從屬子句通常由**從屬連接詞**或**關係詞**引導，構成**複雜句**。
» 參見 p. 607〈Unit 16 句子結構〉

④ 根據在句中的作用，從屬子句可分為三種：**副詞子句、形容詞子句、名詞子句**。其中副詞子句又稱**狀語子句**，形容詞子句又稱**定語子句**。

副詞子句 **Kay can borrow this DVD** <u>as long as</u> **she brings it back on Monday.**
只要凱能在星期一歸還這張 DVD，她就可以把它借回家。

↳ 從屬連接詞 as long as 引導的從屬子句扮演副詞的角色，指出條件，是條件副詞子句。

形容詞子句 **Daniel gave me the** <u>keys that/which opened both his door and the safe hidden in his floor.</u>
丹尼爾把可打開他房門和藏在地板下的保險箱的鑰匙給了我。

↳ 關係代名詞 that 或 which 引導一個形容詞子句，修飾先行詞 keys。
» 參見 p. 209〈Unit 7 關係詞與形容詞子句和名詞子句〉

名詞子句 **Do you believe** <u>(that) Steve wants to marry Eve?</u>
你相信史蒂夫想娶伊芙嗎？

↳ 從屬連接詞 that 引導一個名詞子句（Steve wants to marry Eve），作主要子句裡動詞 believe 的受詞。

Part 36 從屬連接詞引導副詞子句

Subordinating Conjunctions and
Adverbial Clauses

當**從屬連接詞**引導的從屬子句用來修飾**整個主要子句**時，這個子句就稱為**副詞子句**（或**狀語子句**）。副詞子句在整個句子中扮演**副詞**（即狀語）的角色，為主要子句（即獨立子句）提供更多的資訊：何處、何時、為何、如何、程度、條件等。

 1 條件副詞子句 Adverbial Clauses of Condition

1 條件副詞子句常由下列表**條件**的從屬連接詞引導，表達事件發生的條件或環境。條件句指可能的未來事件時，要用**簡單現在式**表示未來的含義。

- if 如果
- so long as 只要
- on (the) condition that 只要
- supposing (that) 假如

- as long as 只要
- only if 只要
- unless 除非
- provided (that) 假如

- **Bob Card** will not pass **the exams** unless **he** starts **to work hard.**
  除非鮑勃‧卡德開始用功，否則他考試不會及格的。

  ↳ unless 引導的從屬子句扮演副詞的角色，指出條件，是條件副詞子句。主要子句用 will not pass 表示未來，但 unless 引導的副詞子句要用簡單現在式（starts）表示未來的含義。

247

- **If tomorrow** there is **a hurricane in Washington, DC, she** will not be
  able to fly to Miami.

  如果明天華盛頓特區刮颶風，她就不能飛往邁阿密了。

  ↳ if 引導的從屬子句扮演副詞的角色，指出條件，是條件副詞子句。這裡的
    條件句指可能的將來事件，用簡單現在式（there is）表示未來的含義。

  > **NOTE**
  >
  > 當 if 的意思與 whether（是否）大致相同時，if 之後
  > 可以用 will。
  >
  > - Sue will let me know soon if/whether she will
  >   be able to come to the U.S.
  >   蘇是否可以來美國，她會很快通知我的。

2 條件子句表達的可以是**未來可能發生的事件**，也可以是**不可能發生的
  假想條件**，若表達的是與事實相反的假想條件，則必須用**假設語氣**。
  » 請參看 p. 538〈Part 75 假設語氣〉

- **If** I were **you,** I would feel **satisfied with the test results.**

  如果我是你，就會對考試結果感到滿意。

  ↳ 這句是假設語氣，與現在事實相反（事實：I am not you），if 條件子句
    的 be 動詞要用 were（不分人稱一律用 were）；主要子句用「would +
    原形動詞」。

---

2 地方副詞子句 Adverbial Clauses of Place

地方副詞子句由表示**地點**的從屬連接詞 where 或 wherever 引導，回答
「Where?」的問題。

- **Clo's boyfriend will eat pistachio nuts** wherever **he goes.**

  克蘿的男友無論走到哪裡都要吃開心果。

  ↳ wherever 引導的從屬子句具有副詞作用，指地點，所以是地方副詞子句。

NOTE

比較**從屬連接詞** where 和**關係副詞** where：

- My advice to you is to live where the weather is warm all year round. 我奉勸你去一個氣候終年溫暖的地方居住。
  ↳ 從屬連接詞 where 引導的地方副詞子句，用來修飾前面主要子句的動詞 live。

- She found a good job in Hawaii, where the weather is warm all year round.
  她在夏威夷找到了一份好工作，那裡氣候終年溫暖。
  ↳ 這句 where 是關係副詞，引導形容詞子句，修飾先行詞 Hawaii。

» 參見 p. 223〈 Part 31 關係副詞引導形容詞子句〉

3　時間副詞子句　Adverbial Clauses of Time

時間副詞子句常以下列表**時間**的從屬連接詞引導，回答「When?」的問題。

- when　當……之時
- until　直到
- after　在……之後
- while　當……之時
- since　從……以來
- before　在……之前
- till　直到
- as soon as　一……就
- as　當……之時

- **Sam Sun should look at many sports cars before he buys one.**
  山姆‧孫應該多看幾輛跑車再買。
  ↳ 在 before 引導的時間從屬子句中，要用簡單現在式（buys）表示未來。

- **Jim has not heard from Kim since she left him.**
  自從金姆離開吉姆後，吉姆就沒有她的消息了。
  ↳ 本句中的 since 表示「自……以來」。
  ↳ since 引導的時間副詞子句，動詞要用簡單過去式（left），主要子句的動詞要用現在完成式（has not heard）。

- **I am going to stay in school until/till I get my PhD in chemistry.**
  我要一直留在學校讀書，直到我拿到化學博士學位。
  ↳ until/till 用於肯定句中，表示主要子句的動作一直持續到從屬子句的動作發生為止，主要子句的動詞（stay）是延續性動詞或狀態動詞。

- **Ann did** not go to bed until **her husband came home from the conference**.

  安一直等到她丈夫開完會回家，才上床睡覺。

  ↳ not . . . until 意思是「直到……才」。主要子句的動詞片語（go to bed）是非延續性動詞。

  = It was not until **her husband came home from the conference** that **Ann** went to bed.

  ↳ 這句也可以用強調句型：it is/was not until . . . that。

  > **NOTE**
  >
  > **1** until 和 till 常可以互換，但 until 引導的子句可以置於句首，而 till 不可以。
  >
  > **2** 在「not . . . until」和「it was not until . . . that」的句型中，不可以用 till 來替換 until。

  ┌───┐
  │ Diving Deep Into English │20│ 表示時間的從屬連接詞 while 和 when │
  └───┘

  ❶ 延續性動詞（如：was talking、was walking）用於從屬連接詞 **while** 引導的副詞子句中，while 表示**某一段時間**（during that time）；從屬連接詞 **when** 也可以搭配延續性動詞，表示一段時間，但通常用於**過去進行式**。

  - **The cellphone vibrated** while/when I was talking **to Andrew.**
    = While/When I was talking **to Andrew, the cellphone vibrated.**

    我在跟安德魯講話時，手機震動了起來。

    ↳ while/when 引導的時間副詞子句可以置於主要子句前或後。

  ❷ 非延續性動詞（短暫動作，如：vibrated、came home）只能用於 **when** 引導的副詞子句中，when 表示**某個時間點**（at that time）。

  - **I was talking to Andrew** when the cellphone vibrated.

    手機震動時，我正在跟安德魯講話。

- When **Glen** <u>came home</u>, **he found that monstrous mouse in his house again.**

  格蘭回到家時，發現那隻可怕的老鼠又在他的屋裡了。

  ↳ 短暫性動詞 vibrated 和動詞片語 came home，要與 when 連用，不與 while 連用。

  » 參見 p. 445〈5 過去進行式和簡單過去式的比較〉

 4 原因副詞子句 Adverbial Clauses of Reason

原因副詞子句通常以下列表**原因**的從屬連接詞引導，回答「Why?」的問題。

- because 因為　　　● as 因為　　　　　● since 既然；因為
- now that 既然　　● in case 以防

- <u>Since</u> **you insist, I will travel to Japan with Ann.**

  = <u>Now that</u> **you insist, I will travel to Japan with Ann.**

  既然你堅持，那麼我將跟安一起去日本旅遊。

  ↳ since 引導的從屬子句具有副詞的作用，指原因，所以是原因副詞子句。

  ↳ since 和 now that 引導的原因副詞子句常置於句首。

Diving Deep Into English / 21 / because 和 so 不可同時使用

中文可以說「因為……所以」，但英語只能在 because（從屬連接詞）和 so（對等連接詞）之間擇一使用，不能兩個同時使用。

- ✗ Because **Sue blew a big bubble during class,** so **she got into trouble.**

- ✔ Because **Sue blew a big bubble during class, she got into trouble.**　→ because 表示原因。

- ✔ **Sue blew a big bubble during class,** so **she got into trouble.**

  因為蘇在課堂上吹了一個大泡泡，所以惹上麻煩。　→ so 表示結果。

251

5　結果副詞子句　Adverbial Clauses of Result

結果副詞子句以「**so . . . that**」和「**such . . . that**」引導，意思是「如此……以至於」，連接詞 that 引導的從屬子句表示**結果**。

1　so + 形容詞／副詞 + that 子句（表結果）

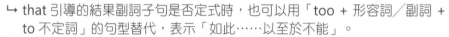

- The monkey is so heavy <u>that I cannot lift it</u>.
  = The monkey is too heavy for me to lift it.
  那隻猴子太重了，我抬不起來。

  ↳ that 引導的結果副詞子句是否定式時，也可以用「too + 形容詞／副詞 + to 不定詞」的句型替代，表示「如此……以至於不能」。

2　such + 名詞 + that 子句（表結果）

- Politics is such a torment <u>that I advise everyone I love not to mix with it</u>. (President Thomas Jefferson)
  政治是一種折磨，所以我奉勸每一個我愛的人，不要捲入其中。

6　讓步副詞子句　Adverbial Clauses of Concession

讓步副詞子句以下列表示**讓步**的從屬連接詞引導：

- although 雖然
- (even) though 雖然
- whereas 而
- while 儘管
- as 雖然
- even if 即使
- whether 無論
  （常與 or 連用）
- whenever 無論何時
- wherever 無論何地

- <u>Whether I win or lose</u>, I will fight.
  = I will fight <u>whether I win or lose</u>.　無論輸贏，我都要奮戰。

  ↳ whether 引導的從屬子句具有副詞作用，指讓步，所以是讓步副詞子句，可以置於主要子句前或後。

- <u>Whenever Eve is ready</u>, then we'll leave.
  = <u>No matter when Eve is ready</u>, then we'll leave.
  等伊芙一準備好，我們就可以動身了。

  ↳ 從屬連接詞 whenever 在子句中作副詞，引導一個讓步副詞子句。

- As highly respected as **he is, Dr. Limb made a small mistake last week and it almost caused my death.**
  = Highly respected as **he is, Dr. Limb made a small mistake last week and it almost caused my death.**

  雖然萊姆醫生德高望重，但他上週犯了一個小小錯誤，差點就要了我的命。

  ↳ as 是從屬連接詞，意為「雖然」，引導一個倒裝讓步副詞子句。

  ↳ 讓步副詞子句的倒裝是把形容詞（即主詞補語）置於句首，目的是為了強調主詞補語。句型為：形容詞（highly respected）＋ as ＋ 主詞（he）＋ 動詞（is）。

  ↳ 也可以用 as . . . as 引導倒裝讓步副詞子句（如第一句）。

> **NOTE**
>
> 關係詞 whatever、whichever、whoever 可以引導讓步副詞子句。
>
> - **Whatever** you are, be a good one. (President Abraham Lincoln)
>   無論你做什麼，都要潔身自好。
>   ↳ 關係代名詞 whatever 是子句的主詞補語，引導一個讓步副詞子句。

| Diving Deep Into English | 22 | although 和 but 不可同時使用 |

中文常說「雖然……但是」、「因為……所以」，但在英語中 although 和 but、because 和 so 不能同時使用。

- **Although** Pam was sick, she passed the exam.
  = Pam passed the exam, although **she was sick.**

  ↳ although 是從屬連接詞，although 引導的從屬子句，可以放在句首（如第一句），也可以放在主要子句後面（如第二句），無論置於句首還是主要子句後面，都要用逗號與主要子句分開。

  = Pam was sick, but **she passed the exam.**

  雖然潘姆生病了，但她還是通過了考試。

  ↳ but 是對等連接詞，but 引導的獨立子句常用逗號與前面獨立子句分開。

7 目的副詞子句 Adverbial Clauses of Purpose

1 目的副詞子句通常以 **so that**（為了）、**in order that**（為了）或 **so**（因而；以便）引導，回答「What for?」或「For what purpose?」（目的是什麼）的問題。

2 so that、in order that 或 so 通常與 **can**、**will** 或 **may** 等情態助動詞連用。

3 表示**目的**的副詞子句要**置於主要子句後，不用逗號與主要子句分開。**

- Sue, I am telling you about that big snake
  so (that) you can decide what to do.
  = Sue, I am telling you about that big snake
  in order that you can decide what to do.
  蘇，我要告訴你那條大蛇的事，你好決定該怎麼辦。
  ↳ so that 引導的從屬子句具有副詞的作用，指目的，所以是目的副詞子句。也可以用 in order that 和 so 引導目的副詞子句。

| Diving Deep Into English | 23 | 從屬連接詞 so (that)（指目的）和對等連接詞 so（指結果）的用法比較 |

- **We work hard so (that) our team may win.**
  我們努力工作，這樣我們團隊就可以贏。
  ↳ 目的（= in order that）；so (that) 是從屬連接詞，所引導的從屬子句與前面的主要子句不用逗號分開。

- **We worked hard, so our group won.**
  我們努力工作，因此我們小組贏了。
  ↳ 結果（= therefore）；so 是對等連接詞，連接兩個獨立子句，要用逗號分開。

8 **情狀副詞子句** Adverbial Clauses of Manner

情狀副詞子句又稱**方式副詞子句**,以下列詞彙引導,回答「How?」的問題。

- as 依照
- exactly as 完全就像
- just as 就像是

- as if 好像
- as though 好像
- just like 就像

- the way
以……的方式

- **Just do** <u>as you are told</u>**, and don't be so bold.**
  照要求去做吧,不要如此大膽。
  ↳ 從屬子句 as you are told 具有副詞作用,指方式,所以是情狀副詞子句。

- **Kathleen is arrogant and acts** <u>as though</u> **she** <u>were</u> **our queen.**
  凱薩琳很傲慢,表現得一副她是我們的女王似的。
  ↳ 從屬子句 as though she were our queen 是情狀副詞子句,不能獨立
  存在。
  ↳ 這裡的子句是一個假設子句,要用假設語氣,所以 be 動詞用 were,
  不用 is。

- **Please sing this song** <u>the way</u> **Buzz does.** 請照巴斯的方式唱這首歌。
  ↳ 從屬子句 the way Buzz does 是情狀副詞子句。

» 參見 p. 545〈6 as if/as though(就好像)〉

9 **比較副詞子句** Adverbial Clauses of Comparison

比較副詞子句以 **than**(比)、**as . . . as**(像……一樣)等引導。

- **Anna turned out to be** smarter <u>than</u> **I thought.**
  結果安娜比我想像的還要聰明。
  ↳ 從屬子句 than I thought 具有副詞作用,指比較,所以是比較副詞子句。

- **Amy is not** as bossy <u>as</u> **you said.**
  艾咪不像你說的那樣愛指使別人。
  ↳ 從屬子句 as you said 具有副詞作用,指比較,所以是比較副詞子句。

» 參見 p. 157〈Part 20 形容詞的比較級和最高級〉

Part 37

從屬連接詞或關係代名詞引導名詞子句
Noun Clauses With Subordinating Conjunctions or Relative Pronouns

1 名詞子句的定義

1 當從屬連接詞（包括疑問連接詞）或關係代名詞引導的子句，在句中作**受詞**（包括介系詞的受詞）、**主詞**、**主詞補語**時，這個子句就是**名詞子句**。名詞子句作名詞用，凡是名詞所具有的功能，名詞子句也有。名詞子句主要分為**受詞子句**、**主詞子句**、**主補子句**。

受詞子句 Rick said (that) he was sick.
瑞克說他生病了。
↳ 名詞子句 (that) he was sick 作主要子句動詞 said 的受詞。

主詞子句 Why Iris chose to dye her hair pink was not clear to Kris.
克莉絲不明白艾莉絲為什麼選擇把頭髮染成粉紅色。

↳ 名詞子句 Why Iris chose to dye her hair pink 是連綴動詞 was 的主詞。

主補子句 The trouble was that Gwen had never played chess against Glen.
麻煩的是，葛雯從來沒跟格蘭下過棋。
↳ 名詞子句 that Gwen had never played chess against Glen 用於連綴動詞 was 後，作主詞補語。

256

比較		引導的子句類型	在名詞子句中的作用
從屬連接詞／疑問連接詞	that	陳述句	×
	whether, if	間接一般疑問句	×
	when, where, why, how	間接特殊疑問句	副詞
關係代名詞／關係形容詞	who/whoever, whom/whomever, what/whatever	間接特殊疑問句	主詞、受詞、主詞補語
	which/whichever, whose, what	間接特殊疑問句	形容詞

2　疑問詞 **whether**、**when**、**where**、**why**、**how**、**who**、**what**、**whose** 等引導的名詞子句是**間接疑問句**，但語序要用**陳述句**的語序，不用疑問句的語序，即不用助動詞 do、does 或 did，且 be 動詞或情態助動詞 can、may 等不能放在名詞子句的主詞前面。

　　» 關係代名詞和關係形容詞引導名詞子句，參見 p. 219〈Part 29 不定關係代名詞引導名詞子句〉以及 p. 221〈Part 30 關係形容詞引導形容詞子句／名詞子句〉

2　受詞子句　Object Clauses

從屬連接詞或關係代名詞引導的名詞子句，若在句中作**受詞**，則稱為**受詞子句**。

1　**主詞 + 動詞 + 連接詞 that 引導的受詞子句（陳述句）**

連接詞 that 只有連接的作用，在受詞子句中不扮演主詞或受詞的角色。

・ **He** knew (that) **I was about to cry.**
他知道我快要哭了。

　↳ that 引導的是名詞子句，是主要子句裡動詞 knew 的受詞。

　↳ 連接詞 that 引導受詞子句時，可以省略。

257

❶ 如果受詞子句前有**插入語**時,通常不省略 that。

· **Mike said** many times **that he loved me.**
邁克說了很多次他愛我。

❷ 受詞子句置於**間接受詞**(me、him、her 等)之後時,通常不省略連接詞 that。

· **Kate told** me **that love lasts much longer than hate.**
凱特跟我說,愛比恨長存許久。

❸ 當 it 作虛受詞 (又稱形式受詞),後接 that 引導的受詞子句時,不可省略 that。

· **I don't think** it **proper** that **you try to interfere with this legal case.**
你想介入這個法律案件,我認為不妥。

❹ 當 that 引導的受詞子句中有**副詞子句**,而副詞子句位於主要子句前面時,不可省略 that。

· **I promised God** that if I survived my lung cancer, **I would help poor students to have access to a good education.**
我向上帝承諾說,我要是能戰勝肺癌,我就要幫助貧困學生接受良好的教育。

2 **主詞 + 動詞 + 連接詞** whether/if **引導的受詞子句(間接一般疑問句)**

連接詞 whether/if 意味「是否」,只具有連接主要子句和受詞子句的作用,在受詞子句中不扮演任何角色。

· **She** asked **me** whether/if **I liked milk tea.**
她問我是否喜歡喝奶茶。

NOTE

在受詞子句中只能用 whether 不用 if 的情況：

- Please ask Sally <u>whether or not</u> she can go with us to the movies tonight.
  請問一下莎莉，看她今天晚上能不能跟我們一起去看電影。
  ↳ 與 or not 連用時，只能用 whether，不用 if。

- There is no doubt about <u>whether</u> Sally can go with us to the movies tonight.
  毫無疑問，莎莉今晚能跟我們一起去看電影。
  ↳ 子句作介系詞 about 的受詞時，只能用 whether，不用 if。

- I haven't decided yet <u>whether to take</u> a vacation in Hawaii <u>or</u> California.
  我還沒有決定好是要去夏威夷還是加州度假。
  ↳ 在不定詞前只能用 whether，不用 if；與 or 連用時，也只能用 whether。

---

3 主詞 + 動詞 + 疑問詞引導的受詞子句（間接特殊疑問句）

1 疑問連接詞 where、why、when、how 在受詞子句中具有**副詞**作用。受詞子句雖有疑問詞，但要用**陳述句**的句型。

- **Does Robert Frost's mom** know <u>how much it costs</u>?
  羅伯特・弗洛斯特的媽媽知道它的價錢是多少嗎？
  ↳ 在受詞子句中，不用助動詞 do、does 或 did 構成疑問句，要用陳述句的語序（主詞 + 動詞）。
  ↳ 疑問連接詞 how much 在受詞子句中具有副詞作用。

- **Liz** wonders <u>when **Gwen's birthday** is</u>.
  莉茲想知道葛雯的生日是哪一天。
  ↳ 在受詞子句中，be 動詞（is）不能放在子句的主詞前面。
  ↳ 疑問連接詞 when 在受詞子句中具有副詞作用。

2 疑問關係代名詞 what、whatever、who、whom 雖是疑問詞，但引導的受詞子句要用**陳述句**的句型。關係代名詞在受詞子句中主要作**主詞、受詞**或**主詞補語**。

✗ Ted didn't understand <u>what did she say</u>.

✔ Ted didn't understand <u>what she said</u>. 泰德沒聽懂她說的話。
  ↳ 在受詞子句中，疑問關係代名詞（what）後面不要用助動詞 did 構成疑問句的語序。關係代名詞 what 作受詞子句中動詞 said 的受詞。

- Liz doesn't know <u>what it is</u>. 莉茲不知道那是什麼。
  ↳ what 是疑問關係代名詞，在受詞子句中，作主詞補語。動詞 is 要置於主詞 it 後面（主詞 + 動詞）。

- Ann Rice is trying to sell her house to <u>whoever meets her high market price</u>.
  安・賴斯努力要把她的房子賣給任何滿足她高昂的市場價格的人。
  ↳ whoever 引導的名詞子句，作主要子句裡介系詞 to 的受詞。
  ↳ whoever 在子句中作主詞。

» 關係代名詞引導名詞子句，參見 p. 219〈Part 29 不定關係代名詞引導名詞子句〉

---

3 主詞子句 Subject Clauses

1 連接詞或關係代名詞引導的子句，若在句中作**主詞**用，稱為**主詞子句**。

> **句型** 名詞子句（主詞）+ 動詞

- <u>Why he married Amy</u> puzzles me.
  他為何娶了艾咪，令我百思不解。
  ↳ 主詞（Why he married Amy）+ 動詞 puzzles
  ↳ why 是疑問連接詞，在主詞子句中作副詞，表「原因」。

- <u>Whatever Ann wants</u> is no concern of mine.
  無論安想要什麼，都與我無關。
  ↳ 主詞（Whatever Ann wants）+ 連綴動詞 is
  ↳ whatever 是疑問關係代名詞，在主詞子句中作動詞 wants 的受詞。

- Whichever hotel on the beach you pick is fine with me.
  無論你選擇海濱上哪一家酒店，我都沒有問題。
  ↳ whichever 是疑問關係形容詞，修飾名詞 hotel。
     whichever hotel 在主詞子句中作動詞 pick 的受詞。

» 關係代名詞引導名詞子句，參見 p. 219〈Part 29 不定關係代名詞引導名詞子句〉

2 在主詞子句中即使有疑問詞，也不要用疑問句的語序，而要用**陳述句**的語序，也就是不需要用助動詞 do、does 或 did，且 be 動詞不能放在主詞子句的主詞前面。**疑問連接詞**（when、where、why、how）在子句中作**副詞**，因此也稱為**連接副詞**。

- ✗ How did Hannah History die is still a mystery
- ✓ How Hannah History died is still a mystery.
  漢娜‧海思特瑞的死因至今仍是個謎。
  ↳ 在主詞子句中，疑問連接詞（how）後面不要用助動詞 did 構成疑問句的語序。how 在子句中作副詞用。

3 **連接詞 whether** 在主詞子句中不作任何句子成分。

- Whether Sally is coming to the party is not known.
  ↳ whether 引導的主詞子句置於句首，不能用 if 替代。

  = It is not known whether/if Sally is coming to the party.
  ↳ 也可以把 whether 引導的主詞子句置於句尾，用 it 作虛主詞置於句首，這時就可以用 if 替換 whether。

  = It is not known whether or not Sally is coming to the party.
  還不確定莎莉是否要來參加聚會。
  ↳ 與 or not 連用時，只能用 whether，不用 if。

4 **連接詞 that** 在主詞子句中不作任何句子成分。

- That Paul is not honest is obvious to us all.
  ↳ that 引導主詞子句置於句首時，that 不能省略。

  = It is obvious to us all that Paul is not honest.
  保羅不誠實，這一點我們大家都很清楚。
  ↳ 常見句型是用 it 作虛主詞，把 that 引導的主詞子句置於後面。

4 主補子句 Subject Complement Clauses

1 連接詞或關係代名詞引導的子句，若用在**連綴動詞**後面，在句中作**主詞補語**，則稱為**主補子句**。

- Will **the manager of our store** be whoever **marries Jill**?
  無論誰和潔兒結婚，就會成為我們的商店經理嗎？
  - ↳ 關係代名詞 whoever 引導的名詞子句，在連綴動詞 (will) be 後面作句子的主詞補語。
  - ↳ whoever 在名詞子句中是主詞。

» 關係代名詞引導名詞子句，參見 p. 219〈Part 29 不定關係代名詞引導名詞子句〉

2 **從屬連接詞 that** 連接主要子句和從屬子句（主補子句），在從屬子句中不作任何成分。

- It **may have been** that **Jane missed the plane**.
  珍有可能錯過了班機。
  - ↳ that 引導的是名詞子句，在連綴動詞 may have been 後面作主詞補語。

3 在主補子句中，**從屬連接詞 whether** 不作任何成分，不能用 if 替換。

- The test of our progress is **not** whether **we add more to the** **abundance of those** who **have much; it is** whether **we provide** **enough for those** who **have little.** (President Franklin Delano Roosevelt)
  對我們進步的檢驗，不在於我們是否給富人錦上添花，而在於我們是否給窮人解決衣食之憂。
  - ↳ 兩個 whether 引導名詞子句，置於連綴動詞 is 後面，為主補子句。在主補子句中，連接詞 whether 不作任何成分，不能用 if 替換。
  - ↳ 兩個 who 引導的子句都是修飾其前面的先行詞 those，所以 who 是關係代名詞，引導形容詞子句，who 在子句裡作主詞。

Parts 35–37
Exercise

將括弧中的正確答案畫上底線。

- -

1 (Whatever Amy says/Whatever does Amy say) is fine with me.

2 Does Liz remember (what is his name/what his name is)?

3 Clem was depressed (because/but) he did not know how to solve the problem.

4 Kay is (so/such) a funny teacher that she makes her students laugh a lot every day.

5 Please email me (while/as soon as) you arrive in Honolulu.

6 We enjoy living in Michigan, (even though/when) it is sometimes very cold.

7 "(Before/Since) Daisy was lazy, she was fired yesterday," explained Buzz.

8 Treat others (the way/why) you want to be treated.

9 The trip (what/that) Janette and Yvette took in June was to Tibet.

10 (Why/If) Tess Gore talks less during a meal, she can eat more.

2

選出正確答案。

_____ **1** Mabel was setting the table _____ the phone rang.

Ⓐ while   Ⓑ what   Ⓒ when   Ⓓ if

_____ **2** _____, my ex-wife is not living a happy life.

Ⓐ Rich as is she   Ⓑ As rich as is she

Ⓒ As rich though she is   Ⓓ Rich as she is

_____ **3** It is _____ Mr. Wise isn't friendly _____ he often tells lies.

Ⓐ not that; but because   Ⓑ not that; but that

Ⓒ not because; but that   Ⓓ not because; but

_____ **4** Can you tell Liz _____?

Ⓐ where is the police station

Ⓑ when is the police station

Ⓒ when the police station is

Ⓓ where the police station is

_____ **5** Eddie can leave _____ his mom is ready.

Ⓐ whenever   Ⓑ whatever   Ⓒ wherever   Ⓓ when ever

_____ **6** Clo doesn't know _____ after the show.

Ⓐ when she should do   Ⓑ where she should do

Ⓒ what she should do   Ⓓ what should she do

_____ **7** It was _____ a cold, wet, and miserable day _____ we stayed home and played Monopoly.

Ⓐ such; when　Ⓑ so; that　Ⓒ so; when　Ⓓ such; that

_____ **8** "_____ is no concern of mine," declared Dan.

Ⓐ Wherever Joanne wants

Ⓑ Whatever does Joanne want

Ⓒ Whatever Joanne wants

Ⓓ Whenever Joanne wants

_____ **9** _____ with the diamonds he had found hidden in the history book remains a mystery.

Ⓐ What did Sid　　　　Ⓑ What Sid did

Ⓒ Why Sid did　　　　Ⓓ Why did Sid

_____ **10** Ann Sun is writing a book about _____ happened on September 11, 2001.

Ⓐ why　　Ⓑ when　　Ⓒ where　　Ⓓ what

3

根據每句的中文意思，搭配正確的連接詞（有些句子還需要搭配提示的動詞），完成英文句子。

- -

1 Coco was _____ that she fell asleep at the car show.

可可精疲力竭（tired），結果在車展上睡著了。

2 _____ the strike _____ canceled, there will be no buses and taxies tomorrow.

除非罷工取消，否則明天將沒有公車和計程車。

3 _____ the hurricane _____, Jerome and Jill will stay at home.

如果颶風來了，傑瑞姆和潔兒將留在家中。

4 _____ is not my business.

布利斯女士（Ms. Bliss）要去（is going）哪裡，不關我的事。

5 Insure your wife Dee's life and your own life, _____ your family has a tragedy you couldn't foresee.

替你太太蒂和你自己的生命買保險吧，以防天有不測風雲。

6 I read several news articles about _____ Mr. Sun had done.

我看了幾篇講述孫先生事蹟的文章。

7 Lorelei told me _____ she was leaving for Shanghai.

蘿芮萊告訴我她要前往上海了。

8 The wedding ceremony was already over _____ Bob arrived in his old Land Rover.

在鮑勃駕駛著他那輛老舊的荒原路華越野車到達之前，婚禮就已經結束了。

9 Listen to Megan carefully _____ you understand everything about that dragon.

仔細聽梅根的話，這樣你才能對那頭龍瞭若指掌。

10 _____ the typhoon's huge waves began to hit the ship *Japan*, the odd old captain Ann started to talk to God.

當颱風巨大的波浪開始撞擊在「日本號」船上時，古怪的老船長安開始向上帝祈禱。

介系詞的定義與用法
Definition and Use of Prepositions

1 介系詞的定義

1 介系詞通常出現在**名詞**或**代名詞**之前（如：about **us** 關於我們、between **you and Jerry** 在你和傑瑞之間），把其後的名詞或代名詞與句中的另一成分，如動詞、名詞、形容詞等連接起來。例如：

- go to the store 去商店　　　　　　　→ 連接名詞和動詞。
- the sound of loud music 嘈雜的音樂聲　→ 連接名詞和名詞。
- bad for you 對你不好　　　　　　　　→ 連接代名詞和形容詞。

- **That little** baby with **a sweet** smile **is my brother Pete.**
  那個面帶甜蜜微笑的小嬰兒是我弟弟彼特。
  ↳ with 是介系詞，表示 baby 和 smile 之間的關係。

2 介系詞的意義是多種多樣的，主要表示以下幾種關係：**地點**（place）、**時間**（time）、**移動／方向**（movement）。

地點	時間	移動／方向
● on 在……上面	● on Sunday 在星期天	● up 向上
● in 在……裡面	● in the summer 在夏天	● down 向下
● near 在……附近	● in the morning 在早上	● to 朝向
● under 在……下面	● at noon 在中午	● toward 朝向
● behind 在……後面	● at/before/after 7 a.m.	
● in front of 在……前面	在早上 7 點時／之前／之後	
● at 在……地方		

- **He moved slowly** toward **the edge of the cliff.**　→ 表移動、方向。
  他慢慢地朝懸崖邊移動。

268

- according to 根據
- across from 在……的對面
- along the side of
  在……旁邊；沿著……的邊
- along with 與……一起
- because of 因為
- by way of 經由；當作
- due to 由於
- from under 從……下面出來
- in addition to 除……之外
- in case of 萬一；如果發生
- in front of 在……的前面
- in spite of 不管
- instead of 代替
- out of
  自……離開；用……作材料

- Coco ran toward the scared child in spite of the approaching tornado.
  = Coco ran toward the scared child despite the approaching tornado.
  可可不顧逐步逼近的龍捲風，跑向那位受驚的小孩。
  ↳ 複合介系詞 in spite of 等於簡單介系詞 despite；簡單介系詞是只有一個字的介系詞。

2 介系詞與其受詞

1 介系詞不能單獨使用，一定要搭配受詞（及其修飾語），構成**介系詞片語**。介系詞的**受詞**通常是名詞、名詞片語、受格代名詞（me、him、her、us、them）、動名詞或 what 引導的名詞子句。

- Is Clo's friend wearing diamond rings on her toes?
  克蘿的朋友在腳趾上戴著鑽戒嗎？
  ↳ on 接名詞片語 her toes。

- Did Sid Bright go out with her last night?
  席德·布萊特昨晚跟她出去約會了嗎？
  ↳ 受格代名詞 her 作介系詞 with 的受詞。

- **Lynne Long is interested** in and skillful at playing Ping-Pong.
  琳‧朗對桌球很有興趣，而且技術很好。
  ↳ 介系詞 in 和 at 接動名詞片語 playing Ping-Pong。
  ↳ 以 -ing 結尾的動名詞具有名詞的性質，但也保留了動詞的句法特徵。
    » 詳細說明參見 p. 553〈Unit 15 分詞、不定詞和動名詞〉

- **Do not trouble other people** for what you can do for yourself.
  自己能做的事，就不要去麻煩別人。
  ↳ 介系詞 for 後面接 what 引導的名詞子句。

2 在一些固定片語裡，介系詞可以接**形容詞**或**副詞**作受詞。

  - for free 免費　　　　　→ 介系詞 for 接形容詞 free。
  - from far above 從高處　→ 介系詞 from 接兩個副詞 far、above。

- **In a quick motion, Joe tackled her** from behind **just before the explosion occurred outside the window.**
  就在窗外的爆炸發生之前，喬迅速地從後面抱住她，將她撲倒在地。
  ↳ 介系詞 from 後面接副詞 behind。

3 介系詞片語（介系詞 + 修飾詞 + 受詞）

1 介系詞片語依照功能可分為兩種：

1 **作形容詞用的介系詞片語**：修飾名詞或代名詞，作**定語**或**補語**。

- **Is that** man with a long beard and a funny hat **your husband Dan?**
  那位留著長鬍子、戴頂滑稽帽子的男人，就是你老公丹嗎？
  ↳ with a long beard and a funny hat 具有形容詞的作用，修飾名詞 man，作定語。

- **The story** is about a boy who lives in a cupboard.
  這個故事是在講一位住在櫥櫃裡的男孩。
  ↳ about . . . cupboard 具有形容詞的作用，置於連綴動詞 is 後面，作主詞的補語。

2 作副詞用的介系詞片語（也稱作**副詞片語**）：修飾動詞、形容詞或副詞，作**狀語**。

- **Arty is nervous because his long lost girlfriend** will arrive **soon** after the party.

  亞提很緊張，因為他分手已久的女友將在聚會結束後不久抵達。

  ↳ after the party 具有副詞的作用，修飾動詞 will arrive，作狀語。

- **Why** is **Jim** walking **around** in the gym?

  吉姆為什麼在體育館裡踱來踱去？

  ↳ in the gym 具有副詞的作用，修飾動詞 (is) walking。

2 當介系詞片語在句中的位置錯誤，造成它修飾了不該修飾的成分，這個片語就稱為**介系詞片語垂懸結構**，因此，介系詞片語必須緊靠其所修飾的成分。

✗ At the age of 53, the baby **adopted gave Kate Erickson lots of fun.**

  ↳ 主詞 baby 靠近介系詞片語，表示「嬰兒有五十三歲」。這句介系詞片語的位置放錯了，造成意義錯誤，是介系詞片語垂懸結構。

✔ The baby, **adopted** when Kate Erickson was 53, **gave her lots of fun.** 凱特‧艾瑞克森 53 歲時收養的這個嬰兒帶給她很多歡樂。

  ↳ 把上面句子的介系詞片語改成副詞子句，清楚表明是 Kate Erickson 五十三歲，不是 the baby。

4 多餘的介系詞

✗ Tom asked, "Where's Mom at?"

✔ Tom asked, "Where's Mom?" 湯姆問：「媽媽在哪裡？」

  ↳ where 是副詞，不應該加介系詞。

✗ Mr. Glass shouted at us, "Stay off of the grass!"

✔ Mr. Glass shouted at us, "Stay off the grass!"

  格拉斯先生對我們喊著：「不要踩草坪！」

  ↳ 用了 off，就沒必要再用 of。這是一個常見的錯誤，甚至英美人士也常犯這個錯誤。

介系詞的種類
Types of Prepositions

1 表示時間的介系詞

▮ at, on, in

❶ at + 時間：指具體時間（時間點、時間段、較短的假期）。

- at 9:30 九點半時
- at noon 午時
- at lunchtime 午餐時間
- at sunrise 日出時
- at night 在晚上
- at Christmastime 聖誕節期間
- at the weekend 週末時〔英式英語〕
  ↳ 美式英語用 on the weekend 或 at the end of the week。

❷ on + 日期／星期：表示具體的某一天或某一天的特定時段。

- on Monday 在星期一
- on Monday morning 在星期一早上
- on New Year's Day 在元旦那天
- on September 11, 2007 在 2007 年的 9 月 11 日

❸ in + 年／月／季節／世紀

- in 2026 在 2026 年
- in March 在三月
- in the fall 在秋天
- in the 1990s 在九〇年代
- in the 21st century 在二十一世紀

❹ in + 一天中的一段時間

- in the morning 在早上
- in the evening 在傍晚
- in the afternoon 在下午

NOTE

in + 一段時間

1 表示「某事在一段時間內發生」，指「在……期間」。

- in the week　在那個星期
- in the past year　在過去的一年
- in the last two minutes　在最後兩分鐘

- Ann and Dan are going to Malaysia **in the second week** of June. 安和丹要在六月的第二個星期去馬來西亞。

2 表示「花了多長時間完成某事」或「某事在未來的一段時間後結束」，意思是「在……以後」。

- in five weeks　用了五週的時間／五週後
- in a minute　用了一分鐘／一分鐘後

- Grace Greek carved this statue **in a week**.
  葛蕾絲‧葛瑞克用一個星期雕刻了這座雕像。

| Diving Deep Into English | 26 | 不與介系詞 in、at、on 連用的字 |

1 帶有下列詞彙的片語前面不加介系詞：

- this
- that
- next
- last
- every
- each
- all
- any
- today
- tomorrow

不加 in/at/on	要加 in/at/on
all morning	in the morning
next Saturday	on Saturday
this weekend	on/at the weekend

- **Where was your balloon** last Friday afternoon?
  上個星期五下午，你的氣球到哪裡去了？

❷ 介系詞 **about**、**around** 表示「大約」，指不確定的時間，不與時間介系詞 in、at、on 連用。

> ✗ **Sue was born** at about 8 a.m. **on September 1, 2012.**
> ✔ **Sue was born** at 8 a.m. **on September 1, 2012.**
> 蘇是 2012 年 9 月 1 日上午八點出生的。
> ✔ **Sue was born** around 8 a.m. **on September 1, 2012.**
> 蘇是 2012 年 9 月 1 日上午大約八點出生的。

---

2 **for, since, during, through（表示時間的持續）**

1 **for + 一段時間**：表示持續多久。

- for three years 三年　　● for half an hour 半小時

· **Kyle held his breath** for a little while. 凱爾屏息了一會兒。

2 **since + 一個特定時間點（具體時間）**：雖然也表示一段時間的持續，但還意味著從何時開始，意指「自從……至今」。

- since a minute ago 從一分鐘前　　● since eight 從八點開始
- since January 2015 從 2015 年 1 月起

· **My parents** have lived **in New York City** since 2009.
從 2009 年起，我的父母就住在紐約市。
↳ 句子用完成式（have lived）。
↳ since 後面接一個具體的時間（如：since 2009、since 2:30 a.m.）。

» since 作連接詞的用法，請參見 p. 249〈3 時間副詞子句〉

3 **during + 一段時間**：表示整段期間。

- during the summer 在夏季　　● during the day 在白天

· **Tanya Glass slept** for twenty minutes during the class.
譚雅‧格拉斯在課堂上睡了二十分鐘。
↳ for 表示動作 slept 持續多久時間（twenty minutes）；during 表示該動作（slept）發生在上課期間內。

④ **through/throughout + 一段時間**：強調從始至終。

- throughout the last war　上一場戰爭期間
- sleep through (= during) the day　白天都在睡覺

· **Dee Wright flew her airplane on patrol** all through **the night.**
蒂‧萊特徹夜駕駛飛機巡邏。
↳ all through = throughout = all the way through

③ **until/till, from . . . to, by（表示時間結束）**

① **until/till**：表達某事件的結束時間。

· **Jill Corning** danced **at the party** until/till **two in the morning.**
潔兒‧寇寧在派對上跳舞，一直跳到凌晨兩點鐘。
↳ until/till 用於肯定句時，句中的動詞要用延續性動作（如：danced、played）。

· **Kate did** not start **to study English** until/till **the age of eight.**
凱特直到八歲才開始學英語。
↳ until/till 用於否定句時，句型為 not . . . until/till，表示「直到……才」。否定句中的動詞要用短暫性動作（如：start）。

② **from . . . to, from . . . until/till, from . . . through**：表達某事件開始和結束的時間。

- from 6 a.m. to 11 p.m.　從早上六點到晚上十一點
- from midnight until/till/to eight　從半夜到早上八點
- from Monday through/to Saturday　從星期一到星期六
  ↳ 美式用 from . . . through（包括星期六在內），英式用 from . . . to。

③ **by (= not later than)**：表示某事發生在某一特定時刻，或此特定時刻之前。

- by March 6　到 3 月 6 日時（或更早）
- before March 6　在 3 月 6 日之前（即在五日或更早）

· **Mary will move to Amherst** by **January 1.**
瑪麗將在 1 月 1 日之前搬到（美國麻州）阿模斯特市。

> **NOTE**
>
> ### until 和 till 的差別
>
> **1** until 和 till 意思一樣，完全可以互換，既可以作介系詞，也可以作連接詞。注意「'til」是錯誤的拼寫。
>
> **2** 句首一般用 until，不用 till。
>
> - Until her behavior improves, she won't be accepted by polite society.
>   直到她改變了行為舉止，才會被上流社會所接受。
>   ↳ until 是連接詞。
>
> » until/till 作連接詞的用法，請參見 p. 249〈3 時間副詞子句〉

2 表示地點的介系詞：at, on, in

1 at

1 at + 門牌號碼

- at 29 Washington Street 在華盛頓街 29 號
- at 25 Adam Road 在亞當路 25 號

2 at + 小型地點

- at a factory 在工廠
- at Harvard University 在哈佛大學

2 on

1 on + 街道名稱

- on Tenth Street 在第十街
- on Park Avenue 在公園路
  ↳ 「在街上」可用 in the street 或 on the street（未指明哪一條街）。
  ↳ 英式英語卻用 in 表達具體街道名稱（in Tenth Street）。

2 on + 河流／海岸

- on the Yellow River 在黃河上
- on the East Coast 在東岸

3 慣用語

- on Earth 在地球上
- on the Moon 在月球上
- on a farm 在農場上
- on a plane 在飛機上

3 in

1 in + 大型地點 (大陸／國家／州／省／縣／城鎮名稱)

- in Asia 在亞洲
- in Indonesia 在印尼
- in Michigan 在密西根
- in Paris 在巴黎

2 慣用語：in + 小地點

- in a corner 在角落裡
- in a building 在建築物裡
- in a room 在房間裡
- in a park 在公園裡
- in the math department at Northern Michigan University
  在北密西根大學數學系
  ↳ in + department; at + university

NOTE

1 各種**交通工具**慣用的介系詞：

- on + a bus/plane/ship/train 在公車／飛機／船／火車上
- in + a car/boat 在汽車裡／在船上
  ↳ 也可以用 on a boat。用 in 還是 on，取決於人或物在船上的位置，比如在甲板上，就用 on；也取決於船的大小，如：live on a boat (能夠在船上居住，這艘船肯定比較大。)

2 用**街道名稱**來指稱某條街上的特定**機構**時，要用 **at** 取代 on。

- They are going to meet at Downing Street tomorrow.
  他們明天要在唐寧街會面。　　　　↳指英國政府內閣。

3 但是，在代表金融機構的 **Wall Street** 之前要用 **on**。

- What is the latest news about the New York City mass demonstration against financial greed on Wall Street?
  紐約市民眾抗議華爾街金融貪婪的大規模示威，有什麼最新消息？

❶ 當 downtown、uptown、downstairs、upstairs、home、inside 和 outside 作**副詞**時，前面不需要與任何介系詞連用。

✗ **She lives in** downtown.

✔ **She lives** downtown. 她住在市中心。　→ 無介系詞

❷ 以下有 * 符號的地點或場所的字詞，可以與不同的介系詞連用（比如：in the hospital/at the hospital）。

at 在……地點	on 在……上	in 在……裡	無介系詞（作副詞）
at the library* 在圖書館	on the bed* 在床上	in (the) bed* 在被窩裡	downtown 在（往）市中心
at home 在家	on the floor 在地板上	in the house 在屋裡	upstairs 在（往）樓上
at school* 在學校裡	on the bus 在公車上	in school* 在學校裡	downstairs 在（往）樓下
at work 在工作	on the train 在火車上	in the car 在車裡	inside 在裡面
at the desk* 在桌前	on the desk* 在桌上	in the library* 在圖書館裡	outside 在外面
at the hospital* 在醫院裡	on the horse 在馬上	in the hospital* 在醫院裡	
	on the chair* 在椅子上	in the chair* 在椅子（扶手椅）裡	

on the bed　　in (the) bed

on the chair　　in the chair

Diving Deep Into English / 28 / in 和 at 接場所名稱時的差別

❶ 許多句型中,用 in 或 at 都可以,但意義稍有不同。**at** 的意思是「在……**地點**」,而 **in** 強調「在……**裡面**」(= inside)。

- **Does Mark want to meet us at Central Park?**
  馬克想在中央公園跟我們碰面嗎?
  ↳ inside or outside Central Park

- **Does Mark want to meet us in Central Park?**
  馬克想在中央公園裡面跟我們碰面嗎?
  ↳ inside Central Park

❷ 談論某人在某處做的**活動**時,常用 **at**。談論做某活動的**場所**時,常用 **in**。

- **Kay and I had lunch together at the Play Cafe.**
  凱和我在遊戲咖啡店共進午餐。　　→ 活動

- **It was too hot for us to stay in the Play Cafe.**
  遊戲咖啡店熱得我們無法待在那裡。　　→ 場所

3　表示移動／方向的介系詞(兼論無介系詞)

▮ **to, into, out of**:to 表示朝著一個地方移動;into 表示「進入……中」;**out of** 表示「從……離開」。

- **This afternoon Joe is flying to Chicago.**
  今天下午喬要飛往芝加哥。

- **They went into the tent.**
  = They went inside the tent. 他們進了帳篷。
  ↳ 這裡的 inside 是介系詞,相當於 into;介系詞片語 into the tent/inside the tent 作副詞用,修飾動詞 went。

- **Fire! Get out of the house!** 失火了!快離開房子!
  ↳ out of(從……離開)是 into(進入……中)的反義詞。

2 **toward (= towards)**：朝著某方向移動。

- Floyd's family wants to move outward toward/towards the asteroids. 佛洛伊德一家想移民到小行星去。

3 **at, to**：某些動詞（如：shout、throw）之後可以用 to（受動者主觀願意接受動作），也可用 at（受動者不願接受動作）。

- I quickly threw the baseball to Lulu.
我迅速把棒球傳給露露。

- Don't ever throw stones at my puppy.
不要對我的小狗丟石頭。

throw the baseball to Lulu

4 **up (to), down (to)**：表示北上或南下的移動。up 指「北」；down 指「南」。up 和 down 也表示「沿著」，常與河流和道路連用。

- go up north 往北走
- swim up the river 沿河往上游去
- go down south 往南走
- swim down the river 沿河往下游去

5 **across, through, over**：across 和 through 的意思都是「穿過」。across 指從一邊移動到另一邊；through 指穿越物體內部的移動。over 指「越過」，表示「先上後下、越過障礙物的移動」。

- walk across the square 走過廣場　　→ 地面是平的。
- pass through a tunnel 通過隧道　　→ 穿過物體內部。
- leap over the fence 跳過籬笆　　　→ 先上後下越過。

6 一些表示移動的**慣用語**：

- get into a car 上（汽）車
- get out of a car 下（汽）車
- get to a place 到達某地

- get **on** a bus/train/plane/ship
上公車／火車／飛機／船

get on a bus

- get **off** a bus/train/plane/ship
下公車／火車／飛機／船

get off a bus

| Diving Deep Into English | 29 | get to a place、arrive in a place 與 arrive at a place 的用法 |

表示「到達某地」可用 **get to** 或動詞 **arrive in/at**（arrive 後不接 to）。

| **arrive at + 小地方** | ● arrive at the Hilton Hotel 抵達希爾頓飯店 |
| **arrive in + 大地方** | ● arrive in Tokyo 抵達東京 |

- **It took four hours for Sue King's airplane to get to Colorado Springs.** 蘇‧金的飛機花了四個小時才到科羅拉多泉市。

4 表示位置的介系詞

① **above, below, over, under, on**

（燈在椅子上方）above the chair
（畫在牆上）on the wall
（燈位於花瓶上方）over the vase
（畫在鋼琴上）on the piano
（花瓶位於燈下）under the light
（椅子在燈下方）below the light

1 **above**：在某物上方（可為正上方或非正上方；反義詞為 below）。

- above sea level　高於海平面

· The UFO silently rose above Joe. 幽浮悄悄地升到喬的上方。

2 **below**：在下方（可為正下方或非正下方；反義詞為 above）。

- below sea level　低於海平面

· Mike lives in the apartment below/above mine.
邁克就住在我樓下／樓上的公寓房間裡。

3 **over**：在某物的正上方；一物覆蓋在另一物之上（反義詞為 under）。

- over the door = above the door　在門的正上方
- spread a new carpet over the floor　在地板上鋪新地毯

· A little frog is over/above my bedroom door.
我臥室的門正上方有一隻小青蛙。

4 **under**：在某物的正下方；被另一物覆蓋（反義詞為 over）。

- hide the money under my pillow　把錢藏在我的枕頭下面

· We were sitting and talking under the big oak tree when we
heard some thunder. 我們正坐在大橡樹下聊天，這時聽見了雷聲。

5 **on**：在某物的上面（緊貼著、有接觸到）；緊靠某物（= by, near）。

- on the desk　在書桌上　· sit on my right　坐在我右邊

· Today the giants Theodore and Eleanor carried too many
boulders on their shoulders.
今天巨人塞奧多和愛麗諾肩膀上扛了太多的卵石。

2 **by, beside, near, against**

1 **by = beside**：在……旁邊；靠近。

- sit by/beside me　坐在我旁邊
- camp by/beside Snake Lake　在蛇湖邊露營

2 near = next to = close to = by：在……附近。

- a cottage near Deer Lake
  = a cottage close to/next to Deer Lake
  = a cottage by Deer Lake 鹿湖附近的一間小屋

3 against：靠著（有接觸到）；對著。

- Nicole rubbed her back too hard against the tent pole.
  妮可靠著帳篷柱子用力地摩擦背。

> NOTE
>
> **1** 英式英文常用 **on** 表示「在……旁」（ = near, by）。
>
> - a wooden house on the highway　→ 主要為英式用法
>   = a wooden house near/by the highway
>   公路旁的一間木屋
> - a hotel on the sea　→ 英式用法
>   = a hotel by the sea 一家靠海的旅館
>
> **2** against 也可以表示「方向、移動」，意思是「碰著；撞著」。
>
> - throw the tennis ball against the wall　用網球擊牆
> - push against the gate　推大門

Diving Deep Into English /30/	介系詞 besides 和 beside 意義不同

beside 指「在旁邊」(= by the side of, next to, by)。
besides 指「除……之外（其他的也）」。

- **Audrey Ride knelt down** beside **her bed and prayed for the sick and hungry.** 奧德莉．萊德跪在床邊，為病人和饑餓的人祈禱。
  ↳ beside = next to, by
- **A free man obtains knowledge from many sources** besides **books.** (President Thomas Jefferson)
  除書本之外，一個不受約束的人還可以從許多別的來源獲取知識。

3 **behind, in front of, in the front of, before, opposite, across**

1 **behind**：在……後面（指在某物外部或某人的後面；反義詞為 in front of）。

- **Ann sat** behind **Dan.** 安坐在丹後面。
= **Dan sat** in front of **Ann.** 丹坐在安的前面。

2 **in front of**：在……前面（指在某物外部或某人的前面；反義詞為 behind）。

- **It seemed impossible to all of us, but there was a horrible huge rat** in front of **the bus.** 也許我們都覺得不太可能，不過這輛公車前面的確有一隻恐怖的大老鼠。

3 **in the front of**：在……的前部（指在某物內部的前面；反義詞為 at the back of）。

- **sat** at the back of **the classroom** 坐在教室的後排

- **In the front of the bus sat the driver Gus, staring at the dead rat** in front of **us.** 司機加斯坐在公車的最前面，盯著我們前方的死老鼠。

in the front of the bus

in front of the bus

4 **before**：在……之前；在……前面（before 通常指時間，但在非常正式的英語中，before 可以表示位置，意思等於 in front of）。

- **before dark** 天黑前　→ 指時間

- **Gloria Wing knelt** before **the king.** 葛蘿莉亞·溫跪在國王面前。　→ 指位置

5 **opposite, across**：在……對面（美式用 across；英式用 opposite）。

- **sit** opposite **each other**　→ 英式
- **sit** across from **each other** 面對面坐著
↳ 美式（sit across from 是美式固定搭配的片語。）

5 表示原因的介系詞：from, for

1 **from**：由於；出於；因為。 句型 from + 名詞／動名詞（-ing）

- is trembling from fear 因害怕而發抖
- faint from hunger 因飢餓而暈倒

· **Kay got sunburned from staying out on her sailboat all day.**

凱由於整天都待在帆船上，皮膚被曬傷了。 → from + 動名詞

2 **for**：因為；由於。

雖然 for 和 from 都可以表示「原因」，但兩者並不能互換，要根據習慣用語而選擇。

- a city famous for its beauty 一座以美景著稱的城市
- jump for joy 高興得跳起來

· **Amy felt sorry for what she had done to me.**

艾咪為她對我所做的事感到抱歉。

Diving Deep Into English / 31 / 表原因的複合介系詞

❶ 表原因的複合介系詞有：

- owing to
- because of
- as a result of
- on account of（不常用）
- due to

❷ owing to、because of、as a result of、on account of 在句中的位置比較靈活，可以置於**句首**或**動詞後面**。

· Owing to/As a result of/Because of **the mistakes made by the new accountant, some of us received incorrect checks.** 由於新來的會計犯的錯誤，我們有人收到錯誤的支票。

· **I was told that our school would be closed** owing to/as a result of/because of **the dust storm.**

我被告知，我們學校因沙塵暴要停課。

❸ 在正式用語中，due to 要放在連綴動詞 be 或 seem 等字的後面，作**主詞補語**，意思是 resulting from、caused by。

- **Kirk knows that success in life** is due to **hard work.**
  柯克明白，人生的成功應歸功於辛勤工作。
  ↳ resulting from 起因於
- **Paul knows the difference in his behavior** is due to **alcohol.**
  保羅明白，他的舉止改變都是酒精造成的。
  ↳ caused by 由……造成

❹ 在非正式用語中，due to 可以放在**句尾**（但不放句首），等同於 owing to/because of/as a result of/on account of。

- **Our business is in deep financial trouble** due to **global warming.**
  因為全球暖化的緣故，我們的企業深陷財務困境。

Diving Deep Into English / 32 / from 的其他用法

from 8 a.m. to 8 p.m. 從早上八點到晚上八點（從……起）
twenty miles from the airport 從機場有 20 英里路（離）
relieve you from your responsibility 免去你的職責（免去）
know right from wrong 能夠辨別是非（區別）
from India 來自印度（出自；從……來）

- **Wine is made** from **grapes.**
  葡萄酒是由葡萄釀成的。
  ↳ 表示原料，意思是「由」。

6 表示目的的介系詞：for

▢ **名詞 + for + 名詞**：for 用在名詞前，表示某行動的目的或物體的用途。

▢ **名詞 + for + 動名詞（動詞 -ing 形式）**：for 用在動名詞前，用於提及一個儀器的特定作用。

▢ **名詞 + 不定詞**：表示目的最常用的句型；for 不能與不定詞和原形動詞連用。

· **Hope uses this <u>balcony</u> for her telescope.**
荷普用這個陽臺來放她的望遠鏡。
↳ 名詞（balcony）+ for + 名詞（telescope）：指明陽臺的用途。

· **I use <u>the computer and joystick</u> for controlling my telescope.**
↳ 名詞 + for + 動名詞：指明儀器（電腦和搖桿）的特定作用。

= I use <u>the computer and joystick</u> to control my telescope.
我用電腦和搖桿來控制我的望遠鏡。
↳ 名詞 + 不定詞：表達目的最常用的是不定詞（如：to control my telescope）。

Diving Deep Into English / 33 / for 的其他用法

● leave for Singapore　出發去新加波（往）
● for the idea or against it　贊成或反對這個觀點（支持）
● sell the house for only $10,000
　只以一萬美元把房子賣了（以……交換）

· **Tom bought a new sports car for his mom.**
湯姆買了一輛新跑車送給他媽媽。　　→ 為了；給
· **Mary said this grammar book was too easy for me.**
瑪麗說，這本文法書對我來說太簡單了。　　→ 對於

Part 40

個別介系詞的固定搭配

Prepositions Before Particular Words and Expressions

 at

1 **at** 意為「**從事於;忙於**」,表示正在某處做某事,或正在參加某項活動。

- at a party 在聚會上
- at the theater 在戲院看戲
- at a concert 在音樂會上
- at a football game 在觀看美式足球賽
- at a meeting 在開會
- at a conference 在開會

2 **at** 表示**在某教育機構學習**。

- at school 在學校
- at college 在大學(讀書)

3 **at** 表示**正在用餐**。

- at breakfast 在吃早餐
- at teatime 在喝下午茶

4 **at** 表示**人或事物所處的狀況**。

- at rest 休息中
- at peace 處於和平狀態
- at war 戰爭中

5 **at** 表示**特定時刻或時期**。

- at Christmas 在聖誕節期間
- at Easter 在復活節時
- at sixteen 在 16 歲時
- at midnight 在午夜時分
- at present 目前
- at the time 在那時
- at noon 在正午時分
- at the age of three 在 3 歲時
- at night 在晚上
  ↳ 泛指任何一晚(during any night)。
- at the moment (= now) 此時此刻;目前
  ↳ 比較:in a moment (= in a short period of time) 一會兒、馬上

6　at 表示**所在的地點**。

- at a restaurant　在餐廳
- at the gas station　在加油站
- at the bus stop　在公車站
- at the corner　在街角處
  ↳ 比較：in the corner of the room 在房間的角落裡
- at the main entrance　在正門口
- at home　在家
- at the supermarket　在超市
  ↳ 比較：in the bank、in the supermarket、in a restaurant 等，強調在建築物裡面。
- at the office　在辦公室
- at work　在工作場所；在工作
- at the doctor's　在看醫生
- at the dentist's　在看牙醫
- at the hairdresser's　在髮廊
- at the bank　在銀行

7　at 表示**在某人家中**。

- at Daniel's　在丹尼爾家
- at the Smiths'　在史密斯宅
  ↳ 複數形式的姓氏前面要加 the，表示一家人。

8　at 與 **the beginning**、**the end**、**the bottom**、**the top** 等連用。

- at the beginning of the 21st century　二十一世紀初
- at the end of this year　今年年底
- at the bottom of the mountain　在山腳下
- at the top of the stairs　在樓梯頂端

9　at 表示**價格**、**溫度**、**速度**等。

- at $15 a piece　一個 15 美元
- at high speeds　以高速
- at 40 km per hour　以時速 40 公里
- at high temperatures　在高溫之下

2　in

1　in 表示**在一個地點、地區、城市、國家的範圍內**。

- in the park　在公園裡
- in Hong Kong　在香港
- in America　在美國
- in the world　在世界上

2 in 表示**特定的一段時期**（年、月、季節、世紀），或**一天內的一段時間**。

- in 2012 在 2012 年
- in June 在 6 月
- in the fall 在秋天
- in the afternoon 在下午
- in the 1990s 在九〇年代
- in the twentieth century 在二十世紀

3 in 表示**穿著**。

- in a hat 戴帽子
- in a suit 穿西裝
- in a shirt 穿襯衫

- **Did Bess look fantastic in that red dress?**
  貝絲穿那件紅色洋裝好看嗎？
  ↳ 人穿戴服飾要用「人 + in + 服飾」。

- **Did that red dress look fantastic on Bess?**
  那件紅洋裝穿在貝絲身上好看嗎？
  ↳ 服飾穿戴在人身上則用「服飾 + on + 人」。

4 in 表示**使用某種語言**。

- in Russian 用俄文
- in Spanish 用西班牙文
- in French 用法文
- in Chinese 用中文

5 in 表示**書寫或作畫的工具**，後面可接**複數名詞、不可數名詞**，以及**單數可數名詞**（不要冠詞）。

- in pen 用筆
- in pencil 用鉛筆
- in ink 用墨水
- in oils 用油墨
- in watercolors 用水彩
- in chalk 用粉筆

> **NOTE**
>
> 也可以用介系詞 **with** 來表示相同的意思（書寫和作畫的工具），但 with 後面需接**可數名詞**，且單數要加不定冠詞 a/an，比如：
>
> ✔ with a pen = in pen   ✘ with pen
> ✔ in chalk   ✘ with chalk

6 in 指**天氣**和**自然界**。

- in the rain 在雨中   - in the breeze 在微風中
- in the snow 在雪中   - in the air 在空中
- in space 在太空中   - in the sky 在天空中

> **NOTE**
>
> **in the air** 也可以指「懸而未決；在傳播中；即將發生」。
> - Look, my balloon is high in the air.
>   瞧，我的氣球在高空中。
> - It's still in the air whether we'll go to the mall or the county fair.
>   我們究竟去購物中心還是去縣集市，還沒有確定下來。

7 in 指**在圖文中**。

- in a picture 在圖中   - in a book 在書裡   - in a story 在故事裡
- in a photo 在照片裡   - in the newspaper 在報紙上

8 in 指**聲音**、**看法**。

- in a . . . voice 用……的聲音
- in one's opinion 依……的看法   → 不用 according to 或 after。

9 in a car/taxi 在汽車、計程車裡。

- **They arrived in a rainbow-colored taxi.**
  他們坐著一輛塗著彩虹顏色的計程車抵達。

> **NOTE**
>
> 除了 **car** 和 **taxi** 用 in 之外，其他交通工具則要用 **on**。
> （**boat** 既可以用 in，也可以用 on，按具體情況而定。）
> - on a bus/train/plane/ship/bicycle
>   在公車／火車／飛機／船／腳踏車上
> - travel around Spain on the train 搭火車周遊西班牙
> - go home on foot 走路回家

10 **in** 的慣用語：

- **in the direction of** 朝……方向
- **in progress** 進行中
- **in cash** 用現金
- **in business** 經營；做生意
- **in the end** 終於；最終
- **in favor of** 贊成；支持

NOTE

> **in the end** 意為「終於；最終」，而 **at the end** 則表示事物的「盡頭；末端；最後部分」。
>
> · It behooves every man to remember that the work of the critic is of altogether secondary importance, and that, **in the end**, progress is accomplished by the man who does things. (President Theodore Roosevelt) 每一個人都應該記住，評論家的工作完全是次要的，要有所進步最終還是要靠做事的人。
> · She thinks my book is a bit weak **at the end**. 她認為我的書在結尾處寫得有點牽強。

3 on

1 **on** 說明**事件發生的日子**。

- **on Saturday** 在星期六
- **on the 27th of November** 在 11 月 27 日
- **on a rainy day** 在雨天
- **on a cold night** 在寒冷的夜晚
- **on Christmas Day** 在聖誕節
- **on New Year's Eve** 在跨年夜

on Christmas Day

2 **on** 表示**位置**（靠近；在……上）。

- **stand on my left** 站在我的左邊
- **a scar on her face** 她臉上的一個疤
- **stand on your hands** 倒立

on a cold night

3 **on** 表示「是……的成員；屬於」。

- on the volleyball team 排球隊隊員
- on the basketball team 籃球隊隊員

4 **on** 表示**頁數**，這種情況下不能用 in 或 at。

- on page 2 在第二頁
- on the first page 在第一頁

5 **on** 表示「**關於**」（concerning）或「**就……而言**」，與 about 的意思一樣。

1 在下面動詞和名詞之後用 on 或 about 都可以：

動詞

- advise 勸告
- agree 意見一致
- disagree 意見分歧；爭論
- lecture 演講

- speak 談論
- speculate 推測
- talk 談論；演講
- write 寫

名詞

- advice 勸告
- agreement 意見一致
- article/book/paper
  文章／書／論文
- consultation 磋商
- decision 決定

- idea 見解
- information 資訊
- lecture 演講
- opinion 意見
- question 問題

- speculate about/on **her motives** 推測她的動機

2 在下面動詞之後要用 **on**，不用 about：

- comment 評論
- concentrate 集中
- focus 集中

- insist 堅持
- reflect (= think) 深思；反省

- concentrate on **studying English** 專心學英語

293

3 在下面動詞和名詞之後要用 **about**，不用 on：

- argue 爭論
- ask 詢問
- care 關心
- complain 抱怨
- enquire/inquire 查詢
- find out 查明
- hear 聽說

- joke 開玩笑
- know 了解；
  掌握（某一學科）
- laugh
  覺得……可笑
- learn 了解
- protest 抗議

- quarrel 爭吵
- read 讀到
- teach (someone) 教導
- tell (someone) 告訴
- think 思索
- wonder 想知道
- worry 擔心

- argument 爭論
- chat 聊天
- fuss 小題大做
- joke 玩笑
- misunderstanding 誤解
- quarrel 爭吵

- **Eventually, you will be able to** laugh about **some of your foolish mistakes.**

  最終，你將會對你犯過的一些愚蠢的錯誤感到好笑。

6 **on** 的慣用語：

1 度假	<ul><li>on vacation 在度假</li><li>go on (a) vacation 去度假</li></ul>
2 電子媒介	<ul><li>on the radio 在收音機上；廣播中</li><li>on TV 在電視上</li><li>on the phone 在電話上</li><li>on the computer 在電腦上</li><li>on the Internet 在網路上</li><li>on the blog 在部落格上</li></ul>
3 準時	<ul><li>on time 準時　→ 比較：in time 及時</li></ul>
4 著火	<ul><li>on fire 著火</li></ul>

4　by

1 by 表示**寫書、作曲、作畫的人**。

- a book (written) by Brooke　布露可寫的書
- a movie (directed) by Clint Eastwood　克林·伊斯威特導演的電影

2 by 表示一件事完成的**方式**或**手段**，意為「靠；用；通過」。

- by mail/by post　用郵寄
- by email　用電子郵件
- by phone　用電話
- by fax　用傳真
- by hand　用手
- by force　用武力
- by credit card　用信用卡
- by heart　靠記憶；背下來
  ↳ by + 單數可數名詞（不帶冠詞）；by + 不可數名詞

比較 「with + 可數名詞」（複數和單數皆可，單數需加冠詞）表示
　　做事情所用的工具。

- to eat with chopsticks　用筷子吃飯
- to play tennis with a new racket　用新球拍打網球

3 by 表示**交通方式**或**傳遞方式**。

- by car　開車
- by road　經公路
- by train　坐火車
- by boat　乘船
- by air　經航空
- by sea　經海路
- by airplane　坐飛機
- by bike　騎自行車
- by land　經陸路
- by bus　搭公車
  ↳ by + 單數可數名詞（不帶冠詞）；by + 不可數名詞

比較

- She's on the bus/on the airplane/on the train/in the taxi.
  她在公車上／飛機上／火車上／計程車裡。

4 by 表示某事發生的**原因**或**肇事者**，即「被；由」之意，常用於**被動式**。

- was destroyed by fire　被火燒毀
- was solved by Danny　被丹尼解出來

5 by 表示**在某個特定時間之前**（before 或 until），意為「不遲於；在……之前」。

- by the end of the week　這個週末之前
- by 11 p.m.　晚上十一點之前

比較　比較 **at** 和 **by** 的時間用法

✗　At the time Kay was twelve, she <u>had already learned</u> to speak four languages and was reading over 25,000 English words every day.

✔　By the time Kay was twelve, she <u>had already learned</u> to speak four languages and was reading over 25,000 English words every day.

　凱滿十二歲時，就已經學會講四國語言，而且每天都讀超過二萬五千字的英語閱讀量。

　↳ by the time ...（到……的時候）；句子是過去完成式（had already learned），指「已經學會」，只能用介系詞 by 引導的時間片語，不用介系詞 at 引導的時間片語，如：at the time、at the age of twelve。

・　At the age of three, Kay <u>started</u> to read simple storybooks in English every day.　凱在三歲時，開始每天讀簡單的英語故事書。

　↳ 動詞是簡單過去式（started），用介系詞 at，指「在三歲時……」。

6 by（= beside, near, next to）表示靠近某人或某物，意為「在……旁邊」。

- by the door　在門邊　　　● by the sea　靠海邊

> **NOTE**
> 表示在城市或鄉鎮的附近要用 **near**，不用 by。
>
> ✗　They live in a big house **by** Miami.
> ✔　They live in a big house **near** Miami.
> 　他們住在邁阿密附近的一幢大房子裡。

7 by 表示「以……計算；按」。

- paid by the month 按月領工資

8 by 的慣用語：

1 逐一地； 一個接著一個	day by day 逐日；一天一天地 one by one 一個一個地 little by little 逐漸 step by step 逐步	
2 靠自己；獨自地	(all) by yourself 靠你自己	
3 出於某種原因（失 誤；靠運氣；偶然）	by mistake 因為差錯；錯誤地 by luck 靠運氣；僥倖 by chance 偶然	
4 順便一提	by the way 對了……；附帶說說	
5 依某種標準或規定	by modern standards 依現代標準 by any standards 無論根據什麼標準	
6 在……期間； 在……環境下	travel by night 夜間旅行 walk by moonlight 月光下散步	

5 between 和 among

between

among

1 剛好**兩個**實體，只用 between。

- the choice between good and evil 善惡之間的抉擇
- between right and wrong 對錯之間
- choose between tea and coffee 在茶和咖啡之間選擇

2 三個以上實體，用 among 或 between。

1 among 指某人或物**在特定一群人或物之中**的狀態。把人或物看作是某個**組織或整體的一部分**（one of/some of）時，也要用 among。

- Joan crawled among a football, doll, toy robot, and pinecone.
  裘恩在一顆足球、一個洋娃娃、一個玩具機器人和一個松果中間爬行。
  ↳ among 表示在一個地方移動，而周圍被人或東西包圍著。

- Emma is among the best of the young actresses in Africa.
  艾瑪是非洲最優秀的一位年輕女演員。
  ↳ among 表示屬於某個整體的一部分（= one of）。

2 between 也可以用於「三者以上」，這時將這些實體看作**獨立的個體**，而不是總體，強調個體之間的關係，指其中的「**每兩者之間**」。

- ● a treaty between four powers　四大強國之間的條約
  ↳ 獨立的個體（每兩國之間）
- ● eat ice cream between meals　在每兩餐之間吃冰淇淋

- She takes the flight between Iran, Pakistan, and Afghanistan.
  她乘坐的航班來往於伊朗、巴基斯坦和阿富汗之間。

3 between 也可以指「**一個（人或物）**與**一組（人或物）之間**」。

- There is no disagreement between Mary and her three brothers.
  瑪麗和她的三個兄弟之間並未意見不合。
  ↳ 一個人和一組人，用 between。

4 表示**比較**和**相互關係**時，要用 between，不用 among。

- ● a difference between . . .　……之間的區別
- ● a connection between . . .　……之間的聯繫
- ● a friendship between . . .　……之間的友誼
- ● a link between . . .　……之間的關係

- Do you know the differences between soccer, rugby, and American football?
  你知道英式足球、橄欖球和美式足球之間的區別嗎？

Part
41 同形的副詞和介系詞
Adverbs and Prepositions

1 behind、down、in、up，是介系詞還是副詞？

有些副詞也可作介系詞用，例如：behind、down、in、over、under、up 等。
那麼，如何辨別一個字到底是副詞，還是介系詞呢？其實很簡單！如果這
些字後面**接了受詞，就是介系詞**；如果**沒有接受詞，就是副詞**。

- **Paul is in** the mall. 保羅在購物中心。　　→ 介系詞
- **Please ask Kim to come in.** 請金姆進來。　　→ 副詞

- **She is climbing up** the giant statue's leg.
  她在爬那座大雕像的腿。　　→ 介系詞
- It's 7 a.m., and I bet Mike is not **up** yet.
  現在是早上七點，我打賭邁克還沒有起床。　　→ 副詞

2 分辨副詞與介系詞

1 「**介系詞 + 名詞**」的介系詞片語：下列片語中的 behind、down、in、
up 都接有受詞，所以是介系詞，這些片語稱為**介系詞片語**，如果在句
中作為副詞使用，也可稱為**副詞片語**。

- behind schedule　進度落後
- down the mountain　下山
- in the mall　在購物中心裡
- up the giant statue's leg　在巨大雕像的腿上

2 **不及物的片語動詞**：下列不及物片語動詞中，behind、down、in、up
後面沒有受詞，因此為副詞，而非介系詞。

299

- to lag behind 落後
- to come in 進來
- to sit down 坐下
- be (is) up 起床

3 **及物的片語動詞**：下列及物片語動詞中的 up、in、on、off 是副詞，不是介系詞。

- to look up the definition 查詢定義
- to put on a puppet show 表演木偶戲
- to trade in RVs 從事露營車買賣
- to write off our losses 勾銷我們的虧損

4 鑑別方法：觀察**片語動詞**（如：put on a show）或**動詞片語**（如：dance on the stage）後面的名詞，是否可以移到介系詞或副詞前面，如果可以，就是副詞；如果不可以，就是介系詞（因為介系詞後須接名詞）。

- to write off your losses on your taxes
  = to write your losses off on your taxes 在賦稅時勾銷你的虧損
  ↳ off 是副詞。
- to keep off the grass 不要踩草地
  ↳ off 是介系詞。 注意 to keep the grass off 是錯誤用法。

- to turn on the TV = turn the TV on 打開電視
  ↳ on 是副詞。
- to dance on the stage 在舞臺上跳舞
  ↳ on 是介系詞。 注意 to dance the stage on 是錯誤用法。

| Diving Deep Into English | 34 | 與特定介系詞搭配的名詞、動詞和形容詞 |

在慣用語中，許多名詞、動詞和形容詞都搭配特定的介系詞，不能光靠猜測去選用介系詞，須熟記與特定介系詞搭配的片語。比如：

- afraid of → 形容詞 + 介系詞
- arrive at → 動詞 + 介系詞
- congratulations on → 名詞 + 介系詞

Parts 38–41

Exercise

將括弧中的正確答案畫上底線。

----

1. "Tim is rowing hard, but where is he (going/going to)?" asked Jim.

2. Joe looked down from the top of the hill at the village (below/below it).

3. Sue and Clive have lived in Chicago (in/since) July 2005.

4. Dan is sitting (between/among) Ann and Arleen.

5. Paige Kahn found five mistakes (on/in) the second page.

6. What is Ernest Bend going to do (in this weekend/this weekend)?

7. Officer Eleanor Wood was (searching/searching for) the killer in your neighborhood.

8. Tess has been suffering (from/of) too much stress.

9. Like Wendy, (Nancy paid a lot for her new car/Nancy's new car cost a lot).

10. We go camping in Michigan (every September/in every September).

選出正確答案。

_____ **1** Russ and Lorelei go to school _____ bus.

(A) on   (B) in   (C) by   (D) at

_____ **2** Dawn, it's Lulu _____ the phone, and she wants to talk to you.

(A) on   (B) in   (C) at   (D) behind

_____ **3** Is Bryce Glove afraid _____ mice?

(A) by   (B) at   (C) up   (D) of

_____ **4** When did Vance arrive _____ France?

(A) to   (B) at   (C) in   (D) for

_____ **5** Is that Gert Goodwin dressed _____ a pink miniskirt?

(A) with   (B) in   (C) by   (D) on

_____ **6** I'll get _____ the bus at the next stop.

(A) of   (B) at   (C) in   (D) off

_____ **7** Nate and Ron arrived _____ the school bus driven by Kate.

(A) on   (B) by   (C) in   (D) at

_____ **8** Baby Liz is _____ a picture taken by Lynne.

(A) on   (B) in   (C) at   (D) to

_____ **9** Blake told that story to Eli _____.

Ⓐ with a mistake   Ⓑ in mistake

Ⓒ by a mistake   Ⓓ by mistake

_____ **10** Lulu Knight lay awake all _____ the night.

Ⓐ at   Ⓑ over   Ⓒ through   Ⓓ by

_____ **11** Monique didn't lend that playboy Nat a penny _____ the end of the week.

Ⓐ in   Ⓑ at   Ⓒ on   Ⓓ of

_____ **12** "Is Liz _____ with Jerome?" "No, she is _____ with Mat, and their shift ends _____ three."

Ⓐ at home; on work; in   Ⓑ in home, in work; at

Ⓒ in home; on work; on   Ⓓ at home; at work; at

_____ **13** Michael Sky usually goes to work _____ subway, but today he went to work _____ bicycle.

Ⓐ by; by   Ⓑ with; by   Ⓒ in; in   Ⓓ at; at

_____ **14** _____ my opinion, Kelvin is a foolish minion.

Ⓐ In   Ⓑ From   Ⓒ According to   Ⓓ Due to

_____ **15** Did he fill in the forms _____ or _____?

Ⓐ with ink; with pencil   Ⓑ with ink; with a pencil

Ⓒ with a pen; with a pencil   Ⓓ in ink; in a pencil

將括弧中的正確答案畫上底線。

----

1. The Rode family lives (in/on/at) Fawn Road.
2. June and Pat should leave soon, because their movie will start (in/on/at) noon.
3. Since she became a cave explorer, Pat Gnome is almost never (in/on/at) home.
4. Joan is often (in/on/at) her cellphone when she is out jogging alone.
5. Is Kathryn really interested (for/to/in) buying our cottage on Lake Alvin?
6. Jill Corning often stays up late (for/since/until) one in the morning.
7. Despite a few tears, Lenore has been happily married (until/ since/for) twenty years.
8. Does Ivy get upset when starving people are shown (on/with/ in) TV?
9. Clem, Kay, and I visited Grandma Goodwin (in/on/of) the hospital yesterday.
10. Edith Plum, who is (of/at/from) Tucson, wrote a movie script about a Chinese myth.
11. Jasmine will shower and be ready (in/on/at) half an hour.
12. Brent (went/went to/went out) outside with his cellphone and began to walk and talk.
13. Kate Goodwin arrived (in/to/at) Tokyo before eight.
14. Abigail filled in the forms (of/with/in) ink at Yale.
15. That brown evening gown looks fantastic (on/in/at) Dawn.

動詞的定義與類型
The Verb Defined and Types of Verbs

動詞是句子的重點，用來描述行為動作、感覺或心理過程。
不同的動詞，接不同種類的詞彙和文法結構。

動詞種類	說明	舉例
主要動詞／述語動詞／一般動詞	每一個完整的句子都包括一個主要動詞，即述語動詞或一般動詞。	包括行為動詞、連綴動詞、使役動詞、狀態動詞、及物和不及物動詞。
助動詞	與主要動詞連用，構成疑問句、否定句、進行式、完成式或被動語態。	do, have, be, will
情態動詞／情態助動詞	與主要動詞連用，表達「必然性」、「可能性」或「許可」等。	can, may, must
行為動詞	表示「活動」或「動作」。	play, read, run
連綴動詞	表示「狀態」或「特性」。	包括 be 動詞、感官動詞和狀態動詞。
	be 動詞	be (am, is, are, was, were, will/would be, have/has been, had been)
	（部分）感官動詞：表達人的器官感覺。	look, smell, feel, taste, sound
	（部分）狀態動詞：表示「過程」（從一種狀態變成另一種狀態）。	appear, become, get, go, grow
使役動詞	表示一個行為引發另一個行為的發生，或某人讓另一人做某事。	make, have, let, get, help
狀態動詞	表示「擁有、情感、認知、感官」。	have, love, want, know, believe, feel
there is/are 動詞結構	表示某處存在某物／某人。	there is . . ., there are . . .
及物動詞	要接受詞。	arrest, love, memorize
不及物動詞	不接受詞。	come, go, sleep
規則動詞	動詞三態作規則變化。	call → called → called（原形 → 過去式 → 過去分詞）
不規則動詞	動詞三態作不規則變化。	break → broke → broken（原形 → 過去式 → 過去分詞）
單一動詞	由一個字組成。	play, leave, talk
片語動詞	由兩個字以上組成。	belong to, run into, get along with

Part 43 be 動詞

The Verb *Be*

1 be 動詞的現在式 am/is/are 的使用規則

be 動詞現在式	用法	例句
am	I am . . .	· Hi, I am Sam. 嗨，我是山姆。
is	he is . . . she is . . . it is . . .	· She is Emma, my best friend. 她叫艾瑪，我最好的朋友。
	單數名詞 + is . . .	· Claire is an excellent swimmer. 克萊兒是游泳健將。
are	we are . . . you are . . . they are . . .	· We are from Seoul. 我們是從首爾來的。
	複數名詞 + are . . .	· The trees are tall, the walls are high, and eagles can fly above them all. 樹高牆也高，老鷹可以在它們上方飛翔。
	由 and 連接兩個或兩個以上的名詞或代名詞，與 are 連用。	· Bart and his sweetheart are both smart. 巴特和他的戀人都很聰明。

2 be 動詞現在式的各種形式

	肯定句	肯定縮寫	否定句	否定縮寫	疑問句
單數	I am	I'm	I am not	I'm not	am I?
	you are	you're	you are not	you're not = you aren't	are you?
	he is	he's	he is not	he's not = he isn't	is he?
	she is	she's	she is not	she's not = she isn't	is she?
	it is	it's	it is not	it's not = it isn't	is it?
複數	we are	we're	we are not	we're not = we aren't	are we?
	you are	you're	you are not	you're not = you aren't	are you?
	they are	they're	they are not	they're not = they aren't	are they?

1 **縮寫用法**：在口語和非正式用語中常用縮寫。

• **She's a friend of Mary's.** 她是瑪麗的朋友。

• **You're my best friend.** 你是我最好的朋友。

2 **疑問句**：**am/are/is + 主詞**

用 be 動詞提問時，am/are/is 要放在主詞前面。

Dan　Is this **your baggage?** 這是你的行李嗎？

Ann　**Yes, it is.**　　　　　　是的。

↳ 肯定簡答不要用縮寫形式。

3 **否定句**：**主詞 + am/are/is + not**

• I'm not **going out with you or Scot.**
我不會跟你或史考特約會。

↳ I am not 的縮寫是 I'm not，不是 I amn't。

• They aren't **happy with Sue and her brother Andrew.**
他們對蘇和她哥哥安德魯不滿。

Diving Deep Into English /35/ 疑問詞與 is 的縮寫形式

疑問詞		加 is 的縮寫	
who 誰	where 何地	who's	where's
what 什麼	why 為何	what's	why's
when 何時	how 如何	when's	how's

↳ when's 是非正式用語。

- **Pat,** who's **that?** 派特,那是誰?
- **Chris,** what's **this?** 克莉絲,這是什麼?
- Where's **my money?** 我的錢在哪裡?

3 be 動詞的過去式 was/were 的使用規則

be 動詞過去式	說明	用法
was	is 和 am 的簡單過去式	I was . . . he/she/it was . . . 單數名詞 + was . . .
were	are 的簡單過去式	you/they/we were . . . 複數名詞 + were . . .

- I was **with Jim last night, and** we were **at the gym.**
  昨晚我和吉姆一起在體育館裡。
  ↳ 指「昨晚」,用過去式 I was、we were。

- Dwight and I were **at home last night.**
  昨晚杜威特和我一起在家。
  ↳ 複合主詞「Dwight and I」是複數名詞,be 動詞要用 were。

4 be 動詞過去式的各種形式

		肯定句	否定句	否定縮寫	疑問句
單數		I was	I was not	I wasn't	was I?
		you were	you were not	you weren't	were you?
		he/she/it was	he/she/it was not	he/she/it wasn't	was he/she/it?
複數		we were	we were not	we weren't	were we?
		you were	you were not	you weren't	were you?
		they were	they were not	they weren't	were they?

- **Where** were you and Jake **during yesterday's earthquake?**
  昨天地震的時候，你和傑克在哪裡？

Ann Were you **at Monique and Pam's party last week?**
上週你參加了摩妮可和潘姆的聚會嗎？

Dan **Yes,** I was.　對啊，我參加了。
No, I wasn't. 沒有啊，我沒有參加。

Ann Was Kay **in the Banana Milkshake Shop yesterday?**
凱昨天在香蕉奶昔商店嗎？

Dan **Yes,** she was.　是的，她在。
No, she wasn't. 沒有，她不在。

5 be 動詞的未來式（will be）

	肯定句	肯定縮寫	否定句	否定縮寫	疑問句
單數	I will be	I'll be	I will not be	I won't be	will I be?
	you will be	you'll be	you will not be	you won't be	will you be?
	he/she/it will be	he'll/she'll/it'll be	he/she/it will not be	he/she/it won't be	will he/she/it be?
複數	we will be	we'll be	we will not be	we won't be	will we be?
	you will be	you'll be	you will not be	you won't be	will you be?
	they will be	they'll be	they will not be	they won't be	will they be?

- **Jenny says it** will be **an excellent Christmas party.**
  珍妮說那將是一場很棒的聖誕派對。

- **I** won't be **late to pick up Kate.** 我會準時接凱特的。

- Will **your van** be **full if Jill and her chum come?**
  如果潔兒和她的好友一起來，你的廂型車會擠滿人嗎？

» 關於 will 的詳細說明，參見 p. 419〈2 簡單未來式 will〉

6 be 動詞的完成式（have/has been, had been）

1 **has/have been** 是 be 動詞的**現在完成式**。主詞為單數第三人稱代名詞
（he/she/it）和單數名詞（Amy、my son 等）用 **has been**，其餘的用
have been。

- **My friend** Mary has been **to Cairo many times, but** I have **never
  been there.** 我的朋友瑪麗去過開羅好幾次，但我還沒去過。

2 **had been** 是 be 動詞的**過去完成式**，不分單複數，用於所有人稱。

- **She asked me whether** I had been **to Israel.** 她問我有沒有去過以色列。

» 參見 p. 452〈Part 64 簡單現在完成式〉和 p. 472〈Part 66 簡單過去完成式和
過去完成進行式〉

在第一個空格內填上 Is 或 Are，並在第二個空格內填入正確的答案。

1　Ann　　_____ Nelly Answer a belly dancer?

　　Dan　　No, she _____.

2　Ann　　_____ Priscilla a big gorilla?

　　Dan　　Yes, she _____.

3　Ann　　_____ Scot's friends all astronauts?

　　Dan　　Yes, they _____.

4　Kim　　_____ Ann's mom and dad soccer fans?

　　Dan　　Yes, they _____.

5　Ann　　_____ Saul and his brothers tall?

　　Dan　　No, they _____.

2

將下列句子改寫為疑問句和否定句。

1　Dan is from Japan.

疑問句 → _____

否定句 → _____

2 Toot and Boot are kittens, and they are cute.

疑問句 → _____

_____

否定句 → _____

_____

3 Pearls are pretty on big and strong girls.

疑問句 → _____

否定句 → _____

4 Ann was an EFL teacher in Japan.

疑問句 → _____

_____

否定句 → _____

_____

5 We will be able to dance under a full moon during the party.

疑問句 → _____

_____

否定句 → _____

_____

3

在空格中填入適當的「疑問詞 + are」或「疑問詞 + 's」。

----

1 | Ann | _____ that?
| Dan | It's Pat.

2 | Ann | _____ your dog Thor?
| Dan | He's fine, and so are his fleas.

3 | Claire | _____ my doll's white blouse and new dollhouse?
| Dan | Right there, Claire.

4 | Dan | _____ your name?
| Ruby | Ruby Flame.

5 | Ann | _____ the final exams, Ben?
| Ben | Rae says they'll be on Friday.

4

在空格內填上 was、were、wasn't 或 weren't。

Jim | Kim and Sue, how are you two?

Sue | Hi!

Kim | Hi, Jim! Sue and I are fine, and how are you?

314

Jim   I am doing great. By the way, where ❶_____ Nate Wright last night?

Sue   He ❷_____ at a birthday party with Marty.

Jim   ❸_____ Marty and Nate at the party when Kate arrived there at eight?

Sue   Yes. Kate ate a lot of pizza and said the music ❹_____ great! The party ❺_____ for Mae Best's birthday.

Jim   ❻_____ Nelly, Sandy, Dee, and Claire also there?

Sue   Nelly and her boyfriend ❼_____ at the party, but Claire had to stay at home and baby-sit her sister Shelly.

Kim   Sandy and Dee ❽_____ not invited and neither ❾_____ Sue and I, so we all went over to Sue's for some punch, pizza, and a night of TV.

Jim   Punch, pizza, and a night of TV sound good to me.

Sue   OK, come with us, and we'll feed you some leftover pizza and punch for lunch.

Jim   If you want to do some studying too, I can call up Ray.

Sue   Ray ❿_____ in class last week, so he probably could use our help with his assignments.

Kim   A homework lunch party would be fun!

Part 44 連綴動詞
Linking Verbs

 1 連綴動詞的定義與類別

1 行為動詞用來表達行為或動作，**連綴動詞**則用來描述或確認主詞的**狀態**，連接句子的**主詞**和**主詞補語**（主詞補語簡稱為「主補」）。

· **Scot is** thirsty and hot.
  史考特又渴又熱。

  ↳ 這個句子沒有說明史考特在做什麼，而是表明史考特的狀態。thirsty 和 hot 是主詞補語，is 是連綴動詞。

2 **be 動詞**是最常見的連綴動詞，還有其他一些動詞可以用作連綴動詞。
  » be 動詞的用法，參見 p. 307〈Part 43 be 動詞〉

be 動詞 （最常見的 連綴動詞）	● be ● am	● is ● are	● was ● were	● have/has been ● had been	● will be ● shall be
感官動詞 （作連綴動 詞用）	● taste 嘗起來 ● smell 聞起來		● sound 聽起來 ● feel 感覺；覺得		● look 看起來
表示**狀態或** **狀態變化**的 單字或片語	● seem 似乎 ● appear 似乎； 　看起來好像 ● prove 證明是 ● run 變得 ● get 成為		● grow 漸漸變得 ● turn 變得 ● remain 保持 ● go 變成 ● become 　開始變得；成為		● come 變成 ● keep 保持某一狀態 ● stay 保持某一狀態 ● lie 呈……狀態 ● turn out 　證明是；結果是

Diving Deep Into English /36/ 比較連綴動詞 be 和助動詞 be

- **Jan Newt** is cute **in her pink swimsuit.**

  簡・紐特穿上粉紅色的泳衣很可愛。

  ↳ is 是連綴動詞,接形容詞 cute 作主詞補語,描述主詞的狀態。

- **Joe Monroe** is leaving **Chicago tomorrow.**

  喬・門羅明天就要離開芝加哥了。

  ↳ is 是助動詞,協助主要動詞 leaving 構成進行式。

2　連綴動詞的用法

1　連綴動詞連接句子的**主詞**(名詞或代名詞)和**主詞補語**。主詞補語可以是名詞、代名詞或是形容詞,用來修飾句中的主詞,因此在連綴動詞後面作主詞補語的**代名詞**通常用**主格**。

1　主詞 + 連綴動詞 + 主詞補語(形容詞)

- go sour　變酸
- grow mad　生氣了起來
- become tired　變得疲倦
- get upset　感到苦惱

- **Sally's face** turned red, **and she said, "I won't marry Ted."**

  莎莉的臉一下子紅了,她說:「我不要嫁給泰德。」

  ↳ become、grow、turn、get、go、come、run 等動詞表「狀態變化」,意思是「變得」。

2　主詞 + 連綴動詞 + 主詞補語(名詞)

- **Those young people** are **all college** students, **and they are trying to increase their knowledge.**

  那些年輕人都是大學生,他們在努力增長知識。

  ↳ are 是連綴動詞;名詞 students 作主詞補語,說明主詞 those young people 的身分。

- **He became America's** ambassador **to France.** 他成了美國的駐法大使。
  - ↳ became 是連綴動詞；名詞 ambassador 作主詞補語，說明主詞 he 的身分。
  - ↳ 如果連綴動詞後面的名詞描述某種工作上的變化，要用 become。

③ 主詞 + 連綴動詞 + 主詞補語（代名詞）

| Jerry | **Hello! May I speak to Mary, please?** | 你好！請問瑪麗在嗎？ |
| Mary | **This** is she **(speaking).** | 我就是。 |

- ↳ 連綴動詞後面的代名詞要用主格代名詞，不能用受格的 her。
  - » 參見 p. 56〈5 be 動詞後面的主格與受格用法〉

2 有些字既可以作**連綴動詞**（linking verb），又可以作**行為動詞**（action verb），該如何區分呢？

可以用 be 動詞取代 → **連綴動詞**	不能用 be 動詞取代 → **行為動詞**
• **Dee** looked **angry with me.** = **Dee** was **angry with me.** 蒂看起來好像在生我的氣。 ↳ 用 was 取代 looked，語句通順，語意不變，因此這裡的 looked 是連綴動詞。	• **Eli** looked **at the sky.** ≠ **Eli** was **at the sky.** 伊萊望著天空。 ↳ 用 was 取代 looked 後，語意改變，不合邏輯，因此這裡的 looked 是行為動詞。
• **This red blanket** feels **soft under my head.** 我頭下枕著的這條紅色毛毯感覺很柔軟。 ↳ 連綴動詞（意思是「給人某種感覺」；have perception by touch）。	• **Art** felt **a great pain in his heart.** 亞特感到心臟劇烈疼痛。 ↳ 行為動詞（意思是「感覺；感知」；experience an emotion or condition (feel joy, pain, etc.)）。
• **This meat** smells **good, and so does this beet.** 這塊肉聞起來很香，這顆甜菜也是。 ↳ 連綴動詞（意思是「聞起來有某種氣味」）。	• **Come and** smell **these roses with your curious noses.** 過來用你們好奇的鼻子聞聞這些玫瑰花。 ↳ 行為動詞（意思是「聞」）。
• **The wine** tasted **fine.** 這葡萄酒味道不錯。 ↳ 連綴動詞（意思是「嘗起來」）。	• **We** tasted **the fine wine.** 我們品嘗了那美味的葡萄酒。 ↳ 行為動詞（意思是「品嘗」）。

Part 45 及物與不及物動詞
Transitive Verbs and Intransitive Verbs

 1 **及物動詞**

動詞可分為**及物動詞**和**不及物動詞**。**及物動詞**有行為對象，不能獨立存在，必須搭配**受詞**。

1 **及物動詞 + 直接受詞**

直接受詞是直接受動詞的動作所影響的人或物。及物動詞後面一般都與直接受詞連用。

- **He** loves coffee, **she** loves tea, **and they both** love to swim **in the sea.**
  他愛喝咖啡，她愛喝茶，他們倆都愛在大海裡游泳。
  ↳ love 是及物動詞；coffee、tea 和 to swim 是受詞。

2 **及物動詞 + 間接受詞（人）+ 直接受詞（物）**

有些及物動詞可以接兩個受詞：**直接受詞**和**間接受詞**。當你「給某人某物」或「為某人做某事」時，你給某人的**東西**或你為某人做的**事**，叫做直接受詞（direct object）；接受該物品的**人**，叫做間接受詞（indirect object）。間接受詞通常放在直接受詞前面。

Please give me the money!

及物動詞　間接受詞　直接受詞

- **Please** give me the money!
  請把錢給我！
  ↳ 及物動詞（give）+ 間接受詞（me）
    + 直接受詞（the money）
  ↳ 通常把間接受詞（me）放在直接受詞（the money）前面。

  = **Please** give the money **to** me!
  ↳ 及物動詞（give）+ 直接受詞（the money）+ 介系詞（to）
    + 間接受詞（me）

- **I bought** Kay some roses **for her birthday.**

  我買了一些玫瑰給凱當作生日禮物。

  ↳ 及物動詞（bought）＋ 間接受詞（Kay）＋ 直接受詞（some roses）

- **Mom** is reading a funny story <u>to</u> my little brother, Tom.

  媽媽在為我小弟弟湯姆唸一個有趣的故事。

  ↳ 如果間接受詞比較長（如：my little brother, Tom），要把間接受詞放在直接受詞後面，並用介系詞 to。

2 不及物動詞

不及物動詞可以單獨使用，不用接受詞。如：come（來）、go（去）、fall（跌倒；落下）、smile（微笑）等，都是不及物動詞。

- **Does Kay jog every day?** 凱每天都慢跑嗎？

  ↳ 不及物動詞 jog 單獨使用，不接受詞。

- **A giant bee** is hiding **behind that big oak tree.**

  一隻大蜜蜂躲在那棵大橡樹後面。

3 可作及物動詞，亦可作不及物動詞的動詞

一些動詞既可以作**及物動詞**，又可以作**不及物動詞**。

不及物動詞	及物動詞
● study hard　努力學習	● study Spanish　學習西班牙語
● play in the park　在公園玩耍	● play basketball　打籃球
● drive carefully　小心翼翼開車	● drive a new sports car　駕駛一輛新跑車

- **The huge kite** is flying **high in the sky.**

  那個巨大的風箏正在天空中高高地飛翔。　→ 不及物動詞

- **Joe** is flying **a kite.** 喬在放風箏。　→ 及物動詞

320

Part 46 片語動詞
Phrasal Verbs

片語動詞由一個**動詞**接一個**介系詞**或**副詞**組成，片語動詞可能是不及物動詞，也可能是及物動詞。

- **Bing** was lounging around, **doing nothing.** 賓在混日子，什麼事也不做。
  ↳ lounge around 是不及物動詞。
- **Mr. Keating** called off the meeting. 濟廷先生取消了會議。
  ↳ call off 是及物動詞。

❖ 常用片語動詞表

1 agree with each other
雙方意見一致

2 belong to somebody 屬於某人

3 blow up the bridge 炸毀大橋

4 bring up children 撫養小孩

5 call off a game 取消比賽

6 dress up 裝扮；盛裝打扮
（不及物片語動詞）

7 fill out/fill in a form
填寫表格

8 find out the truth 發現真相

9 get along with somebody
與某人相處融洽
↳ 片語動詞也可由三個字組成，如：
- drop out of 退出
- hang on to 堅持下去；
緊緊抓住
- run out of 用完
- set out for 出發去某處
- sign up for 報名
- watch out for 注意

10 hand in their term papers
交他們的學期報告

11 hang up the phone 掛斷電話

12 keep off the grass
勿踐踏草坪
↳ keep off
遠離；不接近

PLEASE KEEP OFF THE GRASS

13 keep up with somebody
跟上某人

14 look for somebody/something
尋找某人或某物

15 look it up in a dictionary　查字典

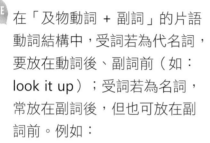

NOTE 在「及物動詞 + 副詞」的片語
動詞結構中，受詞若為代名詞，
要放在動詞後、副詞前（如：
look it up）；受詞若為名詞，
常放在副詞後，但也可放在副
詞前。例如：

- Please look up this phrasal
  verb in a dictionary.
  = Please look this phrasal
  verb up in a dictionary.
  請到字典裡查這個片語動詞的
  意思。

16 make up her mind　下定決心

17 mix up the twins
分不清這對雙胞胎

18 put away money　存錢

19 put on weight　體重增加

20 put out a fire
把火撲滅

21 run into somebody
偶遇某個人
↳ run into = run across
   = meet by chance　偶遇

22 shut up　閉嘴
（不及物片語動詞）

23 take off her wet boots
脫下她的濕靴子

24 turn up　出人意料地出現
（不及物片語動詞）

25 wait on somebody/tables/
the table
為某人／桌服務（餐廳或商店
用語）

26 watch out　小心
（不及物片語動詞）

Parts 44–46

Exercise

將括弧中的正確答案畫上底線。

----

1   Brad says his room smells (badly/bad).

2   Kate's hard work helps her to keep (up/on) with her classmates.

3   Bess dressed (up/on) as a princess.

4   Vincent tries to put (in/away) money for his retirement.

5   Dee took (off/of) her wet boots and went into her RV.

6   Sometimes when it gets really busy, the owner Ms. Able has to (wait/wait on) the long table.

7   Has Nate put (on/in) a lot of weight?

8   Lynne's dad is always (mixing up/mixing) the twins.

9   Is the money that you were looking (up/for) on the floor?

10 The clown suit (belongs in/belongs to) the richest man in town.

2

選出與畫線字相關的選項。

_____ **1** Kim King and her college friends <u>are</u> all hardworking.

    Ⓐ linking verb　連綴動詞

    Ⓑ auxiliary verb (helping verb)　助動詞

_____ **2** A rat with rabies <u>is</u> looking strangely at her own newborn babies.

    Ⓐ linking verb　連綴動詞

    Ⓑ auxiliary verb (helping verb)　助動詞

_____ **3** Bob said his financial problems <u>remained</u> even after he found a good job.

    Ⓐ linking verb　連綴動詞

    Ⓑ action verb　行為動詞

_____ **4** The little girl first <u>got</u> mad and then later <u>became</u> sad.

    Ⓐ linking verbs　連綴動詞

    Ⓑ action verb　行為動詞

_____ **5** Come and <u>smell</u> these flowers.

    Ⓐ linking verb　連綴動詞

    Ⓑ action verb　行為動詞

_____ **6** Despite the troubles that came their way, they remained friends anyway.

Ⓐ linking verb 連綴動詞

Ⓑ action verb 行為動詞

_____ **7** Please give me the money.

Ⓐ direct object 直接受詞

Ⓑ indirect object 間接受詞

_____ **8** Bernard Reach is walking happily along the beach.

Ⓐ transitive verb 及物動詞

Ⓑ intransitive verb 不及物動詞

_____ **9** Joe Knight is flying a kite.

Ⓐ transitive verb 及物動詞

Ⓑ intransitive verb 不及物動詞

_____ **10** Paula Peach is walking her dog along the beach.

Ⓐ transitive verb 及物動詞

Ⓑ intransitive verb 不及物動詞

Part

47

使役動詞
Causative Verbs

用來引發另一個行為的動詞，叫做**使役動詞**，表示某人不直接做某個動作，而是使另一個人做這個動作。

常見的使役動詞有 make、have、let、get、help。

 1 make

1 make + 人／物 + 原形動詞（使某人或某物做某事）

↳ 不能接帶 to 的不定詞或動詞 -ing 形式。

· **Mom** made Dirk **do his homework.** 媽媽讓德克做家庭作業。

· **Dirk can't** make his cleaning robot **do any work.**
德克叫不動他的掃地機器人做任何工作。

2 make + 人／物 + 過去分詞（含有被動意義）

· **Did Ted** make himself understood?
= Did everybody understand what Ted said?
= Did Ted express himself clearly?
泰德把自己的意思表達清楚了嗎？
↳ 這裡用過去分詞 understood，表示被動意義。

· **I will** make it known **that we are hiring carpenters.**
我會讓公眾知道我們要招聘木工。

3 make + 人／物 + 形容詞（使某人或某事處於某種狀態）

● make her excited 讓她很興奮

· **Please** make the bathroom clean **and** tidy. 請把洗手間弄乾淨整潔。

2　let

let + 人／物 + 原形動詞（允許某人做某事；允許某事發生）

↳ 不能接帶 to 的不定詞或動詞 -ing 形式。

- **Be smart, and** don't let Bart or Andrew take **advantage of you.**
  放聰明點，不要讓巴特或安德魯占你的便宜。
  ↳ 否定式用「don't let + 人／物 + 原形動詞」。

- **I will** let my car get **cool before I drive it to school.**
  我要先讓我的汽車冷卻下來，再開車去學校。
  ↳ 允許某事發生。

3　have

1 **have + 人 + 原形動詞**（給指示或下命令；安排某人做某事）

↳ 不能接帶 to 的不定詞或動詞 -ing 形式。

- **Mr. Mill** had his lawyer change **his will.**
  米爾先生讓他的律師更改了他的遺囑。
  ↳ have + someone + 原形動詞：發命令、給指示。

2 **have + 人／物 + 動詞 -ing**（強調「正在進行」）

↳ have 後面可以接動詞 -ing 形式，強調「正在進行」，意思不是「用勸說或強制的方式使某人做某事」，而是表示「讓某人經歷了某種狀態」或「使某人／物按照某種方式做某事」。

- **Stew Skinner** had us laughing **all through the dinner.**
  史都‧斯金納讓我們整個晚餐期間都笑個不停。
  ↳ 讓某人經歷了某種狀態；使某人按照某種方式做某事。

- **I** had my car moving **in neutral.**
  我讓汽車以空檔移動。
  ↳ 使某物按照某種方式做某事。

327

3 **have + 物 + 過去分詞**（含被動意義）

↳ 指「安排他人做某事」，含被動意義；也可以指「發生了意外」，意為「讓……經歷某事（experience/undergo）」。

· **I like the way you** had your hair cut. 我喜歡你剪的髮型。

· **Kay** had two of her fingers **badly** cut yesterday when she ran into a car with her bike.

昨天凱騎自行車撞到汽車時，把兩根手指嚴重割傷了。

↳ 「have + something + 過去分詞」可以描述異常、意外的行為動作。

4 **have + 人 + 過去分詞**（讓某人經歷了某種感覺）

· **Amy** had me worried **for the whole night.** 艾咪讓我擔心了一整晚。

4 get

1 **get + 人 + 不定詞（帶 to）**（勸說某人做某事；讓某人做某事）

↳ 不能接原形動詞或動詞 -ing 形式。

· **Kay, please** get someone to fix **the RV right away.**

凱，請馬上找人來修露營車。

↳ get + somebody + to do（帶 to 的不定詞）

2 **get + 物 + 過去分詞**（含被動意義）

↳ 安排他人或由自己完成某事，含被動意義；也可指「發生了意外」，意為「讓……經歷某事（experience/undergo）」。

· **Coco is planning to** get her house painted **and** roof fixed **before it snows.**

可可正打算在下雪前（找人）把房子粉刷好，並把屋頂修好。

· **I** got/had my wallet stolen **yesterday in New York.**

我昨天在紐約時，皮夾被扒走了。

↳ 「get + something + 過去分詞」可以描述異常、意外的行為動作，表示「讓某人經歷了某件意外的事」。

↳ 描述異常、意外的事件，更常用 have。

3 get + 人／物 + 形容詞（使處於某種狀態）

- **Arguing about politics** get all of us **tired.** 爭論政治使我們都累了。

- **He** got his jacket **all wet.** 他的夾克全濕了。

4 get + 人／物 + 動詞 -ing（強調「正在進行」）

↳ get 後面可以接動詞 -ing 形式，強調「正在進行」或「不間斷的行為」，意思不是「用勸說或強制的方式使某人做某事」，而是表示「使某人按照某種方式做某事；使某物運行」。

- **You'd better** get the soldiers moving **faster, or they will be late for supper.** 你最好讓那些士兵行軍快一些，否則他們晚飯會遲到的。

    ↳ 強調一個不間斷的行為（an ongoing action）或者正在進行的事（an event in progress）。

- **Ben finally** got my computer working **again.**

    班終於讓我的電腦又正常運作了。　→ 使某物運行。

5 help

help + 人 + 原形動詞／帶 to 的不定詞（幫助某人做某事）

- **Lee** is helping Dee carry **the monkey.**

    = **Lee** is helping Dee to carry **the monkey.**

    李正在幫蒂抱這隻猴子。

    ↳ help somebody (to) do（help 可接帶 to 的不定詞或原形動詞）。

> **NOTE**
>
> **make**、**have**、**get** 亦可作行為動詞。
>
> - Wade Knight made a plastic kite.
>   韋德・奈特做了一個塑膠風箏。　→ make = produce（製作）
> - Tom asked, "When are we going to have dinner, Mom?"
>   湯姆問：「媽媽，什麼時候吃晚飯？」　→ have = eat（吃）
> - Jim declared, "We got him!"
>   吉姆宣布：「我們抓到他了！」　→ get = catch（抓到）

1

選出正確答案。

_____ **1** Have Brooke and Louise _____ this book, please.

    Ⓐ to read   Ⓑ read   Ⓒ reading   Ⓓ reads

_____ **2** Does Dirk Sun work hard and get things _____?

    Ⓐ do   Ⓑ to do   Ⓒ doing   Ⓓ done

_____ **3** Sorry, I can't make Kirk _____ his homework.

    Ⓐ do   Ⓑ to do   Ⓒ doing   Ⓓ done

_____ **4** Don't let Joyce's laziness _____ you, because she will experience the consequences of her own bad choices.

    Ⓐ to bother   Ⓑ bother

    Ⓒ bothering   Ⓓ bothered

_____ **5** This grammar book should help Trish _____ English.

    Ⓐ understood   Ⓑ understanding

    Ⓒ understand   Ⓓ understands

_____ **6** Trish Hood needs to have her car _____ before she drives to Hollywood.

    Ⓐ fix   Ⓑ to fix   Ⓒ fixing   Ⓓ fixed

_____ **7** Does Trish Hood know enough English to make herself _____ in Hollywood?

Ⓐ understand   Ⓑ to understand

Ⓒ understanding   Ⓓ understood

_____ **8** Can you get Skip and Rip _____ our old airstrip?

Ⓐ fix   Ⓑ to fix   Ⓒ fixing   Ⓓ fixed

_____ **9** I like the way you had Claire _____ your hair.

Ⓐ cuts   Ⓑ cut   Ⓒ to cut   Ⓓ cutting

_____ **10** Has Kay had her temperature _____ today?

Ⓐ taken   Ⓑ taking   Ⓒ take   Ⓓ to take

_____ **11** Lee is helping Dee _____ the monkey.

Ⓐ carries   Ⓑ carrying   Ⓒ carried   Ⓓ to carry

_____ **12** My little dog Joe got his leg _____ in the door a few days ago.

Ⓐ caught   Ⓑ catch   Ⓒ catching   Ⓓ catches

_____ **13** Can you get Jane _____ us a ride to Maine?

Ⓐ gave   Ⓑ give   Ⓒ giving   Ⓓ to give

_____ **14** I want to have this book _____, please.

Ⓐ renewed   Ⓑ renew   Ⓒ renewing   Ⓓ to renew

_____ **15** Last night I had so many guests at my house that I had some of the guests _____ on the floor.

Ⓐ slept   Ⓑ to sleep   Ⓒ sleeping   Ⓓ sleeps

Part 48 have/has 與 there is/there are
Have/Has, There Is/There Are

1 have 表「擁有」

	肯定句		否定句		疑問句	
現在式	I you we they	have	I you we they	do not have	do	I you we they	have?
	he she it	has	he she it	does not have	does	he she it	have?
過去式	I you we they he she it	had	I you we they he she it	did not have	did	I you we they he she it	have?
未來式	I you we they he she it	will have	I you we they he she it	will not have	will	I you we they he she it	have?

縮寫形式：

- do not have = don't have
- does not have = doesn't have
- did not have = didn't have

- will not have = won't have
- I'll have, you'll have, etc.

1 have/has/had/will have 可作及物動詞，表示「**擁有**」（持有、占有，具有某種特徵或屬性，處於某種關係等）。

· **Believe it or not, my classmate Jean Dare has green hair.**
  信不信由你，我同學琴‧德爾的頭髮是綠色的。
  ↳ 現在式（肯定句）

· **My dog won't have any fear of that mean hog.**
  我的狗一點兒也不會怕那隻凶惡的豬。
  ↳ 未來式（否定句）

· **Did you have time to read any of Mary's stories?**
  你有時間讀瑪麗的故事了嗎？
  ↳ 過去式（疑問句）

2 have/has/had/will have 表「擁有」時，不能用**進行式**或**被動語態**。

✗ **Clo Fence is not having any common sense.**

✔ **Clo Fence doesn't have any common sense.**

✔ **Clo Fence has no common sense.**
  克蘿‧芬斯一點常識也沒有。

3 have/has/had/will have 作「擁有」解釋時，要注意主詞的合理性，有些東西可以「擁有」另一樣東西，有些卻不行。

✗ **"My home has three cars," said sweet little Dee.**

✔ **"We have three cars," said sweet little Dee.**

✔ **"My family has three cars," said sweet little Dee.**
  「我家有三輛汽車。」可愛的小蒂說。
  ↳ have 表示「擁有」時，要用「人」作主詞。
  ↳ 如果要用動詞 have，就要把 my home 改成 we 或 my family，因為只有 people（人）、family（家人）才能擁有汽車，home（家／住家）卻不能。

2 have got/has got（表「擁有」，只用於現在式）

		肯定句	否定句	疑問句
第一人稱	單數	I have got = I've got (= I have)	I have not got = I haven't got (= I do not have/don't have)	Have I got . . . ? (= Do I have . . . ?) 簡答 Yes, you have. (= Yes, you do.) No, you haven't. (= No, you don't.)
	複數	we have got = we've got (= we have)	we have not got = we haven't got (= we do not have/don't have)	Have we got . . . ? (= Do we have . . . ?) 簡答 Yes, we have. (= Yes, we do.) No, we haven't. (= No, we don't.)
第二人稱	單複數	you have got = you've got (= you have)	you have not got = you haven't got (= you do not have/don't have)	Have you got . . . ? (= Do you have . . . ?) 簡答 Yes, I/we have. (= Yes, I/we do.) No, I/we haven't. (= No, I/we don't.)
第三人稱	單數	he/she/it has got = he's/she's/it's got (= he/she/it has)	he/she/it has not got = he/she/it hasn't got (= he/she/it does not have/doesn't have)	Has he/she/it got . . . ? (= Does he/she/it have . . . ?) 簡答 Yes, he/she/it has. (= Yes, he/she/it does.) No, he/she/it hasn't. (= No, he/she/it doesn't.)
	複數	they have got = they've got (= they have)	they have not got = they haven't got (= they do not have/don't have)	Have they got . . . ? (= Do they have . . . ?) 簡答 Yes, they have. (Yes, they do.) No, they haven't. (= No, they don't.)

注意 簡答中不能用 have/has got。

1️⃣ 在**非正式語**中，可以用 I have got、we have got 這樣的結構，來代替 I have、we have 等，用以表達「擁有；占有；具有」之意。
美式較常用 **have/has**，而**英式**較常用 **have/has got**。
但 have/has got 只能用在**簡單現在式**中。這裡的 got 並不是 get 的過去式，也不是動詞 get 的過去分詞。

> 非正式　　Claire has got dark curly hair.
> 正　式　　Claire has dark curly hair.
> 　　　　　克萊兒有一頭黑色的捲髮。

2️⃣ 構成**否定句**和**疑問句**時，have/has got（擁有）不能與助動詞 do/does 連用，have/has（擁有）才可以與助動詞 do/does 連用。

- Megan and Benny haven't got any children.
  = Megan and Benny don't have any children.
  梅根和班尼沒有孩子。
  ↳ 不能說「don't have got」。

- Has Sue Moat got a new sailboat?
  = Does Sue Moat have a new sailboat?
  蘇‧莫特有一艘新帆船嗎？
  ↳ 不能說「Does Sue Moat have got . . .」。

3️⃣ have/has got（擁有）只能用於**簡單現在式**，在過去式中要用 **had**。不要用「had got」表示擁有。

- Sally Eagle had a collie and a beagle.　→ 過去式
  莎莉‧伊果養過一隻柯利牧羊犬和一隻米格魯 。

- Sally Eagle has got a collie and a beagle.　→ 現在式（非正式）
  = Sally Eagle has a collie and a beagle.　→ 現在式（正式）
  莎莉‧伊果有一隻柯利
  牧羊犬和一隻米格魯。

4 在**未來式**中，要用 **will have** 的形式，不能用 will have got 表示「擁有」；have/has got（擁有）只能用於**現在式**。

✗ You and Ms. Harlem will have got a problem.

✔ You and Ms. Harlem will have a problem.
你和哈林女士將會遇到一個難題。

5 句型上若需使用**帶 to 的不定詞**（to have），或置於**情態助動詞後面**（may have），或使用**動詞 -ing 形式**（having），表示「擁有」之意時，只能用 have，不可用 have got。

· She finds having no cellphone very inconvenient.
她發現沒有手機很不方便。　→ 不用 having got。

· Do you want to have a big house someday?
你希望將來有一天擁有一棟大房子嗎？　→ 不用 to have got。

3　have 表「行為動作」

1 have 在很多常見片語中用來表達**行為動作**。談論這些行為動作時，不能用 have got 結構。

1 吃；喝	● have breakfast/coffee 吃早餐／喝咖啡	
2 經歷某事	● have a good time 玩得愉快	
3 從事某事	● have a talk 談話	● have a shower 淋浴
4 病痛折磨	● have a headache 頭痛	● have a fever 發燒
5 生育	● have a baby 生小孩	
6 獲取；得到	● have an email from my boyfriend 收到男友寫的電子郵件	
7 表達感覺	● have pity on somebody 同情某人	
8 容忍（否定句）	● won't have this nonsense 絕對不容忍這種胡言亂語	

2 have 表「行為動作」時，和表「擁有」的句型一樣，構成現在式、過去式和未來式的疑問句和否定句時，要用**助動詞 do/does**、**did** 及 **will**。

- Ed does not have coffee or tea before going to bed.
  艾德睡前不喝咖啡也不喝茶。

- Did Rob Gear have a good job last year?
  羅伯‧吉爾去年有份好工作嗎？

- Will Sue have fun teaching her boyfriend how to swim and float?
  蘇會開心地教她的男友怎麼游泳和漂浮嗎？

 4 there be 的用法

1 there be (not) 用來表達**某物存在於某處**（或不存在），通常放在 a/an、some 或 any 的前面。

1 現在式

	肯定句	否定句	疑問句
單數	there is = there's	there is not = there isn't	is there?
複數	there are	there are not = there aren't	are there?

- There is a big green frog on your mean hog.
  你那隻凶惡的豬身上有一隻綠色的大青蛙。

- I asked in a whisper, "How many thieves are there in our backyard?"
  我低聲問：「有多少小偷在我們家的後院？」

2 過去式

	肯定句	否定句	疑問句
單數	there was	there was not = there wasn't	was there?
複數	there were	there were not = there weren't	were there?

- Once upon a time, there was a beautiful blue lady who lived in a giant shoe. 從前，有一位美麗的藍色女子，住在一隻巨大的鞋子裡。
- "There weren't any accurate world maps in the 15th century," stated Jenny. 珍妮說：「十五世紀時還沒有精確的世界地圖。」

3 未來式

	肯定句	否定句	疑問句
單複數	there will be	there will not be = there won't be	will there be?

- I think there will be lots of health spas on the Moon in 2110. 我認為，到了 2110 年，月球上面會有許多健身水療俱樂部。
- According to Andrew, there won't be any poor people in 2222. 根據安德魯的看法，2222 年就不會再有任何窮人了。
- In 2100, will there be cars and trains and buses on Mars? 2100 年時，火星上會有汽車、火車和公車嗎？

4 完成式

	肯定句	否定句	疑問句
單數	there has been	there has not been = there hasn't been	has there been?
複數	there have been	there have not been = there haven't been	have there been?

- There has been a lot of snow this week. 這星期下了很多雪。
- An earthquake is likely to happen along a major fault line where there haven't been many recent earthquakes. 在近期地震並不多的主要斷層帶上，很可能會發生地震。

2 在 there is、there are 等結構中，句首的 there 用來引導句子，並不是句子的主詞，真正的主詞在動詞（is/are/was/were/has been/have been）的後面，**動詞（be）的單複數要與動詞後面的主詞一致。**

- There is a snake **under the table behind Blake.**
  布雷克後面的桌子下有一條蛇。
  ↳ 單數動詞（is）+ 單數主詞（a snake）

- There are **a lot of hungry** alligators **near Scot.**
  史考特附近有很多飢餓的鱷魚。
  ↳ 複數動詞（are）+ 複數主詞（alligators）

3 當 there be 句型中含有**複合主詞**時，be 動詞的形式要與**最靠近的名詞**一致。儘管整個主詞是複數概念，但如果最靠近 be 動詞的是單數名詞，通常習慣用單數動詞 there is、there was、there has been。

習慣用法 There is a kangaroo **jumping around outside** and a rabbit **hopping around inside.**

不 自 然 There are a kangaroo **jumping around outside** and a rabbit **hopping around inside.**
有一隻袋鼠在外面跳來跳去，有一隻兔子在裡面跳來跳去。
↳ 第一句實際上是省略了第二個主詞前面的 there is。
↳ 第一句比第二句更符合語言習慣。第二句雖然符合文法規則，但不自然。

基本規則 There is a pear <u>**and**</u> five peaches **on the chest for Claire.**
五斗櫃上有一顆梨子和五顆桃子，是給克萊兒的。
↳ 符合基本規則：there be 句型中的動詞單複數配合後面的第一個名詞。

較 佳 There are five peaches <u>**and**</u> a pear **on the chest for Claire.**
五斗櫃上有五顆桃子和一顆梨子，是給克萊兒的。
↳ 當主詞是由 and 連接起來的一系列名詞（包括單數和複數）時，最好把複數名詞放在前面，緊接在動詞之後，理所當然使用複數動詞（are），這樣不僅文法正確，聽起來也比較自然。

較 佳 There is a pear **plus** five peaches **on the chest for Claire.**
五斗櫃上有一顆梨子還有五顆桃子，是給克萊兒的。
↳ 把連接詞 and 改成介系詞 plus，主詞就成了單數的 a pear，動詞自然是單數 is。而介系詞 plus 引導的片語只是插入的說明成分，並不影響主詞和動詞的單複數。

339

4 由 neither . . . nor、either . . . or、not only . . . but also 等成對連接詞
連接的兩個主詞，there be 的單複數應該與 neither、either、not only
後面的主詞（即第一個主詞）的數一致。

1 成對連接詞連接兩個**單數主詞**，要用**單數動詞**；連接兩個**複數主詞**，
要用**複數動詞**。

- There is **neither** an elementary school **nor** a middle school **in this**
poor village. 在這個貧窮的村子裡，沒有一所小學，也沒有一所中學。
↳ neither . . . nor 連接兩個單數名詞，要用單數動詞（is）。

- There are **neither** hotel rooms **nor** motel rooms **available for rent**
in our town on this holiday.
在這個節日裡，我們鎮上的飯店房間和汽車旅館房間全都租出去了。
↳ neither . . . nor 連接兩個複數名詞，要用複數動詞（are）。

2 成對連接詞連接**一個單數主詞和一個複數主詞**時，there be 動詞要與
後面的**第一個主詞**的數一致。

- There is **neither** central air conditioning **nor** electric fans **in any of**
the rooms in this hotel.
在這個飯店的所有房間裡，既沒有中央空調，也沒有電扇。
↳ 第一個名詞是單數（central air conditioning），動詞要用單數（is）。

- There were **neither** shops **nor** a swimming pool **in the hotel we**
stayed in last night. 我們昨晚住的那個飯店裡，沒有商店也沒有游泳池。
↳ 動詞（were）與最近的複數主詞（shops）一致。

Diving Deep Into English / 37 / it is 與 there is

it is → 前面已提過或已知的事物。
there is → 單純表達事物的存在。

- **Look,** there's **a UFO in the sky, and** it's **being flown by my**
friend Tammy Tokyo.
瞧，天上有一個幽浮，是由我的朋友泰咪 · 東京駕駛的。
↳ it 指前面提及過的 UFO。

Part 48

Exercise

1

選出正確答案。

- -

_____ **1** _____ there a lot of diamonds on Neptune's moons?

Ⓐ Is Ⓑ Are Ⓒ Have Ⓓ Has

_____ **2** There ____ no need to worry, but we do need to hurry.

Ⓐ is Ⓑ are Ⓒ have Ⓓ has

_____ **3** Does Blake _____ a headache or a backache?

Ⓐ is Ⓑ are Ⓒ have Ⓓ has

_____ **4** _____ has a house in Hawaii.

Ⓐ My home Ⓑ There is Ⓒ We Ⓓ My family

_____ **5** Your room in the June Hotel _____ a lovely balcony for watching the moon.

Ⓐ there is Ⓑ is having Ⓒ has got Ⓓ have got

_____ **6** Chris _____ the flu, and I think I do too.

Ⓐ has got Ⓑ has Ⓒ had got Ⓓ had

_____ **7** Last year there _____ lots of sweet grapes here that attracted many apes.

Ⓐ are Ⓑ have Ⓒ were Ⓓ had

_____ **8** _____ a neat park and public swimming pool on Clark Street.

Ⓐ It is   Ⓑ There have   Ⓒ They are   Ⓓ There is

_____ **9** Two years ago, Sue _____ a houseboat, which she later sold to her brother Chad.

Ⓐ had got   Ⓑ had   Ⓒ has   Ⓓ have

_____ **10** A long time ago, there _____ two lovely elves named Eve and Genevieve, who lived here and slept on these bookshelves.

Ⓐ is   Ⓑ are   Ⓒ was   Ⓓ were

2

將下列錯句改寫為正確句子。

----

1 Does Claire Dare has long hair?

→ _____

2 He won't had a dog or a hog.

→ _____

3 Connie Cord is having a Ford.

→ _____

342

4 There won't have any classes tomorrow because of this snowstorm, so let's stay in our dorm.

→ _____

_____

5 Clem usually has got breakfast at 7 a.m.

→ _____

_____

6 Did Sid Gear had a good job last year?

→ _____

_____

7 Skip said, "Have got a nice trip!" *(to experience; to undergo)*

→ _____

_____

8 I won't have got a mouse in my house. *(to allow; to permit)*

→ _____

_____

9 There anything wrong with Lynne White practicing her violin at midnight?

→ _____

_____

10 "There are now, especially among young people, a longing to visit the moon," Liz explained to June.

→ _____

_____

49 助動詞 do、have、be、will

Auxiliary Verbs: *Do, Have, Be, Will*

助動詞又稱為**協助動詞**（helping verb），與主要動詞連用，表示動詞的時態，或構成疑問句、否定句、被動式或簡答。常見的助動詞有四類：

 1 do

- do
- does
- did

1 構成（**現在式**或**過去式**）**否定句**。

2 構成（**現在式**或**過去式**）**疑問句**。

3 做**簡答**。

4 代替前面出現過的**主要動詞**。

5 在肯定句中置於原形動詞之前以**加強語氣**。

- **She does not know anything about it.** → 否定句（簡單現在式）
  她對此一無所知。

- **Where did you hide my bunny bank filled with money?** → 疑問句（過去式）
  你把我裝滿錢的兔子撲滿藏去哪裡了？

| Ann | **Do you and Kay go swimming every day?** → 疑問句（簡單現在式）
你和凱每天都要去游泳嗎？ |

| Dan | **Yes, we do.** → 簡答
是的。 |

- **Sue runs faster than I** do.　→ 代替主要動詞（run）。
  蘇跑得比我快。

- **I** do **care for you.**　　→ 用在原形動詞 care 前，加強語氣。
  我是真的喜歡你。　　　　（簡單現在式）

> **do**、**does**、**did** 除了作助動詞，也可作**行為動詞**，
> 談論行為動作。
>
> - Usually Mom does the shopping, Kirk does the
>   cooking, and I do my homework.
>   通常媽媽負責採購，柯克做飯，而我做自己的功課。

2 have

● have　● has　● had

與過去分詞一起構成**各種完成式**。

- **Have you ever** seen **such a horrible scene!**　→ 現在完成式
  你目睹過這麼恐怖的場面嗎！

- **Sue Flowers** has been jogging **for over two hours.** → 現在完成進行式
  蘇・弗勞爾斯已經慢跑兩個多小時了。

- **Kay's brother Lee and his girlfriend Dee** had been
  kayaking **down the river for three days.**　→ 過去完成進行式
  凱的哥哥李和他的女友蒂已經順流而下划了三天的皮艇。

> **have**、**has**、**had** 除了作助動詞，也可
> 作行為動詞，談論行為動作。
>
> ● have fun　玩得高興
> ● have a nice trip　旅途愉快
>
> » 參見 p. 336〈3 have 表「行為動作」〉

345

3 be

- am/is/are • being
- was/were • been

1 與現在分詞一起構成**各種進行式**。

2 與過去分詞一起構成**被動式**。

- **Our cooking contest winner** is making **dinner.**
  我們的烹飪賽冠軍正在做晚餐。
  ↳ 助動詞 is 與動詞現在分詞 making 一起構成現在進行式。

- **Last night two people** were injured **in a car accident.**
  昨晚的車禍中有兩人受傷。
  ↳ 助動詞 were 和動詞過去分詞 injured 一起構成被動式（過去式）。

4 will

- will • would

與原形動詞一起構成**未來式**。

- **Don't worry, because Jill and Gus** will win **the game for us.**
  不要擔心，潔兒和加斯會為我們贏得這場比賽的。
  ↳ will 可以作助動詞，與主要動詞 win 一起構成簡單未來式。

- **Sue said she** would retire **in two years and then** move **to Honolulu.**
  蘇說，她兩年後會退休，然後搬去檀香山住。
  ↳ would 和主要動詞 retire、move 一起構成過去未來式。

Honolulu

情態動詞／情態助動詞

Modal Verbs/Modal Auxiliary Verbs

1 情態助動詞的定義和形式

1 **情態助動詞**與另一個動詞連用，表示能力、可能性、許可、必要、意圖等。情態助動詞包括：

- can
- may
- must
- shall
- will
- dare
- could
- might
- ought to
- should
- would
- need

2 **情態助動詞**是一種特殊的助動詞，又稱為**情態動詞**。情態助動詞不只輔助動詞，本身還帶有一定的含意，而助動詞本身是沒有含意的。情態助動詞和助動詞一樣，不能單獨使用，只能與其他動詞（即主要動詞）連用。

- **She** may arrive **tonight.** 她今晚可能會抵達。
  ↳ 情態助動詞 may 意思是「也許」，不能單獨使用，要和主要動詞（arrive）連用。

2 情態助動詞的特徵
  （區別於一般動詞／主要動詞／述語動詞）

1 情態助動詞沒有變化形，因此第三人稱單數不加 -s。
  » 參見 p. 396〈1 簡單現在式的動詞變化和句型〉

- **Bess** may know **his address.** 貝絲也許知道他的地址。

- **Bess** knows **his address.** 貝絲知道他的地址。
  ↳ 一般動詞（ordinary verb）／主要動詞（main verb）的簡單現在式，第三人稱單數（如：he、she、it、Mary 等）的動詞要以 -s 結尾。

2　情態助動詞的疑問句、否定句和簡答句，有其特定形式，不用助動詞 do/does/did。

① **疑問句**：將情態助動詞移至主詞前。

- May I **help you, Kay?** 凱，我可以幫助你嗎？

② **否定句**：在情態助動詞後面加 not。

cannot cook

- **Brooke** cannot **cook.** 布露可不會做飯。

③ **簡答句**：省略主要動詞。

| Ann | Can I return **your car tomorrow?** 我可以明天還你車嗎？ |
| Dan | **No, you** can't. **I need it tonight.** 不行，我今天晚上要用車。 |

3　情態助動詞沒有不定詞（帶 to）、現在分詞和過去分詞（to could、coulding、coulded），必要時可用其他句型，如：

- **Elaine would like** to be able to **fly an airplane.** 伊蓮希望能夠駕駛飛機。
  ↳ be able to 代替 can（不能說 to can）。

4　情態助動詞後面只能接**原形動詞**，不能接帶 to 的不定詞、動名詞或分詞（ought to 例外）。

- **After the elf Dawn shows you the way, you** can go **by yourself.**
  朵安小精靈給你指了路後，你就可以自己去了。
  ↳ 不能說 can to go。

- **Connie Chance** might stop **to visit me on her way to France.**
  康妮‧錢斯在去法國的路上也許會順道來看我。
  ↳ 不能說 might stopping。

5　情態助動詞**沒有未來式**（不與 will 連用）。

- **Rae** may go **to Britain next May.** 明年五月芮可能要去英國。
  ↳ 談論未來的事情，但情態助動詞（may）不變形，沒有未來式，不能寫成 will may。

6 一般而言，情態助動詞沒有過去式，不過 would、could、might 有時被視為 will、can、may 的過去式；must、ought to、should 的過去式則需改用其他句型。

現在式、未來式	過去式、過去未來式
• can go	• could go 能力；許可（用於間接引語）
• may go	• might go 可能（用於間接引語）
• shall go〔主英式〕	• would go（表示單純的未來）將
• will go	• would go（表示單純的未來）將
• must go	• had to go 必須
• ought to go	• ought to have gone 應該（過去該做而未做的事／過去可能發生的事）
• should go	• should have gone 應該（過去該做而未做的事／過去可能發生的事

- **Can you swim more than a mile?** → 現在式（表能力）
  你能游超過一英里嗎？

- **Could you swim more than a mile when you were young?** → 過去式
  你年輕時能游超過一英里嗎？

- **If she wants to do international business, Trish must work hard at her English.** → 現在／將來
  如果翠西想從事國際貿易，就得努力學習英語。

- **Kay is really tired now, because she had to work hard for 14 hours yesterday to get the project done.**
  凱現在真的很累，她昨天為了完成這個案子，不得不努力工作了 14 個小時。
  ↳ 當 must 的意思是「必要」時，其過去時態是 had to。

選出畫線字所屬的動詞類別，填入空格中。

A action verb 行為動詞

C auxiliary verb 助動詞

B linking verb 連綴動詞

D modal auxiliary verb 情態助動詞

_____ **1** Annie Skinner often <u>has</u> fish for dinner.

_____ **2** <u>Are</u> you unhappy with Sue or her sister Lulu?

_____ **3** Brook <u>was</u> reading a book.

_____ **4** Brigitte <u>does</u> not know anything about it.

_____ **5** Tess, <u>can</u> I have some silk to make my prom dress?

_____ **6** Kris Ming <u>had</u> her coffee this morning.

_____ **7** Blaire and Claire Wright <u>were</u> at the book fair last Saturday night.

_____ **8** Where <u>did</u> Lily put my bunny bank that was full of money?

_____ **9** Did Annie <u>have</u> a good journey?

_____ **10** <u>May</u> I offer you some crackers and cheese?

將下列錯句改寫為正確句子。

----

1 Snow White mays arrive tonight.

→ _____

_____

2 Does she can water-ski?

→ _____

_____

3 Mike doesn't should be shouting at Pat like that.

→ _____

_____

4 Faye and Lenore will may go to Singapore in May.

→ _____

_____

5 Lee won't may understand me.

→ _____

_____

6 Kay, you must to water the flowers every day.

→ _____

_____

7 Yesterday Glen musted work from one to ten.

→ _____

_____

8 Sweet little Dorete ought wash her smelly feet.

→ _____

_____

9 Jill thinks everybody will to be here on time.

→ _____

_____

10 Kay and I could leave a little early today, Mr. Sherwood?

→ _____

_____

Part 51 can 和 could 的用法
Can and Could

 1 can 和 could 的句型

肯定句	I/You/He/She/It/We/They can/could go.
否定句	I/You/He/She/It/We/They cannot go. I/You/He/She/It/We/They could not go. 縮寫 cannot = can't; could not = couldn't
疑問句	Can/Could I/you/he/she/it/we/they go?

- If I can do it, you can do it, too.　→ 肯定句（現在式）
  如果我做得到，你也可以。

- I can't hear you!　→ 否定句（現在式）
  我聽不到你的聲音！

- Can she beguile Dan with her smile?　→ 疑問句（現在式）
  她能夠用她的微笑吸引丹嗎？

- Dan couldn't find his way out of the maze,
  because he was in a romantic daze.　→ 否定句（過去式）
  丹走不出迷宮，因為他已經被浪漫沖昏了頭。

2 can 和 could 的意義

1 can 和 could 表示**能力**（ability, skill）。

| 現在式／未來式 | **can** | 過去式 | **could** |

- Greta Graph can scuba dive, fix engines, read Greek, and make me laugh.　　　　　　　　　　　　→ 現在式
  葛瑞妲‧葛賴弗會水肺潛水、修理引擎，看得懂希臘文，而且還會逗我笑。

- I think I can finish writing the magazine article about Hawaii by 6 p.m. tomorrow.　　　　　　　→ 未來式
  我想我在明天下午六點以前，能夠寫完那篇夏威夷的雜誌專文。

- Anna could scuba dive when she was five.　　　→ 過去式
  安娜五歲時就會水肺潛水了。

scuba diving

2 can、could、may 都可表達**請求許可**（ask for permission），用於**疑問句**，指現在或未來。表達此意時，could 並不是 can 的過去式。

> 現在式／未來式　can, could, may

- can/could/may I/we (please) . . . ?　　　請求許可做某事
- can/could/may I/we (please) have . . . ?　請求許可得到某物

- Mom, can/may/could I please go to the prom with Tom tonight?
  媽媽，今晚我可以跟湯姆一起去參加班級舞會嗎？
  ↳ 未來（請求許可做某事）

- Bess, can/may/could I have your email address?
  貝絲，可以告訴我你的電子郵件地址嗎？
  ↳ 現在（請求許可得到某物）

3 can 和 could 表示**准許與否**（permission），用於**肯定句**和**否定句**。

> 現在式／未來式　can　　　過去式　could

表示准許與否，只能用 can 或 can't 指現在或未來；
could 和 couldn't 用於過去式。

直接引語　Sue's mom said to Tom, "You can't take my daughter to the prom."

蘇的媽媽對湯姆說：「你不能帶我女兒去舞會。」

↳ 在直接引語中，用 can't 表示「不許可」，指現在或未來。

間接引語　Sue's mom told Tom that he couldn't take her daughter to the prom.

蘇的媽媽告訴湯姆，他不能帶她女兒去舞會。

↳ 在間接引語中，用 couldn't 表示「不許可」，指過去。

Ann　Could/Can I bother you for a minute?　可以耽誤你一分鐘嗎？

Dan　Yes, you can.　可以啊。

↳ 疑問句（現在式）：「請求許可」做某事，現在式可以用 can，也可以用 could。

↳ 回答表示「准許與否」，現在式只能用 can/can't，不用 could/couldn't。

4　can 和 could 表示**請求**和**邀請**（request or invitation），用於**疑問句**。表達此意時，could 並不是 can 的過去式，而是指現在或未來，口氣比 can 委婉。

現在式／未來式　can, could

· Mom, could you pass me the butter, please?　→ 指現在

媽媽，可以請你把奶油遞給我嗎？

↳ 表「請求」可以用 can 或 could，用 could 更客氣。

· Can/Could you go out for dinner with me tonight?　→ 指未來

今晚你能跟我一起出去吃飯嗎？

↳ 表「邀請」可以用 can 或 could，用 could 更委婉。

5　can 和 could 用來**提出建議**（suggestion or advice），意為「可以」；或用來**主動提議做某事**（offer）。此時，could 不是過去式，而是指現在或未來，口氣比 can 委婉。

現在式／未來式　can, could

- **You** can/could **lend her your car if hers isn't fixed by Sunday.**
  如果她的車子到星期天還沒有修好，你可以把你的車借給她。
  ↳ 建議（未來）。

- Can/Could **I help you with the dinner?**
  = Should/Shall **I help you with the dinner?**
  我幫你做晚餐，好嗎？
  ↳ 提議做某事（現在）。

6 **can**、**could**、**might** 可以用來表示做某事的**機會**或**選擇**（opportunity or choice），此時，could 不是 can 的過去式。could 這種用法類似 might，表示可能性較小。

現在式／未來式   can, could, might

- **You** can/could/might **still win—the game is not over yet.**   → 機會
  你仍然有可能贏的，比賽還沒有結束。

- **If the weather is good tomorrow, we** can/could/might
  go camping with Joe.   → 選擇
  如果明天天氣好，我們就可以和喬一起去露營。

> **NOTE**
> 將直接引語改為間接引語（由過去式動詞 said 轉述）時，則 **could** 用作 can 的**過去式**。
> - Buzz said if the weather was good that weekend, we could go fishing with Heather.
>   巴斯說，如果那個週末天氣好，我們就可以跟海瑟一起去釣魚。

7 **can** 和 **could** 表示**邏輯推論**。

1 在**疑問句**和**否定句**中，**can** 表示**對現在的邏輯推論**（present logical possibility），詢問現在的某事是否是真的（疑問），或表示現在的某事不可能是真的（否定）。

| 現在式 | can | → 用於疑問句或否定句中 |

- There's the doorbell. Who can that be?
  門鈴在響,會是誰呢?

- Look at Mitch and his old clothes, and you'll know he can't be rich.
  看看米契和他那一身舊衣服,你就知道他不可能是有錢人。

2 在**肯定句**中,can 搭配 **only** 或 **hardly**(can only, can hardly),可以表示**對現在的邏輯推論**;can 也可表示**偶然發生的可能性**,意為「有時會……」。

| 現在式 | can | → 用於肯定句(與 only、hardly 連用) |
| | | → 用於肯定句(表示偶然發生) |

Ann　Who's that at the door?　門外是誰?

Dan　It can only be your sister.　一定是你妹妹,不會是別人。
　　↳ 與 only 連用。

- Sometimes it can be extremely busy at the Play Day Cafe.
  遊日咖啡廳有時會忙翻了。　→ 偶然發生。

3 在**肯定句**中,要用 **could**(= may, might)表示**對現在的邏輯推論**,意思是「或許」(perhaps, maybe)。此時不用 can;could 在此用法中並非是 can 的過去式。

| 現在式 | could | → 用於肯定句中 |

- There could/may/might be life on Mars or on planets that orbit distant stars.
  在火星上,或是在環繞著遙遠恆星運行的行星上,可能有生命的存在。

4 在**肯定句**中，要用 **could**（= may, might）**推測未來**要發生的事，不用 can。

未來式　**could** → 用於肯定句中

- War between those two nations could break out soon.
  = War between those two nations may/might break out soon.
  那兩國之間隨時可能爆發戰爭。

8 「**could have + 過去分詞**」表**對過去的邏輯推論**。

在**疑問句**和**否定句**中，「**could have + 過去分詞**」可以表達對**過去**的邏輯推論，詢問過去的某事是否是真的（疑問句），或表示過去的某事可能不是真的（否定句）。

- Jake, could that strange noise have been our ape killing a snake?
  傑克，剛才那奇怪的聲音，會不會是我們的無尾猿把蛇殺死的聲音？
  ↳ 疑問句：過去某事可能是真的（無尾猿剛才可能殺死了一隻蛇）。

- Bart couldn't have fixed my car, because the motor still won't start.
  巴特可能還沒修好我的車，因為馬達還是發不動。
  ↳ Perhaps Bart did not fix my car.
  ↳ 意指「巴特不可能修好了我的車」。對過去情況的否定推測，美式英語用「couldn't have + 過去分詞」，英式英語有時也用「can't have + 過去分詞」。

9 「**could have + 過去分詞**」也可以表示**假設語氣**。

「**could have + 過去分詞**」也可以表示**過去**可能發生，但實際上未發生的事，是一種假設語氣。

- Joyce could have been married to Mark Wood if she had made a different choice.
  假如喬伊絲當初做了不同的選擇，她可能就嫁給了馬克‧伍德。
  ↳ 事實上喬伊絲沒有嫁給馬克‧伍德。

Part 52 may 和 might 的用法
May and *Might*

 1 may 和 might 的句型

may 和 might 是表示**可能性**、**請求許可**、**准許與否**、**客氣的請求**或**提議**的情態助動詞。may 和 might 的句型如下：

肯定句	I/You/He/She/It/We/They may/might go.
否定句	I/You/He/She/It/We/They may/might not go.
疑問句	May/Might I/you/he/she/it/we/they go?

- I might see Bing again someday—who knows what the future might bring?

  也許有一天我還會見到賓，誰知道未來會怎樣？

  ↳ might 或 may 後面要接原形動詞。

- May I offer you a cup of coffee or tea?

  我可以幫你倒杯咖啡或茶嗎？

  ↳ 疑問句中，might 或 may 要放在句首，即放在主詞前面。

- Ann said that she might not call Dan.

  安說，她可能不會打電話給丹。

  ↳ 否定句中，might 或 may 後面接 not 構成否定。

May I offer you a cup of coffee or tea?

2 may 和 might 表「可能性」（用於肯定句和否定句，不用於疑問句）

1 **may** 和 **might** 指**事情發生的可能性**。此時 might 被視為 may 的**過去式**，用於間接引語中；may 則用於**現在式**或**未來式**。表「可能性」時，may 和 might 用於**肯定句**和**否定句**。

　現在式／未來式　**may**　　　過去式　**might**

- **We may stop to visit Disney World on the way to Miami.**
  前往邁阿密的路上，我們可能會順道參觀迪士尼樂園。　→ 未來的可能性

- **Nicole told me that she might stop to see me on her way to Seoul.**
  妮可跟我說，她可能會在前往首爾的路上順道來看我。
  ↳ 主要子句的動詞用了過去式（told），因此間接引語的子句中，動詞也應該用過去式（might），指過去的可能性，不能用現在式或未來式（may）。

» 參見 p. 499〈Unit 13 直接引語與間接引語〉

2 **might** 也可以用於**現在式**或**未來式**，表示**微弱的可能性**。此時的 might 和 may 之間不是時態的差異，而是**可能性程度**的分別，might 表示可能性較小，相當於 could。表「微弱的可能性」時，may 和 might 用於**肯定句**和**否定句**。

　現在式／未來式　**may, might**　→ may 的可能性比 might 大

- **It may snow tomorrow.**
  = It might/could snow tomorrow.
  明天可能會下雪。
  ↳ 兩句意思一樣，不過 might 的可能性比 may 低。

- **Jane said, "It may/might not rain."**
  珍說：「可能不會下雨。」
  ↳ 用於否定句。

- She might/could be a billionaire one day—but who knows when?
  她有一天也許會成為億萬富翁，
  不過誰知道是什麼時候？　→ 可能性小。

Diving Deep Into English / 38 / may not be 與 can't be 的差別

may not be → 也許不會（= perhaps not）
can't be → 一定不會（= certainly not）

- Lynne Scout may not be in her cabin; please call her to find out.
  琳・史高特可能不在她的小屋，請給她打個電話確認一下。
  ↳ 也許不在。
- "It's very late, so Nate can't be in his office," said Kate.
  凱特說：「已經很晚了，內特不可能在他的辦公室。」
  ↳ 一定不在。

---

3 may 和 might 表「請求許可」（用於疑問句）

與 can 和 could 一樣，**may** 和 **might** 都可以用來**請求許可**，用於正式場合。

現在式／未來式　may, might

- May I hold your hand?
  我可以握著你的手嗎？
- Do you think we might take a short break, Mr. Blare?
  布雷爾先生，你想我們可以稍微休息一會兒嗎？
  ↳ 更客氣的用法（might 常用於疑問句的受詞子句中）。

» may 表示請求許可，參見 p. 354〈2 can、could、may 都可表達請求許可……〉

may 表「准許與否」（非常正式的場合；用於肯定句和否定句）

you may 或 **you may not** 用於非常正式的場合，表示**准許與否**。在非正式的場合，更常用 can/cannot。

- **You** may **kiss my granddaughter Sue only after you two get married.**
  在你們兩人結婚後，你才可以親吻我的孫女蘇。

- **You** may not **leave until the principal has finished her speech.**
  要等到校長的演講結束，你才可以離開。

 may 和 might 表「客氣的請求或提議」（用於疑問句）

may 和 **might** 都可以用於**客氣的請求或提議**（只與 I 和 we 連用：may I、may we；might I、might we）。美式更常用 may。

> 現在式／未來式　**may, might**

- "May I **see your ID, please?" asked Sheriff Ray Lee.**
  「我可以看你的身分證嗎？」雷·李警長問。　→ 客氣的請求或要求

- **Jake,** might/may I **make a suggestion to you about that huge snake?**
  傑克，關於那條龐大的蛇，我可以向你提一個建議嗎？　→ 客氣的提議

 may 表「願望、祝福」

may 也可以表示**願望**或**祝福**，句型為「**may + 主詞 + 原形動詞**」。

- May **you** live **long and happy, Rae.**
  芮，祝你幸福長壽。

362

- May all your Christmases be white!
  祝你每年都有個白色的聖誕節！

7 may/might have + 過去分詞

1 「**may/might have + 過去分詞**」表示**對過去可能性的猜測**，用來談論過去可能發生的事，但不確定到底有沒有發生，與「could have + 過去分詞」的用法一樣。

- something may/might/could have happened
  = perhaps something happened
  指過去可能發生過的事

- All of the deaths may/might/could have been caused by the jeep driver falling asleep.
  = Perhaps all of the deaths were caused by the jeep driver falling asleep.
  所有的死亡可能都是吉普車司機睡著所造成的。
  ↳ may/might/could + have + been caused（過去分詞）

2 「**might have + 過去分詞**」也用來表示**與過去事實相反的假設**，談論過去可能發生、實際上卻未發生的事，是一種**假設語氣**，與「could have + 過去分詞」的用法一樣。表示假設語氣時，不用 may 和 can。

- something might/could have happened
  某事在過去可能發生，但事實上並沒有發生

- Theodore said, "You might/could have been killed in that stupid war."
  塞奧多說：「你本來可能會在那場愚蠢的戰爭中喪生的。」
  ↳ might/could + have + been killed（過去分詞）

選出畫線字所屬的動詞類別，填入空格中。

_____ **1** Dr. Dee Hammer, <u>could</u> you please explain the transmission vectors of this STD?

Ⓐ present time　現在

Ⓑ past time　過去

_____ **2** <u>Can</u> agile Nan swim more than a mile?

Ⓐ permission　許可

Ⓑ ability　能力

_____ **3** <u>Can</u> I use your cellphone to call Ramon?

Ⓐ ability　能力

Ⓑ permission　許可

_____ **4** How <u>can</u> we climb out of this pit of slime with you whining all the time?

Ⓐ offer　提議

Ⓑ possibility　可能性

_____ **5** Mike thought that Celeste <u>might</u> like the treasure chest.

Ⓐ present possibility　現在的可能性

Ⓑ past possibility　過去的可能性

_____ 6 Abigail <u>might</u> forget Mat now that he's in jail.

    Ⓐ present time 現在

    Ⓑ past time 過去

_____ 7 <u>May</u> you succeed in your new business, Kay!

    Ⓐ permission 許可

    Ⓑ wish 祝福

_____ 8 Jill <u>may have changed</u> her mind and decided not to go to Brazil.

    Ⓐ past possibility 過去的可能性

    Ⓑ present possibility 現在的可能性

_____ 9 Rae said that I <u>could</u> take a nap while Kay was practicing ballet.

    Ⓐ permission 許可

    Ⓑ ability 能力

_____ 10 Joe, <u>could</u> you please come to my office tomorrow?

    Ⓐ request 請求

    Ⓑ permission 許可

Part 53

shall、will、should、would 的用法

Shall, Will, Should, and Would

1 shall 和 will 為助動詞（簡單未來式）

1 shall 和 will 可作**助動詞**，表示**簡單未來式**。第一人稱，傳統英語用 I/we shall；現代英語（美式和英式）則用 I/we will 取代 I/we shall。其餘人稱一律用 will。

第一人稱簡單未來式		
傳統用法	現代用法	
	英式〔少用〕	美式／英式〔常用〕
● I shall ● we shall	● I shall ● we shall	● I will ● we will

英式英語 "I shall be home by 7 p.m.," declared Kevin.

現代英語 "I will be home by 7 p.m.," declared Kevin.
凱文說：「我晚上 7 點會到家。」

- He will tell you the result tomorrow, but not today.
他明天會把結果告訴你，但今天不會。
↳ 單數第三人稱（he），用 will，不用 shall。

» 參見 p. 419〈2 簡單未來式 will〉

2 shall 和 will 作助動詞，表示**未來式**時，其**過去式**應該是 **would**（過去的未來），而不是 should。

- I told Joe that I would leave tomorrow. → 過去未來式
我告訴過喬我明天要離開。

» 參見 p. 446〈Part 63 過去未來式〉及 p. 370〈5 would 可作助動詞（用於過去式）〉

366

2 shall 作情態助動詞：表「提供；提議；請求建議」
（ shall I, shall we ）

shall 可作**情態助動詞**，用於**疑問句**，與 I/we 連用，用來**徵求對方意見**，表示**提供**（make an offer）、**提議**（make a proposal）或**請求建議**（ask for advice）。

- **Shall I make a pot of coffee for you and Scot?** → 提供
  我為你和史考特煮一壺咖啡好嗎？

- **The waiter asked, "Shall I take your coat, Ms. Moat?"** → 提議
  服務生問：「莫特女士，我幫您拿大衣好嗎？」

- **What shall we do now?** → 請求建議
  我們現在該怎麼辦？

  ↳ 表示「請求建議」，美式英語更常用 should I/we（如：What should we do now?），而英式英語則常用 shall I/we。

3 will 作情態助動詞：表「提議；命令；意願」

will 作**情態助動詞**時，用來表示**意願**、**可能性**、**客氣的提議**、**客氣的請求**、**命令**、**規則**、**必然性**，以及（現在）**習慣性的行為**。

- **If you won't tell Jill the truth, I will.** → 不願意（意願）
  如果你不願意告訴潔兒事實，我會告訴她。

- **"Will you please be quiet?" requested Jill.**
  「請你們安靜一點好嗎？」潔兒請求道。
  ↳ 客氣的請求（也可以用 would/could/can 表示「請求」）

- **Kirk, you will not go out until you finish your homework.** → 命令
  柯克，你作業沒做完就不准出去。

- **Wendy, you will regret this.** → 必然性
  溫蒂，你會為此後悔的。

- **Whenever Jill tells a joke, she will wiggle and giggle.**
  潔兒一講笑話就會咯咯笑著扭動身子。　→（現在）習慣性的行為

  » 參見 p. 420〈Diving Deep Into English 42 情態助動詞 will 的用法〉

  » 表過去習慣性的行為，參見 p. 370〈5 would 可作助動詞（用於過去式）〉

 4　should 為情態助動詞（現在式或未來式）

肯定句	I/You/He/She/It/We/They should leave.
否定句	I/You/He/She/It/We/They should not leave. **縮寫** should not = shouldn't
疑問句	Should I/you/he/she/it/we/they leave?

1 should 表示「做某事的合理性」（**應該；必須**）時，是**情態助動詞**，不是助動詞 shall 的過去式。**should** 用於**現在式**和**未來式**中，表示某事是恰當的、合理的、正確的、義不容辭的（義務，責任，建議，命令，決定）。

- **Amy wrote an interesting book—you should read it.**
  艾咪寫了一本很有趣的書，你應該讀一讀。

- **Russ, you shouldn't smoke on the bus.**
  拉斯，你不應該在公車上吸菸。

2 should 還用於**請求給予確認**或**請求建議**的疑問句中。

- **Should/Shall I wear a tie?** 我應該打領帶嗎？
  ↳ 表示「請求建議」，美式常用 should I/we，英式常用 shall I/we。

3 should 也表示**強烈的可能性**，強烈相信某事會發生或期待某事發生。

- **Arty Sun will have tons of games at the Halloween party, so it should be fun.**
  在萬聖節前夕的派對上，亞提‧孫會辦很多遊戲，應該會很好玩。

4　should 表達**語氣較強的假設**（萬一；如果），可用在 if 子句中或取代 if 來描述某事發生的可能性。

- Tom muttered, "If anything should happen to me, please contact my mom."
  ↳ should 用在 if 後面。

  = Tom muttered, "Should anything happen to me, please contact my mom."

  湯姆低聲喃喃道：「萬一我出了什麼事，請跟我媽媽聯絡。」
  ↳ should 用來取代 if，置於句首。

5　should 可構成**假設語氣**：

1　should have + **過去分詞**：表示過去該做而未做的事。

2　shouldn't have + **過去分詞**：表示過去做了不該做的事。

- You should have taken my advice and should not have married Joyce.

  你早就該聽我的話，不應該跟喬伊絲結婚。
  ↳ should have + taken（**過去分詞**）：表示過去該發生而未發生的事（你沒聽我的建議；你沒做該做的事）。
  ↳ should not have + married（**過去分詞**）：表示不該發生而已經發生的事（你已經跟喬伊絲結婚了；你做了不該做的事）。

6　「should have + **過去分詞**」也可指一個**很可能已經發生的事情或活動**。

- Your prize-winning cow should have arrived in Macao by now.

  你那頭得獎的乳牛現在應該已經抵達澳門了。
  ↳ should have + arrived（**過去分詞**）：
  表示很可能已經發生的行為。

would 可作**助動詞**，為 will 的過去式，用在**過去未來式中**，
表示**過去的未來將發生的事**；would 也可表示**過去的習慣**。

> 直接引語　**Bryce said, "Tomorrow will be nice."**
> 布萊斯說：「明天會是晴天。」

> 間接引語　**Bryce said the next day would be nice.**　→ 過去未來式
> 布萊斯說隔天會是晴天。

- **While vacationing in Michigan, Larry met Kay, whom he would marry one day.**　　　　　　　　　→ 過去未來式
  賴瑞在密西根度假的時候，認識了他未來的新娘凱。

- **On warm summer nights with clear skies, we would gaze through our telescopes until sunrise.**
  在溫暖夏夜的晴空下，我們常用望遠鏡眺望，直到第二天日出。
  ↳ 過去的習慣（重複性）

- **Last night we gazed through our telescopes until sunrise.**
  昨夜我們用望遠鏡眺望，直到第二天日出。
  ↳ 過去某個特定的事件

would 也是**情態助動詞**，表示**意願**、**可能性**、**請求**或**提議**。此時 would 不是過去式，跟 will 的意思一樣，但語氣更委婉，可能性較小。

> 現在式／未來式　**would**

- Ann, I would/will be glad to answer any of your questions about becoming a vet.　→ 意願
안，我很樂意回答你任何有關當獸醫的問題。

- "Would/Will a starving mother be able to produce enough milk for her hungry baby?" asked Mabel.　→ 可能性
美博問：「一個挨餓的母親能夠提供她飢餓的孩子足夠的奶水嗎？」

- Would/Will you please wait outside?　→ 請求
請你在外面等好嗎？

7　would like 的用法

1　**would like + 物**：would 常用於 I'd like (= I would like) 片語中。I'd like something 表示**希望得到某樣東西**，語氣比 I want something 客氣。

- I'd like a window seat, please.
我想要一個靠窗的座位。

2　「**would like/love/prefer to . . .（接不定詞）**」表示**想做某事**。

- I'd like to buy a good telescope to look at Mars and the stars.
我想買一個好的望遠鏡，可以用來看火星和星星。

- I think Joan would prefer to talk to you alone.
= I think Joan would rather talk to you alone.
我想，裘恩更想單獨跟你談話。
↳ would prefer to do = would rather do 寧願；寧可

3　「**would you like to . . .?**」用來**提出邀請**。

- Dee, would you like to go to the movies with me?　→ 邀請
蒂，想不想跟我去看電影？

371

4 「would you like . . . ?/ would you like to have . . . ?」用來**提供物品**。

- Dee, would you like a cup of hot chocolate milk or coffee?
  蒂，你要來杯熱巧克力牛奶或咖啡嗎？
  ↳ 「would you like . . .」表禮貌提供物品，不用「will you like . . .」。

- Would you like to have a brownie?
  你想不想要來一塊布朗尼？
  ↳ 提供物品。

Diving Deep Into English / 39 / would like 與 like 的區別

would like → 想要（ = want）
like   → 喜歡（ = enjoy）

- I'd like some green tea, please.
  = I'd like to have some green tea, please.
  請給我來點綠茶。
  ↳ I'd like = I want（我想要），這句不能用 I like（喜歡）。

- I like green tea, but I don't like coffee.   → like = enjoy
  我喜歡綠茶，但不喜歡咖啡。

---

8 would have + 過去分詞（假設語氣）

would 可構成**假設語氣**，「**would have + 過去分詞**」表示**過去可能發生但沒有發生的事**。

- Tyr would have brought flowers for me if he had known I was here.
  如果提爾知道我在這裡，他就會送花給我。
  ↳ would have + brought（過去分詞）：表示過去沒有發生的事（提爾不知道我在這裡，所以他沒有帶花來）。

» 參見 p. 540〈3 If（與事實相反的假設）〉

9　will 與 would 的比較

1 現在式動詞 **hope**、**believe**、**expect** 表達**可能實現的期待**，後面子句要用 **will**，不用 would。

- **Jill** hopes **that the big Swede** will **succeed.**
  潔兒希望那個高大的瑞典人成功。　→ 可能會實現。

2 與 **be grateful** 連用時，表達**感激**，用 **would**，不用 will（英式英語則可以用 should 表達此義）。

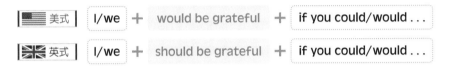

- **I** would/should be grateful **if you could help me baby-sit Lulu.**
  如果你能幫我照顧一下露露，
  我會很感激的。

baby-sitting

3 **would** 與 **wish** 連用，表示**希望**某事發生或某種情況產生變化，是一種**假設語氣**。此時，would 不能換成 will。

主詞 ＋ wish（希望） ＋ someone / something ＋ would...

- **I** wish **Perry** would **lend his sailboat to my boyfriend Gary.**
  真希望派瑞把他的帆船借給我的男友蓋瑞。
  ↳ 不可能實現或可能性很小。

1

選出畫線字所代表的意義。

_____ 1 "There should be a law against smoking near schools," asserted Claire.

Ⓐ past tense of "shall" shall 的過去式

Ⓑ expressing what is right 表達某件事是正確的

_____ 2 I acknowledge that I should have studied harder during my last year in college.

Ⓐ an action that has probably happened
可能已經發生的行為

Ⓑ an action which did not happen
沒有發生的行為

_____ 3 Would it be all right if I use your cellphone to call Joan?

Ⓐ future time 未來   Ⓑ past time 過去

_____ 4 Please stop because I'd like to buy some tissues before I sneeze.

Ⓐ want 想要   Ⓑ enjoy 喜歡

_____ 5 I wish Jerry would marry my sister Mary.

Ⓐ past time 過去   Ⓑ future time 未來

將括弧中的正確答案畫上底線。

----

1 "Would you like some bread, Ed?" ("Yes, I do."/"Yes, please, and some blue cheese too.")

2 "(I'd like/I like) a window seat, please," said Louise.

3 (I don't/I wouldn't) like Annette and Chet.

4 For dinner tonight, how many eggs (do you/would you) like to take to Meg's?

5 Kyle hopes Jill (will/would) be happy with her marriage to Lyle.

6 Cindy wishes that Ken and Megan (will/would) have ten children.

7 I (will/would) be grateful if you could bring me some firewood.

8 (Would you like/Do you like) to go bowling tonight with Andrew?

9 I (would like/like) drinking green tea and eating a chocolate cookie while looking at the sea.

10 I would be grateful if you (can/would) help me phone Dan in Iran.

3

選出正確答案。

_____ **1** Kyle _____ Jill if she had said yes and smiled.

Ⓐ would have married　Ⓑ would marry

Ⓒ will marry　Ⓓ should marry

_____ **2** Yesterday we told June that we _____ visit her again soon.

Ⓐ will　Ⓑ shall　Ⓒ would　Ⓓ may

_____ **3** I wish it _____ stop snowing and blowing.

Ⓐ will　Ⓑ shall　Ⓒ should　Ⓓ would

_____ **4** "I'm sorry, I _____ at you last night," said Pat.

Ⓐ shouldn't yell　Ⓑ shall not yell

Ⓒ would not yell　Ⓓ shouldn't have yelled

_____ **5** **Sue:** Do you like to climb mountains in the summertime?
Jim : _____, Sue.

Ⓐ Yes, I do　Ⓑ Yes, please

Ⓒ No, please　Ⓓ Yes, I will

376

Part

54

must、have to、ought to 的用法

Must, *Have to*, and *Ought to*

① **must 表「義務；必要」（用於肯定句和疑問句）**

肯定句	I/You/He/She/It/We/They must leave.
疑問句	Must I/you/he/she/it/we/they leave?

1 在**肯定句**和**疑問句**中，**must** 用來表示**義務、責任、必要性**，談論某件我們不得不做的事情。

- **You** must **pay your taxes.** 你必須繳稅。　→ 義務、責任

- **Must we tell Jim about this?** 我們一定要把這件事告訴吉姆嗎？
  ↳ 必要性（真的有必要嗎？）

2 **must** 用於**否定句**的用法，參見 p. 382〈5 don't/doesn't have to、needn't 與 mustn't 的比較（否定形式）〉。

② **must 表「對現在的合理推論」（用於肯定句）**

1 在**肯定句**中，**must** 也可用來表示**合乎邏輯的推論、合理的結局**，意思是「一定是；八成是」。

- **Look at Jan's body and jewelry; she** must be **very healthy and wealthy.** 瞧瞧簡的身材和首飾；她一定很健康又很有錢。
  ↳ 對現狀的邏輯推論（我斷定她健康富有）。

- The line is busy, and someone—Mom, Dad, or my sister Joan—must be using the phone.

  電話占線中，一定是媽媽、爸爸或我妹裘恩在打電話。

  ↳ 對現狀的邏輯推論（我斷定其中一人在打電話）。

  ↳ 「must be + 現在分詞」表示「想必正在發生的事」。

2 只有在**肯定句**中才用 must 表達必然性，在表示**疑問**和**否定**的句子中則要用 **can** 來表示對現狀的邏輯推論、談論必然性。

- Glen just had a big lunch, and he can't be hungry again.

  葛倫剛剛才吃了一頓豐盛的午餐，不可能又餓了。

  ↳ 否定句：我肯定葛倫還不餓。

- She can't be out dancing with Joe because she has an English exam early tomorrow morning.

  她現在不可能在跟喬跳舞，因為她明天一大早就有一場英文考試。

  ↳ 「can't be + 現在分詞」表示「想必沒有在發生的事」。

- Somebody is riding my motorcycle down the street, and I wonder who that can be.

  有人正騎著我的摩托車沿著街上行駛，我在想那會是誰呢？

  ↳ 這句雖然不是疑問句，但子句（who that can be ...）表示疑問，要用 can 來表達對現狀的邏輯推論。

3 「must have + 過去分詞」表「對過去的推論」（用於肯定句）

1 「**must have + 過去分詞**」的句型，表示確定過去某事已經發生（something must have happened），用於**肯定句**中，**對過去發生之事的邏輯推論**。

- Brigitte says that her car is not in the garage and her husband must have taken it.

  = Brigitte is sure that her husband took it.

  布麗姬說，她的車不在車庫裡，一定被她先生開走了。

  ↳ 對過去發生事情的邏輯推論。

2　只有在**肯定句**中才用「**must have ＋ 過去分詞**」表達對過去的推論，在**疑問句**和**否定句**中要用「**could have ＋ 過去分詞**」。

- **Where** could **Kay** have put **my jar of Sunny Honey? She** couldn't have given **it to Dee.**
  凱把我那罐陽光牌蜂蜜放到哪裡去了？她不會拿給蒂了吧。

 4　have to、had to、will have to 表「必須」

had to 是 have to 的過去式；**will have to** 是 must 和 have to 的未來式。注意，have to、had to、will have to 都不是情態助動詞，但其含意和用法與情態助動詞 must 或 need 是相似的。

have to（現在式）

	第一人稱／第二人稱／複數第三人稱	單數第三人稱
肯定句	I/You/We/They have to leave.	He/She/It has to leave.
否定句	I/You/We/They do not have to leave. 縮寫 do not have to 　　= don't have to	He/She/It does not have to leave. 縮寫 does not have to 　　= doesn't have to
疑問句	Do I/you/we/they have to leave?	Does he/she/it have to leave?

had to（過去式）

肯定句	I/You/He/She/It/We/They had to leave.
否定句	I/You/He/She/It/We/They did not have to leave. 縮寫 did not have to = didn't have to
疑問句	Did I/you/he/she/it/we/they have to leave?

will have to（未來式）

肯定句	I/You/He/She/It/We/They will have to leave.
否定句	I/You/He/She/It/We/They will not have to leave. 縮寫 will not have to = won't have to
疑問句	Will I/you/he/she/it/we/they have to leave?

- **Does your wife Kay have to work every Saturday?**
  你太太凱每週六都要工作嗎？　　　　　→ 現在式（疑問句）
- **Mom had to leave early this morning with Tom.**
  媽媽今天早上不得不和湯姆一起提早出門。　→ 過去式（肯定句）
- **Will your daughter Coco have to go to Miami soon?**
  你女兒可可一定要盡早去邁阿密嗎？　　　→ 單純表示未來（疑問句）

5　have to 和 must 的比較

現在式	未來式	過去式	否定句
must 情態助動詞	**must** 表必要性、 責任	**must have done** 表推論	**mustn't** 不允許
have to/has to 非情態助動詞	**will have to** 表必要性、 責任	**had to** 表責任	**don't/doesn't have to** = needn't 沒有必要 ↳ 表「責任」時不可用 　mustn't。

1　must 和 have to 談論**必要性**和**責任**（necessity and obligation）。
  have to（第三人稱用 has to）並不是情態助動詞，只是意義和情態助動詞 must 相同。

- **Does June have to clean up this huge room by noon?**
  = Must June clean up this huge room by noon?
  茱恩一定要在中午前把這個大房間打掃乾淨嗎？
  ↳ 表示「必要」或「責任」時，在疑問句中，美式英語常用 have to，英式英語常用 must。

have to/must
clean up the room

2 表示**未來的責任**：表示某人未來必須做某事，用 **will have to**、**must**、**have to/has to** 或 **need**。在談論**未來**時，如果要表示**責任現在就存在**，也可以用 **have to**。have to 還有常用的英式口語形式：**have got to**。

- Amy will have to find a job after she graduates from Michigan State University.　→ 單純表示未來。
  = Amy must find a job after she graduates from Michigan State University.　→ 表「必須」（美式英語不常用 must）。
  = Amy has (got) to find a job after she graduates from Michigan State University.　→ 表未來，但責任現在就存在。
  = Amy needs to find a job after she graduates from Michigan State University.　→ 表「需要」。
  艾咪從密西根州立大學畢業後就得找工作。
  ↳ 上面幾個句子，needs to 最常用。這裡的 need 是一般動詞。

3 表示**對現在的推論**，要用 **must**，不用 have to 或 has to。

  ✗ This party is crowded. There have to be over 100 people here.

  ✓ This party is crowded. There must be over 100 people here.
     這個派對真擁擠，這裡一定有一百多人。

4 had to 和 must have done 的比較（表示過去）

  1 表示**過去的責任**用 **had to**：had to 是 have to 的過去式，用來表示過去的責任（past obligation）。

  2 表示**對過去的推論**用 **must have done**：「must have + 過去分詞」用來表示對**過去**某件事有把握的**推論**（certainty or strong deduction about the past），而不是表示過去的責任（must have done ≠ had to）。
     » 參見 p. 378〈3「must have + 過去分詞」表「對過去的推論」（用於肯定句）〉

- Jerome is not working in his office now; something urgent happened, and he had to go home.
  傑羅姆現在不在辦公室；發生了一件緊急事，他不得不回家去。
  ↳ 過去的義務、責任

381

- Jerome is not working in his office now—he must have gone home.

  傑羅姆現在不在辦公室，他一定是回家了。

  ↳ 對過去的肯定推論

5　don't/doesn't have to、needn't 與 mustn't 的比較（否定形式）

1　don't have to、doesn't have to 表示「**沒有必要；沒有義務**」（It is not necessary.），意義與用法同情態助動詞 needn't。

  » 情態助動詞 need 的用法參見 p. 387〈2 need（需要；必要）〉

2　must not、mustn't 表示「**禁止；不准**」（It is forbidden.）。英式英語常用 mustn't，而美式英語常用「don't + 原形動詞」引導的祈使句。不可以用 mustn't 表達「不需要」。

- You don't have to tell Del about Sue.

  = You needn't tell Del about Sue.

  你不必把蘇的事告訴戴爾。　→ 沒必要（不可用 mustn't）

- Dick, you mustn't smoke in the house, because smoke will make our baby sick.

  = Dick, don't smoke in the house, because smoke will make our baby sick.

  狄克，不准在房裡抽菸，香菸會害我們的小寶寶生病的。　→ 禁止

- She does not have to get any thinner to be a winner.

  = She needn't get any thinner to be a winner.

  她不需要為了獲勝而變得更瘦。　→ 沒必要

- You mustn't tell Dee about it, because this is just between you and me.

  = Don't tell Dee about it, because this is just between you and me.

  這件事你不准告訴蒂，因為這是你我之間的祕密。　→ 禁止

6 ought to 的用法

1 **ought to** 表**義務**，語氣沒有 must 強烈，較接近 should。

- Beautiful Rose ought to wash between her toes.
  = Beautiful Rose should wash between her toes.
  美麗的蘿絲應該把她的腳趾間洗一洗。

2 以 I 作主詞**提出建議**的時候，美式用 **would**，英式可以用 **should**，但不用 ought to。

- I should/would keep a distance from Sue, if I were you.
  如果我是你，我就會與蘇保持距離（我就會疏遠蘇）。
  ↳ 提出建議（這句是假設語氣），不用 ought to。

3 「**ought to have** + 過去分詞」等於「**should have** + 過去分詞」，可以表示**某件可能已經發生的事**。

- The farmers' meeting on cow diseases ought to have finished by now.
  = The farmers' meeting on cow diseases should have finished by now.
  那些農夫關於如何解決乳牛疾病的會議現在應該結束了。
  ↳ 一件很可能已經發生的事。

4 「**ought to have** + 過去分詞」等於「**should have** + 過去分詞」，也表**過去本來該做而未做的事**（通常帶有指責或遺憾的語氣），這是一種**假設語氣**。

- Little Jane Rice ought to have listened to my advice about her lice.
  = Little Jane Rice should have listened to my advice about her lice.
  如果小珍‧賴斯早點聽了我的建議來對付她身上的蝨子就好了。
  ↳ 一件本該發生但沒有發生的事（很遺憾她沒有聽我的建議）。

將括弧中的正確答案畫上底線。

----

1 The lights are out, so Jerome (can't be/mustn't be) at home.

2 Jerome has all his lights on, so he (can be/must be) at home.

3 If those are the shoes you bought for Dorete, she (can have/ must have) small feet.

4 Andrew, you must be joking—that (mustn't be/can't be) true!

5 Jerome can't find his wallet and thinks he (must leave/must have left) it at home.

2

選出正確答案。

_____ **1** Last month Glen visited Greece, and it _____ a great experience because he can hardly wait to go there again.

  Ⓐ must have been   Ⓑ must be

  Ⓒ can be   Ⓓ had to be

_____ **2** I _____ keep a distance from that lazy Mike, if I were you.

  Ⓐ have to   Ⓑ ought to

  Ⓒ had to   Ⓓ would

_____ **3** Passengers _____ smoke in the bathroom.

  Ⓐ ought   Ⓑ must not

  Ⓒ have not to   Ⓓ don't have

_____ **4** You _____ call Annie about the meeting, because she already knows about it.

  Ⓐ mustn't   Ⓑ don't have to

  Ⓒ must   Ⓓ ought to

_____ **5** If Lily Bard wants to be a doctor, she _____ study hard.

  Ⓐ had to   Ⓑ have to

  Ⓒ will have to   Ⓓ ought

dare、need、had better 的用法

Dare, Need, and Had Better

 dare（敢……）

dare 可以作**情態助動詞**，也可以作**一般動詞**（即述語動詞），意義相同。
dare 作情態助動詞用時，只用於**疑問句**和**否定句**，後面要接**原形動詞**。

	情態助動詞	一般動詞
肯定句	⊗	主詞 + dare/dares + 不定詞（帶 to）
否定句	主詞 + dare not + 原形動詞	主詞 + do/does not + dare + 不定詞（帶 to）
疑問句	dare + 主詞 + 原形動詞	do/does + 主詞 + dare + 不定詞（帶 to）

✗ **Lorelei** dare not to lie.

✔ **Lorelei** dare not lie.
  ↳ dare 是情態助動詞（接原形動詞 lie），直接加 not 構成否定句。

✔ **Lorelei** doesn't dare to lie.
  蘿芮萊不敢撒謊。
  ↳ dare 是一般動詞（接不定詞 to lie），加助動詞 does 及否定詞 not 來構成否定句。

・ Dare **Ruth** tell her mom the truth?
  ↳ dare 是情態助動詞（接原形動詞 tell），置於句首構成疑問句。

  = Does **Ruth** dare to tell her mom the truth?
  露絲敢跟媽媽說實話嗎？
  ↳ dare 是一般動詞（接不定詞 to tell），加助動詞 does 構成疑問句。

2 need（需要；必要）

need 可作**情態助動詞**，也可作**一般動詞**（即述語動詞）。need 作情態助動詞時，只用於**疑問句**和**否定句**，後面要接**原形動詞**。

	情態助動詞	一般動詞
肯定句	⊗	主詞 + need/needs + 不定詞（帶 to）
否定句	主詞 + need not + 原形動詞	主詞 + do/does not + need + 不定詞（帶 to）
疑問句	need + 主詞 + 原形動詞	do/does + 主詞 + need + 不定詞（帶 to）

✗ You need not to worry about Mary. She's very tough.

✔ You need not worry about Mary. She's very tough.

↳ need (not) 是情態助動詞，後面接原形動詞（worry）。

✔ You don't need to worry about Mary. She's very tough.

你不需要替瑪麗擔心。她很堅強。

↳ (don't) need 是一般動詞，否定句要加助動詞 don't，後面接不定詞片語（to worry）。

3 had better 和 should 的用法

1 had better 的句型

肯定句	I/You/He/She/We/They had better leave.
否定句	I/You/He/She/We/They had better not leave. **縮寫** I'd better, you'd better; I'd better not, you'd better not 以此類推。

· You'd better not make a fuss about your breakfast, or you will be late for the school bus.

= You should not make a fuss about your breakfast, or you will be late for the school bus.

你最好不要再為早餐發牢騷了，否則你就趕不上校車了。

2 had better 和 should 的區別

肯定形式	had better 現在式	should 現在式
否定形式	had better not	should not
意義 ① 現在最好做某事（now）	✓	✓
意義 ② 一般來說最好做某事（in general）	⊗	✓
意義 ③ 禮貌性請求做某事	⊗	⊗

1️⃣ 在口語中，表示某件事是明智的或可取的，常用 **had better** 代替 should。had better 形式雖像過去式，但要用於**現在式**，不能用於過去式。

- **You**'d better **leave now. It's getting dark outside.**
  = **You** should **leave now. It's getting dark outside.**
  你該走了，外面天色漸漸黑了。　→ 此刻應該做某事。

2️⃣ 指「現在最好／應該做某事」（指**具體**某件事）時，可以用 **had better**，也可以用 **should**。若指「**一般**說來，做某事是應該的、恰當的」，只能用 **should**，不用 had better。

- **You** should always **drive with care.** 你開車永遠都要小心。
  ↳ 這句有副詞 always 修飾動詞 drive，表示「總是應該」，要用 should，不用 had better。

3️⃣ **you'd better** 帶有命令口氣，不可用來「禮貌地請求別人做某事」。

✗ **Walt,** you'd better/should **pass me the salt.**
　↳ 這句的意思是「華特，你最好把鹽遞給我。」you'd better 帶有命令口氣，顯得不禮貌。

✔ **Walt,** could you **please pass me the salt?**
　華特，請把鹽遞給我好嗎？

Part 55
Exercise

選出畫線字所代表的意義。

_____ **1** Clarice needn't be in such a hurry, because she has lots of time to catch her train to Paris.

  Ⓐ This is not necessary. 沒有必要這麼做

  Ⓑ Don't do this. 不可以這麼做

_____ **2** Felicity must find a job and an apartment after she graduates from Northern Michigan University.

  Ⓐ = had to   Ⓑ = will have to

_____ **3** Dare Ruth tell her mom the truth?

  Ⓐ an ordinary verb 一般動詞

  Ⓑ a modal auxiliary verb 情態助動詞

_____ **4** Beautiful Candy White does not dare to go out of the house alone at night.

  Ⓐ an ordinary verb 一般動詞

  Ⓑ a modal auxiliary verb 情態助動詞

_____ **5** Do I need to pay now for this lovely cow?

  Ⓐ an ordinary verb 一般動詞

  Ⓑ a modal auxiliary verb 情態助動詞

選出正確答案。

_____ **1** Beautiful Jenny White _____ off that high cliff.
- Ⓐ dare dive
- Ⓑ need dive
- Ⓒ dares to dive
- Ⓓ need to dive

_____ **2** I don't think parents _____ their children when they don't behave.
- Ⓐ had better beat
- Ⓑ should beat
- Ⓒ had to beat
- Ⓓ should have beaten

_____ **3** Joe will tell you all (that) you _____ know.
- Ⓐ need to
- Ⓑ need
- Ⓒ needs to
- Ⓓ needs

_____ **4** Mayor Claire Low says the polar bear _____ be wandering around in Chicago.
- Ⓐ need not to
- Ⓑ doesn't need to
- Ⓒ doesn't need
- Ⓓ needs not to

_____ **5** Dee dare not _____ sailing on a rough sea.
- Ⓐ go
- Ⓑ to go
- Ⓒ going
- Ⓓ to be going

_____ **6** Ann Rice is in trouble now; she should _____ to my advice.
- Ⓐ listens
- Ⓑ listened
- Ⓒ have listened
- Ⓓ be listening

_____ **7** Everything is so white; it must _____ hard last night.

　Ⓐ snow　　　　　Ⓑ snowed

　Ⓒ be snowing　　Ⓓ have snowed

_____ **8** A big furry polar bear _____ worry about a snow flurry.

　Ⓐ doesn't need　　Ⓑ need not to

　Ⓒ need not　　　　Ⓓ needs not to

_____ **9** Sue Crown _____ have robbed you last night, because she was out of town.

　Ⓐ shouldn't　　Ⓑ couldn't

　Ⓒ might　　　　Ⓓ ought not to

_____ **10** You _____ tell me about it if you don't want to.

　Ⓐ mustn't　　　Ⓑ may not

　Ⓒ don't have to　Ⓓ can

3

將括弧中的正確答案畫上底線（選擇答案時，必須注意到文法的正確性、語氣的客氣與否、意義的合理性，以及使用的普及性）。

1 Jean (mustn't be/can't be) a famous professor, because she looks like she's eighteen.

2 I hope that Jill Reed (will/would) succeed.

3 (Shall/Will/Would) I help you fix your computer?

4 Gwen Flowers is two hours late, and I guess she (should/will/must) have overslept again.

5 John is always very punctual, and he (ought/might/should) to be here just before dawn.

6 Tammy (shall/must) have been terrified during the emergency landing near Miami.

7 "Sam, (shall/may/could) you lend me $20?" asked Pam.

8 It's past midnight, and Fred is a little bit cranky and (ought/could/should) go to bed.

9 (Can/Mustn't) I help you, Joanne?

10 Erica, you (may/have to) drive on the left side of the road in Thailand and on the right in America.

11 Andrew (needn't/mustn't) go to work on Saturdays, but he can if he wants to.

12 "You (must not/don't must) enter that room," said Sue.

13 Sue, you (mustn't/don't have to) pay now, but you can if you want to.

14 Mort is not in his law office now; he (had go/had to go) to court.

15 "(Does Ann like/Would Ann like) to walk with Dan tonight?" asked Dwight.

UNIT

11 時態

Tenses

各種時態句型總結
Summary of Forms of Tenses

1 動詞有不同的形式，稱為**時態**。時態是動詞的特徵，用來表達行為動作發生的時間或動詞描述的狀態。英語共有 16 個時態。

2 動詞時態可根據**動作進行的狀態**，分為：**簡單式、進行式、完成式、完成進行式**。

3 動詞時態也可根據**動作進行的時間**，分為：**現在式、過去式、未來式、過去未來式**。現在式表示現在時間，過去式表示過去時間，未來式表示未來時間，而過去未來式則表示過去的未來時間。

4 除了簡單現在式和簡單過去式外，英語的時態是由「**助動詞 + 分詞**」（如：have talked、are walking、would have worked）或是「**助動詞 + 原形動詞**」（will run、would study）構成的。
但在**肯定句**中，**簡單現在式**之**單數第三人稱動詞**要加 -s 或 -es（如：talks、watches、runs），**簡單過去式**要用動詞**過去式**（如：talked、watched、ran）。

- I am diving with Sam.
  我正在和山姆一起潛水。
  ↳ 現在進行式：助動詞（am）＋現在分詞（diving）

- Lee said many times that he would never forgive Dee.
  李說了好幾次，說他永遠都不會原諒蒂。
  ↳ 過去未來式：助動詞（would）＋原形動詞（forgive）

- Coco flies a kite every windy night.
  每個有風的晚上可可都要放風箏。
  ↳ 簡單現在式：肯定句中，單數第三人稱動詞要加 -s 或 -es，或變 y 為 -ies（fly → flies）。

- Coco **flew** the hot air balloon designed by Scot.

  可可駕駛了史考特設計的熱氣球。

  ↳ 簡單過去式：肯定句中，要用動詞的過去式（fly → flew）。

時態的類別

時間	簡單式 Simple Tense	進行式 Progressive/ Continuous Tense	完成式 Perfect Tense	完成進行式 Perfect Progressive/ Continuous Tense
現在	I work/ she works	I am working	I have worked	I have been working
過去	I worked	I was working	I had worked	I had been working
未來	I will work	I will be working	I will have worked	I will have been working
過去 未來	I would work	I would be working	I would have worked	I would have been working

Part 57 簡單現在式

Simple Present Tense

1 簡單現在式的動詞變化和句型

1 在**肯定句**中,簡單現在式有自己的動詞形式,不需要使用助動詞。一般情況下用**原形動詞**,當句子的主詞是**單數第三人稱**(如:he、she、it、Kay 等)時,應在原形動詞後面加 **-s**(如:eats、comes)或加 **-es**(如:goes、does)。

· "**Penguins** live in Antarctica," insisted Jessica.
潔西卡堅持說:「企鵝生活在南極洲。」
↳ 主詞 penguins 是複數,動詞用原形動詞 live。

· **Paula Peel** says **she always** washes her hands before each meal.
寶拉‧皮爾說,餐前她都要洗手。
↳ 主詞 Paula Peel 和 she 是單數第三人稱,動詞要變形(says, washes)。

2 在**疑問句**和**否定句**中,若主詞為**單數第三人稱**,主要動詞(即述語動詞)要搭配助動詞 **does** 一起使用,其餘情況下,主要動詞則搭配助動詞 **do**。在疑問句和否定句中因使用了 do 或 does,主要動詞要用**原形動詞**,不能加 -s 或 -es。

1 疑問句

> **句型** do + 第一/第二人稱單數主詞/所有複數主詞 + 原形動詞
> does + 第三人稱單數主詞 + 原形動詞

· Do **I/you/they/we** know Joe?
我/你/你們/他們/我們認識喬嗎?

· Does **Paul** play volleyball? 保羅打排球嗎?

396

② 否定句

第一／第二人稱單數主詞／所有複數主詞 + do not (don't) + 原形動詞

第三人稱單數主詞 + does not (doesn't) + 原形動詞

- <u>Ray and Dee</u> do not drink **tea**. 雷和蒂不喝茶。
  ↳ 複合主詞（Ray and Dee）+ do not + 原形動詞（drink）
- <u>Paul</u> doesn't play **volleyball**. 保羅不打排球。
  ↳ 單數第三人稱（Paul）+ doesn't + 原形動詞（play）

③ 第三人稱單數的動詞變化方式

1 原形動詞 → + -s（大多數動詞在原形後面加 -s。）

- eat → eats 吃　　• sell → sells 賣　　• win → wins 贏

2 字尾為 -s、-sh、-ch、-z、-x、-o 的動詞 → + -es

- kiss → kisses 親吻　　• buzz → buzzes 嗡嗡叫
- push → pushes 推擠　　• fix → fixes 修理
- teach → teaches 教導　　• do → does 做

3 字尾為「子音字母 + y」的動詞 → y 變 i，再加 -es（去 y + -ies）

- apply → applies 應用　　• satisfy → satisfies 滿足
- cry → cries 哭泣　　• study → studies 學習

4 字尾為「母音字母 + y」的動詞 → + -s

- buy → buys 購買　　• obey → obeys 遵守
- enjoy → enjoys 享受　　• stay → stays 留下

5 字尾為 -i 的動詞 → + -s

- taxi → taxis 乘計程車；用計程車運送
- ski → skis 滑雪

6 **動詞 have** → has

動詞 have 的第三人稱單數要用 **has**（he/she/it has）。 » 動詞 have 的用法，參見 p. 332〈Part 48 have/has 與 there is/there are〉

7 **連綴動詞 be 的簡單現在式為：**

- I am
- he/she/it is
- we/you/they **are**

  ↳ 第二人稱 you 無論單、複數都用 are。

---

2 簡單現在式的用法

1 簡單現在式表達**永遠成立的事實**（或現在存在的狀態或特徵，據我們所知會長期存在下去）。

- **The Moon goes around the Earth, the Earth goes around the Sun, and boys and girls love to have fun.**
  月球繞著地球轉，地球繞著太陽轉，男孩女孩愛嬉戲。

- **My sister hates lice, cockroaches, and mice.** → 現在的特徵
  我妹妹討厭蝨子、蟑螂和老鼠。

2 簡單現在式表達**習慣及反覆發生的事**（或**從未發生過的事情**），常與 always、every day、never、sometimes、often、usually 等副詞或副詞片語連用。

- Every summer I go **to Paris to see Clarice.**
  每年夏天我都要去巴黎探望克萊瑞絲。

- I never smoke **and** usually love **a good joke.**
  我從不抽菸，通常喜歡有趣的玩笑。

> **NOTE**
>
> 用一個否定詞就足夠了。
>
> ✘ Dee doesn't never talk to me.
> ✔ Dee never talks to me. 蒂從不跟我說話。
> ↳ never 本來就是否定詞，不要再用另一個否定詞 not。

3 簡單現在式用於**請求和提供指示**：簡單現在式常用來問路、請求指示、提供方向等。

· **How** do **I** get **to the airport?** 去機場怎麼走？　→ 詢問方向

· **You** go **straight to the first set of traffic lights, and then you** turn **left.** 直走到第一個紅綠燈左轉。　→ 告知方向

4 簡單現在式可用來表示**確定的計畫和安排**。

» 請參看 p. 424〈8 簡單現在式表示未來的用法〉

· **Flight 89 to London** departs **at 8:10 p.m.**　→ 時刻表
飛往倫敦的 89 號班機於晚上 8 點 10 分起飛。

5 簡單現在式用於特定**從屬子句**：主要子句若為未來式（will），則由下列詞彙引導的從屬子句必須用**現在式**代替未來式。

● where 哪裡	● before 在……以前	● once 一旦
● wherever 無論到哪裡	● after 在……之後	● provided that 只要
	● as soon as 一……就	● if 如果
● when 當……時		● whether 是否
● whenever 無論何時	● as long as 只要	● on condition that 只要
● until 直到……時	● unless 除非	

· **Once Kitty Cork** makes **some friends in New York, she**'ll love that **city.** 一旦姬蒂‧科克在紐約交了朋友，她就會愛上那座城市。

· **Please fly away, pretty bees.**
If you leave, **I**'ll give **you my honey and cheese.**
If you stay **on my knees, I**'ll sneeze **and give my disease.**

請飛走吧，美麗的蜜蜂們。
如果你們離開，我就給你們蜂蜜和乳酪。
如果你們留在我的膝蓋上，
我就要打噴嚏，把我的病傳染給你們。

» 參見 p. 419〈2 簡單未來式 will〉、
p. 424〈8 簡單現在式表示未來的用法〉

» 從屬子句的用法，參見 p. 247〈Part 36 從屬
連接詞引導副詞子句〉

399

將下列詞彙依括弧提示寫出肯定陳述句、疑問句或否定句，別忘了肯定陳述句和否定句要加句號，疑問句要加問號。在應該用逗號的地方要加逗號。

---

1 ⓐ meat/dogs/to eat/like（肯定陳述句）

→ Dogs like to eat meat.

ⓑ dogs/to eat/like/do/vegetables（疑問句）

→ Do dogs like to eat vegetables?

ⓒ meat/to eat/like/no/they（否定回答）

→ No, they like to eat meat.

2 ⓐ hibernate/in/frogs/the/winter（肯定陳述句）

→ _____

ⓑ summer/frogs/hibernate/in/the/do（疑問句）

→ _____

ⓒ they/don't/no（否定回答）

→ _____

3 ⓐ her/usually/Silk/drinks/milk/my kitten/at night（肯定陳述句）

→ _____

_____

ⓑ at night/milk/Silk/does/drink/usually（疑問句）

→ _____

_____

ⓒ Silk/kittens/because/milk/does,/yes/love（肯定回答）

→ _____

_____

4 ⓐ hiking/goes/on/Sunday/Kay（肯定陳述句）

→ _____

ⓑ sometimes/hiking/go/on/Monday/Kay/does（疑問句）

→ _____

_____

ⓒ not/no/does/she（否定回答）

→ _____

5 ⓐ movie/my sister and I/month/watch/every/sad/one/at/least
（肯定陳述句）

→ _____

_____

ⓑ movie/sad/do/or/your/sister/you/cry/during/a（疑問句）

→ _____

_____

ⓒ sometimes/cries/she（肯定回答）

→ _____

選出正確答案。

_____ **1** _____ stays open all night.
- Ⓐ These Knight Stores
- Ⓑ Those Knight Stores
- Ⓒ The Knight Stores
- Ⓓ The Knight Store

_____ **2** Bart, when _____ your vacation _____?
- Ⓐ do; starts Ⓑ does; start Ⓒ do; start Ⓓ does; starts

_____ **3** Why _____ so much green tea?
- Ⓐ do Dee drink
- Ⓑ Dee does drink
- Ⓒ does Dee drink
- Ⓓ does Dee drinks

_____ **4** I love trains, because they don't _____ when it _____.
- Ⓐ stop; rain Ⓑ stops; rain Ⓒ stops; rains Ⓓ stop; rains

_____ **5** Bill _____ women and never will.
- Ⓐ understands
- Ⓑ understand
- Ⓒ doesn't never understand
- Ⓓ doesn't understand

_____ **6** "Jim _____ me," complained Kim.
- Ⓐ never understands
- Ⓑ never understand
- Ⓒ doesn't never understand
- Ⓓ doesn't understands

_____ **7** After _____ my driving test, _____ my motor scooter and go to see Celeste.
- Ⓐ I will pass; I'll ride
- Ⓑ I am passing; I ride
- Ⓒ I will pass; I ride
- Ⓓ I pass; I'll ride

_____ **8** _____ Tom, because his temper is like a ticking time bomb.

Ⓐ Nobody doesn't trust   Ⓑ Nobody trusts
Ⓒ Nobody won't trust   Ⓓ Nobody don't trust

_____ **9** "_____ a butterfly love to fly?" asked three-year-old Lorelei.

Ⓐ Do   Ⓑ Does   Ⓒ Do never   Ⓓ Don't

_____ **10** Those two cooks _____ comic books, but they _____ read cookbooks.

Ⓐ read; doesn't   Ⓑ reads; doesn't
Ⓒ reads; don't   Ⓓ read; don't

3

將下表詞彙以正確的動詞形式填入空格，完成這則故事。

| drink | love | drive | have | eat |
| get up | work | go | put on | read |

Clark usually ❶_____ at 6 in the morning and ❷_____ jogging in the park. Clark's wife, Dee, ❸_____ the news on the Internet and ❹_____ her green tea. Usually, at 7:30 a.m., they ❺_____ fresh fruit for their breakfast, and then Clark ❻_____ a nice suit. Monday through Friday, they ❼_____ to the city where they ❽_____ with Clark's Aunt Kay, who ❾_____ a restaurant. Both Clark and Dee ❿_____ to cook.

現在進行式

Present Progressive Tense/
Present Continuous Tense

 現在進行式的構成方式和句型

現在進行式表示現在正在進行的動作或狀況，由**助動詞 be 的現在式**（is, am, are）和動詞的**現在分詞**構成。以下是動詞現在分詞的變化形：

原形動詞 （簡單現在式）		現在分詞 （即動詞 -ing）	現在進行式	
● learn 學習	→	learning	am/is/are learning	正在學習
● sing 唱歌	→	singing	am/is/are singing	正在唱歌
● jog 慢跑	→	jogging	am/is/are jogging	正在慢跑

❖ **現在進行式的句型**

<table>
<tr><td colspan="2">人稱</td><td>肯定句</td><td>否定句</td><td>疑問句</td></tr>
<tr><td rowspan="6">單數</td><td>第一</td><td>I am crying.
= I'm crying.</td><td>I am not crying.
= I'm not crying.</td><td>Am I crying?</td></tr>
<tr><td>第二</td><td>You are crying.
= You're crying.</td><td>You are not crying.
= You're not crying.
= You aren't crying.</td><td>Are you crying?</td></tr>
<tr><td>第三</td><td>He/She/It/Bing is crying.
= He's/She's/It's/Bing's crying.</td><td>He/She/It/Bing is not crying.
= He's/She's/It's/Bing's not crying.
= He/She/It/Bing isn't crying.</td><td>Is he/she/it/Bing crying?</td></tr>
</table>

	第一	We are crying. = We're crying.	We are not crying. = We're not crying. = We aren't crying.	Are we crying?
複數	第二	You are crying. = You're crying.	You are not crying. = You're not crying. = You aren't crying.	Are you crying?
		They are crying. = They're crying.	They are not crying. = They're not crying. = They aren't crying.	Are they crying?
	第三	Bing and Amy are crying.	Bing and Amy are not crying. = Bing and Amy aren't crying.	Are Bing and Amy crying?
特殊問句		What's he reading? 他在讀什麼書？ Where's she reading? 她在哪裡讀書？ When is it + 動詞 -ing ... 它什麼時候做……		

Ann Are **you** bouncing **your basketball in the dining hall?**

你在餐廳拍打籃球嗎？

↳ 疑問句把助動詞（are）置於主詞（you）前面。

Dan **Yes, I am.** 是的，我在拍打。

No, I'm not. 沒有，我沒有拍打。

Ann Is **Paul** throwing **his bowling ball at the wall?**

保羅在對著牆壁丟他的保齡球嗎？

Dan **Yes, he is.** 是的，他在丟球。

No, he isn't. 不，他不在丟球。

↳ 簡答時，否定式可以用縮寫形式
（如：I'm not、he isn't），但
肯定式不能用縮寫形式。

405

1 （大多數動詞）**原形動詞** → + -ing

- cook → cooking 烹飪
- play → playing 玩耍

2 **-e 結尾的動詞** → **去 e，再加 -ing**

- arrive → arriving 抵達
- come → coming 到來

3 **-ie 結尾的動詞** → **ie 變 y，再加 -ing**

- lie → lying 說謊
- die → dying 死亡

4 「**單母音 + 單子音**」字母結尾的動詞

1 **單音節動詞** → **重複字尾子音字母，再加 -ing**

- cut → cutting 切割
- jog → jogging 慢跑

2 **重音在後的雙音節動詞**：以「單母音 + 單子音」字母結尾的雙音節動詞，如果重音在最後一個音節，也要先**重複字尾的子音字母，再加 -ing。**

- begin → beginning 開始
- control → controlling 控制

3 **重音在前的雙音節動詞**：以「單母音 + 單子音」字母結尾的雙音節動詞，如果最後一個音節不是重音，則**不要重複字尾的子音字母，只加 -ing。**

- happen → happening 發生
- wonder → wondering 想弄明白

NOTE

- program [ˈprogræm] → programming, programing
  ↳ program（給……編寫程式）動詞的重音在第一個音節，第二個音節是非重音。但比較特殊，可以重複字尾子音字母（重複更常見），也可以不重複。
- travel [ˈtrævl̩] → travelling（英式英語要重複 l，再加 -ing）
  → traveling（美式英語只需要加 -ing）

3 現在進行式的用法

1 談論「此刻」

現在進行式用來談論**此刻**（講話的時刻）**正在進行**的（或不在進行的）暫時動作或狀況。

- My robot Ted is now jumping up and down on the bed.
  我的機器人泰德現在正在床上跳上跳下。

2 談論「目前這段時間正在發生的事」

現在進行式也可以用來談論**目前這段時間正在發生**的事（things in progress lately），不一定是說話時刻正在進行的動作。

- Adam is working very hard at his English these days.
  最近這些日子，亞當正非常努力地學習英語。

3 表示「正在變化的情形」

現在進行式也可以用來談論**正在發展、正在變化**的情形。

- May says the baby in her belly is getting bigger every day.
  = May says the baby in her belly gets bigger every day.
  梅說她肚子裡的胎兒一天比一天大了。
  ↳ 含 every day 這一類時間副詞的句子，表示變化也可以用簡單現在式（get bigger）。

Diving Deep Into English ╱ 40 ╱ get warmer（變暖和）的用法

❶ 含 **every year、every decade** 這一類時間副詞的句子，可以用**現在進行式**或**簡單現在式**，來表示**正在變化的情形**；如果沒有這類的時間提示語，則只能用**現在進行式**。

- The climate of the Earth is getting warmer.
  地球的氣候正在暖化。

- The climate of the Earth gets warmer every decade.
  ↳ 簡單現在式
  = The climate of the Earth is getting warmer every decade. 全球氣候正以十年為期愈益暖化。
  ↳ 現在進行式

❷ 有**副詞子句**（如：when it snows）修飾時，主要子句要用**簡單現在式**來表示正在變化的情形。

- Does the weather get warmer when it snows?
  下雪時，天氣會變暖和嗎？

❸ 表示**變化**的動詞片語（如 get warmer）若位於副詞子句裡，也要用**簡單現在式**。

- As the weather gets warmer, gas prices get lower.
  隨著天氣變暖，汽油價格也下跌了。

---

4 談論「未來」

現在進行式有時可用來談論**未來將要發生的事**，通常是**已經計畫好、決定好**，或是**正開始發生**的事情。

Dan What are you and Dwight doing tonight?
你和杜威特今晚要做什麼？

Ann Dwight and I are having a party tonight.
今晚我和杜威特要辦一個派對。
↳ 已經安排、計畫好的未來事件

- "Lorelei, look at the sky. It's going to snow!" exclaimed Joe.
「蘿芮萊，你看天空。要下雪了！」喬叫喊道。
↳ 正要開始發生的未來行為

» 參見 p. 421〈3 現在進行式表示未來的用法〉

5 現在進行式和簡單現在式常用的時間詞彙和片語

1 常用**現在進行式**的詞彙和片語：

- now　現在
- right now　此刻；目前
- today　今天

- these days　這幾天
- recently　最近
- this morning　今天早上

- I'm driving right now. I can't talk on the cellphone.
  我現在正在開車，不能講手機。

2 常用**簡單現在式**的詞彙和片語：

- always　總是
- often　經常
- on Sundays　在每個星期天

- when it snows　當下雪時
- when I'm tired　當我疲倦時

- I don't drive when it snows.　下雪時我不開車。

3 **every day**（每天）用於**簡單現在式**，但在特定情況下也可以用於**現在進行式**。下列兩句使用相同的時間副詞 every day，用簡單現在式和現在進行式的意義不同。

- Ray plays ping-pong every day.
  雷每天都要打乒乓球。
  ↳ 簡單現在式，表示「打乒乓球」是一個反覆發生的行為。

- Ray is now playing ping-pong every day.
  雷現在每天都要打乒乓球。
  ↳ 這句用了 every day，但同時也用了 now，意味著「雷從前並未每天打乒乓球，現在則每天都打」，在這種情況下可以用現在進行式。

 4 不能用現在進行式的情況

1 「持續時間長」或「永久的情形」不用進行式

表達持續時間較長的或永久的情形，不能用現在進行式，而要用**簡單現在式**。　» 參見 p. 396〈Part 57 簡單現在式〉

✘　Our old school is standing on a hill outside the town.

✔　Our old school stands on a hill outside the town.

　　我們古老的學校坐落在城外的一座小山丘上。　→ 長期固定的情形

2　**重複的行為和事件不用進行式**

　　表示與講話時刻無密切聯繫的**重複**行為動作和事件，不能用現在進行
　　式，而要用**簡單現在式**。

· Kay goes to Taipei to visit her relatives every May.
　凱每年五月都要去臺北拜訪親戚。
　↳ 與講話時刻無關聯的重複事件。

· Why is Ted jumping up and down on the bed?
　泰德為什麼在床上跳上跳下？
　↳ 描述此刻正在進行的重複性的動作，可用進行式。

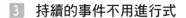

is jumping

3　**持續的事件不用進行式**

　　現在進行式不用來談論某件事持續了多久，這種情形要用**完成式**。
　　» 參見 p. 452〈Part 64 簡單現在完成式〉至 p. 479〈Part 68 過去未來完成
　　式和過去未來完成進行式〉

✘　I'm waiting for you since 9 a.m.

✔　I've been waiting for you since 9 a.m.

　　我從早上九點開始就一直在等你。

　　↳「等待」開始於過去，一直持續到現在，用現在完成進行式。

5　**非進行式動詞** Non-Progressive Verbs

1　有些動詞通常用於**簡單式**，即使是表達現在正在進行的動作或狀態，
　　也不用於進行式，這類動詞稱作**非進行式動詞**。比如下面句子中的動
　　詞 smell（聞起來）和 like（喜歡），都只用於簡單式，不用於進行式。

✘　"I am liking this music," said Mike.

✔　"I like this music," said Mike.　邁克說：「我喜歡這音樂。」

✗ This flower is smelling so good!

✔ This flower smells so good! 這朵花聞起來真香啊！

2 常見的非進行式動詞

1 表心理狀態、感情、認知的動詞

- adore 崇拜
- believe 相信
- consider 認為
- desire 渴望
- dislike 不喜歡
- doubt 懷疑
- feel (= have an opinion) 覺得；認為
- forgive 原諒
- guess 猜測

- hate 討厭
- imagine 想像
- impress 使感動
- intend 打算
- know 知道
- like 喜歡
- love 熱愛
- perceive 意識到
- prefer 偏好；更喜歡
- realize 領悟
- recognize 認出

- regard 認為
- remember 記得
- see (= understand) 理解
- suppose 猜想
- think (= have an opinion) 認為
- understand 了解
- want 想要
- wish 希望

- I don't believe you. 我不相信你。

    ↳ 不能用進行式 am not believing。

- Scot hates dishonesty a lot. 史考特對不誠實的行為深惡痛絕。

    ↳ 不能用進行式 is hating。

2 感官動詞與連綴動詞

- appear 好像是；似乎
- be 是
- hear 聽見
- look (= seem) 看起來；似乎

- notice 注意到
- see 看見
- seem 似乎
- smell 聞起來

- sound 聽起來
- taste 嘗起來

- The milk tastes sour. 這牛奶嘗起來酸掉了。

    ↳ 不能用進行式 is tasting。

- He seems to be a good guy. 他看起來好像是個好人。

    ↳ 不能用進行式 is seeming。

411

3 其他非進行式動詞

- agree 同意
- belong to 屬於
- consist of
  由……構成
- contain 包含
- cost 花費
- deny 否認
- depend on 依靠
- deserve 應受
- disagree 不同意

- equal 等於
- exist 存在
- fit 合身；適合
- have 擁有
- include 包括
- involve 牽涉
- lack 缺少
- need 需要
- owe 欠
- own 擁有

- possess 持有
- promise 允諾
- recommend 推薦
- remain 保持
- require 要求
- satisfy 使滿意
- suggest 建議
- surprise 使吃驚
- weigh (= have weight)
  有……重；重量為

- **Kay needs some help today.** 凱今天需要一些幫忙。
  ↳ 不能用進行式 is needing。

- **Tom owes me $1,000.** 湯姆欠我一千塊美金。
  ↳ 不能用進行式 is owing。

6 進行式與非進行式的用法

上面列舉的動詞中，有些可兼作行為動詞，這時就可以用進行式。比較以下這些動詞的**非進行式**（表心理狀態和感情的動詞、感官動詞、連綴動詞等）和**進行式**（當作行為動詞）的意義與用法。

	行為動詞 可用進行式（可接受詞）	非進行式動詞 （連綴、感官、狀態動詞等）
1 appear	露面	看起來好像；似乎
2 consider	考慮；細想	考慮到；認為
3 feel	觸摸；感覺到（疼痛等）	● 覺得；認為 ● 某物給人某種感覺
4 have	吃；從事；體驗	擁有

5	look	看（look at something）	看起來（接形容詞）
6	see	會見；拜訪	明白；懂；看見
7	smell	聞	聞起來（接形容詞）
8	taste	品嘗	嘗起來（接形容詞）
9	think	考慮；思考；策畫	覺得；認為
10	weigh	秤某物的重量	某物秤起來有……重

- Jerry is a blind boy, and he is feeling the elephant.

  傑瑞是一個失明的男孩，他正在摸大象。

  ↳ 此處 feel 是行為動詞，意思是 touch（撫摸），後面接受詞（elephant）。

- My bed is warm and my pillow feels soft.

  Oh, I don't want to get up on this cold, rainy day.

  我的床暖暖的，枕頭很柔軟。啊，我真不想在這個寒冷的雨天起床。

  ↳ 此處 feel 是非進行式動詞，後面接形容詞（soft），意思是「（某物）給人某種感覺」，不能用進行式。

Diving Deep Into English / 41 | 涉及身體感覺的動詞（例如 feel），要用進行式還是簡單式？

❶ 下列涉及**身體感覺**（physical feelings/bodily sensation）的動詞，可以用**進行式**，也可以用**簡單式**，意義相同。

- ache 疼痛 - feel 感覺 - hurt 疼痛 - itch 發癢

- I'm feeling sick.

  = I feel sick. 我覺得噁心。

  ↳ feel sick、feel tired 這類片語可以用進行式，也可以用簡單式。

- My nose is itching! = My nose itches! 我的鼻子癢癢的！

❷ 片語 feel like 只能用**簡單式**，不能用進行式。

- Mike feels like throwing up.

  邁克感覺想嘔吐。

Exercise

1

選出正確答案。

_____ **1** _____ her teeth every day?

Ⓐ Does Kay brush and floss

Ⓑ Is Kay brushing and floss

Ⓒ Do Kay brush and floss

Ⓓ Does Kay brushes and flosses

_____ **2** I like Paul, because he never _____ alcohol.

Ⓐ drinks   Ⓑ is drinking   Ⓒ drink   Ⓓ are drinking

_____ **3** Why _____ right now?

Ⓐ does your cow sleep   Ⓑ is your cow sleeping

Ⓒ are your cow sleeping   Ⓓ do your cow sleep

_____ **4** Joan sometimes _____ camping on weekends near Mount Bone.

Ⓐ goes   Ⓑ is going   Ⓒ go   Ⓓ are going

_____ **5** Lynn and her boyfriend Mark often _____ in the park.

Ⓐ is jogging   Ⓑ are jogging   Ⓒ jog   Ⓓ jogs

_____ **6** For a snack, Claire _____ to eat an apple or a pear.

Ⓐ is liking   Ⓑ like   Ⓒ likes   Ⓓ to like

_____ 7 _____ trouble right now on the bus?

    Ⓐ Is Russ causing   Ⓑ Are Russ causing

    Ⓒ Does Russ cause   Ⓓ Do Russ cause

_____ 8 Todd and Rae _____ in God.

    Ⓐ are believing Ⓑ is believing Ⓒ believe Ⓓ believes

_____ 9 _____ a dentist this afternoon?

    Ⓐ Does Brittany Boon see Ⓑ Is Brittany Boon seeing

    Ⓒ Do Brittany Boon see   Ⓓ Are Brittany Boon seeing

_____ 10 I _____ to play pool with Mike after I _____ back from school. (pool = billiards)

    Ⓐ would like; will come   Ⓑ am liking; come

    Ⓒ like; will come   Ⓓ like; come

2

將括弧中的正確答案畫上底線。

----

1 "My daughter Rae is reading a lot of English books (these days/ when she is on vacation)," said Eli.

2 Kay's husband works late (most Fridays/all this week).

3 ("Do you stink if you drink alcohol?"/"Are you stinking if you drink alcohol?") asked Paul.

4 "Where's Peg?" asked Greg.
("She is coming now,"/"She comes,") answered Leigh.

5   Molly Eagle (is loving/loves) to talk and walk with her collie and beagle.

6   (Does Rae sometimes go/Is Rae sometimes going) hiking on Monday?

7   Little Eli Corning (is watching/watches) cartoons at night and (is crying/cries) in the morning.

8   I (am believing/believe) you and Lorelei.

9   Bonnie Buttercup (is feeling like/feels like) throwing up.

10   Liz Pool (is feeling/feels) that she is a fool.

3

將正確的句子標示 R，錯誤的句子標示 W，並改寫為正確的句子。

----

1   Baby Lyle Mile is feeling the furry toy crocodile that has a big smile.

( ) _____

_____

2   Is Jeanne's mom seeing what Dee means about Tom?

( ) _____

_____

3   Is Pam Bar weighing that big jar of jam?

( ) _____

_____

4   "Is that piece of ham weighing more than four pounds?" asked
Sam.

5   Are you smelling a rose?

6   Is the rose smelling good to you?

7   Oh, your pet skunk Chad is smelling so bad!

8   I'm loving my puppy Scot a lot.

9   "What are you doing this evening?" asked Andrew.

10   Does your robot Mike get better at riding a bike?

簡單未來式
Simple Future Tense

 四種形式表示未來將要發生的事

未來式是用來描述**未來事件**的動詞時態，有四種常見的構成方式：

1 用**助動詞 will**（**簡單未來式**）

- Tomorrow Pam and I will be at the beach from dawn till 9 a.m.
  明天潘姆和我從黎明時分到上午九點都會待在海灘上。

2 用 **be going to** 結構

- Is Kay really going to stop smoking on Friday?
  凱真的打算要在星期五戒菸嗎？

3 用**現在進行式**

- Are you visiting the Wright Aerospace Museum tonight?
  你今晚要參觀萊特航太博物館嗎？

4 用**簡單現在式**

- I'm sure my plane leaves here at 10 a.m. and arrives in Chicago at noon local time.
  我確定我的飛機會在上午十點離開這裡，於當地時間正午抵達芝加哥。

- I will call you as soon as Jill arrives home.
  潔兒一到家，我就會打電話給你。

2　簡單未來式 will

肯定句	I/You/He/She/It/We/They **will** go. 縮寫 I'll, you'll, he'll, she'll, it'll, we'll, they'll
否定句	I/You/He/She/It/We/They **will not** go. 縮寫 will not = won't
疑問句	**Will** I/you/he/she/it/we/they go?

在第一人稱 I 和 we 後面，有些人用 shall 來代替 will，意思相同，但現代英語較常用 will。 » 參見 p. 366〈1 shall 和 will 為助動詞（簡單未來式）〉

❶　will 表示對未來事件的單純預測

1 **簡單未來式**（will + 原形動詞）：若是單純提供未來的資訊，或預料未來要發生的事件（mere prediction），用助動詞 **will**。

· It'll be spring soon, and then flowers will blossom everywhere.
春天就快到了，到時花兒將四處盛開。

2 will 構成的簡單未來式，可表示在一定條件下將發生的事，即用於帶有**附加條件**（比如 when 和 if 引導的子句）的句子。

· If Joe asks me to marry him, I will say no. 如果喬向我求婚，我會拒絕。
　↳ 從屬子句用簡單現在式（asks），主要子句用簡單未來式（will say）。

» 參見 p. 399〈5 簡單現在式用於特定從屬子句……〉和 p. 247〈1 條件副詞子句〉

3 will 用來**預測未來**時，常與下列詞語連用，描述我們**主觀意識**中所知道、認為、推測將要發生的事情：

- think　認為
- suppose　猜測
- perhaps　或許
- expect　期待
- hope　希望
- most likely　很可能
- wonder　納悶
- probably　可能
- sure　肯定

· Tonight Kate will probably come home late. 凱特今晚可能會很晚回家。

| Ann | Who do you think will win on Sunday? | 你認為星期天誰會贏？ |
| Dan | I think Lisa will win. | 我認為麗莎會贏。 |

2 **will 表示「說話當時所做的決定」**

will（助動詞）可以用來表達說話當時所做的決定（spontaneous decision），而這些未來事件並沒有預先計畫好（no plan），也不是根據當前的跡象預測馬上要發生了。

- Please hold on. I'll get a pen and a piece of paper.
  請不要掛斷電話，我去拿筆和紙來。
  ↳ 在講話之前並沒有事先計畫好，而是講話時做出的決定。

Diving Deep Into English /42/ 情態助動詞 will 的用法

❶ 情態助動詞 will 可表達**意圖**和**說話態度**：當提供物品或幫助、提議、請求、威脅、許諾、命令、職責等時，常常用 will。

- I promise I'll send you lots of text messages. → 許諾
  我答應會傳很多簡訊給你。

- Will you please be quiet? 請你安靜一點好嗎？ → 請求

❷ 情態助動詞 will 還可以用來表示**習慣**（此時，will 不表示未來）。

- Sue will bite her lip when she's nervous about something.
  = Sue bites her lip when she's nervous about something.
  蘇只要一緊張，就會咬嘴脣。

❸ 情態助動詞 will 也可以表示**意願**（肯定句）或**拒絕**（否定句）。

- Ray will go, no matter what I say. → 願意（willingness）
  不管我說什麼，雷就是要去。

- Fay won't go, no matter what I say. → 不願意（refusal）
  不管我說什麼，費就是不走。

- It's too cold, and my car won't start. → 不能正常運作（refusal）
  天氣太冷，我的車子發動不起來。

» 參見 p. 367〈3 will 作情態助動詞：表「提議；命令；意願」〉

現在進行式表示未來的用法

現在進行式可用於描述未來的計畫和安排，主要是**個人的安排**和**確定的計畫**，其時間和地點大多已經確定下來，通常句中有**明確的時間提示語**。此時現在進行式並沒有「正在進行」的意義。

- **Liz Peak** is having **her kitchen redecorated** next week.
  下個星期莉茲‧皮克要重新裝潢廚房。
  ↳ 莉茲‧皮克下星期和室內設計師有約。

- I'm seeing **Kay** this Sunday. 這星期天我要去見凱。
  ↳ 這星期天我和凱有約。

 be going to 表示未來的用法

1 **be going to 表示「意圖」或「先前的決定」**

be going to 用於未來式。在做出明確計畫或任何具體安排之前，可以用 be going to 來談論你的**意圖**，這種用法在口語中尤其常見。
» 參見 p. 423〈6 表示未來的「現在進行式」與 be going to 的區別〉

- **Bonnie Buttercup** is going to **be an astronaut when she grows up.**
  邦妮‧巴特卡普長大後要當一名太空人。　→ 意圖或已做出的決定

2 **be going to 表示即將發生的事**

根據**當前的跡象**或**我們對情勢的了解**，用 be going to 句型預測未來，強調某事**正開始發生**或**馬上就要發生**。
» 參見 p. 422〈5 be going to 與 will 的區別〉

- **Look at the sky**—it's going to **snow.**
  你看天空，要下雪了。
  ↳ 一個即刻就要發生的未來事件：看見了天空中的烏雲（根據當前的跡象所做出的判斷）。

5 be going to 與 will 的區別

同		都表示**決定**	都表示**未來**
異	will	**突然決定**的事	根據自己的**主觀意見**或**過去的經驗**，而對未來提供預測的訊息。
	be going to	**事先決定**的事	根據**當前的跡象**預測「快要發生的事」。

· Mel said, "There's the doorbell." "I'll get it!" yelled Brigitte.

梅爾說：「有人按電鈴。」「我去開門！」布麗姬叫道。

↳ 去開門是突然宣布的決定或意圖，不能用 be going to。

· Josh explained to his wife, "I know there are lots of dishes to wash, and I'm going to do them after I help Dirk finish his math homework."

喬許對妻子解釋說：「我知道有很多碗筷要洗，等我幫德克做完數學作業後，我就會去洗碗。」

↳ 經過考慮後，事先做出的決定。

· Don't give Brigitte that video camera—she'll definitely break it.

不要把攝影機給布麗姬，她一定會把它弄壞。

↳ 根據自己主觀意見預測未來，用 will（我相信她會把它弄壞）。

· Hold on, Paul! We're going to crash into the wall!

保羅，抓緊！我們要撞到牆了！

↳ 根據當前的跡象預測未來，馬上就要發生的事（不用 will）。

> **NOTE**
>
> will 也可以表達**當前的徵兆**，但通常與**副詞**（probably、definitely 等）連用。與這些副詞連用時，仍然表達的是「我們主觀意識中所認為、推測將要發生的事情」。
>
> · Look at the sky—it will probably/definitely rain cats and dogs! 看看天空，大概／肯定快下大雨了！

6 表示未來的「現在進行式」與 be going to 的區別

1 兩者可以通用

許多情況下，**現在進行式**和 be going to 這兩個結構的意義相同，不過 be going to 強調**意圖**，而現在進行式則強調**事先做好的安排**。

· I'm taking tomorrow off to go fishing with Coco and Joe.

↳ 強調已經安排好的事。

= I'm going to take tomorrow off to go fishing with Coco and Joe.
明天我休假，要跟可可和喬去釣魚。

↳ 強調意圖或先前的決定。

↳ 當句中有具體的時間提示語（tomorrow）時，兩句意思幾乎一樣，完全 可以互換。

2 「安排」與「意圖」之別

1 現在進行式：強調**確定的安排**，有**明確的時間和地點**的安排或計畫。

2 be going to：則強調**意圖**或**先前的決定**。當句中的時間指**大概時間**， 而不是指具體的時間，通常要用 be going to 強調意圖。

· **Ann is starting college on** September 1. 安 9 月 1 日要上大學了。

↳ 表示確定的安排（有明確的時間提示語），也可以用 be going to。

· Kay's brother John is going to study Chinese in Beijing one of these days. 有那麼一天，凱的哥哥約翰會到北京學中文。

↳ 表示意圖或先前的決定（沒有明確時間提示語），這句不能用現在進行式。

7 will、現在進行式、be going to 三者的區別

	與現在有關	已安排好	意圖	預測
現在進行式	✓	✓ 見例 4		
be going to	✓		✓ 見例 2	✓（根據當前證據，客觀預測）見例 1
will				✓（根據過去經驗，主觀預測）見例 3 見例 4

例 1 Look out, Brook! You're going to fall and land on Paul.

小心，布魯克！你快摔到保羅身上了。

↳ 有外在的、看得到的證據（客觀預測）。

例 2 If Mark comes to Paris, Bing is going to help me with the cooking. 如果馬克來到巴黎，賓要幫我煮飯。

↳ 指事先想過的意圖或決定。

例 3 I know Mary is a terrible driver, and if you lend her your car, she will destroy it.

我知道瑪麗的開車技術很差，如果你把車借給她，她會把車撞壞的。

↳ 由說話者的知識所做出的預測；說話者相信要發生的事（主觀預測）。

例 4 I'm seeing Dee at eight tonight, but I wonder whether she'll recognize me. 我今晚八點要跟蒂見面，但我不知道她認不認得我。

↳ I'm seeing 表示現在已經做好的安排；這裡用 I'm going to see Dee 也可以。

↳ she'll recognize 表示與現在沒有關聯，單純表達說話者推測將要發生的事，說話者頭腦裡的想法。

8 簡單現在式表示未來的用法

簡單現在式通常不用於談論未來事件，但某些情況下也有例外，請見下述說明。

1 時刻表上的行程

談論**時刻表**、**計畫表**上的計畫或安排時，可以用**簡單現在式**，這種情況下的簡單現在式常具有未來的含意。

» 參見 p. 399〈4 簡單現在式可用來表示確定的計畫和安排〉

- June says her ship leaves at noon.

  = June says her ship will leave at noon.

  茱恩說，她的船中午時分起航。

  ↳ 簡單現在式可以表示時刻表上已經確定的安排；這類句子還常用簡單未來式 will，意思相同。

[2] **在從屬子句中表未來**

在表示**未來時間**的**從屬子句**中，簡單現在式常具有**未來**的含意。

· After I find out what has happened to Coco, I'll let you know.
等我查明可可究竟發生了什麼事之後，我就會通知你。

↳ 從屬子句用簡單現在式（find）表示將來；主要子句用簡單未來式 will。

» 參見 p. 399〈5 簡單現在式用於特定從屬子句……〉

» 從屬子句的用法，參見 p. 247〈Part 36 從屬連接詞引導副詞子句〉

[3] **請求指示或提供指示**

簡單現在式可用來**請求指示**或**提供指示**，在這種用法中，簡單現在式
具有**未來**含意。

· How do I get from Bart's apartment to the Institute for the
Performing Arts? 從巴特的公寓去藝術學院要怎麼走？ → 請求指示。

Diving Deep Into English / 43 / 表「未來」的另外兩個句型

❶ 「**be about to + 原形動詞**」：表示「即將發生的事情」
表示未來即將發生的事，也可以用 be about to do，這個結構
一般不與時間狀語連用。

· Art, the football game is about to start!
= Art, the football game is going to start!
亞特，美式足球賽要開始了！

❷ 「**be 動詞 + 不定詞**」：表示未來
「be 動詞 +（帶 to）不定詞」結構也可表示未來（可能性、職責、
義務、意圖）。不過，這種結構只用於非常正式的文體中。

· We should not look back unless it is to derive useful
lessons from past errors, and for the purpose of profiting
by dearly bought experience. (President George Washington)
我們不應該往後看，除非是為了從過去的錯誤中得到有益的教
訓，為了從付出高昂代價得到的經驗中受益。

Part 60

未來進行式
Future Progressive Tense

 未來進行式的用法（will be + 現在分詞）

1 未來某一時刻正在進行的事

will be + 現在分詞：**未來進行式**表示未來某一時刻正在進行的動作。在使用未來進行式的句子中，通常會提到**未來某個時刻**（例如：when you come back from class 或 this time next week）。

· This time next week I'll be lying next to Coco on a sunny Florida beach, dreaming of Christmas snow.
下星期的這個時候，我將躺在佛羅里達一個豔陽高照的海灘上，躺在可可的身邊，夢想著聖誕的白雪。

2 已確定或決定的未來事件

1 未來進行式可以指**已經確定的未來事件**或已經確定的安排，並沒有正在進行的含意。

· A WHO doctor will be coming to Wake Island next week to investigate the bird flu outbreak.
一個世界衛生組織的醫生下週要來威克島（注：位於北太平洋）調查禽流感爆發的問題。　→ 已經確定的安排

2 在一些句子中，**未來進行式**和**現在進行式**都可以表示**個人已經計畫或安排好的未來事件**，可以互換。

· I'll be leaving/I'm leaving for Hong Kong at 9:30 tonight.
我今晚九點半要起程去香港。

3 按照事物的正常發展過程，未來應該發生的事

未來進行式也可以表示**猜測**，指按照事物的正常發展過程應該會發生的未來事件，不表示事先的計畫、安排。在這種情況下，未來進行式並不包含個人意圖，也沒有正在進行的含意，純粹意指「**到時候會發生……**」。

- Ms. Rover, I will be seeing you again, as soon as this war is over.

  羅維小姐，這場戰爭一結束，我就會再見到你。

  ↳ 按照事物的正常發展過程將要發生的事件，並沒有為此做什麼安排。

4 未來進行式的疑問句和否定句的用法

1 **禮貌的疑問句**：詢問某人的未來計畫和安排時，用**未來進行式**比用簡單未來式 will 聽起來更禮貌，表示你並不希望因你的詢問，而改變對方的計畫和安排。（用簡單未來式 will，會讓人感覺是在提出要求，語氣比較生硬。）

- Claire, how long will you be staying there?

  克萊兒，你會在那裡待多久呢？

  ↳ 禮貌詢問對方已經做出的決定，只是想知道對方的計畫，並不想影響其意圖或決定。

- Claire, how long will you stay there? 克萊兒，你要在那裡待多久？

  ↳ 在打聽別人的意圖、意願，語氣比較生硬。

2 **委婉的否定句**：否定句中，用**簡單未來式**可能帶有**拒絕**的意味，若本意並非拒絕，最好用**未來進行式**。

- Dwight won't be cooking tonight, because he will be busy observing Jupiter until midnight.

  杜威特今晚不能煮飯，因為他將忙著觀察木星直到午夜。

  ↳ 由於某種環境因素，杜威特今晚不能煮飯。

- Dwight won't cook tonight. 杜威特今晚不煮飯。

  ↳ 可能暗示杜威特拒絕今晚煮飯。（此處的 won't 實際上是情態助動詞 will 的否定用法。）

» won't 表拒絕，參見 p. 420〈Diving Deep Into English 42：情態助動詞 will 的用法〉

Parts 59-60
Exercise

選出與畫線字相關的答案。

_____ **1** Claire <u>will</u> be relieved when the wedding is over and the bride and groom are on their honeymoon in Delaware.

    Ⓐ Mere prediction 單純預測

    Ⓑ Willingness 意願

_____ **2** <u>Will</u> you please be quiet, Eloise?

    Ⓐ Mere predication 單純預測

    Ⓑ Request 請求

_____ **3** <u>Shall</u> I help you with your luggage, Lorelei?

    Ⓐ Mere predication 單純預測

    Ⓑ Offer 提議

_____ **4** If Phil <u>will</u> not marry Jill, Gary will.

    Ⓐ Mere predication 單純預測

    Ⓑ Willingness 意願

_____ **5** Bart says it's too cold and his car <u>won't</u> start.

    Ⓐ Mere predication 單純預測

    Ⓑ Refusal 拒絕

2

依照說明在空格中填上 will 或 be going to。

----

1 Kay _____ have a baby girl in May.

→ a future event that is obviously on the way
明顯即將發生的未來事件

2 "Doorbell!" shouted Joan. "I _____ get it!" said Brigitte.

→ a sudden decision or intention 突然的決定或意圖

3 Tim Plumber says he and Kim _____ get married
next summer.

→ an future event that is premeditated/a decision that is
already made 預先安排好的未來事件、已做好的決定

4 Bart's daughter _____ enter a private school when
the new semester starts.

→ no definite plan or intention, mere prediction
沒有確定的計畫或意圖；單純預測

5 Of course, Kim _____ marry Tim if he gives her a
big farm, a jeep, and a racehorse. → willingness 意願

6 "It _____ be a cold and snowy winter in a few
months," said Jill.

→ mere prediction; not a future event that is obviously on the
way 單純預測；並非顯然即將發生的未來事件

7 I won't _____ (go) to see the movie *Gym Babes* with
him. → refusal 拒絕

429

8 I won't _____ (go) to see the movie tonight with Andrew, because I have tons of homework to do.

    → not a refusal, but an explanation of why something won't occur 並非拒絕，而是解釋不能去的原因

9 June thinks her baby _____ be able to walk soon.

    → mere prediction; not a future event that is obviously on the way 單純預測；並非顯然即將發生的未來事件

10 My dear sister Lucy _____ move to Tokyo next year.

    → an future event that is premeditated/a decision that is already made 預先安排好的未來事件、已做好的決定

3

將正確的句子標示 R，錯誤的句子標示 W，並改寫為正確的句子。

----

1 Do you think it's snowing tomorrow, Sue?

    [____] _____

    _____

2 Lynne's going to have twins.

    [____] _____

3 June, I promise I call you soon.

    [____] _____

    _____

4 "The concert starts at 8 p.m.," said Gert.

[　　] _____

_____

5 Theodore shouted, "There's somebody at the door." "I am going to get it," yelled Kyle.

[　　] _____

_____

6 Dee shouted, "Look, that big kite will crash into the tree!"

[　　] _____

_____

7 Clo says her school closes for winter vacation tomorrow.

[　　] _____

_____

8 Art says his car won't start.

[　　] _____

9 Where do I pay, Claire?

[　　] _____

10 Tim Rose will go wherever Christine will go.

[　　] _____

_____

Part 61 簡單過去式
Simple Past Tense/Past Simple Tense

 1 簡單過去式的句型

簡單過去式的**肯定句**要用**動詞的過去式**（如：called、danced、nodded、hurried、swam）；**疑問句**和**否定句**則由「**助動詞 did + 原形動詞**」構成，主要動詞一律不加 -ed 或 -d。

肯定句	**主詞 + 動詞過去式**
	I played with Eli. 我跟伊萊一起玩耍了。
否定句	**主詞 + did not (didn't) + 原形動詞**
	I did not play with Sid. 我沒有跟席德一起玩耍。 縮寫 did not = didn't
疑問句	**did + 主詞 + 原形動詞**
	Did you play with Sid? 你跟席德一起玩耍了嗎？

2 規則動詞的過去式

1 大多數規則動詞　→　+ -ed

- accept → accepted 接受
- bother → bothered 打擾
- allow → allowed 允許
- call → called 致電

- June and I played tug of war yesterday afternoon.
  茱恩和我昨天下午玩了拔河遊戲。

tug of war

2 以 -e 結尾的動詞　→　＋ -d

- believe　→　believed　相信
- blame　→　blamed　責備
- care　→　cared　關心
- confuse　→　confused　使困惑

- **Romeo and Juliet** lived **many years ago.**
  羅密歐和茱麗葉生活在很多年以前。

3 單音節動詞：
若以「單母音 + 單子音」字母結尾　→　**重複字尾子音字母，再加 -ed**

以「一個母音字母 + 一個子音字母（w 或 y 除外）」結尾的單音節動詞，
要重複字尾的子音字母，再加 -ed。

- drum　+ m + ed　→　drummed　打鼓
- grab　+ b + ed　→　grabbed　抓取
- hop　+ p + ed　→　hopped　單腳跳
- nod　+ d + ed　→　nodded　點頭

- **Jim** grabbed **his towel and headed for the outdoor shower.**
  吉姆抓起他的毛巾，朝戶外的淋浴間走去。

> **NOTE**
>
> **1** 含有**兩個母音字母**的單音節動詞，其過去式不重複字尾子音字母。
>
> - seem　→　seemed　似乎
> - wait　→　waited　等待
>
> **2** 字尾有**兩個子音字母**的單音節動詞，其過去式不重複字尾字母。
>
> - want　→　wanted　想要
> - help　→　helped　幫助
>
> **3** 以 **-w** 或 **-y** 結尾的單音節動詞（一個母音字母 + 一個子音字母），其過去式不重複字尾子音字母。
>
> - bow　→　bowed　低頭；鞠躬
> - play　→　played　玩耍

4 雙音節動詞／多音節動詞：若**重音在後**，且以「**單母音 + 單子音**」字母結尾　→　重複字尾子音字母，再加 -ed

重音在後的雙音節或多音節動詞，且以「一個母音字母 + 一個子音字母」結尾的動詞（字尾 w、x、y 除外），要重複字尾的子音字母，再加 -ed。

- prefer [prɪˋfɝ] + r + ed → preferred　寧願
- refer [rɪˋfɝ] + r + ed → referred　意指；提及
- regret [rɪˋgrɛt] + t + ed → regretted　後悔

- **It was a cold wet day, and Ted preferred to stay in bed.**
  那是一個又冷又濕的日子，泰德寧願待在床上。

比較 • betray [bɪˋtre] → betrayed
　　　↳ betray（背叛）是雙音節動詞，而且是重音在後、以「單母音 + 單子音」字母結尾，但因字尾是 -y，不需要重複字尾的子音字母。

5 雙音節動詞／多音節動詞：
若**重音在前**，且以「**單母音 + 單子音**」字母結尾　→　+ -ed

重音在前的雙音節或多音節動詞，則不需要重複字尾子音字母。

- wonder [ˋwʌndɚ] → wondered　納悶
- thunder [ˋθʌndɚ] → thundered　打雷

- **I wondered if I was the only one who realized that she was a big liar.** 我納悶，是否只有我才意識到她是一個大騙子。

注意 • travel [ˋtrævḷ] → travelled（英式英語要重複字母「l」再加 -ed）
　　　→ traveled（美式英語只需要加 -ed）

6 以「子音字母 + -y」結尾的動詞　→　y 變 i，再加 -ed

- apply → applied　申請
- copy → copied　複印
- cry → cried　哭泣
- envy → envied　羨慕

- **I envied your good luck in marrying Sue.**
  我真羨慕你的好運，能娶到蘇。

7　以「母音（a, e, o）+ -y」結尾的動詞　→　保留 y，直接加 -ed

- delay　→　delayed　耽擱
- display　→　displayed　展示
- enjoy　→　enjoyed　享受
- obey　→　obeyed　遵守

· **Uncle Dennis stayed with us in Washington, D.C. for a month.**

　丹尼斯叔叔在華盛頓時，在我們家裡住了一個月。

8　以 -i 結尾的動詞　→　+ -ed

- ski　→　skied　滑雪
- taxi　→　taxied　飛機緩慢滑行；乘計程車；用計程車運送

· **Jill skied down the hill.** 潔兒滑雪下山。

3　不規則動詞的過去式

1　不規則動詞的過去式和過去分詞只能逐一記憶，別無他法。

　» 參見 p. 627〈附錄：不規則動詞表〉

- come　→　came　來
- dive　→　dove　跳水
- hold　→　held　抓住；舉行
- go　→　went　去

· **Yesterday Paul threw the baseball onto the top of the mall.**

　昨天保羅把棒球投到了購物中心的頂部。　→ threw 是 throw 的過去式。

> **NOTE**
>
> 有些字同時具有規則和不規則變化，但意義不同，例如：
>
> 規則動詞　hang → hanged → hanged 吊死；絞死（一個人）
> 不規則動詞　hang → hung　→ hung　把……掛起（一幅畫）
>
> · **They hanged that vile dictator at noon, and soon after that everyone had a smile.** 他們在中午時分把那個邪惡的獨裁者絞死了，不久之後大家都有了笑容。
> · **My little sister hung the ribbon from a branch of the big tree in front of our house.**
> 我的小妹妹把絲帶掛在我家前面一棵大樹的樹枝上了。

2 下列不規則動詞的**過去式與原形動詞同形**，這類動詞也屬於不規則動詞。

- broadcast → broadcast 廣播
- cost → cost 花費
- cut → cut 切割
- hit → hit 打

- **Last night after dinner, Mary read me a funny story about a robotic bunny.** 昨天晚飯後，瑪麗給我讀了一個關於機器兔子的有趣故事。
  ↳ 這裡的 read 是過去式，發音為 [rɛd]。

4 簡單過去式的用法

1 表「**過去事件**」

1 **短暫、很快就結束**的過去行為動作和事件。

- **Last week Meg had a bad fall while ice-skating and broke her leg.** 梅格上星期溜冰時狠狠摔了一跤，把腿摔斷了。

2 過去**持續較長**的情境。

- **Pat spent much of her childhood at a boarding school in Texas.** 派特在美國德州的一所寄宿學校度過了她大部分的童年。

3 過去**反覆發生**的事件。

- **While in college, Ann fell in love four times before she married Dan.** 安在大學時談了四次戀愛，後來嫁給了丹。

2 **常用的時間提示語**：簡單過去式常與**表示過去的時間副詞**連用。

- yesterday 昨天
- last week 上星期
- last night 昨晚
- a week ago 一星期前
- a month ago 一個月前
- in 2011 在 2011 年

- **Where did you go with Andrew White last night?** 昨晚你跟安德魯‧懷特一起去哪兒了？
  ↳ 表示過去時間的 last night 要與簡單過去式連用。

- Ken and Kay Corning climbed the mountain yesterday morning.
昨天早上，肯和凱・科寧一起去爬山。

3 **用於「故事」**：簡單過去式常用來敘述故事，或談論故事裡發生的事。

- Rose noticed that her nose and toes grew longer every time she told a lie or stole a cherry pie.
蘿絲發現，每次她撒謊或偷了櫻桃派，
她的鼻子和腳趾就會變長。

I'm not lying!

5 **簡單過去式的特殊用法**

1 在**時間**和**條件副詞子句**中，用動詞過去式**代替過去未來式**。

- Amy told me that she would be a teaching assistant when she went to Michigan State University.
艾咪跟我說，她去了密西根州立大學之後，就會當助教。
  ↳ 在 that 引導的受詞子句中，when 引導的時間副詞子句動詞要用過去式（went），表示過去的未來；而主要子句動詞則用過去未來式（would be）。

2 在**假設語氣**中，可以用動詞的過去式，表示**與現在事實或未來事實相反**的主觀設想或主觀願望。　» 參見 p. 515〈Unit 14 語氣〉

- Claire wishes her dad were a millionaire.
克萊兒真希望她爸爸是一個百萬富翁。
  ↳ 與現在事實相反的假設。

3 為了使請求更加**委婉客氣**，有些**情態助動詞**用動詞過去式表示**現在**或**未來**的含義。　» 參見 p. 347〈Part 50 情態動詞／情態助動詞〉

Dan 　Can/Could you wait?　你能等等嗎？
Ann 　No, I'm pretty late.　不行啦，我已經遲到很久了。

1

將下列片語以簡單過去式重組為正確的句子。記住句首第一個字母要大寫。

----

1 and break her leg/last week Peg/jump/off the wall

→ _____

_____

2 swim/at the birthday party/for Paul/and play basketball/Nat

→ _____

_____

3 an email to/my friend Clark/in Yellowstone National Park/last night I/send

→ _____

_____

4 a lot/a pizza party/have/, and Scot eat/yesterday we

→ _____

_____

5 me clean/the house/after/the pizza party/Marty help

→ _____

_____

2

自表中選出適當的單字或片語，完成故事（每個單字或片語只能用一次）。

> play　　watch　　cook　　take　　wash
> sing and dance　　study　　fly　　teach　　have

Yesterday

1　I _____ breakfast and then looked all day for my robot Ray.

2　I _____ the dishes, made three wishes, and drank a lot of lemonade.

3　I _____ the piano for my Uncle Theodore.

4　I _____ with my Aunt Lorelei.

5　I _____ my dog Saul how to catch a tennis ball.

6　My sister Dee and I _____ TV.

7　Trish, Chad, and I _____ English and Polish.

8　I'm sure Trish and Chad _____ a good time.

9　I _____ my Aunt Jane and Uncle Mort to the airport.

10　They _____ to Taipei to visit Grandpa Day.

3

依例用簡單過去式回答下列問題。句尾記住要用句號。

> **Example:**
>
> **Did May try all summer to learn to be a plumber?**
> (she/with my/sister Lynne/visit Berlin/No,)
>
> → *No, she visited Berlin with my sister Lynne.*

1 **Did May and Kay go bowling with Fay yesterday?**
(all day/comic books/and play/No,/they read/computer games)

→ _____

_____

_____

2 **Did Trish and Sid study English?**
(NBA games on their TV/and watch/they invite/Dee/over/No,)

→ _____

_____

_____

3 Did Connie Cream teach art and coach the girls' basketball team?
(with her baby Brent/she teach/of time/No,/math and spend a lot)

→ _____

_____

_____

4 Did Claire and Rae drink their milk today?
(vitamins and eat/their teacher Ms. Laura Legs say/some oranges and scrambled eggs/No, but/they take their)

→ _____

_____

_____

5 Did you watch the movie with your brother Andrew?
(and Maryjo/No, but I/with my girlfriends Clo, Lulu,/watch the movie)

→ _____

_____

_____

Part

62 過去進行式
Past Progressive Tense

  過去進行式的句型

肯定句	**主詞 + was/were + 現在分詞** · I was playing with Lorelei. 我在跟蘿芮萊玩。 · They were playing with Kay. 他們在跟凱玩。
否定句	**主詞 + was/were not (wasn't/weren't) + 現在分詞** · I wasn't playing with Lorelei. 我沒有在跟蘿芮萊玩。 · They weren't playing with Kay. 他們沒有在跟凱玩。 縮寫 · was not = wasn't　· were not = weren't
疑問句	**was/were + 主詞 + 現在分詞** · Was she playing with Lorelei? 她在跟蘿芮萊玩嗎？ · Were they playing with Kay? 他們在跟凱玩嗎？

» 動詞現在分詞的構成，請參看 p. 406〈2 現在分詞的構成方式〉

2 **過去進行式的用法**

1 過去進行式表示過去某一時刻正在進行的事。

> **Dan** Jan, what was your boyfriend Clark doing at eight last night in the park?
> 簡，昨晚八點時，你的男朋友克拉克在公園做什麼？

> **Jan** At eight last night, Clark was walking and talking in a warm and romantic fog with his heartthrob.
> 昨晚八點時，克拉克正跟他心愛的人一起在溫馨、浪漫的霧靄中散步、聊天。

2 **過去進行式**也用於強調「在**過去某段時間**中，某個行為動作無時無刻都在持續進行」。

· Kim said Paul and his classmates were quarreling all morning today at the gym.
金姆說，保羅和他的同學們今天一整個上午都在體育館裡吵個不停。

3 **過去進行式**可以使「請求、建議或疑問」顯得更客氣、更具試探性，這種情況常用動詞 think、wonder 等。

· I was wondering whether I should invite my ex-girlfriend Sue Bedding to my wedding.
= I was thinking about whether I should invite my ex-girlfriend Sue Bedding to my wedding.
我在想，該不該邀請我的前任女友蘇‧貝丁來參加我的婚禮。

4 **過去進行式**常與**簡單過去式**搭配。

1 **過去進行式**：通常指**持續較長時間**的行為動作或情境。

2 **簡單過去式**：指**短暫的**行為動作或事件，該短暫動作或事件通常發生在持續較長時間的行為動作之中，或打斷了長時間的動作。

· Fred stopped by while I was enjoying a candlelight dinner with Ted.
我和泰德正在享受一頓燭光晚餐時，弗烈德順道來訪。
↳ stopped by 為短暫動作，發生在持續較長時間的行為動作 was enjoying 的過程中。

3 **過去進行式**也常用來**講故事**，與**簡單過去式**搭配使用。此時，用**過去進行式**來説明「故事背景」，用**簡單過去式**來描述「事件」。

· Last Sunday I was happily bicycling on a path through a large forest. Suddenly a big wolf jumped onto the path and gave me a hungry look. We stared at each other. Pretending to be a furious tiger, I snarled wildly at the animal. A few seconds later, it turned around and ran away. After it disappeared into the forest, I found myself wet with sweat and trembling all over with fear.

上個星期天，我在一條小路上開心地騎著自行車，穿越一大片森林。突然，一隻大野狼跳到小路上，對我露出饑餓的樣子。我們目不轉睛地看著彼此。我假裝成一隻兇猛的老虎，對那隻動物發出狂野的怒吼。不一會兒，牠便調頭逃跑了。在牠逃進森林不見蹤影後，我發現自己被嚇出了一身汗，直打哆嗦。

3 不能用過去進行式的動詞

非進行式動詞不用於現在進行式，也不用於過去進行式，而只能用於簡單現在式或簡單過去式。 » 參見 p. 410〈5 非進行式動詞〉

- **Theodore** heard **a knock on the door.**
  塞奧多聽見有人在敲門。
  ↳ 不能用進行式 was hearing。

- Did **Coco** believe **your story about seeing a UFO?**
  可可相信你說的看到了飛碟的事嗎？
  ↳ 不能用進行式 was believing。

4 when 和 while 要用於進行式還是簡單式？

 while：用於**延續較長時間**的動作或情境，不用於短暫的動作，常與**進行式**連用。

when：可用於**短暫**的動作或**持續性**的動作，可與**簡單式**或**進行式**連用。

- **The doorbell rang** when/while **Sue Fang** was eating **dinner with Steve Lang.**
  ↳ when 和 while 都可以用於持續較長時間的動作 was eating。

  = **Sue Fang was eating dinner with Steve Lang** when **the doorbell** rang. 就在蘇‧方和史蒂夫‧郎共進晚餐時，門鈴響了。
  ↳ when 可以用於短暫動作 rang，但 while 不行，不能說 while the doorbell rang。

444

5 過去進行式和簡單過去式的比較

		過去進行式	簡單過去式
1	過去**重複的行為**或過去的**習慣**（涉及過去事件完成的次數，如：twice、many times 等）	不可	可
2	過去時間內，**動作結束與否**	尚未結束，仍在進行	已結束
3	過去**固定、長期**的動作或情境（與表示**一段時間**的片語連用，如：for six years）	不可（只能指**暫時的**行為動作或情境）	可
4	詢問某件事**發生的時間**	不可	可

- **Al Ridge** fell in love twice **when he was in college.**
  艾爾‧瑞吉在大學時談了兩次戀愛。
  ↳ 過去重複的行為要用簡單過去式，不用進行式 was falling in love。

- **When my husband Ace came home last night, I** was reading **a book by the fireplace.**
  昨晚我先生艾斯回到家時，我正在壁爐旁看書。
  ↳ 動作尚未結束，仍在進行。

- **Yesterday my husband Clem** worked **in his office from 8 a.m. to 11:30 p.m.**
  昨天我丈夫克勒姆從早上八點到晚上十一點半都在辦公室工作。
  ↳ 動作已結束。

- **Leroy** lived **in Shanghai** for six years **when he was an adventurous little boy.**
  當勒洛伊還是一個愛冒險的小男孩時，他在上海居住了六年。
  ↳ 過去進行式 was living 不能與表示一段時間的片語 for six years 連用。

- **When** did **you** start **to wear make-up?**
  你什麼時候開始化妝了？
  ↳ 詢問某件事「發生的時間」，只能用簡單過去式，不用過去進行式。

Part 63 過去未來式
Past Future Tense

1 過去未來式的構成

將簡單未來式的**助動詞**或 **be 動詞**改為過去式,即形成過去未來式。

簡單未來式		過去未來式
● will	→	would
● is/am/are going to	→	was/were going to
● is/am/are doing	→	was/were doing
● is/am/are about to	→	was/were about to

2 過去未來式的用法

1　談論**從過去觀點看將要發生的事情**,也就是在過去的某個時刻還沒有發生的事情,要用**過去未來式**。

· In 2008 I arrived in Yellowknife, Canada, where I would spend the next four years of my life.
我於 2008 年來到加拿大的黃刀鎮,將在那裡度過我生命中接下來的四年。

↳ 過去未來式「would + 原形動詞」,
常用於從屬子句中,主要子句動詞
通常是簡單過去式。

Yellowknife

- I remember the last time I saw Bob he was going to start a new job.

  記得我上次看見鮑勃時，他正要開始一份新的工作。

  ↳ 從過去的視角描述未來的意圖。

- Yesterday I saw Jan Flower at the airport, but she didn't have much time to talk with me because she was leaving for Pakistan in an hour.

  昨天我在機場看見簡‧弗勞爾，但她沒太多時間跟我聊天，因為她再過一小時就要動身前往巴基斯坦。

  ↳ 過去進行式在這裡表示「從過去的視角描述已經安排好的未來事件」。

  ↳ 過去進行式在這裡沒有進行的含意，而表示按計畫將發生的事。

- Amy was about to be hanged when the governor's pardon came.

  艾咪正要被絞死的時候，總督的赦免令到了。

  ↳ was/were about to do 表示「過去某時刻剛要發生某事，突然另一事發生了」。

2 「was/were + going to」句型：也可以表示**該事件並未發生**。

- Danny was going to sell his house and move to the Philippines, but he changed his mind.

  丹尼原本打算賣了房子，然後搬去菲律賓，但他最後改變了主意。

the Philippines

用括弧內的文字回答下列問題，記得使用正確的動詞形式。

1 What was Bing doing at 7:20 this morning?
(shovel/with Dee and me/snow/He)

→ _____

_____

2 What were May and Kevin doing at 7 p.m. last Sunday?
(buy a unique birthday/They/Monique Mystique/cake for sweet)

→ _____

_____

3 What was Dwight doing at ten last night?
(eat an apple and watch/with Mom and me/a movie/He/on TV)

→ _____

_____

4 What was your little brother, Clem, doing at 6:30 p.m.?
(in Mexico/to his friend Coco/Clem/talk on the Internet)

→ _____

_____

5 What were your dad and Kay doing outside at 8 a.m. yesterday?
(warm and cozy on a/around our garden/so it would be/They/
build a tall wall/windy day)

→ _____

_____

2

選出正確答案。

_____ **1** Ann and Stan were enjoying their picnic near the lake
_____ .

Ⓐ while the hailstorm began

Ⓑ when the hailstorm began

Ⓒ when the hailstorm was beginning

Ⓓ while the hailstorm was beginning

_____ **2** Grandpa Lindbergh _____ while he _____ a sick friend
to a hospital in St. Petersburg.

Ⓐ was dying of a stroke; was driving

Ⓑ was dying of a stroke; drove

Ⓒ died of a stroke; drove

Ⓓ died of a stroke; was driving

_____ **3** Last night Brad _____ a lot of beer and _____ bad.

Ⓐ drank; smelled   Ⓑ drunk; smelled

Ⓒ was drinking; was smelling   Ⓓ drank; was smelling

_____ **4** Wade _____ Eva about twenty times the year she
_____ in Adelaide.

Ⓐ was visiting; was living   Ⓑ was visiting; lived

Ⓒ visited; lives   Ⓓ visited; lived

_____ **5** When I _____ little, I _____ Ruth's lies and half-truths.

Ⓐ was; was always believing

Ⓑ am; was always believing

Ⓒ was; always believed

Ⓓ am; always believes

3

將下列錯句改寫為正確句子。

----

1 She is writing a long email to Eve at 9 last night.

→ _____

_____

2 Were your baby Kay sleeping at noon today?

→ _____

_____

3 Was Yvonne dance with Jon or Dwight at the ballroom around nine last Saturday night?

→ _____

_____

4 When Theodore and I were little, we were often playing hide-and-seek in my grandma's store.

→ _____

_____

5   I was calling Rae ten times yesterday because I was in a tizzy,
    but her line was always busy.

    → _____

    _____

6   How did Joe know Sid will marry Cherry?

    → _____

    _____

7   Last night I see Sue at the train station, but she doesn't have
    much time to talk with me because she is leaving for New York
    City in twenty minutes.

    → _____

    _____

    _____

8   I am about to fly to Hawaii when Mom told me that my brother
    Kent had been in a bad accident.

    → _____

    _____

9   I am going to visit Kay on Friday night, but I had to call her to
    cancel my visit because my husband got sick.

    → _____

    _____

10 At seven last night, Scot White and his dog Spot watched the
    movie *Dogs Are Groovy*.

    → _____

    _____

64 簡單現在完成式
Present Perfect Simple Tense

完成式用來表達「在說話時已經完成的動作或狀況」，可分為八種：簡單現在完成式、現在完成進行式、簡單過去完成式、過去完成進行式、簡單未來完成式、未來完成進行式、過去未來完成式、過去未來完成進行式。

 簡單現在完成式的句型

肯定句	**主詞 + have/has + 過去分詞**
	Jerry and Rosemary **have arrived** in Canterbury. 傑瑞和蘿絲瑪麗已經抵達坎特伯里。
否定句	**主詞 + have/has not + 過去分詞**
	Jerry and Rosemary **haven't arrived** in Canterbury. 傑瑞和蘿絲瑪麗還沒抵達坎特伯里。 縮寫 ● have not = haven't ● has not = hasn't
疑問句	**have/has + 主詞 + 過去分詞**
	Have Jerry and Rosemary **arrived** in Canterbury? 傑瑞和蘿絲瑪麗抵達坎特伯里了沒？
其他縮寫	● I've (not) ● you've (not) ● we've (not) ● they've (not)
	● he's (not) ● she's (not) ● it's (not)

 規則動詞的過去分詞

規則動詞的過去分詞跟其過去式一樣，以 -ed 結尾。
» 詳細說明參見 p. 432〈2 規則動詞的過去式〉

1 原形動詞 → +　-ed

（大部分動詞在原形動詞後面加 -ed，即成過去分詞。）

原形動詞	過去式	過去分詞	
call	called	called	打電話
help	helped	helped	幫助
kiss	kissed	kissed	親吻
rain	rained	rained	下雨

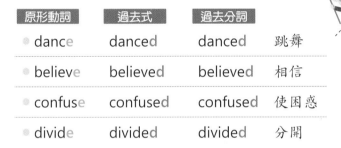

divide

2 以 -e 結尾的動詞 → +　-d

原形動詞	過去式	過去分詞	
dance	danced	danced	跳舞
believe	believed	believed	相信
confuse	confused	confused	使困惑
divide	divided	divided	分開

3 單音節動詞：若以「單母音 + 單子音」字母結尾

→ 重複字尾子音字母，再加 -ed

原形動詞			過去式	過去分詞	
drum	+ m	+ ed	drummed	drummed	打鼓
grab	+ b	+ ed	grabbed	grabbed	抓取
hop	+ p	+ ed	hopped	hopped	單腳跳
nod	+ d	+ ed	nodded	nodded	點頭

grab

hop

NOTE

1. 若字尾子音字母前有**兩個母音字母**，則不要重複子音字母，直接加 -ed 構成過去分詞。

   - seem → seemed → seemed 似乎
   - wait → waited → waited 等待

2. 若字尾為**兩個子音字母**，也不重複子音字母，直接加 -ed 構成過去分詞。

   - want → wanted → wanted 想要
   - help → helped → helped 幫助

3. 以 **-w** 或 **-y** 結尾的單音節動詞（一個母音字母 + 一個子音字母），其過去式不重複字尾子音字母，直接加 -ed 構成過去分詞。

   - mow → mowed → mowed 割（草等）
   - stay → stayed → stayed 停留

4. **雙音節動詞：若重音在後，且以「單母音 + 單子音」字母結尾**

   → │ **重複字尾子音字母，再加 -ed** │

   - prefer [prɪˋfɝ] → preferred → preferred 寧願
   - refer [rɪˋfɝ] → referred → referred 意指；提及

5. **雙音節動詞：若重音在前，且以「單母音 + 單子音」字母結尾**

   → │ **+ -ed** │

   - wonder [ˋwʌndɚ] → wondered → wondered 納悶
   - thunder [ˋθʌndɚ] → thundered → thundered 打雷

6. **以 -i 結尾的動詞** → │ **+ -ed** │

   - ski → skied → skied 滑雪
   - taxi → taxied → taxied 飛機緩慢滑行；乘計程車；用計程車運送

7 以「子音字母 + -y」結尾的動詞 → y 變 i，再加 -ed

原形動詞	過去式	過去分詞	
• apply	applied	applied	申請
• copy	copied	copied	影印
• cry	cried	cried	哭泣
• study	studied	studied	研讀

8 以「母音字母 + y」結尾的動詞 → + -ed

原形動詞	過去式	過去分詞	
• betray	betrayed	betrayed	背叛
• delay	delayed	delayed	耽擱
• enjoy	enjoyed	enjoyed	享受
• play	played	played	玩耍

3 不規則動詞的過去分詞

不規則動詞的過去分詞往往與過去式不同形，必須逐一記憶。
» 參見 p. 627〈附錄：不規則動詞表〉

- drive → drove → driven 駕駛
- eat → ate → eaten 吃
- mean → meant → meant 意味著
- shake → shook → shaken 搖動

4 簡單現在完成式的用法

1 對現在有影響的過去行為動作

我們用**簡單現在完成式**來強調「**與現在有關聯的、已經完成了的**」
行為動作或事件（the finished/completed actions or events），

即**對現在有影響的過去發生的行為動作或事件**。如果我們說
「something has happened」，我們會同時想到**過去**和**現在**。

- Meg cannot attend your wedding, because she has broken her
  left leg. 梅格不能參加你的婚禮，因為她摔斷了左腿。
  = Meg cannot attend your wedding, because her left leg is broken
  now. 梅格不能參加你的婚禮，因為她的左腿現在斷了。
  ↳ has broken 這一動作已經完成，且對現在產生了影響（她左腿斷了，無
  法來參加婚禮）。

| 🇺🇸 美式 | "I broke another pair of sunglasses," mumbled my brother.

| 🇬🇧 英式 | "I have broken another pair of sunglasses," mumbled my
  brother. 我哥咕噥地說：「我又打破一副太陽眼鏡了。」
  ↳ 美式常用簡單過去式，只強調過去的動作。
  ↳ 英式常用現在完成式，強調動作的完成及所產生的效果：太陽
  眼鏡已經破了。

2 **從過去某個時間持續到現在的動作或事件**

1 **現在完成式**常用來表達或詢問某事**到目前為止持續了多長時間**。

2 表達行為或狀態持續的**時間跨度**時（如：how long、for ten years、
since 2013），不能使用簡單現在式，要用**現在完成式**。

- Kay has been here since Monday. 凱從星期一起就待在這裡。
  ↳ 從過去（Monday）到現在。
- My daughter Trish has studied Spanish for seven years.
  我女兒翠西學西班牙文已經七年了。

3 **目前為止已發生的過去事件**
  現在完成式描述「到目前為止已發生或未發生」的「過去事件」，事
  件發生的確切時間並不重要，只知道是在某段時間內發生，因此常與
  下列**不特指某個時間點**的**時間副詞**連用，暗示「到現在為止的任何或
  某個時刻」，有時也可以將這些時間副詞省略。

  - ever 曾經　　● never 從未　　● already 已經　　● still 仍然
  - just 剛剛　　● yet 還沒　　　● before 之前

1 主詞 + have/has + already/just/ever/never + 過去分詞

- have already done a lot　已經做了很多
- have ever seen　看過
- have never yelled　從來沒有吼叫過
- have just stopped　剛停下來

2 yet 用於**疑問句**和**否定句**的**句尾**。

Sue　Have **you** spoken **to the boss** yet?　你跟老闆談過了沒？

Yvette　**No, not** yet.　　　　　　　　還沒有。

　↳ yet 置於疑問句或否定句的句尾。

3 before 用於**肯定句**、**否定句**、**疑問句**的**句尾**。

Ann　Have **you** talked **to Lenore** before?　你之前跟蕾諾兒說過話嗎？

Dan　**No, I** have never talked **to Lenore.**　我從來沒跟蕾諾兒說過話。

　↳ before 置於疑問句的句尾。never 置於助動詞 have 之後。

4 主詞 + still + have/has not + 過去分詞（still 用於完成式的否定句中）

- She still hasn't made up **her mind about whether she wants to marry Joe.**
  她還沒有決定是不是要嫁給喬。　→ still 用於否定句中。

4 至今已完成的事物分量（多少）

　現在完成式可用來談論「到目前為止已經做了多少」。

- Joe has had five different jobs **since Christmas.**
  喬從耶誕節起已經換過五個不同的工作了。

5 事件至今發生的次數或頻率

　現在完成式可用來談論「到目前為止事件發生的次數」。

- I have seen Kay with Mark twice **today.**
  我今天已經兩次看到凱和馬克在一起了。

6 談論新聞事件：**現在完成式**常用於談論新聞事件。

- "The British Prime Minister Joan Blair has arrived in Washington for talks with President Trent," reported Barbara Brent.
  芭芭拉‧布蘭特報導說：「英國首相裘恩‧布雷爾已經到達華盛頓與總統崔恩特會談。」

5 have been to、have gone to 和 went

1 have been to 和 have gone to：都可以表示「去某地」。

  1 have/has been to：表示**「去過」**，意味著人已經回來，不在那個地方了。

  2 have/has gone to：表示**「去了」**，人已經出發，已到達某地或在返回途中，但還沒回來。

- She has been to New Delhi many times.
  她去過新德里很多次。
  ↳ 她現在不在新德里；表達一個對現在有影響的過去行為動作，透過她的旅途，她對新德里有所了解。
- Cleo has gone to Tokyo.
  克麗歐去了東京。
  ↳ 過去的動作對現在造成影響：克麗歐去了東京，現在還沒有回來。

2 have been/gone to 和 went to 表示「去某地」的區別

  1 went to 單純表達一個過去的動作，對現在的狀態沒有任何暗示。

  2 have been/gone to 表示「對現在有影響的過去動作或事件」，暗示「人現在在何處」。

- Bryce Gear went to Islamabad twice last year.
  布萊斯‧吉爾去年去過伊斯蘭馬巴德兩次。
  ↳ 只強調「去」的過去行為動作。

- She has gone to the Daisy Computer Store.

  她去了黛絲電腦商店。

  ↳ 她不在這裡，她現在在黛絲電腦商店，或是在往商店的路上，或是在回來的途中。

- Kim Corning has been to Max's Gym this morning.

  金姆·科寧今早去過邁克斯體育館。

  ↳ 金姆去過邁克斯體育館，但現在不在那裡（說話時依然是上午）。

6 現在完成式與簡單過去式的比較

1 **對現在有影響**和**對現在無影響**的區別

1 **對現在有影響**：談論過去的事件及其對現在產生的效果，就用**現在完成式**。

2 **對現在無影響**：強調過去的行為動作或發生在過去的事因，而不強調對現在產生了什麼後果或影響，就用**簡單過去式**。

- "Someone has let the dog into my tent!" shouted Kent.

  肯特叫喊道：「有人讓狗進了我的帳篷！」

  ↳ 強調現在的效果：此刻狗正在我的帳篷裡，很可能正把我的帳篷搞得亂七八糟。

- Kent asked angrily, "Who let the dog into my tent?"

  肯特生氣地問：「是誰讓狗進了我的帳篷的？」

  ↳ 強調過去行為動作，這句不能用現在完成式（has let）。

2 **現在仍存在**和**現在不存在**的區別

1 **現在仍存在**：用**現在完成式**表示某種狀態過去存在，現在仍然存在。

2 **現在不存在**：用**簡單過去式**表示某種狀態過去存在，現在已經不存在。

- I have belonged to the Tampa Space Club since I moved to Florida.

  自從我搬到佛羅里達州之後，就一直是坦帕太空俱樂部的成員。

  ↳ 「屬於」這種狀態過去存在，到現在仍然存在。

- **Linda belonged to the Tampa Space Club** when she was living in Florida.
  琳達住在佛羅里達州時，是坦帕太空俱樂部的成員。
  ↳ 「屬於」這種狀態過去存在，到現在已經不存在了。

3 持續時間與起始時間

1 **持續時間**：談論某行為或狀況**到現在為止**持續了多長時間，要用**現在完成式**。

2 **起始時間**：談論某行為或狀況是**什麼時候開始**（when），而不是已經持續了多長時間（how long），用**簡單過去式**。

- **How long has Sue been in Honolulu?**
  蘇在檀香山有多長時間了？

- **When did Sue arrive in Honolulu?**
  蘇是什麼時候到達檀香山的？

> **比較** 如果過去某個行為或事件**與現在無關聯**，也可以用**簡單過去式**表示該行為或事件**持續了多長時間**。
>
> - **Last summer Aunt Amy stayed with me for two weeks.**
>   去年夏天，艾咪姨媽跟我一起住了兩個星期。
>   ↳ 她現在不跟我住在一起。

4 與**現在完成式**和**簡單過去式**連用的**時間副詞**

1 **表示「尚未結束」的時間副詞**：與**現在完成式**連用的時間副詞，不會是描述已經結束的過去時間，必須是一個**還沒有結束的時間**，因為現在完成式表示的是「到現在為止已經完成或尚未完成的事」。

2 **表示「已經結束」的時間副詞**：要與**簡單過去式**連用。

460

現在完成式與「尚未結束」的時間副詞連用	簡單過去式與「已經結束」的時間副詞連用
today 今天	yesterday 昨天
this week 這星期	last week 上星期
this morning 今天早上	this morning 今天早上
this afternoon 今天下午 ↳ this morning/this afternoon 可以指「已經結束」，也可以指「尚未結束」，根據說話當時的具體時間而定。	this afternoon 今天下午
this evening 今天傍晚	last evening 昨天傍晚
tonight 今晚	last night 昨晚
during the last/past three years 過去三年中	when I saw him 當我看到他時
before 之前	two hours ago 兩個小時前
	at 7 a.m. 早上七點
	in 2013 在 2013 年

- **Rae has already been to the bookstore twice** today.
  芮今天已經去過書店兩次了。

- **May went to the bookstore** yesterday. 梅昨天去過書店。

- **I've written two emails to Chris Corning** this morning.
  我今天上午已經寫了兩封電子郵件給克莉絲‧科寧。
  ↳ 表示現在還是早上，用現在完成式。

- **I wrote two emails to Chris Corning** this morning.
  今天上午我寫了兩封電子郵件給克莉絲‧科寧。
  ↳ 表示現在已經下午或晚上，相對而言，早上已經是過去時間。

- **I'm sure we**'ve met before, **Pam.**
  潘姆，我確定我們以前見過面。 → before 常用於現在完成式。

- **Margo, I'm sure we** met **two weeks** ago.
  瑪歌，我確定我們兩個星期前見過面。 → ago 只用於簡單過去式。

	使用之時態	範例
ago	簡單過去式	· Clo and Joe were friends two years ago. 克蘿和喬兩年前是好朋友。 ↳ 只點出過去狀態（很可能他們現在不是好朋友了）。
since	現在完成式 （從何時開始）	· Clive and Emma have been friends since they were five. 克萊夫和艾瑪自從五歲起就一直是好朋友。 ↳ 主要子句用完成式（have been），since 子句用過去式（were）。 ↳ 過去是好朋友，現在仍然是，這時用現在完成式銜接過去和現在。
for	現在完成式 （持續了多久）	· Despite Amy's fears about crime and earthquakes, she has lived in Los Angeles for five years. 雖然艾咪對犯罪活動和地震感到恐懼，但她還是在洛杉磯住了五年。 ↳ 涉及過去和現在，艾咪現在居住在洛杉磯。
	簡單過去式 （持續了多久）	· Cleo Sears lived in Chicago for four years. 克麗歐‧西爾斯曾在芝加哥住了四年。 ↳ 只著重於「住」的過去行為動作，克麗歐現在住在哪裡，我們並不知道。

Part 65 現在完成進行式
Present Perfect Progressive Tense

 1 現在完成進行式的句型

句型 have/has been + 現在分詞

肯定句	**主詞 + have/has been + 現在分詞**
	She has been waiting for Andy Flowers for over three hours. 她已經等安迪・弗勞爾斯超過三個小時了。
否定句	**主詞 + have/has not been (haven't/hasn't been) + 現在分詞**
	I haven't been waiting long for Lorelei. 我還沒有等蘿芮萊很久。
疑問句	**have/has + 主詞 + been + 現在分詞**
	Have you been waiting long for Sue? 你已經等蘇很久了嗎？

2 現在完成進行式的用法

1 **現在完成進行式**表示**從過去持續到現在**的動作，有兩種情況：

1 動作可能還在進行。

2 動作剛結束，但對現在造成某些影響。

· **Paul's wife has been painting the kitchen walls.**
保羅的妻子一直在粉刷廚房的牆壁。
↳ 強調行為動作的連續，很可能還在粉刷。

- **Her eyes are red and swollen. Has she been crying?**
  她的眼睛又紅又腫。她一直在哭嗎？
  ↳ 「哭」的動作剛結束，對現在產生的效果是「眼睛紅、腫」。

2 表達度過時間的方式：**現在完成進行式**可用來表達**如何度過時間**（從過去直到現在）、**近期不斷重複**的行為。

- **Ray's girlfriend has been playing a lot of basketball during the past few days.** 雷的女朋友最近幾天一直在打籃球。
  ↳ 近期不斷重複的行為。

3　過去進行式、現在進行式、現在完成進行式的比較

過去進行式	表示**過去**某個時刻正在進行的動作。
	• **Gem was watching TV** at 4 p.m. 潔姆下午四點的時候正在看電視。 ↳ 「at 4 p.m.」是一個過去時間點，要用過去進行式。
現在進行式	表示**現在**正在進行的動作。
	• Now **Claire's brothers** are watching **TV and** eating pears. 克萊兒的兄弟們現在正在邊看電視邊吃梨子。 ↳ 描述此刻（now）正在進行的事。
現在完成進行式	與 **since、for、how long** 搭配，表示動作的**持續**。
	• **Kevin and Clem have been watching TV** since 7 p.m. 凱文和克勒姆從晚上七點就一直在看電視。 ↳ 表示他們現在還在看電視（動作開始於過去，現在還在進行）。

表示**已經結束**的時間副詞或片語要與**過去式**連用,不能用現在完成進行式。

✗ Joe said gently, "You look tired, Coco." "I have been working non-stop until 11 p.m." replied Coco with a yawn.

✓ Joe said gently, "You look tired, Coco." "I was working/ worked non-stop until 11 p.m." replied Coco with a yawn.

喬溫柔地說:「可可,你看起來很疲倦啊。」

可可打了個哈欠回答說:「我一直不停地工作到晚上十一點。」

↳ 已經結束的時間副詞片語(until 11 p.m.)要與過去式連用。

---

4 簡單現在完成式與現在完成進行式的比較

1 **動作完成與否**的區別

| 簡單現在完成式 | 通常表示**動作已經結束**(非進行式動詞例外)。 |

· **Clive** has learned **how to drive.**

克萊夫學會開車了。

↳ 強調動作的完成及效果:現在會開車了,「學習」這個動作已經結束。

| 現在完成進行式 | **不說明動作是否結束**(可能結束,也可能仍在進行), 只強調動作本身的**持續性**。 |

· **Kay** has been learning **how to be a pilot since May.**

凱從五月起就一直在學開飛機。

↳ 強調動作的連續,「學開飛機」這個動作是否結束則不清楚,凱有可能還在學開飛機。

2 長期、無變化的情境和短暫、會變化的情境的區別

簡單現在完成式	表示**持續很長時間、沒有變化的情境**。

- **For eight centuries, this church** has stood **here on this hill.**
  這座教堂已經聳立在這座小山上八個世紀了。
  ↳ 固定的情況（時間較長的、沒有變化的情境）。

現在完成進行式 簡單現在完成式	表示**持續較短時間，且會有變化的情境**（可用兩種完成式）。

- **Claire Flower** has been standing/has stood **there for an hour.**
  克萊兒・弗勞爾已經站在那裡一小時了。
  ↳ 表示「持續較短時間，且會有變化的情境」。

3 強調變化的結果和表示變化會繼續的區別

簡單現在完成式	已結束的一段時期內發生的某個特定的變化，並強調這個**變化的結果**。

- **Oil prices** have increased **by 7%.**
  石油價格已經上漲了 7%。
  ↳ 強調結果。

現在完成進行式	某種情況到目前為止的一段時期內，**已經發生了變化**並**有可能繼續變化**。

- **The problems of global warming** have been getting **worse during the last decade.**
  全球暖化的問題這十年來變得愈來愈嚴重了。
  ↳ 可能會繼續惡化。

4 表示事情**進行了多久**（how long），可以用**簡單現在完成式**或**現在完成進行式**（但不能用簡單現在式和現在進行式），兩者區別不大。兩種完成式都可以與 for 或 since 連用。

✗ Kate lives here since 2008.

✗ Kate is living here since 2008.

✓ Kate has lived here since 2008.

✓ Kate has been living here since 2008.
凱特從 2008 年就住在這裡。

has lived/has been living here since 2008

5 只用簡單現在完成式

1 表示**事件發生的頻率**，要用**簡單現在完成式**。

· Tom has visited Libya twice in the last three months.
湯姆最近三個月去過利比亞兩次。

2 **非進行式的動詞**：當句中使用 be 動詞、have（擁有）、know 和其他不能用於進行式的動詞時，即使動作或狀態一直持續到現在還沒有結束，也要用**簡單現在完成式**，而不能用於現在完成進行式（也不用於現在進行式、過去進行式）。
» 詳細說明參見 p. 410〈5 非進行式動詞〉

· Anna and Wade have known each other for a decade.
安娜和韋德已經認識十年了。

↳ 不能用現在完成進行式
have been knowing。

↳ 十年之前他們就已經認識，
「認識」這種狀態仍在進行。

have known each other for a decade

467

1

選出正確答案。

_____ **1** How long _____ a lawyer?

     Ⓐ is Sue   Ⓑ has Sue been

     Ⓒ is Sue been   Ⓓ has Sue

_____ **2** Have you ever met Henry _____?

     Ⓐ before   Ⓑ ago   Ⓒ still   Ⓓ already

_____ **3** How many times _____ out on a date with Midge since she graduated from college?

     Ⓐ have you been   Ⓑ are you

     Ⓒ were you   Ⓓ has you been

_____ **4** Kate has known Joe _____ 2008.

     Ⓐ during   Ⓑ in   Ⓒ since   Ⓓ for

_____ **5** Kitty _____ in ten different houses _____ from Michigan State University.

     Ⓐ has lived; since she has graduated

     Ⓑ lives; since she graduated

     Ⓒ lives; since she has graduated

     Ⓓ has lived; since she graduated

_____ 6 _____ to Vietnam?

Ⓐ Have you ever gone　Ⓑ Were you ever gone

Ⓒ Are you ever gone　Ⓓ Have you ever been

_____ 7 How _____ his facial scar?

Ⓐ has Mr. Star gotten　Ⓑ has Mr. Star got

Ⓒ did Mr. Star get　Ⓓ did Mr. Star got

_____ 8 Sue _____ three books when she lived in Honolulu.

Ⓐ has written　Ⓑ wrote

Ⓒ is writing　Ⓓ has been writing

_____ 9 Margo _____ into that cottage a month ago.

Ⓐ has moved　Ⓑ has been moving

Ⓒ was moving　Ⓓ moved

_____ 10 Pearl, _____ a UFO when you were a little girl?

Ⓐ have you ever seen　Ⓑ did you ever saw

Ⓒ did you ever see　Ⓓ have you ever been seeing

_____ 11 Maxie, how long _____ this taxi?

Ⓐ have you had　Ⓑ have you been having

Ⓒ are you having　Ⓓ do you have

_____ 12 Two years ago, Angelo _____ for a law office in Chicago.

Ⓐ has worked　Ⓑ has been working

Ⓒ works　Ⓓ worked

_____ 13 June _____ for her boyfriend _____ yesterday afternoon.

Ⓐ was waiting; since Ⓑ waited; for

Ⓒ has been waiting; for Ⓓ has been waiting; since

_____ 14 Last night I _____ an email to my friend Clark, who _____ near Yellowstone National Park.

Ⓐ have sent; lives Ⓑ was sending; lived

Ⓒ send; lived Ⓓ sent; lives

_____ 15 Yesterday Jeanie _____ to the store to buy a bikini.

Ⓐ went Ⓑ has been

Ⓒ has gone Ⓓ has been going

2

將括弧中的正確答案畫上底線。

----

1 Dee, (have you ever read/have you ever been reading) *The Old Man and the Sea*?

2 Ollie (has never told/has never been telling) me about his ex-girlfriends Holly, Molly, and Polly.

3 How long (is Sue/has Sue been) trying to beguile Lyle?

4 Look, Lou (has bought/has been buying) a blue miniskirt for you.

5　Nate (has seen/saw) your mom yesterday and told her that she looked great.

6　Up to now, Midge (saved/has saved) $6,000 for her first year at college.

7　Guinevere Gear (has been/has gone) to the top of Mount Ranier twice this year.

8　I remember the last time I saw dear Guinevere, she (was going/ is going) to start a new career.

9　Since Kirk moved to Paris, he (did/has done) many different kinds of work.

10　When (did Amy decide/has Amy decided) to study astronomy?

11　(I've not seen/I did not see) Jean Otter since the day she married Dean, who has six sons and a daughter.

12　I'm sure we (have met/have been meeting) before, Bret.

13　Coco first (saw/has seen) her husband Joe in Jericho ten years ago.

14　Jenny (has never written/has written never) to Kenny.

15　Pat, who (gave/has given) you that?

Part 66

簡單過去完成式和過去完成進行式
Past Perfect Simple Tense and Past Perfect Progressive Tense

---

1 簡單過去完成式的句型

簡單過去完成式也稱**過去完成式**，由「**had + 過去分詞**」構成，其中 had 不受人稱和數量的影響。

> **句型** had + 過去分詞

肯定句	**主詞 + had + 過去分詞**
	Lenore had seen the mean green queen before Thor was four. 在索爾四歲之前，蕾諾兒就見過那個凶惡的綠色王后。
否定句	**主詞 + had not (hadn't) + 過去分詞**
	Lenore hadn't seen the mean green queen before Thor was four. 在索爾四歲之前，蕾諾兒還沒有見過那個凶惡的綠色王后。
疑問句	**had + 主詞 + 過去分詞**
	Had Lenore seen the mean green queen before Thor was four? 在索爾四歲之前，蕾諾兒已經見過那個凶惡的綠色王后嗎？

2 簡單過去完成式的用法

1 過去完成式表示**過去的過去**。

  1 過去某個特定時間之前或過去某個動作之前已經完成的行為動作。

2 **過去完成式**常與**簡單過去式**連用，表現事件發生的先後關係。

· Annie realized **that she** had met **Sam before.**
安妮發覺她曾經見過山姆。
↳ 過去（realized）；過去的過去（had met）。

· Amy had **already** left **by the time I** arrived **at the party.**
當我到達聚會時，艾咪已經離開了。
↳ already 和 just 常用於過去完成式。

2 **簡單過去式／過去完成式**表示**兩個接連發生的過去事件**。

1 **簡單過去式**常用來表達兩個行為動作或事件**一個接一個地發生**。這種
情況也可以用**過去完成式**，表達兩個過去動作的時間層次，強調一個
動作在前（過去完成式），另一個動作在後（過去式）。

· After Randy (had) graduated **from college, he** drove **across**
America with Candy.
藍迪大學畢業後就跟甘蒂一起開車橫跨美國。

2 但強調第二件事是第一件事的**結果**，兩件事都要用**簡單過去式**。

· When Mr. Smith came **into the classroom, all the students**
stopped **talking.**
當史密斯先生走進教室，所有的學生都停止了說話。

3 過去完成式表示**過去未實現的願望或未發生的事**：過去完成式也可以
用於假設語氣，表示過去未能實現的願望，或與過去事實相反的事。
» 參見 p. 538〈Part 75 假設語氣〉

· My Uncle Tim had hoped **that Kim and I would go into business**
with him.
提姆叔叔曾希望金姆和我跟他一起從商。
↳ 事實上，金姆和我都沒有跟他從商。

· If I had gone **on to attend a university, I would have studied**
history. 假如我繼續讀了大學，我就會念歷史。
↳ 事實上，我沒有進大學繼續讀書。

3 過去完成進行式的句型

句型 had been + 現在分詞

肯定句	I/he/she/it/we/you/they had been fighting
否定句	I/he/she/it/we/you/they had not been fighting **縮寫** had not = hadn't ⤷ I had not = I'd not = I hadn't
疑問句	had I/he/she/it/we/you/they been fighting
其他縮寫	• I'd (not)　• you'd (not)　• he'd (not)　• she'd (not) • it'd (not)　• we'd (not)　• they'd (not)

 4 過去完成進行式的用法

1 和簡單過去完成式一樣，**過去完成進行式**也是指「過去某一時刻之前或過去某個動作之前」發生的過去動作（**過去的過去**），同時又和一般的進行式一樣，**強調動作的持續**。即，過去完成進行式表示「一直持續到過去某一時刻」的「比較長的行為動作」，常和**簡單過去式**搭配。

- **When Sam** arrived **at Daisy's house, he could see that she** had been crying **hard.**

  山姆到達黛絲家時，他看得出來她剛大哭過一場。

  ⤷ 過去動作（had been crying）一直持續到過去某個時刻（when Sam arrived at Daisy's house）。

  ⤷ had been crying 這一動作發生在 arrived 這一動作之前。

had been crying hard

474

2 **過去完成進行式**表示過去某事正在持續進行時（通常是**持續時間較長的動作或事件**），另一件事發生了（通常是**短暫**動作，用**簡單過去式**）。

・ **Kim** had been wondering **whether to call her boyfriend Theodore when he** came **to her door.**

金姆正在納悶要不要打電話給她男朋友塞奧多時，男友就出現在她家門口了。

↳ 過去某事正在持續進行時（had been wondering）發生了另一件事（he came to her door）。

・ **We** had been playing **volleyball at the beach for about an hour when it** started **to rain heavily.**

我們在海灘上打了大約一個小時的排球後，天空開始下起了大雨。

↳ 過去某事正在持續進行時（had been playing）發生了另一件事（it started to rain heavily）。

had been playing volleyball

NOTE

1 **過去完成進行式**（與其他進行式一樣）通常不用來談論**長久的、不變的**情境。

✗ Yesterday I visited the house where my grandparents **had been living** for about 80 years.

✓ Yesterday I visited the house where my grandparents **had lived** for about 80 years.
昨天我參觀了我祖父母曾經住了約八十個年頭的房子。

2 **過去完成進行式**（和其他進行式一樣），不與**非進行式的動詞**連用，如 be 動詞、have（擁有）、know 等。

✗ I **had been knowing** Jim for ten years before we got married.

✓ I **had known** Jim for ten years before we got married.
我認識吉姆十年後我們才結婚。

Part

67

簡單未來完成式和
未來完成進行式
Future Perfect Simple Tense and
Future Perfect Progressive Tense

---

1 簡單未來完成式的句型

簡單未來完成式也稱**未來完成式**，結構是「will have + 過去分詞」（done、finished、flown 等）。

> **句型** will have + 過去分詞

肯定句	I/he/she/it/we/you/they will have finished
否定句	I/he/she/it/we/you/they will not have finished
疑問句	will I/he/she/it/we/you/they have finished

---

2 未來完成式的用法

1 一個**開始於過去、完成於未來**的行為動作，就用**未來完成式**。

2 **未來完成式**常和表示**直到未來某時刻**的時間副詞或片語連用。例如：

- by then 到那時
- by the end of the year 今年年底時
- by that time 到那時
- by September 10 this year 今年 9 月 10 號時
- by midnight 到半夜時
- before midnight 半夜之前
- when I get to the bottom of the mountain 當我到達山腳下時

476

- **By next New Year's Day,** Roy will have been **mayor of Adelaide for a decade.**
  到了明年元旦，羅伊擔任阿得雷德市的市長就滿十周年了。

- **June and I** will have reached **the top of the mountain before noon.**
  在中午之前，茱恩和我就會到達山頂。

| Diving Deep Into English | 45 | 比較三種簡單完成式（現在／過去／未來） |

- **Wayne** has written **a novel about mining on the Moon.**
  韋恩寫過一本關於在月球採礦的小說。
  ↳ 現在完成式（到目前為止）
- **Wayne** had written **a lot of books before I** met **him two years ago in Spain.**
  兩年前我在西班牙認識韋恩之前，他就已經寫了很多書。
  ↳ 過去完成式（過去的過去）
- **Wayne** will have written **20 pages of his new story by the time he** gets **off the airplane in Maine.**
  韋恩在緬因州下飛機時，將寫完他的新故事的二十頁。
  ↳ 未來完成式（現在還未完成，未來才會完成）

3 未來完成進行式的句型

句型 will have been + 現在分詞

肯定句	I/he/she/it/we/you/they will have been eating
否定句	I/he/she/it/we/you/they will not have been eating
疑問句	will I/he/she/it/we/you/they have been eating

4 未來完成進行式的用法

▣ 表示一個行為動作「在**未來的某個特定時刻，已經發生並持續下去**」，就用**未來完成進行式**。

▣ 這個時態常和 by 引導的表示「直到未來某時刻」的時間片語連用。

- I will have been teaching for 20 years by the end of this year.
  = I will have taught for 20 years by the end of this year.
  = I will have had 20 years of teaching by the end of this year.
  到今年年底時，我的教書生涯就滿二十年了。
  ↳ 兩種時態（未來完成進行式、簡單未來完成式）都描述動作開始於「過去」，「現在」還沒結束，將在「未來」的某個時刻完成。

5 未來完成進行式和簡單未來完成式的區別

▣ **未來完成進行式**用來描述「尚未完成的、未打斷的行為」。如果要描述「重複的動作或事件」、「數量多少」、「將來某時刻已經完成的動作」，就要用**簡單未來完成式**。

- When I reach fifty, I'll have been building boats for 25 years.
  當我滿五十歲時，我就已經造船二十五年了。
  ↳ 一個未完成的行為（one incomplete activity）
- When I reach fifty, I'll have built more than 25 boats.
  當我滿五十歲時，我就已經造了超過二十五艘船。
  ↳ 超過 25 次重複的行為（more than 25 individual actions）

▣ **非進行式動詞**不用於未來完成進行式，只能用於**簡單未來完成式**。

- ✗ I'll have been knowing Kay for 10 years by May.
- ✓ I'll have known Kay for 10 years by May.
  到了五月，我就認識凱十年了。

Part 68 過去未來完成式和 過去未來完成進行式

Past Future Perfect Tense and Past Future Perfect Progressive Tense

 過去未來完成式

1 **過去未來完成式**的構成方式 ：「**would have + 過去分詞**」。

肯定句	I/he/she/it/we/you/they would have finished
否定句	I/he/she/it/we/you/they would not have finished
疑問句	would I/he/she/it/we/you/they have finished

2 **過去未來完成式**表示**某個過去開始的動作，將在過去未來的某個時刻完成**，常與表**過去未來**的時間副詞連用。

- Before she saw her publisher, Brooke would have finished writing five chapters in her new book.

  在和出版商見面之前，布露可會寫完她的新書的五章內容。

  ↳ 從屬子句（簡單過去式）+ 主要子句（過去未來完成式）
  ↳ 主要子句用過去未來完成式（would have finished），從屬子句要用簡單過去式（saw）表示「過去未來」的含意。

比較

- Before she sees her publisher, Brooke will have finished writing five chapters in her new book.

  ↳ 從屬子句（簡單現在式）+ 主要子句（未來完成式）
  ↳ 主要子句用未來完成式（will have finished），從屬子句要用簡單現在式（sees）表示「未來」。

2 過去未來完成進行式

1 **過去未來完成進行式**的構成方式：「**would have been + 現在分詞**」。

肯定句	I/he/she/it/we/you/they would have been eating
否定句	I/he/she/it/we/you/they would not have been eating
疑問句	would I/he/she/it/we/you/they have been eating

2 **過去未來完成進行式**表示**動作從過去某一時間開始，一直延續到過去未來某一時間**。動作是否繼續下去，要視具體情況而定。（過去未來完成進行式不是常用的時態。）

· **Wade** told **me that by the end of the month he** would have been studying **English for a decade.**
韋德跟我說，到月底時，他學英語就已經長達十年了。

Parts 66–68
Exercise

1

選出正確答案。

_____ **1** When Del and I _____ back to our old school,
we found out that nothing _____ except the bell.
Ⓐ went; changed Ⓑ had been; had changed
Ⓒ had been; changed Ⓓ went; had changed

_____ **2** _____ Jean before he _____ fourteen?
Ⓐ Had Buzz met; had been Ⓑ Did Buzz met; was
Ⓒ Had Buzz met; was Ⓓ Did Buzz meet; had been

_____ **3** Mary Jo _____ in the basketball game last Sunday,
because she _____ her left elbow.
Ⓐ didn't play; hurt Ⓑ didn't play; had hurt
Ⓒ had not played; had hurt Ⓓ had not played; hurt

_____ **4** Before she _____ to the U.S., Claire _____ by air.
Ⓐ went; had never traveled
Ⓑ had gone; had never traveled
Ⓒ went; never travels
Ⓓ had gone; never traveled

5 Jake _____ lucky that he _____ the early plane and had missed the earthquake.

Ⓐ felt; caught
Ⓑ had felt; had caught
Ⓒ had felt; caught
Ⓓ felt; had caught

6 Kent _____ into my car and _____ to the police department.

Ⓐ jumped; had driven
Ⓑ jumped; drove
Ⓒ had jumped; had driven
Ⓓ had jumped; drove

7 The sun _____ this morning when Jerome left his lovely home in Rome.

Ⓐ was shining
Ⓑ is shining
Ⓒ has shone
Ⓓ shines

8 _____ in New York for five years?

Ⓐ Does Eve Sears live
Ⓑ Has Eve Sears lived
Ⓒ Is Eve Sears living
Ⓓ Was Eve Sears living

9 I _____ working in the library with Dwight at nine last night.

Ⓐ have been
Ⓑ had been
Ⓒ am
Ⓓ was

10 Since this morning, Jack _____ five poems to Liz Black.

Ⓐ has been writing
Ⓑ is writing
Ⓒ was writing
Ⓓ has written

11 Wade _____ Adelaide _____ third grade.

Ⓐ knows; since
Ⓑ has known; in
Ⓒ has known; since
Ⓓ has been knowing; since

_____ 12 Ted gave a sleepy yawn and then said, "Dawn is not here. She _____ to Bonn."

Ⓐ had gone　Ⓑ has gone　Ⓒ has been　Ⓓ is going

_____ 13 Before Pam stole the doll, Adelaide _____ that doll in her backpack for almost a decade.

Ⓐ carried　Ⓑ carries　Ⓒ has carried　Ⓓ had carried

_____ 14 Since this morning, Pam _____ on my computer and installing some more software and RAM.

Ⓐ has been working　　Ⓑ was working

Ⓒ is working　　Ⓓ worked

_____ 15 After Christine's parents _____ Tim, I am sure they _____ him.

Ⓐ will meet; will like　　Ⓑ meet; will have liked

Ⓒ meet; will like　　Ⓓ will meet; will have liked

2

將括弧中的正確答案畫上底線。

----

1 Jill (have/will have) finished reading the book *Bethlehem* by 11 p.m.

2 Brad (hoped/had hoped) he would graduate this summer, but he didn't finish his thesis in time.

3 What (has Rae done/was Rae doing) at 9 a.m. yesterday?

4 "When (did Dawn leave/has Dawn left)?" inquired Sid.

5 The teacher (will give/will have given) Ken a "time out" if he does that again.

6 Trish says that by the end of the summer camp, she (will have eaten/will eat) fish for so many days that she will never want to see another fish.

7 Daisy's eyes were red and swollen, because she (has been/had been) crying for a long time about what Ted had said.

8 After Sue and Andrew had finished their window-shopping, they (went/had gone) to visit the zoo.

9 Cherry wishes Jerry (had married/has married) her instead of Sherry.

10 If I (will find/find) Christine's email address, I will send it to Dale.

11 Cherry (will teach/will have taught) EFL for a year this February.

12 After Brook had done her math, she (took/had taken) a long bubble bath.

13 I (had called/called) Joe two hours ago and told him about the magic show.

14 By the time Trish gets off the train, she (will have finished/ is going to finish) reading *World Talk—Standard American English*.

15 The police department (had been/was) empty, because everybody (went/had gone) to assist Officer Sue Lace in capturing the terrorists before they could get far away and find another secret hiding place.

12 主動語態與被動語態

The Active Voice and
the Passive Voice

主動語態和被動語態的區別

Differences Between the Active Voice and the Passive Voice

1 主動語態和被動語態

1 **主動語態**：表明「主詞做某事」，主詞為動作的**執行者**。

2 **被動語態**：表示「主詞被……」，主詞為動作的**承受者**。

主動語態 **Yesterday a terrible hurricane hit Spain.**
昨天一場可怕的颶風侵襲了西班牙。
↳ 主詞 hurricane 是 hit 這一動作的執行者。

被動語態 **Yesterday Spain was hit by a terrible hurricane.**
西班牙昨天遭受了一場可怕的颶風侵襲。
↳ 主詞 Spain 是 hit 這一動作的承受者。
（被動語態：be 動詞 + 過去分詞）

2 優先使用主動語態

相較而言，被動結構不如主動結構簡潔。可以用主動語態來代替被動語態表達時，最好使用**主動語態**。

被動語態 **A big chunk of cheese was received by each of Lee's employees.** 一大塊起司被李的每一個職員都收到了。
↳ 句子共使用 12 個字。這句不簡潔也不自然。

主動語態 **Each of Lee's employees received a big chunk of cheese.**
李的每一個職員都收到了一大塊起司。 → 句子共使用 10 個字。

3 不自然的被動結構

有的被動結構在文法上雖然沒有錯誤，但實際上卻很少使用，要避免這類不自然的表達。

不自然 **A dessert** was eaten **by Kurt.**
一份甜點被克特吃了。

自 然 **Kurt** ate **a dessert.**
克特吃了一份甜點。

4 適合用被動語態的情況

雖然主動語態更簡潔，但在下列情況下常用**被動語態**。

 強調**動作承受者**時，用被動結構。

- **Ms. Flowers** was robbed **during the early morning hours.**
  弗勞爾斯女士於凌晨遭搶。

2 動作的行為者是**泛指的一般人**或**顯而易見**時，使用被動語態。

- **The aurora borealis** can sometimes **be observed** at night if the
  moon isn't bright.
  晚上如果月光不很亮，有時可以看見北極光。
  ↳ 動作的行為者是泛指的一般人。

- **Her dad** is being treated **at Miami
  General Hospital.**
  她的爸爸正在邁阿密總醫院接受治療。
  ↳ 動作的行為者是醫生，
  這是顯而易見的。

3 動作執行者**未知**或**無關緊要**時，用被動結構。

當動作的行為者是**未知**的時，在口語中常用 people、they、we、you 或 somebody 作主詞；在**正式用語**中或**書面用語**中，則常使用被動句。

主動語態　They are going to finish **the construction of a new highway from Mexico City to Houston next year.**

被動語態　**The construction of a new highway from Mexico City to Houston** is going to be finished **next year.**

從墨西哥市到休士頓的一條新高速公路將於明年竣工。

- **Breakfast** is served **between 7 and 9 a.m.**　早餐在七點至九點間供應。
  ↳ 動作的行為者無關緊要，只強調提供早餐的時間。

4 被動語態用於**轉述常言之語**。

被動語態的「it is said」（據說；聽說）、「it is believed」（一般認為）、「it is reported」（據報導），相當於主動語態的「people say」或「people believe」。當說話者是未知的時候，可用這種被動式來表明「據說；聽說」、「一般認為」、「據報導」。

- It is reported that **the mayor has resigned.**
  = The mayor is reported to **have resigned.**
  據報導，市長已經辭職。
  ↳ 此句型可用「主詞 + 動詞被動式 + 帶 to 的不定詞」來替代。

5 為求措辭上的得體，**避免把責任具體推給某人**時，使用被動語態。

主動語態　Lee collated **the pages of the Annual Air Pollution Report incorrectly.**
李把空氣汙染年度報告的頁面裝訂錯了。
↳ 含有譴責的語氣，意指 Lee 做錯了事。

被動語態　The pages **of the Annual Air Pollution Report** were collated **incorrectly.**
空氣汙染年度報告的頁面裝訂錯了。
↳ 被動句子強調「頁面裝訂錯了」，不涉及誰需要承擔責任，顯得更得體。

6　為**保持句子結構的平衡**：如果主詞是一個較長的片語或子句，句子通常改用被動語態，使整個句子看起來更自然，以保持句子結構的平衡。

主動語態　My daughter's decisions to drop out of school, marry that lazy Dan, and move to Japan surprised me.　→ 不自然

　　↳ 主詞（My daughter's decisions）後面有三個不定詞片語修飾，使得主詞很長，而動詞和受詞很短，句子看起來不平衡、不自然。

被動語態　I was surprised by my daughter's decisions to drop out of school, marry that lazy Dan, and move to Japan.　→ 自然
我女兒要退學，嫁給那個懶惰的丹，然後搬去日本。
她的決定讓我很吃驚。

5　主動語態和被動語態不能混用

當兩個或更多的動作由**同一個執行者**完成時，避免在一個句子裡用主動語態又用被動語態。

✗　Ann's dad approved the plan, and her schedule was revised by him so that it matched Dan's.
安的爸爸同意了這個計畫，於是安的行程表被他修正了，以便與丹的行程表一致。

　　↳ approved 和 revised 這兩個動作由同一個執行者（Ann's dad）所完成，這時就不要在同一個句子裡混合使用主動語態和被動語態。

✓　Ann's dad approved the plan and revised her schedule so that it matched Dan's.
安的爸爸同意了這個計畫，並且修正了安的行程表，以便與丹的行程表一致。

　　↳ 一致使用了主動語態，保持了句子結構的平衡。

489

70 被動語態的動詞形式及用法

Passive Verb Formation and Use of the Passive Voice

1 被動語態的動詞形式

被動語態 = be 動詞 + 過去分詞

	主詞	助動詞（單數／複數）	過去分詞
簡單現在式	The robot/robots	is/are	designed.
現在完成式	The robot/robots	has been/have been	designed.
現在進行式	The robot/robots	is being/are being	designed.
簡單過去式	The robot/robots	was/were	designed.
過去完成式	The robot/robots	had been/had been	designed.
過去進行式	The robot/robots	was being/were being	designed.
簡單未來式	The robot/robots	will be/will be	designed.
過去未來式	The robot/robots	would be/would be	designed.
未來完成式	The robot/robots	will have been/will have been	designed.
情態助動詞	The robot/robots	can be/may be/must be	designed.
情態助動詞	The robot/robots	could be/might be	designed.

1️⃣ 簡單現在式

• We are paid **twice a month.** 我們每個月發兩次薪水。

2️⃣ 現在進行式

• Bob is being interviewed **for a teaching job.**
鮑勃正在接受一份教學工作的面試。

3️⃣ 簡單現在完成式

• **Our sweet old cottage on Lake Gold** has been sold.
我們在金湖畔的那棟可愛的舊別墅已經賣掉了。

4️⃣ 簡單過去式

• John said this computer was not made **in Taiwan.**
約翰說這臺電腦不是臺灣製造的。

5️⃣ 過去進行式

• **The suspected serial robber** was being chased **by Sheriff Daisy Sun, who was wearing a pink cocktail dress and carrying a shotgun.**
當時連續搶劫嫌疑犯正遭到穿著粉紅色禮服、帶著一把獵槍的警長黛絲‧孫所追捕。

6️⃣ 過去完成式

• **Last month when I went back to my hometown for a visit, I found out that all the abandoned houses** had been torn **down.**
上個月我回故鄉探望時，發現所有的廢棄空屋都被夷平了。

7️⃣ 簡單未來式與過去未來式

• "**English** will be spoken **at this conference**," said Trish.
翠西說：「這次會議要講英語。」　→ 簡單未來式（直接引語）
= Trish said that English would be spoken **at the conference.**
翠西說過會議上要講英語。　→ 過去未來式（間接引語）

8 未來完成式

- **Our huge wind power kite** will have been designed **by Friday night.**
  我們的大型風力發動風箏，會在星期五晚上之前設計出來。

9 情態助動詞：「must/can/should 等 + be + 過去分詞」

- **Economic depression** cannot be cured **by legislative action or executive pronouncement. Economic wounds** must be healed **by the action of the cells of the economic body—the producers and consumers themselves.** (President Herbert Hoover)
  經濟蕭條無法透過立法行動或行政公告來醫治。經濟的創傷一定要透過經濟體的基層組織的行動，也就是透過生產者和消費者自己的行動來治療。

2 被動語態的用法

1 **動作的承受者（主詞）**：被動語態裡，**主詞**不是動作的執行者，而是**動作的承受者**，動作的執行者是未知或不重要的，亦即我們關心的是**行為動作**，即發生的事。

- **In the past,** a person could be hanged **for committing murder or being a deserter.** 在以前，人們會因為謀殺或逃兵而被絞死。
  ↳ a person 是行為動作的承受者。

2 **動作的執行者及介系詞 by**：被動語態裡，若要點明**動作的執行者**，要用介系詞 **by**（不用 for 或 from）。

- **A Singaporean university sophomore told me, "English** is spoken by **lots of people in Singapore."**
  一個新加坡的大二學生告訴我：「新加坡很多人講英語。」
  ↳ English 是動作的承受者；people 是行為者。

  比較 如果被動句裡面需要交代「動作執行者所使用的工具」，則可用 **with**。

  - **Those four satellites** will be launched with **one rocket.**
    那四個衛星將由一個火箭發射。

492

3 **執行者常可以省略**：被動語態裡，可以提及動作的執行者，也可以將其省略。

- **English** is widely used **in Singapore.** 在新加坡，英語被廣泛使用。

4 **只能用被動語態的句型**

- be born 出生
- be made of 由……材料製成的
- be situated 坐落在……
- be supposed to 應該

✗ **The cottage built by Jill** situates **on a beautiful hill.**

✔ **The cottage built by Jill** is situated **on a beautiful hill.**

潔兒修建的那間小屋坐落在一座美麗的山崗上。

- **Theodore** was born **in 2004.** 塞奧多出生於 2004 年。

  ↳ 這裡的 born 相當於形容詞。

3 不用於被動語態的動詞結構

1 含**不及物動詞**的句子無被動語態。

只有及物動詞（接受詞）才有被動結構。**不及物動詞**因為沒有受詞（動作的承受者），因此沒有被動結構。

- **Adel** sings **quite well.** 愛黛兒歌唱得很好。

  ↳ sing 在這裡是不及物動詞，沒有被動形式。

- **Joyce** sang the national anthem **with her beautiful voice.**

  = The national anthem was sung **by Joyce with her beautiful voice.**

  喬伊絲用她美妙的歌喉演唱國歌。

  ↳ sang 在這裡是及物動詞，可以用於被動語態。

2 含**連綴動詞**的句子無被動語態（連綴動詞是表示狀態的動詞）。

連綴動詞因為沒有受詞（動作的承受者），因此沒有被動結構。

- **How can Trish** become **a first-class user of English?**

  翠西要如何才能變成一流的英文使用者呢？

  ↳ become 是連綴動詞（狀態動詞），只能用於主動語態中。

493

3　含**狀態動詞**（即使是及物動詞）的句子無被動語態，因為狀態動詞表達狀態而非動作，如：have（擁有）。

· **Elaine has a small and fast plane.**
　伊蓮有一架速度很快的小飛機。

✗　**Dinner is being had by Jerry and Mary.**

✔　**Jerry and Mary are having dinner.**
　傑瑞和瑪麗正在吃晚餐。
　↳ have 即使用來描述動作（吃／喝），也不用被動語態。

✗　**I am wanted to get a master's degree in education.**

✔　**My mom wants me to get a master's degree in education.**
　我媽媽希望我能拿到一個教育碩士學位。
　↳「want + 受詞 + 不定詞」，不用被動語態，因為 want/love/hate 等動詞表示狀態，不表示動作。

4　一些含**介系詞**的特定動詞片語，也慣用主動語態。

· **Sue walked into the UFO.** 蘇走進了那個幽浮。

無被動語態的動詞及動詞片語

● appear 似乎；看來好像
● agree with 與……一致
● become 成為
● cost 花費
● fit（衣服）合身
● lack 缺乏

● look like 看起來像
● resemble 類似；像
● seem 似乎
● suit 與……相配
● walk into 走進
● weigh (have weight) 有……重量；重量為

NOTE
上表中的 fit 和 weigh 也可以作行為動詞，作行為動詞時，可以用被動結構。

　　● fit 安裝；配備　　● weigh 秤……的重量
· Uncle Wade was fitted with a hearing aid.
　韋德叔叔裝了一個助聽器。
　↳ fit 在此指為某人測量，然後提供合適裝備，常用被動語態。

Exercise

1

選出正確答案。

_____ **1** Kay observed, "Terrorist attacks _____ almost every day."

Ⓐ are happened   Ⓑ were happened

Ⓒ have been happened   Ⓓ happen

_____ **2** The plane _____ Jane and Sue.

Ⓐ belongs to   Ⓑ is belonged to

Ⓒ was belonged to   Ⓓ belongs with

_____ **3** Margo wants to know about STDs that _____ fifty years ago.

Ⓐ could not cure   Ⓑ cannot cure

Ⓒ could not be cured   Ⓓ cannot be cured

_____ **4** The truck driven by the terrorist Paul White _____ Lorelei Kim, a customs officer, who quickly pulled out her gun and arrested him.

Ⓐ was inspected   Ⓑ was inspected by

Ⓒ is inspected by   Ⓓ is inspected

_____ **5** The highway next to Fay's house _____ for three days.

Ⓐ will closed   Ⓑ closed

Ⓒ will be closed   Ⓓ has closed

2

將下列錯句改寫為正確句子。

----

1 Will Anna and her son Abraham help by Oxfam and Uncle Sam?

_____

_____

2 Claire and Tom were greatly influenced for their mom.

_____

_____

3 "This pineapple is tasted sweet," said Pete.

_____

_____

4 "Some money is had in my purse," stated the nurse.

_____

_____

5 "We were cost dearly by that cottage," Pat told Midge.

_____

_____

6 Coco was agreed with by everyone in the spaceship *Tokyo*.

_____

_____

7 Adel said, "I am suited well by that dress."

_____

_____

8 On May 1, 2002, Andrew Wu born in Honolulu.

_____

_____

9 I was called Ivy two hours ago and told her about a new movie.

_____

_____

10 Elwood has been known Joan since childhood.

_____

_____

下列句子皆使用了不自然的被動語態，請用正確的句型改寫句子。

1 Later in the day, Clo and Joe were talked to by the mayor of Jericho herself.

_____

_____

2 The telephone was answered all day by Ms. Joan Day.

_____

_____

3 Bread and butter is eaten by Jack for a mid-afternoon snack.

_____

_____

4 Tall buildings and mountains were avoided by Snow White's dwarf friends, because they were afraid of heights.

_____

_____

_____

5 Chuck Clay takes good care of his truck, and the oil and tires are checked by him every day.

_____

_____

13 直接引語與 間接引語

Direct and Indirect Speech

直接引語與間接引語的定義和用法

Definition and Use of Direct and Indirect Speech

 直接引語與間接引語的定義

1. **直接引語**：用**引號**引用某人確切所說的話或某人內心的想法。

- **Midge said, "They** have knocked down **all the old houses in** my home village." 米姬說：「他們把我家鄉村莊裡的老房子全都拆除了。」

2. **間接引語**：轉述某人所說過的話或所想的事。

- **Midge said (that) they** had knocked down **all the old houses in** her home village. 米姬說他們把她家鄉村莊裡的老房子全都拆除了。
  ↳ 當直接引語被轉換成間接引語時，要刪除引號。
  ↳ 間接引語陳述句中常用連接詞 that，但也可以省略。

 直接引語與間接引語的文法差異

1. **改變代名詞**：把直接引語轉換成間接引語時，有時必須改變直接引語裡的**人稱代名詞**及**代名詞的所有格**（直接引語中的第一人稱和第二人稱代名詞，到了間接引語中可能需要改變，但第三人稱代名詞不變化）。

直接引語		間接引語		直接引語		間接引語
● I	→	he/she		● you（有可能變成）	→	we/I/us/me
● my	→	his/her		● your（有可能變成）	→	my/our
● me	→	him/her				

直接引語 Pam West said, "I am looking for my pink vest."

潘姆・魏斯特說：「我在找我的粉紅背心。」

間接引語 Pam West said (that) she was looking for her pink vest.

潘姆・魏斯特說她在找她的粉紅背心。

↳ 直接引語的第一人稱 I 和所有格 my，在間接引語裡變成第三人稱 she 和所有格 her。

↳ 注意 現在進行式改成了過去進行式。

直接引語 "The publication of your book may be delayed," explained the editor. 「你的著作可能會延期出版。」編輯解釋道。

間接引語 The editor explained that the publication of my book might be delayed. 編輯解釋說，我的著作可能會延期出版。

↳ 直接引語的第二人稱所有格 your，在間接引語裡變成第一人稱所有格 my。

↳ 注意 may 改成了過去式 might。

直接引語 I said, "Kim, you look happy and healthy."

我說：「金姆，你看起來幸福又健康。」

間接引語 I told Kim that she looked happy and healthy.

我跟金姆說，她看起來幸福又健康。

↳ 直接引語中的第二人稱主詞 you，在間接引語中變成第三人稱 she，與主要子句的受詞 Kim（第三人稱）一致。

↳ 注意 簡單現在式改成了簡單過去式。

2 **改變時態**：在表示**說話**或**報導**的動詞過去式（said、stated、reported 等）後面使用間接引語時，有時需要改變原直接引語中的動詞時態（**時態朝後移**）。

直接引語		間接引語	直接引語		間接引語
am/are/is	→	was/were	簡單現在式	→	簡單過去式
have/has	→	had	簡單過去式	→	過去完成式
will	→	would	簡單未來式	→	過去未來式
can	→	could	現在進行式	→	過去進行式
do/does	→	did	現在完成式	→	過去完成式

501

| 直接引語 | **Ben said, "We'll be late again."** 班說：「我們又要遲到了。」 |

| 間接引語 | **Ben said they would be late again.** 班說他們又要遲到了。 |
↳ will ⇨ would（簡單未來式 ⇨ 過去未來式）

| 直接引語 | **"Dan is surfing the Internet," said Ann.**
安說：「丹正在網路上搜尋資料。」 |

| 間接引語 | **Ann said Dan was surfing the Internet.**
安說丹正在網路上搜尋資料。
↳ 現在進行式 ⇨ 過去進行式 |

3 不需改變時態的情況

1 下列時態在間接引語中不改變。

直接引語		間接引語	
● had arrived	→	had arrived	過去完成式
● had been telling	→	had been telling	過去完成進行式

2 直接引語中的**過去式**（如：left、started）不是一定都得改成過去完成式，因為有時改變後會使句子非常不自然，甚至改變原句的意思，如：

| 直接引語 | **Dirk said, "It started snowing heavily when I left work."**
德克說：「我下班時，下起了大雪。」 |

| 間接引語 | ✗ **Dirk said that it had started snowing heavily when he had left work.**
↳ 這句不自然，不是道地的英語。 |

✗ **Dirk said that it had started snowing heavily when he left work.**
↳ 這句改變了直接引語的原意，指「開始下大雪」這一動作發生在「下班之前」。

✔ **Dirk said that it started snowing heavily when he left work.** 德克說，他下班時，下起了大雪。

502

3 轉述動詞是**過去式**時（如 said），如果直接引語是**過去式**，間接引語通常要改為**過去完成式**，但有時也可以維持**過去式**。

直接引語 Dennis said, "Ann bought more parts for the robot she's building."

間接引語 Dennis said Ann bought more parts for the robot she's building.

= Dennis said Ann had bought more parts for the robot she's building.

丹尼斯說，安為她正在打造的機器人買了更多的零件。

↳ 最後一句用過去完成式，是為了強調「購買」動作發生在「說」動作之前。

4 直接引語中的轉述動詞若是**簡單現在式**（如 say/says）、**未來式**（如：will say）或**現在完成式**（如：have/has said），則其後所接引言的動詞，改為間接引語時，時態不變。

直接引語 Joanne says, "I am from Japan."
喬安說：「我是日本人。」

間接引語 Joanne says she is from Japan.
喬安說她是日本人。

5 如果被轉述的話**永遠是事實**，通常需要**保留原講話人的時態**。

直接引語 "The Earth always rotates toward the east, and the Sun appears to set in the west," Jerry explained to Mary.

間接引語 Jerry explained to Mary that the Earth always rotates toward the east and the Sun appears to set in the west.

傑瑞對瑪麗解釋說，地球總是向東旋轉，太陽看起來就好像由西邊落下。

↳ 即使轉述動詞是過去式（explained），因轉述的是永久的事實，間接引語中的時態不變化。

6 轉述的事件若在被報導或被轉述時**仍是事實**，則轉述人既可以選擇**保留原講話人的時態**，也可以**改變時態**。

直接引語 "My son Scot does not often come to visit me,"
Jim complained to Kim.
吉姆對金姆抱怨說：「我的兒子史考特很少來看我。」

間接引語 Jim complained to Kim that his son Scot does not/did not often go to visit him.
吉姆對金姆抱怨說，他的兒子史考特很少去看他。

↳ 用現在式 does not go 是為了強調轉述者在轉述的時候，那件事仍然是事實。

↳ 用過去式 did not go 是為了在一個句子裡保持時態一致。

↳ 轉述這句話時，人已經不在 Jim 家，因此 come 要改成 go。
» 參見 p. 506〈4 改變相關副詞及其他詞彙〉

比較

直接引語 "My son Scot does not often come to visit me," Jim complained to Kim a few days ago.
幾天前，吉姆對金姆抱怨說：「我的兒子史考特不常來看我。」

間接引語 A few days ago Jim complained to Kim that his son Scot did not often go to visit him.
幾天前，吉姆對金姆抱怨說，他的兒子史考特不常去看他。

↳ 如果主要子句中有一個表示過去的時間副詞（如 yesterday、last week、a few days ago），那麼間接引語裡的時態就要改成過去式。

7 直接引語中有明確表示**過去時間**的副詞或片語時，則間接引語中時態不發生變化（簡單過去式 ⇨ 簡單過去式；過去進行式 ⇨ 過去進行式）。

直接引語 Tom said, "I lost my wallet yesterday."
湯姆說：「我昨天把錢包弄丟了。」

間接引語 Tom said (that) he lost his wallet yesterday.
湯姆說他昨天把錢包弄丟了。

↳ 不能說 he had lost his wallet yesterday。

8 情態助動詞 could、would、should、might、ought to 在間接引語裡不改變時態。

直接引語 "Sue, I could meet you at the front entrance to the zoo," said Andrew.
安德魯說：「蘇，我可以在動物園的前門和你碰面。」

間接引語 Andrew told Sue that he could meet her at the front entrance to the zoo.
安德魯告訴蘇，他可以在動物園的前門和她碰面。

9 表示**非真實**的假設語氣，在間接引語中不改變動詞時態。

直接引語 Lily said, "I wish I were taller so that I could be on the basketball team."
莉莉說：「但願我可以長高一點，這樣我就可以進籃球隊了。」

間接引語 Lily wished she were taller so that she could be on the basketball team.
莉莉但願她可以長高一點，這樣她就可以進籃球隊了。

10 直接引語中含有 since 引導的表示**過去時間**的副詞子句時，在間接引語中，子句的過去時態不變化。

直接引語 Sue Ridge said, "I have traveled to thirty-two countries since I graduated from college."
蘇·瑞吉說：「我從大學畢業到現在，已經旅遊過 32 個國家了。」

間接引語 Sue Ridge said that she had traveled to thirty-two countries since she graduated from college.
蘇·瑞吉說，她從大學畢業到現在，已經旅遊過 32 個國家了。
↳ 主要子句：現在完成式變成過去完成式；
 since 子句：簡單過去式不改變。

505

11 after 和 when 引導的時間副詞子句，裡面的過去時態通常不後移，尤其是美式英語。

直接引語 Lily told me, "The knight Sir Lee rode away on his adventurous journey after he put on his helmet."

莉莉跟我說：「騎士李爵士把頭盔戴上後，便策馬而去，展開他的冒險旅程。」

間接引語 Lily told me that the knight Sir Lee rode away on his adventurous journey after he (had) put on his helmet.

莉莉跟我說，騎士李爵士戴上頭盔後，便策馬而去，展開他的冒險旅程。

↳ 這裡美式英語用 put；英式英語用 put 或 had put 都可以。從屬子句動作 (had) put on his helmet 在先，主要子句動作 rode away 在後，因此，主要子句 rode away 不能改成 had ridden away。

↳ 直接引語中的第三人稱 he 和 his，在間接引語中不變化，即「第三人稱不變化」。

4 改變相關副詞及其他詞彙：表示說話的動詞若為**過去式**（如：said、reported、told），有時也需要改變相關詞彙以符合轉述的時間、地點、說話者。轉換方式如下：

直接引語		間接引語
● here 這裡	→	● there 那裡
● come 來	→	● go 去
● bring 帶來	→	● take 帶走
● this 這個	→	● that 那個
● these 這些	→	● those 那些
● today 今天	→	● that day 那天
● tonight 今晚	→	● that night 那晚
● tomorrow 明天	→	● the next day 次日
		● the following day 次日

next week 下週	→	the next week 下一週
		the following week 下一週
yesterday 昨天	→	the day before 前一天
		the previous day 前一天
last week 上週	→	the week before 前一週
		the previous week 前一週
two days ago 兩天前	→	two days before 兩天前

直接引語 **May said, "Leo, I hope you will come to my wedding** tomorrow."

梅說：「里歐，我希望你明天來參加我的婚禮。」

間接引語 **May said she hoped Leo would go to her wedding** the next day.

梅說，她希望里歐次日來參加她的婚禮。

↳ 轉述者在轉述這句話時，時間和地點都已經變化了（不在同一天；不在同一個地方）。

直接引語 **Kay said, "I am not working** today."

凱說：「我今天不上班。」

間接引語 **Kay said she was not working** that day.

凱說她那天不上班。

↳ 轉述者轉述這句話時，時間已經變化（不是同一天）。

間接引語 **Kay said she was/is not working** today.

凱說她今天不上班。

↳ 轉述者在轉述這句話時，時間沒有變化（在同一天，還在今天），時間副詞（today）不變化。用 was not working，是為了保持句子時態一致；用 is not working，是強調時間仍然在今天。

Part 72 間接命令句與 間接疑問句
Indirect Commands and Indirect Questions

---

1 間接命令句 Indirect Commands

1 **間接引語**可用來轉述「提議、建議、命令、意圖」，此時的間接引語就稱為**間接命令句**，句型為：「ask/tell/order/beg/warn 等動詞 + 受詞 + 不定詞（to + verb）」。

| 直接引語 | "Read 25,000 words every day," said Kay. 凱說：「每天要閱讀 25,000 個單字。」 |

| 間接引語 (間接命令句) | Kay asked <u>us</u> to read 25,000 words every day. 凱要我們每天閱讀 25,000 個單字。 |

| 直接引語 | Sheriff Dianne Sun shouted at the man, "Drop your gun!" 黛安・孫警長對那個男人大喊：「把槍放下！」 |

| 間接引語 (間接命令句) | Sheriff Dianne Sun ordered <u>the man</u> to drop his gun. 黛安・孫警長命令那個男人把槍放下。 |

2 動詞 say、suggest 的後面不用「受詞 + 不定詞」的結構。

✗ Del said <u>Mel</u> to tell Adele about the crack in the bell.

✔ Del asked <u>Mel</u> to tell Adele about the crack in the bell.
戴爾要梅爾告訴愛黛兒有關那座鐘裂縫的事。
   ↳ said 後面不用不定詞結構，這裡要把 said 改成 asked。

✘ Midge suggested my dad to go back to college.

✔ Midge suggested that my dad (should) go back to college.
米姬建議我爸爸回到大學去讀書。

    ↳ suggested 後面不能接不定詞，應該接一個名詞子句，子句裡要用
「原形動詞」，或「should + 原形動詞」。

3　直接引語中以 let's 開頭的祈使句表示建議時，間接引語通常用 suggest
加以轉述。

| 直接引語 | She said, "Let's go window-shopping."
她說：「我們去逛街吧。」

| 間接引語 | She suggested that we (should) go
window-shopping.
她建議我們去逛街。

4　間接命令句的**否定句**，要直接**在 to 前面加上 not**。

| 直接引語 | "Don't worry," Ted said to Mary.
泰德對瑪麗說：「不要擔心。」

| 間接引語 | Ted told Mary not to worry.
泰德要瑪麗不要擔心。

2　間接疑問句　Indirect Questions

1　**間接疑問句**（轉述問句）的句型

1　轉述 yes/no 一般疑問句　→　ask/inquire + if/whether 引導的子句

2　轉述 wh- 特殊疑問句　→　ask/inquire + wh- 疑問詞引導的子句

3　轉述 wh- 特殊疑問句　→　ask/inquire + wh- 疑問詞 + 不定詞
（to + verb）

"Do **you** know Sue?" she asked Andrew.

「你認識蘇嗎？」她問安德魯。

↳ 一般疑問句

間接引語
（間接疑問句） **She** asked **Andrew** if/whether he knew Sue.

她問安德魯認不認識蘇。

↳ if/whether 引導的子句

直接引語 "When **are you going to Spain?**" asked Jane.

珍問：「你什麼時候要去西班牙？」

↳ 特殊疑問句

間接引語
（間接疑問句） **Jane** asked **me** when **I** was going to Spain.

珍問我什麼時候要去西班牙。

↳ when 引導的子句

直接引語 **Mary Jo** asked, "Where **should I park my car?**"

瑪麗裘問：「我的車應該要停在哪裡呢？」

↳ 特殊疑問句

間接引語
（間接疑問句） **Mary Jo** asked where **to park her car.**

瑪麗裘問她的車應該停在哪裡。

↳ where + 不定詞

2 間接疑問句的語序

	語序	標點符號	助動詞（do 等）
間接疑問句	陳述句的語序	用句號，不用問號	不用助動詞
直接疑問句	疑問句的語序	用問號	用助動詞

✗ **Brent asked where did Kent go?** → 不能用助動詞；不能用疑問句的語序；不能用問號。

✗ **Brent asked where Kent went?** → 不能用問號。

✔ **Brent asked** where **Kent went.** → 陳述句的語序：

布蘭特問肯特去哪裡了。 疑問詞（where）＋主詞（Kent）

＋ 動詞（went）

510

- **Margo asked,** "Do you want **to go with me to Chicago?**"

  瑪歌問：「你想跟我一起去芝加哥嗎？」

  ↳ 疑問句語序：助動詞 do + 主詞 + 主要動詞（原形）

✗ **Margo asked me if/whether** did I want **to go with her to Chicago.**

✓ **Margo asked me if/whether** I wanted **to go with her to Chicago.**

  瑪歌問我是否想跟她一起去芝加哥。

  ↳ 間接疑問句不加助動詞 did，主詞和動詞不倒裝（主詞 + 動詞）。

> **NOTE**
>
> 但在轉述**否定疑問句**時，要用助動詞 do/does/did。
>
> 直接引語 "Why don't you want to live in Rome?" asked Sue.
> 蘇問：「你為什麼不想在羅馬居住？」
>
> 間接引語 Sue asked me why I didn't want to live in Rome.
> 蘇問我為什麼不想在羅馬居住。

1

將下列錯句改寫為正確句子。

----

1 Do you know when is Julie going to get married to Bernie Bernoulli?

→ _____

   _____

2 Ed told me you are dead.

→ _____

3 Tim said Nan to call him.

→ _____

4 Mort asked how get to the airport.

→ _____

5 Last year Dawn Cars said she will marry a robot and go to live on Mars.

→ _____

   _____

2

選出正確答案。

_____ **1** Del _____ Jake about the crack in the bell.

Ⓐ said me to tell   Ⓑ said me tell

Ⓒ asked me to tell   Ⓓ asked to tell

_____ **2** Lily asked me who _____.

Ⓐ was that guy   Ⓑ is that guy

Ⓒ that guy is   Ⓓ that guy was

_____ **3** Ann asked me _____ to Afghanistan.

Ⓐ if had I ever been

Ⓑ if I had ever been

Ⓒ whether have I ever been

Ⓓ whether I have ever been

_____ **4** The elf asked me what _____ for myself.

Ⓐ I wanted   Ⓑ did I want

Ⓒ does I want   Ⓓ I want

_____ **5** Last week Scot told our boss that he _____ a vacation in a place that _____ hot.

Ⓐ wants; is   Ⓑ wanted; was

Ⓒ wants; was   Ⓓ was wanting; was

3

將下面直接引語改寫為間接引語。

----

1 Del said, "That jacket suits me well."

→ _____

_____

2 I asked, "Mike, are you going where the snow is blowing?"

→ _____

_____

3 Lena Horne asked with scorn, "When were you born?"

→ _____

_____

4 Dad told Laura, "Don't worry about your brother Brad."

→ _____

_____

5 Dee's mother suggested, "Dee, get a Ph.D."

→ _____

_____

14 語氣

Mood

陳述語氣
Indicative Mood

動詞的**語氣**（mood）表示作者或說話者對其描述之內容所持有的態度，可分為三種：

① **陳述語氣**（indicative mood）：陳述事實、對事實提問。

  ① 肯定陳述句（affirmative statement） ③ 疑問句（question）

  ② 否定陳述句（negative statement） ④ 感嘆句（exclamation）

② **祈使語氣**（imperative mood）：命令、建議、勸誡、祝賀。

③ **假設語氣**（subjunctive mood）：許願、描述與事實相反的事件或條件、表達命令與建議。

1 肯定陳述句　Affirmative Statements

肯定陳述句陳述事實，並**對事實進行肯定**。肯定陳述句的動詞不含否定詞。

- **Scot smiles a lot.**
  史考特經常微笑。

- **Bing is laughing.**
  賓在笑。

2 否定陳述句　Negative Statements

① 句中若有助動詞或情態助動詞，則在其後加上 **not** 或 **never**，構成否定陳述句：「**助動詞**或**情態助動詞** + not/never + **主要動詞**（即述語動詞）」。

- Liz is not <u>crying</u>, but she knows she is dying.

  莉茲沒有在哭，但她知道自己快死了。

  ↳ 助動詞 is + not + 主要動詞（現在分詞）

- You must not <u>tell</u> Del about Mel. 你絕不能把梅爾的事告訴戴爾。

  ↳ 情態助動詞 must + not + 主要動詞（原形動詞）

- I have never <u>met</u> Jim, and I have no desire to meet him.

  我從來沒有見過吉姆，我也不希望見到他。

  ↳ 第一個 have 為助動詞，與過去分詞 met 構成述語，否定詞 never 放在 have 後面。

  ↳ 第二個 have 表示「擁有」，否定詞 no 放在 have 後面。

2 句中若沒有助動詞，就要加上助動詞 do、does、did，再加 **not** 來構成否定句：「**do/does/did + not/n't + 原形動詞**」。

> 肯定句　Snow White snored all night.
>
> 白雪公主整夜都在打鼾。

> 否定句　Snow White didn't snore all night.
>
> 白雪公主沒有整夜打鼾。
>
> ↳ 加了助動詞 did 和 not（didn't），構成否定句，動詞 snore 就要用原形。

3 也可用 **nobody**、**nothing**、**never**、**no**、**hardly**、**seldom** 等類似的**否定詞**構成否定句，此時則不需加助動詞 do/does/did，也不加 not。

✗ Trish has a heavy Polish accent, and I cannot hardly understand her English.

✔ Trish has a heavy Polish accent, and I can hardly understand her English.

✔ Trish has a heavy Polish accent, and I cannot understand her English.

翠西的波蘭口音很重，我聽不懂她講的英語。

↳ hardly 和 not 只能選其一。

疑問句可分為：

1 一般疑問句（general question）　　4 否定疑問句（negative question）

2 特殊疑問句（special question）　　5 附加問句（question tag）

3 間接疑問句（indirect question）

1 一般疑問句（General Questions）

一般疑問句也稱作「**yes-no 疑問句**」。

1 連綴動詞 be + 主詞 + 主詞補語

如果疑問句中的動詞是**連綴動詞 be**（is/am/are/was/were），則要將 be 動詞放在主詞前面。

- **Are Ann and Nan identical twins from Japan?**
  安和南是日本來的一對同卵雙胞胎嗎？

2 （情態）助動詞 + 主詞 + 主要動詞（原形動詞、現在分詞或過去分詞）

句中若有助動詞或情態助動詞，則將助動詞移至主詞前，構成疑問句。

- **Kay, can you finish the job today?**
  凱，你今天能完成這項工作嗎？
  ↳ 只有情態助動詞（can）放在主詞（you）前面，而不是把整個動詞（can finish）放在前面。

- **Kate, will the flight be late?** 凱特，班機會誤點嗎？
  ↳ will 是助動詞，出現在主詞（the flight）的前面，不能把整個動詞（will be）放在主詞前面。

- **Was Dwight talking on the phone to his girlfriend Joan at seven last night?**
  昨晚七點時，杜威特在跟他女友裘恩講電話嗎？
  ↳ 助動詞 was 放在主詞（Dwight）的前面，不能把整個動詞（was talking）放在主詞前面。

3 助動詞 do/does/did + 主詞 + 主要動詞（原形動詞）

句中若沒有助動詞，就要**在主詞前面加助動詞 do/does/did** 來構成疑問句，主要動詞（即述語動詞）要用原形動詞。

陳述句　Brook and Lori knew every story in the book.
布魯克和蘿莉熟悉書中的每一個故事。

疑問句　Did Brook and Lori know every story in the book?
布魯克和蘿莉熟悉書中的每一個故事嗎？

↳ 加上助動詞 did 來提問，主詞後面的動詞要用原形 know，不能用過去式 knew，也不能用帶 to 的不定詞 to know。

2 特殊疑問句（Special Questions）

特殊疑問句也稱作「**wh- 疑問句**」。特殊疑問句要把**疑問詞放在句首**。

1 疑問詞（where、when、how 等）+（情態）助動詞 + 主詞 + 主要動詞（原形動詞、現在分詞或過去分詞）

· When can **Kay** finish the job today?
凱今天何時可以完成工作？

↳ 疑問詞（when）+ 情態助動詞（can）+ 主詞（Kay）+ 主要動詞（finish）

· Where are **President Wanda White and her family** staying tonight?
汪妲·懷特總統和她的家人今晚要住在哪裡？

↳ 疑問詞（where）+ 助動詞（are）+ 複合主詞（President Wanda White and her family）+ 主要動詞（staying）

2 疑問詞（作主詞）+ 主要動詞（主詞和述語的語序不倒裝）

如果 who、which、what、whose 等疑問詞是**主詞**或**主詞的一部分**，位於動詞前面時，不需要加助動詞 do/does/did 來構成特殊疑問句，即主詞和動詞的順序不需要做任何改變。

· What makes **the world full of fun as it orbits the Sun**?
地球環繞著太陽運行時，是什麼使地球充滿了樂趣？

↳ 主詞（what）+ 動詞（makes）；主詞前面不要加助動詞 does。

3 疑問詞（作受詞）+ 助動詞 do/does/did + 主詞 + 原形動詞

疑問詞若在句中作**受詞**，要加助動詞 do/does/did 來構成疑問句，助動詞放在主詞前面。

· What **more** do **you** want from Theodore?
你還想從塞奧多那裡得到什麼？
↳ what 是動詞 want 的受詞，主詞 you 前需要加助動詞 do，主要動詞用原形動詞 want。

» 疑問詞的用法參見 p. 65〈Part 9 疑問代名詞〉

4 疑問句中的**從屬子句：主詞和動詞不倒裝**

疑問句中若有**從屬子句**，則子句中的主詞要放在動詞前面，也就是說，疑問句中的從屬子句要用**陳述句**的語序（主詞 + 動詞）。

✗ Who do you wish would you marry?

✔ Who do you wish you would marry? 你希望嫁給誰？
↳ you would marry 是一個從屬子句；在子句裡，主詞（you）應該放在動詞（would marry）的前面。

3 **間接疑問句**（Indirect Questions）

當疑問句做間接引述時，間接疑問句中的助動詞（are、have 等）不放在主詞前面，不要加助動詞 do/does/did，也不用問號，即間接疑問句要用**陳述句**的語序（疑問詞 + 主詞 + 動詞）。

✗ Dr. Harris wanted to know <u>where</u> were the mayor and her family staying in Paris?

✔ Dr. Harris wanted to know <u>where</u> the mayor and her family were staying in Paris. 哈瑞斯博士想知道市長和她家人在巴黎暫住哪裡。
↳ 間接疑問句：疑問詞 where 引導的名詞子句作 wanted to know 的受詞，子句要用陳述句的語序（主詞 + 動詞），不把助動詞 were 置於主詞前面。

» 參見 p. 499〈Unit 13 直接引語與間接引語〉和 p. 256〈Part 37 從屬連接詞或關係代名詞引導名詞子句〉

4 否定疑問句（Negative Questions）

1 否定疑問句的形式

縮寫形式 （較常用） ● isn't he ● aren't we ● won't you	**句型 a** 助動詞 + -n't + 主詞 ・ Del, aren't you feeling well? 戴爾，你不舒服嗎？ **句型 b** 疑問主詞 + 助動詞 + -n't ・ Who wouldn't like to be healthy and wealthy? 　誰不想要健康又富有？
非縮寫形式 ● are you not ● is it not ● will you not	**句型 a** 助動詞 + 主詞 + not ・ Del, are you not feeling well? 戴爾，你不舒服嗎？ **句型 b** 疑問主詞 + 助動詞 + not ・ Who would not like to be healthy and wealthy? 　誰不想要健康又富有？

NOTE

否定疑問句也可以用 **never**、**no**、**nobody**、**nothing**、**nowhere** 等否定詞，來取代 not 或 -n't。

・ Why do you never text message me?
　為什麼你從不傳簡訊給我？

2 否定疑問句用來**確認事件的真實性**。

・ Theodore, isn't this your cellphone that you were looking for?
　塞奧多，這不是你剛才在找的手機嗎？

3 否定疑問句可用來**提出建議、勸說、批評**，或表示**驚訝**。

・ Why don't we go for a swim in Lake Kim?
　= Why not go for a swim in Lake Kim? 我們何不去金姆湖游泳呢？
　↳ 可以用「why not + 原形動詞」或「why don't/doesn't + 主詞 +
　　原形動詞」提出建議。

521

- Didn't she **know who I was?**

  她不知道我是誰嗎？　→ 表示驚訝。

4　如何回答否定疑問句：英文回答 yes 和 no 的意思和中文剛好相反；
回答 yes 意為「不」，no 則意為「是」。

> Dan　Don't you **want to go out for dinner tonight?**
> 你今晚不想出去吃嗎？

> Ann　Yes, I do.　（不，）我想啊。　→ 願意
> 　　　No, I don't.　（是的，）我不想。　→ 不願意

5　**否定疑問句**可用作**感嘆句**。

- Doesn't little Mabel **look adorable!** 小美博真可愛啊！

- Kay, isn't it **a beautiful day!** 凱，今天天氣真好啊！

» 參見 p. 527〈4 否定疑問句形式的感嘆句〉

5　**附加問句**（Question Tags）

附加問句是口語中常用於句尾的簡短問句，用來**確認事件的真實性**，
或**請求同意**，回答要用 yes 或 no。

1　**附加問句的形式**

ⓐ 附加問句由 **（情態）助動詞**（have、be、do、can 等）和
代名詞（I、you、he 等）構成。

ⓑ 如果句子裡的動詞是 **be 動詞**或 **（情態）助動詞**，附加問句就用該
動詞。

ⓒ 如果句子裡沒有（情態）助動詞，附加問句就要用**助動詞**
do/does/did。

ⓓ **肯定句**後面用**否定附加問句**，**否定句**後面用**肯定附加問句**。
疑問句後面不要用附加問句。

● 肯定句 + 否定附加問句　　● 否定句 + 肯定附加問句

ⓔ 否定附加問句通常要用**縮寫形式**（isn't it, aren't you）。

- Stew, you're a kung fu expert, aren't you?

  史都，你是一位武術專家，對不對？　　→ 肯定句 + 否定附加問句

- Andrew, you aren't a kung fu expert, are you?

  安德魯，你不是一個武術專家，對嗎？　　→ 否定句 + 肯定附加問句

- Sue, you spoke to the boss about the problem, didn't you?

  蘇，你跟老闆說了那個問題，對不對？　　→ 肯定句 + 否定附加問句

- Andrew, you did not speak to the boss about the problem, did you?

  安德魯，你沒有跟老闆說那個問題，對嗎？　　→ 否定句 + 肯定附加問句

- Sue has never been to Honolulu, has she? 蘇從未去過檀香山，對嗎？

  ↳ 陳述句含有 never、hardly、seldom、nowhere、nobody 等表否定意義的字時，屬於否定陳述句，其後的附加問句要用肯定附加問句。

  ↳ 否定陳述句（has never been）+ 肯定附加問句（has she）

> **NOTE**
>
> 陳述句是否定句時，英文回答 yes 和 no 的意思和中文剛好相反；回答 yes 意為「不」，no 則意為「是」。
>
> **Ann**　Dee hasn't arrived home, has she?
>
> 蒂還沒有回到家，是嗎？
>
> ↳ 否定陳述句 + 肯定附加問句（has she）
>
> **Dan**　Yes, she has.
>
> ↳ 表達與對方看法不一致的回答：「不，她回來了。」
>
> No, she hasn't.
>
> ↳ 表達與對方看法一致的回答：「是的，她還沒有回來。」

2 動詞 have 的兩種附加問句

  ⓐ have 作**行為動詞**（表示做某事）　→　附加問句用助動詞 do。

  ⓑ have 作**狀態動詞**（表示擁有）　→　附加問句用 do 或 have 皆可。

- Aunt Nancy has a nap every afternoon, doesn't she?

  南西姑姑每天下午都要睡午覺，是不是？　　→ has 是行為動詞。

» 行為動詞和狀態動詞，請參見 p. 306〈Part 42 動詞的定義與類型〉

- Lily has a new RV, hasn't she/doesn't she?
  莉莉有一輛新的露營車，是不是？　→ has 是狀態動詞（也稱擁有動詞）。

③ 主詞是**動名詞**、**不定詞**、**that/this**、**nothing**、**everything** 或**主詞子句**時，附加問句要用代名詞 it。

- Shoveling snow is good exercise, isn't it?
  鏟雪是一種很好的運動，是不是？

- Nothing is as important as your own health, is it?
  沒有什麼比你自己的健康更重要，對嗎？
  ↳ 否定陳述句（nothing is . . .）＋肯定附加問句（is it）

④ I am 的否定附加問句是「aren't I?」或「am I not?」，不能用「amn't I?」或「am not I?」。這種用法主要是英式英語（美式不用這種附加問句）。

✗ I'm still a member of the Mumbai Literary Club, am not I?

✔ I'm still a member of the Mumbai Literary Club, aren't I?
  我還是孟買文學社的成員，是不是？
  ↳ 否定附加疑問句常用「aren't I?」，
  在非常正式的場合也可以用「am I not?」。

比較
- I'm no longer a member of the Mumbai Literary Club, am I?
  我不再是孟買文學俱樂部的成員了，對嗎？
  ↳ no longer 是否定詞，句子是否定句，故還是要用肯定附加問句「am I?」。

⑤ 「let's . . .」的附加問句一律用「shall we?」（英式英語）。

- Dee, let's/let us go out to eat tonight, shall we?
  蒂，我們今晚出去吃，好不好？

比較 若意思是「you let us」時，let us 後的附加問句要用「will you?」。
- Ms. Wu, please let us go back home now, will you?
  吳老師，請讓我們現在回家吧，好嗎？
  ↳ 這種情境不用 let's，因為動詞 let 的主詞顯然是 you（即 Ms. Wu）。
  當主詞明顯是指對方（you let us），而受詞 us 並不包括對方時，
  要用 let us。在這種情境中，附加問句用「will you?」。

6 祈使句的附加問句可以使祈使句變得更加**客氣、委婉**。

ⓐ 祈使句若表**邀請、客氣的請求**，則附加問句用「won't you?」。

· **Stew, come to my birthday party this Saturday night,** won't you?
  史都，這個星期六晚上來參加我的生日派對，好嗎？　　→ 表「邀請」。

ⓑ 祈使句若表**命令、要求**，則附加問句用「**will/won't/would/can/can't/could you?**」（美式英語常用 please 代替附加問句）。

· **Open the window,** will you/won't you? 請打開窗戶。
  ↳ 表「要求、命令」，兩者只有細微的區別。期待肯定回答，用「will you?」；期待的回答也許會是否定的，用「won't you?」。

· **Hand me the smallest needle,** will you/would you/could you?
  請把最小的針遞給我。
  ↳ 在手術室裡，醫生絕對不會期待否定的回答，所以這句只能用肯定附加問句。

ⓒ **否定祈使句**後面用「**will you?**」。

· **Don't forget Sue and me,** will you?
  不要忘了我和蘇，好嗎？　　→ 否定祈使句後面一般用「will you?」。

7 **肯定句 + 肯定附加問句**：如果附加問句並非真的要提問，只是對前面說過的話的反應（驚奇、擔心、諷刺等）時，可以用「肯定句 + 肯定附加問句」。

· **Oh, I am a liar,** am I? 嗯，我是一個撒謊者，是嗎？

---

4 **感嘆句** Exclamations

對事實表示感嘆的句子就是**感嘆句**。感嘆句用來表達喜怒哀樂等強烈感情，常以**驚嘆號**（!）結尾。感嘆句主要有以下四種：

1 what + 名詞（主詞和動詞的語序不倒裝）
2 how + 形容詞／副詞／句子（主詞和動詞的語序不倒裝）
3 so 和 such 的感嘆句
4 否定疑問句形式的感嘆句

1 what 引導的感嘆句

1 what + a/an（+ 形容詞）+ 單數可數名詞（+ 主詞 + 動詞）
+ 單數可數名詞（+ 不定詞）

- What a **pretty** skirt! 好漂亮的裙子啊！
  ↳ what 引導的感嘆句，有時主詞和動詞可省略。這裡省略主詞和連綴動詞（it is），即「What a pretty skirt it is!」。

- What a **great** day **to play!**
  這真是個適合玩耍的好天氣啊！
  ↳ what 引導的感嘆句，還可以接不定詞結構。

2 what（+ 形容詞）+ 不可數名詞／複數名詞（+ 主詞 + 動詞）

- What **great** news! 這真是好消息啊！
  ↳ what + 形容詞（great）+ 不可數名詞（news）（+ it is）

- What **crazy** fools! 真是一些瘋狂的傻瓜！
  ↳ what + 形容詞（crazy）+ 複數名詞（fools）（+ they are）

3 what + 受詞 + 主詞 + 動詞（注意主詞和動詞的語序）

- What <u>a sweet smile</u> that little girl May has **today!**
  那個小女孩梅今天笑得好甜啊！
  ↳ a sweet smile 是動詞 has 的受詞，句型為：
  「what + 受詞（a sweet smile）+ 主詞（that little girl May）+ 動詞（has）」。

2 how 引導的感嘆句

1 how + 形容詞／副詞（+ 主詞 + 動詞）（注意主詞和動詞的語序）

- How **hot** it is! 好熱啊！
  ↳ how + 形容詞（hot）+ 主詞（it）+ 連綴動詞（is）

- How beautifully **the king's daughter sings!**
  國王的女兒歌唱得多優美啊！
  ↳ how + 副詞（beautifully）+ 主詞（the king's daughter）+ 動詞（sings）

- "How delicious!" said Glen after he took a few licks of the ice-cream cone from Gwen.
  葛倫舔了幾口葛雯給他的蛋捲霜淇淋後說：「真好吃啊！」
  ↳ how + 形容詞（delicious）（主詞 it 和動詞 is 被省略）

2 how + 句子（= how + 主詞 + 動詞）

- How I want to visit Mars and then tour a thousand stars!
  我好想參觀火星，然後再周遊上千顆星星啊！

3 so 和 such 的感嘆句

1 so + 形容詞／副詞

- Art is so smart! 亞特真聰明！　　→ so + 形容詞（smart）
- Last night Lily danced so gracefully!
  昨晚莉莉的舞跳得太美了！　　→ so + 副詞（gracefully）

2 such + a/an（+ 形容詞）+ 單數可數名詞
   such（+ 形容詞）+ 不可數名詞／複數名詞

- Sadie is such a strong lady! 莎蒂真是一個強壯的女子啊！
  ↳ such + a + 形容詞（strong）+ 單數可數名詞（lady）

- Mary and Jerry are such funny people.
  瑪麗和傑瑞真是非常滑稽的人。
  ↳ such + 形容詞（funny）+ 複數名詞（people）

such nonsense

- You talk such nonsense! 你真是胡說八道！
  ↳ such + 不可數名詞（nonsense）

4 否定疑問句形式的感嘆句
   這種句子的形式是疑問句（主詞和動詞的語序要倒裝），但實際上是感嘆句，句尾用驚嘆號。

- Isn't it surprising news! 這真是驚人的消息啊！
- Hasn't your lovely daughter grown! 你可愛的女兒長得真快啊！

» 參見 p. 521〈4 否定疑問句〉

527

將括弧中的正確答案畫上底線。

---

1 **Buzz:** (Whom does Cherry love?/Whom Cherry loves?)
Rosemary: Cherry loves only herself.

2 Nobody else (doesn't know/knows) the way to Pompeii.

3 I asked, "(Have my dogs arrived and survived?/Have arrived and survived my dogs?)"

4 (Why did Kay come/Why did come Kay) to the U.S.A.?

5 (Do how many people work/How many people work) for Jenny in her publishing company?

請在空格內填上正確的附加問句。

---

1 Aunt Nancy has a cup of green tea every afternoon, _____?

2 Nancy, let's watch a movie tonight, _____?

3 Dee can speak Spanish, _____?

4 You didn't call Monique, _____ ?

5 I am trying my best to help you, _____ ?

3

將下列錯句改寫為正確句子。

----

1 What pity about all these itty bitty leaks in our rowboat!

→ _____

_____

2 Bess's friend Annette looked into the closet and exclaimed, "How lovely dresses!"

→ _____

_____

3 How Bing's sister sings beautifully!

→ _____

_____

4 Lynne and Vincent Mayors are so excellent Monopoly players!

→ _____

_____

5 Liz shivered and complained, "How cold is it!"

→ _____

_____

6 Pete is such sweet!

→ _____

7 Joan, how have you grown!

→ _____

8 Did Monique go not to Mozambique last week?

→ _____

_____

9 Cleo said it didn't snowed in Tokyo.

→ _____

_____

10 Where are going you to meet Claire?

→ _____

_____

Part 74 祈使語氣
Imperative Mood

1. 祈使語氣用來提供**建議**、**勸告**、**命令**、**指示**、**鼓勵**或**祝賀**。

2. 祈使句動詞要用**原形動詞**。

3. 祈使句的語序與**陳述句**一樣，通常以**句號**（.）結尾。但如果是強烈命令，可用**驚嘆號**（!）結尾，像這種情況的命令句既是祈使句，也是感嘆句。

1 祈使句的主詞 you

1. 祈使句中**省略了主詞**。事實上，所有祈使句的主詞都是第二人稱代名詞 **you**（作單數或複數依上下文決定），只是習慣將它省略。

- (You) Sit down next to Andrew, please. 請（你）坐在安德魯旁邊。
- (You) Be silent, please. = (You) Please be silent. 請不要說話。
  ↳ 祈使句加上 please 會更禮貌。please 可以放在句首，也可以放在句尾；放在句尾時，前面要用逗號與句子分開。

2. 可以在祈使句前面點出**主詞 you**（你），表達**強烈的勸告**或**氣憤**。

- "You shut up!" Jill screamed at Bill. 潔兒對比爾大吼：「你給我閉嘴！」

3. 若要明確點出祈使句的主詞，可在祈使句前面加一個名詞或代名詞，但實際主詞依然是 you。

- Joe, (you) go look for Brook. 喬，去找布魯克。
- "Nobody move," Roy's mom told all the boys.
  羅伊的媽媽告訴所有的男孩：「誰都不准動。」
  ↳ 主詞雖然是第三人稱單數 nobody，但因為這句是祈使句，所以動詞用原形。
  ↳ Nobody move. = All of you, don't move.

531

1 **肯定祈使句**（Affirmative Imperatives）

肯定祈使句將**原形動詞**置於句首。

- "Have some green tea," Dee said to her brother Dean.
  蒂對她弟弟狄恩說：「喝點綠茶吧。」
  ↳ 用原形動詞 have 開頭。

- Louise, please give me a tissue before I sneeze.
  露易絲，請給我一張面紙，我要打噴嚏了。
  ↳ 也可以在句首加名詞或代名詞，點明主詞，加以強調。

2 **否定祈使句**（Negative Imperatives）

否定祈使句以 **do not**、**don't** 或 **never** 開頭。

- Never speak to Gwen like that again! 不要再那樣對葛雯講話！
  ↳ 祈使句裡的 never 要置於動詞之前。

- Lily, don't be silly!
  = Don't be silly, Lily. 莉莉，別傻了！
  ↳ 否定祈使句也可以在句首或句尾加名詞或代名詞，點明主詞，加以強調。

- Please don't smoke here, Eloise.
  = Eloise, don't smoke here, please. 伊露意絲，請不要在這裡抽菸。
  ↳ 否定祈使句也可以在句首或句尾加 please。

3 **強調祈使句**（Emphatic Imperatives）

強調祈使句用以表達**客氣的請求**、**抱怨**、**道歉**等，句型為「**do + 原形動詞**」，表示「務必要……」。

- Do forgive Andrew. He didn't mean to hurt you.
  請一定要原諒安德魯，他不是故意要傷害你的。

- Do be quiet, Sue.
  蘇，請務必保持安靜。

4 被動祈使句（Passive Imperatives）

被動祈使句表示「要某人安排，使某事得以完成」，
句型為「**get + something + 過去分詞**」。

- Get your hair cut before you go for your interview.
  在你去面試之前，先去剪頭髮。
- Get your car fixed before you leave for Michigan.
  在你去密西根之前，先找人修好你的車。

3 祈使句常用 and 或 or 構成複合句

祈使句後面如果接 **and** 或 **or** 引導的並列子句，則此祈使句的意思相當於一個 **if** 引導的條件子句。

- 祈使句 + or 子句 → 如果不做某事就會……（表示否定條件）
- 祈使句 + and 子句 → 如果做某事就會……（表示肯定條件）

- Steve, shut up, or I'll ask you to leave.
  史蒂夫，閉嘴，否則我要你離開。
  ↳ 肯定祈使句用在 or 前時，表示否定條件。

  = Steve, if you don't shut up, I'll ask you to leave.
  史蒂夫，如果你不閉嘴，我就要你離開。
  ↳ 注意 日常生活中不要常用 shut up，因為這個片語的語氣很強，是不禮貌的。

- "Do that again, and you will have trouble," threatened Jill.
  潔兒威脅說：「再做一次，你就要倒楣。」
  ↳ 肯定祈使句用在 and 前時，表示肯定條件。

  = "If you do that again, you will have trouble," threatened Jill.
  潔兒威脅說：「如果你再做一次，你就會倒楣。」

4 let 引導的祈使句

let 用於祈使句中表達**命令**、**要求**、**提議**。

1 「let + 第一人稱代名詞」的用法

<table>
<tr><td colspan="2"></td><td>複數（讓我們……）</td><td>單數（讓我……）</td></tr>
<tr><td rowspan="2">肯定句</td><td>口語</td><td>let's + 不帶 to 的不定詞（即原形動詞）
→ 建議或命令的對象包含自己。</td><td rowspan="4">let me + 不帶 to 的不定詞
→ 指示自己做事，意思是「准許我做某事」（allow me to do something）。</td></tr>
<tr><td>正式</td><td>let us + 不帶 to 的不定詞（即原形動詞）</td></tr>
<tr><td rowspan="2">否定句</td><td>口語</td><td>let's not/don't let us + 不帶 to 的不定詞
（即原形動詞）</td></tr>
<tr><td>正式</td><td>let us not/do not let us +
不帶 to 的不定詞（即原形動詞）</td></tr>
</table>

口 語　Let's get **things done as soon as possible.**

正 式　Let us get **things done as soon as possible.**

我們盡快把事情做完吧。

↳ let's = let us。us 包括講話者（speaker）和聽者（listener/listeners）。

↳ let's 後面要接原形動詞，不能接帶 to 的不定詞。

· Let me see. **Did I finish drinking my milk tea?**

讓我想想，我把奶茶喝完了嗎？

↳ 片語 let me see 和 let me think 用得很普遍，表示需要一小段時間來思考某事。

口 語　Gus said, "Don't let us/Let's not forget **those who have helped us.**"

正 式　Gus said, "Do not let us/Let us not forget **those who have helped us.**" 加斯說：「讓我們不要忘記那些幫助過我們的人。」

↳ us 包括講話者（Gus）和聽者（listener/listeners）。

↳ 否定句最常用的是 let us not 和 let's not。

NOTE

let us ≠ let's

在有些情況下 let's 和 let us 不能相互替換。如果句中含有第二人稱（you），或者 let 的主詞實際上是第二人稱（you），那麼，**let us** 中的 us 就只包括說話者的群體（the speaker's group），不包括對方（the listener/the listeners）。這種情境不能用 let's。

· Fanny and I decided to make an offer to Jane. Fanny said to Jane, "**Let us** take you on a trip to Spain."
芬妮和我決定向珍提出一個建議。芬妮對珍說：「讓我們帶著你去西班牙旅行吧。」
  ↳ 句中含有第二人稱（you），這句 us 只包括 Fanny and I，不包括聽者 you（Jane）。

· "**Do not let us** fail in helping that whale," prayed Lulu.
「不要讓我們的救鯨行動失敗了。」露露祈禱著。
  ↳ 這句話隱含了一個主詞（有可能是 God）。
  ↳ 如果否定祈使句隱含的主詞不屬於句子中 us 所指的一部分，那麼最好用 Do not let us/Don't let us。

2 「let + 第三人稱代名詞／名詞」的用法

肯定句	**let + 第三人稱代名詞／名詞 + 不帶 to 的不定詞（即原形動詞）** → let 可以跟第三人稱代名詞或名詞搭配，表達提議、請求、要求，或表示警告或威脅。
否定句	**don't let/do not let + 第三人稱代名詞／名詞 + 不帶 to 的不定詞（即原形動詞）**

· Please let Joan finish her math homework on her own.
請讓裘恩自己完成她的數學作業。

· Because Russ was worried about his toys, he requested, "Don't let/Do not let May stay with us."
拉斯擔心他的玩具，因此他請求說：「不要讓梅住在我們家。」

1

請選出正確答案。

_____ **1** Joe, _____ tonight, because it is going to snow.

(A) not go out   (B) not going out

(C) do not to go out   (D) do not go out

_____ **2** "_____ at your English!" Dirk told his sister Trish.

(A) Working hard   (B) Do working hard

(C) Do work hard   (D) Do hard

_____ **3** Megan, please _____ before you leave for Michigan.

(A) get your van fixed   (B) get your van fixing

(C) get your van fix   (D) get your van to fix

_____ **4** Rae, _____ cross-country skiing this Sunday.

(A) let's to go   (B) let us to go

(C) let us going   (D) let's go

_____ **5** "_____ give you a time-out," the teacher said to Ken.

(A) If you do that again, and I will

(B) Do that again, I will

(C) Do that again, and I will

(D) If you do that again, will I

2

將下列錯句改寫為正確句子。

----

1 Let Joan not go home alone.

→ _____

_____

2 Let's teaching a CPR class on the beach.

→ _____

_____

3 Pat, do behave never like that.

→ _____

_____

4 Brigitte said, "Do not let's forget about it."

→ _____

_____

5 Do you get ready for some mirth from the planet Earth.

→ _____

_____

75 假設語氣
Subjunctive Mood

假設語氣是動詞的一種形式，不用來陳述事實，而是用來表達**願望、假設、猜測、可能性**等。假設語氣用在子句中有幾種作用：

1️⃣ 用來表達**願望**（wish, if only）。

2️⃣ **if** 引導的條件副詞子句，用來表達**與事實相反的條件**（即條件並不存在）。

3️⃣ **as if** 或 **as though** 引導的情狀副詞子句，用來描述**與事實相反的推測**。

4️⃣ **that** 引導的子句，用來表達**命令、要求、請求、建議**。

1 wish（與事實相反的願望）

1️⃣ wish + could/would + 原形動詞 → **希望未來情況有所改變**

表達與未來事實相反的事，或表達講話者對目前狀況不滿意，希望未來有所改變。

▪ 主要子句主詞和從屬子句主詞**不同**時，常用 **would** 表達「希望**他人**改變行為」。

· I wish you would **stop staring at your computer while I am talking to you.** 我希望當我在跟你講話時，你的眼睛不要盯著你的電腦看。
  ↳ 主詞是不同人，表示希望他人改變行為。

▪ 主要子句主詞和從屬子句主詞**相同**時（意即希望**自己**能改變行為），要用 **could**，不用 would。

· Sam wishes he could **go with us to Rome next week, but he has to stay here and work.**
  山姆真希望他下星期可以跟我們一起去羅馬，不過他得留下來工作。
  ↳ 主詞是同一人，表示希望自己能改變行為。

2 wish + 過去式（were/did/could）　→　與現在事實相反的願望

1 be 動詞不分人稱和單複數，**一律用 were**。

2 過去式在這裡並不意味著過去時間，而是表示「與現在事實相反的願望」。

- **Wanda Watt** wishes **she** were **married to a robot.**
  汪妲・瓦特希望自己嫁給一個機器人。
  ↳ 現在事實：Wanda Watt **is not** married to a robot.

3 wish + 過去完成式（had + 過去分詞）　→　與過去事實相反的願望

對過去做過或沒做過的事感到後悔或失望。

- **I wish Ruth** had told **me the truth about Brad.**
  有關布萊德的事，要是露絲有對我說實話就好了。
  ↳ 過去事實：Ruth **did not tell** me the truth about Brad.

2 if only（與事實相反的願望）

if only 用來表達我們希望情況有所變化，意思是「要是……就好了」。
if only 子句可獨立存在。

1 if only + would/could　→　與未來事實相反的願望

1 希望**他人**能改變未來的事，if only 後面常用 **would**。

- If only Joe would **go with me to Norway tomorrow.**
  如果喬明天能跟我一起去挪威就好了。
  ↳ 未來不可能實現的事：Joe **will not be able to go** with me to Norway tomorrow.

2 希望**自己**能改變未來的事，if only 後面要用 **could**。

- If only I could **go back in time.**
  如果我能讓時光倒轉就好了。
  ↳ 未來不可能實現的事：I **will not be able to go** back in time.

2 if only + 過去式（were/did） → 與現在事實相反的願望

過去式在這裡並不意味著過去時間，而是表示「現在不可能發生的事」
或「與現在事實相反的願望」。

- If only **Myrrh** knew **how much I love her.**

  如果莫兒知道我有多麼愛她就好了。

  ↳ 現在事實：Myrrh **doesn't know** how much I love her.

3 if only + 過去完成式（had + 過去分詞） → 與過去事實相反的願望

- If only **Clo** had gone **with you to Chicago.**

  如果克蘿跟你一起去了芝加哥就好了。

  ↳ 過去事實：Clo **did not go** with you to Chicago.

3 if（與事實相反的假設）

1 與現在或未來事實相反的假設（if 子句用**過去式**）

1 用 if **條件子句**表示**與現在或未來事實相反的假設**，且是不真實或不可
能發生的事情時，這裡的過去式並不指過去時間，而是意味著不真實
的、不可能的假設語氣。

條件子句	主要子句
if + 子句主詞 + 過去式 +	主句主詞 + would/might/could/should + 原形動詞

- **Scot Link** could save **a lot of money** if he did not smoke or drink.

  如果史考特‧林克不抽菸、不喝酒，他就可以存很多錢。

  ↳ 可是他既抽菸又喝酒。（與現在事實相反的假設）

  ↳ if 子句也可以放在主要子句後面。

- **If I were** thinner, **I would eat** more ice cream.

  如果我瘦一點，就可以多吃一點冰淇淋了。

  ↳ 我可一點也不瘦。

  ↳ 假設語氣中的 be 動詞，不分人稱和單複數，
  一律用 were。

If I were
thinner

2 if I were you, I would/I'd + 原形動詞

「if I were you」是典型的假設句型，用以為他人提供建議，意指「如果我是你，我會……」。

- If I were you, I would travel around the world with Sue.
  如果我是你，我就會跟蘇一起環遊世界。
  ↳ 我永遠不可能變成你。

2 與過去事實相反的事（if 子句用**過去完成式**）

用 if 條件子句表達**非真實的過去事件**（過去沒有發生的事情）。

if + 子句主詞 + 過去完成式 + 主句主詞 + might/could/should/ would have + 過去分詞

- If Laura Lace had run a little faster,
  she could have won that race.
  如果蘿拉·雷斯跑快一點，她就有
  可能贏那場比賽。
  ↳ 但是蘿拉·雷斯跑得不夠快，結果沒
  贏那場比賽（Laura **did not** run
  fast enough to win the race.）。

if she had run
a little faster

3 省略 if 的倒裝假設語氣

if 條件句中有助動詞 **should**、**had**、**were** 時，可以**省略 if**，而將這些字**置於句首**，構成倒裝假設語氣。（如果條件句中的動詞是否定式時，則不能用倒裝假設語氣的結構。）

- Were you given a chance to be born again, would you want to be born into a different family?
  = If you were given a chance to be born again, would you want to be born into a different family?
  如果給你一個重新誕生的機會，你會想生在不同的家庭嗎？
  ↳ 現在或未來不可能發生的事情。

- Should **you** be chosen someday to live on the Moon, what would you miss on Earth?

  = If **you** should be chosen someday to live on the Moon, what would **you** miss on Earth?

  如果有一天，你被選中去月球上生活，你會懷念地球上的什麼東西？

  ↳ 未來不可能發生的事。

- Had **I** studied **harder,** I would have passed **the exam.**

  = If **I** had studied **harder,** I would have passed **the exam.**

  我要是更用功些，考試就會及格了。

  ↳ 與過去事實相反。

4 **if 的非假設用法**

如果 **if** 子句所敘述的條件很可能是**事實**，就要用**陳述語氣**，不用假設語氣（假設語氣必須是與事實相反的事）。

- If **Dan Day's parents** are careful in his upbringing, **he** will become **a respectable man.**

  如果丹‧戴的父母仔細教養他，他就會成為一個值得尊敬的人。

  ↳ 丹‧戴有可能成為一個值得尊敬的人。

5 **非假設和假設混合句**

在一個句子中，可以部分為假設，部分為非假設。

- If **I** had permitted **my failures,** or what seemed to me at the time a lack of success, to discourage me, **I** cannot see **any way in which** I would **ever** have made **progress.** (President John Calvin Coolidge)

  當初，我要是讓失敗——起碼在當時看起來是不成功——擊潰我的信心，那我現在就不會看到自己的任何進展。

  ↳ **過去事實**：I **didn't permit** failures or a lack of success to discourage me, so I **made** progress.

  ↳ if 子句用過去完成式（had permitted），表示與過去事實相反；主要子句用的是陳述語氣的簡單現在式（I cannot see），陳述一件現在的事實；在主要子句中的形容詞子句裡用「would have + 過去分詞（made）」與 if 子句配合。

6 混合時間假設語氣

當 if 子句和主要子句所涉及的**時間不一樣**時,那麼假設語氣就要使用混合句型。

┌→ 與**過去**事實相反　　　　　　　　┌→ 與**現在**事實相反
（ I **didn't** stay late.）　　　　　　　（ I **don't** feel tired.）

· If I had stayed **late at the office last night,** I would feel **tired now.**

假如我昨晚在辦公室工作到很晚,我現在就會感到很疲倦。

比較 非混合句

┌→ 與**過去**事實相反　　　　　　　　┌→ 與**過去**事實相反
（ I **didn't** stay late.）　　　　　　　（ I **didn't** finish
　　　　　　　　　　　　　　　　　　　 writing my report.）

· If I had stayed **late at the office last night,**

I would have finished **writing my report.**

假如我昨晚在辦公室工作到很晚,
　　　　　我就會寫完我的報告。

*if I had stayed
late at the
office last
night . . .*

4　if it were not for/if it had not been for/but for（要不是……）

1 if it were not for（與現在或未來事實相反的假設）

 條件子句　　　　　　　　　　　主要子句

if it were not for + 名詞／代名詞　+　主句主詞 + **would/could** + 原形動詞

· If it were not for **Dwight, Coco** would not go **there tonight.**

要不是為了杜威特,可可今晚就不會去那裡。

↳ **未來事實**:因為有杜威特,可可今晚才會去那裡（Coco **will go** there tonight.）。

2 if it had not been for（與過去事實相反的假設）

> 條件子句
> If it had not been for + 名詞／代名詞 　+　 主要子句
> 主句主詞 + would/could have + 過去分詞

- If it had not been for **the rescue team,**
  I would have drowned.
  要不是救援小組，我早就淹死了。
  ↳ **過去事實**：是因為有救援小組，我才沒有溺死
  （I was not drowned.）。

3 but for（與現在、未來或過去事實相反的假設）

片語 but for 可取代「if it were not for」或「if it had not been for」，
表示「與事實相反的假設」，**主要子句的句型需視時態變更**。

1 與現在或未來事實相反

> 條件片語
> but for + 名詞／代名詞 　+　 主要子句
> 主句主詞 + would/could + 原形動詞

- But for **Jennifer,** I would not go **to Alaska.**
  要不是為了珍妮佛，我就不會去阿拉斯加。
  ↳ **未來事實**：為了珍妮佛，我會去阿拉斯加（I **will go** to Alaska.）。

2 與過去事實相反

> 條件片語
> but for + 名詞／代名詞 　+　 主要子句
> 主句主詞 + would/could have + 過去分詞

- But for **Mary's help, Brook** could not have finished **writing that book.**
  要不是因為有瑪麗的幫助，布魯克不可能寫完那本書。
  ↳ **過去事實**：因為有瑪麗幫助，布魯克才寫完那本書（Brook **finished**
  writing that book.）。

5 what if、supposing、suppose（假如）

■ what if 以及 suppose/supposing 引導的子句，相當於 if 引導的條件子句，如果**與現在或未來事實相反**，子句動詞要用**過去式**；如果**與過去事實相反**，子句動詞要用**過去完成式**。

• Suppose/Supposing **you** had **no need to eat or sleep, how** would **you** spend **all your extra time?**
  假設你不需要吃飯和睡覺，那你會如何度過額外的時間？
  ↳ 與現在事實不符：suppose 或 supposing 引導的條件子句（過去式）+ 主要子句（would + 原形動詞）。

• What if **you** woke up **one morning to discover you** had changed **bodies with a kangaroo living in a zoo?** 要是你有一天早上醒來，發現你的身體變成了一隻住在動物園裡的袋鼠，那會怎麼樣？
  ↳ 混合時間假設語氣：what if 子句用過去式，表未來不可能的事（不可能某個早上醒來發現自己變成袋鼠）；動詞 discover 後面的受詞子句用過去完成式（had changed），表示與過去事實相反（過去事實：You **did not change** bodies with a kangaroo.）。

② what if 以及 **suppose/supposing** 引導的子句與 if 引導的子句一樣，也可以用**陳述語氣**的動詞，表示**可能發生的現在或將來情況**。

• Supposing Sue is **right and I** am **wrong, what** should **I do?**
  假如蘇是正確的，而我錯了，我該怎麼辦？
  ↳ supposing 引導的子句用現在式（Sue is right and I am wrong），表示很可能是事實；主要子句要用 should，不用 would。

6 as if/as though（就好像）

■ **as if/as though 的假設用法**
  當描述的某件事情**不是事實**，而是想像的、誇張的，就可用 **as if** 或 **as though** 構成的假設語氣。

1 從屬子句的動作與主要子句動作同時發生

as if 和 as though 的假設句要使用**過去式**（be 動詞要用 **were**）。

- Laura Lace talks as if she owned the whole place.
  蘿拉‧雷斯說話的樣子，好像這整個地方都屬於她似的。
  ↳ 現在事實：She **doesn't** own the whole place.

- The pain was so bad that I felt as if a big needle were being stuck into my left foot.
  我痛得很厲害，感覺就好像一根大針刺入了我的左腳。
  ↳ 過去事實：**No** needle was being stuck into my left foot.

2 從屬子句的動作發生在主要子句動作之後

as if 和 as though 的假設句要使用 were going to 或 were about to。

- When I saw Mark this morning, he looked as if he were going to say something important to me, but he didn't utter a word.
  今天上午我見到馬克時，他好像要跟我說什麼重要的事，但他一句話也沒有說。
  ↳ 從屬子句動詞 were going to 發生在主要子句動詞 looked 之後，與**過去**的未來事實不符。

3 從屬子句的動作發生在主要子句動作之前

as if 和 as though 的假設句要使用「**had + 過去分詞**」。

- Ivy Coast looks as if she had seen a ghost!
  愛葳‧寇斯特看起來活像見到鬼！
  ↳ 過去事實：She **did not** see a ghost.

2 as if/as though 的非假設用法

as if 和 as though 也可以表示「某事看起來是真的」，並且此事確實**有可能是真的**（亦即所假設的事實有可能發生，並非與事實相反）。

- Teddy is smiling as though he knows the answer already.
  泰迪在微笑，好像他已經知道了答案似的。
  ↳ 泰迪可能已經知道了答案。

7 慣用原形動詞的假設子句

1 表**要求**、**建議**的動詞後面，要接**原形動詞子句**（base verb clause）作為受詞。

1 用來提出**要求**、**請求**、**建議**、**提議**等動詞後面的子句，要用**原形動詞**表達假設語氣，此時假設語氣的作用是**強調重要性**。

2 英式則常用「should + 原形動詞」的句型，但不能用 would。

3 下面的動詞後接 that 子句，that 子句裡要用**原形動詞**，而且主要子句和從屬子句各自要有**不同的主詞**。

- advise 勸告；建議
- ask 要求
- command 命令
- demand 要求
- desire 要求
- insist 堅決要求
- move 提議
- order 命令
- prefer 寧可；更喜歡
- propose 提議
- recommend 建議；勸告
- request 要求
- require 要求
- suggest 建議
- urge 催促

- **Nellie** prefers **that** Randy speak **to her personally.**
  內麗寧可藍迪親口對她說。
  ↳ 主要子句和從屬子句各自有不同的主詞（Nellie, Randy）。
  ↳ 受詞子句要用原形動詞（speak）的假設語氣。無論子句的主詞是單數或複數（he, Randy, they），都應該用原形動詞。在英式英語裡，原形動詞前可以加 should。

✗ **Doctor Jenny Bush strongly** suggested **that** my husband do not smoke **near our baby.**

✓ **Doctor Jenny Bush strongly** suggested **that** my husband not smoke **near our baby.**
  珍妮‧布希醫生強烈建議我的先生不要在我們的小寶寶身旁抽菸。
  ↳ 無論主要子句的動詞是現在式、過去式、過去完成式（suggest/suggests, suggested, had suggested），從屬子句動詞都應該用原形動詞（smoke）。
  ↳ 助動詞 do 不用在否定式的假設語氣中（不用 do not smoke、does not smoke）。應當將 not 放在原形動詞前面（not smoke）。

比較 不同意義的 insist 用法

- **Dee** insisted **that her boyfriend** (should) leave **the country immediately.** 蒂堅持要她男友立刻離開這個國家。

  ↳ insist 意為「堅決要求、堅決主張」時，後面子句要用原形動詞構成假設語氣，英式英語也可以用「should + 原形動詞」。

- **I** insisted **that Professor Brown was wrong.**
  我堅持認為布朗教授是錯的。

  ↳ insist 意為「堅持認為」，受詞子句就不能用假設語氣，而用陳述語氣。

2 表**要求、建議**的名詞後，也要接**原形動詞子句**。

源自於這類表**要求、建議**等動詞的**名詞**，後面的 that 子句也要用**原形動詞**，構成假設語氣。英式常用「should + 原形動詞」，但不能用 would。

- demand 要求
- insistence 堅決要求
- order 命令
- preference 偏好
- proposal 提議
- recommendation 建議
- request 要求
- requirement 要求
- suggestion 建議

- **Pat ignored the doctor's** suggestion **that she** eat **less fat.**
  派特無視醫生要她少攝取脂肪的建議。

  ↳ 在名詞 suggestion 之後的 that 子句，動詞要用原形動詞 eat，或 should eat。

3 某些**形容詞**後要接**原形動詞子句**。

「**it is/was important/necessary/desirable . . . + that 子句**」的句型，that 子句裡的動詞也要用**原形動詞**，而英式常用「should + 原形動詞」，但不能用 would。下述形容詞都是這個用法：

- advisable 明智的
- crucial 重要的
- desirable 令人滿意的
- essential 必要的
- important 重要的
- necessary 必要的
- proposed 被提議的
- recommended 被推薦的
- required 必須的
- suggested 被提議的
- urgent 急迫的
- vital 極重要的

- Dee's mom says it is essential **that every child** have **excellent**
  educational opportunities.
  ↳ 從屬子句主詞為單數（every child），但動詞卻要用原形動詞（have），
  而非簡單現在式的單數動詞 has。

  = Dee's mom says it is essential for **every child** to have **excellent**
  educational opportunities.
  蒂的媽媽說，每一個孩子都應該享有接受高等教育的機會，這很重要。

- It's necessary **that the nurse** be **in the room with the baby**.
  護士有必要與嬰兒一起待在房間。
  ↳ 從屬子句要用原形動詞 be。

8 it is time that 和 would rather that 的假設語氣（從屬子句動詞用過去式）

1 it is (about/high) time that + 從屬子句主詞 + 過去式（假設語氣）

「it is (about/high) time」後面從屬子句的動詞要用**過去式**，表示
「**是……的時候了**」。過去式動詞在這個句型裡不表示過去時間，而
表示**現在**或**未來**。

- It is high time that Roy gave up **trying to be a playboy**.
  = It is high time for Roy to give up **trying to be a playboy**.
  羅伊該放棄想當花花公子的念頭了。

2 主要子句主詞 + would rather + 從屬子句主詞 + 過去式（假設語氣）

如果要表達「**某人寧願讓另一個人（不要）做某事**」，would rather 後
面就要接子句，子句中用動詞的**過去式**來表示**現在**或**未來**要做的事。

主要子句和從
屬子句各自要
有不同的主詞

- I would rather **you** came **on Saturday or Sunday**.
  我寧願你星期六或星期天來。
  ↳ 從屬子句要用過去式的假設語氣。

選出正確的答案並畫上底線。

----

1 Jim prefers that Lee (will speak/speak) with him personally.

2 If only Glen (called/had called) me then.

3 It is high time that Mary (gives up/gave up) smoking and drinking.

4 I would rather Ann (went/go) to Afghanistan.

5 Dorete insisted that Pete (would give/give) her a receipt.

6 I wish my dear daughter (was/were) here.

7 Joe requested that all applications and transcripts (would be filed/be filed) no later than tomorrow.

8 If it were not for the steady encouragement from Trish, I (would not/will not) continue studying English.

9 Doctor Al Bees strongly suggests that my sister Louise (not smoke/does not smoke) if she wants to have healthy babies.

10 If only Al's girlfriend Joyce (were/is) a little more careful in her choice of pals!

2

選出正確答案。

_____ **1** Kay says it is important that we _____ up on Monday.

Ⓐ are dressed   Ⓑ will be dressed

Ⓒ were dressed   Ⓓ be dressed

_____ **2** The coach insists that May _____ the center position this Sunday.

Ⓐ plays   Ⓑ play   Ⓒ played   Ⓓ will play

_____ **3** It is high time that Sally _____ to visit her husband in Italy.

Ⓐ goes   Ⓑ go   Ⓒ went   Ⓓ should go

_____ **4** Sue moved that the art show _____.

Ⓐ was canceled   Ⓑ would be canceled

Ⓒ be canceled   Ⓓ could be canceled

_____ **5** Oh, if only my big brother Jon _____ here with me now to enjoy this mountain in the early dawn!

Ⓐ be   Ⓑ is   Ⓒ was   Ⓓ were

_____ **6** My classmates treated Jeanne as though she _____ a queen.

Ⓐ were   Ⓑ is   Ⓒ was   Ⓓ be

_____ **7** Maybe, if his parents _____ more careful in his upbringing, Dale would not have become a thug that was always going in and out of jail.

Ⓐ were   Ⓑ are   Ⓒ had been   Ⓓ be

_____ **8** Brigitte wishes she _____ a huge rocket.

Ⓐ has   Ⓑ had   Ⓒ have   Ⓓ has had

_____ **9** What if you _____ that you _____ move to the Moon tomorrow? What _____ you do?

Ⓐ are told; are to; will

Ⓑ are told; are to; would

Ⓒ were told; were to; would

Ⓓ were told; was to; will

_____ **10** If Sue _____ sick with the flu that night, she would not have gone to the big birthday party for Andrew.

Ⓐ were   Ⓑ had been   Ⓒ was   Ⓓ be

UNIT

15 分詞、不定詞和動名詞

Participles, Infinitives, and Gerunds

分詞
Participles

1 分詞的定義 The Participle Defined

1 **分詞**是動詞的特殊形式。分詞有兩種：**現在分詞**和**過去分詞**。

1 **過去分詞**：只有一種形式，例如：

- build → built 建造

2 **現在分詞**：有**簡單式**和**完成式**兩種，也有**主動**和**被動**之分。

時態	主動分詞（主動語態）	被動分詞（被動語態）
簡單式	(not) building	(not) being built
完成式	(not) having built	(not) having been built

2 **現在分詞簡單式**：表動作**正在發生**或與主要動詞（即述語動詞或一般動詞）的動作**同時發生**。

- **Is that crying girl Pearl?**
  那位正在哭泣的女孩是珀兒嗎？
  ↳ 現在分詞的主動簡單式 crying 作形容詞，表動作正在發生（That girl is crying.）。

- **Being considered the fastest runner in our school, Mike was encouraged to join the track team.**
  由於邁克被認為是學校跑步最快的人，他被鼓勵加入田徑隊。
  ↳ 現在分詞的被動簡單式 being considered 引導的片語在句中作副詞（即狀語），與主要動詞 (was) encouraged 的動作同時發生。
  ↳ Mike 是現在分詞的邏輯主詞，是分詞動作的承受者（被認為……）。

3 **現在分詞完成式**：表示動作發生在主要動詞（即述語動詞）的動作**之前**。

- Having said **goodnight, Sue** went **upstairs to say her prayers.**
  道過晚安後，蘇便上樓去禱告。
  ↳ 現在分詞的主動完成式 having said 表示動作發生在主要動詞（went）的動作之前，其主詞（Sue）是現在分詞動作的**執行者**。

- Not having been invited **to Tom's birthday party, Lily** felt **very unhappy.**
  因沒有被邀請參加湯姆的生日派對，莉莉感到很不高興。
  ↳ 現在分詞的被動完成式 not having been invited，表示動作發生在主要動詞（felt）的動作之前，其主詞（Lily）是現在分詞動作的**承受者**。

4 分詞可以搭配**助動詞**（be 和 have），構成動詞的**各種時態**，例如：

- are working　　→ 進行式
- have worked　　→ 完成式

2 現在分詞　Present Participles

1 **現在分詞簡單式的形式**：以 **-ing** 結尾。
» 參見 p. 406〈2 現在分詞的構成方式〉

- asking 詢問　　　- kicking 踢　　　- talking 交談

2 現在分詞與 **be 動詞**連用，構成**進行式**，表示現在的狀態或正在進行的動作。

- Is Dan walking **with Ann?**
  丹正在跟安一起散步嗎？
  ↳ walking 與 be 動詞（is）構成進行式。

  is walking

3 現在分詞也可以當作**形容詞**，修飾**名詞**，同時具有動詞和形容詞的特徵；現在分詞也可作**副詞**用，修飾**動詞**。現在分詞與主動語態的動詞類似，具有**主動意義**（表示其修飾的名詞是動作的**執行者**）。

- a man-eating beast

  = a beast that eats human beings 食人獸

  ↳ 現在分詞作形容詞，修飾名詞 beast；具有動詞的特徵，含有主動意義，
  beast 是動作 eating 的執行者。

- Is **your dog Lyle** playing **near a smiling crocodile?**

  你的狗賴爾正在一隻微笑的鱷魚旁邊玩耍嗎？

  ↳ playing 搭配助動詞 is，構成進行式；smiling 作形容詞用，修飾名詞
  crocodile，crocodile 是動作 smiling 的執行者。。

- **Bing walked out** talking **and** laughing.

  賓又說又笑地走了出去。

  ↳ 現在分詞 talking 和 laughing 作副詞，修飾動詞片語 walked out。

3 過去分詞 Past Participles

1 **大部分過去分詞的形式**：以 **-ed** 或 **-en** 結尾。

» 參見 p. 452〈2 規則動詞的過去分詞〉和 p. 627〈附錄：不規則動詞表〉

- advertised 做廣告　　● jogged 慢跑　　● seen 看見

2 過去分詞搭配**助動詞 have**（have/has/had），構成**完成式**，描述已發
生的事。

- **Claire said sadly, "This tooth of mine**
  has rotted **beyond repair."**

  克萊兒傷心地說：「我這顆牙已經爛
  得不能補了。」

  ↳ rotted 與助動詞 has 構成現在完成式，描述已發生的事。

has rotted

3 過去分詞搭配**助動詞 be**，構成**被動語態**。

- **The candy bars** were **all** eaten **by the three hungry little green
  girls from Mars.**

  糖果棒全都被那三位來自火星的饑腸轆轆的綠色小女孩吃完了。

  ↳ eaten 與助動詞 be (were) 構成被動語態。

4 過去分詞可作**形容詞**，修飾**名詞**，具有動詞和形容詞的特徵；過去分詞也可作**副詞**用。大多數過去分詞具有**被動意義**（表示其修飾的名詞是動作的**接受者**）。

- the beaten path 那條人跡常至的小路
  - ↳ 過去分詞 beaten 作形容詞，修飾名詞 path；有動詞的特徵，表示「被動」，path 是動作 beaten 的接受者。

- a recently-built cottage
  = a cottage that has recently been built
  剛修建的小屋
  - ↳ built 是及物動詞 build 的過去分詞，具有被動和完成的意義。被修飾的名詞 cottage 是 built 的接受者。

a recently-built cottage

- After that incident, she lived alone, forgotten by everyone.
  那次事件後，她就獨自生活，被所有的人遺忘。
  - ↳ 過去分詞片語（forgotten by everyone）用作副詞。

5 可以作形容詞用的過去分詞多半是**及物動詞**，具有**被動**意義。但有些**不及物動詞**的過去分詞也可作形容詞，用在名詞前面，具有**主動**和**完成**的意義。

much-traveled

- my well-read and much-traveled husband
  = my husband who has read and traveled a lot
  我那讀萬卷書、行萬里路的丈夫

- recently-arrived refugees
  = refugees that have arrived recently
  剛到達的難民
  - ↳ 不及物動詞 arrive 的過去分詞 arrived，用在名詞前，作形容詞，具有主動和完成的意義。

well-read

現在分詞（-ing 形式）

過去分詞（-ed 形式）

描述引起某種感覺的人、物、情形、事件（具有主動的意義）	描述某人的感覺或臉色（具有被動的意義）
● a confusing teacher 　一位令人困惑的老師（主動）	● a confused teacher 　一位感到困惑的老師（被動）
表示動作正在進行	表示動作已完成
● developing countries = countries that are developing 開發中國家	● developed countries = countries that have developed/are developed 已開發國家

● **Erica, Skip, and Bing were** tired **from the** exciting **trip to South America.** 艾芮卡、史奇普和賓因為興奮的南美之旅而感到疲倦。

　↳ 過去分詞 tired 描述「人」的感覺；現在分詞 exciting 描述引起「興奮」的事件。

» 參見 p. 148〈9 分詞形容詞〉

4 分詞片語／分詞構句
Participial Phrases/Participle Construction

1 構成：**分詞片語**（又稱為**分詞構句**）包含一個**分詞**，以及這個分詞的**受詞**和**修飾語**（副詞、形容詞、介系詞片語）。分詞片語可作**副詞**或**形容詞**。有些英國文法家稱之為**分詞子句**（participle clause）。

● sitting in the corner 坐在角落裡
　↳ 現在分詞片語：現在分詞（sitting）+ 介系詞片語（in the corner）
● lost in the desert 在沙漠中迷路
　↳ 過去分詞片語：過去分詞（lost）+ 介系詞片語（in the desert）

- having lost all my money 弄丟了我所有的錢
  ↳ 完成式分詞片語：現在分詞的完成式（having lost）+ 受詞（all my money）

2 **作形容詞的分詞片語**：置於被修飾的名詞**後面**，相當於**形容詞子句**。

- In came the first runner, Candy, closely followed by the second, Mandy.
  = In came the first runner, Candy, who was closely followed by the second, Mandy. 跑第一名的是甘蒂，緊跟在後的是第二名的曼蒂。
  ↳ closely followed by the second, Mandy 是作形容詞用的過去分詞片語，修飾名詞 Candy。分詞片語作形容詞時，相當於形容詞子句。

- The girl dancing with my brother Jerry is called Cherry.
  = The girl who is dancing with my brother Jerry is called Cherry.
  正在跟我哥哥傑瑞跳舞的女子叫契麗。
  ↳ dancing with my brother Jerry 是作形容詞用的現在分詞片語，修飾名詞 the girl。此時，分詞片語相當於形容詞子句。

  比較 單個分詞作形容詞時，要置於被修飾的名詞**之前**。
  - a crying baby 一個在哭的寶寶
  - a broken heart 一顆破碎的心

3 **作副詞用的分詞片語**：分詞片語作副詞，相當於**副詞子句**，表原因、條件、結果、時間等。

- Putting on her motorcycle helmet, Lily rode away on her trip to Miami.
  = After she put on her motorcycle helmet, Lily rode away on her trip to Miami.
  戴上她的摩托車安全帽，莉莉騎著摩托車開始了她的邁阿密之旅。
  ↳ putting on her motorcycle helmet 是現在分詞片語作副詞，相當於副詞子句。

- Encouraged by her initial success, Trish tried to catch another big fish. 首戰告捷後，翠西很受鼓舞，想再釣一隻大魚。
  ↳ encouraged by her initial success 是過去分詞片語作副詞，相當於副詞子句。

4 分詞片語的主詞必須與句子的主詞一致：只有當句子裡的兩個行為動作來自同一個主詞的時候，才能用分詞片語。如果分詞片語的主詞與句子的主詞不一致，就必須刪除分詞片語，使用另一種句型，或者改變句子的主詞。

✗ Completely exhausted, <u>Linda's book</u> fell to the floor.
  ↳ completely exhausted 的主詞不可能是 Linda's book，書怎麼可能累壞了？人（Linda）才可能累壞了。因此，句子的主詞應該改成 Linda。

✔ Completely exhausted, <u>Linda</u> let her book fall to the floor.
  琳達累壞了，讓書都掉到地板上了。

· While standing on top of the huge balloon that was drifting over the English Channel, <u>Joe</u> saw a UFO.
  當喬站在大氣球頂，飄過英吉利海峽時，看見了一個不明飛行物。
  ↳ 現在分詞 standing 和主要動詞 saw 的主詞都是 Joe。

5 獨立分詞構句 Absolute Participle Construction

當分詞片語有自己的邏輯主詞，與句子主詞**不一致**時，常稱為**獨立分詞構句**。獨立分詞構句又分以下三種：

1 獨立分詞片語：一般來説，分詞片語和句子共用一個主詞，不過，有些**慣用的分詞片語**並不遵守這條規則，它們是獨立的，與句子的主詞無關聯。這些慣用語稱為**獨立分詞片語**。這類獨立分詞片語有：

- assuming the worst
  做最壞的打算
- broadly speaking　大體來說
- generally speaking　一般來說
- given the conditions
  在……條件之下
- judging from　根據……來判斷

- concerning　關於
- considering everything
  從各方面考慮
- strictly speaking　嚴格來說
- taking everything into consideration
  考慮到各方面

- Generally speaking, **Sally loves swimming in warm weather and tickling her husband with a feather.**

  一般來說，莎莉喜歡在溫暖的天氣下游泳，還喜歡用羽毛給丈夫搔癢。

  ↳ 獨立分詞片語 generally speaking 不需要與句子的主詞（Sally）有關聯。

- Considering everything, **Mary really isn't suitable for Gary.**

  從各方面考慮，瑪麗真的不適合蓋瑞。

2 **分詞獨立主格結構**：有時候分詞可以有**自己的主詞**，與句子的主詞沒有關聯。

- Weather permitting, **the giant rocket will be pulled to its launch site as scheduled.**

  如果天氣允許，這枚巨型火箭將如期被拖到發射場。

  ↳ 分詞的主詞是 weather，而句子的主詞是 the giant rocket。

- **With** my parents **gone most of the year, our big house is often empty.**

  由於我父母常年在外地，我們家的大房子經常空著。

  ↳ 分詞主詞是 my parents，句子主詞是 our big house。分詞主詞前面還可以有介系詞（with 由於；因為）。

3 **允許分詞主詞與句子主詞不一致的句型**：當句子的主詞為 it，或句子是 **there is/are** 的句型時，可以允許分詞的主詞和句子的主詞不一致，這種用法很自然。

- Having so little time, there was **not much that** Sue **could do to help her boyfriend Andrew.**

  蘇的時間實在很少，她幾乎做不了什麼來幫她的男友安德魯。

  ↳ 句子的主詞是 not much；分詞的邏輯主詞是 Sue。

- Having grown up in Sichuan, it**'s not surprising that** Louise **loves to eat red peppers.**   → 句子的主詞是 it；分詞的邏輯主詞是 Louise。

  = Louise grew **up in Sichuan, so** it**'s not surprising that she loves to eat red peppers.**

  露易絲在四川長大，所以她喜歡吃紅辣椒一點也不意外。

不定詞和動名詞
Infinitives and Gerunds

---

1 不定詞的形式

1 **帶 to 的不定詞**（infinitive with "to"）： 一般所説的不定詞通常為「**to + 原形動詞**」。

- Mike's little sister likes to leap like a frog, play computer games, and sleep.
  邁克的小妹妹喜歡像青蛙一樣跳躍，還喜歡玩電腦遊戲和睡覺。
  ↳ 後面兩個不定詞（play 和 sleep）省略了 to，避免重複。

2 **不帶 to 的不定詞**（infinitive without "to"）：一些動詞（make、let、hear 等）後面接「不帶 to 的不定詞」（即原形動詞），句型為「**動詞 + 受詞 + 原形動詞**」。

- Why not let your husband do the dishes? 為什麼不讓你老公洗碗？

- My boss made me work day and night. 我的老闆逼我日夜工作。
  = I was made to work day and night. 我被迫日夜工作。　→ 被動
  ↳ make、hear、see、watch、feel 等動詞用於主動語態時，要接「不帶 to 的不定詞」（即原形動詞），用於被動語態時要接「帶 to 的不定詞」。
  注意 let 不用於被動語態。

  » 參見 p. 602〈Diving Deep Into English 47：有些動詞只在主動語態接原形動詞〉

3 **不定詞的否定形式**：not (+ to) + 原形動詞

- Be a good lass, and try not to fall asleep during biology class.
  當個好姑娘吧，努力不要在生物課上睡著了。

- Boys, you'd better not make too much noise.
  小夥子們，你們最好不要太吵。

4 **不定詞搭配 wh- 疑問詞**：不定詞有時與 how、what、which、where 等疑問詞連用（不定詞置於疑問詞後），接在 **ask**（要求）、**discuss**（討論）、**know**（知道）、**learn**（學習）、**teach**（教導）、**tell**（告訴）等動詞之後。

- **Coco did not** know what to do **and** where to go.
  可可不知道該做什麼、該去哪裡。
  ↳「what + 不定詞片語」和「where + 不定詞片語」，作動詞 know 的受詞。

- **Clive** taught Sue how to drive.
  克萊夫教會了蘇開車。
  ↳「how + 不定詞片語」，作動詞 taught 的直接受詞。

5 **for + 受詞 + 不定詞（帶 to）**：有些詞（動詞、名詞、不定代名詞、形容詞）後面常接「for + 受詞 + 不定詞」的句型。當不定詞的邏輯主詞與句子的主詞不相同時，不定詞的主詞要用 for 引導。

- **Is there any** way for Emma to win? 艾瑪有沒有可能贏？
  ↳ 不定詞 to win 的邏輯主詞是 Emma，句子的主詞是 way。

- **Our whole** village **of Beehive is waiting** for Clive to arrive.
  我們整個蜂窩村的村民都在等待克萊夫的到來。
  ↳ 不定詞 to arrive 的邏輯主詞是 Clive，句子的主詞是 village。

2 不定詞的用法

1 不定詞片語表示**目的**和**結果**。

- **Erika, Kris, and Trish are all going to America** to learn business English. 艾芮卡、克莉絲、翠西都要去美國學商務英語。
  ↳ 不定詞片語表目的。

- **I filled my bowl with cereal,** only to find out **there was no milk in the fridge.** 我把碗裝滿麥片，結果發現冰箱裡沒有牛奶了。
  ↳ 不定詞片語表結果，意指「發現意外事情」，常和 only 以及動詞 find、discover、realize 等連用（only to find/discover/realize）。

2 不定詞可作**形容詞補語**，句型為「**形容詞 + 不定詞（帶 to）**」。

1 **具評論意味的形容詞 + 不定詞** → 表達對某人行為的評論或看法。

- clever/crazy/lucky/silly/smart/stupid/right/wise/wrong + 不定詞
- silly to believe 笨到去相信

2 **表示情感的形容詞 + 不定詞** → 表達對某事的感覺。

- afraid/anxious/glad/happy/pleased/sad/shocked/sorry/surprised/unhappy + 不定詞
- sorry to hear 遺憾聽到

3 **修飾不定詞的形容詞 + 不定詞** → 不定詞常成為前面形容詞的修飾對象，這種句型裡的形容詞並不修飾主詞。

- difficult/easy/hard/impossible/good/nice/interesting + 不定詞

- **This door is very** difficult to open. 這扇門好難開。
  ↳ 形容詞 difficult 修飾其後的不定詞 to open，不修飾主詞 this door。

4 **too + 形容詞 + 不定詞** → 表示「太……以至於不能……」。

- <u>too</u> hot to work 熱得無法工作
- <u>too</u> excited to fall asleep 興奮得睡不著覺

5 **形容詞 + enough + 不定詞** → 表示「夠……而可以……」。

- old <u>enough</u> to drive 年紀夠大可以開車
- young <u>enough</u> to dive 夠年輕可以跳水

注意 不定詞還可以作**名詞**，具有名詞的功能（比如可以作主詞、受詞、主詞補語等）。» 參見 p. 579〈Part 79 不定詞和動名詞的名詞相關用法〉

3 **避免垂懸結構**：不能讓以不定詞片語開始的句子垂懸。

1 修飾語在句中若**放錯位置**，修飾了不該修飾的成分，就稱為**垂懸結構**。

2 不能讓以不定詞片語開始的句子垂懸。句首的**不定詞片語**必須與動作的**行為者**（句子的主詞）有關聯。

✗ To achieve fluency in English, **all of Sue Mills' reading skills** must be further developed.　　→ 垂懸結構

✔ To achieve fluency in English, **Sue Mills** must further develop all of her reading skills.

為了提高英語的流暢度，蘇‧米爾斯必須進一步全面增進閱讀技巧。

↳ 第一句表達的意思是「閱讀技巧為了英語流暢必須進一步提高」。需要達到英語流暢的是蘇本人，而不是她的閱讀技巧，所以應該把動作的行為者 Sue Mills 靠近句首的不定詞片語。

✗ To win the election, **a lot of money** is needed.

↳ 要贏得選舉的是人，不是錢（a lot of money）。

✔ To win the election, **a candidate** needs a lot of money.

✔ To win the election, **you** need a lot of money.

候選人（你）需要很多錢才能贏得選舉。

↳ 這句用 candidate 或 you（人）作主詞，語意就合乎邏輯了。

NOTE

1 有些不定詞片語可以垂懸，比如：

● to be frank　坦白說
● to tell you the truth　老實說

‧ **To tell you the truth**, everybody likes Ruth.
老實說，大家都喜歡露絲。

↳ everybody 並不是不定詞片語 to tell you the truth 的邏輯主詞，但這個不定詞片語可以垂懸。

2 不定詞可以有自己的邏輯主詞：「**for ＋ 受詞 ＋ 不定詞**」。

‧ **For Adam Acts** to lose the mayoral election, all you need to do is to report the facts.
要讓亞當‧艾克茲在市長選舉中敗選，只需要報導事實就行。

↳ 不定詞 to lose 的邏輯主詞是 Adam Acts，句子的主詞是不定代名詞 all。

» 參見 p. 563〈5 for ＋ 受詞 ＋ 不定詞（帶 to）〉

1. **動名詞**以 **-ing** 結尾（如：asking、firing），是**具有動詞性質的名詞**。動名詞具有名詞的所有功能，同時也保留動詞的部分特徵，例如可接受詞或副詞。

2. **動名詞**常與其他單字連用，構成**動名詞片語**（如：smoking cigarettes 抽菸）。

3. 現在文法家較喜歡稱其為「**-ing 形式**」（-ing form），而不用術語「動名詞」（gerund）。

- <u>Smoking</u> **cigarettes** is dangerous for you and your family.

  抽菸會危害你和你的家人。

  ↳ smoking 是動名詞，接受詞 cigarettes（如同動詞），smoking cigarettes 為動名詞片語，整個片語作句子的主詞（如同名詞）。

1. 作**主詞**或**主詞補語**

- Swimming is **my favorite way to keep fit**.　→ 作主詞
  = **My favorite way to keep fit** is swimming.　→ 作主詞補語
  游泳是我最喜歡的健身方式。

2. 作**受詞**（動詞或介系詞的受詞）

- I don't like being a beautician, **because it is too much** like being a politician.

  我不喜歡當一名美容師，因為當一名美容師就像當一名政客一樣。

  ↳ being a beautician 作動詞 like 的受詞；being a politician 作介系詞 like 的受詞。

3　**No + 動名詞**：和 No 構成告示語。

- NO CAMPING
  禁止露營

- NO CYCLING
  禁行自行車

4　**動名詞 + 名詞**（構成**複合名詞**）：表示此名詞的功能或用途。

- a jogging machine
  = a machine for jogging　一臺慢跑機（用來慢跑的機器）
- running shoes
  = shoes for running　跑步鞋（用來跑步的鞋）

» 詳細說明參見 p. 579〈Part 79 不定詞和動名詞的名詞相關用法〉

5　動名詞與邏輯主詞的搭配類型

1　動名詞在句中作**主詞**時，其邏輯主詞要用**所有格形式**（Tom's、her、my 等）。

- **My** refusing **to look at any of the sketches Jim had drawn annoyed him.**
  我拒絕看任何吉姆畫的素描，這惹他生氣了。

2　動名詞作**受詞**時，如果句子主詞和動名詞的邏輯主詞不一致，在**非正式用語**中，動名詞的邏輯主詞可以用**名詞的普通格**（如：Jerry）或**代名詞的受格**（如：him、me）；但在**正式用語**中要用**所有格**（如：Jerry's、his、my）。

　正　式　**Dwight dislikes** his wife's **working late at night.** → 名詞所有格

　非正式　**Dwight dislikes** his wife **working late at night.** → 名詞普通格
　　　　　杜威特不喜歡他太太晚上熬夜工作。

　　　↳ 句子主詞（Dwight）和動名詞的邏輯主詞（his wife）不同，動名詞的邏輯主詞用所有格（wife's）或普通格（wife）都可以。

③ 在下列情況中，動名詞無論作主詞或受詞，其邏輯主詞都不能用名詞的所有格。

1 當動名詞之前的名詞（動名詞的邏輯主詞）為**複數名詞**、**集合名詞**、**抽象名詞**時，該名詞要以**普通格**出現，而非所有格。

- **Do you remember** Steve and his parents **visiting us on New Year's Eve?**

  你還記得史蒂夫和他的父母在跨年夜時來探望過我們嗎？

  ↳ 邏輯主詞較長，並且含有複數名詞，因此 Steve 和 parents 要用普通格。

2 當動名詞之前的名詞**被其他字所修飾**時，該名詞要以**普通格**出現，而非所有格。

- **I was pleased by** Dwight, **my ten-year-old son,** making **supper tonight.**

  我很滿意，我十歲的兒子杜威特今晚做了晚餐。

  ↳ 動名詞前的名詞 Dwight 被名詞片語 my ten-year-old son 修飾，Dwight 要用普通格。

3 動名詞的邏輯主詞是**不定代名詞** someone、anyone 等，該不定代名詞要用**普通格**。

- **What would you do if you were a police officer and heard** someone shouting, **"Stop thief!"**

  假如你是一名員警，聽到有人喊叫「抓小偷！」，你會怎麼做？

4 **感官動詞**（see、hear 等）之後要用**名詞普通格／代名詞的受格**，不用所有格。

- **We saw** him dancing **with Mary in Central Park.**

  我們看見他在中央公園裡和瑪麗跳舞。

  ↳ 感官動詞後面要用受格（him），不用所有格。dancing 是動名詞。

  ↳ 注意 部分文法學家把感官動詞（see、hear 等）後的 -ing 形式視為現在分詞。

Parts 76-77

Exercise

1

選出正確答案。

_____ **1** _____ an American politician can destroy your health and take away your wealth.

Ⓐ Be   Ⓑ Being   Ⓒ Have been   Ⓓ Been

_____ **2** Jill went abroad _____ her ex-husband and their former home on Blueberry Hill.

Ⓐ forgetting   Ⓑ forget

Ⓒ forgotten   Ⓓ to forget

_____ **3** Does that short robotic clown seem _____ to Mort?

Ⓐ amused   Ⓑ amuse   Ⓒ amusing   Ⓓ to amuse

_____ **4** Is Dottie _____ those six children when they are naughty?

Ⓐ tough enough to handle

Ⓑ enough tough to handle

Ⓒ tough enough handling

Ⓓ enough tough handling

_____ **5** "This fish is _____," mumbled annoyed Pete.

Ⓐ to salty to eat   Ⓑ too salty to eat

Ⓒ to salty eating   Ⓓ too salty eating

選出與畫線字相關的答案。

_____ **1** "<u>Running</u> on the riverbank after dark can be dangerous," Mark cautioned Dawn.

     Ⓐ Present participle 現在分詞

     Ⓑ Gerund 動名詞

     Ⓒ Infinitive 不定詞

_____ **2** I hope you enjoy <u>bicycling</u> around Europe this summer.

     Ⓐ Present participle 現在分詞

     Ⓑ Gerund 動名詞

     Ⓒ Infinitive 不定詞

_____ **3** NO <u>PARKING</u>!

     Ⓐ Present participle 現在分詞

     Ⓑ Gerund 動名詞

     Ⓒ Infinitive 不定詞

_____ **4** The girl <u>dancing with my cousin Perry</u> is called Mary.

     Ⓐ Participial phrase used as an adjective
       分詞片語作形容詞

     Ⓑ Gerund phrase used as an adjective
       動名詞片語作形容詞

     Ⓒ Participial phrase used as an adverb
       分詞片語作副詞

_____ **5** Ms. White got up early <u>to have enough time</u> to get to the airport three hours before her flight.

Ⓐ Infinitive phrase used as an adjective
不定詞片語作形容詞

Ⓑ Infinitive phrase used as an adverb of purpose
不定詞片語作副詞，表目的

Ⓒ Infinitive phrase used as an adverb of result
不定詞片語作副詞，表結果

_____ **6** Jenny is silly <u>to believe</u> Bennie.

Ⓐ Infinitive phrase used as an adjective complement
不定詞片語作形容詞補語

Ⓑ Infinitive phrase used as an adverb of purpose
不定詞片語作副詞，表目的

Ⓒ Infinitive phrase used as an adverb of result
不定詞片語作副詞，表結果

_____ **7** <u>Encouraged by her initial success</u>, Trish tried to catch an even bigger fish.

Ⓐ Participial phrase used as an adjective
分詞片語作形容詞

Ⓑ Participial phrase used as a noun
分詞片語作名詞

Ⓒ Participial phrase used as an adverbial
分詞片語作副詞（狀語）

_____ **8** To succeed in your future job, you must learn the touch-typing method.

   Ⓐ Infinitive phrase used as an adjective
     不定詞片語作形容詞

   Ⓑ Infinitive phrase used as an adverb of purpose
     不定詞片語作副詞，表目的

   Ⓒ Infinitive phrase used as an adverb of result
     不定詞片語作副詞，表結果

_____ **9** Judging from the behavior of Troy, he is not trying to be a playboy.

   Ⓐ Present participle　現在分詞

   Ⓑ Gerund　動名詞

   Ⓒ Infinitive　不定詞

_____ **10** Having asked the question "Do you need my help?" and having received a nod, the short, dark-skinned woman in a pink bikini began to aid the injured mermaid.

   Ⓐ Participial phrase used as an adjective
     分詞片語作形容詞

   Ⓑ Participial phrase used as a noun
     分詞片語作名詞

   Ⓒ Participial phrase used as an adverbial
     分詞片語作副詞（狀語）

3

將正確的句子標示 R，錯誤的句子標示 W，並改寫為正確的句子。

----

1 **Running** at top speed, **Ted's red hat** flew off his head.

[　　] _____

_____

2 "Will the **customer** be charged for the entire order of cellphones when only **shipping** a partial order?" asked Jill.

[　　] _____

_____

3 **Seeing** the furious look on the rapist's face, **Earl** kept moving forward to protect the unknown girl.

[　　] _____

_____

4 **Advancing** across the desert, **the hot sun** burned Gert and Kurt Verdun.

[　　] _____

_____

5 **Climbing** up a steep mountain today, **Kris's diamond necklace** was lost.

[　　] _____

_____

Part 78 不定詞和動名詞的動詞特徵

Infinitives and Gerunds With Characteristics of Verbs

不定詞和**動名詞**都保留了一些**動詞**的句法特徵,可以接**受詞**或**副詞修飾語**,可以與**助動詞**連用,表達**各種時間概念**的細微差別,如過去、現在、進行或完成等,也可以有**主動式**和**被動式**。

1 不定詞的時態和語態

 不定詞的各種形態

時態	主動不定詞(主動語態)	被動不定詞(被動語態)
簡單式	to fix	to be fixed
進行式	to be fixing	–
完成式	to have fixed	to have been fixed
完成進行式	to have been fixing	–

2 **不定詞的簡單式**:根據句意,不定詞動作發生的時間有所不同。

1 表示**一般性動作**(始終如一)。

· **To dance with you is my pleasure.**
能跟你跳舞,是我的榮幸。
↳ 表達一般性的動作(始終如一的事實)。

② 表示不定詞的動作與主要動詞的動作**同時發生**，或於其**之後發生**。

- With a grin, Sue Rice whispered, "It's nice to meet you."

  蘇‧賴斯露齒笑著低聲說：「很高興認識你。」

  ↳ 表示其動作與連綴動詞 is 同時發生。

- Kay and I would like to visit the Moon someday.

  凱和我都想有一天能去參觀月球。

  ↳ 表示其動作發生在狀態動詞 would like 之後。

③ 表示不定詞的動作發生在主要動詞的動作**之前**，此時不定詞通常是表**狀態**的動詞。

- I am so glad to have you back home. 真高興你回家了。

  ↳ to have you back home 是表狀態的動作，發生在 I am so glad 之前。

③ **不定詞的進行式**：表示動作**正在進行**。

- The county government seems to be repairing the runways at the airport. 郡政府好像在維修機場跑道。

  ↳ 不定詞進行式 to be repairing 與主要動詞（seems）同時發生，並正在進行。

④ **不定詞的完成式**：表示動作發生在主要動詞的動作**之前**，或強調動作**已經完成**。

- I'm sorry not to have called you yesterday.

  = I'm sorry that I didn't call you yesterday.

  很抱歉，昨天我沒有打電話給你。

  ↳ 不定詞完成式的動作發生在連綴動詞 am 之前，相當於一個簡單過去式子句。

- It's nice to have met Sue.

  = It's nice that I have met Sue. 很開心能認識蘇。

  ↳ 不定詞完成式 to have met 強調動作已經完成，相當於一個完成式子句。

⑤ **不定詞的完成進行式**：表示動作發生在主要動詞的動作**之前**，**已經完成**，並同時強調動作的**持續性**。

- It is **amazing** to have won, **and I am truly honored** to have been competing **with such an elite group of swimmers.** 我居然贏了，真讓人吃驚。能和這樣一群優秀的游泳選手比賽，我感到很榮幸。
  - ↳ 完成式 to have won 在連綴動詞（is）之前發生，強調動作的完成。
  - ↳ 完成進行式 to have been competing 在連綴動詞（am）之前發生，已經完成，並強調動作的持續。

6 **不定詞的被動式**：當不定詞的**邏輯主詞**是該不定詞所表示的動作的**承受者**時，不定詞要用**被動形式**。不定詞的被動式，只有**簡單式**和**完成式**兩種。

✗ **My geothermal energy** report **has** to email **to Kay by noon today.**

✔ **My geothermal energy** report **has** to be emailed **to Kay by noon today.** 我的地熱能報告要在今天中午以前以電子郵件發給凱。
  - ↳ 報告不能自己 email 出去，因此需要用不定詞的被動簡單式（to be emailed）。
  - ↳ 不定詞的邏輯主詞 report 是不定詞動作的承受者（email my geothermal energy report）。

- To have been bitten **like that,** Mark **must have been attacked by a shark.** 被咬成這樣，馬克一定是遭到鯊魚的攻擊了。
  - ↳ 不定詞的被動完成式強調動作已經完成，表示過去發生的事件對現在產生的效果，其邏輯主詞（Mark）是不定詞動作的承受者。

② 動名詞的時態和語態

動名詞具有動詞的性質，跟主要動詞一樣，有時態和語態。

1 **動名詞的各種動詞形式**（與**現在分詞**的時態和語態形式一樣）

時態	動名詞的主動式（主動語態）	動名詞的被動式（被動語態）
簡單式	fixing	being fixed
完成式	having fixed	having been fixed

576

2 動名詞的時態：和不定詞表示的時態一樣，依照句意有所不同。

1 簡單式：如果動名詞表示**一般性動作**，或與主要動詞的動作**同時發生**或於**之後發生**，要用動名詞的**簡單式**。

・ Seeing **Kay dance a ballet always** mesmerizes **Ray.**
雷只要看到凱在跳芭蕾舞，就會被迷得團團轉。
↳ 動名詞的簡單式 seeing 表達一般性的動作（習慣）。

・ **Midge** is thinking of quitting **her job and** going **back to college.**
米姬在考慮辭掉工作，返回大學念書。
↳ 動名詞的簡單式 quitting 和 going 所表示的動作，在動詞片語 is thinking of 的動作之後發生。

2 完成式：如果動名詞的動作發生在主要動詞的動作**之前**，要用動名詞的**完成式**。

・ Having worked **10 hours on the budget report** made **me completely exhausted.**
做這份預算報告花了我十個小時，把我搞得精疲力竭。
↳ having worked 是動名詞的完成式，指發生在主要動詞（made）之前的事。

3 動名詞的語態：和不定詞一樣，動名詞也有**主動式**和**被動式**。

・ Eating **chocolate candy bars** always **makes me happy.**
吃巧克力糖果棒總是讓我感到快樂。
↳ eating 是動名詞的主動簡單式，表示一般性動作（一件始終如一的事實），其邏輯主詞（I）是動作的執行者。

・ **If** you think **too much about** being re-elected, **it is very difficult to be worth re-electing.**
(President Thomas Woodrow Wilson)
如果你對再度當選考慮太多，就不要勉為其難了。
↳ being re-elected 是動名詞的被動簡單式，表示在子句動詞（think）的動作之後發生，其邏輯主詞（you）是動作的承受者。

eating chocolate candy bars

將括弧中的正確答案畫上底線。

---

1 (Reading/Having read) fun books can help you learn a language.

2 I hope to (accept/be accepted) into Rice University.

3 Jim Wu doesn't like (lying to/being lied to).

4 I want to tell you that Mary Reed is going to (get married/get been married).

5 To (be elected/have been elected) governor might be the long-term political goal of Susan Cole.

6 I am happy to (have been living/be living) in Miami for three years, and I want to stay here after I get my Ph.D.

7 "(To have danced/To dancing) with you has been a great honor," declared Andrew.

8 In our (having sought/seeking) for economic and political progress, we all go up or else we all go down.
(President Franklin Delano Roosevelt)
在追求經濟發展和政治進步時，我們一榮俱榮，一損俱損。

9 A man who is good enough to (be shed/shed) his blood for his country is good enough to (be given/give) a square deal afterwards. (President Theodore Roosevelt)
一個為國甘灑熱血的人，一定會得到公正的待遇。

10 (Being elected/Elected) governor is not enough for Tom Door, because he always wants more.

Part 79 不定詞和動名詞的名詞相關用法

Noun-Uses of Infinitives and Gerunds

動名詞和**不定詞**都可以當作**名詞**，具有名詞的功能，可以在句中作**主詞**、**補語**、**受詞**等。

1 不定詞或動名詞作主詞

■ 像名詞一樣，**動名詞**和**不定詞**都可以作句子的**主詞**，不過，**動名詞**作主詞比不定詞作主詞更自然。

· Asking Ms. Lime for help **would be a waste of time.**
= To ask Ms. Lime for help **would be a waste of time.**
要賴姆小姐幫忙是浪費時間。

② 用 **it** 作虛主詞（即形式主詞），把實際主詞（動名詞片語或不定詞片語）後置。

■ **動名詞作主詞後置**，常用在下列結構中：

● it is no good		（……是無益的）
● it is no use		（……是沒有用的）
● it is useless	+ V-ing	（……是沒有用的）
● it is worth		（……是值得的）
● it is a waste of time		（……是浪費時間）

· It **is no use** trying to persuade Gus to go sailing with us.
= Trying to persuade Gus to go sailing with us **is no use.**
要勸加斯和我們一起出航，是沒有用的。

    ↳ 動名詞主詞太長時，用 it 作虛主詞更自然（如上面第一句），
       使句子保持平衡。

579

2 不定詞作主詞後置，常用在下列句型中：

- it + be 動詞 + 名詞／形容詞／介系詞片語 + 不定詞
- it + 動詞 + 受詞 + 不定詞
- it + be 動詞 + 形容詞 + of/for + 名詞／代名詞 + 不定詞

- "It is my plan to reach the top of that ridge before sunset," declared Ann.
  安宣稱：「我的計畫是在日落前到達山脊頂上。」
  ↳ 實際主詞不定詞片語後置，句型為「it is + 名詞 + 不定詞」。

- It took me five years to get my bachelor's degree because I was working part time.
  因為半工半讀，我花了五年時間才拿到了學士學位。
  ↳ 句型為「it + 動詞 + 受詞（間接和直接受詞）+ 不定詞」。

- It is easy for me to fall asleep at night.
  我晚上很容易入睡。
  ↳ 句型為「it is + 形容詞 + for + 代名詞 + 不定詞」。

2 不定詞和動名詞作補語

1 **動名詞**和**不定詞**可放在連綴動詞後作**主詞補語**。

不常用　To climb Mount Everest is **her goal.**　→ 作主詞

常　用　**Her goal** is to climb Mount Everest.　→ 作主詞補語
　　　　她的目標是登上聖母峰。
　　　　↳ 不定詞片語 to climb Mount Everest 作主詞（goal）的補語，
　　　　　比作句子的主詞更常見。

- Sailing her boat *The Blue Bobby* is **Gail's favorite hobby.**
  = **Gail's favorite hobby** is sailing her boat *The Blue Bobby*.
  蓋兒最大的嗜好是駕駛她的船「藍色員警」。
  ↳ 動名詞片語在第一個句子中作主詞，在第二個句子中作主詞補語。

- Jenny said her biggest ambition was to get into Yale.

  = Jenny said her biggest ambition was getting into Yale.

  珍妮說，她最大的志向是進耶魯大學。

  ↳ 用不定詞或動名詞作主詞補語，意義是一樣的。

2 **不定詞**可作名詞的**補語**或**同位語**。

1 名詞 + **不定詞**（作名詞補語）：不定詞（帶 to）常用在名詞後面作名詞補語，即不定詞作修飾名詞的**定語**。

- We've got things to do and miles to go.

  我們有很多事要做，有很長的路要走。

2 有些作名詞補語的不定詞後面還有**介系詞**，這時有以下兩種句型：

ⓐ 名詞 + 不定詞 + 介系詞

  - 名詞 + to live in
  - 名詞 + to talk about
  - 名詞 + to play with

ⓑ 名詞 + 介系詞 + whom/which + 不定詞（書面語）

  - 名詞 + in + which + to live
  - 名詞 + about + whom/which + to talk
  - 名詞 + with + whom/which + to play

- I am looking for a place to live in.

  ↳ 名詞 + 不定詞 + 介系詞（in）

  = I am looking for a place in which to live. 我正在找地方住。

  ↳ 名詞 + 介系詞（in）+ which + 不定詞（不常用）

3 **不定代名詞** + **不定詞**（作不定代名詞補語）：不定詞（帶 to）常放在下列**不定代名詞**後面作補語：

  - something 某事
  - nowhere 無處
  - somebody 某人
  - anything 任何事
  - nothing 沒事
  - anybody 任何人

- I am broke and have nowhere to go.
  我破產了，哪兒也去不了。
- Claire confessed, "I've got nothing to eat and wear."
  克萊兒坦言：「我沒得吃也沒得穿。」

4 名詞 + 不定詞（作同位語）：同位語的作用是對前面的名詞做**補充說明**。不定詞也可以當作名詞的同位語，比較下列兩句的用法：

- Sue says her wish to play ping-pong in the World Cup championship has finally come true.
  蘇說，她想參加世界盃乒乓球錦標賽的願望終於實現了。
  ↳ 這句是不定詞作名詞的補語（或稱定語，修飾或限定該名詞），說明她的願望不止一個，而其中一個願望是參加世界盃乒乓球錦標賽。

- Sue says her long cherished wish, to play ping-pong in the World Cup championship, has finally come true.
  蘇說，她長久以來的心願——參加世界盃乒乓球錦標賽——終於實現了。
  ↳ 這句是不定詞作同位語。her long cherished wish 就是指 to play ping-pong in the World Cup championship，要用逗號把同位語與所修飾的名詞分開。

3 動名詞作介系詞的受詞

1 名詞／形容詞／動詞 + 介系詞 + 動名詞

動名詞可作**介系詞的受詞**，尤其是前面有名詞、形容詞、動詞的介系詞，如：

- the thought of 想到……
- talk about 談論……
- tired of 厭煩……
- thank her for 因……而感謝她

- Old Mike Gold sighed, "I don't like the idea of getting old."
  老邁克·哥爾德嘆氣說：「想到變老，我就不喜歡。」
  ↳ 名詞（idea）+ 介系詞（of）+ 動名詞（getting）

2 介系詞 **to** + **動名詞**（有別於不定詞）：to 有時不是不定詞，而是介系詞。當 to 作介系詞時，後面要用動詞 -ing 的形式，即動名詞。

- object to working extra hours　反對加班
- look forward to seeing you again　期待再次見到你
- be used to walking　習慣散步
  ↳ object to、look forward to、be used to 都是片語動詞。

· "I'm half mermaid and prefer swimming to walking," teased Jade.
潔德揶揄說：「我是半個美人魚，我喜愛游泳勝過散步。」
  ↳ 動詞片語 prefer . . . to 中的 to 是介系詞，後面要接動名詞 walking，不接原形動詞 walk。

3 **before**、**after**、**since** 這類字後面，可用動名詞或「主詞 + 動詞」的句型。用**動名詞**時，這些字就作**介系詞**用；用「**主詞 + 動詞**」的句型時，這些字就作**連接詞**用。

- before/after/since（介系詞）+ 動名詞
- before/after/since（連接詞）+ 從屬子句（主詞 + 動詞）

· Dan always feels happy after talking to Ann.
= Dan always feels happy after he talks to Ann.
丹每次跟安談過話後，都會感到很開心。
  ↳ 第一句的 after 是介系詞；第二句的 after 是連接詞。

> **NOTE**
>
> 「**for** + **受詞** + **不定詞**」為固定用法，不能用動名詞。
>
> · For Vance Acts to lose his election to the Senate, all Brigitte needed to do was to report the facts.
> 要讓凡斯·艾克茲在參議院選舉中失敗，布麗姬只需要報告事實就行了。

選出正確答案。

_____ **1** "My little daughter, Pam, needs a friend _____," said Sam.

Ⓐ playing with   Ⓑ to play

Ⓒ playing   Ⓓ to play with

_____ **2** Ted, you'd better have a glass of milk before _____.

Ⓐ to go to bed   Ⓑ going to bed

Ⓒ you went to bed   Ⓓ you going to bed

_____ **3** Jeannie Red admitted, "_____ to win the Bikini Contest never entered my head."

Ⓐ The thought of fail   Ⓑ The thought to fail

Ⓒ The thought of failing   Ⓓ The thought of to fail

_____ **4** Is there any way _____?

Ⓐ for Lynne winning   Ⓑ for Lynne's winning

Ⓒ for Lynne to win   Ⓓ for Lynne win

_____ **5** "_____ on the right side?" asked curious Snow White.

Ⓐ Are you used to drive   Ⓑ Are you used driving

Ⓒ Are you used to driving   Ⓓ Are you used drive

2

選出與畫線字相關的答案。

_____ 1 "Seeing is not always believing," noted Scot.

Ⓐ Gerund used as the subject in direct speech
動名詞作直接引語的主詞

Ⓑ Participle used as the subject in direct speech
分詞作直接引語的主詞

_____ 2 My favorite activity is writing romantic poetry.

Ⓐ Subject complement 主詞補語　　Ⓑ Object 受詞

_____ 3 My biggest ambition is to get into Harvard.

Ⓐ Subject complement 主詞補語　　Ⓑ Object 受詞

_____ 4 "Rick's decision to retire from politics was a surprise to all of us," said Buzz.

Ⓐ Subject complement in direct speech
在直接引語中作主詞補語

Ⓑ Noun complement in direct speech
在直接引語中作名詞補語

_____ 5 Is Kate afraid of gaining weight?

Ⓐ Participle used as the object of the preposition "of"
分詞作介系詞 of 的受詞

Ⓑ Gerund used as the object of the preposition "of"
動名詞作介系詞 of 的受詞

4 不定詞和動名詞可以作動詞的直接受詞

1 動名詞和不定詞都可作某些動詞的**直接受詞**（也可以稱為動詞補語）。

· **Little Eli** began to cry. 小伊萊哭了起來。

· I enjoy traveling. 我喜愛旅遊。

begin to cry

2 哪些動詞後面應該接動名詞，而哪些動詞後面應該接不定詞？

✗　**Kim and I** decided swimming.

✔　**Kim and I** decided to swim. 金姆和我決定去游泳。
　　↳ decide 後面要接不定詞，不可以接動名詞。

✗　**Joy and Bing** enjoy to laugh.

✔　**Joy and Bing** enjoy laughing.
　　喬伊和賓喜歡笑。
　　↳ enjoy 後面要接動名詞，不可以接不定詞。

enjoy laughing

· I forgot to take **my road test.** 我忘了去參加我的路考。

· **I will never** forget taking **my road test.**
　我永遠不會忘記我的路考經歷。
　　↳ 以上兩句都正確，但意義有別。

» 哪些動詞後面該用動名詞，哪些該用不定詞，參見接下來的說明。

5 動詞 + 不定詞（作受詞／動詞補語）

1 下列動詞後面要接**不定詞**作**直接受詞**，一些文法家稱這種不定詞為**動詞補語**。動詞補語，即是用來和動詞搭配，以使述語的意義或句法結構更加完整的單字或詞組。

表格1　使用「動詞 + 不定詞」的動詞

- afford 負擔得起
- agree 同意
- aim 致力
- appear 似乎
- arrange 安排
- ask 請求
- attempt 試圖
- (can't) bear
  （無法）忍受
- beg 請求
- begin 開始
- care 想要
- choose 選擇
- claim 聲稱
- consent 同意
- continue 繼續
- dare 竟敢
- decide 決定
- decline 謝絕
- demand 要求
- deserve 應得
- desire 渴望

- expect 預料
- fail 失敗；未能夠
- forget 忘記
- get 有機會；設法做
- go on 繼續下去
- happen 碰巧
- hate 討厭；不喜歡
- help* 幫助
- hesitate 猶豫
- hope 希望
- hurry 趕緊
- intend 想要
- learn 學習
- like 喜歡
- love 熱愛
- manage 設法做到
- mean 打算；意圖
- need 需要
- neglect
  疏忽；忘記做
- offer 願意；試圖
- plan 計畫

- prefer 寧可；更喜歡
- prepare 準備
- pretend 假裝
- promise 允許；承諾
- propose 計畫；打算
- refuse 拒絕
- regret 懊悔
- remember 記得
- seem 似乎
- start 開始
- swear 發誓要
- tend 傾向；往往會
- threaten 威脅
- trouble 費心
- try 努力；試圖
- undertake 著手做
- volunteer 自願
- wait 等待
- want* 想要
- wish* 希望；想要
- would like 想要

» 標有米字號（*）的動詞，請參見下頁第 3、4、5 條解說。

- **Sue Day** wanted to move **to the U.S.A.**
  蘇·戴想搬去美國。

- **June** promised to be **home soon.**
  茱恩答應很快就會回家。

2 [表格 1] 中的藍色標示動詞，也可以接**動名詞**。比較：

- Mary doesn't like cities. She prefers to live in the countryside.
  = Mary doesn't like cities. She prefers living in the countryside.
  瑪麗不喜歡城市，她比較喜歡
  住在鄉下。

- I can't bear to see my wife cry.
  = I can't bear seeing my wife cry.
  我不忍看見我太太哭泣。

  » 參見 p. 595〈11 接動名詞和不定詞
    意義相同的動詞〉和 p. 597〈12 接
    動名詞和不定詞意義稍有區別的動詞〉

prefer living/to live in the countryside

3 [表格 1] 中，有些動詞也可接**子句**，例如：

- "I wish **working were an option**," said Eli.
  伊萊說：「我希望我可以自由選擇要不要工作。」
  ↳ 整個子句 working were an option 是動詞 wish 的受詞。

4 英式英語裡，want 可以接**動名詞**，表示「需要」。

| 美式 | This bill needs to be paid. |

| 英式 | This bill needs paying. |

| 英式 | This bill wants paying. 這張帳單該繳費了。|

» need 的用法請參見 p. 600〈7 need to do/need doing〉

5 動詞 help 若用於否定式 **can't help** 裡，後面則必須接**動名詞**，不接不定詞。

- Sue can't help giggling and wiggling.
  蘇忍不住咯咯笑著扭來扭去。

can't help giggling and wiggling

6　動詞 + 受詞 + 不定詞（作直接受詞／受詞補語）

1 下列動詞需要先接一個**受詞（人）**，再接一個**不定詞**作**直接受詞**，也有文法學家稱這類不定詞片語為**受詞補語**。

表格 2　使用「動詞 + 受詞 + 不定詞」的動詞

advise 建議	get 說服；使得	recommend 建議；勸告
allow 允許	hate 討厭；不願	remind 提醒
ask 要求	help* 幫助	request 要求
(can't) bear（無法）忍受	hire 雇用	require 要求
beg 請求	instruct 指示	show 告知；指出
believe 相信	intend 想要	teach 教導
cause 導致	invite 邀請	tell 告訴
challenge 挑戰	like 喜歡	tempt* 引誘
choose 選擇	love 熱愛	train 訓練
command 命令	need 需要	trouble 麻煩
convince 說服	order 命令	trust 信任
dare 挑戰某人；敢於	permit 允許	urge 催促
encourage 鼓勵	persuade 說服	want 想要
expect 預期；期望	prefer* 寧可	warn 警告
forbid 禁止	prepare 準備	wish* 但願；希望；想要
force 強迫	promise 允諾	would like 想要

» 標有米字號（*）的動詞，請參見下頁第 3、4、5 條解說。

- **Dr. Sawyer said her parents** had wanted **her** to be **a lawyer.**
  索耶醫生說她的父母曾經要她當一名律師。

- **Today Ms. Lee** allowed **us** to leave **early.**
  今天李女士允許我們提早離開。

2 表格 2 中的藍色標示動詞，也可以直接加**不定詞**，不需要先加受詞，
   與〈表格 1〉的動詞用法相同。比較：

   - want <u>her</u> to stay 要她留下
   - want to see you 想見你

   - prepare <u>him</u> to stand on his own 使他準備好獨立自主
   - prepare to go to bed 準備上床

3 表格 2 中，有些動詞還可以接**動名詞**或 **that 子句**。

- **She prefers living in the countryside.** 她寧可住在鄉下。
  ↳ prefer 常接動名詞、不定詞或 that 子句（子句裡用原形動詞）。
     「prefer + 受詞 + 不定詞」的句型不常見。

- **I wish (that) I had never met Trish.**
  我希望自己從未遇見過翠西。

4 表格 2 中，動詞 **help** 也可以接**原形動詞**（不帶 to 的不定詞）。
   » 參見 p. 329 〈5 help〉

- **Can Trish Hammer help <u>me</u> to learn English grammar?**
  = Can Trish Hammer help <u>me</u> learn English grammar?
  翠西‧海默能幫助我學習英文文法嗎？

5 表格 2 中，動詞 **tempt** 也可用「**動詞 + 不定詞**」的句型，但僅限於
   被動語態「be tempted to do something」。比較下面例句：

- **What tempted <u>her</u> to steal the large
  diamond?**
  是什麼誘使她去偷那顆大鑽石？

- **Brigitte is tempted to see if she can
  get away with it.**
  布麗姬很想看看她是否能逃避責罰。

7 動詞 + 動名詞（作受詞）

1 下列動詞常接**動名詞**作直接受詞。

表格 3　使用「動詞 + 動名詞」的動詞

admit 承認	fancy 想像	practice 練習
appreciate 欣賞；感謝	finish 結束	prefer 寧可；更喜歡
avoid 避免	forget 忘記	quit 放棄
begin 開始	forgive 原諒	recall 回想
complete 完成	go (go fishing/	recommend*
consider 考慮	swimming)	建議；勸告
continue 繼續	去（釣魚／游泳）	regret 後悔
delay 拖延	hate 討厭；不喜歡	remember 記得
deny 否認	imagine 想像	report* 報告；舉報
detest 厭惡	involve 牽涉	resent 怨恨
discuss* 討論	keep (on) 繼續	resist 抵抗
dislike 厭惡	like 喜歡	risk 冒……的風險
encourage* 鼓勵	love 熱愛	start 開始
enjoy 喜歡；享受	mention 提到	stop 停止
escape 逃避	mind 介意	suggest 建議
excuse 原諒	miss 錯過	try 嘗試
face 正視	postpone 延遲	understand 了解

» 標有米字號（*）的動詞，請參見下頁第 3、4、5 條解說。

- **Rosemary** quit smoking **and** drinking **about a week after she met Larry.** 蘿絲瑪麗認識賴瑞一週後就戒菸戒酒了。

- **Did I** mention meeting **Jane last summer in Maine?**
  我提過去年夏天在緬因州見到珍的事嗎？

2 表格 3 中的藍色標示動詞，可以接**動名詞**，也可以接**不定詞**作為直接受詞。» 參見 p. 595〈11 接動名詞和不定詞意義相同的動詞〉和 p. 597〈12 接動名詞和不定詞意義稍有區別的動詞〉

3　表格3 中，動詞 discuss 後面也可接「how/why/whether + 不定詞」的句型。

- discuss doing something　討論做某事
- discuss how to avoid mistakes　討論如何避免錯誤

4　表格3 中，動詞 encourage 和 recommend 也可接「受詞 + 不定詞」的句型。

- encourage/recommend making reservations early
  鼓勵／建議提早預約
- encourage/recommend somebody to do something
  鼓勵／建議某人做某事

5　表格3 中，動詞 report 也可以接不定詞，不過只限於被動語態。

- report hearing a loud noise　報告聽到了一聲巨響
- somebody is reported to do something
  報導指出／舉報某人做了某事

8　動詞 + 受詞（人）+ 動名詞（作受詞）

1　表格3 中，接動名詞的動詞，有些可以先接受詞（人），再接動名詞當作第二個受詞，如：

- dislike　不喜歡
- hate　討厭；不喜歡
- imagine　想像
- like/love　喜歡；愛
- mind　介意
- miss　錯過
- recall　回想
- regret　後悔
- resent　怨恨
- risk　冒險
- start　開始
- stop　停止

- I dislike getting up early on Sunday morning.
  我不喜歡星期天一大早就起床。

- Sue dislikes people telling her what to do and what to think.
  蘇不喜歡人們告訴她該做什麼、該想什麼。

592

2 還有一些動詞在**動名詞**（-ing 形式）**之前**，必須帶有一個**受詞**，如：

- catch 偶然發現；撞見
- discover 發現
- feel 感覺
- find 發現
- hear 聽見
- leave 使處於某狀態

- notice 注意到
- observe 注意到
- overhear 無意中聽到
- see 看見；理解；想像
- spot 發現
- watch 觀看

- "I just can't see **them** winning this basketball game," said Dee with a sigh.

  蒂嘆了口氣說：「我實在無法想像他們會贏這場籃球比賽。」

- Yesterday I caught **Andy** stealing some candy.

  昨天安迪偷了一些糖果，被我逮到了。

9 片語動詞 + 動名詞（作受詞）

下列片語動詞或動詞片語要接**動名詞**作受詞。

表格 4 片語動詞／動詞片語 + 動名詞

- approve of 贊成
- be accustomed to 習慣於
- be better off 境況較佳
- be used to 習慣於
- burst out 突然……起來
- can't help 忍不住
- can't see 無法想像
- can't stand 無法忍受
- count on 依靠
- do not mind 不介意
- feel like 想要

- forget about 忘記
- get through 做完
- give up 放棄
- insist on 強烈要求
- keep on 繼續
- leave off 停止
- look forward to 期待
- object to 反對
- put off 推遲
- think about 考慮
- think of 想到；考慮

- **Dawn and Ron** kept on talking **and** walking.
  朵安和榮恩繼續邊走邊聊。
- **Susan** is not accustomed to dancing **with strangers.**
  蘇珊不太習慣和陌生人跳舞。

10 「動詞 + 動名詞」或「動詞 + 受詞 + 不定詞」的句型

下列的動詞用於主動語態時，如果後面**沒有其他受詞**，就要接**動名詞**（-ing 形式）；如果**還有受詞**，受詞後面就用**不定詞**。

- 動詞 + **動名詞**（無受詞）
- 動詞 + 受詞 + **不定詞**（有受詞）

表格 5　加「動名詞」或加「受詞 + 不定詞」的動詞

- advise 勸告
- encourage 鼓勵
- permit 允許
- allow 允許
- forbid 禁止
- recommend 建議；勸告

- "We don't allow smoking in this spa," announced Dee.
  = "We don't allow **people** to smoke in this spa," announced Dee.
  蒂說：「這個 spa 會館裡禁菸。」

> **NOTE**
>
> 動詞 **suggest** 不能用「動詞 + 受詞 + 不定詞」句型。suggest 後面要接**動名詞**或 **that 子句**（子句裡用**原形動詞**或「**should + 原形動詞**」）。
>
> - Mark Day **suggests** our going to the park on Sunday.
>   ↳ suggest + 代名詞所有格（his、my、our 等）+ 動名詞
>   = Mark Day **suggests** that we (should) go to the park on Sunday. 馬克・戴建議我們星期天去公園。
>   ↳ 美式更常用「suggest + that . . . + 原形動詞」句型。
>   ↳ 不能說 suggest us to go。

11 接動名詞和不定詞意義相同的動詞

1 下列的動詞可以接**不定詞**，也可以接**動名詞**，兩者在**意思上幾乎沒有區別**。

表格 6 接動名詞和不定詞意義相同的動詞

- attempt 企圖
- begin 開始
- bother 打擾
- (can't) bear （無法）忍受

- cease 停止
- continue 繼續
- hate 討厭；不喜歡
- intend 想要

- like 喜歡
- love 熱愛
- prefer 偏好
- start 開始

- When did Joe begin to learn judo?
  = When did Joe begin learning judo?
  喬是什麼時候開始學柔道的？

- I like to jog early in the morning.
  = I like jogging early in the morning.
  我喜歡一大早慢跑。
  ↳ 在美式英語中兩者意義相同。

*begin learning/
to learn judo*

> **NOTE**
>
> like 的反義字 **dislike** 用法與 like 不同，dislike 只能接 **-ing 形式**（動名詞）。
>
> - I dislike listening to modern music.
>   我不喜歡聽現代音樂。

2 like、love、hate、prefer 接不定詞或動名詞的用法

1 談論「樂趣、愛好」（enjoyment）：like（喜歡）、love（喜愛）、hate（討厭）、prefer（比較喜歡），這幾個動詞可以接**不定詞**，也可以接**動名詞**（-ing 形式）。談論樂趣和愛好時，在美式英語中，兩者意思幾乎**沒有區別**，而**英式英語**則常用**動名詞**。

美式 Jake's sister Kim likes climbing mountains and swimming in cold lakes.

= Jake's sister Kim likes to climb mountains and swim in cold lakes.

英式 Jake's sister Kim likes climbing mountains and swimming in cold lakes.

傑克的姊姊金姆喜歡爬山和在冰冷的湖裡游泳。

↳ 談論樂趣、愛好。

2 談論「選擇、習慣」（choices and habits）：無論美式還是英式，談論選擇和習慣時，通常用「like/love + 不定詞」。

美式／英式 When Dee is making tea, she likes to add a little bit of coffee.

蒂泡茶的時候喜歡加一點咖啡。 → 談論習慣。

3 like、prefer、hate 和 love 若加上 **would**，只能接**不定詞**。

● would like/prefer/hate/love + 不定詞（to + 原形動詞）

· **Do you** like dancing/to dance?

= **Do you** enjoy dancing?

你喜歡跳舞嗎？ → 談論樂趣、愛好。

· Would **you** like to dance?

= **Do you** want to dance?

你想跳舞嗎？ → would like 後面不能接動名詞。

· **She** prefers to walk/walking **to school.**

她更喜歡走路去上學。

↳ 泛指一個平時的行為時，用「prefer + 不定詞」或「prefer + 動名詞」。

Ann **Shall we go out to eat tonight?** 我們今晚去外面吃，好嗎？

Dan **Well, I'd** prefer to eat **at home.** 這個嘛，我比較想在家吃。

↳ 指「特定場合更喜歡做什麼」時，要用「would prefer + 不定詞」。

3 begin/start 接不定詞或動名詞的用法

1 begin/start 這兩個表示「開始」的動詞，可以接**不定詞**，也可以接**動名詞，意義幾乎相同**。

- Joe began to study English two years ago.
  = Joe began studying English two years ago.
  喬是兩年前開始學英語的。

2 但是 begin/start 若使用**進行式**（beginning/starting），則後面要用**不定詞**，不用動名詞。

- It's starting to snow.
  要開始下雪了。
  ↳ 進行式 is starting 後面只能接不定詞。

3 begin/start 後面如果接**狀態動詞**，如：believe（相信）、understand（理解）、realize（明白）、know（知道）等，也只用**不定詞**。

- I have finally begun to understand why Dee doesn't like me.
  我終於開始理解蒂為什麼不喜歡我。
  ↳ understand 是狀態動詞，跟在 begun 後面不能用動名詞。

12 接動名詞和不定詞意義稍有區別的動詞

下列動詞可以接**不定詞**，也可以接**動名詞**，但**意義有區別**。

表格 7 ┃ 接動名詞和不定詞意義稍有區別的動詞

- forget 忘記
- go on 繼續
- mean 意指；打算
- need 需要
- regret 後悔；遺憾
- remember 記得
- stop 停止
- try 嘗試；努力

1 | remember/forget + doing → 記得／（不會）忘記**做過**某事（往過去看）
↳ 注意「forget + 動名詞」通常用於否定句。
remember/forget + to do → 記得／忘記**要做**某事（往未來看）

- I will **never** forget visiting (= having visited) **the Taj Mahal!**
  = I will **always** remember visiting (= having visited) **the Taj Mahal!**
  我永遠也不會忘記（我永遠都會記得）參觀泰姬陵的經歷！
  ↳ 我參觀過泰姬陵。（往過去看，「forget + 動名詞」要用於否定句中。）
  ↳ 在動詞 forget、remember、regret 等字後面，可以用「having + 過去分詞」代替動名詞的簡單式（visiting），意思沒有區別。用動名詞完成式，更清楚表達動作發生在過去，點出時間層次。

  比較 forget 用在**肯定句**中，要用「forget about + having + 過去分詞」表達動作發生在**過去**。

  - Tom forgot **about** having called **his mom.**
    = Tom forgot **that he** had called **his mom.**
    湯姆忘記了他已經給媽媽打過電話。

- "Sorry, I forgot to tell **her about your visit," explained Scot.**
  = "Sorry, I did not remember to tell **her about your visit,"**
  explained Scot. 史考特解釋說：「對不起，我忘記把你來過的事告訴她。」
  ↳ 表示史考特還沒告訴她，史考特仍需要告訴她。（往未來看，用「forget/remember + 不定詞」。）

2 | mean doing → 意味著；需要（= involve）；結果是
mean to do → 打算；意圖（= intend）

- If Brook's mom really wants to learn English, it will mean reading **a lot of fun storybooks.**
  如果布魯克的媽媽真想學習英語，就意味著要閱讀大量的趣味故事書。
  ↳ 指「牽涉；意味著；需要」。
- I didn't mean to hurt **Dean.** 我根本沒有想要傷害狄恩。
  ↳ 指「打算；意圖」。

598

3 **regret doing** → 後悔做過某事（涉及過去）

regret to tell/inform/say + that 子句 → 即將做一件自己感到遺憾的事（涉及未來）（regret 接不定詞，通常只接 tell、inform、say 這類動詞，用於宣布壞消息。）

· **Claire bitterly** regrets telling **Buzz where the money was.**

= **Claire bitterly** regrets having told **Buzz where the money was.**

克萊兒非常後悔告訴了巴斯錢在哪裡。

↳ 為過去做過的某件事後悔。此處的 telling 是在動作 regret 之前就已經發生的事。這裡也可用動名詞完成式（regret having told），更明確地表明「告訴」這個動作發生在過去（點出時間層次）。

· **I** regret to say **that I am unable to help your sister Kay.**

很遺憾，我得說我無法幫助你妹妹凱。　→ 宣布一個壞消息。

4 **stop doing** → 停止了做某事（不繼續做）

stop to do → 停止正在做的事，去做某件事（表示停止做一件事的目的）

stop to listen

· **Please** stop annoying **your sister Eloise.**

請不要再騷擾你妹妹伊露意絲了。

· **Kirk** stopped to listen **to Dawn's compliments on his work.**

柯克停了下來，傾聽朵安稱讚他的工作。

↳ stop to listen = stop in order to listen（表示目的）

5 **try doing** → 試著做某事，看看會有什麼結果

try to do → 試圖、努力做某事

· Try drinking **some warm milk, and that might stop your hiccups and let you rest.**

喝點溫牛奶試試看，說不定就不會打嗝，可以好好休息了。

↳ 表示「試著做某事，看看會有什麼結果」，只能用「try + 動名詞」。

· **They** tried to get **the large couch into the room, but the doorway was too small.** 他們試著把大沙發搬進房間，可是門口太小，搬不進去。

↳ 表示努力做某事時，通常用「try + 不定詞」（但也可以用動名詞）。

| go on doing | → | 繼續做某事（原本就在做的事） |
| go on to do | → | 做完一件事後，接著做某一件事，表示行為、動作有變化。 |

- Despite the snowflakes that began to fall, Mark and I went on playing in the park. 儘管開始落下雪花，馬克和我仍繼續在公園裡玩耍。

  ↳ 繼續做某事（原本就在公園玩耍，開始下雪後，仍然繼續在公園玩耍）。

- After the break, Kay went on to tell us about her experiences in Egypt. 休息後，凱接著告訴我們她在埃及的經歷。

  ↳ 涉及行為、動作變化。

7 **need to do**（需要做某事）／ **need doing**（某事物需要被……）

ⓐ 人 + need + 不定詞

→ need 接不定詞，表示**需要做某事**。

ⓑ |英式| 物 + need + 動名詞

→ need 接動名詞，具有**被動**含意。

ⓒ |美式| 物 + need + to be + 過去分詞

→ need 接不定詞的被動式（to be + 過去分詞），具有**被動**含意。

- She needs to talk to the boss about getting a pay raise.
  她需要跟老闆談談加薪。

|英式| **Your room** needs cleaning.

|美式| **Your room** needs to be cleaned. 你的房間需要打掃。

↳ 英式用動名詞表示被動；美式則用不定詞的被動式。

13 感官動詞

下列的動詞可以接**動名詞**（-ing 形式），也可以接**原形動詞**（不帶 to 的不定詞），但**意義稍有不同**。（也有文法家把感官動詞後面的 -ing 形式看成是現在分詞，作受詞補語。）

表格 8 感官動詞 + 受詞 + 動名詞／感官動詞 + 受詞 + 原形動詞

- feel 感覺
- hear 聽見
- listen to 聽
- look at 看
- notice 注意
- observe 看到
- overhear 無意中聽到
- see 看見
- watch 觀看

動名詞（-ing 形式）	不帶 to 的不定詞（原形動詞）
1 動作在某段時間內**不斷重複或發生**	動作**只發生一次**
· Mark heard **some wild dogs barking** most of the night in that nearby park. 馬克聽見有幾隻野狗在附近的公園叫了大半夜。	· Did you notice **that woman spit** on the sidewalk? 你注意到那個女子把痰往人行道上吐了嗎？
2 只看到或聽到動作的**某一部分**（不是從頭到尾的全部過程）	聽到或看見動作的**整個完成過程**（從頭到尾）
· As I passed her room, I heard **Ann arguing** with her boyfriend Dan. 我從安的房間經過時，聽見她在跟她的男友丹爭吵。	· Once I heard **Rose play** two of Beethoven's concertos. 有一次我聽到蘿絲彈了兩首貝多芬的協奏曲。
3 強調**正在進行**的活動（非全部過程）	強調**整個**事件或動作（從頭到尾）
· Sue's little son stood nearby and watched **her brushing** the snow off the car. 蘇的小兒子站在旁邊，望著她把汽車上的雪刷下來。	· I watched **Mabel clear** the table. 我看著美博收拾了餐桌。

601

- make 使……做
- hear 聽見
- see 看見
- help 幫助
- watch 觀看
- feel 感覺

1 這些動詞用於**主動語態**時，要接「**不帶 to 的不定詞**」（即原形動詞）。

2 這些動詞用於**被動語態**時，要接「**帶 to 的不定詞**」。

| 主動語態 | **Our manager often** makes **us** work **overtime.**
我們的經理常要我們加班。

| 被動語態 | **We** are **often** made to work **overtime.**
我們常被迫加班。

| 主動語態 | **I** overheard **Mary** say **that she wished she could marry Gary.**
我偶然聽到瑪麗說，她希望能嫁給蓋瑞。

| 被動語態 | **Mary** was overheard to say **that she wished she could marry Gary.**
有人聽到瑪麗說，她希望能嫁給蓋瑞。

| 主動語態 | **I** saw **Mark and Anna** dance **a tango in the park.**
我看見馬克和安娜在公園裡跳了一支探戈舞。
↳ 主動語態不用 to。

| 被動語態 | **Mark and Anna** were seen to dance **a tango in the park.** 有人看見馬克和安娜在公園跳了一支探戈舞。
↳ 被動語態要用 to。

| 被動語態 | **Mark and Anna** were seen dancing **a tango in the park.** 有人看見馬克和安娜在公園跳探戈舞。
↳ 被動語態可用 -ing 形式。
↳ 注意 hear、see、watch 這類感官動詞，被動語態後面用 -ing 形式（were seen dancing）比用不定詞（were seen to dance）更自然。

Part 79-②

Exercise

1

選出正確答案。

_____ **1** Donnie and I enjoy _____ American movies on TV.

Ⓐto watch　　Ⓑwatching　　Ⓒwatch

ⒹBoth "to watch" and "watching" are correct.

_____ **2** Lee, do you prefer _____ tonight watching TV?

Ⓐto spend　　Ⓑspending　　Ⓒspend

ⒹBoth "to spend" and "spending" are correct.

_____ **3** Midge even threatened _____ our cottage near Oak Ridge.

Ⓐto sell　　Ⓑselling　　Ⓒsell

ⒹBoth "to sell" and "selling" are correct.

_____ **4** Sam warned me _____ away from that lazy and crazy Pam.

Ⓐto stay　　Ⓑstaying　　Ⓒstay

ⒹBoth "to stay" and "stay" are correct.

_____ **5** For a while, Lyle wouldn't let me go _____ by myself.

Ⓐto swim　　Ⓑswimming　　Ⓒswim

ⒹBoth "to swim" and "swimming" are correct.

_____ **6** Dotty recalls _____ in Paris when she was a wild and naughty child.

Ⓐhaving been　　Ⓑto have been　　Ⓒto be

ⒹBoth "having been" and "to have been" are correct.

7 My wife has agreed _____ smoking and drinking.

Ⓐ to quit   Ⓑ quitting   Ⓒ quit

Ⓓ Both to "quit" and "quitting" are correct.

8 Has Scot considered _____ an astronaut?

Ⓐ to become   Ⓑ becoming   Ⓒ become

Ⓓ Both "to become" and "becoming" are correct.

9 Dwight remembers _____ much more wine than Sheri last night.

Ⓐ to drink   Ⓑ drinking   Ⓒ drink

Ⓓ Both "to drink" and "drinking" are correct.

10 Dirk complained, "Something is wrong with the remote control for the TV, because it doesn't work." Scot replied, "Try _____ the batteries—that remote control has been used a lot."

Ⓐ to change   Ⓑ changing   Ⓒ change

Ⓓ Both "to change" and "changing" are correct.

11 Dirk, would you mind _____ my daughter while I am at work?

Ⓐ to take care of   Ⓑ taking care of   Ⓒ take care of

Ⓓ Both "to take care of" and "taking care of" are correct.

12 Helen advised Sibyl _____ an attorney and get a divorce from Glen as soon as possible.

Ⓐ to call   Ⓑ calling   Ⓒ call

Ⓓ Both "to call" and "call" are correct.

13 I hate _____ at night with that jerk Nate.

Ⓐ working   Ⓑ to work   Ⓒ work

Ⓓ Both "working" and "to work" are correct.

_____ 14 _____ quite a few grammar mistakes is common if you don't read a lot.

Ⓐ To make   Ⓑ Making   Ⓒ Make

Ⓓ Both "To make" and "Making" are correct.

_____ 15 Lily, May, and Millie love _____ about silly nonsense when they play Monopoly.

Ⓐ to talk   Ⓑ talking   Ⓒ talk

Ⓓ Both "to talk" and "talking" are correct.

_____ 16 Mirth, are you ready for _____ your vacation on the planet Earth?

Ⓐ to take   Ⓑ taking   Ⓒ take

Ⓓ Both "to take" and "taking" are correct.

_____ 17 "The travel agency recommended us _____ our flight early," said Brook.

Ⓐ to book   Ⓑ booking   Ⓒ book

Ⓓ Both "to book" and "book" are correct.

_____ 18 Mary Jo and I just saw a small UFO _____.

Ⓐ to fly by   Ⓑ fly by   Ⓒ flying by

Ⓓ Both "fly by" and "flying by" are correct.

_____ 19 "I was made _____ day and night," complained Buzz.

Ⓐ to work   Ⓑ work   Ⓒ working

Ⓓ Both "to work" and "working" are correct.

_____ 20 Dirk forgot _____ his physics homework.

Ⓐ he had done   Ⓑ to do   Ⓒ do

Ⓓ Both "he had done" and "to do" are correct.

將括弧中的正確答案畫上底線。

----

1. I recommend (reading/to read) this book before you go to India.

2. Uncle Louie forbade Lori (to watch/watch) that new movie called *No Guts, No Glory*.

3. I wouldn't advise (taking/to take) your car to the theater, because it's difficult to find a place to park.

4. Danny tried (to send/sending) the architect Nancy Wu two red roses every day, but it didn't have any effect.

5. Glen, I look forward to (seeing/see) you again.

6. Coco suggested (his taking/him to take) a vacation to visit Rio de Janeiro.

7. Mr. Bray encouraged his students (to read/reading) 30,000 words every day.

8. "Can you imagine Nate (to work/working) late at night in his office?" asked Kate.

9. Jerome completed (to write/writing) his Ph.D. thesis last week, and now he wants to go back to Rome.

10. I didn't plan (to buy/buying) the pearl necklace for Merle.

11. Clint wanted (to speak/speaking) with Ms. Fanny Flint.

12. Vance misses (to watch/watching) the Chicago news when he is traveling in France.

13. Gail mentioned (visit/visiting) me in New York in her email.

14. I intended (to inform/informing) Anne that the position had already been filled by Joanne.

15. Jenny and Penny demanded (to know/knowing) how much it would cost our company.

16 句子結構

Sentence Structure

Part 80 簡單句
Simple Sentences

簡單句只含**一個獨立子句**，內含一個主詞和一個述語動詞（即主要動詞）。但簡單句的主詞可以是複合主詞，動詞可以是複合動詞，受詞也可以是複合受詞（» 參見 p. 2〈Part 1 句子的定義與成分〉）。下列即為簡單句的常見結構：

1　句型一：主詞 + 不及物動詞（+ 介系詞片語）

① **主詞**（subject）：是執行動詞動作的人或事物。主詞可以是一個單字、一個片語或一個子句。

② **不及物動詞**（intransitive verb）：後面不接受詞。

 主詞　 不及物動詞　介系詞片語

- Sue and Andrew dove **into the cool pool.**
  蘇和安德魯跳進了涼爽的游泳池。
  ↳ Sue and Andrew 是複合主詞。

- Mr. Brown sat down.
  布朗先生坐了下來。
  ↳ sat down 為不及物片語動詞。

2　句型二：主詞 + 及物動詞 + 受詞（+ 介系詞片語）

① **受詞**（object）：是接受動詞動作的人或事物，可以是一個單字、一個片語或一個子句。

② **及物動詞**（transitive verb）：後面要接受詞。

- Bing quit **smoking and choking.**
  賓戒菸了，也不再被菸嗆了。
  ↳ 動名詞 smoking and choking 作複合受詞。

- Lynne married **Ray in May.**
  琳在五月時嫁給了雷。
  ↳ 專有名詞 Ray 作受詞；介系詞片語 in May 作副詞片語（即狀語）。

3 句型三：主詞 + 連綴動詞 + 主詞補語

主詞補語（subject complement）是用在連綴動詞（appear、be、look、seem 等）後面的名詞、形容詞、動名詞、介系詞片語或不定詞片語，用來補充說明主詞的特質、狀態。

- Dad looked **sad.** 爸爸看起來很傷心。
  ↳ 形容詞 sad 作主詞補語。
- Eli is **in Mumbai.** 伊萊在孟買。
  ↳ 介系詞片語 in Mumbai 作主詞補語。

4 句型四：主詞 + 及物動詞 + 雙受詞（間接受詞和直接受詞）

1　**直接受詞**（direct object）：直接受到動詞行為影響的人或事物，是行為動詞的接受者（常指**事**或**物**）。

2　**間接受詞**（indirect object）：間接受到動詞行為影響的**人**（有時也指**事物**），可以是一個名詞或一個代名詞，表明及物動詞所做的行為是為誰而做（指**人**）。作間接受詞的代名詞必須是代名詞的**受格**形式。

句型 1 主詞 + 及物動詞 + 間接受詞 + 直接受詞（名詞）

主詞 及物動詞 間接受詞 直接受詞 → 名詞

- Kris blew Brent **a flying kiss**.
  克莉絲給了布蘭特一個飛吻。
- Larry is reading Sherry **a fairy story**.
  賴瑞正在唸一個童話故事給雪麗聽。

句型 2 主詞 + 及物動詞 + 間接受詞 + 直接受詞（疑問詞 + 不定詞）

主詞 及物動詞 間接受詞 直接受詞 → 疑問詞 + 不定詞（to do）

- Marylou told Stew **what to do**.
  瑪麗露告訴史都該做什麼。
- Clive taught me **how to drive**.
  克萊夫教會了我如何開車。

句型 3 主詞 + 及物動詞 + 直接受詞 + 介系詞（to/for）+ 間接受詞

直接受詞通常置於間接受詞之後，但有時候也可以把直接受詞置於間接受詞之前。有些動詞如果先接直接受詞，必須再加介系詞 to 或 for，才能接間接受詞。

主詞 及物動詞 直接受詞 介系詞 間接受詞

- I'll forward **Mike's email** to you.
  我會把邁克的電子郵件轉寄給你。
- Jim is going to order **some roses** for Kim.
  吉姆要為金姆訂一些玫瑰花。

5 句型五：主詞 + 及物動詞 + 受詞 + 受詞補語

受詞補語（object complement）跟在直接受詞後面，並修飾直接受詞，使受詞意思完整。這樣的受詞和受詞補語又稱為**複合受詞**。受詞補語通常是**名詞**或**形容詞**，或是具有**名詞**或**形容詞**作用的字。

主詞　及物動詞　　直接受詞　　受詞補語

- She called **that compromise** a fraud.
  她稱那場和解是一場騙局。
  ↳ 名詞 a fraud 作受詞補語。

- I kept **the light** on.
  我讓燈開著。
  ↳ 副詞 on 作受詞補語。（少數副詞可以作受詞補語。）

keep the light on

6 句型六：主詞 + 及物動詞 + 受詞 + 動詞（+ 受詞）

主詞　及物動詞　受詞　動詞（+ 受詞）

- I heard Joy yell at Del.
  我聽到喬伊對戴爾吼叫。
  ↳ 不定詞片語 yell at Del（不帶 to）可看作是主要動詞 heard 的直接受詞，也可看作是受詞 Joy 的補語。

- She saw a big brown toad crossing the road.
  她看見一隻褐色的大癩蛤蟆正在過馬路。
  ↳ crossing the road 可看作是主要動詞 saw 的直接受詞，也可看作是受詞 toad 的補語。

複合句和複雜句
Compound and Complex Sentences

---

1 複合句 Compound Sentences

▢ 一個**複合句**至少包含兩個獨立子句（即兩個簡單句），由**對等連接詞**
（and、but、or、nor、for、so、yet）連接兩個或兩個以上的簡單句。

▢ **獨立子句**：可以獨立存在，互不依賴，並且地位平等。當獨立子句獨
立存在時，即成為簡單句。每個子句都包含一個主詞和一個主要動詞。
» 參見 p. 229〈Unit 8 連接詞與複合句和從屬子句〉

▢ 在美式英語中，當複合句是由對等連接詞連接的兩個獨立子句時，
在連接詞前面要加**逗號**。

簡單句 一個獨立子句	複合句 兩個以上的獨立子句
• Nick's daughter Nan has just received her Ph.D. in physics. 尼克的女兒南剛獲得了物理博士學位。 • She is searching for a job in India, Pakistan, or Iran. 她正在尋找一份在印度、巴基斯坦或伊朗的工作。	• Nick's daughter Nan has just received her Ph.D. in physics, and she is searching for a job in India, Pakistan, or Iran. 尼克的女兒南剛獲得物理博士學位，正在尋找一份在印度、巴基斯坦或伊朗的工作。 ↳ 兩個獨立子句（簡單句）由對等連接詞 and 連接，就構成複合句，and 前面要加逗號。

2 複雜句 Complex Sentences

1 複雜句（又稱**主從複雜句**）：由一個**主要子句**，再加上一個或多個
從屬子句所組成。

2 **主要子句**包含一個主詞和一個動詞，是句子的主要部分，通常可以單
獨表達一個完整的概念（相當於獨立子句）；**從屬子句**也有主詞和動詞，
但不能單獨存在，必須依賴主要子句才具有明確、完整的意義。
» 參見 p. 229〈Unit 8 連接詞與複合句和從屬子句〉

 主要子句　　從屬子句

- I will go **if I am invited by Pam**.
  如果潘姆邀請我，我就去。
  ↳ 這是一個複雜句，包含一個主要子句（獨立子句）和一個從屬子句。

- Sunbathing, **which is a popular summer
  pastime,** can cause skin cancer.
  日光浴雖是很流行的夏季娛樂，卻可能
  造成皮膚癌。

  ↳ 主要子句是「Sunbathing can cause
  skin cancer」；從屬子句是「which
  is a popular summer pastime」，
  修飾先行詞 sunbathing。

- Ann can't remember **where she parked our van**.
  安不記得她把我們的廂型車停在哪兒了。
  ↳ where she parked our van 是名詞子句，是主要子句動詞 remember 的
  受詞。

> **NOTE**
> 有的文法書將 compound sentence 稱為「並列句」，
> 而將 complex sentence 稱為「複合句」。

82 倒裝句
Inverted Sentence Structure

1 何謂倒裝句？

☐ 英文句子的基本結構是主述結構（主詞＋述語），倒裝就是將主述結構顛倒。如果主述的語序完全顛倒，就是**完全倒裝**；如果只將助動詞或情態助動詞移到主詞前面，叫做**部分倒裝**。

完全倒裝 **主要動詞 + 主詞**	部分倒裝 **（情態）助動詞 + 主詞 + 主要動詞**
· **Here** comes our school bus. 我們的校車來了。 · **Outside the door** stood four police officers. 門外站著四名員警。	· **I** can't go there, and neither can Joe. 我不能去那裡，喬也不能去。 · **Not a single word** did Kay say. 凱一個字也沒有說。

☐ **部分倒裝**時，要把助動詞或情態助動詞（be、have/had、can 等）置於主詞前；若無這些助動詞和情態助動詞，就要加上助動詞 do/does/did，並置於主詞前（如上面右欄的第二句）。

Not a single word
did Kay say.

2 為了句子結構需要而倒裝

1 **一般疑問句**和**特殊疑問句**都需要倒裝。

陳述句 主述結構	疑問句 部分倒裝結構
· Kay goes **to work every weekday.** 凱每個工作日都要去上班。	· Does Kay go **to work every weekday?** 凱每個工作日都要去上班嗎？
· **My kite can fly** very high. 我的風箏可以飛得很高。	· **How high** can your kite fly? 你的風箏可以飛得多高？

疑問詞作主詞時，疑問句不倒裝。

· Who wrote this poem?
這首詩是誰作的？

My kite can fly very high.

2 在「**there + be**」的句型中，there 不是句子的主詞，主詞在 be 動詞的後面。

· **There** are 120 large wind generators **on this island.**
這個島上有 120 個巨大的風力發電機。
↳ 主詞 120 large wind generators 在動詞 are 後面。

3 so（也一樣）、neither（也不）、nor（也不）置於**句首**時，需要**部分倒裝**。

· **My mom is a bus driver, and** so **is my Uncle Tom.**
我媽媽是公車司機，我叔叔湯姆也是。
↳ 在複合句中，副詞 so 前面要有連接詞 and。

- **Joe never plays computer games during weekdays, and** <u>neither</u> does **Coco.**

  喬從來不在工作日玩電腦遊戲，可可也是。

  ↳ 在複合句中，副詞 neither 前面要有連接詞 and。

- **I don't believe what you said,** <u>nor</u> does **Ted.**

  我不相信你說的話，泰德也不相信。

  ↳ 在複合句中，nor 本身就是連接詞，不能和另一個連接詞（如 and）一起使用。

4 **直接引語**位於**句首**時，句子可以用**全部倒裝**結構，也可以用**主述**結構。

- **"I'll love you forever,"** proclaimed Bill.　　→ 倒裝結構（動詞 + 主詞）

  = **"I'll love you forever,"** Bill proclaimed.　　→ 主述結構（主詞 + 動詞）

  比爾聲明：「我會永遠愛你。」

  比較

- **"It's time to go to bed,"** she said.

  她說：「該睡覺了。」

  ↳ 主詞是人稱代名詞（如 she）時，則必須用主述結構，不能倒裝。

5 地點副詞 there、here 位於**句首**時（主詞必須是**名詞**，動詞為**不及物動詞**），需要**全部倒裝**。

- <u>Here</u> comes my dad's car.

  我爸爸的車來了。

- <u>There</u> goes the doorbell.

  門鈴響了。

  比較

Here comes my dad's car.

- <u>There</u> he goes.　他走了。

  ↳ 主詞是人稱代名詞，就不能用倒裝結構。

6 　為了使行文更具文采，某些表示**條件**和**讓步**的子句，可以用**部分倒裝**結構代替 if 子句或 although 子句。

- If Jean Bur had been in class yesterday, I would have seen her.
  = Had Jean Bur been in class yesterday, I would have seen her.
  假如琴‧伯爾昨天有來上課，我就會見到她。
  ↳ 條件子句倒裝是把助動詞（had）置於句首。

- Had Jim not resigned, we would have fired him.
  如果吉姆沒有辭職，我們就會解僱他。
  ↳ 倒裝的否定句中不用縮寫形式（如：hadn't）。

- Although he was tall, Paul could not touch the top of the wall.
  = Tall as he was, Paul could not touch the top of the wall.
  保羅雖然很高，但還是摸不到那堵牆的頂端。
  ↳ 讓步子句的倒裝是把形容詞置於句首，在形容詞後面用「as + 主詞 + 動詞」。

3 　**用倒裝句來強調**

為了**強調**，可把一些單字或片語置於句首，此時句子要用**全部倒裝**結構。

1 　一些**形容詞**和**分詞**等置於句首，句子要**全部倒裝**。

- Great is the guilt of an unnecessary war. (President John Adams)
  發動毫無必要的戰爭，犯下的是滔天大罪。
  ↳ 形容詞位於句首。

- Gone are the days when I was free of worry.
  我無憂無慮的日子一去不復返了。
  ↳ 分詞位於句首。

2 　表示**地點**或**方位**的單字或片語位於句首（主詞為**名詞**，而動詞為**不及物動詞**），句子要**全部倒裝**。
　　注意 主詞是**代名詞**或動詞為**及物動詞**時，句子不要倒裝。

- My cat Rainbow jumped **out of the window.**   → 非倒裝句
  = <u>Out of the window</u> jumped my cat Rainbow.
  我的貓「彩虹」從窗戶跳了出去。
  ↳ 地方副詞片語位於句首，句子用全部倒裝。

3 在「so . . . that」的強調句型中，如果把「so + 形容詞／副詞」放在句首，則 so 引導的**主要子句**要**部分倒裝**。

- I disliked **Jim so much that I could not bear to look at him.**
  ↳ 非倒裝句
  = <u>So much</u> did I dislike **Jim that I could not bear to look at him.**
  ↳ 倒裝句
  我實在不喜歡吉姆，連看他一眼都受不了。

4 「such + be 動詞 + 名詞」若放在句首，則 such 引導的**主要子句**是**倒裝句**。

- <u>Such</u> is the popularity **of this play that the theater will be filled tonight.**
  這齣戲如此受到大眾的喜愛，劇院今晚會爆滿。

5 具有**否定**含義的單字或片語位於句首，句子要**部分倒裝**。

- <u>Never before</u> have I seen **Dad so sad.**
  我從沒有見過爸爸如此傷心。
- <u>Rarely</u> do I criticize **Eli.**
  我很少批評伊萊。
- <u>Not a single word</u> have I written **since I was given that long essay assignment.**
  自從我被囑咐完成那篇長篇論文作業以來，我連一個字都還沒有寫出來。
  ↳ not + 受詞：a single word 是 have written 的受詞。

> **NOTE**
>
> 並不是所有以 not 或 no 開頭的句子都要用倒裝句。
>
> - **No doubt** <u>he refused</u> to go out with Lily.
>   難怪他拒絕跟莉莉約會。
>   ↳ no doubt 開始的句子不用倒裝。
>
> - All the stores are closed, and **not one single
>   person** can be seen on the street.
>   所有的商店都關門了，大街上一個人也看不見。
>   ↳ 這句不要倒裝，因為 one single person 是句子的主
>   詞，不是受詞。

6 「**only + 副詞子句／時間副詞／介系詞片語**」（only + if/when/after/
later/then/in this way）位於句首，**主要子句用部分倒裝**，通常用**簡單
過去式**。

- **After** she had read the first chapter, Coco remembered
  that she had read the story a long time ago.　→ 非倒裝句
  ↳ after 引導的時間副詞子句置於主要子句前，要用逗號與主要子句分開，
    主要子句不要倒裝。

- <u>Only after</u> she had read the first chapter did Coco remember
  that she had read the story a long time ago.　→ 倒裝句
  可可讀完了第一章後，才想起她很久以前讀過這個故事。
  ↳ 主要子句是部分倒裝（did Coco remember）。
  ↳ only after 引導的時間副詞子句不倒裝，不用逗號
    與倒裝的主要子句分開。

- **By** reading extensively for fun, Trish can **greatly** improve
  her English.　→ 非倒裝句
  藉由大量的趣味閱讀，翠西可以大為增進她的英文。
    ↳ 注意 比較長的介系詞片語置於句首，或含有動名詞（如：reading）
      的介系詞片語置於句首，需要逗號與後面的句子分開。

- Only by reading extensively for fun can Trish greatly improve
  her English.　→ 倒裝句
  只有靠大量趣味閱讀，翠西才能大為改進
  她的英文。
    ↳ 「only + 介系詞片語」位於句首，
      句子要倒裝。
    ↳ 注意 不要用逗號把「only + 介系詞片語」
      與倒裝句分開。

並不是所有 only 置於句首的句子都要使用倒裝句。比較：

- **Only Mike** is allowed to drive that truck.
  只有邁克被允許駕駛那輛卡車。
    ↳ 「only + 名詞」作句子主詞，句子不能倒裝。

- Only then did I understand why my mother had
  worked so hard in college.
  直到那時我才了解到媽媽大學時為什麼要那麼拼命地學習。
    ↳ 「only + 副詞」位於句首，句子要倒裝。

7 句型「**hardly/rarely/scarcely . . . when**」和「**no sooner . . . than**」中的 hardly、rarely、scarcely、no sooner 置於句首，**主要子句**用**部分倒裝**，通常用**過去完成式**。

- <u>No sooner</u> had Coco arrived **in Chicago than it began to snow.**
  可可剛到芝加哥，就下雪了。

- <u>Hardly</u> had I finished **fixing my car when he showed up and asked to borrow it.**
  我剛把我的車修好，他就來向我借車。

8 句型「**not only . . . but also . . .**」中，**not only** 引導的子句置於句首時要**倒裝**，but also 引導的子句不要倒裝。

- <u>Not only</u> is Ms. Sun **crazy about reading,** <u>but</u> her students are <u>also</u> reading **extensively for fun.**
  不僅孫老師對閱讀著迷，她的學生也做大量的趣味閱讀。

依照提示改寫下列句子。

---

1 This grammar book, with lots of interesting examples and beautiful pictures, is so easy that Kit and Roy, fifth grade students, can enjoy it.（用不定詞片語改寫為簡單句）

→ This grammar book, with lots of interesting examples and beautiful pictures, is easy _____ Kit and Roy, fifth grade students, _____.

2 Kate told Ray, "Sleep well, walk a lot, and go on a diet to lose weight."（用不定詞片語改寫為簡單句）

→ Kate told Ray _____

_____.

3 What is Theodore looking for?（將疑問句改為受詞子句）

→ Do you know _____?

4 Kurt's Aunt Annette has a hard time sticking to a diet; she really loves rich, sweet desserts.
（改寫為由主要子句和原因副詞子句構成的複雜句）

→ _____

_____

_____

5 Although Brigitte Giraffe often thought about joining the Navy, she never talked to her friends about it.

（加入原因副詞子句：she was afraid they would laugh at her）

→ Brigitte Giraffe never talked to her friends about joining the

Navy _____.

2

分辨下列句子是複合句、複雜句或簡單句，在空格內填上正確的選項。

Ⓐ **複合句**：含兩個或以上的獨立子句
Ⓑ **複雜句**：含一個主要子句和一個或多個從屬子句
Ⓒ **簡單句**：只含一個獨立子句

_____ **1** Sadie is an intelligent and pleasant lady.

_____ **2** Kit thought about joining the Air Force, but she never talked to her friends about it.

_____ **3** After Theodore graduates from college, Aunt Midge wants him to join the Peace Corps.

_____ **4** Eli, please sit down and eat some blueberry pie!

_____ **5** I will go if I am invited by Lorelei.

3

選出正確答案。

_____ **1** Directly in front of me _____, and I could not pass him.

Ⓐ ran he   Ⓑ does he run

Ⓒ he ran   Ⓓ did he run

_____ **2** I opened the window, and _____.

Ⓐ in flew a bird   Ⓑ in did a bird fly

Ⓒ in a bird flew   Ⓓ flew in a bird

_____ **3** Only when _____ your passport _____ allowed to go into the airport.

Ⓐ you have showed; will you be

Ⓑ have you showed; will you be

Ⓒ you have showed; you will be

Ⓓ have you showed; you will be

_____ **4** _____ absent from tomorrow's meeting.

Ⓐ On no account should be you and Ming

Ⓑ On no account you and Ming should be

Ⓒ On no account should you and Ming be

Ⓓ Should you and Ming be on no account

5 Scarcely _____ out of the jeep when _____ to beep.

 Ⓐ I had gotten; my cellphone began

 Ⓑ had I gotten; did my cellphone begin

 Ⓒ I had gotten; did my cellphone begin

 Ⓓ had I gotten; my cellphone began

6 So exciting _____ that _____ to do his homework.

 Ⓐ the computer game was; Kirk forgot

 Ⓑ was the computer game; Kirk forgot

 Ⓒ the computer game was; did Kirk forget

 Ⓓ was the computer game; did Kirk forget

7 _____ Jerry so angry.

 Ⓐ Before never I have seen Ⓑ Never before have I seen

 Ⓒ Never before I have seen Ⓓ Never before I saw

8 Only _____ to come in.

 Ⓐ Lynn was allowed Ⓑ was Lynn allowed

 Ⓒ did Lynn allow Ⓓ Lynn did allow

9 At no time _____ I would marry Eli.

 Ⓐ I said Ⓑ I have said Ⓒ have I say Ⓓ did I say

10 Little _____ that it would be the last time for her to see Jim.

 Ⓐ Kim realized Ⓑ Kim did realize

 Ⓒ did Kim realize Ⓓ did Kim realized

4

將下列句子改成倒裝句以增強語氣。不要增加用詞（除了加助動詞）。

----

1 Ann, Jan, and Nan were among the winners of our High School Fashion Competition.

→ _____

_____

2 I began to feel happy only after I received a text message from my friend Eli.

→ _____

_____

3 An old church stands on top of Mount Perch.

→ _____

_____

4 Kit left his village 10 years ago, and he has never gone back once for a visit.

→ _____

_____

5 Rick's English is excellent, but he knows little about business and economics.

→ _____

_____

附錄：不規則動詞表

> ⓐ 以下詞序由左至右為：原形 → 過去式 → 過去分詞
> ⓑ ★ 表示三態同形。
>   ★ 表示有三態同形和不同形兩種寫法，若意思不同，以編號①②標示。
> ⓒ † 表示具有兩種變化形式且表示不同意義，並以編號①②標示。

(be) am	→ was	→ been	be 動詞 am
(be) are	→ were	→ been	be 動詞 are
arise	→ arose	→ arisen	升起；產生
awake	→ awoke/awaked	→ awoken/awaked	喚醒；醒來
babysit	→ babysat	→ babysat	當臨時保姆
bear † ★	→ ① bore	→ borne	承受；生（孩子）
	→ ② bore	→ born	誕生；生（孩子）
beat	→ beat	→ beaten	打；擊
become	→ became	→ become	變成；成為
begin	→ began	→ begun	開始
bend	→ bent	→ bent	彎曲；轉彎
bet ★	→ bet	→ bet	打賭 ◇ 過去式和過去分詞，英式也用 betted。
bid ★	→ ① bid	→ bid	喊價；出價
	→ ② bade/bid	→ bidden/bid	〔古〕致意；吩咐
bind	→ bound	→ bound	捆；綁
bite	→ bit	→ bitten	咬；啃
bless	→ blessed/blest	→ blessed/blest	為……祝福
bleed	→ bled	→ bled	流血
blow	→ blew	→ blown	吹；刮
break	→ broke	→ broken	打破；折斷
breed	→ bred	→ bred	使繁殖；產生
bring	→ brought	→ brought	帶來；拿來
broadcast ★	→ broadcast	→ broadcast	廣播；播放
build	→ built	→ built	建築；建造
burn	→ burned/burnt	→ burned/burnt	燃燒；著火 ◇ 過去式和過去分詞 burnt 主要為英式用法。

* ⓐ bear 表「生（孩子）」時，後面若無 by，被動語態中的過去分詞用 born。
  * She was born into a poor family. 她出生在一個貧窮的家庭裡。
  * Have any children been born at the South Pole? 有沒有在南極出生的孩子？
  ⓑ bear 表示「生（孩子）」時，主動語態的句子要用過去分詞 borne（常與助動詞 have/had 連用）；也用於被動語態，但需要與介系詞 by 連用：
  * She has borne three children. 她生了三個孩子。
  * The baby borne by her last year is dead. 她去年生的孩子已經死了。

burst ★	→ burst	→ burst	爆炸;破裂
buy	→ bought	→ bought	買
catch	→ caught	→ caught	接住;抓住
choose	→ chose	→ chosen	選擇;挑選
come	→ came	→ come	來
cost ★	→ ① cost	→ cost	花費
	→ ② costed	→ costed	〔商〕估計成本
cut ★	→ cut	→ cut	切;割
deal	→ dealt	→ dealt	處理;對付
dig	→ dug	→ dug	掘(土);挖(洞)
dive	→ dived/dove	→ dived	潛水 ◇ 美式英語的過去式可用 dove。
do	→ did	→ done	做
draw	→ drew	→ drawn	畫
dream	→ dreamed/dreamt	→ dreamed/dreamt	做夢 ◇ 過去式和過去分詞 dreamt 主要為英式用法。
drink	→ drank	→ drunk	飲;喝 ◇ 過去分詞 drunken 只放在名詞前面作形容詞。
drive	→ drove	→ driven	駕駛(汽車等)
eat	→ ate	→ eaten	吃;喝
fall	→ fell	→ fallen	落下;降落
feed	→ fed	→ fed	餵養;飼養
feel	→ felt	→ felt	摸;觸;感覺
fight	→ fought	→ fought	打架;打仗
find	→ found	→ found	找到;發現
fit ★	→ fitted/fit	→ fitted/fit	① (衣服)合身 ② 適合於; ③ 安裝,配備(此意可用於被動) ◇ 美式英語的過去式和過去分詞通常用 fit,被動語態用 fitted。
fly	→ ① flew	→ flown	飛;駕駛(飛機)
	→ ② flied	→ flied	〔美〕(棒球)打高飛球
forbid	→ forbade/forbad	→ forbidden	禁止
forecast ★	→ forecast/forecasted	→ forecast/forecasted	預測;預報
foresee	→ foresaw	→ foreseen	預見;預知
forget	→ forgot	→ forgotten/forgot	忘記 ◇ 美式英語中,過去分詞有時用 forgot。
forgive	→ forgave	→ forgiven	原諒
freeze	→ froze	→ frozen	結冰
get	→ got	→ got/gotten	獲得 ◇ 美式英語中,過去分詞用 gotten;英式英語用 got。
give	→ gave	→ given	給

go	→ went	→ gone	走
grow	→ grew	→ grown	成長
hang †	→ ① hanged	→ hanged	絞死；吊死
	→ ② hung	→ hung	懸掛
have (has)	→ had	→ had	擁有
hear	→ heard	→ heard	聽見
hide	→ hid	→ hidden	隱藏
hit ★	→ hit	→ hit	打
hold	→ held	→ held	握著；舉行
hurt ★	→ hurt	→ hurt	使受傷；疼痛
input ☆	→ input/inputted	→ input/inputted	輸入　◇ 過去式與過去分詞 inputted 為英式英語，但不常用。
(be) is	→ was	→ been	be 動詞 is
keep	→ kept	→ kept	保持；存放
kneel	→ knelt/kneeled	→ knelt/kneeled	跪著　◇ 美式英語中，過去式和過去分詞也用 kneeled。
knit ☆	→ ① knit	→ knit	使接合　◇ 如：a closely knit community
	→ ② knitted	→ knitted	編織
know	→ knew	→ known	知道
label	→ labeled/labelled	→ labeled/labelled	貼標籤　◇ 過去式和過去分詞 labelled 主要為英式用法。
lay	→ laid	→ laid	放；鋪設
lead	→ led	→ led	引導
lean	→ leaned/leant	→ leaned/leant	傾斜　◇ 過去式和過去分詞 leant 主要為英式用法。
leap	→ leaped/leapt	→ leaped/leapt	跳躍　◇ 過去式和過去分詞 leapt 主要為英式用法。
learn	→ learned/learnt	→ learned/learnt	學習　◇ 過去式和過去分詞 learnt 主要為英式用法。
leave	→ left	→ left	離開；留給
lend	→ lent	→ lent	借給
let ★	→ let	→ let	允許；讓
lie	→ lay	→ lain	躺
light	→ lit/lighted	→ lit/lighted	照亮
lose	→ lost	→ lost	失去；輸掉
make	→ made	→ made	製造
mean	→ meant	→ meant	意指；意味
meet	→ met	→ met	遇見；認識
mislead	→ misled	→ misled	誤導
mistake	→ mistook	→ mistaken	弄錯；誤解
misunderstand	→ misunderstood	→ misunderstood	誤會；曲解

mow	→ mowed	→ mowed/mown	割（草等）
output ★	→ output	→ output	生產；輸出
overcast ★	→ overcast	→ overcast	（雲等）遮蔽
overcome	→ overcame	→ overcome	戰勝；克服
overdraw	→ overdrew	→ overdrawn	透支；誇張
overhear	→ overheard	→ overheard	偷聽；偶然聽到
oversleep	→ overslept	→ overslept	睡過頭
overtake	→ overtook	→ overtaken	超過；趕上
overthrow	→ overthrew	→ overthrown	推翻
pay	→ paid	→ paid	支付
plead	→ pleaded/pled	→ pleaded/pled	辯護；請求　◇ 美式英語中，過去式和過去分詞也用 pled。
proofread ★	→ proofread	→ proofread	校對　◇ 三態同形，但過去式和過去分詞與原形動詞的發音不同。
prove	→ proved	→ proved/proven	證明　◇ 過去分詞 proven 主要為美式用法。
put ★	→ put	→ put	放
quit ★	→ quit/quitted	→ quit/quitted	離開；放棄；辭職　◇ 過去式和過去分詞 quitted 主要為英式用法。
read ★	→ read	→ read	閱讀　◇ 三態同形，但過去式和過去分詞與原形動詞的發音不同。
retell	→ retold	→ retold	再講；重述
rethink	→ rethought	→ rethought	重新考慮
rewrite	→ rewrote	→ rewritten	重寫
rid ★	→ rid/ridded	→ rid/ridded	使免除
ride	→ rode	→ ridden	乘坐
ring †	→ ① rang	→ rung	按（鈴）；搖（鈴）
	→ ② ringed	→ ringed	成環形；包圍
rise	→ rose	→ risen	上升
run	→ ran	→ run	跑
saw	→ sawed	→ sawed/sawn	鋸開　◇ 過去分詞 sawn 主要為英式用法。
say	→ said	→ said	説
see	→ saw	→ seen	看見；會見
seek	→ sought	→ sought	尋找
sell	→ sold	→ sold	銷售
send	→ sent	→ sent	發送
set ★	→ set	→ set	放置
sew	→ sewed	→ sewed/sewn	縫合
shake	→ shook	→ shaken	搖
shave	→ shaved	→ shaved/shaven	刮臉

shine †	→ ① shone	→ shone	發光；出眾（不及物動詞）
	→ ② shined	→ shined	擦亮；使光投向（及物動詞）
shrink	→ shrank/shrunk	→ shrunk/shrunken	收縮
shoe	→ shod/shoed	→ shod/shoed	給馬釘蹄鐵；給……穿鞋
shoot	→ shot	→ shot	發射；射擊
show	→ showed	→ shown/showed	顯示　◇ 過去分詞偶爾用 showed。
shut ★	→ shut	→ shut	關上
sing	→ sang	→ sung	唱
sink	→ sank/sunk	→ sunk	下沉　◇ 過去式偶爾用 sunk。
sit	→ sat	→ sat	坐
sleep	→ slept	→ slept	睡覺
slide	→ slid	→ slid	滑動
smell	→ smelled/smelt	→ smelled/smelt	嗅；聞　◇ 過去式和過去分詞 smelt 主要為英式用法。
sow	→ sowed	→ sowed/sown	播種
speak	→ spoke	→ spoken	說話
speed	→ speeded/sped	→ speeded/sped	迅速前進
spell	→ spelled/spelt	→ spelled/spelt	拼寫　◇ 過去式和過去分詞 spelt 主要為英式用法。
spend	→ spent	→ spent	花錢；花時間；花精力
spill	→ spilled/spilt	→ spilled/spilt	溢出　◇ 過去式和過去分詞 spilt 主要為英式用法。
spin	→ spun	→ spun	紡紗；旋轉
spit ★	→ spit/spat	→ spit/spat	吐（唾液等）　◇ 過去式和過去分詞 spat 主要為英式用法。
split ★	→ split	→ split	劈開；劃分
spoil	→ spoiled/spoilt	→ spoiled/spoilt	寵壞　◇ 過去式和過去分詞 spoilt 主要為英式用法。
spoon-feed	→ spoon-fed	→ spoon-fed	用湯匙餵食；溺愛
spotlight †	→ ① spotlit	→ spotlit	聚光照明
	→ ② spotlit/spotlighted	→ spotlit/spotlighted	聚集目光焦點；使公眾注意
spread ★	→ spread	→ spread	使伸展
spring	→ sprang/sprung	→ sprung	跳；躍　◇ 美式英語的過去式也用 sprung。
stand	→ stood	→ stood	站立
steal	→ stole	→ stolen	竊取
stick	→ stuck	→ stuck	釘住；黏住；刺入
sting	→ stung	→ stung	刺；叮
stride	→ strode	→ stridden	邁大步走
strike	→ struck	→ struck/stricken	攻擊　◇ 美式英語的過去分詞也用 stricken，表示受疾病侵襲。

string	→ strung	→ strung	用線綁、串；伸展
strive	→ strove/strived	→ striven/strived	努力 ◇ 過去式和過去分詞 strived 不太常用。
swear	→ swore	→ sworn	發誓
sweat ✸	→ sweat/sweated	→ sweat/sweated	出汗
sweep	→ swept	→ swept	清掃
swell	→ swelled	→ swollen/swelled	腫起；(使) 膨脹
swim	→ swam	→ swum	游泳
swing	→ swung	→ swung	搖擺
take	→ took	→ taken	拿走
teach	→ taught	→ taught	講授
tear	→ tore	→ torn	撕開
telecast ★	→ telecast	→ telecast	電視廣播
tell	→ told	→ told	告訴
think	→ thought	→ thought	思索
throw	→ threw	→ thrown	投；擲
thrust ★	→ thrust	→ thrust	刺；用力推
unbend	→ unbent	→ unbent	弄直
unbind	→ unbound	→ unbound	解開
underbid ★	→ underbid	→ underbid	出價低於
understand	→ understood	→ understood	理解
undo	→ undid	→ undone	解開；取消
unwind	→ unwound	→ unwound	解開
uphold	→ upheld	→ upheld	舉起
upset ★	→ upset	→ upset	弄翻；使心煩意亂
wake	→ woke/waked	→ woken/waked	醒來 ◇ 過去式和過去分詞 waked 偶爾用於口語。
wear	→ wore	→ worn	穿著
weave †	→ ① wove	→ woven	編織；使交織
	→ ② weaved	→ weaved	搖晃著前進
wed ✸	→ wedded/wed	→ wedded/wed	結婚
weep	→ wept	→ wept	哭泣
wet ✸	→ wet/wetted	→ wet/wetted	淋濕
win	→ won	→ won	獲勝
wind †	→ ① wound	→ wound	轉動；蜿蜒；上 (發條)
	→ ② winded	→ winded	使喘氣
withdraw	→ withdrew	→ withdrawn	取消；撤退
withhold	→ withheld	→ withheld	阻擋；保留；隱瞞
withstand	→ withstood	→ withstood	抵擋；反抗
write	→ wrote	→ written	寫

Key to Exercise

練習題解答

Unit 1

Parts 1-2   p. 7

1 2. She <u>has kept</u> her maiden name "Wang."

3. Eve <u>is</u> a NASA astronaut.

4. Eve's husband, Steve West, <u>is</u> an engineer.

5. Eve and Steve <u>spend</u> two hours a day driving to and from work.

6. That <u>is</u> a lot of commuting time.

7. Eve and Steve <u>live</u> in a house near a beautiful lake.

8. They both <u>love</u> to ride horses.

9. Eve <u>enjoys</u> reading about space elevators.

10. Space elevators <u>are</u> safer than rockets.

2 1. A   2. Int.   3. Excl.   4. Imp.

5. Int.   6. Neg.   7. Excl.   8. Int.

9. A   10. A

Unit 2

Part 3   p. 17

1 1. E   2. C   3. A   4. B   5. D

2 1. A   2. A   3. C   4. C   5. D

3 1. E   2. C   3. I   4. H   5. B

6. D   7. G   8. F   9. J   10. A

4 1. job interview   2. wife's interview

3. Jane's   4. telephone   5. summer

6. moonlight   7. Are   8. is

9. are   10. is

Part 4   p. 23

1 1. some   2. any   3. some   4. a

5. any   6. some   7. An   8. any

9. some; any   10. any

2 2. W → "There are some tomatoes, but there aren't any carrots," replied Jenny.

3. R

4. W → "There isn't any bread, but there are some bananas," added Ed.

5. W → Dan told me a piece of good news about Stan./Dan told me some good news about Stan.

3 1. D   2. C   3. B   4. A   5. D

Part 5   p. 36

1 1. C   2. D   3. E   4. A   5. B

2 1. are   2. were   3. Is   4. have

5. deer   6. Marys   7. policewomen

8. mice   9. pianos   10. foxes

Part 6   p. 45

1 1. B   2. C   3. A   4. D   5. A

6. B   7. C   8. A   9. B   10. D

Unit 3

Part 7   p. 50

1 1. D   2. B   3. A   4. B   5. C

6. B   7. A   8. C   9. D   10. A

633

Part 8 p. 61	**Part 11** p. 81

Part 8 p. 61

1 1. C 2. D 3. B 4. E 5. A

2 1. Jerry and I 2. my 3. I do

4. we 5. my 6. her 7. he

8. hers 9. Lynn and we 10. her

3 1. A 2. B 3. D 4. D 5. C

6. D 7. D 8. B 9. D 10. D

Part 9 p. 68

1 2. W → What's this?

3. W → Whose is that fine little car?/
Whose fine little car is that?

4. W → Which is bigger, your house
or Jane's house?

5. W → With whom should Clem
discuss his marriage
problem?

6. R

7. R → 也可以改寫為「Whose
beautiful cottage on Hat
Lake is that?」，把 whose 當
作限定詞，修飾 cottage。

8. W → Who said those good words
about Stew?

9. R

10. W → What is the matter with you?

2 1. A 2. D 3. C 4. B 5. A

6. D 7. D 8. A 9. B 10. C

Part 10 p. 75

1 1. B 2. B 3. D 4. C 5. C

2 1. Who's 2. Whose 3. Who's

4. Whose; who's 5. Whose

3 1. their 2. their 3. there 4. their

5. there 6. their 7. their 8. there

9. there 10. they're; their; their

Part 11 p. 81

1 1. A 2. D 3. C 4. D 5. B

6. D 7. A 8. D 9. B 10. C

11. A 12. C 13. D 14. B 15. A

Part 12 p. 105

1 1. B 2. D 3. A 4. C 5. C

6. B 7. C 8. B 9. D 10. B

2 1. many 2. much 3. any 4. every

5. every 6. was 7. was

8. All of us 9. has

10. All human beings

11. All your friends 12. some

13. Anywhere 14. her 15. their

3 1. her; the other 2. her; its

3. their; their 4. his or her 5. their
6. their 7. he or she 8. they

9. their 10. their

Unit 4

Parts 13–14 p. 116

1 2. a big orange

3. a rich aunt

4. an Asian language

5. an easy job

6. an early bird

7. an unsatisfied baby

8. an unhappy unicorn

9. a new email address

10. a historic site

2 1. / 2. a 3. A 4. / 5. an 6. /

7. A; an 8. A 9. An; a; a 10. /; /

Part 15 p. 133

1 1. B 2. A 3. D 4. C 5. D
6. B 7. A 8. B 9. C 10. D
11. D 12. C 13. A 14. B 15. A

2 1. the countryside 2. the Republic
3. the Mediterranean Sea 4. politics
5. society 6. the British Museum
7. the New Year 8. the children
9. Platform 4 10. the Saturday

3 1. a; an 2. a 3. the 4. the 5. /
6. the; the 7. / 8. the 9. the
10. the 11. the 12. / 13. /
14. the 15. /

Unit 5

Parts 16–19 p. 153

1 1. artistic 2. exciting/excited
3. careful/careless 4. dangerous
5. energetic 6. friendly
7. golden 8. graceful
9. healthy 10. homeless
11. impressive 12. lively/lifeless
13. muddy 14. possible
15. powerful/powerless
16. selfish/selfless
17. sleepy/sleepless
18. tasty/tasteless
19. wooden/woody
20. troublesome

2 1. B 2. D 3. A 4. C 5. D
6. A 7. A 8. B 9. D 10. C
11. D 12. A 13. D 14. C 15. D
16. B 17. C 18. C 19. A 20. D

Parts 20–22 p. 172

1 1. B 2. D 3. D 4. B 5. A
6. C 7. B 8. B 9. A 10. C
11. D 12. B 13. B 14. A 15. B
16. B 17. C 18. D 19. C 20. C

→ 第 13 題：eat <u>more</u> than is good 等
於 eat <u>more food</u> than is good，省
略了 food，前者更常用。

2 1. In this group of competent
students, Vera is the most
intelligent.
2. My brother Sam is much taller
than I am.
3. Juliet Lafayette's Russian is half as
good as Bernadette's.
4. Joe is a lot/much happier today
than five years ago.
5. Lorraine was earlier than Elaine,
Jane, and Wayne.

Unit 6

Parts 23–24 p. 190

1 1. W → Rex Reed tried hard but could
never succeed.
2. W → That gymnast normally likes
to twirl fast.
3. W → Lily can rebuild a jet engine
rather efficiently.
4. W → Because of her accent, we
could hardly understand her
lecture about living under the
sea.
5. W → Kate came home late last
night from Boise and was
quite noisy.
6. W → Is Eloise fluent in Japanese?

7. W → Slowly, Theodore opened the door for Lily.

8. W → After dark, we can get into the new park for free.

9. W → His voice often seems hoarse.

10. R

2 1. happy   2. high   3. late   4. prettily
5. calm   6. strange   7. difficult
8. badly   9. bad   10. well

Parts 23–27   p. 206

1 1. D   2. B   3. D   4. C   5. A
2 1. D   2. D   3. A   4. B   5. D

Unit 7

Parts 28–31   p. 225

1 1. D   2. C   3. C   4. C   5. D
6. B   7. B   8. C   9. D   10. C
11. C 12. A 13. D 14. D 15. B
16. C 17. D 18. D 19. C 20. D
2 1. who   2. Who   3. who
4. whom she   5. that   6. that
7. that   8. what   9. whatever
10. whose

Unit 8

Parts 32–34   p. 241

1 1. and   2. but   3. or/and   4. but
5. so
2 1. Both   2. Neither   3. and; as well as
4. or   5. nor   6. not only   7. Either
8. but also   9. or   10. but
3 1. Is   2. dancing   3. love
4. tired and irritable

5. as well as   6. or

7. is not only beautiful but also wise

8. but   9. nor   10. or

Parts 35–37   p. 263

1 1. Whatever Amy says
2. what his name is
3. because   4. such   5. as soon as
6. even though   7. Since
8. the way   9. that   10. If
2 1. C   2. D   3. B   4. D   5. A
6. C   7. D   8. C   9. B   10. D
3 1. so tired   2. Unless; is   3. If; comes
4. Where Ms. Bliss is going
5. in case   6. what   7. that
8. before
9. so that (= so = in order that)
10. When

Unit 9

Parts 38–41   p. 301

1 1. going   2. below   3. since
4. between   5. on   6. this weekend
7. searching for   8. from
9. Nancy paid a lot for her new car
10. every September
2 1. C   2. A   3. D   4. C   5. B
6. D   7. A   8. B   9. D   10. C
11. B 12. D 13. A 14. A 15. C
3 1. on   2. at   3. at   4. on   5. in
6. until   7. for   8. on   9. in
10. from   11. in   12. went   13. in
14. in   15. on

Unit 10

Parts 42–43   p. 312

1 1. **Ann:** Is Nelly Answer a belly dancer?

Dan: No, she isn't./No, she's not./ No, she is not.

2. **Ann:** Is Priscilla a big gorilla?

Dan: Yes, she is.

3. **Ann:** Are Scot's friends all astronauts?

Dan: Yes, they are.

4. **Kim:** Are Ann's mom and dad soccer fans?

Dan: Yes, they are.

5. **Ann:** Are Saul and his brothers tall?

Dan: No, they aren't./No, they're not./No, they are not.

2 1. 疑問句 → Is Dan from Japan?

否定句 → Dan is not/isn't from Japan.

2. 疑問句 → Are Toot and Boot kittens, and are they cute?

否定句 → Toot and Boot are not/ aren't kittens, and they are not/aren't cute.

3. 疑問句 → Are pearls pretty on big and strong girls?

否定句 → Pearls are not/aren't pretty on big and strong girls.

4. 疑問句 → Was Ann an EFL teacher in Japan?

否定句 → Ann was not/wasn't an EFL teacher in Japan.

5. 疑問句 → Will we be able to dance under a full moon during the party?

否定句 → We won't/will not be able to dance under a full moon during the party.

3 1. Who's 2. How's 3. Where are

4. What's 5. When are

4 1. was 2. was 3. Were 4. was

5. was 6. Were 7. were 8. were

9. were 10. wasn't

Parts 44–46   p. 323

1 1. bad 2. up 3. up 4. away

5. off 6. wait on 7. on

8. mixing up 9. for 10. belongs to

2 1. A 2. B 3. B 4. A 5. B

6. A 7. B 8. B 9. A 10. A

Part 47   p. 330

1 1. B 2. D 3. A 4. B 5. C

6. D 7. D 8. B 9. B 10. A

11. D 12. A 13. D 14. A 15. C

Part 48   p. 341

1 1. B 2. A 3. C 4. D 5. C

6. B 7. C 8. D 9. B 10. D

2 1. Does Claire Dare have long hair?/ Has Claire Dare got long hair?

2. He won't have a dog or a hog.

3. Connie Cord has a Ford./ Connie Cord has got a Ford.

4. There won't be any classes tomorrow because of this snowstorm, so let's stay in our dorm.

5. Clem usually has breakfast at 7 a.m.

6. Did Sid Gear have a good job last year?

練習題解答

7. Skip said, "Have a nice trip!"

8. I won't have a mouse in my house.

9. Is there anything wrong with Lynne White practicing her violin at midnight?

10. "There is now, especially among young people, a longing to visit the moon," Liz explained to June.

Parts 49–50 p. 350

1 1. A 2. B 3. C 4. C 5. D
6. A 7. B 8. C 9. A 10. D

2 1. Snow White may arrive tonight.

2. Can she water-ski?/Does she water-ski?

3. Mike shouldn't be shouting at Pat like that.

4. Faye and Lenore may go to Singapore in May./Faye and Lenore will go to Singapore in May.

5. Lee may not understand me./ Lee won't understand me.

6. Kay, you must water the flowers every day.

7. Yesterday Glen had to work from one to ten.

8. Sweet little Dorete ought to wash her smelly feet.

9. Jill thinks everybody will be here on time.

10. Could Kay and I leave a little early today, Mr. Sherwood?

Parts 51–52 p. 364

1 1. A 2. B 3. B 4. B 5. B
6. A 7. B 8. A 9. A 10. A

Part 53 p. 374

1 1. B 2. B 3. A 4. A 5. B

2 1. "Yes, please, and some blue cheese too." 2. I'd like 3. I don't
4. would you 5. will 6. would
7. would 8. Would you like 9. like
10. would

3 1. A 2. C 3. D 4. D 5. A

Part 54 p. 384

1 1. can't be 2. must be
3. must have 4. can't be
5. must have left

2 1. A 2. D 3. B 4. B 5. C

Part 55 p. 389

1 1. A 2. B 3. B 4. A 5. A

2 1. C 2. B 3. A 4. B 5. A
6. C 7. D 8. C 9. B 10. C

3 1. can't be 2. will 3. Shall 4. must
5. ought 6. must 7. could
8. should 9. Can 10. have to
11. needn't 12. must not
13. don't have to 14. had to go
15. Would Ann like

Unit 11

Parts 56–57 p. 400

1 2. a) Frogs hibernate in the winter.

b) Do frogs hibernate in the summer?

c) No, they don't.

638

3. a) My kitten Silk usually drinks her milk at night./Usually my kitten Silk drinks her milk at night.

   b) Does Silk usually drink milk at night?

   c) Yes, Silk does, because kittens love milk.

4. a) Kay goes hiking on Sunday.

   b) Does Kay sometimes go hiking on Monday?/Does Kay go hiking on Monday sometimes?

   c) No, she does not.

5. a) Every month my sister and I watch at least one sad movie./My sister and I watch at least one sad movie every month.

   b) Do you or your sister cry during a sad movie?

   c) Sometimes she cries./She cries sometimes./She sometimes cries.

2 1. D 2. B 3. C 4. D 5. D
   6. A 7. D 8. B 9. B 10. D

3 1. gets up 2. goes 3. reads
   4. drinks 5. eat 6. puts on
   7. drive 8. work 9. has 10. love

Part 58   p. 414

1 1. A 2. A 3. B 4. A 5. C
   6. C 7. A 8. C 9. B 10. D

2 1. these days 2. most Fridays
   3. "Do you stink if you drink alcohol?"
   4. "She is coming now," 5. loves
   6. Does Rae sometimes go
   7. watches; cries 8. believe
   9. feels like 10. feels

3 1. R
   2. W → Does Jeanne's mom see what Dee means about Tom?
   3. R
   4. W → "Does that piece of ham weigh more than four pounds?" asked Sam.
   5. R
   6. W → Does the rose smell good to you?
   7. W → Oh, your pet skunk Chad smells so bad!
   8. W → I love my puppy Scot a lot.
   9. R
   10. W → Is your robot Mike getting better at riding a bike?

Parts 59–60   p. 428

1 1. A 2. B 3. B 4. B 5. B

2 1. is going to 2. will
   3. are going to 4. will 5. will
   6. will 7. go 8. be going 9. will
   10. is going to

3 1. W → Do you think it will snow tomorrow, Sue?
   2. R
   3. W → June, I promise I will call you soon.
   4. R
   5. W → Theodore shouted, "There's somebody at the door." "I'll get it," yelled Kyle.
   6. W → Dee shouted, "Look, that big kite is going to/is about to crash into the tree!"
      → 這裡更常用 be going to。
   7. R

639

8. R

9. R

10. W → Tim Rose will go wherever Christine goes.

Part 61   p. 438

1 1. Last week Peg jumped off the wall and broke her leg.

2. Nat swam and played basketball at the birthday party for Paul.

3. Last night I sent an email to my friend Clark in Yellowstone National Park.

4. Yesterday we had a pizza party, and Scot ate a lot.

5. Marty helped me clean the house after the pizza party.

2 1. cooked   2. washed   3. played

4. sang and danced   5. taught

6. watched   7. studied   8. had

9. took   10. flew

3 1. No, they read comic books and played computer games all day.

2. No, they invited Dee over and watched NBA games on their TV.

3. No, she taught math and spent a lot of time with her baby Brent.

4. No, but their teacher Ms. Laura Legs said they took their vitamins and ate some oranges and scrambled eggs.

5. No, but I watched the movie with my girlfriends Clo, Lulu, and Maryjo.

Parts 62–63   p. 448

1 1. He was shoveling snow with Dee and me.

2. They were buying a unique birthday cake for sweet Monique Mystique.

3. He was eating an apple and watching a movie on TV with Mom and me.

4. Clem was talking on the Internet to his friend Coco in Mexico.

5. They were building a tall wall around our garden so it would be warm and cozy on a windy day.

2 1. B   2. D   3. A   4. D   5. C

3 1. She was writing a long email to Eve at 9 last night.

2. Was your baby Kay sleeping at noon today?

3. Was Yvonne dancing with Jon or Dwight at the ballroom around nine last Saturday night?

4. When Theodore and I were little, we often played hide-and-seek in my grandma's store.

5. I called Rae ten times yesterday because I was in a tizzy, but her line was always busy.

6. How did Joe know Sid would marry Cherry?

7. Last night I saw Sue at the train station, but she didn't have much time to talk with me because she was leaving for New York City in twenty minutes.

8. I was about to fly to Hawaii when Mom told me that my brother Kent had been in a bad accident.

9. I was going to visit Kay on Friday night, but I had to call her to cancel my visit because my husband got sick.

10. At seven last night, Scot White and his dog Spot were watching the movie *Dogs Are Groovy*.

Parts 64–65   p. 468

1 1. B   2. A   3. A   4. C   5. D
6. D   7. C   8. B   9. D   10. C
11. A   12. D   13. D   14. C   15. A

2 1. have you ever read
2. has never told   3. has Sue been
4. has bought   5. saw   6. has saved
7. has been   8. was going
9. has done   10. did Amy decide
11. I've not seen   12. have met
13. saw   14. has never written
15. gave

Parts 66–68   p. 481

1 1. D   2. C   3. B   4. A   5. D
6. B   7. A   8. B   9. D   10. D
11. C   12. B   13. D   14. A   15. C

2 1. will have   2. had hoped
3. was Rae doing   4. did Dawn leave
5. will give   6. will have eaten
7. had been   8. went
9. had married   10. find
11. will have taught   12. took
13. called   14. will have finished
15. was; had gone

Unit 12

Parts 69–70   p. 495

1 1. D   2. A   3. C   4. B   5. C

2 1. Will Oxfam and Uncle Sam help Anna and her son Abraham?（Active 主動）

   Or: Will Anna and her son Abraham be helped by Oxfam and Uncle Sam?（Passive 被動）

   → 雖然主動和被動都是對的，但是這裡用主動語態較為自然。

2. Claire and Tom were greatly influenced by their mom.

3. "This pineapple tastes sweet," said Pete.

4. "I have some money in my purse," stated the nurse.

5. "That cottage cost us dearly," Pat told Midge.

6. Everyone in the spaceship *Tokyo* agreed with Coco.

7. Adel said, "That dress suits me well."

8. On May 1, 2002, Andrew Wu was born in Honolulu.

9. I called Ivy two hours ago and told her about a new movie.

10. Elwood has known Joan since childhood.

3 1. Later in the day, the mayor of Jericho herself talked to Clo and Joe.

2. Ms. Joan Day answered the telephone all day.

3. Jack eats bread and butter for a mid-afternoon snack.

4. Snow White's dwarf friends avoided tall buildings and mountains, because they were afraid of heights.

5. Chuck Clay takes good care of his truck and **checks** the oil and tires every day.

Unit 13

Parts **71–72** p. 512

1 1. Do you know **when Julie is going** to get married to Bernie Bernoulli?

2. Ed told me you **were** dead.

3. Tim **asked** Nan to call him.

4. Mort asked **how to get** to the airport.

5. Last year Dawn Cars said she **would** marry a robot and go to live on Mars.

2 1. C 2. D 3. B 4. A 5. B

3 1. Del said that jacket **suited him** well.

2. I asked Mike **if he was going** where the snow **was blowing.**

3. Lena Horne asked with scorn **when** I was born.

4. Dad told Laura **not to worry** about her brother Brad.

5. Dee's mother suggested **that Dee** (should) get a Ph.D.

Unit 14

Part **73** p. 528

1 1. Whom does Cherry love?

2. knows

3. Have my dogs arrived and survived?

4. Why did Kay come

5. How many people work

2 1. doesn't she 2. shall we

3. can't she 4. did you 5. aren't I

3 1. What a pity about all these itty bitty leaks in our rowboat!

2. Bess's friend Annette looked into the closet and exclaimed, "What lovely **dresses!**"

3. How beautifully Bing's sister sings!

4. Lynne and Vincent Mayors are such excellent Monopoly **players!**

5. Liz shivered and complained, "How cold **it is!**"

6. Pete is **so sweet!**

7. Joan, how **you've grown!**

8. Didn't Monique go to Mozambique last week?
= Did Monique **not** go to Mozambique last week?

→ 縮寫形式較為常見。

9. Cleo said it **didn't snow** in Tokyo.

10. Where **are you going** to meet Claire?

Part **74** p. 536

1 1. D 2. C 3. A 4. D 5. C

2 1. **Don't let/Do not let** Joan go home alone.

2. **Let's teach** a CPR class on the beach.

3. Pat, **never behave** like that.

4. Brigitte said, "**Let's not/Let us not** forget about it."/Brigitte said, "**Don't let/Do not let** us forget about it."

5. **Get ready** for some mirth from the planet Earth./**Do get ready** for some mirth from the planet Earth.

Part 75   p. 550

1 1. speak   2. had called   3. gave up
    4. went   5. give   6. were
    7. be filed   8. would not
    9. not smoke   10. were

2 1. D   2. B   3. C   4. C   5. D
    6. A   7. C   8. B   9. C   10. B

Unit 15

Parts 76–77   p. 569

1 1. B   2. D   3. C   4. A   5. B

2 1. B   2. B   3. B   4. A   5. B
    6. A   7. C   8. B   9. A   10. C

3 1. W → (1) **Running** at top speed, **Ted** felt his red hat fly off his head.

       (2) As/While **Ted** was running at top speed, his red hat flew off his head.

       (3) As/While **Ted** was running at top speed, he felt his red hat fly off his head.

       (4) **Ted** was running at top speed when his red hat flew off his head.

   2. W → "Will the **customer** be charged for the entire order of cellphones when only a partial order is shipped?" asked Jill.

   3. R → Earl 是主要動詞 kept 和動名詞 seeing 的主詞。

   4. W → **Advancing** across the desert, **Gert and Kurt Verdun** were burned by the hot sun.

   5. W → **Climbing** up a steep mountain today, **Kris** lost her diamond necklace.

     Or: While/As she was climbing up a steep mountain today, **Kris** lost her diamond necklace.

Part 78   p. 578

1 1. Reading   2. be accepted
    3. being lied to   4. get married
    5. be elected   6. have been living
    7. To have danced
    8. seeking
      → seeking 是動名詞的簡單式，表示的動作與主要動詞（go）的動作同時發生。
    9. shed; be given
      → to shed 是主動簡單式，表示其邏輯主詞（a man）是不定詞動作執行者；to be given 是被動簡單式，表示邏輯主詞（a man）是不定詞動作的承受者。
    10. Being elected
      → 動名詞被動簡單式（being elected）表達一般性的動作；其邏輯主詞（Tom Door）是動作的承受者。

Part 79-①   p. 584

1 1. D   2. B   3. C   4. C   5. C

2 1. A   2. A   3. A   4. B   5. B

Part 79-②   p. 603

1 1. B (watching)
      → 動詞 enjoy 只能接動名詞，不能接不定詞。

2. D

→ 美式英語中，prefer to do 和 prefer doing 意義相同。

3. A (to sell)

→ 動詞 threaten 只能接不定詞。

4. A (to stay)

→ warn 的句型為「warn someone (not) to do something」或「warn someone against doing something」

5. B (swimming)

→ go swimming/fishing/bowling/shopping 為固定片語。

6. A (having been)

→「recall + 動名詞」指過去事件（已經做過的事）。

7. A (to quit)

→ 動詞 agree 只能接不定詞，不能接動名詞。

8. B (becoming)

→ 動詞 consider 只能接動名詞，不能接不定詞。

9. B (drinking)

→「remember + 動名詞」指過去已經做過的事。

10. B (changing)

→「try + 動名詞」強調實驗看看會有什麼結果。

11. B (taking care of)

→ would you mind 要接動名詞。

12. A (to call)

→ advise + 受詞 + 不定詞

13. D → 美式英語中兩者沒有分別。

14. D → 兩者沒有分別，不過「Making quite a few mistakes is common」比較自然。

15. D → 美式英語中兩者沒有區別。

16. B (taking)

→ 介系詞（for）後面要接動名詞。

17. A (to book)

→ recommend 的句型為「recommend somebody to do something」。

18. D → 動詞 see 後面可接動名詞，也可以接不帶 to 的不定詞（原形動詞）。

19. A (to work)

→ 動詞 make 用於被動語態時，後面接帶 to 的不定詞。

20. D

→「forgot he had done」指他忘記了已經做過物理作業。「forgot to do」指他忘記做物理作業了，他需要去完成（往未來看）。

2 **1.** reading **2.** to watch **3.** taking

4. sending **5.** seeing **6.** his taking

7. to read **8.** working **9.** writing

10. to buy **11.** to speak

12. watching **13.** visiting

14. to inform **15.** to know

Unit 16

Parts 80–82 p. 622

1 **1.** for; to enjoy it

2. to sleep well, walk a lot, and go on a diet to lose weight

3. what Theodore is looking for

4. (1) Kurt's Aunt Annette has a hard time sticking to a diet, because she really loves rich, sweet desserts.

(2) Because she really loves rich, sweet desserts, Kurt's Aunt Annette has a hard time sticking to a diet.

5. because she was afraid they would laugh at her

2 1. C　2. A　3. B　**4.** C　5. B

3 1. C　2. A　3. A　**4.** C　5. D

6. B　**7.** B　**8.** A　9. D　10. C

4 1. Among the winners of our High School Fashion Competition were Ann, Jan, and Nan.

2. Only after I received a text message from my friend Eli did I begin to feel happy.

3. On top of Mount Perch stands an old church.

4. Kit left his village 10 years ago, and never once has he gone back for a visit.

5. Rick's English is excellent, but little does he know about business and economics.

國家圖書館出版品預行編目資料

英文文法全書活用練習 / Dennis Le
Boeuf, 景黎明著. -- 二版. -- 臺北市：
寂天文化, 2019.09　面；　公分

ISBN 978-986-318-845-2（平裝）

1.英語　2.語法

805.16　　　　　　　　　108015264

作者 _ Dennis Le Boeuf／景黎明

校對 _ 黃詩韻

特約編輯 _ 丁宥榆

排版 _ 丁宥榆

主編 _ 丁宥暄

製程管理 _ 洪巧玲

發行人 _ 周均亮

出版者 _ 寂天文化事業股份有限公司

電話 _ +886-2-2365-9739

傳真 _ +886-2-2365-9835

網址 _ www.icosmos.com.tw

讀者服務 _ onlineservice@icosmos.com.tw

出版日期 _ 2019年9月 二版一刷（200201）

郵撥帳號 _ 1998620-0 寂天文化事業股份有限公司

訂購金額600（含）元以上郵資免費

訂購金額600元以下者，請外加郵資65元

若有破損，請寄回更換